Ben je gek

Marian Keyes

BEN JE GEK

the house of books

Oorspronkelijke titel
Mercy Close
Uitgave
Michael Joseph, an imprint of Penguin Books, Londen
Copyright © 2012 by Marian Keyes
Copyright voor het Nederlandse taalgebied © 2012 by The House of Books,
Vianen/Antwerpen

Vertaling
Cherie van Gelder
Omslagontwerp
marliesvisser.nl
Omslagdia
Getty Images
Foto auteur
Iain Philpott
Opmaak binnenwerk
ZetSpiegel, Best

ISBN 978 90 443 3698 6
ISBN 978 90 443 3699 3 (e-book)
D/2012/8899/115
NUR 302

www.thehouseofbooks.com

Ik zou het niet erg vinden, maar ik ken raar genoeg niemand anders die er eigenlijk niet op zit te wachten om 'ergens naartoe te gaan om uit te rusten'. Als je mijn zus Claire hoort, zou je gewoon gaan denken dat er niets fijners bestaat dan op een ochtend wakker te worden en te ontdekken dat je in een psychiatrische inrichting zit.

'Ik heb een geweldig idee,' zei ze tegen Judy, haar vriendin. 'Laten we tegelijkertijd een zenuwinzinking krijgen.'

'Fantastisch!' zei Judy.

'Dan krijgen we een tweepersoonskamer. Zalig gewoon... Allemaal lieve mensen... tedere, warme handen... fluisterende stemmen... wit beddengoed, witte banken, witte orchideeën, alles wit...'

'Alsof je in de hemel bent,' zei Judy.

Helemaal niet! Ik deed mijn mond open om te protesteren, maar ze waren niet te houden.

'... het geluid van tinkelend water...'

'... de geur van jasmijn...'

'... ergens vlakbij het getik van een klok...'

'... het klaaglijke geklingel van een bel...'

'... terwijl wij daar in bed liggen, zweverig van de Xanax.'

'Dromerig starend naar dansende stofjes...'

'... of bladerend door *Grazia*.'

'... of Magnum Golds kopen van de man die met ijs langskomt op alle afdelingen...'

Maar er zou helemaal geen man langskomen met Magnum Golds. En naar al die andere leuke dingen kon je ook fluiten.

'Een wijze stem zal zeggen...' Judy pauzeerde even nadrukkelijk: '"Zet alles van je af, Judy."'

'En zo'n schat van een verpleegster zal al onze afspraken afzeggen,' zei Claire. 'En tegen iedereen zeggen dat ze ons met rust moeten laten. Al die ondankbare klootzakken krijgen te horen dat we een zenuwinzinking hebben, dat het hun schuld was en dat ze veel liever voor ons zullen moeten zijn als we er ooit weer uitkomen.'

Zowel Claire als Judy had een waanzinnig druk leven – kinderen, honden, mannen, banen plus de vermoeiende, tijdrovende behoefte om er tien jaar jonger uit te zien dan ze in werkelijkheid waren. Ze reden constant rond in minivans om zoontjes naar rugbytraining te brengen, dochters op te halen bij de tandarts, en als een gek naar de andere kant van de stad te racen op weg naar een vergadering. Ze hadden multitasking tot een kunstvorm verheven – ze gebruikten de verloren tijd bij een stoplicht om hun kuiten in te smeren met zelfbruinende crème, ze beantwoordden e-mails als ze in de bioscoop zaten en ze bakten om twaalf uur 's nachts cupcakes terwijl ze ondertussen door hun tienerdochters spottend 'een zielige dikke ouwe taart' werden genoemd. Geen seconde werd verspild.

'En we krijgen Xanax,' droomde Claire verder.

'O, zááálig.'

'Zoveel we willen. Zodra onze heerlijke roes begint te tanen, drukken we op een belletje en dan komt er meteen een verpleegster die ons een nieuwe voorraad geeft.'

'En we hoeven ons nooit meer aan te kleden. Elke ochtend brengen ze ons een nieuwe katoenen pyjama, gloednieuw, zo uit het plastic. En we mogen zestien uur per dag slapen.'

'O, slapen...'

'We zullen het gevoel hebben dat we midden in een grote cocon van marshmallow zitten, zweverig en blij en dromerig...'

Hoog tijd om het stel op een vervelende bijkomstigheid van hun heerlijke fantasie te wijzen. 'Maar ondertussen zitten jullie wel in een psychiatrische inrichting.'

Ze keken me verbijsterd aan.

Uiteindelijk zei Claire: 'Ik heb het niet over een psychiatrische inrichting. Gewoon over een plek waar je naartoe gaat... om te rusten.'

'De plek waar mensen naartoe gaan "om te rusten" heet een psychiatrische inrichting.'

Ze zeiden niets. Judy knabbelde op haar onderlip. Daar moesten ze kennelijk over nadenken.

'Wat dachten jullie dan dat het was?' vroeg ik.

'Nou ja... zoiets als een kuuroord,' zei Claire. 'Compleet met... je weet wel... drugs op doktersvoorschrift.'

'Het is een plek voor mensen die gek zijn,' zei ik. 'Echt gek. Zieke mensen.'

Er viel opnieuw een stilte. Toen keek Claire naar me op, met een gezicht waar de vlammen uit sloegen. 'God, Helen,' riep ze. 'Wat ben je toch een tut. Kun je dan nooit iemand iets fijns gunnen?'

Donderdag

1

Ik zat aan eten te denken. Dat overkomt me altijd als ik vastzit in het verkeer. Zoals ieder normaal mens, natuurlijk, maar ik besefte ineens dat ik al sinds een uur of tien niets meer had gegeten. Op de radio werd een nummer van Laddz gedraaid – al de tweede keer die dag, noem dat maar eens geen pech hebben – en terwijl de jengelende, stroperige harmonieën de auto in stroomden, moest ik me beheersen om niet tegen een lantaarnpaal te rijden.

Een eindje verderop was een benzinestation waar ze iets te eten verkochten. Ik kon mezelf even verlossen uit deze staande receptie en een donut gaan kopen. Maar de donuts die ze op dit soort plaatsen verkochten, waren even smakeloos als de sponzen die op de bodem van de oceaan groeien. En trouwens, er hing een zwerm gieren boven de benzinepompen en dat zat me een beetje dwars. Nee, besloot ik, ik hou gewoon nog even vol en...

Wacht even! Gieren?

In een stad?

Boven een benzinestation?

Ik keek nog een keer en het waren helemaal geen gieren. Gewoon meeuwen. Doodgewone, Ierse zeemeeuwen.

En toen dacht ik: O nee, niet weer.

Een kwartier later stopte ik voor het huis van mijn ouders, moest een momentje moed verzamelen en ging toen op zoek naar de sleutel om mezelf binnen te laten. Ze hadden geprobeerd om me die af te pakken toen ik drie jaar geleden het huis uitging, maar ik had hem mooi gehouden. Over een vooruitziende blik gesproken. Mam had iets gemompeld over het slot dat veranderd zou worden, maar aangezien zij en pa er al acht jaar over deden voordat ze besloten om een groencontainer aan te schaffen was de kans groot dat een nieuw slot een te grote uitdaging zou zijn, hè?

Ze zaten aan de keukentafel thee te drinken en cake te eten.

Ouwe mensen. Wat hadden die toch een fijn leven. Zelfs als ze niet aan tai chi doen. (Daar kom ik later op terug.)

Ze keken met nauwelijks onderdrukte weerzin op.

'Ik moet jullie iets vertellen,' zei ik.

Mam vond haar tong terug. 'Wat doe jij hier?'

'Ik woon hier.'

'Niet waar. We hebben je eruit gezet. Je kamer is opnieuw geschilderd. En dat bevalt ons uitstekend.'

'Ik zei al dat ik jullie iets moest vertellen. Dat bedoel ik. Ik woon hier.'

Er verscheen een angstige uitdrukking op haar gezicht. 'Je hebt je eigen flat.' Ze zette een grote mond op, maar het klonk niet echt overtuigend. Ze had dit vast wel verwacht.

'Niet meer,' zei ik. 'Sinds vanmorgen ben ik dakloos.'

'Is er iets met de hypotheek?' Ze was doodsbleek. (Onder haar van overheidswege verplichte laag oranje Ierse Mama Make-up.)

'Wat is er aan de hand?' Pa was doof. En ook regelmatig in de war. Meestal was het niet duidelijk welke van de beide afwijkingen de boventoon voerde.

'Ze heeft haar HYPOTHEEK niet betaald,' zei mam in zijn goede oor. 'Ze is haar flat UITGEZET.'

'Ik kon me de hypotheek niet meer veroorloven. Je doet net alsof dat mijn schuld is. Maar zo eenvoudig is het niet.'

'Je hebt toch een vriend,' zei mam hoopvol. 'Kun je niet bij hem gaan wonen?'

'Zing je nou ineens een ander liedje, aartskatholiek?'

'... we moeten met onze tijd meegaan.'

Ik schudde mijn hoofd. 'Ik kan niet bij Artie intrekken. Dat vinden zijn kinderen niet goed.' Dat klopte niet helemaal. Het ging alleen om Bruno. Hij had echt de pest aan me, maar Iona was eigenlijk heel aardig en Bella aanbad me.

'Jullie zijn mijn ouders. En dus verplicht om onvoorwaardelijk van me te houden. Mijn spullen liggen in de auto.'

'Wat! Alles?'

'Nee.' Ik had de hele dag opgetrokken met twee opkopers. De laatste meubels die ik nog bezat, waren inmiddels opgeslagen in zo'n enorme opslagplaats waar je een hokje kunt huren tot je weer boven Jan bent. 'Alleen mijn kleren en mijn werkspullen.' Behoorlijk wat werkspullen, aangezien ik een jaar geleden ook al afstand had moeten doen van mijn kantoor. En eigenlijk ook vrij veel kleren, hoewel ik echt tijdens het pakken massa's weggekeild had.

'Maar hoelang gaat dat duren?' vroeg mam kribbig. 'Wanneer kunnen wij van onze fijne oude dag gaan genieten?'

'Nooit.' Pa klonk plotseling heel overtuigend. 'Ze maakt deel uit van een syndroom. Generatie Boemerang. Volwassen kinderen die weer thuis gaan wonen. Dat heb ik zelf in *Grazia* gelezen.'

Als het in *Grazia* had gestaan moest het wel waar zijn. 'Je kunt wel een paar dagen blijven,' gaf mam toe. 'Maar denk erom, we kunnen ineens besluiten om dit huis te verkopen en een Caribische cruise te gaan maken.'

Met de huidige stand van zaken in de onroerendgoedsector zou de verkoop van dit huis waarschijnlijk nog niet genoeg geld opbrengen voor een cruise naar de Arran Islands. Maar onderweg naar de auto om de dozen met mijn spulletjes naar binnen te slepen besloot ik ze dat niet onder de neus te wrijven. Per slot van rekening had ik dankzij hen weer een dak boven mijn hoofd.

'Hoe laat is het avondeten?' Ik had geen honger, maar ik wilde weten waaraan ik me had te houden.

'Avondeten?'

Ze aten niet. 'Eigenlijk nemen we die moeite niet meer,' bekende mam. 'Niet nu we nog maar met ons tweetjes zijn.'

Dat was vervelend nieuws. Ik voelde me toch al niet echt lekker en nu begonnen mijn ouders zich ineens te gedragen alsof Magere Hein voor de deur stond. 'Maar wat eten jullie dan?'

Ze keken elkaar verbaasd aan en richtten toen hun blik op de cake die op tafel stond. '... eh, cake, denk ik.'

Er was een tijd waarin ik dat prima zou hebben gevonden – tijdens mijn hele jeugd hebben mijn vier zusjes en ik het altijd bijzonder riskant gevonden om iets te eten wat mam had gekookt – maar ik was mezelf niet.

'Oké, hoe laat gaan we aan de cake?'

'Wanneer je maar wilt.'

Daar schoot ik niets mee op. 'Ik wil een tijd weten.'

'Zeven uur dan maar.'

'Oké. Luister eens... ik zag een zwerm gieren boven het benzinestation.'

Mam kneep haar lippen op elkaar.

'Er zijn geen gieren in Ierland,' zei pa. 'Die heeft Sint Patrick allemaal verjaagd.'

'Hij heeft gelijk,' zei mam met veel nadruk. 'Je hebt geen gieren gezien.'

'Maar...' Ik hield mijn mond. Het had toch geen zin. In plaats daarvan hapte ik naar adem.

'Wat doe je nou?' Mam klonk geschrokken.

'Ik...' Wat was ik aan het doen? 'Ik probeer adem te halen. Mijn borst zit vast. Ik heb niet genoeg ruimte om lucht binnen te krijgen.'

'Natuurlijk heb je wel genoeg ruimte. Ademhalen is het meest natuurlijke wat er bestaat.'

'Volgens mij zijn mijn ribben gekrompen. Je weet toch dat je botten krimpen naarmate je ouder wordt.'

'Je bent pas 33. Wacht maar tot je zo oud bent als ik, dan weet je pas wat het is om gekrompen botten te hebben.'

Ik wist niet hoe oud mam was – ze loog constant over haar leeftijd, waarbij ze soms refereerde aan de belangrijke rol die ze bij de opstand van 1912 had gespeeld ('Ik heb de Onafhankelijkheidsverklaring getikt die de jonge Padraig op het bordes van het Hoofdpostkantoor heeft voorgelezen') en dan weer lyrisch zat te zwijmelen over haar tienertijd waarin ze woest stond te jiven op 'The Hucklebuck' toen Elvis naar Ierland kwam (Elvis is nooit in Ierland geweest en heeft ook nooit 'The Hucklebuck' gezongen, maar als je haar dat aan haar verstand probeert te peuteren, draaft ze nog verder door en houdt vol dat Elvis op weg naar Duitsland een geheime tussenlanding heeft gemaakt en dat hij toen 'The Hucklebuck' heeft gezongen omdat zij hem dat vroeg) – maar ze leek groter en steviger dan ooit tevoren.

'Haal nou maar eens diep adem, vooruit, dat kan iedereen,' drong ze aan. 'Zelfs een klein kind kan dat. En wat ben je vanavond van plan? Na... de cake? Gaan we dan tv-kijken? We hebben negenentwintig afleveringen van *Come Dine With Me* opgenomen.'

'Eh...' Ik had geen zin om naar *Come Dine With Me* te kijken. Normaal kijk ik minstens twee soaps per dag, maar ineens had ik er genoeg van.

Ik kon altijd naar Artie toe. Zijn kinderen zouden er vanavond ook zijn en ik wist niet zeker of ik de moed kon opbrengen om met hen te praten. Bovendien voorkwam hun aanwezigheid dat ik me onbekommerd en vrij op hem zou kunnen storten. Maar hij had de hele week in Belfast gewerkt en ik... ja, gooi het er maar uit, geef het maar toe... ik had hem gemist.

'Ik denk dat ik naar Artie toe ga,' zei ik.

Mam klaarde op. 'Mag ik mee?'

'Nee, natuurlijk niet! Ik heb je gewaarschuwd!'

Mam was helemaal weg van Arties huis. Als je wel eens een tijdschrift voor binnenhuisarchitectuur inkijkt, weet je wat ik bedoel. Vanbuiten lijkt het een doodgewoon arbeidershuisje zoals het daar vlak aan de weg ligt. Het kent z'n plaats. Het leien dak is scheef en de voordeur is zo laag dat alleen mensen die officieel het predicaat 'dwerg' hebben naar binnen durven te gaan in het volste vertrouwen dat ze niet direct een schedelbasisfractuur oplopen.

Maar als je binnen bent, kom je tot de ontdekking dat iemand de hele achtermuur heeft platgelegd en vervangen door een futuristisch glazen wonderland vol zwevende trappen, verstopte slaapkamers die op vogelnestjes lijken en onbereikbare daklichten.

Mam was er één keer geweest. Per ongeluk, want ik had haar nog zo gewaarschuwd dat ze in de auto moest blijven zitten, maar ze had me straal genegeerd. Het huis had zo'n verpletterende indruk op haar gemaakt dat ze me het schaamrood op de kaken joeg. Dat zou me niet nog eens overkomen.

'Nou goed, dan ga ik niet mee,' zei ze. 'Maar ik wil je toch om een gunst vragen.'

'Wat dan?'

'Ga je met me mee naar het reünieconcert van Laddz?'

'Ben je nou helemaal gek geworden?'

'Gek geworden? Moet je horen wie het zegt, jij met je gieren.'

2

Kabouterachtige arbeidershuisjes zijn allemaal leuk en aardig, maar ze zijn meestal niet voorzien van ondergrondse parkeergarages. Ik was langer op zoek naar een parkeerplaats dan ik over de rit van mijn ouders naar Artie had gedaan. Uiteindelijk wurmde ik mijn Fiat 500 (zwart met zwarte bekleding) tussen twee gigantische SUV's en stapte toen de hemelse perspex knuffelwereld binnen. Ik had mijn eigen sleutel, het was nog maar zes weken geleden dat Artie en ik de uitwisselingsceremonie hadden gehouden. Hij had me een sleutel van zijn huis gegeven en ik hem een sleutel van het mijne. Want toen had ik nog een huis.

Verblind door de avondzon ging ik maar gewoon af op het geluid van stemmen en belandde via de wonderbaarlijke, in het niets zwevende trap op het terras waar een groepje aantrekkelijke mensen met blond haar samen een legpuzzel zaten te maken. Het idee! Artie, mijn beeldschone Viking. En Iona, Bruno en Bella, zijn beeldschone kinderen. En Vonnie, zijn beeldschone ex-vrouw. Ze zat op de planken naast Artie, met haar magere bruine schouder tegen zijn brede. Ik had haar niet verwacht, maar aangezien ze vlakbij woonde, kwam ze vaak binnenvallen, meestal met haar partner, Steffan.

Zij was de eerste die me zag. 'Helen!' riep ze hartelijk. Ik werd omspoeld door een koor van begroetingen en verblindende glimlachjes, terwijl een oerwoud van armen werd opgestoken om me te verwelkomen. Echt een vriendelijk gezinnetje, de Devlins. Alleen Bruno deed niet mee en hij hoefde niet te denken dat me dat niet was opgevallen. Ik hield in gedachten een lijst bij van het aantal keren dat hij me op m'n tenen had getrapt. Niets ontging me. We hebben allemaal zo onze gaven.

Bella, van top tot teen in het roze en ruikend naar kersenkauwgom, was helemaal verrukt van mijn komst. 'Helen, Helen.' Ze stortte zich op me. 'Pap heeft helemaal niet gezegd dat je zou komen. Mag ik je haar doen?'

'Bella, geef Helen een momentje,' zei Artie.

Bella was de jongste en de liefste van het stel. Het zou dom zijn om haar tegen me in het harnas te jagen. Maar eerst moest er even iets rechtgezet worden. Ik keek naar de plek waar Vonnies bovenarm tegen die van Artie rustte. 'Ga eens aan de kant,' zei ik. 'Je zit veel te dicht bij hem.'

'Ze is zijn vrouw!' Bruno's vrouwelijke konen werden rood van verontwaardiging... had hij nou een blusher op?

'Ex-vrouw,' zei ik. 'En ik ben zijn vriendin. Hij is nu van mij.' Haastig en volslagen ongemeend voegde ik daar 'hahaha' aan toe. (Als iemand me dan ooit voor de voeten zou werpen dat ik me egoïstisch en onvolwassen gedroeg, kon ik altijd zeggen: 'Lieve hemel, het was maar een grapje. Hij zal toch moeten leren om daartegen te kunnen.')

'Eigenlijk leunt Artie tegen mij aan,' zei Vonnie.

'Helemaal niet.' Vandaag had ik absoluut geen zin in het spelletje dat ik altijd met Vonnie moest spelen. Ik kon nauwelijks woorden vinden om deze schijnvertoning voort te zetten. 'Je hebt het altijd op hem voorzien. Geef dat nu eindelijk eens op, Vonnie. Hij is gek op mij.'

'Ach, vooruit dan maar.' Vonnie schoof opgewekt opzij op de planken, zodat er meer dan genoeg ruimte vrijkwam tussen haar en Artie.

Ik kon er niets aan doen, ik vond haar aardig ook al gedroeg ik me niet zo.

En wat deed Artie ondertussen? Die had alleen maar interesse voor de legpuzzel, anders niets. In z'n beste momenten straalde hij een soort Stille Kracht uit, maar als Vonnie en ik weer ons alfa-vrouwtjesgedrag vertoonden, hield hij zich – zoals ik hem had opgedragen – volkomen afzijdig.

In het begin probeerde hij me tegen haar in bescherming te nemen, maar dat vond ik bijzonder beledigend. 'Nou lijkt het net,' had ik gezegd, 'alsof jij haar een stuk enger vindt dan mij.'

In werkelijkheid was alleen de dertienjarige Bruno een probleem. Hij was valser dan het meest venijnige meisje en ja, ik wist best dat hij daar voldoende reden voor had. Zijn ouders waren uit elkaar

17

gegaan toen hij op de aanvallerige leeftijd van negen was en nu was hij een puber in de greep van woedehormonen, wat hij tot uitdrukking bracht door zich als een chique fascist te kleden in nauwsluitende zwarte overhemden, een strakke zwarte broek met daaroverheen glanzende zwarte knielaarzen. Zijn haar was opvallend blond en kortgeknipt, met uitzondering van zo'n dikke jarentachtiglok. Bovendien gebruikte hij mascara en als ik me niet vergiste, was daar onlangs ook blusher bij gekomen.

'Goed!' Ik glimlachte een tikje gedwongen tegen de diverse gezichten.

Artie keek op van zijn legpuzzel en keek me strak aan met die felblauwe ogen. God. Ik moest even slikken en wenste meteen dat Vonnie naar huis en de kinderen naar bed zouden gaan, zodat ik alleen achter zou blijven met Artie.

Zou het onbeleefd zijn om te vragen of ze wilden opsodemieteren?

'Wil je iets drinken?' vroeg hij, terwijl hij me aan bleef kijken. Ik knikte stom en verwachtte eigenlijk dat hij op zou staan, zodat ik achter hem aan kon lopen naar de keuken om hem even stiekem te knuffelen.

'Ik haal het wel,' zei Iona dromerig.

Terwijl ik een kreet van ergernis inslikte, zag ik haar de zwevende trap af fladderen naar de keuken, waar de drank bewaard werd. Ze was vijftien. Ik stond ervan te kijken dat van haar verwacht werd dat ze met een glas wijn van het ene naar het andere vertrek kon lopen zonder het meteen achterover te slaan. Toen ik vijftien was, dronk ik alles wat niet vastgespijkerd was. Dat was heel gewoon, iedereen deed dat. Misschien door een gebrek aan zakgeld, ik zou het niet weten. Maar ik wist wel dat ik geen bal snapte van Iona en haar vertrouwingwekkende, sobere soortgenoten.

'Wil je ook iets te eten, Helen?' vroeg Vonnie. 'Er staat een salade met venkel en Zwitserse kaas in de koelkast.'

Mijn maag kromp samen, ik zou echt geen hap naar binnen kunnen krijgen. 'Ik heb al gegeten.' Dat was niet waar. Ik had zelfs geen plakje van de cake willen hebben die mam en pa als avondeten diende.

'Weet je het zeker?' Vonnie bekeek me argwanend. 'Je lijkt me een

18

beetje mager. We kunnen niet hebben dat je nog magerder wordt dan ik!'

'Geen schijn van kans.' Maar misschien toch wel. Ik had al geen fatsoenlijke maaltijd meer gehad sinds... nou ja, een hele tijd, precies wist ik het niet meer. Een week of misschien zelfs nog langer. Kennelijk kreeg mijn lichaam geen signaal meer van mijn hersenen dat ik voedsel nodig had. Of misschien maakte ik me wel zoveel zorgen dat mijn hersenen al die informatie niet meer aankonden.

'Helen!' zei Bella. 'We gaan spelen!' Ze kwam aandragen met een roze plastic kam en een roze tupperwaredoos vol roze haarspeldjes en roze omwoelde elastiekjes. 'Ga maar zitten!'

O god. Kappertje. Nou ja, ik had waarschijnlijk mazzel dat het niet de mevrouw van het postkantoor was. Dan moest ik uren in de rij staan terwijl zij in een denkbeeldig glazen hokje zat. Ik bleef maar volhouden dat we dat net zo goed online konden spelen, maar dan was het geen echt spelletje, vond ze.

'Hier komt je drankje,' zei ze en siste toen tegen Iona: 'Geef het haar nou maar gauw, je kunt toch wel zien dat ze gespannen is.'

Iona gaf me een groot glas rode wijn en een hoog, gekoeld glas vol ijsblokjes. 'Shiraz of eigengemaakte ijsthee met valeriaan. Ik wist niet zeker wat je het liefst zou willen.'

Heel even overwoog ik om de wijn te nemen, maar ik was bang dat ik nooit meer zou kunnen ophouden als ik nu begon te drinken en het idee van een kater was onverteerbaar.

'Geen wijn, dank je.'

Ik zette me schrap voor het pandemonium dat meestal op een dergelijke opmerking volgde, maar niemand reageerde. Ik was heel even vergeten dat ik niet bij mijn eigen familie was.

'Dan misschien een cola light?' vroeg Iona.

God, wat waren die Devlins toch gastvrij, zelfs zo'n wazig, zweverig type als Iona. Er stond altijd cola light in de koelkast voor mij, ook al dronken ze dat zelf nooit.

'Nee, nee, dank je, dit is prima.'

Ik nam een slokje van de valeriaanthee – niet smerig, maar ook niet echt lekker – en zakte neer op een enorm vloerkussen. Bella knielde naast me en begon mijn hoofd te masseren. 'Wat heb je toch prachtig haar,' mompelde ze.

Haar vingertjes kamden door mijn haar en verdeelden het in sliertjes en mijn schouders ontspanden. Voor de eerste keer in een dag of tien kon ik tot mijn opluchting weer eens diep ademhalen, waarbij mijn longen zich helemaal vulden met lucht en die vervolgens weer voorzichtig naar buiten persten. 'Jeetje, daar word ik helemaal loom van...'

'Nare dag gehad?' vroeg ze vol medeleven.

'Je moest eens weten, mijn kleine roze vriendin.'

'Vertel op,' zei ze.

Ik wilde haar net al mijn ellende voor de voeten gooien, toen ik me herinnerde dat ze pas negen was.

'... tja,' zei ik, terwijl ik mijn uiterste best deed om er toch nog een vrolijke draai aan te geven. 'Ik kon mijn rekeningen niet meer betalen, dus moest ik mijn flat uit...'

'Wat?' Artie keek stomverbaasd op. 'Wanneer?'

'Vandaag. Maar het geeft niet.' Ik had het meer tegen Bella dan tegen hem.

'Maar waarom heb je me dat niet verteld?'

Waarom niet? Toen ik hem zes weken geleden de sleutel gaf, had ik hem gewaarschuwd dat die kans erin zat, maar ik had net gedaan alsof ik een grapje maakte. Per slot van rekening had het hele land hypotheekachterstand en zat tot aan de strot in de schulden. Maar vorig weekend had hij de kinderen gehad, daarna was hij de hele week weg geweest en ik vond het altijd moeilijk om heftige dingen telefonisch te bespreken. Eerlijk gezegd had ik niemand verteld wat er aan de hand was.

Gisterochtend, toen ik besefte dat ik aan het eind was – dat het eind van de weg eigenlijk al een tijdje bereikt was, maar dat ik dat gewoon niet wilde toegeven en hoopte dat er toch nog een stel wegenbouwers zou komen opdagen met een zootje asfalt en wat witte belijning om nog een paar extra kilometer voor me aan te leggen – had ik zonder veel misbaar voor vandaag die twee verhuizers geregeld. Waarschijnlijk had ik uit schaamte mijn mond gehouden. Of was het verdriet geweest? Of shock? Moeilijk te zeggen.

'Wat ga je nu doen?' Bella klonk ongerust.

'Ik ben voorlopig weer bij mijn vader en moeder ingetrokken.'

Ze gedragen zich momenteel wel als een stel bejaarden, dus er is nauwelijks iets te eten in huis, maar dat kan best overgaan...'

'Waarom kom je niet hier wonen?' vroeg Bella.

'Omdat je vader en ik pas kort verkering hebben...'

'Vijf maanden, drie weken en zes dagen,' zei Bella. 'Dat is bijna zes maanden, bijna een halfjaar.'

Ik wierp een bezorgde blik op haar enthousiaste gezichtje.

'En jullie passen goed bij elkaar,' zei ze. 'Dat zegt mam zelf. Hè, mam?'

'Zeker weten,' zei Vonnie met een wrang glimlachje.

'Ik kan helemaal niet bij jullie intrekken.' Ik deed mijn best om jolig te klinken. 'Want dan zou Bruno me midden in de nacht aan het mes rijgen.' Om vervolgens mijn make-up te jatten.

'Vast niet!' Bella was ontzet.

'Vast wel,' zei Bruno.

'Bruno!' schreeuwde Artie tegen hem.

'Neem me niet kwalijk, Helen.' Bruno kende het klappen van de zweep. Hij draaide zich om, maar niet voordat ik hem 'krijg de klere, kutwijf' had zien mompelen.

Ik moest me echt beheersen om niet terug te snauwen: 'Nee, krijg jij maar de klere, kleine fascist.' Ik prentte mezelf in dat ik bijna vierendertig was. En Artie had het kunnen zien.

Ik werd afgeleid toen een lichtje op mijn mobiel opflitste. Een nieuwe e-mail. Onder het intrigerende kopje 'Stapels zoete broodjes'. Toen zag ik wie de afzender was: Jay Parker. Ik liet het toestel bijna vallen.

'Lieve Helen, mijn snoezige, kleine stukje chagrijn. Ik krijg het bijna niet uit mijn strot, maar ik heb je hulp nodig. Kunnen we het verleden niet gewoon laten rusten en de draad weer oppakken?'

Het antwoord bestond uit één woord en het kostte me nog geen seconde om het in te voeren. 'Nee.'

Ik liet Bella met mijn haar spelen, nipte van mijn valeriaanthee, keek toe hoe de Devlins bezig waren met hun legpuzzel en wenste dat het hele stel – met uitzondering van Artie, uiteraard – het heen en weer zou krijgen. Konden we niet op z'n minst naar binnen gaan en de tv aanzetten? In het huis waarin ik was opgegroeid werd 'buiten' met argwaan begroet. Zelfs hartje zomer snapten wij niet wat je in de tuin te zoeken had, want het snoer van de tv reikte niet zover. De tv was bijzonder belangrijk geweest in het gezin Walsh: er gebeurde niets, maar dan ook niets – geboorte, dood, huwelijk – zonder dat op de achtergrond de tv aanstond, bij voorkeur op een of andere lawaaierige soap. Zouden die Devlins echt niet gek worden van al hun gesprekken?

Maar ik besefte dat zij waarschijnlijk niet het probleem vormden. Ik zou het probleem wel zijn. Het vermogen om met andere mensen te praten leek uit me weg te vloeien als de lucht uit een oude ballon. Ik was er nu al weer erger aan toe dan een uur geleden.

Bella's zachte vingertjes plukten aan mijn hoofdhuid en ze klikte met haar tong en bleef friemelen tot ze uiteindelijk een of ander resultaat had bereikt dat haar tevreden stelde.

'Perfect! Je ziet eruit als een soort Maya-prinses. Kijk maar.' Ze duwde me een handspiegel onder de neus. Ik ving een glimp op van mijn haar in twee lange vlechten en een of ander handgeweven ding dat dwars over mijn voorhoofd was gebonden. 'Kijk eens naar Helen,' zei ze tegen de meute. 'Is ze niet mooi?'

'Beeldschoon,' zei Vonnie en ze leek het ook nog te menen.

'Net een Maya-prinses,' benadrukte Bella.

'Is het waar dat de Maya's de Magnums hebben uitgevonden?' vroeg ik. Er viel even een verbijsterde stilte, toen werden de gesprekken weer opgepakt alsof ik niets had gezegd. Ik zat volkomen op de verkeerde golflengte.

'Ze is echt net een Maya-prinses,' zei Vonnie. 'Alleen heeft Helen groene ogen en die van een Maya-prinses zullen wel bruin zijn geweest. Maar het haar is perfect. Goed van je, Bella. Nog wat thee, Helen?'

Tot mijn verbazing had ik het – in ieder geval voor nu – wel gehad met de Devlins met hun knappe uiterlijk, hun beschaving en hun goede manieren, met hun bordspelletjes, hun scheidingen met wederzijdse instemming en hun kinderen-mogen-bij-het-eten-een-half-glaasje-wijn. Ik wilde echt Artie alleen hebben, maar dat zou niet gaan gebeuren en ik kon niet eens de energie opbrengen om pissig te zijn – het was niet zijn schuld dat hij drie kinderen en een veeleisende baan had. Hij wist niet wat voor dag ik vandaag had gehad. Of gisteren. Of wat voor week ik achter de rug had.

'Nee, bedankt Vonnie, ik hoef geen thee meer. Ik moet er weer vandoor.' Ik stond op.

'Ga je weg?' vroeg Artie bezorgd.

'Ik zie je dit weekend wel.' Of wanneer de kinderen ook bij Vonnie waren. Ik kon hun programma niet meer bijhouden, daarvoor was het veel te ingewikkeld. Het kwam er in feite op neer dat de drie kinderen exact, maar dan ook exact, dezelfde hoeveelheid tijd doorbrachten met hun beide ouders, maar de dagen waar het om ging, varieerden van week tot week al naargelang Artie of Vonnie (maar meestal Vonnie, als je het mij vraagt) een paar daagjes wegging of een bruiloft ergens in het land had en ga zo maar door.

'Is alles in orde met je?' Artie begon er nu echt bezorgd uit te zien.

'Prima.' Ik wilde er nu niet verder op ingaan.

Hij pakte me bij mijn pols. 'Waarom blijf je niet nog even?' En met een zachtere stem: 'Ik vraag wel of Vonnie weggaat. En de kinderen zullen op een gegeven moment toch naar bed moeten.'

Maar dat kon nog uren duren. Artie en ik gingen nooit vóór hen naar bed. Natuurlijk was ik er 's morgens vaak ook nog, dus was het duidelijk dat ik was blijven slapen, maar we hadden ons – allemaal – aangewend om net te doen alsof ik in een of ander denkbeeldig logeerbed sliep en Artie de nacht alleen had doorgebracht. Hoewel ik Arties liefje was, deden we meestal net alsof ik gewoon een bekende was.

'Ik moet ervandoor.' Ik kon niet langer op die houten vloer zitten, wachtend tot ik Artie voor mezelf zou hebben en de kans zou krijgen om de kleren van zijn prachtlijf te rukken. Dan zou ik ontploffen.

Maar eerst moest er afscheid worden genomen. Dat nam ongeveer twintig minuten in beslag. Daar had ik helemaal geen boodschap aan, als het aan mij lag mompelde ik liever dat ik even naar de plee moest en glipte dan gewoon de deur uit. Meestal was ik al bijna thuis voordat iemand me miste. Ik vind afscheid nemen onnoemelijk saai en soms zou ik het liefst op de vlucht slaan. Maar de Devlins pakten het altijd groots aan, met omhelzingen en dubbele kussen, zelfs van Bruno die kennelijk toch zijn burgerlijke gewoontes niet helemaal af kon schudden, en een vierdubbele kus (beide wangen, voorhoofd en kin) van Bella, die voorstelde dat ik gauw een keertje bij haar moest blijven slapen.

'Dan mag je mijn pyjama met de aardbeientaartjes lenen,' beloofde ze.

'Je bent negen,' zei Bruno meer dan minachtend, 'en zij is hartstikke oud. Die pyjama van jou past haar toch nooit?'

'We hebben dezelfde maat,' zei Bella.

En grappig genoeg was dat ook bijna waar. Ik was klein voor mijn leeftijd en Bella was lang voor de hare. Ze waren allemaal lang, de Devlins, dat hadden ze van Artie.

'Weet je wel zeker dat je alleen wilt zijn?' vroeg Artie toen hij met me naar de voordeur liep. 'Je hebt echt een rotdag achter de rug.'

'Ach, ja hoor, ik voel me best.'

Hij pakte mijn hand en liet die eerst over zijn T-shirt glijden, toen over zijn borst en duwde hem vervolgens omlaag naar zijn maag.

'Hou op.' Ik trok me los. 'Het heeft geen zin om iets te beginnen als we het niet af kunnen maken.'

'Oooké. Maar laat me dan eerst dit losmaken voor je weggaat.'

'Artie, ik zei toch...'

Hij maakte teder de Maya-hoofdband los die Bella me had omgedaan en gooide het lint achteloos op de grond.

'O,' zei ik. En nog eens 'o' toen hij zijn handen in mijn haar stak en ze over mijn arme, gekwelde hoofdhuid liet glijden terwijl hij de twee vlechten lostrok. Ik sloot even mijn ogen en liet zijn handen hun werk doen. Hij liet zijn duimen over mijn oren glijden, over mijn voorhoofd, over de fronslijntjes tussen mijn wenkbrauwen en over het drukpunt tussen mijn hoofd en mijn nek. Mijn gezicht begon te ontspannen, mijn kaken werden slap en toen hij uiteindelijk ophield, voelde ik me zo zalig dat een mindere vrouw door de knieën was gegaan.

Ik slaagde erin om rechtop te blijven staan. 'Heb ik op je gekwijld?' vroeg ik.

'Dit keer niet.'

'Oké, dan ga ik ervandoor.'

Hij bukte zich en gaf me een kus, een kus die meer ingehouden was dan ik had gewild, maar het was beter om het vuurtje niet op te stoken.

Ik stak mijn hand op en legde die op zijn achterhoofd. Ik vond het fijn om mijn vingers door het haarvlak boven zijn nek te laten glijden en er even aan te trekken. Niet zo hard dat het pijn deed. Net niet.

Toen we elkaar los lieten, zei ik: 'Ik hou van je haar.'

'Vonnie zegt dat ik naar de kapper moet.'

'Ik zeg van niet. En ik heb het voor het zeggen.'

'Oké,' zei hij. 'Ga maar gauw slapen. Ik bel je later wel.'

We hadden de laatste paar weken de – nou ja, je kunt wel zeggen gewoonte – gehad om nog even met elkaar te babbelen voordat we gingen slapen.

'En wat die vraag van je betreft,' zei hij, 'het antwoord is ja.'

'Welke vraag?'

'Hebben de Maya's de Magnums uitgevonden?'

3

Zodra ik in de auto zat, besefte ik dat ik nergens naartoe kon. Ik reed naar de snelweg, maar toen ik bij de afslag naar het huis van mijn ouders kwam, reed ik gewoon door.

Ik hou van autorijden. Het was net alsof je in een kleine zeepbel zat. Ik was niet op de plek vanwaar ik vertrokken was en ik was niet op de plek waar ik naartoe ging. Alsof ik bij mijn vertrek opgehouden was te bestaan en pas weer terug zou komen als ik aankwam, en ik hield ervan, dat stadium van niet-zijn.

Onder het rijden hapte ik met open mond naar lucht en deed mijn best die naar binnen te slikken om te voorkomen dat mijn borst helemaal samenkneep.

Toen mijn telefoon ging, laaide een gevoel van angst in me op. Ik pakte het toestel op en wierp een blik op het schermpje: Anonieme Oproep. In principe konden dat een heleboel mensen zijn. Ik had de laatste tijd een paar bijzonder onwelkome telefoontjes gehad, zoals dat wel vaker gebeurt met mensen die hun rekeningen niet betalen, maar ik voelde aan mijn water wie deze anonieme beller was. En ik wilde niet met hem praten. Nadat de telefoon vijf keer was overgegaan, nam de voicemail over. Ik gooide het toestel op de stoel naast me en reed door.

Ik zette de radio aan, die permanent afgestemd was op een nieuwszender. Op deze tijd van de avond zonden ze een sportprogramma uit waarin ik totaal niet geïnteresseerd was: voetbalwedstrijden en hardlopen en zo. Ik luisterde met een half oor naar sportmensen en hun trainers en dacht: Het kan wel belangrijk voor jullie zijn, maar mij interesseert het geen barst. En mijn dingen zijn voor mij van levensbelang, maar ze betekenen niets voor jullie. Dus zijn er wel dingen die echt belangrijk zijn?

Heel even zag ik alles in perspectief. Zij denken dat de wereld vergaat als ze zaterdag de bekerfinale niet winnen. Ze zijn nu al doodsbang dat ze zullen verliezen. Ze weten nu al hoe wanhoop voelt. Maar het maakt niets uit.

Niets is belangrijk.

Mijn telefoon ging opnieuw over. Anonieme Oproep. Net als bij het vorige telefoontje had ik een sterk vermoeden wie het was. Het toestel ging vijf keer over en stopte.

Rond deze tijd van de avond – bijna tien uur – was de snelweg vrijwel leeg en de zon begon eindelijk onder te gaan. Typisch begin juni, er kwam geen einde aan de dagen, ik had de pest aan dat constante daglicht. Mijn telefoon ging opnieuw over en ik besefte dat ik daarop had zitten wachten. Hij ging weer de gebruikelijke vijf keer over en stopte. Een paar minuten later hetzelfde liedje. Ophouden en weer opnieuw, ophouden en weer opnieuw, steeds maar weer, precies zoals hij altijd had gedaan. Als hij iets wilde, dan wilde hij het meteen. Uiteindelijk zette ik het verrekte ding uit, dat zou meneer Jay Parker leren. Ik slaakte een diepe zucht en reed verder.

Aan de horizon dreven vreemde wolken. Ik kon me niet herinneren dat ik ooit zulke luchten had gezien, buitenaards en rampzalig, met een eeuwigdurende schemering. Het duurde veel te lang voordat het donker werd en ik had het gevoel dat ik het niet meer uit zou houden. Een golf van afschuw sloeg door me heen.

Ik was al halverwege Wexford voordat de zon eindelijk onderging en ik me veilig genoeg voelde om rechtsomkeert te maken en terug te rijden naar mam en pap.

Onderweg naar mijn nieuwe huis stond ik mezelf – heel even maar – toe om te bedenken hoe het zou zijn om samen te wonen met Artie. Maar die gedachte draaide ik onmiddellijk de nek om. Daar mocht ik niet eens aan denken, dat was te eng. Niet dat Artie er ooit over was begonnen, de enige die dat had gedaan was Bella. Maar stel je nou eens voor dat ik tot de ontdekking zou komen dat ik het wel wilde en Artie niet? Of nog erger, dat hij het ook zou willen?

Het was al erg genoeg dat ik mijn flat kwijt was, zonder ook nog eens heibel met Artie te veroorzaken. Het was nog zo kwetsbaar wat we samen hadden, maar het ging geweldig. Dat we noodgedwongen zouden overwegen om samen te gaan wonen om dan tot de ontdekking te komen dat we dat allebei eigenlijk te snel vonden... dat kon gewoon niet goed gaan. Zelfs als we de beslissing alleen maar voor ons uit schoven, zou het nog steeds aanvoelen als een motie van afkeuring. En stel je nou eens voor dat ik wel bij hem introk en we tot de ontdekking kwamen dat het inderdaad geen goed idee was geweest? Zouden we dat dan ooit nog kunnen rechtzetten?

Ik zuchtte diep. Ik wilde dat ik mijn flat niet had moeten opgeven. Ik wilde dat Artie gewoon naar me toe kon komen en bij me kon blijven wanneer ik dat wilde. Maar die oplossing was er niet meer, die was voorgoed verdwenen. Het was godsonmogelijk dat hij en ik thuis bij mam en pa samen in bed konden kruipen om met elkaar te vrijen terwijl zij aan de overkant van de overloop lagen! Dat was te gek voor woorden, dat zou gewoon niet kunnen.

Verdomme, wat had ik toch de pest aan die verrekte frisse wind die zomaar ineens kon opsteken en alles omver kon blazen.

Een onbekende auto, zo'n glanzende, lage, sportieve bak, stond voor het huis van mam en pap en een man hield zich schuil in de schaduwen. Het kon natuurlijk een of andere maffe verkrachter zijn geweest, maar toen ik uit de auto stapte, was het nauwelijks een verrassing (categorie: vervelend) toen hij in het licht stapte en zich ontpopte als Jay Parker. Het was bijna een jaar geleden dat ik hem voor het laatst had gezien – hoewel ik dat niet echt had bijgehouden – en hij was geen spat veranderd. Met zijn nauwsluitende, hippe pak, zijn donkere, sprankelende ogen en zijn gretige glimlach leek hij precies op wat hij was: een oplichter.

'Ik heb je gebeld,' zei hij. 'Neem je je telefoon wel eens op?'

Ik nam niet de moeite om te blijven staan. 'Wat moet je?'

'Ik heb je hulp nodig.'

'Vergeet het maar.'

'Ik zal je ervoor betalen.'

'Ik ben veel te duur voor je.' Vooral omdat ik plotseling een speciaal, bijzonder duur tarief voor Jay Parker had verzonnen.

'Zal ik je eens wat vertellen? Dat kan ik wel. Ik ken je tarieven. Ik ben bereid om je het dubbele te betalen. Vooraf. In contanten.' Hij haalde een stapel bankbiljetten tevoorschijn, zoveel dat ik abrupt bleef staan.

Ik keek naar het geld en toen naar hem. Ik wilde niet voor Jay Parker werken. Ik wilde niets met hem te maken hebben.

Maar het was verschrikkelijk veel geld.

Benzine in de tank. Opwaardering van de telefoonkaart. Een bezoek aan de dokter.

Argwanend vroeg ik: 'Wat wil je dan gedaan hebben?'

Het zou vast iets twijfelachtigs zijn.

'Je moet iemand voor me vinden.'

'Wie?'

Hij aarzelde. 'Dat is vertrouwelijk.'

Ik wierp hem een vernietigende blik toe. Hoe moest ik iemand vinden wiens identiteit zo vertrouwelijk was dat hij me niet kon vertellen om wie het ging?

'... wat ik eigenlijk bedoel, is dat het heel gevoelig ligt...' Hij duwde een paar kiezelsteentjes heen en weer met de teen van zijn puntschoen.

'Het moet voor de pers verborgen blijven...'

'Om wie gaat het?' Nu was ik echt nieuwsgierig.

Een scala aan bezorgde blikken gleed over zijn gezicht.

'Wie?' drong ik aan.

Plotseling schopte hij tegen een van de kiezels die met een mooie, elegante boog wegvloog. 'Ach, verrek, ik kan het je net zo goed vertellen. Het gaat om Wayne Diffney.'

Wayne Diffney! Die kende ik wel. In feite wist ik heel wat van hem af. Heel lang geleden, waarschijnlijk ergens in het midden van de jaren negentig, had hij in Laddz gezeten. En Laddz was een van de meest populaire Ierse jongensgroepen geweest. Niet helemaal van het niveau van Boyzone of WestLife, maar desondanks heel groot. Uiteraard hadden ze hun glorietijd al lang achter zich en ze waren nu zo oud, zo talentloos en zo lachwekkend, dat de meeste mensen alleen maar vol genegenheid aan hen terugdachten. Ze waren een soort nationale troetelgroep geworden.

'Je zult het vast wel weten, maar Laddz komt volgende week weer bij elkaar voor drie mega reünieconcerten. Op woensdag, donderdag en vrijdag.'

Een Laddz-reünie! Ik had echt niet geweten dat die ophanden was – ik had andere dingen aan mijn hoofd gehad – maar ineens begon me een en ander duidelijk te worden. Zoals hun liedjes die om de haverklap op de radio werden uitgezonden en mijn eigen moeder die me aan mijn kop had gezeurd om mee te gaan naar dat concert.

'Honderd euro per persoon, merchandising voor de deur,' zei Jay weemoedig. 'Alsof je zelf je geld kunt drukken.'

Tot dusver allemaal typerend voor Jay Parker, die kleine gore oplichter.

'Nou en?' drong ik aan.

'Ik ben hun manager. Maar Wayne wilde – wil – niet meewerken. Hij...' Jay zweeg even.

'... schaamt zich?'

'... staat niet te trappelen.'

Dat kon ik me best voorstellen. Laddz bestond, zoals alle doorsneejongensgroepjes, uit vijf typetjes: het talentvolle joch, het snoezige joch, het homojoch en het maffe joch. En dan was er nog dat andere joch. Wayne was het maffe joch geweest. Het enige wat nog erger zou zijn geweest, was om dat andere joch te zijn.

Waynes mafheid kwam vooral tot uiting in zijn haar: ze hadden hem zover gekregen dat hij een kapsel had in de trant van het Sydney Opera House en daar scheen hij geen enkele moeite mee te hebben. Als excuus gold dat hij nog jong was geweest, niet beter had geweten en recentelijk boete had gedaan door met een volslagen normaal hoofd rond te lopen.

Natuurlijk was dat allemaal al eeuwen geleden. Er waren massa's tijd verstreken sinds de nummer 1-hits. Het originele Laddzvijftal was een kwartet geworden toen het talentvolle joch, na een paar succesjaren, de benen had genomen. (Hij was daarna een wereldster geworden die nooit ook maar met één woord had gerefereerd aan zijn duistere jongensgroepverleden.) Het resterende viertal had het nog een tijdje weten vol te houden, maar toen ze uiteindelijk uit elkaar gingen, had dat niemand ook maar ene reet geïnteresseerd.

Ondertussen was het persoonlijke leven van Wayne finaal ingestort. Zijn vrouw Hailey ging ervandoor met een echte, grote rockster, een zekere Shocko O'Shaughnessy. Toen Wayne ineens in het landhuis van Shocko opdook, op zoek naar zijn vrouw, kwam hij tot de ontdekking dat ze zwanger was van Shocko en helemaal niet van plan om terug te gaan naar Wayne. Bovendien was Bono toevallig ook net op bezoek bij zijn goede vriend Shocko en hij schermde hem af, zodat Wayne in al die heisa (zo wil het gerucht tenminste) Bono een dreun op zijn linkerknie gaf met een hurleystick en schreeuwde: 'Dat is voor 'Zooropa'!'

Na zoveel ellende besloot Wayne dat hij alle reden had om zich als een echte artiest te manifesteren, dus schafte hij dat maffe haar af, liet een sik groeien, zei een tikje onzeker 'fuck' in een uitzending van de nationale radio en maakte een paar akoestische gitaaralbums over onbeantwoorde liefde. Vanwege zijn weggelopen vrouw en de aanval op Bono kon Wayne rekenen op een behoorlijke hoeveelheid bijval en had hij enig succes, maar kennelijk toch niet genoeg want na een paar albums werd hij door zijn label gedumpt en verdween toen helemaal uit beeld.

Het bleef een hele tijd stil, maar nu was er kennelijk genoeg tijd verlopen... de ijzige sneeuw van de winter was gesmolten en de lente was wedergekeerd. De krijsende tieners en twens die oorspronkelijk fan van Laddz waren geweest waren nu volwassen vrouwen die zelf kinderen hadden plus een neiging tot nostalgie. Als je erover nadacht, was dat comeback-concert alleen maar een kwestie van tijd geweest.

Vandaar, zei Jay Parker tegen me, dat hij zo'n drie maanden geleden met een voorstel naar de jongens was gegaan, waarbij hij aanbood om als hun manager op te treden en hun grote rijkdommen in het verschiet stelde (dat was een gok, maar ik wist hoe hij was) als ze weer een tijdje bij elkaar zouden komen. Ze waren er allemaal voor gevallen en hadden ogenblikkelijk de opdracht gekregen om alle koolhydraten te laten staan en per dag acht kilometer te gaan hardlopen. En om ondertussen op bescheiden schaal te gaan repeteren. Ze hoefden ook weer niet te overdrijven.

'Er hangt ontzettend veel af van deze optredens,' zei Jay. 'Als die goed gaan, kunnen we door het hele land toeren en misschien wat optredens in Groot-Brittannië doen, een kerst-dvd maken en god mag weten wat nog meer... En de jongens kunnen wel een paar centen gebruiken.'

Uit wat hij me vertelde, maakte ik op dat de Laddz, afhankelijk van de persoon in kwestie, failliet waren, een paar keer gescheiden, of verslaafd aan antieke auto's.

'Maar Wayne zag het niet echt zitten,' zei Jay. 'In het begin misschien nog wel, maar de afgelopen week is hij... onberekenbaar geweest. De laatste paar dagen kwam hij niet meer opdagen bij de repetities. Hij werd betrapt met een vijgenfoccacia en een pot Nutella... Hij heeft zijn hoofd kaalgeschoren...'

'Wát!'

'En hij huilde tijdens het bidden.'

'Het bidden!'

Jay wuifde dat weg. 'Op aandringen van John Joseph.'

O ja. John Joseph Hartley – het snoezige joch, althans dat was hij vijftien jaar geleden geweest – was in de Heer.

'Wat voor soort bidden?' vroeg ik. 'Boeddhistische gezangen?'

'O nee. Gewoon ouderwets. Meestal een rozenkransje. Dat kan geen kwaad, hoor. Waarschijnlijk is het zelfs een goeie manier om een onderlinge band te krijgen. Maar goed, we waren midden in het derde droevige geheim en ineens was Wayne in tranen. Hij zat te janken als een grietje. Toen nam hij de benen, schitterde de dag erna – dat was gisteren – door afwezigheid bij de repetities en toen ik naar zijn huis ging, trof ik hem daar met chocolavlekken op zijn T-shirt en een kaalgeschoren kop.'

Zijn beroemde haar. Zijn maffe haar. Arme Wayne. Hij had er kennelijk helemaal geen zin in gehad.

'Ik bedoel maar, dat haar daar konden we wel mee leven,' zei Jay. 'En die vette pens. Hij beloofde me dat hij zijn leven zou beteren, maar vanmorgen was hij er weer niet. Hij nam de telefoon niet op, niet zijn vaste nummer en niet zijn mobiel. We besloten om toch door te gaan met de repetities. We besloten om hem een dag rust te geven en hem een beetje protest te gunnen...'

'Wie zijn "wij"?'

'Ik. En John Joseph. Dus toen we vandaag klaar waren, belde ik Wayne en omdat zijn mobiel niet aanstond, ben ik weer naar zijn huis gereden. Alsof ik niet al genoeg te doen heb. En hij is er niet meer. Hij is gewoon... verdwenen. Daarom moet jij eraan te pas komen.'

'Nee.'

'Ja.'

'Er zijn tientallen privédetectives in deze stad en ze zitten allemaal om werk te springen. Ga daar maar naartoe.'

'Luister nou eens, Helen.' Hij klonk plotseling hartstochtelijk. 'Ik kan de eerste de beste ouwe knakker inhuren om in te breken in de passagierslijsten van alle vluchten van de afgelopen vierentwintig uur. Verdorie, ik kan ook zelf de telefoon oppakken en systematisch elk hotel in het hele land bellen. Maar ik heb het gevoel dat we daarmee geen moer opschieten. Wayne is gehaaid. Als het een van de anderen was dan zat hij ergens in een hotel met roomservice en een gratis massage. En de hele dag golfen.' Hij onderdrukte een huivering. 'Maar Wayne... ik heb geen flauw idee waar hij zit.'

'Nou en?'

'Ik wil dat jij in Waynes hoofd kruipt. Ik moet iemand hebben die anders denkt dan de meeste mensen en je mag dan een vervelend kreng zijn, Helen Walsh, maar je bent ook geniaal.'

Daar zat iets in. Ik ben lui en onlogisch en ik kan niet goed met mensen omgaan. Ik raak snel verveeld en ben snel geïrriteerd. Maar ik heb briljante momenten. Die duiken af en toe ineens op zonder dat er sprake is van een vast patroon, maar het gebeurt regelmatig. 'Wayne,' zei Jay, 'houdt zich vlak onder onze neus verborgen. Hij verstopt zich niet om onder te duiken, zoals een normaal mens zou doen. Hij verstopt zich wel degelijk, maar niet op een plek die voor de hand ligt en als je hem vindt, vraag je je af waarom je daar niet meteen aan gedacht hebt.'

Over kronkels gesproken. 'Jay, het klinkt eerder alsof Wayne... overstuur was. Met die kale kop en zo. Ik weet wel dat je ontzettend geilt bij de gedachte aan Laddz-theedoeken en Laddz-lunchtrommeltjes, maar als Wayne Diffney ergens zit te overwegen om zichzelf iets aan te doen, is het je plicht om dat aan iemand door te geven.'

'Zichzelf iets aandoen?' Jay staarde me verbijsterd aan. 'Wie zegt dat dan? Hoor eens, ik heb het gewoon helemaal verkeerd verteld. Wayne heeft gewoon de pee erin.'

'Ik weet het niet...'

'Hij zit vast ergens te mokken, dat is alles.'

Dat zou kunnen. Misschien projecteerde ik mijn eigen doffe ellende wel op Wayne.

'Volgens mij kun je toch beter naar de politie gaan.'

'Die willen er niets mee te maken hebben. Hij is vrijwillig opgestapt, hij wordt pas hooguit vierentwintig uur vermist... En het mag niet in de krant komen. Wat zou je ervan zeggen als je eens meeging naar zijn huis, Helen Walsh, en kijkt of jij er chocola van kunt maken? Geef me een uur van je tijd en ik betaal voor twaalf uur. Dubbel tarief.'

Een inwendig stemmetje bleef maar herhalen dat Jay Parker een slechte vent was.

'Massa's heerlijke poen,' zei Jay verlokkelijk. 'Het zijn magere jaren voor privédetectives.'

Hij sloeg de spijker op z'n kop. Magerder dan ooit tevoren. Het was de afgelopen twee jaar echt afschuwelijk geweest om te zien hoe het werk afnam, waardoor ik met de dag minder te doen had en uiteindelijk helemaal niets meer verdiende. Maar weet je, het was niet eens de gedachte aan dat geld die me hartkloppingen bezorgde, het was het idee dat ik iets te doen zou hebben, dat ik een raadsel zou hebben om me op te concentreren en niet voortdurend over mezelf liep te piekeren.

'Wat denk je ervan?' vroeg Jay die me scherp in de gaten had.

'Eerst geld zien.'

'Oké.' Hij gaf me een stapeltje bankbiljetten en ik telde ze na. Hij had me zoals beloofd voor twaalf uur betaald, tegen dubbel tarief.

'Zullen we dan nu naar het huis van Wayne gaan?' vroeg hij.

'Ik heb geen zin om me wederrechtelijk toegang te verschaffen.' Dat was niet altijd zo. Je overtreedt de wet, maar wat heeft het leven nou voor zin als je nooit van angst een adrenalinestoot zou krijgen?

'Dat hoeft niet. Ik heb een sleutel.'

4

We gingen met Jays auto, een dertig jaar oude Jag. Dat had ik kunnen raden. Oude Jaguars worden meestal gereden door 'zakenlui' die altijd aan het sjoemelen zijn en dan ineens 'een probleempje' hebben met de belastingdienst.

Ik zette mijn telefoon weer aan en vuurde een spervuur van vragen op Jay af.

'Heeft Wayne vijanden?'

'Veel kappers zouden hem wel willen aanklagen vanwege een misdadig kapsel.'

'Deed hij drugs?'

'Niet dat ik weet.'

'Heeft hij geld geleend in de privésector?'

'Bedoel je van een uitzuiger? Geen flauw idee.'

'Hoe weet je dat hij uit vrije wil is verdwenen?'

'Goeie genade nog aan toe, wie zou hem nou willen ontvoeren?'

'Mag je hem niet?'

'Ach, hij valt wel mee. Een beetje zwaar op de hand.'

'Wanneer heeft iemand hem voor het laatst gesproken?'

'Gisteravond. Ik heb hem om acht uur nog gezien en John Joseph heeft hem tegen tienen gebeld.'

'En vanmorgen bij de repetitie kwam hij niet opdagen?'

'Nee. En toen ik daarna bij zijn huis langsging, was hij er niet.'

'Hoe weet je dat? Ben je zomaar naar binnen gegaan, zonder dat hij er was? Wat schandalig.'

'Jij breekt zelf beroepshalve in bij andere mensen.'

'Niet bij mijn vrienden...'

'Ik ben alleen naar binnen gegaan omdat ik me zorgen maakte...'

'Hoe kom je aan zijn sleutels?'

'Artiesten. Die moet je kort houden. Ik heb de sleutels van alle Laddz-leden. En ook de codes van hun alarmsystemen.'

'Waar zit Wayne volgens jou?'

'Geen idee, maar ik kon zijn paspoort niet vinden.'

'Zit hij op Twitter?'

'Nee. Hij is een beetje... eenkennig.' Jays stem liep over van minachting.

'En Facebook?'

'Ja, natuurlijk. Maar sinds dinsdag heeft hij zich niet meer gemeld. Overigens is hij niet zo'n figuur die dat iedere dag doet.' Weer die minachting.

'Als hij iets van zich laat horen, dan vertel je me dat meteen, wat het ook is. Wat was zijn laatste bericht?'

'Ik ben niet zo'n Dukan-figuur.'

'O. Ik moet een recente foto van hem hebben.'

'Geen probleem.' Jay gooide me een foto toe.

Ik wierp er een blik op en gooide hem terug. 'Niet zo'n stomme persfoto. Als je wilt dat ik die vent vind, moet ik weten hoe hij eruitziet.'

Jay gooide me de foto opnieuw toe. 'Zo ziet hij eruit.'

'Kunstmatig bruin? Opgemaakt? Geföhnd haar? Een wanhopige, gemaakte grijns? Geen wonder dat hij ervandoor is.'

'Misschien ligt er eentje in het huis,' gaf Jay toe. 'Iets wat een beetje echter lijkt.'

'Wat heeft hij de laatste paar jaar uitgespookt? Sinds zijn comeback de mist inging?' Dat is iets wat me vaak bezighoudt: *Wat Als Jongensgroepen Mislukken?*

'John Joseph bezorgt hem massa's werk. Productie.'

John Joseph. Het snoezige joch. Niemand wist hoe hij het had klaargespeeld, maar de laatste paar jaar was hij de schande van het feit dat hij in een jongensgroep had gezeten ontgroeid en een nieuwe carrière als producer begonnen. Niet voor artiesten die jullie iets zouden zeggen – laten we het erop houden dat Kylie hem niet zou bellen – en hij was meestal in het Midden-Oosten aan de slag. Daar zijn ze kennelijk wat minder kieskeurig.

Maar hij scheen zijn zaakjes goed voor elkaar te hebben. Hij was zelfs onlangs, in een verblindende golf van publiciteit, met een van zijn artiesten getrouwd, een zangeres uit Libanon. Of misschien was het Jordanië, in ieder geval een van dat soort landen. Een donkerogige schoonheid die Zeezah heette. Eén naam, net als Madonna. Of, zoals mijn moeder zei, net als Hitler. Zij vond het maar niks dat een Iers meisje niet goed genoeg was voor John Joseph, ook al scheen Zeezah van plan te zijn om de islam waarmee ze was opgegroeid om te ruilen voor het katholicisme. Ze was zelfs samen met John Joseph op huwelijksreis gegaan naar Rome, om te laten zien dat ze het echt meende.

Maar goed, Zeezah-met-maar-één-naam was bijvoorbeeld echt wereldberoemd in Egypte en John Joseph was van plan om haar net zo beroemd te maken in Ierland, het Verenigd Koninkrijk en de rest van de wereld.

'Volgens mij,' zei Jay langzaam, alsof hij over iets anders wilde beginnen, 'heb jij momenteel ook een nieuw vriendje.'

Ik kneep mijn lippen op elkaar. Hoe wist Jay dat? En wat ging het hem aan?

'Niet bepaald nieuw,' zei ik. 'We gaan al zes maanden met elkaar.'

'Zes. Maanden,' herhaalde Jay alsof hij diep onder de indruk was. 'Sjongejonge.'

Om de een of andere reden keek ik hem aan. 'Dat wist je niet echt, hè? Je zat gewoon te vissen.'

'Jawel, dat wist ik best,' hield hij vol.

Maar dat was niet waar. Hij had me te pakken gehad. Weer.

'We zouden zijn positie kunnen bepalen door een driepuntsmeting via telefoonmasten,' zei Jay.

'Je hebt te veel films gezien.'

'Hoezo?'

'Voor dat soort dingen heb je een gerechtelijk bevel nodig. Daarvoor moet je bij de smerissen zijn.'

'Kunnen we er dan achter komen of hij zijn creditcard of zijn pinpas de laatste zesendertig uur heeft gebruikt?'

'Misschien wel.' Ik was even stil. Ik wist nog niet of ik deze klus wel aan wilde nemen. Ik kon maar beter mijn mond houden. 'We moeten in zijn computer kijken. Heb jij enig idee wat zijn wachtwoord was?'

'Nee.'

'Nou, ga daar dan maar eens over nadenken.' Misschien was Wayne wel zo goed van vertrouwen dat hij het wachtwoord op een geel plakbriefje naast het toetsenbord had staan. En misschien ook niet...

'Ken jij geen hackers?' vroeg Jay. 'Zo'n jong knulletje dat eruitziet alsof hij net van een skateboard is gestapt en ergens achteraf in een kamertje zonder ramen zit met achttien computers, waar hij voor de lol inbreekt bij het Pentagon?'

'Je ziet te veel films, dat zei ik al.'

5

Als mensen te horen krijgen dat ik privédetective ben, zijn ze meestal diep onder de indruk en zelfs een beetje opgewonden, maar dan vergissen ze zich echt. Het komt bijna nooit voor dat iemand probeert me neer te schieten. Dat is maar twee keer gebeurd en geloof me, het is niet half zo leuk als het klinkt.

Het feit dat ik een vrouw ben, is helemaal te gek. Iedereen verwacht dat zo'n privésmeris een man is, aantrekkelijk maar onverzorgd, met een drankprobleem en drie ex-vrouwen, in de meeste gevallen een gepensioneerd politieman die het korps – onterecht – onder twijfelachtige omstandigheden de rug toe moest keren.

En hoewel je in dit beroep de aantrekkelijke maar onverzorgde mannen helaas met een vergrootglas moet zoeken zit het inderdaad zo vol met ex-smerissen dat je niet om ze heen kunt. Het is kennelijk een logische stap als ze uit het korps stappen – ze zijn eraan gewend om zich met alles te bemoeien en als ze nog steeds op goede voet staan met hun voormalige collega's hebben ze toegang tot informatie waar iemand als ik niet aan kan komen.

Als ik wil weten of iemand een strafblad heeft, dan blijft dat voor mij meestal een vraagteken, terwijl zij alleen maar hun oude maatje Paudie O'Flatfoot hoeven op te bellen die in de computer duikt en hun precies doorgeeft hoe en wat. Maar in alle andere opzichten zijn ex-smerissen echt klunzige privédetectives. Zucht. Volgens mij komt dat omdat ze eraan gewend zijn dat ze altijd de wet achter zich hadden en alleen maar hun penning hoefden te trekken om mensen te dwingen te doen wat zij wilden.

De overstap naar het echte leven, waarin mensen in het openbaar gewoon hun mond kunnen houden, valt ze moeilijk. Als je mensen aan de praat wilt krijgen zonder gerechtelijk bevel of politiepenning moet je charme hebben. Je moet subtiel zijn. En gehaaid. Dan kun je niet gewoon op je maat achtenveertig schoenen met een worstenbroodje in je zak mensen vragen toeblaffen.

En als je iemand in de gaten moet houden zijn ex-smerissen helemaal een ramp. Het begint er al mee dat ze niet bereid zijn om uit de auto te komen – te dik? te lui? – en af en toe moet dat echt, vooral op het platteland. Ik heb een zaak gehad, voor een verzekeringsmaatschappij, die een claim hadden gekregen van een man die beweerde dat zijn been verlamd was. Hij woonde in een boerderij die niet alleen afgelegen maar ook nog eens onbeschut was. Er was nergens een plek te vinden waar ik me kon verstoppen. Dus in het holst van de nacht heb ik een greppel gegraven – jawel, eigenhandig met een spade. Daar ben ik in gaan liggen en de drie dagen daarna heb ik er dertien uur per dag in doorgebracht met de lens van mijn camera op het huis gericht.

Het regende. De grond werd nat en veranderde in modder. Mijn kleren konden bij het oud vuil. Ik had het koud, ik verveelde me en ik kon nergens heen om te piesen. En ik ben daar gebleven tot ik het videobewijs had waarop ik wachtte.

Dat moment brak aan toen er een vrachtwagen de smalle weg op reed en mijn onderwerp het huis uit kwam, bijzonder monter en lichtvoetig voor een vent die beweert dat hij een gammel been heeft. De vrachtwagen stopte voor het huis en mijn onderwerp sprong achterin en begon samen met de chauffeur een bad uit te laden. (Zo'n quasiouderwets bad, dat het geweldig zou doen in het midden van een grote badkamer.)

Ik was zo gebiologeerd door dat bad dat ik bijna miste wat er daarna gebeurde. Mijn onderwerp met het zogenaamde gammele been haalde een ladder tevoorschijn, zette die tegen de muur van het huis en begon het bad omhoog te hijsen. Uiteindelijk ging het via een slaapkamerraam naar binnen. Klik, klik, klik, zei mijn camera, zoem, zoem, zoem, deed mijn camcorder en toen het eindelijk donker was geworden, klom ik uit het gat, gooide het weer dicht en ging terug naar het pensionnetje waar ik een uur in bad heb gelegen met de wodka en de cola light die ik mee naar binnen had gesmokkeld, genietend van de bevrediging die je krijgt als je een klus hebt opgeknapt.

Maar een ex-smeris zou nooit al die moeite hebben gedaan, dat is ze allemaal veel te min. En dan is er nog iets met dat soort kerels: ze zijn doodsbang om doodgeschoten te worden. Echt hartstikke, gierend bang. Ik heb al verteld dat er een paar keer op mij is geschoten en hoewel dat niet echt leuk was, moet ik wel toegeven dat het een interessante ervaring was. En – nou, vooruit dan maar – ook opwindend. Dat soort dingen zijn leuke tafelonderwerpen bij een dinertje.

Alleen ga ik nooit naar dinertjes.

Mensen vragen me vaak hoe ik privédetective ben geworden, alsof er net zo'n geheime inwijdingsceremonie aan te pas komt als bij de vrijmetselaars. En mijn antwoord is heel simpel, veel simpeler dan ze verwacht hadden: ik heb een cursus gedaan. Niet in Los Angeles. En ook niet in Tsjetsjenië. Gewoon op de plaatselijke technische school, op vijf minuten rijden van mijn huis.

Niet het soort cursus waarbij jij en de rest van je lesgenoten mee worden genomen naar een groot landgoed voor een intensieve tiendaagse opleiding, om vervolgens het bos in te worden gestuurd, waar je onder schot wordt genomen door onzichtbare sluipschutters, gewoon om je er vast aan te laten wennen.

Nee, dat cursusje van mij bestond uit avondlessen. Eén keer per week, op woensdagavond. Acht weken lang.

Ik had er niet veel fiducie in, want ik had al allerlei soorten baantjes gehad en evenveel mislukkingen. Toen ik mijn school had afgemaakt, heb ik een paar jaar lang op de universiteit gezeten in een poging kunstgeschiedenis te studeren, maar dat leek allemaal zo dom en onzinnig dat ik er niet in slaagde om ook maar één examen te halen. Vervolgens heb ik een gooi gedaan naar de titel van Slechtste Serveerster ter Wereld en daarna heb ik een opleiding voor grimeur gevolgd. Ik had gehoopt dat ik als grimeur bij de film aan de slag zou kunnen en acteurs had mogen volkliederen met bloed en smurrie, maar als freelancer moest ik voor elk baantje de concurrentie aangaan met zo'n twaalfduizend andere grimeurs. Die onderlinge worstelwedstrijden waren zo hevig dat ze bijna de dood tot gevolg hadden, ongeveer zoals in *Gladiator*. De laatste overlevende krijgt de baan. De enige manier waarop je die freelancersworsteling kon vermijden was door goede maatjes te worden met het boekingskantoor en dat scheen ik maar niet voor elkaar te kunnen krijgen.

Mensen voelen er niet zoveel voor om mij in dienst te nemen. Ik heb het verkeerde soort persoonlijkheid. Of liever gezegd, mensen nemen me wel voor éven in dienst, maar daarna ontslaan ze me weer. Een filmboeker heeft me, toen ze mijn contract opzegde, eens verteld dat ik een misleidend gezicht heb. 'Je bent mooi,' klaagde ze. 'Je hebt symmetrische gelaatstrekken en er heeft een artikel in *Grazia* gestaan waarin stond dat menselijke wezens geprogrammeerd zijn om de aanblik van mensen met symmetrische gelaatstrekken prettiger te vinden. Dat kun je mij dus niet kwalijk nemen, ik reageerde gewoon op een biologische impuls. Je hebt ook mooie tanden, dus als je lacht zie je er... bijna lief uit. Maar dat ben je niet, hè?'

'Hopelijk niet,' zei ik.

'Zie je nou wel, nu doe je het weer. Je bent een echte wijsneus en niet in staat om je gedachten voor je te houden...'

'... en mijn gedachten zijn vaak kwetsend.'

'Precies.'

'Ik pak mijn sponzen en kwasten wel even, dan ben ik weg.'

'Alsjeblieft.'

Enfin, in een opwelling besloot ik dus om de cursus 'Privé Opsporing voor Beginners' te gaan volgen en voor het eerst van mijn leven slaagde ik erin om geen enkele les over te slaan. Meestal sloeg na een week of drie de verveling toe en dan deed ik net alsof ik ziek was. En als ik dan een keer had overgeslagen maakte ik mezelf wijs dat het toch geen zin meer had.

Maar bij deze cursus ging het anders. Dit gaf me hoop. Dit soort werk kon ik wel aan, dacht ik. Het paste goed bij dat rare karakter van me.

Desondanks waren de lessen vaak saai. Ze gingen gedeeltelijk over technologie en alle verschillende manieren waarop je iemand kon bespioneren. Dat vond ik fascinerend. Maar er was ook ontzettend veel over de beperkingen die speurders worden opgelegd door de wet op de vrijheid van informatie en de wet op de bescherming van persoonsgegevens. De leraar besteedde ontzettend veel tijd aan het vertellen over wat we allemaal niet mochten doen en over al die heerlijke, sappige inlichtingen die voor het oprapen liggen, maar waar je niet bij kunt als je geen gerechtelijk bevel hebt.

Desondanks had hij het vaak – compleet met stiekeme knipoogjes en een por tussen de ribben – over 'contacten'. Kennelijk beschikten alle goeie privédetectives over 'contacten'.

Ik stak mijn vinger op. 'Bedoelt u met "contacten" mensen die over informatie beschikken die juridisch niet achterhaalbaar is?'

De cursusleider wierp me een vermoeide blik toe. 'Die vraag moet je zelf maar beantwoorden, Helen.'

'Dan is het antwoord dus ja. Hoe komen we aan dat soort contacten?'

'Via www.illegalcontact.org,' zei hij. En voegde er haastig aan toe: 'Dat was een grapje,' toen een paar mensen dat opschreven. 'Dat hangt van de persoon in kwestie af. Maar het blijft onwettig,' ging hij nadrukkelijk verder. 'Het verstrekken van die informatie is onwettig en het is ook onwettig om ervoor te betalen. Het is

veel verstandiger om je zaak op te bouwen middels kundige surveillance, getuigenverklaringen en dat soort dingen.'

'Is het dan geen goed idee om met een politieman naar bed te
gaan?' vroeg ik. 'En met iemand die voor Vodafone werkt? En iemand van Mastercard?'

Het leek even alsof ik geen antwoord zou krijgen, maar toen zei
hij: 'Je kunt ook eerst proberen koekjes voor ze te bakken. Geef
niet meteen alles wat je hebt prijs.'

We hadden een leuke groep en op onze laatste avond sloten we
de cursus af met glühwein en pepermuntkoeken ook al zou het pas
over een maand Kerstmis zijn, en daarna gingen we allemaal gewapend met onze diploma's onze eigen weg.

Binnen een week – een week! – had ik een baan als privédetective.

Oké, het ging goed in Ierland en iedereen was op zoek naar personeel, maar toch vond ik het heel leuk om aangenomen te worden door een van de grootste bureaus in Dublin. (Nou ja, tien werknemers.)

Ze waren gespecialiseerd in elektronische surveillance. Je weet
wel wat ik bedoel: als een bedrijf een belangrijke vergadering had
waarbij over vertrouwelijke zaken zou worden gesproken, waren
ze altijd doodsbang dat ze door concurrerende firma's of door onbetrouwbare figuren in hun eigen bedrijf afgeluisterd zouden worden, dus dan werd ik of een van mijn collaga's eropaf gestuurd met
een hoop apparaten die als gekken begonnen te piepen of te janken bij elk onder een tafel of in een kast verstopt afluister-
apparaat. Maar dat werk kon ook gedaan worden door een af-
gerichte aap en ik had al snel door dat ik daar geen zin in had. En
voor het eerst van mijn leven werd ik niet op straat gezet, maar
door een andere firma benaderd! Dat was ook een groot – nou ja,
groot – detectivebureau uit Dublin. En dit was iets totaal anders.
In plaats van apenwerk kreeg ik monnikenwerk te doen. Dat wil
zeggen, surveillance.

Maar aangezien er destijds meer dan genoeg geld en mensen met
ideeën voorhanden waren in Ierland moest een deel van dat werk
in het buitenland gebeuren. Een tijdlang leidde ik een behoorlijk
chic leventje. Ik werd naar Antigua gestuurd, waar ik in een vijfsterrenhotel logeerde. Daarna moest ik naar Parijs en het volgende

vijfsterrenhotel. Goed, ik was daar om te werken en niet bepaald om door de Rue Faubourg de St. Honore te flaneren en schoenen te kopen. In plaats daarvan zat ik met supergevoelige microfoons tegen tussenmuren gedrukt gesprekken op te nemen tussen mannen en vrouwen die niet met elkaar getrouwd waren en ging vervolgens triomfantelijk naar thuis met het bewijs van een buitenechtelijke verhouding.

En natuurlijk moest ik ook klussen opknappen waarvoor ik drie dagen lang in een modderige greppel lag en eerlijk gezegd vond ik die net zo leuk. Ik denk dat het kwam omdat ik zo gretig was. Ik hunkerde naar de adrenalinestoot die ik kreeg als ik een slechterik te pakken had of bewijsmateriaal scoorde dat onhaalbaar had geleken.

Nou ja, het was niet alleen maar leuk. Soms kregen ze me in de gaten en dan probeerden boze overspelige meneren me aan te vallen en mijn camera kapot te slaan. De eerste keer dat me dat overkwam, schrok ik me lam. Het was niet tot me doorgedrongen hoeveel gevaar ik zelf liep. Maar dat hield me niet tegen. Ik werd wel wat voorzichtiger, maar ik ging gewoon door.

Ik kreeg de reputatie dat ik betrouwbaar en nergens bang voor was en voor het eerst in mijn leven waren er massa's mensen die me in dienst wilden nemen. Ik kreeg van alle kanten baantjes aangeboden, maar ik besloot om voor mezelf te beginnen. Als ik mijn eigen baas was, kon ik alleen gevallen aannemen die me interesseerden, werken op de tijden die mij het best uitkwamen en – de grote wens van iedereen – op vrijdag vroeg naar huis.

Maar om voor jezelf te beginnen is niet zo gemakkelijk als het klinkt. Ik moest duizenden euro's investeren in de aanschaf van mijn eigen surveillanceapparatuur, ik moest proberen nieuwe klanten te werven omdat ik mijn oude niet mee mocht nemen en ik moest alles in mijn eentje zien te klaren zonder collega's die voor me in de bres sprongen of alleen maar de telefoon opnamen.

Maar ik redde het. Ik startte mijn eigen Facebook-pagina, ik zorgde voor visitekaartjes en ik had een leuk kantoortje. En als ik leuk zeg, bedoel ik natuurlijk akelig. Behoorlijk akelig, eerlijk gezegd. Een klein hokje grenzend aan een van heroïne vergeven gebied vol flatgebouwen.

Het rare is dat ik me destijds best een beter kantoor had kunnen veroorloven. Ik had een beeldige ruimte bekeken, vlak bij Grafton Street, en ideaal gelegen om tijdens lunchtijd een paar schoenen te gaan kopen. Het had dikke vloerbedekking, hoge plafonds, ideale afmetingen en een mager blondje dat in de ruimte ervoor de telefoon aannam. Maar dat wees ik af en in plaats daarvan liep ik elke ochtend injectiespuiten plat te walsen.

Toen mijn zus Rachel dat hoorde, zei ze dat het de bevestiging was van haar oorspronkelijke analyse dat er iets grondig mis was met me. En zij kan het weten, zij heeft er de opleiding voor. (Ze werkt met verslaafden, omdat ze vroeger zelf verslaafd is geweest.)

Ze zei dat ik abnormaal, bijna psychotisch, tegendraads ben.

En eerlijk gezegd lijkt dat aardig te kloppen.

6

Je kijkt er altijd van op als een beroemdheid in een heel gewoon huis blijkt te wonen. Van iemand die op tv is geweest verwacht ik altijd dat ze in een wit leren penthouse wonen. Alsof dat wettelijk verplicht is.

Wayne Diffneys huis was in Mercy Close, een doodlopend zijstraatje van de boulevard in Sandymount.

Er stonden maar twaalf huizen, twee rijen van zes tegenover elkaar, dus het ondervragen van de buren zou zo gebeurd zijn.

Als ik de klus tenminste aanneem.

Het waren kleine, maar vrijstaande huizen, allemaal omringd door lage muurtjes en met een voortuintje.

Vage art-deco-invloeden: hoge in metaal gevatte ramen en boven de deur een glas-in-loodraampje met een afbeelding van tulpen.

Jay trok de sleutel uit zijn zak en wilde zo naar binnen lopen, maar ik liet hem eerst aanbellen. 'Wayne is misschien teruggekomen,' zei ik. 'Je kunt best een beetje beleefd blijven.'

Nadat we zes keer hadden aangebeld zonder dat er iemand opdook, knikte ik Parker toe. 'Vooruit dan maar.'

'Dank je.' Hij duwde de deur open en ik wachtte tot het alarm af zou gaan, maar dat gebeurde niet.

'Geen alarm?' vroeg ik.

'Jawel, maar dat stond ook niet aan toen ik hier eerder was.'

Dus Wayne was het huis uitgegaan zonder de alarminstallatie aan te zetten. Kon ik daaruit opmaken in wat voor gemoedstoestand hij was geweest?

'En het is niet bij je opgekomen om het alarm wel aan te zetten toen jij wegging?'

'Wie denk je dat ik ben? De binnenlandse veiligheidsdienst?'

Het rare was dat ik zelfs toen ik vandaag voor het laatst uit mijn eigen geliefde flat vertrok het alarm nog aan had willen zetten. (Het enige wat me ervan had weerhouden, was het feit dat de elektriciteit was afgesloten.) Ik had me diep ellendig gevoeld.

Jay pakte een paar brieven en reclamefolders op die op Waynes mat lagen en begon ze meteen open te scheuren.

'Ik weet niet of het je interesseert,' zei ik, 'maar het is onwettig om de post van iemand anders open te maken.'

Maar dat kon hem niets schelen en mij eigenlijk ook niet, want ik was diep onder de indruk van de inrichting van Wayne Diffneys huis. Niet zo raar, gezien het feit dat ik net mijn eigen flat kwijt was, maar Waynes huis was echt heel bijzonder. Aan de kleine kant, maar verrassend smaakvol.

Ik liep rechtstreeks naar het dressoir in de woonkamer – een schitterend ingebouwd exemplaar in de alkoof naast de snoezige open haard uit de jaren dertig van de vorige eeuw – en begon de lades open te trekken. Het duurde ongeveer een halve seconde tot ik een boekje op het bureau gooide en tegen Jay zei: 'Nou, hier is zijn paspoort.'

Jay kreeg een kleur. 'Hoe heb ik dat nou over het hoofd kunnen zien?'

'Dus hij is nog steeds in het land.' Of in ieder geval op de Britse eilanden. Ze kunnen me nog zoveel vertellen over het vrije verkeer van mensen binnen de EU, maar als jouw land het Schengenverdrag niet ondertekend heeft, kom je zonder paspoort nergens binnen. 'Dat maakt alles een stuk eenvoudiger.'

'En als hij nou een vals paspoort heeft?' vroeg Jay.

'Hoe zou hij aan een vals paspoort moeten komen? Jij hebt me verteld dat Wayne een doodgewone burger is.'

'Hij kan best een meestercrimineel zijn, een spion, of een mol.'

Maar dat leek onwaarschijnlijk.

Ik keek naar zijn pasfoto. Zijn haar – volkomen normaal – was lichtbruin en hij zag er iets beter uit dan doodgewoon. Wat ik zag, beviel me wel. Ik gooide de pas terug in de la.

'Wie zijn die mensen?' Er stonden een paar foto's op de planken boven de ladekast. Jay wierp er een korte blik op. 'Zo te zien zijn vader en moeder. Waynes broer, Richard, die heb ik een keer ontmoet en dat is zijn vrouw, maar hoe ze heet, weet ik niet meer. Vicky, geloof ik. Dat andere meisje is Waynes zus, Connie. Die kinderen? Dat zullen wel neefjes en nichtjes zijn.'

Er was ook een foto van Wayne die samen met John Joseph Hartley een of andere trofee in ontvangst nam, maar er was geen kiekje te vinden waarop hij met een vriendinnetje stond.

'Heeft Wayne een vriendin?'

'Niet dat ik weet.'

'Of kinderen?'

'Nee.'

'Waar is zijn vaste telefoon?' Ik zag het toestel aan de andere kant van de kamer staan. Er waren achtentwintig nieuwe boodschappen. De eerste vier waren van Jay, die Wayne beval om meteen naar de repetitie te komen.

'Van vanmorgen?' vroeg ik aan Jay.

Hij knikte.

De volgende was van een stem die ik vaag herkende.

'Je moet echt gauw komen.' Wie hij ook mocht zijn, hij klonk behoorlijk gespannen. 'John Joseph begint kwaad te worden.'

'En dat was...?' vroeg ik Parker.

'Frankie.'

Ach natuurlijk! Frankie Delapp, het homojoch en het lievelingetje van iedereen.

Volgende bericht. Weer Frankie. Hij klonk alsof hij stond te grienen. 'John Joseph kan je wel vermoorden.'

'Hee, Wayne...' Een nieuwe stem, op een toon die klonk als een mengeling van ergernis en genegenheid.

'Wie is dat?' vroeg ik.

'Roger.'

Roger St Leger, alias het andere joch. Niemand snapte hoe hij in Laddz terecht was gekomen. Hij was gewoon een toonbeeld van nietszeggendheid in een wit pak, alleen maar aanwezig om het vijftal vol te maken. Niemand noemde hem ooit als favoriet. Maar in het gewone leven had hij een onverwacht losbandig bestaan geleid. Hij had drie ex-vrouwen en zeven – zeven! – kinderen. Hoe kon dat nou wettig zijn?

'Kom op, kerel,' zei Roger overredend. 'Ik weet best dat het niet meevalt, maar doe het dan voor de groep, oké?'

'Wayne.' De stem van een jonge vrouw. Ze klonk teleurgesteld en exotisch.

'Zeezah,' zei Jay. 'De nieuwe echtgenote van John Joseph.'

'Je moet echt komen repeteren,' zei Zeezah bestraffend. 'Je laat de andere jongens in de steek en dat is helemaal niks voor jou.'

En de boodschappen bleven maar komen, van zowel Jay, Frankie als Roger. John Joseph liet zich niet horen, maar waarom zou hij bellen als iedereen dat al uit zijn naam deed? Onder het luisteren keek ik de uitgaande telefoontjes na. Waynes toestel hield alleen de laatste tien nummers die hij had gebeld vast.

Ik belde ze op om te zien of ik daaruit zou kunnen opmaken wat Wayne de laatste paar dagen had gedaan. Pizza's gegeten, ontdekte ik al snel. De oudste zeven van de gebelde tien nummers waren gesprekken met een pizzatent uit de buurt. De overgebleven drie – allemaal van vanmorgen tussen acht uur en halfnegen – waren met Head Candy, een kapper in het centrum van de stad, zoals ik kon opmaken uit het automatische antwoordapparaat dat na sluitingstijd werd aangezet. Ik zou ze morgen nog wel een keer bellen.

'Het lijkt er veel op dat hij vanmorgen nog hier was,' zei ik tegen Jay. 'Waarom denk je dat hij is verdwenen? Hoe weet je nou dat hij niet gewoon een avondje vrij heeft genomen?'

'Hij heeft er al een paar dagen op aangestuurd. Geloof me nou maar, hij is verdwenen.'

Plotseling klonk er een nieuwe stem uit het antwoordapparaat. 'Hoi, Wayne, met Gloria.' Ze klonk lief en gelukkig. 'Hoor eens, ik heb goed nieuws.' Daarna aarzelde ze alsof ze plotseling besefte dat het misschien niet zo'n goed idee was om de details van haar goede nieuws achter te laten op een apparaat dat door iedereen afgeluisterd kon worden. '… weet je wat, ik probeer eerst je mobiel wel even.'

'Wie is Gloria?' vroeg ik aan Jay.

'Geen idee.'

'Wat voor goed nieuws had ze?'

'Dat weet ik niet.'

'Waarom zou hij verdwijnen nadat iemand net goed nieuws voor hem had?'

'Ik zou het niet weten. Daarom krijg jij dat belachelijk hoge tarief uitbetaald.'

'Wat is het nummer waar ze vandaan belt? Gauw, voordat we het volgende bericht krijgen.'

'Anonieme oproep,' zei Jay.

Ik geloofde hem niet. Ik wilde het met mijn eigen ogen zien, maar hij had gelijk. Anonieme oproep. Verdorie.

'Hoe laat kwam dat binnen?'

'Vanmorgen, tien uur negenenveertig.'

Er stond nog een laatste bericht op het apparaat en dat was niet eens een boodschap maar iemand met een mobiele telefoon die meteen had opgehangen. Ik schreef het nummer op. Het was misschien niets, maar je kon niet weten.

Eindelijk – zucht – zei de automatische stem: 'Er zijn geen verdere berichten.'

'Mooi!' Ik holde met twee treden tegelijk de trap op.

Naar de slaapkamer, ook in heel mooie tinten geschilderd, waar chaos troef was. Sokken en onderbroeken hingen half uit een la, de deur van de kleerkast stond open en een paar hangers waren verdacht leeg. In een hoek onder het raam zag ik in het stof iets wat op een vage afdruk van een koffer leek. Hij had maar voor een paar dagen kleren meegenomen, maar het zag ernaar uit dat Wayne een koffer had gepakt.

En dat maakte het minder waarschijnlijk dat hij zichzelf om zeep had gebracht. Wie pakt er nou schoon ondergoed in als ze van plan zijn om zichzelf te verzuipen? (Je neemt wel een paar andere dingen mee, maar daar hebben we het later nog wel over.)

De mogelijkheid dat hij was ontvoerd bleef echter bestaan. Een ontvoerder had hem misschien opdracht gegeven om een verschoning mee te nemen. Dat meen ik echt, want als jij de gewoonte hebt om er met mensen vandoor te gaan heb je misschien door schade en schande geleerd hoe belangrijk het is om je gevangene fris en schoon te houden. Zonder op de onsmakelijke details in te gaan, kan schoon ondergoed vaak heel welkom zijn.

Niet dat er ook maar een spoor te bekennen was van een worsteling. Waynes slaapkamer was niet slonzig of rommelig, maar heel normaal. Zijn bed was opgemaakt, maar het dekbed was niet zo glad getrokken dat een sergeant-majoor van het leger er zijn goedkeuring aan zou hechten.

'Heeft hij een hulp?' vroeg ik Jay.

'Ik heb geen flauw idee.'

Ik verwachtte eigenlijk van niet, vanwege het dunne laagje stof op de grond, en dat scheelde weer één persoon die ondervraagd moest worden.

Ik trok het bovenste laatje van het nachtkastje open en zag dat er de gewone rotzooi in lag: munten, haren, verfrommelde bonnetjes, lekkende pennen, elastiekjes, oude batterijen, verloopstekkers, twee aanstekers – een effen groene en eentje met een foto van het Colosseum in Rome – een tube Bonjela en een paar strips met pilletjes: tegen brandend maagzuur, een antiallergiemiddel en antidepressiva. Niets opmerkelijks.

Ik liet haastig mijn blik over de boeken naast het bed glijden. De Koran, nee maar, en de laatste winnaar van de Booker-prijs. Ik begon langzaam maar zeker in te zien waarom Wayne en Jay niet echt twee zielen één gedachte waren. Jay gaat er prat op dat *De Kunst van het Oorlogvoeren* het enige boek is dat hij ooit heeft gelezen. Maar dat is gewoon gelogen. Hij heeft het wel gekocht, maar nooit gelezen. Niet dat ik hem dat kwalijk neem, ik ben zelf niet bepaald een fanatiek lezer. De enige reden waarom ik die winnaar van de Booker-prijs herkende, was omdat de schrijver (een man) niet van het scherm te slaan was geweest en hij had het meest bespottelijke vrouwenkapsel dat ik ooit bij iemand heb gezien, man of vrouw. Het was achterover geföhnd in massa's middelgrote krullen. De ene rij na de andere, het leken wel pelotons die

49

naar achteren steeds groter en voller werden. Je kreeg echt het gevoel dat het anatomisch onmogelijk was dat iemand een hoofd kon hebben dat zo hoog en zo breed was en zo ver naar achteren uitstak. Artie was degene die me attent had gemaakt op dat hoofd en nu amuseerden we ons kostelijk als we samen in bed naar YouTube lagen te kijken en ons verbaasden over al die krullen.

Op het stapeltje naast Waynes bed lag ook een cd van The Wonder of Now, een van die newageachtige spirituele toestanden die op dat moment hartstikke in waren. Wat me enigszins verzoende, was dat het cellofaan er nog omheen zat. In elk geval had Wayne er niet naar geluisterd.

Op de vensterbank stond een stel geurkaarsen. Ze waren allemaal half opgebrand. Er waren maar twee redenen waarom een man geurkaarsen in zijn slaapkamer had. Omdat hij regelmatig seks had, of omdat hij mediteerde.

Wat zou het in Waynes geval zijn?

'Ik haat dit huis,' zei Jay met een onbehaaglijke blik op de schitterende muren. 'Ik heb het gevoel dat het me... in de gaten houdt.'

De tweede slaapkamer was klein en zag eruit alsof hij nauwelijks werd gebruikt. De kasten waren leeg. Niets wat om nader onderzoek vroeg.

Van de derde en kleinste slaapkamer was een kantoorruimte gemaakt. De heilige graal hier zou uiteraard een agenda zijn geweest. God zegene de tijden waarin vermiste personen nog gewoon een pen en een papieren agenda op hun bureaus hadden liggen met belangrijke aanwijzingen in een keurig handschrift. Iets in de trant van: 'Kroeg om de hoek. 11.00 uur. Afspraak met internationale wapenhandelaar.' Maar tegenwoordig zijn alle agenda's elektronisch. Verdomd irritant. Wat Wayne de laatste tijd ook had uitgespookt, het was samen met hem verdwenen, in zijn mobiele telefoon.

Op het bureau stond een computer me treiterig en vol geheimen aan te kijken. Ik zette het apparaat ongeduldig aan en zat tijdens het opstarten rond te kijken, op zoek naar het gele plakkertje waarop Wayne zijn wachtwoord had gezet. Maar er was niets te bekennen en na een poosje liet de computer me niet verdergaan.

Ik bleef ongeduldig op de muis tikken terwijl Jay zenuwachtig om me heen hing.

'Kijk eens in zijn e-mail,' drong hij aan.

'Gaat niet. Alles is beveiligd. Wat zou hij voor wachtwoord hebben?'

'Geen idee. Rukker?'

'Hè, toe nou. Denk eens na.' Ik keek de kamer rond, op zoek naar aanwijzingen. 'Waar houdt hij van? We krijgen maar drie kansen. Na drie verkeerde wachtwoorden, slaat het systeem op slot en dan kunnen we nergens meer bij. Dus denk eens goed na. Wat vindt hij belangrijk?'

'Eten?'

'Het moet zes tekens bevatten, letters en/of cijfers.'

'Het heeft echt geen zin om mij dat te vragen, daar ken ik hem niet goed genoeg voor. Vraag het de andere Laddz maar. Hé, van wie is die telefoon die overgaat?'

Het was de mijne. Ik pakte het toestel uit mijn tas en keek naar het scherm. Het was Artie. Ik wierp een schichtige blik op Jay. Waarom wist ik niet, maar ik kon niet met Artie praten als Jay stond te luisteren. Ik moest hem later maar terugbellen. Ik gooide de telefoon weer in mijn tas en begon aan de archiefmappen op de planken aan de muur.

Bankafschriften, creditcardafschriften, alles keurig opgeborgen, heel netjes van Wayne. Dat was weer eens iets heel anders dan iemands vuilcontainers door te moeten spitten op zoek naar nuttige informatie. Geloof me, niemand haalt zijn administratie door de shredder, ook al worden we bestookt met advertenties die ons waarschuwen voor identiteitsdiefstal.

Waynes archief leverde boeiend leesvoer op.

Zijn hypotheek? Helemaal bij. Mazzelkont.

Stond hij rood? Voor een klein bedrag.

Creditcards? Drie stuks, twee tot aan het maximumbedrag belast, zoals bij ieder normaal mens. De laatste paar jaar had hij alleen maar de minimale aflossing betaald. Maar de derde had nog voldoende bestedingsruimte, omdat hij die vrijwel elke maand volledig afloste. Die kaart werd kennelijk gebruikt voor onkosten met betrekking tot zijn werk. Er waren vluchten en hotels afgeboekt –

het Sofitel in Istanbul, bijvoorbeeld – en contante opnamen in Caïro en Beirut.

Inkomen? Sporadisch. Maar er kwam genoeg binnen. Een haastige blik op de afgelopen twee jaar leek aan te geven dat hij quitte speelde, dat hij eigenlijk niet meer had uitgegeven dan hij verdiende. Raar, hoor. Maar er bestaan van die mensen, kijk maar naar mijn zus Margaret.

Op dat moment wist ik eigenlijk al genoeg, vooral omdat de meest recente afschriften zeker twee weken oud waren en ons niets zouden vertellen over wat Wayne vandaag had gedaan, maar ik kon er gewoon geen genoeg van krijgen.

God, het was echt fascinerend om te zien waar hij zijn geld aan uitgaf. Een abonnement op het tijdschrift *Songlines*. Een vaste maandelijkse bijdrage aan het dierenasiel. Grappig genoeg, drieënveertig euro bij banketbakkerij Valerie. Op deze manier kun je een heel leven in beeld brengen. Zijn autoverzekering was betaald, zijn onroerendgoedverzekering was betaald, we hadden duidelijk te maken met een brave burger...

'Helen!' zei Jay scherp en hij verbrak de betovering.

'... oké, al goed. Heb jij ergens een telefoonoplader gezien?'

'Nee.'

Ik ook niet. En dat betekende dat Wayne die had meegenomen. En dat maakte het nog onwaarschijnlijker dat hij onder dwang was vertrokken.

'Wat zat er bij de post die jij geheel onwettig hebt opengemaakt?'

'Niets. In ieder geval niets waar we iets aan hebben. Een paar brieven van fans. Een mededeling van zijn ziektekostenverzekering dat zijn polis een jaar verlengd is.'

'Geen griezelige brieven van de belastingdienst waarin staat dat hij nog een fortuin aan belastingen moet betalen?'

'Nee.'

Wayne had dus niet genoeg schulden om ervandoor te gaan. Maar genoeg om blij te zijn met die reünieconcerten van Laddz.

Ik wist niet wat ervan moest denken. Ik had echt die computer nodig...

'Op naar de badkamer,' zei ik.

Op de wastafel was geen tandenborstel te bekennen, wat er alweer op wees dat Wayne uit vrije wil was vertrokken. De venster-bank en de planken stonden vol shampoo, conditioner, sunblock, aftershavelotion en andere metroseksuele spulletjes. Niet te zien of er recentelijk iets was verdwenen.

Ik bewaarde het medicijnkastje tot het laatst. Scheermesjes, dental floss, normale pijnstillers en – aha! – een klein bruin flesje met – aha! – Stilnoct. Een populair – en dan voornamelijk bij mij – slaapmiddel, dat mijn dokter me niet meer wil voorschrijven. Ik had dit poepkleurige potje met vergetelheid maar al te graag in mijn jaszak willen stoppen, maar dat kon ik niet maken, want ik ben beroeps. En trouwens, Jay Parker zat op mijn lip.

'Hij kan niet goed slapen,' zei ik.

'Wie wel?'

'Schuldig geweten, Jay?'

'Schiet nou maar op.'

'Laten we maar eens in de keuken kijken.' Ik holde de trap af. 'Controleer jij de vuilnisbak maar,' zei ik tegen Parker, want je kon er donder op zeggen dat ik dat mooi niet zou doen. Wayne had zo'n milieuafvalbak, met vier verschillende emmertjes: voor glas, papier, metaal en de vieze troep (etensresten en zo).

Ik liep naar de koelkast. 'Geen melk,' zei ik. 'Goed zo. Dat bevalt me altijd bij iemand.'

'Pardon?

'Wie koopt er nou melk? Dat is zo zielig. Waarvoor heb je dat nodig?'

'Om in de thee te doen.'

'Wie drinkt er nou thee?'

'In de koffie dan.'

'Wie doet er nou melk in de koffie? Wie drinkt er trouwens koffie als er genoeg cola light voorhanden is? Als je eenmaal melk begint te kopen, nou, dan begint het eind echt in zicht te komen, hoor.'

'God, Helen, ik heb jou en die idiote opvattingen van je toch echt gemist, hoor. En trouwens, misschien had Wayne wel melk in huis en heeft hij die gewoon weggegooid voordat hij de benen nam.'

'Hoezo, heb je dan een leeg pak gevonden?'

'Nog niet... Hé, kijk nou eens!'

'Wat is er?'

'Cake!' Parker liet me de restanten zien van iets wat op koninginnenbrood leek. 'Hij mag helemaal geen koolhydraten hebben. Hij is nog steeds drie kilo te zwaar.'

Hij keek me aan met de geërgerde blik van een man die zich nooit druk hoefde te maken om zijn gewicht. De spijsertering van Jay Parker werkte met de snelheid van een Keniaanse sprinter. Hij kon eten wat hij wilde – en hij hield zich in leven met junkfood, althans dat was altijd zo – hij bleef altijd slank en lenig.

Ik wierp een haastige blik in de koelkast. 'Kaas, smeerboter, bier, wodka, cola, cola light, olijven, pestosaus. Niets wat vraagtekens oproept.' Ik smeet de deur dicht en begon aan de vriezer.

'Hoe heb je me eigenlijk gevonden?'

'Ik heb je buurman opgetrommeld. Hij vertelde me dat je problemen had met je woning. Ik dacht eerst dat je misschien bij vrienden was ingetrokken, maar toen herinnerde ik me weer dat je die niet hebt. Dus belde ik Mammy Walsh op en die heeft me alles in geuren en kleuren verteld. Ze heeft altijd goed met me op kunnen schieten, onze Mammy Walsh.'

Ik kreeg een vieze smaak in mijn mond. Wiens schuld was het dat ik geen vrienden had?

Ik ging grimmig verder met mijn zoektocht. In de bovenste la van de vriezer lag een enorme zak met diepvrieserwten. Waarom heeft iedereen toch altijd doppers in de vriezer? Terwijl die niet te vreten zijn? Misschien om in geval van nood te gebruiken, bijvoorbeeld als je van de trap bent gevallen en je dijbeen op drie plaatsen gebroken is. 'Ga maar gauw zitten, dan leggen we er een pakje diepvriesdoppers op, dan sta je dinsdag bij de zumba weer op de eerste rij.' In de volgende la zaten vier pizza's. Verder naar beneden vond ik brood, kabeljauwfilet en een paar puntjes pikante kaas. Niets verdachts.

Daarna waren de kastjes aan de beurt. Tomaten in blik, pasta, rijst, het kon niet normaler.

'Heb je nog steeds een Schoplijst?' vroeg Jay.

'Ja, hoor.'

'Sta ik nog steeds bovenaan?'

'Bovenaan? Jij? Je staat er helemaal niet op.'

Op mijn geliefde Schoplijst stonden dingen die belangrijk voor me waren. Ik haatte ze, ja. Genoeg om ze een schop onder de kont te geven, vandaar de naam. Maar ze waren belangrijk. Jay Parker betekende niets voor me.

'Het spijt me,' zei hij.

'Wat?'

'Van alles.'

'Hoezo van alles? Ik weet niet waar je het over hebt.'

'Luister eens, kunnen we niet...'

Ik stak mijn hand op om hem de mond te snoeren. Ik moest meteen terug naar de logeerkamer. Ik had iets over het hoofd gezien. Wat wist ik niet, maar mijn instinct vertelde me dat ik terug moest en inderdaad, achter het gordijn (ik weet niet waar ik moet beginnen om je te vertellen hoe beeldschoon die gordijnen van Wayne waren) vond ik iets. Een foto. Met de bedrukte kant naar beneden. Van Wayne en een meisje. Ze hadden hun wangen tegen elkaar gedrukt en ze zagen er gebruind en vrolijk uit. Op de achtergrond was vaag een lichtende zee te zien, compleet met duinen en helmgras. Het zag er allemaal een beetje tuttig uit, maar het leek wel echt. Ik vermoedde dat ze de foto zelf hadden genomen, met behulp van de zelfontspanner.

Zijn glimlach leek oprecht en gelukkig. Het meisje had licht verbrande sproetjes, stralende blauwe ogen en verwarde, door de zon gebleekte haren. Dit was Gloria. Daar durfde ik mijn hand voor in het vuur te steken.

Ik nam de foto mee naar beneden en liet hem aan Jay zien. 'Wie is dat?' vroeg ik.

Hij schudde zijn hoofd. 'Geen idee. De mysterieuze Gloria?'

'Dat denk ik ook.' Ik stopte de foto in mijn handtas. 'Kom mee. In wat voor auto rijdt Wayne?'

'Alfa Romeo.'

'Oké. Laten we maar even door de buurt lopen en kijken of we die kunnen vinden.'

We waren nog geen drie huizen verder, toen Jay zei: 'Daar staat hij.'

'Weet je dat zeker? Er zijn toch wel meer zwarte Alfa Romeo's in Dublin?'

Hij legde zijn handen langs zijn gezicht en tuurde in de donkere auto. 'Zeker weten. Kijk maar, er ligt een van die stomme boeken van hem op de voorstoel.'

Ik keek naar het boek. Het was een doodgewone thriller, helemaal niet stom.

Waynes auto kon mijn goedkeuring wegdragen. Italiaans, en dus stijlvol, maar acht jaar oud, dus niet opzichtig. Hij was zwart, de enige kleur die een auto zou mogen hebben. Ik zie het nut niet in van al die andere zogenaamde 'kleuren'. Het is gewoon een samenzwering om ons af te remmen. Denk eens aan al die tijd die verspild wordt met het aarzelen tusen een rode of een zilverkleurige auto. Als ik de wereldheerschappij in handen had, zou mijn eerste daad als despoot het uitvaardigen van een wet zijn waarbij het verboden wordt om een auto te hebben die niet zwart is.

'Maar als zijn auto nog steeds hier is en hij uit vrije wil is vertrokken, dan is de kans groot dat hij een taxi heeft genomen.' Mijn hart zonk in mijn schoenen bij de gedachte aan de vervelende klus om alle beheerders van de tientallen taxibedrijven in Dublin stroop om de mond te smeren en ze zover te krijgen dat ze in hun archieven doken.

'Tenzij...' En dat was eigenlijk een nog vervelender gedachte... '... tenzij hij met de bus is gegaan of met de Dart, de metro. Want Wayne is helemaal voor openbaar vervoer, hè?'

'Hoe weet jij dat?'

'Geen idee. Dat weet ik gewoon.' ... en dat betekende dat ik langzaam maar zeker in Waynes hoofd kon kijken.

Jay keek me vol bewondering aan. 'Zie je wel. Ik wist wel dat jij de juiste persoon voor deze klus was.'

7

'En nu?' vroeg Jay. 'Is het te laat om bij de buren aan te bellen?'

'Veel te laat.'

'Dan kunnen we misschien bij John Joseph langsgaan.'

'Het is middernacht,' zei ik. 'Ligt hij dan niet in bed?'

'Vast niet,' zei Jay spottend. 'Rock-'n-roll slaapt nooit.'

'Dat is precies wat ik bedoel. John Joseph is ongeveer net zo rock-'n-roll als prostaatkanker. En trouwens, het uur waarvoor je me betaald hebt, is voorbij. Als je wilt dat ik ergens naartoe ga, zul je met meer poen op de proppen moeten komen.'

Jay zuchtte, stak zijn hand in zijn broekzak en haalde een dikke stapel bankbiljetten tevoorschijn, waarvan hij er een paar afhaalde.

'Nog eens twee uur, tegen dat woekertarief van jou.'

'Hartelijk bedankt. Op naar John Joseph.'

John Joseph hield zich op in een pas gebouwd complex in Dundrum. Een elektronisch hek bewaakt door een wachtpost in een plexiglas cabine belemmerde ons de toegang.

'Schiet op, Alfonso,' zei Jay, terwijl hij de neus van de auto langzaam in de richting van het hek duwde. 'Doe open.'

'Meneer Parker? Weet meneer Hartley dat u komt?'

'Over een minuut wel.'

'Ik bel toch maar even.' Alfonso pakte zo'n bruine telefoon op die je wel eens in films uit de jaren zeventig ziet en Jay liet de motor geërgerd razen.

'Ik dacht dat je huissleutels had van al je artiesten,' zei ik.

'Dat is ook zo,' zei Jay, 'maar alleen voor als ze niet thuis zijn.'

'En wat ga je dan doen? Jezelf stiekem aftrekken met hun ovenwanten? Aan hun kaas likken en dan het pakje weer dichtmaken?'

Het hek gleed open en Alfonso wenkte dat we door konden rijden.

'*Muchas gracias*,' riep Jay terwijl we langs zeilden. 'Op een dag,' zei hij, 'zul je toch doorkrijgen dat ik niet zo'n smeerlap ben als jij denkt, Helen.'

'Is dat de garage?' vroeg ik toen we langs een gebouw reden dat zo groot was als een pakhuis. De beroemde garage vol antieke auto's. 'Laten we dan alleen even naar de Aston Martin gaan kijken.'

'Begin niet over die Aston Martin.'

'Waarom niet?'

Jay zette zijn auto op een parkeerplaats vlak naast een gigantische voordeur. 'Gewoon niet over beginnen. Hé, je telefoon gaat alweer over. Wat ben je toch een populaire meid.'

Het was opnieuw Artie. Maar niet op dit moment. Niet met Jay Parker vlak naast me en een zaak waar beweging in scheen te zitten. Ik zou hem zo snel mogelijk terugbellen.

Ik keek op en zag dat Parkers donkere ogen me strak aankeken. 'Hou op met me aan te kijken alsof...'

'Wie was dat die daar belde? Die vent van je, hè? Hij houdt je behoorlijk strak, hè? Of is het andersom?'

'Hè, toe, Jay...' Er was niemand die iemand aan een soort lijntje hield.

'Dus het is echt menens met jullie tweeën? En ik maar denken dat ik de enige man was van wie je ooit had gehouden.'

Het bloed steeg me naar mijn hoofd en een paar welgekozen beledigingen lagen me op de lippen, maar er waren zoveel woorden die om voorrang vochten, dat ze over elkaar heen vielen voordat ze naar buiten kwamen.

'Grapje!' Hij lachte naar mijn verlamde, sprakeloze gezicht en sprong uit de auto. 'Ik weet best dat je de pest aan me hebt. Kom op.' Met een paar sprongen stond hij op het brede, granieten terras en een kleine, Latijns-Amerikaanse vrouw in een zwarte jurk met een wit schort voor liet ons binnen in een enorme hal die minstens drie verdiepingen hoog was. '*Hola*, Infanta,' zei Jay met brede grijns. '*Cómo estás?*'

'Meneer Jay!' Infanta scheen dolblij te zijn met zijn komst. Kennelijk een stuitend gebrek aan inzicht. 'Waarom u mij al drie dagen niet opgezocht! Ik u gemist!'

'Ik heb jou ook gemist.' Jay gaf haar een stevige knuffel en begon toen met haar door de hal te walsen.

Ik keek toe met trillende handen en een gezicht dat aanvoelde alsof ik te lang in de zon had gezeten. Van woede, vermoedde ik. Als ik deze klus aannam, moest ik zo min mogelijk contact hebben met Jay Parker, hij had een afschuwelijke uitwerking op me.

'Ooo, meneer Jay!' Infanta maakte een eind aan het duizelingwekkende gezwier. 'Meneer John Joseph wacht op u in ontvangstkamer.'

'Ik moet je nog even voorstellen aan mijn vriendin, Helen Walsh,' zei Jay, snakkend naar adem en met een rood hoofd van al die lol.

Infanta keek me vol eerbied aan. 'Wij houden allemaal van Jay Parker, jij veel gelukkig meisje als zijn vriendin,' zei ze.

'Hij is mijn vriend niet,' zei ik en Infanta deed duidelijk geschokt een stapje achteruit.

'Leuk hoor,' zei Jay. 'Zet die arme vrouw maar voor schut.'

'Maar je bent mijn vriend niet.' Ik keek van hem naar haar. 'Het spijt me, Infanta, maar hij is mijn vriend niet.'

'Is al goed,' zei ze bijna fluisterend.

Ik moest ergens diep vanbinnen op zoek gaan naar mijn stalen ruggengraat die een beetje vervormd dreigde te raken. Ik greep me eraan vast en zoog de kracht ervan in me op. Er was meer nodig dan het gekwetste gezichtje van Infanta om mij, Helen Walsh, een schuldgevoel te bezorgen.

De zogenaamde ontvangstkamer was ronduit enorm. Je kon John Joseph, die ergens achterin stond, amper zien. Hij stond naast de open haard en leunde met zijn elleboog op de schoorsteenmantel, hoewel hij er nauwelijks bij leek te kunnen. Goed, het was een uit de kluiten gewassen open haard, maar toch.

Het interieur waarvoor hij had gekozen was (volgens mij) 'Het Huis van een Middeleeuwse Edelman'. Massa's met houtsnijwerk versierde houten lambrisering, wandtapijten en een gigantische uit drie verdiepingen bestaande kroonluchter gemaakt van de geweien van een of ander prehistorisch beest. Twee Ierse wolfshonden hingen rond bij de haard en kaarslicht flakkerde in loden blakers aan de muren.

'Jay!' John Joseph huppelde door de kamer naar ons toe – heel even verwachtte ik dat hij op een van de Ierse wolfshonden aan zou komen galopperen – en ondanks het feit dat hij zo ongeveer het nationale lachertje was, maakte hij toch een diepe indruk op me. Van dichtbij leek hij op een bejaarde kabouter. Het gezicht met de reebruine ogen, dat hem op zijn negentiende zoveel goeds had gebracht, was nu – op zijn zevenendertigste – een beetje verschrompeld en Gollum-achtig geworden.

'Jij moet Helen Walsh zijn.' Hij gaf me een stevige, warme hand. 'Bedankt dat je er zo snel bent ingesprongen. Ga zitten. Wat kan ik je te drinken aanbieden?'

Ik heb de gewoonte om op het eerste gezicht een hekel aan iemand te krijgen. Gewoon omdat het zoveel tijd scheelt. Maar van John Joseph was ik niet helemaal zeker.

Hij was vriendelijk en aardig en gaf de indruk dat hij de touwtjes stevig in handen had. De ogen waren bij vlagen scherp en hij nam me van top tot teen op, maar niet op een enge manier, gewoon om te zien wat voor vlees hij in de kuip had.

Absoluut niet de minkukel die ik had verwacht.

Hij was wel klein. Niet veel langer dan ik en ik ben één meter vijfenzestig, maar ik heb wel eens gehoord dat je best effectief en zelfs angstaanjagend kunt zijn ook al ben je klein van stuk.

Een cola light verscheen uit het niets, ook al kon ik me niet herinneren dat ik die besteld had, en voor Parker werd een kop koffie neergezet. Het Hartley-huishouden liep op rolletjes. John Joseph ging naast me zitten, op een van de vier overdreven lange banken. 'Kom maar op,' zei hij.

'Oké. Laten we bij het begin beginnen,' zei ik. 'Had Wayne iets met drugs? Leende hij wel eens geld van onbetrouwbare figuren?'

'Welnee, zo is hij helemaal niet.'

'Hoelang ken je hem nu?'

'Zeker vijftien jaar. Misschien wel twintig. We hebben samen in Laddz gezeten.'

'Ik heb gehoord dat hij af en toe werk voor je doet?'

'Heel vaak. Meestal met betrekking tot de productie. We werken voornamelijk in Turkije, Egypte en Libanon.'

'Aangenomen dat Wayne gebruikmaakt van pinpassen of creditcards zullen we hem het snelst kunnen vinden door in te breken in zijn computer. Enig idee wat zijn wachtwoord is?'

John Joseph hield zijn hoofd schuin en trok een dromerig gezicht terwijl hij in de verte staarde. 'Ik denk echt na,' zei hij. 'Ook al zie ik er door de botox die Jay me opgedrongen heeft uit alsof ik hersendood ben. Als ik kon, zou ik rimpels in mijn voorhoofd trekken.'

Het was niet genoeg om me aan het lachen te maken, maar ik was wel geamuseerd.

Na een poosje schudde hij zijn hoofd. 'Nee. Geen flauw idee. Sorry.'

'Het is echt heel belangrijk. Als je iets te binnen schiet, laat me dat dan weten. Ik zal je mijn kaartje geven.'

Dat betekende dat ik een vervelende vertoning moest geven met behulp van een balpen. 'Dat kantoornummer bestaat niet meer.' Ik streepte het door. 'En dat vaste nummer is veranderd.' Ik kraste mijn vaste nummer – mijn voormalige vaste nummer, god, het was toch hartverscheurend – weg en verving het door het nummer van mijn ouders.

'Ik moet eigenlijk nieuwe kaartjes laten drukken,' zei ik vaag. Vergeet het maar. 'En mag ik jouw nummer ook hebben?'

Hij gaf me één mobiel nummer, niet meer. Mensen zoals hij hebben meestal vier verschillende mobiele telefoons en een stortvloed van thuis- en kantoornummers, maar hij gaf me alleen maar dat ene nummer en eerlijk gezegd had ik ook niet meer nodig om contact met hem op te nemen.

'Goed, John Joseph, jij bent de laatste van wie we weten dat hij met Wayne heeft gesproken. Je hebt hem toch gisteravond gebeld? Zesentwintig uur geleden? Hoe kwam hij toen op jou over?'

'Niet al te best... Hij had problemen met het hele reüniegebeuren. Hij zei dat hij al dat jongensgroepgedoe allang achter zich had gelaten, dat hij het vernederend vond om die liedjes te moeten zingen, dat hij zich niet aan het dieet kon houden en dat hij nooit meer in zijn kostuums zou passen.'

'Dus je was niet verrast toen hij vanmorgen niet kwam opdagen voor de repetitie?'

'Ik was juist wel verbaasd. Hij had me gisteravond beloofd dat hij zou komen. En ik geloofde hem.'

'Maak je je zorgen om hem?'

'Op wat voor manier? Bedoel je, dat hij... nou ja...'

'Zichzelf om zeep brengt, ja.' Niet om de hete brij heen draaien, ik had niet de hele nacht de tijd.

'God, nee! Zo erg was het niet met hem.'

'Kan iemand hem ontvoerd hebben?'

John Joseph leek stomverbaasd. 'Wie zou hem nou willen ontvoeren? Zo'n soort figuur is hij niet.'

'Wat was het laatste wat hij tegen je zei?'

'Tot morgenochtend.'

'Daar schieten we niet veel mee op. Een voor de hand liggende vraag, maar heb jij enig idee waar hij naartoe is gegaan?'

Hij schudde zijn hoofd. 'Ik heb geen flauw idee. Maar het zal geen luxehotel zijn of zoiets. Wayne is in dat opzicht een beetje... geschift.'

'Ik heb het Jay ook al gevraagd, en hij wist het niet zeker, maar jij zult me waarschijnlijk wel antwoord kunnen geven. Heeft Wayne een vriendin?'

'Nee.'

Hij loog.

Hoe ik dat wist, zou ik niet kunnen zeggen, misschien omdat hij te snel zijn antwoord klaar had of omdat zijn pupillen ineens kleiner werden, maar mijn onderbewustzijn pikte de hint op.

'Wat is er precies aan de hand?' vroeg ik.

'Niets.' In die middeleeuwse verlichting was het moeilijk te zien, maar het leek alsof John Joseph een beetje bleek was geworden.

Er viel een stilte en hoewel het indruiste tegen alles wat ik had geleerd, was ik de eerste die iets zei.

'Gloria.'

'Wie is Gloria?' Hij was zo brallerig en defensief dat ik gewoon medelijden met hem kreeg.

'Weet je niet wie Gloria is?'

'Nee.'

'Zal ik je dan een foto van haar laten zien? Misschien dat je geheugen dan opgefrist wordt.' Ik rommelde in mijn tas op zoek naar de foto van Wayne en het meisje. 'Hier,' zei ik.

Hij wierp er een korte blik op en zei: 'Dat is Birdie.'

'Wie?'

'Waynes ex-vriendin. Birdie Salaman.'

'Nooit van gehoord.'

'Ze zit niet in de showbusiness. En ze hebben het, ik geloof, een maand of negen geleden uitgemaakt.'

'Heb je het nummer van Birdie?'

'Daar kan ik wel aankomen, dan sms ik je dat.'

'En je hebt echt geen idee wie Gloria is?'

'Geen flauw idee.'

Ik zag echt iets: een glimp, een zenuwtrekje, te klein om met het blote oog te zien, maar het was er wel degelijk. Ik zou er echter op terug moeten komen, want op dit moment kreeg ik niets uit hem los. Als je dit werk een tijdje hebt gedaan, weet je precies wanneer je aan moet dringen en wanneer je even pas op de plaats moet maken. Tijd voor een andere aanpak.

'Heb je contact gehad met zijn ouders?'

'Die wonen in County Cork, in Clonakilty. Ik heb ze gebeld, maar daar is hij niet en ze hebben ook niets van hem gehoord. Zijn zusje Connie woont ook in Clonakilty en hij heeft nog een broer, Richard, die in de staat New York woont, en bij hen is hij evenmin.'

'Ja, maar... als hij ondergedoken is bij zijn familie, dan verraden ze dat toch niet aan jou?'

John Joseph keek behoorlijk geërgerd. 'Je begrijpt het niet. Ik ken ze al een hele tijd, ze beschouwen me bijna als hun eigen zoon, dus ze zouden nooit tegen me liegen. Geloof me, hij is niet bij zijn familie, die maken zich net zoveel zorgen als ik.'

Dat zou ik zelf moeten natrekken, maar Clonakilty was een heel eind weg. In ieder geval kon ik de broer in de staat New York vergeten. Wayne had zijn paspoort nodig om de Verenigde Staten in te komen.

'Ik moet de namen, adressen en telefoonnummers hebben van dat hele stel in Clonakilty.'

'Die heb ik,' riep Jay, die een stukje verder weg op de bank zat. 'Ik sms ze je meteen.'

Ik richtte mijn aandacht weer op John Joseph. 'Rookt Wayne?'

'Nee. Hij is al jaren geleden gestopt.' Goed, dus die aanstekers in de la van zijn nachtkastje waren alleen maar voor de geurkaarsen.

'Heeft hij een werkster?'

'Nee. Carol, dat is zijn moeder, heeft hem goed afgericht. En hij zegt dat hij het ontspannend vindt.'

Jay Parker klikte minachtend met zijn tong en ik wierp hem de kilste blik toe die ik op voorraad had, want toevallig vond ik huishoudelijk werk ook ontspannend. Het grootste deel van mijn leven had vuil me als ijs gelaten. Ik had best in een greppel kunnen wonen, zolang er maar SkyPlus was, maar vanaf het moment dat ik zelf een huis had gekocht, begreep ik eindelijk hoe leuk stofzuigen en poetsen konden zijn... het gevoel van bevrediging, de trots... Maar we hadden het over Wayne.

'Heeft hij medische problemen die misschien relevant zijn?'

John Joseph haalde hulpeloos zijn schouders op. 'We zijn kerels, we praten nooit over dat soort dingen. Al had hij teelbalkanker gehad of was zijn pik eraf gevallen, dan nog zouden we over voetbal zitten kletsen.'

'Nu we het daar toch over hebben, voor wie is hij?'

'Voor Liverpool. Maar op een normale manier, je weet wel, niet als een idioot.'

'Het viel me op dat hij wat...' Ik kreeg het nauwelijks over mijn lippen, want ik heb er echt de pest aan '...van die spirituele dingen in zijn slaapkamer had liggen. The Wonder of Now, dat soort rotzooi.'

'Ach, hij koopt altijd boeken en zo bij Amazon, maar hij leest ze nooit...'

'Hoor eens, ik heb een vreselijke vraag, maar ik moet hem echt stellen.'

John Joseph keek me vol spanning aan.

'Deed... doet Wayne aan... yoga?'

'God, nee!' John Joseph leek ontzet en Jay begon van schrik te sputteren.

'Of mediteert hij misschien?'

'Nee! Hij is een doodgewone vent,' zei John Joseph. 'Je moet niks achter die verrekte boeken zoeken.'

O lieve hemel! Daar hadden we Zeezah, John Josephs nieuwe vrouw en ineens had ik nergens anders meer belangstelling voor. Hoewel ik Zeezahs trouwfoto's op de omslag van *Hello!* had zien staan, trappelde ik van verlangen om haar in die zo geroemde levenden lijve te zien. Ik kon mijn ogen niet van haar afhouden en bedacht allerlei omschrijvingen die ik later tegenover mensen die ik graag mocht zou kunnen herhalen. Pronkend en pruilend. Grenzeloos geföhnd. Witte rijbroek. Glimmend gepoetste zwarte rijlaarzen. Kort, strak getailleerd jasje. Zoveel lipliner dat het op een dun snorretje leek. En het mooist van alles: ze had een klein zwart rijzweepje bij zich.

'Hoi, Zeezah,' zei Jay.

'O, halloooo…' zei ze vaag.

'Zeezah,' zei Jay, 'dit is Helen Walsh.'

'O, hallooo,' zei ze nog vager. Ze liep naar de open haard waar ze net deed alsof ze iets moest doen en keerde ons de rug toe. Ik zweer bij Onze-Lieve-Heer dat ik nooit, niet daarvoor en niet daarna, zo'n mooi kontje heb gezien. Zo rond, zo volmaakt wit. Ik was gebiologeerd door die billen. Letterlijk gebiologeerd.

Maar toch was ik niet geïntimideerd. Ik moest zelfs een verwaand grijnsje onderdrukken. O ja, Zeezah, je bent nu echt ontzettend sexy. Maar over tien jaar ben je een tientonner. Je ziet eruit als iemand die de geest geeft als ze voor een liposuctie onder narcose wordt gebracht.

Direct daarna sloeg ze met haar rijzweepje in de richting van de honden, die meteen begonnen te janken en voor haar wegkropen.

Ik hou niet van honden. Om eerlijk te zijn heb ik de pest aan honden. Maar dit ging zelfs mij een tikje te ver. John Joseph reageerde gegeneerd. 'Laat die honden met rust, schattebout.'

Ze ging op haar hurken zitten en zei op een zangerig toontje: 'Het spijt me, hondjes.' Ze drukte haar gezicht tegen hen aan en streelde hen, waarop ze haar van dankbaarheid bijna onderkwijlden. Mafkikkers.

'Raar, hè?' zei ze. 'Dat ze gewoon door een beetje wreedheid nog meer van me gaan houden?'

Ze lachte, waardoor ze er jong en ondeugend uitzag en ik was verrast (plezierig in dit geval) dat ik haar aardig vond.

'Kom even met Helen praten,' zei John Joseph. 'Ze gaat ons helpen om Wayne te vinden.'

'Oké.' Ze kwam naast me zitten en pakte zelfs mijn hand vast voordat ze ernstig zei: 'Alsjeblieft. Je moet hem vinden. Wayne is een lieve man.'

'Niemand beweert het tegendeel,' zei Jay afwerend.

'Jij wel. Jij zegt dat hij zwak is.'

'Ik heb niet gezegd dat hij zwak is. Ik zei dat hij geen wilskracht had.'

'Denk je soms dat Frankie Delapp 's avonds laat geen pak gevulde spritsen leeg eet?' zei Zeezah minachtend. 'Of dat Roger St Leger geen bier drinkt?'

'Hij drinkt geen bier. Hij drinkt wodka en dat mag, want daar zitten bijna geen koolhydraten in.'

Weer die koolhydraten.

'Zeezah, is er iemand die Wayne kwaad zou willen doen?'

'Wayne is een lieve man.'

'Heb je enig idee waar hij nu uithangt?'

'Nee.' Ze zuchtte en liet mijn hand los. 'Maar geef me je nummer, dan bel ik je meteen als me iets te binnen schiet.'

'Prima.' Ik ging weer op zoek naar een kaartje. Toen ik vanmorgen op deze vreselijke dag wakker werd, had ik nooit kunnen raden dat ik die af zou sluiten door mijn telefoonnummer aan een superster te geven. Goed, alleen in het Midden-Oosten, maar toch.

'En als ik contact met jou wil opnemen,' vroeg ik behoedzaam, '... moet dat dan via John Joseph?'

Ze reageerde fel. 'Ik ben een zelfstandig mens, met een eigen telefoon. Ik zal je nu meteen mijn nummer sms'en.'

'Mooi, heel fijn, ja.' Wacht maar tot ik mam vertelde dat ik Zeezahs nummer had. Wacht maar. O nee, misschien toch niet, anders zou ze het misschien jatten om Zeezah valse sms'jes te sturen. 'Oké, mag ik jullie dan alle drie vragen om heel even je fantasie te gebruiken en me in één zinnetje te vertellen waar volgens jullie Wayne nu zit. Een soort spelletje. Ik begin wel. Volgens mij is Wayne nu... bezig met een cursus broodbakken in Ballymaloe House.'

'Brood!' gilde Jay.

'Sushi dan, als je dat liever hebt. John Joseph?'

'Ik denk dat Wayne... zich heeft laten opnemen om liposuctie op zijn maag te laten doen.'

'Echt waar?' Daar kikkerde Jay helemaal van op. 'Zou dat dan aanstaande woensdag al weer geheeld zijn?'

'Het is maar een spelletje,' zei Zeezah. 'Ik denk dat Wayne... bij zijn ouders zit om eens lekker verwend te worden.'

'Ik denk...' zei Jay, 'dat Wayne in die boeddhistische tent in West-Cork is om te leren mediteren.' Wat een idee! Om te kotsen! 'Nee, ik ben van gedachten veranderd. Hij is op een taarteetwedstrijd in

North Tipperary waar hij alle concurrentie ruim de baas is. Hij haalt op zijn gemak de nationale finale.'

'Zeezah,' zei ik. 'Ken jij Waynes vriendin Gloria?'

'Gloria?' Ik zweer op Onze-Lieve-Heer dat haar gezicht verstrakte. Heel even, maar ik zag het toch. 'Wie is Gloria?'

Ik zei niets en wachtte tot zij de stilte zou verbreken. Ze schudde haar hoofd. 'Ik ken geen Gloria.'

Misschien was dat waar. Misschien verbeeldde ik me dat maar. Per slot van rekening was ik niet helemaal mezelf.

'Zeezah, de allerbelangrijkste vraag gaat over het wachtwoord van Waynes computer? Enig idee wat dat is? Zes letters.'

Terwijl ze daar over na zat te denken staarden haar ogen in de verte en haar voorhoofd was helemaal glad. Jay had haar toch niet ook een dosis botox opgedrongen? Ze was pas eenentwintig. Of misschien lag dat gladde voorhoofd gewoon aan haar leeftijd...

'Zes letters?' Ze kwam ineens weer tot leven en mijn hart sprong op. 'Ik weet het!' riep ze uit. 'Wat dacht je van Zeezah?' Ze giechelde ondeugend en ik reageerde beleefd maar vermoeid met een poging om mee te lachen. Maar dat had ik beter kunnen laten, want ik klonk als een zeeleeuw en iedereen keek me een tikje geschrokken aan. Bovendien voelde het aan alsof ik een spier in mijn borst had verrekt.

8

'En nu?' We stonden voor het landhuis van John Joseph. Ik was moe. Het kost altijd zoveel moeite om tegen mijn natuur in te gaan en aardig te doen tegen mensen, maar je krijgt alleen informatie los als ze je sympathiek vinden.

'Ik breng je wel naar huis,' zei Jay.

Toen hij dat zei, welde er een verschrikkelijk gevoel in me op. Ik had de hele dag gewenst dat het avond zou worden, maar nu de lucht donker was, leek alles nog veel dreigender. Ik durfde niet eens omhoog te kijken, omdat ik bang was dat er ineens twee manen boven mijn hoofd hingen. Ik had het gevoel dat zich een of andere catastrofale kosmische verandering had voltrokken en dat ik ineens op een andere planeet woonde, eentje die oppervlakkig op de aarde leek. Eentje waar helemaal niets van klopte en die op andere vibraties reageerde. Sinister en gevaarlijk op een ondefinieerbare maar angstaanjagende manier.

'We zouden Frankie kunnen proberen,' zei ik wanhopig.

'Om een uur 's ochtends?'

'Hij en Myrna hebben net twee baby's uit Honduras geïmporteerd, een tweeling. Het hele huis zal wel wakker zijn.'

'Het juiste woord is geadopteerd – het gaat niet om een kist bananen – en hoe weet jij dat?'

'Tijdschriften. Mam en Claire kopen ze allemaal. Stuur Frankie maar een sms'je.'

Frankie Delapp: het homojoch. Die had niet stilgezeten sinds Laddz uit elkaar was. Eerst had hij een restaurant geopend dat het af had moeten leggen. Daarna begon hij een schoonheidssalon, maar dat was ook mislukt. Vervolgens was hij failliet verklaard. Maar het grootste schandaal van alles was toen hij erkende dat hij hetero was.

Zijn fans waren ontzet en zijn populariteit kreeg een flinke dreun. Van het ene op het andere moment werd hij het bos in gestuurd, waar hij jarenlang met de nek werd aangekeken en genegeerd, maar de afgelopen zes maanden was zijn leven op een ongekende manier veranderd. Op de een of andere manier had hij zich als filmcriticus een plekje weten te verwerven bij *A Cup Of Tea And A Chat* van RTE, een middagprogramma op tv. Niemand wist hoe hij aan die baan was gekomen, aangezien hij eigenlijk geen bal van film af wist en over het algemeen niet als de slimste van het vijftal werd beschouwd.

Maar goed, bij een van die vreemde momenten die zich soms voordoen werd Frankie ineens de populairste man van Ierland. Hij was hartelijk en lief en zijn kijkers konden begrip opbrengen voor zijn populistische smaak. Alle films waarin Jennifer Aniston verscheen, werden automatisch met vijf sterren gewaardeerd en Oscarwinnaars kregen er hooguit één of twee. 'Omdat ik me daarbij dood verveelde, schat. Het was heel somber en de kleren waren niet om aan te zien. Ik moest midden in de nacht de deur uit om nog iets te bikken te scoren.'

Hij werd op handen gedragen door zowel bouwvakkers als non-netjes en 'Wat vindt Frankie ervan?' werd binnen de kortste keren een gevleugelde uitspraak. Plotseling wilde iedereen Frankies oordeel over van alles en nog wat weten en voordat je wist wat er gebeurde, werd er ineens een soort coup gepleegd waarbij een van de hoofdpresentatoren van het programma spoorloos verdween en Frankie haar plaats innam. Ondertussen deed het gerucht de ronde dat hij kandidaat was voor *Saturday Night In,* zodra Maurice McNice doodging. Het was niet overdreven om te stellen dat hij momenteel de amusementswereld van Ierland schrijlings als een nichterige, zwaar gebruinde kolossus tussen de knieën had.

Zijn levenspartner, met wie hij al jaren samen was, heette Myrna nog iets en was een jaar of vijftien ouder dan hij. Ze kwam oorspronkelijk uit Vermont, had korte stijve grijze krulletjes, een uitdagend make-uploos gezicht en kleedde zich alsof ze in de overgang was. Ze was een zevendedagsadventist, wat dat ook mag zijn, en als ze iemand grappig vond, zei ze dat ze 'in een deuk lag'.

Terwijl we wachtten of Frankie op het smsje zou reageren, liep ik een eindje verder, zodat Jay me niet kon horen, en belde Artie. Het zou een hele troost zijn om even met hem te kunnen praten, maar ik was verrast (in dit geval onaangenaam) toen ik merkte dat zijn telefoon uit stond. Ik had te lang gewacht, hij was al naar bed.

'Ik ben het,' zei ik tegen zijn voicemail. 'Het spijt me dat het zo laat is. Je zult het niet willen geloven, maar ik ben bezig met een klus. Ik bel je morgen wel...' En nu kwam het belangrijkste. Hoe moest ik dit bericht afsluiten? We hadden al zes maanden verkering, maar tot op heden hadden we geen van tweeën 'ikhouvanjou' gezegd maar andere, ironische manieren gezocht om dat gevoel over te dragen. 'Wees verzekerd,' zei ik, 'van mijn immense hoogachting.'

Daarna luisterde ik het bericht af dat hij voor mij had achtergelaten.

'Is alles goed met je, schattebout? Je had me dat van je flat moeten vertellen. Maar daar hebben we het nog wel over. Vonnie is weg, de kinderen zijn naar bed, kom je naar me toe?'

O... heel even, het idee alleen al... Dat ik mijn sleutel in het slot stak, op mijn tenen door zijn stille huis sloop, mijn kleren uittrok en tussen zijn lakens glipte, om dan over het bed naar hem toe te glijden en mijn huid tegen de zijne te drukken. Maar ik was aan het werk.

'Wat je ook besluit te doen,' zei hij, 'ik blijf, hoogachtend, de jouwe.'

Ik verbrak de verbinding en zag toen ik me omdraaide dat Jay Parker veel dichterbij stond dan ik dacht. 'Ik heb een sms van Frankie,' zei hij.

'Wat zegt hij?'

Jay gaf me de telefoon en ik las: 'LML, Jay, ls, km mr gw baby2 gdsgesch mr janken cnst. Wayne ng sprls? Als we m nt vndn gn we all ndklote, xcuse le mot ik heb 2 knd die nr school mtn en ieder1 dnkt dat ik gld zat heb vwg tv, maar rte stel krnten, grdkus, xoxoxoxoxox'

'Kom op,' zei ik. 'Laten we maar gaan.'

Onderweg zei Jay: 'Kun je je de avond nog herinneren waarop we elkaar hebben leren kennen?'

'Nee.'

Het was op een feestje, waarvoor ik niet was uitgenodigd. Later kwam ik tot de ontdekking dat hetzelfde voor hem gold. Toen ik hem voor het eerst zag, stond hij te dansen op een nummer van James Brown. Hij kon echt goed dansen en het was echt een goed nummer. Maar het was nog niet half voorbij of hij begon al naar de dj te schreeuwen dat hij iets anders op moest zetten.

Het was overduidelijk dat we verschrikkelijk veel gemeen hadden. Snel afgeleid. Een kort lontje. Elementaire ontevredenheid met het bestaan.

Een kort gesprek had nog andere overeenkomsten vastgesteld: een hekel aan kinderen en dieren, de wens om heel veel geld te verdienen zonder daarvoor een poot uit te steken. Een voorkeur voor hoelahoeps.

We waren duidelijk voor elkaar bestemd.

Toen we weggingen, had een vrouw ons met een stralend gezicht onderschept. 'Jullie zijn echt te snoezig voor woorden. Net een tweeling. Hans en Grietje, maar dan wel heel gemeen.'

Een tweeling, dat klopte. Jay en ik hadden drie maanden verkering en voortdurend dolle pret, maar toen kwam ik erachter hoe hij echt was en dat was dat.

Frankie praatte aan één stuk door. Zijn kleine voorkamer lag propvol luiers, speelmatjes en andere babyspullen en hij deed hetzelfde als de meeste politici, in één zin noemde hij wel vijftien keer je naam. Er lag een dunne witte doek over zijn rechterschouder en op zijn linkerbeen zat een veeg melkachtige kots. Jay, die er chic, wereldwijs en volkomen misplaatst uitzag in zijn donkere pak en zijn smalle zwarte das, bleef een beetje smalend bij de deur van de zitkamer staan, duidelijk geschrokken van de rotzooi.

Frankie pakte mijn hand en sleepte me mee naar de bank. 'Gooi alles maar op de grond, Helen. Wat het ook is, ga gerust je gang. Het maakt niet uit.' Met een breed gebaar veegde hij vol energie flessen, slabbetjes, koekjes en kleertjes van de bank op de grond. Hij bleef net zo lang doorgaan tot er genoeg ruimte voor ons beiden was om te gaan zitten.

'Kom maar, Jay, lieverd,' riep hij. 'Er is nu plaats.'

'Ik blijf net zo lief hier staan, Frankie.' Jay trok zich nog verder terug in zijn hoekje bij de deur.

'Je doet maar wat je niet laten kunt.' Frankie draaide hem de rug toe en richtte zijn aandacht volledig op mij. 'Ik voel me echt een gezegend man, Helen, gezegend. De tv, de baby's, de comebackconcerten, de man hierboven zorgt goed voor me.' Hij richtte zijn ogen op het plafond voordat hij een gouden kruisje pakte dat hij om zijn nek droeg en er snel een kus op drukte. 'Maar ik zou dolgraag een tijdje lekker achter elkaar willen slapen, Helen, ook al zijn het maar vier uurtjes.' De tranen sprongen hem in de ogen en hij wreef ze snel weg. 'De babyblues.' Daarna draaide hij zich met een ruk om en riep over zijn schouder: 'Jay, lieve schat, sta je nu in gedachten nummers van Wilson Pickett te zingen?'

Voordat Jay antwoord kon geven, had Frankie zich alweer omgedraaid en keek mij weer aan. 'Ziet hij er niet uit alsof hij in gedachten nummers van Wilson Pickett staat te zingen? Of misschien Otis Redding? Iets met soul? "Sitting on the Dock of the Bay", hè Jay? Dat doe ik zelf ook, Helen, ik zing in gedachten nummers als ik nergens meer heen kan, maar ik geef de voorkeur aan Boney M. "By the Rivers of Babylon", daar zul je mij aantreffen.'

Uit een andere kamer kwam het zielige gehuil van een baby.

'Het zijn echt engeltjes, Helen, allebei, maar ik weet toch niet zeker of een tweeling wel zo'n goed idee was. Als de een ophoudt met huilen, begint de ander. Myrna en ik, we zijn allebei kapot. Als Jay me die botox niet opgedrongen had, zou ik nu zeker veertig lijken. Vertel eens, lieve Helen, heb je al iets van Wayne gehoord?'

'Dat wilde ik net aan jou vragen.'

'Lieve hemel nog aan toe.' Hij drukte zijn gebalde vuist tegen zijn wang. 'Ik loop echt op mijn laatste benen, Helen. Je moet hem vinden. Ik heb dat geld nodig. Ik heb een berg schulden en ik ben nu huisvader. We hebben deze flat gewoon gehuurd en je kunt zelf wel zien dat het geen huis is om een stel kinderen in groot te brengen.' Dat klopte, het was veel te klein en afgeladen vol. 'Iedereen denkt dat ik bulk van de poen omdat ik op de tv ben, Helen, maar niets is minder waar. Ze zijn daar zo krenterig als de pest. Je zou als klaar-over nog meer verdienen, dat zweer ik.'

'Heb jij enig idee wat het wachtwoord voor Waynes computer is?'

Frankie keek verschrikt. 'Waynes wachtwoord? Op het moment weet ik niet eens meer wat het mijne is!'

'Vertel eens, Frankie, wat voor soort vent is Wayne?'

'Een snoes, Helen, echt een schatje. We zijn allemaal dol op Wayne. Nou ja, het is wel waar dat hij een beetje zwaar op de hand kan zijn en af en toe chagrijnig en dat hij soms geen bek opendoet. En het wil ook wel eens voorkomen dat hij het gewoon verdomt om die handgebaartjes te maken en zegt dat hij nog liever zijn beide armen afhakt met een verroest tafelmes, zodat iemand hem weer over zijn bolletje moet strijken om hem weer in zijn hum te brengen en dat duurt dan eeuwen waardoor we allemaal langer moeten blijven terwijl we die tijd veel beter met onze lieve familie en vrienden door hadden kunnen brengen, maar ik weet zeker dat hij zijn redenen heeft... Een schatje, Helen, dat is hij echt. Een regelrechte snoes.'

'Enig idee waar hij nu zit?'

'Geen flauw benul. Maar vast niet op een plek die voor de hand ligt.'

'Dat zegt iedereen steeds. Maar wat ligt niet voor de hand?'

Een tweede baby begon te huilen. Er hing een sfeer van nauwelijks onderdrukte hysterie in de flat. Het beviel me daar helemaal niet, ik werd er ontzettend onrustig van.

Ik vroeg Frankie om een slag in de lucht te doen, precies zoals ik John Joseph en Zeezah had gevraagd. 'Doe maar een gok, het maakt niet uit, al lijkt het nog zo maf.' Want zelfs als mensen denken dat ze iets uit hun duim zuigen, zit er altijd iets van waarheid in.

'Ik denk dat Wayne...' zei Frankie, 'een kampeerbusje heeft gehuurd en rondrijdt door Connemara om foto's van de brem te maken.'

'Heeft hij ooit belangstelling getoond voor kampeerbusjes? Of voor brem?'

'Nee. Maar je zei dat ik mijn fantasie moest gebruiken.'

'Wie is Gloria?' vroeg ik, in de hoop hem te verrassen.

'Gaynor? Of Estefan?'

Goeie genade. 'Zijn dat de enige Gloria's die je kent?'

Het had geen zin. Ik kon Frankies aandacht niet echt vasthouden. Hij was hyper en gebroken en ondanks de intimiteit die zijn herhaaldelijk gebruik van mijn naam opriep, was er vrijwel geen oogcontact. Hij kon liegen tot hij uit zijn goedkope fineerlaagje barstte, zonder dat ik het in de gaten had. Ik wisselde telefoongegevens met hem uit en ging ervandoor.

9

Roger St Leger – het andere joch – was een verrassing (in de zin van intrigerend). Louche. Een flirt. Min of meer sexy, op een achterhaalde, in zekere zin mislukte manier.

Hij woonde in een van de buitenwijken, in een soort slaapstad, en als het niet midden in de nacht was geweest, hadden we er uren over gedaan om er te komen.

Ik had Jay overgehaald om ernaartoe te gaan, want ik was nog steeds klaarwakker en gespannen, ook al was ik bekaf. Het idee om in bed te liggen met een hoofd dat omliep van rampspoed was onverdraaglijk. Dan kon ik net zo goed mijn neus in andermans zaken steken.

'Houdt dat ook in dat je de klus aanpakt?' vroeg Jay.

Dat wist ik nog niet zeker. Het idee dat ik geld zou verdienen beviel me wel en het idee dat ik iets omhanden zou hebben was heerlijk, maar ik was niet van plan het aan te pakken als het te listig zou worden.

'Ik moet alleen even...' Een paar e-mails versturen. Ik pakte mijn telefoon en tikte twee snelle berichtjes. Ik zou wel zien wat ik daarop te horen kreeg en dan zou ik een besluit nemen. 'Dat zal ik je snel laten weten. Vertel eens,' vroeg ik toen we onderweg waren. 'Zijn ze allemaal in de Heer? Alle Laddz?'

'Nee.' Hij was beledigd.

'Maar hoe zit dat dan met Frankie die zijn kruis kust en de hemel dankt?'

'Aanstellerij. Het heeft niets te betekenen. Homomaniertjes, ook al is hij momenteel niet homo. Oké, ik geef toe dat John Joseph in de Heer is,' zei hij. 'Maar Wayne niet. En,' voegde hij er een tikje opstandig aan toe, 'Roger zeker niet.'

Ineens kreeg ik het gevoel dat we op bekend terrein waren. 'Waar zitten we?' vroeg ik.

Jay wees naar het blauwe bord boven de snelweg. 'De volgende afslag is Ballyboden.'

'Dat is toch naar Scholarstown?'

Waar Bronagh had gewoond. Ik had geen idee of ze daar nog steeds zat.

Rogers hele flat zag eruit alsof hij door IKEA gebouwd was. Wiebelig, gefineerd hout, dun en goedkoop. De bank stond scheef en op de vloerbedekking zaten koffievlekken. Ik hoopte tenminste dat het koffie was.

'Goh, je hebt het hier wel heel gezellig gemaakt,' zei Jay. 'Hoe komt het dat je nog op bent?'

'Ik ga altijd 's morgens vroeg hardlopen.' Sarcasme van de losbol, hij was duidelijk nog niet naar bed geweest.

'In je eentje aan het drinken?' Jay pakte de halflege wodkafles op.

'Nu niet meer,' zei Roger. 'Wie is dit?' Hij bekeek me van top tot teen, maar op een heel andere manier dan John Joseph had gedaan. In werkelijkheid had Roger een ondeugende uitstraling die op foto's of op tv totaal niet overkwam. Hij had sluik zwart Bryan Ferry-haar en een slungelig, los lichaam. Maar hij zag eruit als een wrak, het was bijna niet te geloven dat hij pas zevenendertig was.

'Helen Walsh,' zei Jay. 'Privédetective, op zoek naar Wayne.'

'Ach god.' Roger liet zich op zijn kreupele bank vallen. 'Waarom laat je hem niet met rust? Gun die arme klootzak een paar dagen. Hij komt heus wel terug.'

'Geen denken aan. De tijd staat niet stil. We zijn bezig om een wereldshow op poten te zetten. En die begint volgende week woensdag al, Roger, voor het geval je dat misschien vergeten was. Over zes dagen.'

Jay herhaalde het nog maar eens binnensmonds. 'Over zes dagen. O, mijn god.' Zijn gezicht werd grauw. 'Er is nog zoveel te doen. De repetities, de soundchecks, het passen van de kostuums, de merchandising... Morgenochtend komen er 40.000 Laddz-T-shirts aan in de haven van Dublin. Plus 20.000 Laddz-sjaals. We hebben programma's, pashmina's...'

'Pashmina's!' Mijn spot was bijtend. Stel je voor, een Laddz-pashmina. Je moest toch wel heel zielig zijn om die te gaan dragen.

'Als Wayne niet terugkomt, wat moeten we daar dan mee beginnen?' Jay klonk alsof hij in zichzelf praatte.

'Rustig nou maar,' mompelde Roger, maar hij begon toch ook een beetje te transpireren.

'En dan de media,' zei Jay. 'Christus, de media! We hebben het hele weekend de radio en de tv over de vloer. Hoe moeten we dan de afwezigheid van Wacky Wayne, de mafkikker, verklaren?'

'Dan is hij vast wel terug,' zei Roger. 'En,' zei hij tegen mij, 'Wayne is helemaal niet wacky. Wayne is allesbehalve een mafkikker.'

Ik stelde Roger de gebruikelijke vragen en kreeg nul op het rekest – geen drugs, geen woekeraars, geen vriendinnetje, geen idee wat Waynes wachtwoord was.

'Waar hangt hij volgens jou uit?' vroeg ik.

Hij zuchtte. 'Waarschijnlijk thuis, onder het bed.'

'Waarom zeg je dat?'

'Hoor eens, we zijn een stel volwassen kerels. Dat reüniegedoe... we hebben geen van allen nog zin om rond te rennen in van die nette communiepakjes, zoals we op ons twintigste hebben gedaan.'

'Met uitzondering van Frankie,' zei Jay.

'Met uitzondering van Frankie. Maar voor de rest van ons is het te gênant voor woorden. Maar wat hebben we voor keus? Het is een kans om flink wat poen te verdienen en we zitten allemaal op zwart zaad.'

Verbaasd zei ik: 'Zelfs John Joseph?'

Hij lachte bitter. 'Heb je hem ontmoet? En viel je op hem? Ze viel vast op hem,' zei hij tegen Jay. 'Iedereen is gek van hem.'

'Neem me niet kwalijk, ik vond hem aardig, maar...'

'En Zeezah? Is het geen schatje?'

'In zekere zin wel, ja.'

'Luister eens goed naar me, hoe heette je ook alweer? Helen? Ik heb waarschijnlijk meer geld dan John Joseph. Ja, ik weet het, je denkt aan dat huis waarin hij woont, maar geloof me, het kost een boel geld om dat Hartley-huishouden draaiend te houden. Alfonso's en Ierse wolfshonden zijn echt niet goedkoop. En nu Zeezah geen label meer heeft en John Joseph zijn eigen poen in haar zal moeten steken, nou... dat betekent dat hij tot aan zijn strot in de schulden zit.'

Dat moest ik even verwerken. 'En die Aston Martin van hem?' vroeg ik aan Jay.

'Verkocht,' kwam Roger tussenbeide. 'Net als de Bugatti, de Lambo en de twee Corvettes. Het enige wat hij nog overheeft is de Evoque van Zeezah en die gaat dezelfde kant op als alles niet snel verandert.'

Jezus. Zou dat waar zijn? Ik wierp een snelle blik op Jay en zag aan zijn gezicht dat het klopte. Ik was heel even met stomheid geslagen, maar toen herpakte ik me en besloot het over een heel andere boeg te gooien.

'Vind je Wayne aardig?' vroeg ik Roger.

'Of ik Wayne aardig vind? Ik ben dol op hem. Ik beschouw Wayne als een broer. Dat geldt voor alle Laddz.'

'Zou je dat sarcasme misschien even achterwege kunnen laten?'

Roger dacht na. Het leek alsof hij dat nooit eerder had overwogen. 'Eerlijk gezegd mag ik Wayne graag.'

'Je moet hem toch goed kennen, na al die tijd samen in Laddz waarbij jullie op elkaars lip zaten?'

'Ja, maar... dat is allemaal al zo lang geleden. Ik heb hem niet zo vaak meer gezien in de laatste... hoeveel is het? Twaalf jaar? Vijftien? Nadat Laddz uit elkaar ging. Hij en ik hebben nooit een band gehad, zoals hij wel met John Joseph heeft. Maar hij is een aardige kerel. Met principes.' Hij sprak het uit alsof het een ziekte was. 'Af en toe te veel principes. Je hoeft het leven niet zo moeilijk te maken.'

'Zou je me een genoegen willen doen?' zei ik. 'Zou je eens willen nadenken over waar Wayne nu op dit moment is? Laat je fantasie maar de vrije loop.'

'Oookééé... Dan denk ik dat Wayne... over straat dwaalt en even helemaal van de wereld weg is. Waarschijnlijk probeert hij voorbijgangers te bijten.'

Eerlijk gezegd zou dat best kunnen. Af en toe raken mensen in een vreemde toestand, waarbij ze alles vergeten, zelfs hun eigen naam. Maar dat komt zelden voor.

'Of hij is opgepakt en zit nu in een arrestantencel.'

'Opgepakt waarvoor?'

'Jezus, wat je maar wilt. Wildplassen – hoewel dat helemaal niets voor Wayne zou zijn – of zichzelf onterecht uitgeven voor een oftalmoloog...'

'Ach, het heeft geen zin om jou dat soort dingen te vragen,' zei ik. 'Je bent veel te vooringenomen.'

En een rechtbankverslaggever zou Waynes naam nooit over het hoofd hebben gezien. Als Wayne gearresteerd was, zou het hele land dat weten.

'Hier heb je mijn kaartje.' Ik gaf het aan Roger. 'Bel me maar als je iets te binnen schiet, wat het ook is. Mag ik jouw nummer ook?'

'Uiteraard! En bel me gerust als ik je, ahem, ergens mee kan helpen. Wat het ook is.' De smeerlap. Hij wierp een slimme blik op

Jay Parker. '... of steek ik nou iemand een spaak in de wielen? Vergis ik me of voel ik toch iets van een band tussen jullie?'

'Nee,' zei ik. 'Geen sprake van.'

'Oo-kéé.' Roger lachte even spottend. 'Nog meer vragen? Of mag ik nu weer mijn eigen gang gaan?'

'Nog één. Hoe komt het dat Jay Parker jou geen botox heeft opgedrongen?'

Jay en Roger keken elkaar verbaasd aan.

'... dat heb ik wel gedaan,' zei Jay.

'Je had me moeten zien voordat ik behandeld was,' zei Roger, weer met zo'n bitter lachje.

Vlak voordat ik de deur uitliep, zei ik over mijn schouder: 'O, tussen twee haakjes, Roger, Gloria doet je de groeten.'

Hij leek ineens door de bliksem getroffen. 'Echt waar?'

Bingo!

Ik liep de kamer weer in en ging gezellig naast hem zitten. 'Vertel me alles maar,' zei ik uitnodigend. 'Over Gloria.'

Hij zag er een beetje ziek uit. 'Het lijkt me beter als jij me vertelt wat er aan de hand is. Waar gaat het om? Een sekstape? Niet... o god, het is toch niet weer een aanklacht wegens vaderschap?'

'Waar heb je het over?' vroeg ik.

'Waar heb jíj het over?'

Even heerste er totale verwarring, maar toen drong het tot me door: geen bingo.

'Je kent niemand die Gloria heet, hè?' vroeg ik.

'Nee.'

'Je herkent de naam niet eens, maar toch denk je dat je haar misschien zwanger hebt gemaakt?'

Hij haalde zijn schouders op. 'Welkom in mijn wereld.'

Terwijl we naar huis reden, zei ik tegen Jay: 'Ik moet Waynes mobiele nummer hebben.'

'Ik stuur het je nu per sms toe.'

'En de sleutel van zijn huis.'

'Ik zal er morgen een voor je laten maken, die kom ik in de loop van de ochtend wel brengen.'

'Geef me maar gewoon jouw sleutel.'

'Nee. Ik laat er een bijmaken.'

'Ik wil een camera in Waynes huis installeren,' zei ik. 'Zodat we het meteen weten als hij terugkomt.'

Spionagetechnologie, ik ben er gewoon dol op. Mijn zusje Claire zit elke seconde die ze vrij heeft op NET-A-PORTER, te hunkeren naar handtassen die ze zich niet kan veroorloven en ik heb ongeveer hetzelfde met sites vol spionageapparatuur. Begrijp me goed, ik ben dol op kleren, ik ben dol op schoenen, ik ben dol op tassen, en momenteel heb ik iets met sjaals, die blijf ik maar kopen. Dat wil zeggen tot mijn creditcard geblokkeerd werd. Maar goed...

'Heb je me gehoord?' zei ik tegen Jay. 'Ik moet een camera in Waynes huis installeren. En ik wil een chip op zijn auto aanbrengen.'

'Nu?'

'Wanneer dan? Over een maand? Iedere seconde telt.'

'Oooké.' Hij klonk vermoeid en weerbarstig.

'Eerst moeten we naar het huis van mijn ouders om die spullen op te halen.'

'Hè nee, Helen, het is drie uur. Ik moet om zeven uur in de haven van Dublin zijn om de Laddz-merchandise door de douane te loodsen. Dat is enorm veel werk, daar komt een papierwinkel aan te pas, dat wil je niet geloven. Bovendien lopen overal snuffelhonden rond die met hun vuile poten tegen je pak opspringen en je moet stapels dozen vol T-shirts openmaken om aan te tonen dat je daar niet een of ander zielig Chinees meisje in hebt verstopt. Laten we dat Wayne-gedoe nu maar laten rusten tot dat gedaan is.'

'Maar als hij nou terugkomt, zonder dat wij dat in de gaten hebben?'

'Op het moment ben ik zo kapot dat ik me daar niet druk over kan maken.'

'Maar...'

'Ik zeg dat we het nu voor gezien houden en ik ben degene die je betaalt.'

'Nu je het daar toch over hebt... ik zeg nog steeds niet dat ik de klus aanpak, maar als ik dat wel doe, zijn dit de voorwaarden.' Ik spelde ze voor hem uit en tot mijn verrassing (categorie: verontrustend) accepteerde hij ze zonder te kibbelen. Hij probeerde niet eens af te dingen.

'Is het wel goed tot je doorgedrongen?' vroeg ik. 'Een week vooruit. In contanten.' En met nadruk: 'En dan heb ik het over echt geld, geen benzinebonnen.' Op die manier was ik al eerder te grazen genomen. Ik had een keer negenendertig uur in een boom gezeten voor een voogdijzaak wat me een kou op de milt opleverde en ik werd voor mijn moeite beloond met een partij aanmaakhout ter waarde van vijfhonderd euro.

10

Zodra ik de sleutel in het slot stak, verscheen mam op de overloop in haar nachtpon, compleet met krulspelden. 'Het is tien over drie. In de nacht.' Ze kwam haastig de trap aflopen en ik werd bijna verblind door haar glimmende gezicht vol nachtcrème. 'Waar zat je?'

'Ik was op stap met Jay Parker. O, en nog bedankt dat je hem hebt verteld dat hij me hier kon vinden.'

'Probeer je Artie te belazeren?'

'Ik had het niet over stappen. Ik was aan het werk. Je gelooft nooit wie ik vanavond heb ontmoet. Maar je mag het aan niemand vertellen. Zweer dat op het roodleren Gucci-polstasje van de paus.'

'John Joseph Hartley en Zeezah.'

'Hoe wist je dat?'

'Jay Parker vertelde me dat hij de nieuwe manager van Laddz is, dus dat leek me logisch.'

'Ik was bij hen thuis.'

Maar ze wist alles al over de Ierse wolfshonden en de van geweien gemaakte kroonluchter. Er was een hele uitzending van RSVP aan gewijd. Ik snapte niet hoe ik die had kunnen missen.

'Jay zei dat hij me kaartjes zou bezorgen voor het eerste concert.'

'Ach, mam…'

'Wat is er?'

'Op die manier maak ik wel een heel onprofessionele indruk.' En natuurlijk zou er geen sprake zijn van Laddz-concerten als Wayne niet terugkwam.

'Ik heb Claire gesproken.' Mijn oudste zus. 'En die zei dat ze niet met me mee wilde.'

Tja, dat was geen echte verrassing. Claire had het ontzéttend druk. En ze was van nature niet echt behulpzaam. Ze zeggen dat wij op elkaar lijken.

'Daarna heb ik Margaret gesproken en die zei dat ze wel mee zou gaan als ik niemand anders kon vinden.'

Margaret, de zus die na Claire kwam, had het ook heel druk – twee kinderen tegenover de drie van Claire – maar ze had een groot plichtsbesef.

'Ik wil niet met Margaret,' zei mam.

'Maar ze is jouw favoriete kind.'

'Ze kan voor geen meter dansen, ze zal me volkomen voor schut zetten.'

'Je bent zelf ook geen Ashley Banjo.'

'Ik ben bejaard, niemand verwacht van mij dat ik met te gekke moves kom. Hoor eens, ik weet ook niet waarom, maar ik zou veel liever met jou gaan.'

'Vraag Rachel maar,' zei ik. 'Of Anna.' Mijn andere zussen. We zijn met ons vijven.

'Misschien ben je het vergeten, maar die wonen allebei in New York.'

'Vraag het toch maar. Misschien heb je geluk.'

'Hoeveel avonden van mijn leven heb ik verspild aan die stomme schooltoneelstukjes van jullie, die saaie balletvoorstellingen en die afschuwelijke sportverplichtingen? Van jullie vijven bij elkaar opgeteld moeten het jaren zijn geweest, jaren zeg ik je, en nu vraag ik alleen maar of je één avondje...'

Zo was het mooi geweest. 'Ik vind het enig om hier om kwart over drie 's nachts onder aan de trap te staan luisteren naar dat gezeur van jou, maar ik moet nog aan de slag.'

'Mij best,' zei ze stug. 'Neem me niet kwalijk dat ik die kostbare tijd van je in beslag neem.' Ze begon weer naar boven te lopen, met een stramme, afkeurende rug.

'Heb je geen vriendinnen die met je mee kunnen naar Laddz?' riep ik haar na.

'Die zijn allemaal dood.'

Ze verdween in haar slaapkamer en ik onderdrukte de neiging om haar terug te roepen. Ik wilde met iemand praten over hoe raar het was geweest om Jay Parker weer te zien en dat we vlak langs de plek waren gekomen waar Bronagh vroeger woonde. Maar mam had Bronagh nooit aardig gevonden. Toen ze haar voor het eerst zag, had ze haar met een heel raar gezicht aangekeken, alsof ze door de bliksem getroffen was. Ze had met grote ogen van mij naar Bronagh gekeken en je kon haar gewoon zien denken: ik dacht dat ik het moeilijkste kind had dat je als moeder kunt hebben, maar dit is er een die nog erger is.

En was Bronagh erger dan ik? Volgens mij waren we echt aan elkaar gewaagd. Af en toe lukte het me om haar een blik vol onverhulde bewondering te ontlokken, maar het leed geen enkele twijfel dat ze de lat heel hoog legde.

Zoals de eerste keer dat we elkaar ontmoetten.

Het was midden in de zomer, ongeveer zes jaar geleden, en ik baande me een weg door Grafton Street, tussen de mensen door, waarbij ik me wild ergerde aan iedereen die niet precies hetzelfde tempo aanhield als ik. 'Goeie genade nog aan toe,' mopperde ik, 'waarom lopen jullie verdomme niet door, zo moeilijk is dat toch niet?' Dat ik ongestraft al dat chagrijn kon uiten was heel plezierig, zo plezierig zelfs dat ik een elementaire fout maakte: uit het niets had iemand me ineens in de gaten gekregen. En niet zomaar iemand – het was een man met lange, blonde dreadlocks en een klembord in de hand. Hij was gehuld in een rode plastic mantel met het logo van een of andere liefdadigheidsfirma.

Vlak voor mijn neus begon hij met uitgestrekte armen achteruit te lopen: 'Heb je even een momentje voor me, wil je even met me praten? Tien seconden?'

Ik keek omlaag, woest op mezelf omdat ik met open ogen in die liefdadigheidsfuik was gelopen. Ik had het aan moeten zien komen en me uit de voeten moeten maken.

Toen ik naar rechts uitweek, volgde hij me alsof we met een navelstreng aan elkaar zaten. Ik schoot naar links en hij schoot mee, even gracieus alsof we aan het dansen waren. Ik begon in paniek te raken.

'Oké, laten we het op een akkoordje gooien,' zei de vent. 'Heb je vijf seconden voor me? Wist je dat je geweldige schoenen aanhebt? Heb je gehoord wat ik zei? Waarom wil je niet met me praten?'

Met een uiterste krachtsinspanning wist ik mezelf los te maken uit zijn krachtveld en schoot opzij om hem vanuit de verte te verwensen en hij riep me na, zo hard dat half Dublin het hoorde: 'Dus je kunt wel een nieuw paar sportschoenen kopen, maar je hebt geen twee eurootjes per week over om verlamde ezeltjes te helpen? Wat vind ik dat ontzéttend zielig van je.'

Het speet me diep dat ik niet wist hoe ik de geluiden moest produceren die mensen maken als ze het boze oog op je richten, ik had gewoon beter op moeten letten toen mij dat een keer overkwam. (Alleen maar omdat ik geen gelukshei wilde kopen van een mevrouw met een felgekleurde hoofddoek en een ontzettend enge glimlach had ze met een hypnotiserende keelstem een stroom van akelige toverformules op me losgelaten.)

Terwijl ik me nog stond af te vragen of ik het desondanks toch maar moest proberen om wat zangerige geluiden op hem los te laten en hem de schrik op het lijf te jagen had de liefdadigheidsrakker zijn aandacht al op iemand anders gericht. Ze had zulk kort haar en zo'n strak lijfje dat ik haar aanvankelijk voor een jongen hield, maar toen realiseerde ik me dat het een vrouw was, ongeveer van mijn leeftijd, en ze had iets waardoor ik naar haar bleef kijken.

'Hé,' zei die vent tegen haar. 'Wat een mooie sportschoenen heb je aan!'

'O ja?' zei het meisje. 'Vind je dat echt?'

'Ja hoor! Kunnen we even met elkaar babbelen?'

Ik sloop iets dichterbij, waardoor mensen tegen me aan botsten en geïrriteerd met hun tong klakten. Maar dat viel me nauwelijks op, omdat mijn aandacht volledig op het tafereeltje was gericht dat op het punt stond zich te ontvouwen. Op de een of andere manier wist ik zeker dat dit meisje op het punt stond iets dramatisch te doen. Misschien zou ze de vent een kungfu-trap geven of zijn toch al weerzinwekkend laaghangende spijkerbroek vastpakken om er zo'n ruk aan te geven dat die ineens om zijn knieën hing. Maar zelfs ik was niet voorbereid op wat ze deed: ze besprong hem en sloeg haar armen stijf om hem heen. 'Jouw sportschoenen zijn ook geweldig,' zei ze.

'Hé...' Hij produceerde een kort, geschrokken lachje. 'Dank je wel, hoor.'

'En je haar...' Ze pakte een handvol dreadlocks en gaf er een stevige ruk aan. 'Is dat een pruik?'

'Nee... helemaal van mezelf.' Hij lachte onbehaaglijk en probeerde haar van zich af te duwen.

'Nee, nee, nee.' Ze greep hem steviger vast. 'Je verdient een knuffel omdat je zo lief was over mijn sportschoenen.' Haar ogen glansden en twinkelden van ondeugendheid.

'Ja, maar...'

Er had zich een kleine menigte verzameld die duidelijk genoot van zijn gevoel van onbehagen.

'Dat zal hem leren,' hoorde ik iemand zeggen. 'Hem en zijn soortgenoten. Misschien dat ze nu in het vervolg eerst nadenken voordat ze ons lastigvallen.'

'Lastigvallen? Ze zetten ons gewoon voor het blok!'

'Dat klopt, ze zetten je gewoon voor het blok,' beaamde een derde persoon. 'Het zijn echte pestkoppen, ze zouden bij de wet verboden moeten zijn.'

De liefdadigheidsvent probeerde zich uit de omhelzing van het meisje los te maken, maar ze bleef zich als een aapje aan hem vastklampen, waardoor ik zelfs medelijden met hem begon te krijgen toen ze uiteindelijk besloot hem te laten gaan. Hij holde haastig door Grafton Street, waarbij hij onderweg wanhopig probeerde om zijn ROLSTOELEN VOOR EZELS-jas uit te trekken.

'Waar ga je naartoe?' riep ze hem na. 'Ik dacht dat je mijn vriend was!'

De omstanders trakteerden haar op een spontaan applausje en ze lachte, tegelijk trots en een beetje gegeneerd. 'Laat maar zitten, jongens.'

Ik wachtte tot haar bewonderaars verdwenen waren, toen liep ik naar haar toe alsof we nog op de kleuterschool zaten en zei: 'Ik ben Helen.' Het was een schaamteloos verzoek om vriendschap.

Ze keek me even aan en nam me met een koele blik van boven tot onder op. Maar wat ze zag, beviel haar kennelijk want ze schonk me een aantrekkelijke glimlach en zei: 'Ik ben Bronagh.'

Ik wist niet zeker wat ik daarna moest doen. Ik wilde vrienden met haar worden, maar ik wist niet hoe ik dat aan moest pakken. Ik heb kennelijk moeite om vrienden te maken, echte vrienden, bedoel ik. Het grootste deel van mijn leven moest ik het doen met mijn familie, ook al vond ik dat echt behelpen. Maar die konden in ieder geval niet weglopen. Heel lang was mijn zusje Anna mijn beste vriendin geweest, maar toen nam ze ineens de benen naar New York en liet een groot gat achter.

'Heb je iets dringends te doen?' vroeg ik aan Bronagh. 'Of heb je zin in een cola light?'

Ze fronste, een tikje ongerust. 'Ben je een pot?'

'Nee.'

'Mooi, geweldig.' Weer zo'n brede, stralende glimlach. 'Op naar de cola light.'

11

Ik liep de trap op en ging naar het 'kantoor' van mam en pa waar ik de computer en de scanner aanzette. Mijn spullen – mijn werkuitrusting en mijn surveillance-apparatuur – lagen overal door het huis verspreid. Als ik alles een beetje op orde had, zou ik me misschien meer – ik kreeg het woord nauwelijks over mijn lippen, ik wilde het niet eens denken, het was echt rijp voor de Schoplijst – honkvast voelen.

In ieder geval hadden ze hier breedband en wifi. Een paar jaar geleden had ik mam en pa net zo lang aan hun hoofd gezeurd tot ze het namen en daar was ik nu meer dan blij om. Ik ging even op zoek naar 'Gloria' en kreeg een miljoen Google-hits, waarmee ik geen moer opschoot. Wisten jullie dat Van Morrison een nummer heeft dat 'Gloria' heet? Vast van voor mijn geboorte.

Ik controleerde mijn e-mails – nog geen antwoord op de twee

die ik eerder had verzonden, maar het was midden in de nacht. Morgenochtend zou ik wel iets horen. Ik had ook nog geen sms'je van John Joseph met het nummer van Birdie Salaman. Dat zou morgenochtend ook wel komen.

Vervolgens bewerkte ik de foto van Wayne en Birdie met photoshop zodat Birdie verdween en Wayne kaal werd. Het zou handig zijn om een foto te hebben van hoe hij er momenteel in werkelijkheid uitzag, met zijn kaalgeschoren hoofd. Helaas lukte het niet zo goed, waardoor zijn hoofd een wat rare vorm had gekregen, maar ik moest het ermee doen. Morgenochtend zou ik een paar afdrukken maken, als ik mijn printer weer aangesloten had.

Ik had meer geluk met Birdie Salaman want ze zat gewoon op Facebook. Ze was voorzichtig genoeg om geen informatie prijs te geven, maar er stond wel een foto bij en ze was het onmiskenbaar. Ik overwoog even om haar een vriendschapsverzoek te sturen. Of moest ik wachten tot John Joseph met haar nummer op de proppen kwam? Misschien kon hij de weg wel een beetje voor me effenen. Maar ik ben zo'n ongeduldig type dat ik toch ook maar vroeg of we vrienden konden worden. Ik kon mezelf gewoon niet inhouden.

Ondertussen zou ik ook graag het adres van Birdie willen hebben, het echte, voor het onwaarschijnlijke geval dat John Joseph in gebreke zou blijven. Er waren een paar sites waarop ik een poging zou kunnen wagen. Maar toen kreeg ik ineens een helder idee: waarom zou ik niet gewoon in het telefoonboek kijken? De beste ideeën zijn vaak de simpelste. Binnen een paar seconden had ik Birdie gevonden, zowel het adres als haar vaste telefoonnummer.

12

Goed. Artie Devlin. De eerste keer dat ik hem ontmoette, was al een tijdje geleden, ongeveer anderhalf jaar. Ik had een scheidingszaak onder handen en probeerde inzicht te krijgen in de gecompliceerde financiële handel en wandel van een overspelige echtgenoot, toen iemand zei dat ik maar eens met Artie Devlin moest gaan praten. 'Hij zit bij een of andere hoge dienst voor fraude-bestrijding, hij zal wel door al die verschillende rekeningen heen kunnen kijken.'

Ik was niet echt geïnteresseerd omdat ik er de voorkeur aan geef om zelf dingen uit te zoeken, want het had toch geen zin om voor mezelf te werken als ik voortdurend bij andere mensen om hulp zou aankloppen?

Een paar dagen later dook zijn naam weer op, maar ik schonk er opnieuw geen aandacht aan omdat ik niet in het toeval geloof. En ook niet in het noodlot of in een universum waarin alles draait om goedertierenheid.

Maar toen zijn naam voor de derde keer viel, zei ik: 'Verdorie nog aan toe, wie is die Artie Devlin en waarom probeert iedereen hem aan me op te dringen?' Hij was kennelijk een politieman, maar – zo verzekerde iedereen me haastig – hij leek geen bal op de op vette kroketten levende stadsklabak. Hij werkte voor een elitaire anti-fraudedienst met een of andere onschuldige naam, waaruit het belang van hun werkzaamheden niet viel op te maken. Hij kon verdomd goed rekenen en hij onderzocht grootschalige fraudes, belastingontduiking en oplichterij om dure witteboordencrimina-liteit voor de rechter te slepen.

Hij droeg geen uniform en ook geen knuppel. In plaats daarvan volgde hij sporen op papier, begreep hoe een balans in elkaar stak en had een universitaire studie belastingwetgeving voltooid.

'Het is echt een geweldige vent,' kreeg ik te horen. En – nog na-drukkelijker – 'hij ziet er verdomd goed uit, echt heel sexy.'

De algemene opvatting was dat hij een uiterst chique wetshand-haver was en aangezien iedereen met zoveel respect en bewonde-ring over hem sprak, was ik al op hem afgeknapt voordat ik hem zelfs maar ontmoette.

Maar de tijd stond niet stil en ik kon nog steeds geen hout maken van de verwarrende financiële zaken van de overspelige echtge-noot, dus uiteindelijk belde ik meneer Artie Devlin toch maar en zei dat ik hem om een gunst wilde vragen. Waarop hij zei dat hij de komende donderdag wel een uurtje vrij kon maken.

We hadden afgesproken op zijn werk, en dat was niet op een politiebureau of zoiets, maar gewoon in een kantoortuin, vol mensen in vrijetijdskleding die strak naar schermen vol cijfertjes zaten te kijken.

Artie had een met glazen wanden afgeschut kantoortje in een hoek. Hij was groot, knap en terughoudend – en bijzonder voorzichtig in de manier waarop hij informatie doorgaf, zoals dat altijd het geval is met smerissen, zelfs als ze geen knuppel dragen. Ondanks zijn beroepsmatige houding had hij iets ongetemds, iets ongedurigs, een soort wilde kant. Of misschien had hij gewoon zijn overhemd niet gestreken.

Hij vroeg me of ik koffie wilde.

'Ik heb niets met warme dranken,' zei ik. 'En we hebben een boel te bespreken. Laten we maar beginnen.'

Hij keek me even aan. 'Oké,' zei hij. 'Begin maar.'

Ik plantte mijn dikke map met documenten op zijn bureau en hij nam ze geduldig door en legde me de fijnere kneepjes uit met betrekking tot offshorebanken, schaduwrekeninghouders en andere snode praktijken.

Het was behoorlijk ingewikkeld maar na een poosje viel het kwartje en begon ik het door te krijgen. Ik werd prompt een beetje lichtzinnig.

'Vertel eens,' zei ik tegen Artie Devlin. 'Ga je vaak naar de Kaaimaneilanden?'

Hij keek op, bleef me met zijn blauwe ogen strak aankijken en zei uiteindelijk met tegenzin: 'Daar ben ik één keer geweest.'

'Ben je bruin geworden?'

Hij zweeg even en zei toen: 'Nee.'

Ik bekeek hem nog eens goed. Hij had niet die afschuwelijke Ierse huid die nooit bruin wordt, maar in plaats daarvan gewoon nog meer sproeten krijgt (ik spreek uit ervaring). Integendeel, hij had juist zo'n mooie Scandinavische huid die effen goudkleurig wordt. 'Scheen de zon niet?' vroeg ik.

'Ik moest werken,' antwoordde hij.

Daarna werd ik afgeleid door een foto op zijn bureau. Drie blonde kinderen die sprekend op hem leken. 'Neefje en nichtjes van je?' vroeg ik.

'Nee, dat zijn mijn kinderen.'

Het was een grote verrassing (categorie: onaangenaam) om te

horen dat hij kinderen had. Dat had niemand me verteld. En zo zag hij er ook niet uit. Integendeel. 'Je doet me denken aan Artsen zonder Grenzen.'

Hij leek niet in het minst geïnteresseerd, maar ik ging toch door. 'Je weet wel wat ik bedoel... een adrenalinejunk, die liever ergens aan het front in een geïmproviseerde tent ledematen staat te amputeren bij het licht van een stormlantaarn dan in een buitenwijk een stel kinderen groot te brengen.'

'Nou,' zei hij. 'Ik heb nog nooit een ledemaat geamputeerd.'

Er viel even een vreemde stilte en ik stond net op het punt om ervandoor te gaan toen hij ineens onverwacht spraakzaam werd. 'Eerlijk gezegd,' zei hij, 'heb ik altijd het idee gehad dat die lui van Artsen zonder Grenzen een beetje last hebben van zelfmoordneigingen.'

'Echt waar?'

'Begrijp me niet verkeerd, ze doen mooi werk, heel mooi werk, maar wat is er mis met de wens om in een buitenwijk te wonen en een stel kinderen groot te brengen?'

'Een heleboel,' zei ik. 'O, massa's.'

'Nee hoor,' hield hij stug vol. 'Het is een stuk beter dan dat je je leven door wilt brengen met het weer in elkaar naaien van mensen terwijl de kogels je om de oren vliegen.'

'Vooruit dan maar,' zei ik. Eerlijk gezegd had ik het door zijn spraakzaamheid en zijn vasthoudendheid ineens behoorlijk te pakken gekregen.

'Vertel eens,' zei ik. 'Ik moet het gewoon weten. Hoe is de verstandhouding tussen jou en de moeder van je kinderen?'

'We zijn gescheiden.'

'Onlangs?' Ik probeerde sympathiek te klinken.

'Een paar jaar geleden... twee, denk ik.'

'Aha. Dat is een behoorlijke tijd. Lang genoeg om de wonden te laten helen.'

Hij keek me aan, keek me nog eens aan, en nog eens, en nog eens, en uiteindelijk schudde hij zijn hoofd en grinnikte even.

Ik zag deze Artie Devlin helemaal, maar dan ook helemáál, zitten. Ik zou maar al te graag achtenveertig uur met hem in een afgesloten hotelkamer doorbrengen. Maar dat was alles. Ik had geen trek in complicaties. Ik wilde geen wanhopige discussies om twee uur 's nachts over 'hoe we dit moeten aanpakken'. Ik wilde niet dat de behoeften van zijn kinderen even belangrijk waren als de mijne.

Ik wilde zo min mogelijk te maken hebben met alleenstaande vaders, want ik wist hoe die waren – ze maakten zich continu zorgen over hun kinderen en hun evenwichtigheid en over het feit dat ze niet om de vijf minuten een nieuwe vriendin aan hen konden voorstellen. Het soort opvattingen waar geen lol aan te beleven viel als je alleen maar geïnteresseerd was in spontaniteit zonder verplichtingen.

En natuurlijk was er één ding dat nog veel erger was dan een man die bang was om zijn kinderen overstuur te maken en dat was een man die zich daar geen bal van aantrok.

Dus ik bedankte Artie voor zijn hulp, verzekerde hem dat ik graag tot wederdienst bereid was als dat ooit mogelijk zou zijn en ging er – een tikje bedroefd – vandoor.

De volgende paar weken moest ik om de haverklap aan Artie denken. Ik bleek bijzonder veel te hebben aan de uitleg die hij me had gegeven, want daardoor kreeg ik ineens inzicht in het geval. En dat betekende weer dat ik mijn cliënt kon vertellen hoeveel geld haar overspelige echtgenoot werkelijk had. Daardoor was ze in staat hem dat voor de voeten te gooien en op die manier kwam alles min of meer op zijn pootjes terecht, wat nooit gebeurd zou zijn zonder Artie Devlin.

Toen ik de laatste betaling ontving van mijn dankbare cliënt besloot ik dat het niet meer dan eerlijk zou zijn om Artie bij wijze van dank een presentje te sturen. Niets groots, niets bijzonders, maar iets wat op de een of andere manier betekenis had. Ik liep er tijden over te piekeren en op een gegeven moment schoot me het perfecte cadeau te binnen: een scalpel.

Diverse mensen probeerden me dat uit mijn hoofd te praten. Een fles whisky zou veel toepasselijker zijn, zeiden ze, met een stem waarin de schrik doorklonk. Of een doos met biscuitjes. Maar ik hield mijn poot stijf: een scalpel was de ideale manier om Artie aan mij te herinneren en aan onze discussie over Artsen Zonder Grenzen. Ik wist zeker dat hij het fantastisch zou vinden.

Dus kocht ik een klein, glimmend scalpel en stopte dat – in een onkarakteristieke aanval van voorzichtigheid met betrekking tot lijf en leden – in een doos die ik vervolgens in een halve hectare noppenfolie wikkelde en er een geel plakbriefje bij deed met PAS OP!

Toen ik zeker wist dat niemand per ongeluk zijn of haar vinger af zou snijden, schreef ik een kort maar gemeend bedankbriefje aan Artie en ondanks het feit dat Claire, Margaret en zelfs Bronagh me vroegen of ik wel goed bij mijn hoofd was en me eraan herinnerden dat ik nog niet zo lang geleden aan de antidepressiva zat, was ik ervan overtuigd dat ik juist had gehandeld.

Maar vier dagen later lag er ineens een pakje op mijn bureau en toen ik dat openmaakte, ontdekte ik dat het scalpel aan me was teruggestuurd.

Ik zat ernaar te staren, vreemd genoeg helemaal uit het veld geslagen. Ik was voornamelijk teleurgesteld, teleurgesteld in Artie omdat hij het grapje niet begrepen had, maar onverwachts ook met het gevoel dat ik een blauwtje liep. Daarna las ik het briefje dat erbij zat. 'Beste Helen,' stond daarin. 'Hoewel het een bijzonder leuk grapje is, dat tegelijkertijd ook bijzonder prettige herinneringen oproept aan onze ontmoeting, vrees ik toch dat ik als ambtenaar geen cadeautjes mag accepteren. Het is dan ook met groot leedwezen dat ik het hierbij aan je terugstuur. Met vriendelijke groeten, Artie Devlin.'

De toon van het briefje beviel me en hetzelfde gold voor zijn handschrift, met name het feit dat hij geen smileys had gebruikt bij wijze van puntjes op de i. Ineens herinnerde ik me weer hoe sexy hij was geweest op die ingehouden, gereserveerde manier, en hoe leuk het zou zijn om hem uit zijn tent te lokken, ook al was hij een vader met drie kinderen.

Ik overwoog om hem te bellen en hem een beetje voor zijn voeten te gaan lopen.

Maar toen kwam het noodlot – al geloofde ik daar totaal niet in – tussenbeide. De volgende dag, echt letterlijk de volgende dag – dat geloof je toch niet? – leerde ik Jay Parker kennen en hoewel ik daar nu niets meer van begrijp, verdwenen alle gedachten aan Artie Devlin als sneeuw voor de zon.

13

Het probleem voor een privédetective was dat gevallen van vermiste personen maar zelden voorkwamen. Natuurlijk klonk het waanzinnig interessant toen ik zei dat ik naar Antigua en naar Parijs moest, maar in werkelijkheid was mijn baan heel gewoon en kwam voornamelijk neer op het controleren van een hele berg gegevens. Vorig jaar had ik zelfs twee van de saaiste maanden van mijn leven meegemaakt, toen een groep rijke Amerikanen van Ierse afkomst ineens hun vizier op mij richtte omdat ze hun stamboom wilden natrekken en ik dagenlang in de schemerige en stoffige archieven van de burgerlijke stand moest duiken.

Nou ja, het mocht dan nog zo saai zijn, ik was wel heel blij geweest met de klus.

Wat was Ierland toch ontzettend veranderd. In de tijd dat de Keltische tijger hoogtij vierde, wisten de mensen gewoon niet waar ze hun geld aan uit moesten geven. Ik had destijds een massa scheidingszaken: mannen of vrouwen, maar voornamelijk vrouwen, die wilden weten of hun partner misschien vreemdging met een ander. Een paar van de vrouwen hadden terecht het vermoeden dat ze beduveld werden, maar veel van hen deden het alleen om erbij te horen. Ze hadden al highlights in hun haar, een handtas van duizend euro en investeringen in Bulgarije, dus als de buurvrouw een privédetective in de arm nam, waarom zouden zij dat verdorie dan niet doen?

Mijn motto is dat ik mijn kennis ten goede wil aanwenden, niet ten kwade, dus ik vertelde mensen die twijfels hadden over hun huwelijk om er nog eens goed over na te denken, want ook al wisten ze nog zo zeker dat ze bedrogen werden, als bleek dat ze gelijk hadden, kon dat een desastreuze uitwerking hebben. Maar ze wilden er altijd mee doorgaan. De terechte gevallen omdat ze gek werden van het feit dat ze steeds maar weer te horen kregen dat ze zich alles gewoon verbeeldden en de onterechte gevallen omdat ze hetzelfde wilden wat anderen hadden. Maar soms kreeg die 'ik ook'-groep meer dan waarom ze gevraagd hadden en werden ze ineens geconfronteerd met videobanden waarop hun echtgenoten een rendez-vous hadden met andere vrouwen.

Dus toen de crisis begon, was ik een van de eerste dingen die werden afgestoten. Privédetectives zijn een luxe en samen met de It-bags kreeg ik het zwaar te verduren. Tegenwoordig willen vrouwen het niet meer weten als hun man vreemdgaat, want de enige manier waarop ze het hoofd boven water konden houden bij de ups en downs (voornamelijk downs) van de financiële rollercoaster was door zich aan hun mannen vast te klemmen. Enfin, niemand kon zich toch veroorloven om uit elkaar te gaan, aangezien hun huizen van de ene op de andere dag ineens niets meer waard waren. Plotseling was het vooral zaak om bij elkaar te blijven.

Mijn andere handige bron van inkomsten, het controleren van de achtergrond van potentiële nieuwe werknemers voor bedrijven, kreeg na de crisis ook een flinke klap te verduren, omdat er nergens meer mensen werden aangenomen.

Gedurende een tijdje werd het teruglopen van echtscheidingszaken en achtergrondverificaties gecompenseerd door een stijging in frauduleuze verzekeringsclaims – zoals de vent met het 'verlamde' been die er desondanks in slaagde om een bad een ladder op te dragen. Bij veel van die claims was sprake van een kapotte rug. Er werd bijvoorbeeld een claim ingediend omdat iemand zes maanden bedrust nodig had en dus niet kon werken. Daarom moest hun ziektekostenverzekering maar over de brug komen. En daarna werd ik natuurlijk prompt op pad gestuurd met mijn videocamera, in de hoop dat ik de patiënt opgewekt en kiplekker hoppaardje-hop zou zien spelen met zijn kleinzoon.

Daarna ging een van mijn grootste werkgevers failliet – dat was het punt waarop ik het echt benauwd kreeg – en ik dus op mijn blote knieën moest bij de verzekeringsmaatschappijen die ik tijdens de hausse, toen ik tot aan mijn oren in het werk had gezeten, links had laten liggen. En aangezien Ierland nog steeds Ierland was, konden ze zich dat maar al te goed herinneren. Ze vonden het heerlijk om mij eerst uit te lachen vanwege het feit dat het zo slecht ging en me vervolgens te vertellen dat ik het heen-en-weer kon krijgen.

Om eerlijk te zijn was het natrekken van die verzekeringsclaims het vervelendste deel van mijn werk. Ik vond het altijd leuk om een zaak succesvol af te sluiten, maar het werken voor verzekeringsmaatschapijen gaf me een vervelend gevoel. Omdat verzekeringsmaatschappijen vuile klootzakken zijn, dat weet iedereen. Ze betalen nooit uit en bij de zeldzame gelegenheden dat ze geen andere keus hebben, geven ze zo weinig dat het nooit genoeg is.

Mensen die hun leven lang een onroerendgoedverzekering hebben gehad in de verwachting dat ze iets hebben om op terug te vallen als er iets gebeurt, komen plotseling tot de ontdekking dat ze zich ernstig vergist hebben. Als hun huis onder water komt te staan, gaan ze naar hun verzekering die wonder boven wonder een of andere handige clausule weet op te duikelen waarin weliswaar wordt beaamd dat ze verplicht zijn om waterschade te betalen, maar alleen als het water niet nat is. Of soortgelijke lulkoek. (Volgens Douglas Adams bewijzen verzekeringsclaims dat reizen in de tijd mogelijk is en dat het zelfs voortdurend gebeurt. Dat kun je opmaken, zegt hij, uit het feit dat als jij een claim indient – voor iets heel gewoons, bijvoorbeeld een gestolen fiets, (die toevallig zwart is) – je verzekeringsmaatschappij ineens teruggaat in de tijd en de originele polis verandert, zodat ze nu ineens verplicht zijn om altijd een gestolen fiets te vergoeden behalve als het om een zwarte gaat. En dan keren ze weer terug naar de tegenwoordige tijd om je een bits briefje te sturen met de mededeling 'wij verwijzen u naar clausule zus en zo van uw polis waarin met nadruk wordt gesteld dat wij geen zwarte fietsen vergoeden en aangezien uw fiets even zwart is als ons hart zijn wij niet verplicht u ook maar een cent uit te keren. U zoekt het maar lekker uit, mevrouw.' En jij zit je daar suf te piekeren waarom je je helemaal niets herinnert van die rare clausule met betrekking tot zwarte fietsen. Je zou toch nooit getekend hebben als je dat had gezien?)

Klootzakken dus, zoals ik al zei, en er waren momenten dat ik zin had om er de brui aan te geven en overwoog om de cliënt met de 'slechte rug' rustig met zijn kleinzoon te laten spelen, terwijl ik die akelige maatschappij liet weten dat hun cliënt plat op zijn rug in bed lag, schreeuwend om morfine. Maar het probleem is dat als je te veel rapporten indient ten gunste van de cliënten ze geen gebruik meer van je willen maken – ze willen alleen horen dat ze opgelicht worden – en ik had ook rekeningen die betaald moesten worden. Dus toen ik de keus had tussen sentiment en cola light in mijn koelkast, moest ik wel voor de cola light kiezen. Niet iets om trots op te zijn, maar daar was niets aan te doen.

Vrijdag

14

Ik pakte drie uurtjes slaap en werd wakker van de pijn in mijn ribbenkast. Dat was de laatste keer ook gebeurd. Ik kreeg het zo verschrikkelijk benauwd dat ik een tijdlang niet eens een beha kon dragen. Daarna herinnerde ik me dat ik gisteren bij John Joseph thuis tegen beter weten in had geprobeerd om te lachen en dacht hoopvol: misschien heb ik alleen maar een spiertje verrekt.

Maar ik wist dat er meer aan de hand was. Vanuit mijn buik welde een zwarte wolk als een kleverig gif in me op en aan de buitenkant drukte een nog zwaardere duisternis op me neer, alsof ik in een lift omlaagging.

Ik was bang om de dag onder ogen te zien – het was een akelige, bewolkte ochtend, belachelijk weer voor juni – maar ik durfde ook niet in bed te blijven liggen.

Ik vroeg me af of ik meteen maar met de speurtocht naar Wayne moest beginnen door in mijn auto te stappen en naar Clonakilty te rijden, wat me zeker vier uur zou kosten. Per slot van rekening lag het voor de hand om met zijn familie te gaan praten. Nee, wacht even... rustig aan: lag het wel voor de hand? Iedereen had tegen me gezegd dat Wayne zich vast niet zou bevinden op een plek die voor de hand lag. Dus hoewel het tegen mijn gevoel indruiste, kon ik maar beter nog even wachten met dat bezoekje aan Clonakilty, omdat het te veel voor de hand lag. Tenzij het een eersteklas staaltje dubbele bluf van de kant van Wayne was en het zo voor de hand lag dat het niet meer voor de hand lag... Jezus, het was veel te vroeg in de ochtend voor dit soort hersengymnastiek.

Mam zat achter de computer in het kantoortje aan de andere kant van de overloop.

'Wat doe je daar?' vroeg ik.

'Ik zit op YouTube naar die gore trut te kijken.'

'Welke gore trut?'

Ze kreeg het nauwelijks over haar op elkaar geklemde lippen. 'Zeezah. Kom zelf maar even kijken,' zei ze uitnodigend. 'Het is ronduit walgelijk.'

Maar wel fascinerend.

'Het is net alsof ze op een surfplank staat,' zei mam terwijl ze strak naar het scherm tuurde. 'En op diezelfde plank ligt een gynaecoloog op zijn rug die probeert een uitstrijkje van haar te maken. Maar iedere keer komt er weer een golf die haar uit haar evenwicht brengt en dan krijgt ze zichzelf weer onder controle en laat zich zakken om het nog een keer te proberen... Ik snap helemaal niets van die islam. Ik dacht dat die moellahs of hoe die kerels ook heten je de kop van het lijf sloegen met hun bamboestokken als je per ongeluk die boerka van je liet zakken en een man een glimp opving van je wenkbrauw. Maar moet je die vrouw daar bezig zien! Ik snap er geen bal van!'

We bleven ons nog even verbazen over de tegenstrijdigheden van de islam. Nou ja, mam verbaasde zich en ik luisterde omdat ik gewoon de energie niet had om mijn mond open te doen.

'Zullen we er nog een keer naar kijken?' vroeg mam.

'Je gaat je gang maar.' Ze had het filmpje toch al weer opgestart.

'Waarom is John Joseph getrouwd met een moslimmeisje terwijl hij vroom katholiek is? En waarom moest het allemaal zo halsoverkop? Een "bliksemromance" noemden de kranten het. Ze moest waarschijnlijk een visum hebben.'

'Maar is ze niet van plan om katholiek te worden? Daarom gingen ze toch op huwelijksreis naar Rome? Om de zegen te ontvangen van de "Heilige Vader"?' Mijn 'Heilige Vader' droop van het sarcasme.

'Ze hebben absoluut niet de zegen gekregen van de Heilige Vader. En je hoeft niet op die manier "Heilige Vader" te zeggen. Dat klonk ronduit oneerbiedig.'

'Dat zal wel. Het is hier ontzettend donker, mam, kunnen we het licht niet aandoen?'

'Dat is aan.'

'Moet ik ontbijt voor je maken?' vroeg ze nadat we de clip van Zeezah nog drie of vier keer hadden bekeken.

Ik schudde mijn hoofd. 'Ik denk dat ik maar even naar de dokter ga.'

'Vanwege die gieren?'

Ik knikte. 'En nog een paar dingen.'

'Zoals?'

'Ach, je weet wel...'

'Heb je je Alexander McQueen-sjaal weer weggegeven?'

Ik schudde mijn hoofd.

'Dus zo erg is het allemaal niet.'

Ik beet op mijn lippen. Het had geen zin om haar te vertellen dat ik die Alexander McQueen-sjaal allang niet meer zag zitten.

De manier om me erdoor te knokken was door actief te blijven, dus ging ik op zoek naar mijn printer, sloot die aan op de computer en printte vijf foto's van een kale Wayne uit, die ik aan eventuele getuigen kon laten zien.

Zodra dat gebeurd was, besloot ik Artie te bellen. Maar ik aarzelde toch even. Ik voelde me zo vreemd, zo van de wereld verwijderd, dat het misschien geen goed idee was om nu met hem te praten. Ik wist niet of ik wel normaal genoeg zou kunnen doen en ik wilde hem niet de stuipen op het lijf jagen.

En als dat nu wel het geval was? Als hij nu eens niet wist, wat hij met me moest beginnen als ik zo was? Wat zou er dan met ons gebeuren?

Dat waren zulke vervelende gedachten dat ik besloot om geen risico te lopen: ik zou dat telefoontje maar laten zitten en later met hem praten. Maar er was niks leuks op internet te vinden, geen opwindende ruzies of echtscheidingen van beroemdheden, dus na een paar minuten dacht ik: Ach, verrek, ik bel hem gewoon. Hij moet maar leren om te gaan met het feit dat ik een beetje raar ben.

Maar uiteindelijk bleek zijn telefoon uit te staan. Misschien was hij gaan hardlopen. Of hij was al op zijn werk en zat in vergadering. Misschien zat hij gezellig aan het ontbijt met de kinderen, pannenkoeken te eten die hij zelf had gebakken. Bij de gedachte aan hoe ze daar allemaal rond de tafel zouden zitten met hun bosbessen en hun stroop werd ik bekropen door een vervelend gevoel dat ik na een poosje herkende als een lichte jaloezie.

Het was toch knap lastig als je vriendje een toegewijde vader was. En het was zeker een uitdaging om mezelf in te prenten dat hoeveel Artie ook om me gaf, ik bij hem nooit echt helemaal op de eerste plaats zou komen.

Oké, hoog tijd om me op iets anders te concentreren. Ik belde opnieuw Waynes mobiele nummer, maar de telefoon stond uit. En als ik het nu eens op zijn website probeerde... zou ik er op die manier niet achter kunnen komen hoe hij werkelijk was?

Maar het was gewoon een aftreksel van een persbericht van zijn platenmaatschappij en de enige informatie was feitelijk: welke platen hij had uitgebracht, welke concerten hij had gegeven, van die dingen.

Volgens dat schema was hij nog steeds van plan om de komende woensdag, donderdag en vrijdag in de MusicDrome op te treden.

De tijd zou het leren.

Het was twee minuten voor acht, nog steeds veel te vroeg om Birdie Salaman te bellen, dus ging ik op het net naar sjaals zitten kijken terwijl de tijd irritant langzaam voorbijkroop. Uiteindelijk – eindelijk! – was het halfnegen, een acceptabele tijd om iemand thuis te bellen, maar nadat de telefoon drie keer was overgegaan, nam Birdies voicemail het over. Luisterde ze eerst af wie er belde? Of zou ze al naar haar werk zijn? Wie zou het zeggen? Ik liet een boodschap achter en slaakte een diepe zucht voordat ik dokter Waterbury belde. Ik deed een schietgebedje dat hij inmiddels Shannon O'Malley, zijn receptioniste met wie ik op school had gezeten, had ontslagen.

Helaas zat ze er nog steeds en ze ging uit haar dak toen ze hoorde dat ik het was. 'Helen Walsh! Ik heb het laatst nog over je gehad! Ik kwam Josie Fogarty tegen, die inmiddels vier kinderen heeft, en zij zei: "Herinner jij je Helen Walsh nog, die was toch knettergek, hè?" Ben je inmiddels al getrouwd? We moeten allemaal maar eens bij elkaar komen om een glaasje wijn te drinken en een avondje kindervrij te zijn. Geweldig dat ik je nu aan de lijn heb. Hoe gaat het met je?'

'Kon niet beter, zowel geestelijk als lichamelijk,' zei ik. 'Daarom wil ik ook een afspraak met de dokter maken.'

'God, je bent echt om te gillen,' zei ze. 'Dat was je altijd al. Het maakt je echt allemaal niks uit, hè?'

Ik zou een andere dokter moeten zoeken als ik elke keer dat ik een afspraak wilde maken met dit soort onzin werd geconfronteerd.

'Ik zit even in de agenda te kijken,' zei ze. 'Hij is vandaag op huisbezoek, maar ik zal proberen of ik ergens nog een plekje voor je kan vinden, als een speciale gunst voor een oude vriendin. Geef me maar een nummer waar ik je kan bereiken, dan bel ik je terug.'

De eerste keer dat ik bij dokter Waterbury kwam, was – ik telde het in gedachten af – in december 2009 geweest, tweeëneenhalf jaar geleden. Ik was ongeveer een halfjaar daarvoor in mijn nieuwe appartement getrokken en hij was de dichtstbijzijnde huisarts.

Shannon was destijds nog niet zijn assistente geweest. Dat was iemand anders, een vrouw die ik niet kende, en ik had zeker vijfenveertig minuten moeten wachten. Toegegeven, het was december geweest, het hoogseizoen voor huisartsen.

Toen ik uiteindelijk zijn spreekkamer in werd geloodst had dokter Waterbury nauwelijks opgekeken. Hij zat op zijn toetsenbord te rammen, een kalende man die een tikje geïrriteerd overkwam. Ondanks die beginnende kaalheid was hij niet zo oud als dokters gewoonlijk zijn. Dat beviel me. Ik kon die oudere mannelijke dokters niet uitstaan, ze gedroegen zich altijd alsof ze Onze-Lieve-Heer zelf waren en dat zijn ze allang niet meer, niet sinds we zelf op Google onze symptomen kunnen invoeren en onze eigen diagnose kunnen stellen.

'Helen... eh... Walsh.' Hij bleef tikken om me meteen in zijn database te zetten.

Daarna duwde hij alles aan de kant, bekeek me aandachtig en vroeg, alsof het hem echt iets kon schelen: 'Hoe gaat het met je?'

'U bent de expert,' zei ik. 'Dus zegt u het maar.' Waarom dacht hij dat ik hem zestig euro betaalde? 'Ik zal u vertellen wat er aan de hand is. Ik word iedere ochtend om vier uur vierenveertig wakker, ik kan geen normaal voedsel eten – ik kan me de laatste keer niet herinneren dat ik kip binnen kon houden – en ik kan me nu ook ineens niet meer druk maken over de plot van *True Blood*.'

'Verder nog iets?'

'Volgens mij heb ik een hersentumor. Ik denk dat die op een bepaald deel van mijn hersenen drukt, waardoor ik me een beetje raar voel. Kunt u ervoor zorgen dat er een scan van me gemaakt wordt?'

'Heb je last van duizelingen? Lichtflitsen? Blinde vlekken?'

'Nee.'

'Hoofdpijn? Geheugenstoornis? Kleurenblindheid?'

'Nee.'

'Wat vind je leuk? Waar heb je momenteel plezier in?'

'Nergens in,' zei ik. 'Maar dat is heel gewoon voor mij. Ik ben nogal chagrijning van aard.'

'Helemaal niets? Muziek? Kunst? En hoe zit het met schoenen?'

Ik was verrast (categorie: aangenaam). 'Da's een goeie, dok.' Ik keek hem met een zweempje bewondering aan. 'Ik ben dol op schoenen.'

'Net zoveel als dat altijd al het geval was?'

'Ehhh... Ik koop altijd een paar schoenen in december, met veel glitters voor feestjes en zo, maar nu u het zegt, daar is het dit jaar niet van gekomen.'

'Handtassen?'

'Nu zit u me een beetje voor de gek te houden.' Maar toen drong er ineens iets tot me door. '... mijn zusje Claire heeft een nieuwe Mulberry-tas, een beetje zwartgrijs, van veulenbont, ik neem aan dat u niet weet wat ik bedoel, maar hij is echt geweldig en als ze iets nieuws heeft, leen ik dat altijd – u weet wel, zonder te vragen, ik haal gewoon alles uit haar tas en stop dat in dat ouwe kreng van mij. En voordat ze dat doorheeft, maak ik me uit de voeten met die nieuwe tas, gewoon bij wijze van grap, hoewel ik die tas altijd zo lang mogelijk probeer te houden... maar dit keer heb ik dat niet gedaan.'

'En hoe zit het met je werk? Ik zie dat je eh...' Hij keek op mijn formulier. 'Dat je privédetective bent. Lieve hemel.' Daar keek hij van op. 'Dat klinkt interessant.'

'Dat zegt iedereen.'

'Is dat dan niet zo?'

'Tja...' In feite was het alweer een tijdje geleden dat ik het een leuk idee had gevonden om een greppel voor mezelf te graven. Het was zelfs zo dat mijn aanvankelijke enthousiasme behoorlijk getaand was. De reden waarom ik mensen terugbelde en me aan afspraken hield, was eerder de angst dat ik geen geld meer zou hebben dan liefde voor mijn vak. En nadat ik een paar maanden daarvoor door een man die ik in de gaten moest houden in de maag was gestompt, was mijn zelfvertrouwen met betrekking tot het bespioneren van slechteriken ook afgenomen.

'Ik neem aan dat het behoorlijk veeleisend werk is,' zei hij. Zijn inzicht verraste me.

'Dat is het inderdaad.' De lange werktijden, de spanning die werd opgeroepen door het feit dat ik nooit wist of ik wel of geen succes zou hebben, de vrees voor mijn lichamelijk welzijn, het gebrek aan mogelijkheden om naar de wc te gaan... het werkte er allemaal aan mee.

'En is er verder nog iets met je aan de hand?' vroeg hij.

Er was nog één ding en het leek me verstandiger om hem dat te vertellen. 'U hebt toch ook dat verhaal gehoord dat in alle nieuwsuitzendingen voorbij is gekomen, over die vier tieners die bij dat auto-ongeluk in Carlow om het leven zijn gekomen? Ik weet dat het schandalig is om zoiets te zeggen, maar ik wou dat ik daar ook bij was geweest.'

Hij maakte een aantekening op zijn bureaublad. 'Nog andere suïcidale ideaties?'

'Wat zijn suïcidale ideaties?'

'Wat je net zei. De wens om dood te gaan, zonder echt van plan te zijn daar zelf iets aan te doen.'

'Dat is precies zoals ik me voel,' zei ik, een beetje opgewonden omdat iemand mijn vreemde, angstaanjagende gedachten onder woorden kon brengen. 'Ik wou dat ik dood was, maar ik zou niet weten hoe ik dat voor elkaar moest krijgen. Ik zou bijvoorbeeld dolgraag een hersenbloeding willen hebben.' Een paar keer per dag probeerde ik dat voor elkaar te krijgen door tegen de bloedvaten in mijn hersenen te praten zoals andere mensen tegen hun planten praten en erop aan te dringen dat ze zouden barsten. 'Vooruit nou, jongens,' dacht ik dan bij wijze van aanmoediging. 'Doe me nou eens een plezier. Barst, barst!'

'Oké,' zei hij. 'De kans dat je een hersentumor hebt, is bijzonder klein.'

'U hoeft me niet te ontzien. Ik kan die chemokuur wel aan, net als de operatie. Dat kan me allemaal niets schelen, als het maar opgelost wordt.'

'Ik denk eerder dat je lijdt aan een depressie.'

Hij had net zo goed kunnen zeggen dat hij dacht dat ik last had van een stel vleugels die als bij een toverfee ineens uit mijn schouders ontsproten.

Depressie was iets wat niet bestond. We hadden allemaal wel dagen waarop we ons dik en koud en arm en moe voelden, wanneer de wereld vijandig en hard overkwam en het gewoon veiliger leek om maar in bed te blijven liggen. Maar zo was het leven nu eenmaal. Dat was geen reden om pillen te gaan slikken, om ziekteverlof op te nemen, of een tijdje naar St.-Teresa te gaan. Muffins, die hielpen daar goed tegen. Muffins en lekkere chips en overdag tv-kijken en een paar impulsaankopen via het net.

En trouwens, ik was helemaal niet gedeprimeerd. Ik was eerder... bang.

'Ik geef je een recept voor antidepressiva.'

'Dat hoeft niet.'

'Pak het nou maar gewoon aan. Je hoeft ze niet op te halen als je daar geen zin in hebt, maar als je van gedachten verandert, dan heb je in ieder geval dat recept.'

'Ik verander niet van gedachten.'

Lieve hemel, als ik alles van tevoren had geweten...

15

Terwijl ik zat te wachten tot ik iets zou horen van Shannon O'Malley belde ik Head Candy, de kapsalon waarmee Wayne gisterochtend drie keer contact had opgenomen. De kans bestond dat ik een antwoordapparaat zou krijgen, omdat een heleboel salons pas rond tien of elf uur 's ochtends opengaan, maar sommige beginnen al om acht uur, voor mensen die voor ze naar hun werk gaan geföhnd willen worden. Misschien had ik geluk. En inderdaad, een meisjesstem zei: 'Head Candy.'

Meteen daarna trad de Kapperscode in werking en ze zei: 'Hebt u een momentje?' Voordat ik de kans kreeg om mijn mond open te doen, klonk er een klik en zat ik anderhalve minuut lang opgescheept met een lading anonieme slijpsoul, terwijl ik donders goed wist dat het mens helemaal geen ander telefoontje had en ook niet bezig was met een klant. Ze stond gewoon in het niets te staren en met haar in luipaardprint uitgevoerde gelnagels op de balie te tikken, want dat gebeurt altijd als je een kapper belt, hè? Het is bij hen taboe om beleefd tegen je te doen, daar ontkom je gewoon niet aan.

Nadat de juiste hoeveelheid tijd was verstreken kwam ze weer aan de lijn. 'Waarmee kan ik u van dienst zijn?' In gedachten zag ik duidelijk de pauwblauwe streep in haar albinowitte, asymmetrische kuif die dertig centimeter hoog was en zo hard als een schuimpje.

'Jij, jongedame,' zei ik met een honingzoete stem, 'staat momenteel bovenaan op mijn Schoplijst.' Daarna begon ik heel snel te praten. Dat is heel belangrijk als je net iemand onderuit hebt gehaald. Je moet ze gewoon geen kans geven om zich te herstellen, daar gaat het om. 'Hallo, je spreekt met...' Wie zou ik vandaag eens zijn? 'Ditzy Shankill, de assistente van Wayne Diffney. Wayne is zijn mobieltje kwijt en hij dacht dat hij die misschien bij jullie had laten liggen. Hij is toch bij jullie geweest?'

Vooruit, schuimkop, zeg nou maar dat je hem gezien hebt.

'Maar hij is helemaal niet geweest. Nee, hier op die andere plank, eentje hoger.'

Clausule 14 van de Kapperscode stelt dat je verplicht bent om een gesprek met iemand in je omgeving aan te gaan terwijl je iemand anders aan de lijn hebt.

'Wat? Is Wayne niet komen opdagen?'

'Dat is dan vijfenveertig euro en hebt u verder nog iets nodig? Nee? Laser? Nee, Wayne had afgesproken met Jenna dat hij om één uur 's middags zou komen, maar we hebben hem niet gezien.'

'Wanneer heeft hij die afspraak gemaakt?'

'U moet nu gewoon uw pincode invoeren. Gisteren. Om halfnegen 's ochtends. Zodra we opengingen. Hij wilde meteen komen. Hij smeekte gewoon. Maar Jenna kon niet eerder dan om één uur en we hebben diverse afspraken moeten verzetten om hem in te passen. En toen kwam hij niet eens.'

'Heeft hij opgebeld om de afspraak af te zeggen?'

'Nee. Jenna kon mij wel wurgen. Maar hoe kon ik dat nou weten? Hij heeft ons nooit eerder laten zitten.'

'Was het normaal dat Wayne ineens op stel en sprong een afspraak wilde?'

'Nee. Hij is echt een rustig type. Nooit lastig. Meestal niet.'

'Dank je, je hebt me echt goed geholpen.'

'Echt waar?' Ze klonk geschrokken. Zou ze daardoor in moeilijkheden komen?

Mam was weer op komen dagen en probeerde me over te halen om met haar en pa buiten de deur te gaan ontbijten.

'Nee, ik heb vanmorgen een boel te doen,' zei ik. 'Behalve dat ik naar de dokter moet, verwacht ik dat Jay Parker komt opdagen om me een sleutel te brengen.'

Ze keek ineens een beetje dromerig. 'Ik heb nooit begrepen waarom je het hebt uitgemaakt met Jay Parker. Jullie pasten perfect bij elkaar.'

Ik wierp haar een kille blik toe. 'Perfect in welk opzicht?'

'Jullie zijn allebei... nou ja, je weet wel... heel gezellig.' Ze kreeg het maar met moeite over haar lippen, want ze kan het nauwelijks opbrengen om iets aardigs over haar kinderen te zeggen. Dat geldt voor haar hele generatie. Ze wilde ten koste van alles voorkomen dat we ook maar iets van eigendunk zouden krijgen. Volgens mij was er toen net een wet aangenomen die bepaalde dat Ierse moeders vervolgd konden worden als een van hun vrouwelijke kinderen tekenen vertoonden van een normaal gevoel van eigenwaarde. Overigens barst ik van de eigendunk, maar dat heb ik helemaal in mijn eentje voor elkaar moeten boksen en als de juiste mensen daarachter zouden komen, zou ik mam heel wat moeilijkheden kunnen bezorgen.

'Ik dacht dat je Artie aardig vond.'

Het bleef een tijdje stil, toen zei ze: 'Artie is erg op zichzelf.'

'Hoe krijg je het voor elkaar om dat als een gruwelijke belediging te laten klinken? Je bedoelt natuurlijk dat hij niet zo met je loopt te flikflooien als Jay Parker.'

'We kunnen niet allemaal charmeurs zijn.'

'Ik had het over "flikflooien", niet over charme.'

'Nou ja, het is wel een heel ingewikkelde toestand met Artie, hè? Met al die ex-vrouwen die volgens mij helemaal niet zo ex zijn...'

'Ze is wel ex. Ze is hartstikke ex.' Er waren veel dingen die me dwarszaten, maar dat er nog iets tussen Artie en Vonnie was, hoorde daar niet bij.

'Maar ze is altijd bij hem thuis.'

'Ze zijn bevriend, ze zijn beschaafd, ze behoren tot de...' Het kostte me moeite om het uit te leggen. 'Middenstand.'

'Dat geldt ook voor ons en wij gedragen ons niet zo.'

'Ik denk dat wij meer kleinburgerlijk zijn. Zij zijn liberaal.'

'Nee, wij zijn zeker niet liberaal,' zei ze met een zekere zelfingenomenheid. 'Maar met die drie kinderen van hem zul jij toch heel wat te stellen krijgen...'

'Ik krijg helemaal niets te "stellen", met niemand. Ik ga bij hem langs, ik kan heerlijk met hem neuken...'

'O!' gilde ze en trok haar vest over haar ogen.

'Hou op!'

'En als je straks nou zelf kinderen wilt?'

'Die wil ik niet.'

'Waarom zou je dan voor de kinderen van een ander zorgen? En nog wel drie? Van wie er één een neonazi is?'

'Hij is geen echte neonazi. Dat had ik nooit mogen zeggen. Hij vindt alleen maar dat ze er leuk uitzien.'

'En dat kleintje, die Bella. Die is gek op je.'

Bella was gek op me.

En dat baarde me wel zorgen. Ik wilde niet dat iemand afhankelijk van me werd.

Ik controleerde mijn e-mails. Goed nieuws en slecht nieuws. Nee, laten we het maar gewoon op slecht nieuws houden. Ik had antwoord gekregen van mijn beide contacten – dat was mooi – en ze weigerden allebei om me te helpen – en dat was uiteraard niet best.

Want zie je, ik was namelijk niet helemaal eerlijk geweest toen ik tegen Jay Parker zei dat hij te veel films had gezien. Het is wel degelijk mogelijk om toegang te krijgen tot zowel de privételefoongegevens als de bankgegevens van een bepaalde persoon.

Als je bereid bent om genoeg te betalen.

En als je het niet erg vindt om de wet te overtreden.

Er is een tijd geweest dat mensen die toegang hadden tot vertrouwelijke informatie over derden best bereid waren dat goedschiks of kwaadschiks met anderen te delen – uiteraard in ruil voor geld, een gunst of een 'geschenkje' – maar sinds de wet op de Bescherming van Persoonsgegevens is daar verandering in gekomen. Af en toe worden mensen ontslagen of zelfs gerechtelijk vervolgd omdat ze bijvoorbeeld iemands strafblad hebben doorgegeven. Dat heeft mijn werk een stuk moeilijker gemaakt.

Maar een paar jaar geleden werd ik door een privédetective uit Dublin die veel hoger in de pikorde stond dan ik in contact gebracht met twee bronnen die hun gewicht in goud waard waren – eentje die telefoons deed en eentje voor financiële gegevens. Ik had hem ergens mee kunnen helpen en bij wijze van beloning had hij voor die introductie gezorgd. Uiteraard niet onder vier ogen. Ik weet bijna niets van die twee bronnen, behalve dat ze vanuit Groot-Brittannië werken en dat ze ontzettend duur zijn, waarschijnlijk vanwege het hoogst illegale karakter van hun werk.

Ik gebruikte ze niet vaak, want de cliënten die ik had, beschikten gewoon niet over die hoeveelheid poen. Maar zo'n anderhalf jaar geleden werkte ik aan een scheidingszaak en omdat ik voortdurend nul op het rekest kreeg, wat ik ook probeerde, had ik mezelf uiteindelijk niet meer in de hand en maakte gebruik van beide bronnen zonder te vragen of mijn cliënt het daar wel mee eens was.

Ze kwamen over de brug met bank- en telefoongegevens die ronduit een verbijsterend verhaal vertelden, maar mijn klant – een vrouw die haar man ervan verdacht dat hij haar bedroog en stiekem geld wegsluisde – wilde daar niets van weten. Er was niets mis met haar huwelijk, alles was prima in orde en ze wilde zeker niets te maken hebben met die 'walgelijke leugens' zoals zij de informatie betitelde.

Ze weigerde om me ervoor te betalen en we lagen wekenlang in de clinch, maar toen ze dreigde me aan te geven bij de smerissen, moest ik wel toegeven. Vandaar dat ik mijn bronnen niet kon betalen. En omdat veel van dit werk is gebaseerd op vertrouwen, had ik twee prima relaties verknald. In feite zelfs drie, want de grote privédetective die me bij hen geïntroduceerd had, wilde ook niets meer met me te maken hebben.

Gisteravond, in de auto onderweg naar Roger St Leger, had ik twee smekende e-mails verstuurd, een naar de telefoonbron en een naar de financiële figuur, waarin ik hun beloofde dat ik mijn openstaande rekening zou voldoen en ook bereid was om vooruit te betalen voor nieuwe informatie. Maar ik had er niet veel hoop op dat ze vergiffenis zouden schenken.

En ik bleek gelijk te hebben. Dat is overigens volgens de moraal die ik hanteer prima in orde: als iemand je bedondert, ga je niet verbitterd bij de pakken neerzitten, je geeft ze gewoon nooit meer de kans om dat nog eens te doen.

Ja. Allemaal heel mooi, althans in theorie. Maar laten we wel wezen, het kan af en toe heel prettig zijn om je in bitterheid te wentelen.

En trouwens, het was absoluut nodig dat ik een tweede kans zou krijgen van die beide bronnen, dus ik besloot om ze nog maar een e-mail te sturen waarin ik me uitgebreid verontschuldigde en, dat was heel belangrijk, ze meer geld voorspiegelde. Daarna drukte ik op 'Verzenden'. Nu kon ik alleen maar afwachten.

Daarna keek ik of er nog nieuwe sms'jes waren, omdat ik me afvroeg of John Joseph Hartley me de gegevens van Birdie Salaman al had toegestuurd. Dat was niet zo. Uiteraard was ik er zelf al in geslaagd om Birdies adres en haar vaste telefoonnummer te achterhalen, dus ik kon vooruit, maar ik vond het toch wel... interessant dat ik niets van hem had gehoord, zelfs geen sms'je om te zeggen dat hij niets kon vinden.

Mijn telefoon ging over. 'Helen, met Shannon, de receptioniste van dokter Waterbury. Ik heb goed nieuws voor je, hij heeft even tijd voor je als je hier binnen een kwartier kunt zijn.'

Een kwartier. Geweldig! Dat betekende dat er niet eens tijd genoeg meer was om zelfs maar aan douchen te denken.

Maar aankleden zou nog wel eens een probleem kunnen worden. Al mijn kleren zaten in kartonnen dozen die overal in het huis waren gedumpt, en ik had geen flauw idee wat erin zat, omdat ik volkomen overstuur was geweest toen mijn leven ineens tot een verzameling verhuisdozen werd gedegradeerd.

Tijdens de paar uurtjes slaap die ik had gehad, had ik een pyjama van pa aangehad die ik bij het strijkgoed had gevonden, maar ik kon me overdag niet vertonen in de kleren van een bejaard echtpaar. Ik ben Alexa Chung niet.

Ik belde mijn zus Claire, maar kreeg alleen haar voicemail. Ze nam haar telefoon nooit op, ze kon er nooit op tijd bij komen omdat hij ergens onder in het zwarte gat zat dat zij haar tas noemde en ik vroeg me wel eens af hoeveel weken van haar leven zij al had verspild met het beluisteren van haar berichten. 'Met mij,' zei ik. 'Ik heb kleren nodig. Wil je me een paar dingen brengen? Kijk ook even in Kates kamer.'

Claire was ongeveer dertig centimeter langer dan ik, maar ik was wel bereid om dingen op te rollen of in te stoppen, want ze heeft geweldige kleren. Als extra bonus had ze bovendien een zeventienjarige tienerdochter, die zich uitstekend kleedde en ongeveer even groot was als ik.

Terwijl ik zat te praten, maakte ik een van de dozen open en trok aan de bovenste lagen stof. Felle kleuren vielen op een hoop op de grond – sarongs, bikini's – ik had kennelijk een voorraad strandkleding te pakken. 'Het is maar voor een paar dagen,' zei ik. 'Tot ik alles weer op orde heb.'

Daarna belde ik mijn zus Margaret, die al oppakte toen de telefoon voor de tweede keer overging. Ze neemt altijd op, ze is heel consciëntieus. 'Is alles goed met je?' vroeg ze.

'Ik moest weer bij mam en pa intrekken...'

'Weet ik.'

'Al mijn kleren zijn ingepakt, ik heb niks om aan te trekken.'

'Rustig maar,' zei ze. 'Ik breng je wel een paar dingen.'

'Nee, nee, alles is in orde,' zei ik haastig. Ik kon me onmogelijk vertonen in iets wat van Margaret was. Ze is net als Claire een kop groter dan ik, maar hoewel ik bereid was om me aan Claire aan te passen, ging dat van geen kanten op voor Margaret: onze smaak lijkt totaal niet op elkaar, als je in het geval van Margaret tenminste van 'smaak' mag spreken.

Ze is een van die rare types die denken dat kleren alleen maar dienen om jezelf te bedekken. Praktisch-chic zou je het kunnen noemen. Als het koud is, bijvoorbeeld, en het enige wat je te pakken kunt krijgen is een mosterdkleurige kabeltrui van acryl, dan zou Margaret die aantrekken. Ze zou zich er niet eens voor verontschuldigen. Terwijl iedereen die goed bij zijn hoofd is nog liever een zwaar geval van bevriezing zou riskeren.

Af en toe heb ik me wel eens afgevraagd waar die totale desinteresse voor kleren vandaan komt – zelfs mam vindt haar truttig – en ik vermoed dat het komt doordat ze weet wie ze is en daar gelukkig mee is. En dat is natuurlijk heel mooi. In zekere zin.

'Nee, je hoeft echt niets te brengen,' verzekerde ik haar. 'Ik bel alleen om te jengelen.'

'Ik kom straks toch naar jullie toe,' zei ze. 'We zullen alles voor je uitpakken, je oude slaapkamer weer inrichten en zorgen dat je je prettig voelt. Mam, ik en... Claire.' Ze aarzelde even bij 'Claire', omdat je bij Claire nooit wist waar je aan toe was. Ze was niet lui of onbetrouwbaar, hoor. Niet van nature. Nee, ze was gewoon alleen ontzettend druk en had multitasking tot een kunst verheven. Ze had een baan, een aantrekkelijke echtgenoot en drie kinderen, met inbegrip van die eeuwig tikkende tijdbom, een tienerdochter. Tel daar dan nog het vaste voornemen bij op om de op de loer liggende overgang geen kans te geven en je hebt het recept voor een vrouw die veel te veel van zichzelf vraagt.

'Ik zie je straks,' zei Margaret.

'Oké, bedankt.' Ik verbrak de verbinding en dwong mezelf de waarheid onder ogen te zien. Ik had geen keus: ik moest dezelfde spijkerbroek aan als gisteren. En hetzelfde topje. En dezelfde sportschoenen. En dezelfde sjaal. Maar niet hetzelfde ondergoed. Dat ging echt te ver. Ik rukte aan nog een stel mouwen en pijpen in een andere doos en had de onverwachte mazzel dat de hele inhoud van mijn ondergoedla ineens op de grond belandde.

En nu make-up, zei ik tegen mezelf. Wie probeer je voor de gek te houden, antwoordde ik. Ik ben bereid om mijn tanden te poetsen, maar daar blijft het bij.

16

Dertien minuten later was ik bij de dokter, maar toch moest ik nog zevenentwintig minuten wachten. Waarom doen ze dat toch? Waarom behandelen ze je niet gewoon als een volwassene en laten je weten hoelang je nog moet wachten?

Terwijl ik een plaatsje zocht in het vertrek vol zieke mensen werd het akelige, deprimerende gevoel dat ik al had gehad vanaf het moment dat ik wakker werd ineens veel sterker. Ik was erin geslaagd om het weg te drukken terwijl ik zat te telefoneren en te googelen, maar nu ik stilzat en niets meer had om me af te leiden, kwam het met volle kracht op me af.

Het was ontzettend moeilijk om op die stoel te blijven zitten en er niet als een haas vandoor te gaan. Wat het nog erger maakte, was dat Shannon O'Malley ineens van overdreven vriendelijk was overgestapt op een gekwetste en zelfs agressieve houding.

'We hebben je bij de schoolreünie gemist,' zei ze beschuldigend. 'Waarom ben je niet gekomen?'

Ik staarde haar aan en kon ineens geen woord meer uit mijn keel krijgen.

'Het was geweldig,' zei ze. 'Enig om iedereen weer te zien.'

Ze zweeg even om mij de gelegenheid te geven een duit in het zakje te doen, maar opnieuw liet mijn brein me in de steek.

'Ik heb er nog dagenlang van genoten,' zei ze, bijna uitdagend.

Ineens kwam de afschuwelijke gedachte bij me op dat het misschien wel mijn eigen schuld was dat ik geen vrienden had. Misschien miste ik inderdáád wel iets, zoals Rachel altijd zei. Waarom had ik het niet kunnen opbrengen om als een normaal mens naar mijn schoolreünie te gaan? In plaats van het gevoel te hebben dat ik mezelf nog liever met benzine zou overgieten om er vervolgens een lucifer bij te houden? Ik bedoel maar, zelfs het idee dat ik

'Mijn leven is veel beter geworden dan het jouwe' zou kunnen spelen met al die sukkels met wie ik vijf verpletterend saaie jaren had moeten delen was al onverdraaglijk geweest.

Daarna herinnerde ik mezelf aan het feit dat ik wel degelijk een vriendin had gehad en dat ze een geweldige vriendin was geweest, eentje om op een voetstuk te zetten.

'Je zult het wel te druk hebben gehad,' zei Shannon op een toon die – en ik ben de eerste die zal toegeven dat mijn waarnemingen niet voor honderd procent betrouwbaar waren – bijna onvriendelijk aandeed.

Ik keek haar onzeker aan. Hoeveel wist ze van me? Had ze mijn dossier gelezen? Vast en zeker. Hoe kon je nou werken op een plek waar massa's vertrouwelijke gegevens over mensen die je kende bewaard werden en die dan niet lezen?

'Nou ja, je moest eens weten hoe druk je kunt zijn als je drie kinderen hebt.' Nu klonk ze weer iets minder vijandig. 'Hoewel dat natuurlijk ook heel bevredigend is. Je zou eens kennis moeten maken met mijn oudste. Zo verstandig als je nog nooit hebt meegemaakt. Twaalf maar met de wijsheid van iemand van vijftig...'

Vervelend, o wat vervelend. Geen wonder dat ik niet naar die schoolreünie had gewild waar ze alleen maar dit soort figuren in de aanbieding hadden gehad. Ik probeerde mijn gedachten af te leiden door me een paar van de malle streken van Bronagh voor de geest te halen en ineens schoot me een heel goeie te binnen. Maar als ik zou hebben geprobeerd om Shannon O'Malley uit te leggen wat er zo grappig aan was, had ik door kunnen gaan tot ik een ons woog, en dan had ze het nog niet begrepen.

Bronagh en ik waren op een feestje geweest waar Kristo Funshal ineens kwam opdagen. Misschien weten jullie niet eens meer wie Kristo Funshal was, want aan zijn acteerloopbaan is inmiddels volkomen terecht een eind gekomen, maar destijds genoot hij nog een bescheiden mate van succes en hoewel hij getrouwd was, ging hij vreemd bij het leven. Hij was zo knap als een filmster en daarmee bedoel ik dat hij eruitzag alsof hij van mahonie en latex was gemaakt.

Zijn aanwezigheid op het feestje veroorzaakte heel wat beroering. Alle meisjes, behalve ikzelf en Bronagh, wierpen hem vanuit hun ooghoeken flirterige blikken toe en giechelden achter hun handen, terwijl Kristo zo schaamteloos en geil zat te grijnzen dat ik wel kon kotsen. Ineens stak hij een vinger op en wenkte me.

'Zag je dat?' zei ik tegen Bronagh. Ik snakte naar adem. 'Wat een goorlap.'

Ze haalde haar schouders op, want daar keek ze niet echt van op. Ze noemde mij altijd 'het aas'. 'Je ziet er zo goed uit,' zei ze vaak, 'dat je wel kerels voor ons allebei kunt versieren. Ze komen op jou af, maar ze blijven voor mij.' En ze had gelijk.

Kristo wenkte me opnieuw en ik was zo woest dat ik tegen Bronagh zei: 'Ga maar naar hem toe en zeg iets tegen hem.'

'En dan?' Niets ontging haar. Ze had meteen geweten dat er een 'en dan' zou zijn.

'En dan zeg je in tien zinnen achter elkaar het woordje "spood". Ik ga wel mee om een oogje op je te houden.'

'Wat betekent "spood"?'

'Niets. Ik geloof dat het niet eens een woord is. Je hoeft ook geen "spood" te zeggen, je mag elk woord kiezen dat je wilt, zolang het maar nergens op slaat en hij er knettergek van wordt.'

'Oké, dan begin ik met "spood" en daarna ga ik wel improviseren. Kom op.' Ze trok me mee door de kamer en ging, klein en taai, recht voor de man staan.

'Hallo!' Hij trakteerde mij op een slijmerige glimlach en negeerde Bronagh.

'Je lijkt heel spood vanavond,' eiste Bronagh zijn aandacht op.

'O ja?'

'Heel erg spood zelfs. Ik zag je best naar deze kleine frisbee kijken.'

'Frisbeeeee,' zei hij alsof hij zijn lippen aflikte. 'Ja.'

'Er zijn hier vanavond heel wat nijptangen,' zei Bronagh bruusk. 'Die kunnen mensen wel eens behoorlijk van de kook brengen. Blad!' Ze klapte in haar handen, kort maar heftig, zodat Kristo zich wezenloos schrok.

Hij keek me aan en zei met een minachtend knikje richting Bronagh: 'Waar heeft ze het over?'

'Blad!' Ik klapte in mijn handen. 'Voel je dat dan niet?'

'Voel je het niet aan je water?' drong Bronagh aan. 'Of aan je strepen? Een, twee, drie, blad! Kom op, klap met je kokosnoten, klap met je toga, een, twee, drie, blad!'

'Kun je die gekke vriendin van je niet wegsturen?' vroeg hij aan mij.

'Gek?' zei ik. 'Waar heb je het in draadsnaam over? Allemaal samen nou: een, twee, drie, blad!'

Dat gaf de doorslag. Hij wist wanneer hij geklopt was, draaide zich om en liep weg.

Ik richtte mijn aandacht weer op Shannon O'Malley, die nog steeds zat te zeuren. '... je weet toch hoe dat is met kinderen, je moet ze de vrijheid geven,' zei ze en ik draaide de knop meteen weer om.

Bronagh was wel duizend Shannon O'Malleys en haar suffe soortgenoten waard. Ik had liever geen vrienden dan naar dit soort lulkoek te moeten luisteren.

En Shannon bleef maar doorpraten terwijl ik naar de dichte deur van dokter Waterbury keek en wenste dat die open zou gaan.

Eindelijk klonken de toverwoorden: 'Hij kan je nu ontvangen.' Alsof we deelnemers aan *The Apprentice* waren.

'O hallo, Helen, hallo.' Dokter Waterbury scheen het leuk te vinden om me te zien en dat was eigenlijk best raar, want als je dokter bent, komt niemand naar je toe omdat ze je iets leuks hebben te vertellen. 'Hoe gaat het met je?' vroeg hij.

'Dat zal ik u vertellen. Gisteren dacht ik dat ik een vlucht gieren zag boven het benzinestation.'

Hij keek me nadenkend aan. 'Gieren? Voor zover ik me kan herinneren waren het de laatste keer enorme vleermuizen.'

'Er mankeert niets aan uw geheugen.'

'Enorme vleermuizen, gieren, daar zit niet veel verschil tussen, hè? Ik neem tenminste aan dat het geen echte gieren waren, maar zeemeeuwen, net als de laatste keer?'

'Zeemeeuwen. Ik moet weer aan de zonnepillen.'

'Heb je nog andere symptomen?'

'Niet echt. Af en toe heb ik pijn op mijn borst. Dan kan ik nauwelijks ademhalen.'

'Verder nog iets? Hoe slaap je?'

'Ik haal wel drie uur per nacht.'

'Heb je moeite om in slaap te vallen? Of word je te vroeg wakker?'

'Allebei, denk ik.'

'Hoe staat het met je eetlust? Wanneer heb je voor het laatst een echte maaltijd gehad?'

'... eh.' Ik moest even nadenken. 'In april.'

'Meen je dat nou?'

'Ja. Maar ik ben nooit iemand geweest die regelmatig aan tafel komt om te eten.'

'O ja, nu weet ik het weer,' zei hij. 'Boterhammen met kaas en koolsla. Daar leef je op. Wat is er verder mis met je?'

Met tegenzin zei ik: 'Ik heb moeite om met mensen te praten, ik wil eigenlijk niemand in de buurt hebben. Maar ik wil ook niet alleen zijn. Ik voel me raar. Angstig raar. De hele wereld ziet er... raar uit. Ik heb geen zin om te douchen, het maakt me niet uit wat ik aanheb. Ik voel overal gevaar, alsof er iets afschuwelijks gaat gebeuren. Af en toe heb ik het idee dat het al gebeurd is.'

'Hoelang is dat al aan de gang?'

'Een paar dagen.' Ik zweeg even. 'Nou ja, een paar weken. Een tijdje. Geef me nou alsjeblieft die zonnepillen maar weer, dok, dan kan ik er vandoor.'

'Is er iets gebeurd waardoor je die terugval kreeg?'

'Het is geen terugval. Het is gewoon storing op de lijn.'

'Heb je recentelijk een verlies geleden? Is er iets traumatisch gebeurd?'

'Nou ja, mijn huis... mijn flat... mijn elektriciteit werd afgesloten en mijn bed werd in beslag genomen.'

'Je bed?'

'Ja, het is allemaal nogal ingewikkeld. Ik moest gisteren weer bij mijn ouders intrekken. Telt dat ook als iets traumatisch?'

'Wat denk je zelf, Helen?'

'O, begin nou niet zo. U bent mijn dokter, niet mijn psychotherapeut.'

'Nu we het daar toch over hebben, ga je nog wel eens naar haar toe? Je was toch bij Antonia Kelly?'

'Ja en nee, ik ga niet meer.'

'Waarom niet?'

'Ik ben genezen.' Om precies te zijn, ik had al krap gezeten omdat ik ziek was geworden en nu had ik helemaal geen cent meer. Antonia Kelly – die voor mij een beetje een heldin was, vanwege haar auto, haar haar en haar sjaals (en ook wel, denk ik, omdat ze zo wijs was) – was een luxe geworden die ik me niet meer kon veroorloven.

'Het zou een goed idee zijn om haar maar weer eens te bellen. Heb je nog wel eens suïcidale ideaties?'

'... eh ja, nu u erover begint. Ik voel niet echt de neiging om er een eind aan te maken, maar ik zou het heerlijk vinden als ik een of ander raar virus opliep en dood zou gaan.'

'Hmm. Juist.' Dat vond hij niet leuk om te horen. 'Dat is niet zo mooi. Zou je bereid zijn om terug te gaan naar...'

'Nee!' Nooit. Daar wilde ik niet eens aan denken. Dat was een deel van mijn leven waarvan ik wenste dat het nooit gebeurd zou zijn. 'Vertel eens, dokter.' Het viel me niet gemakkelijk om dat te vragen, maar ik moest het weten. 'Vertel eens, stink ik?'

Hij zuchtte. 'Ik heb geen universitaire studie van zeven jaar gedaan om dat soort vragen te beantwoorden.'

'Dus het is waar.'

'Nee. Althans niet van waar ik zit.' Maar hij zat een metertje bij me vandaan, dus niet dichtbij genoeg om het goed in te kunnen schatten. 'Helen... hoor eens, waarom vraag je dat niet aan iemand anders? Aan je moeder bijvoorbeeld?'

'Die is oud. Ze kan tegenwoordig niet meer zo goed ruiken.'

Hij zuchtte opnieuw en draaide zich om naar zijn monitor. 'Eens even kijken. De Effexor werkte niet zo goed bij je de laatste keer. Net zomin als de Cymbalta of de Aponal. Maar Seroxat deed het wel goed. Laten we dat dan maar doen. En we zetten je meteen op een vrij hoge dosis, het heeft geen zin om een beetje aan te rommelen.' Hij begon te tikken.

'Als u toch recepten zit te schrijven,' zei ik. 'Dan zou ik dolgraag weer eens wat slapen. Mag ik alsjeblieft ook wat slaappillen? Ik beloof dat ik geen overdosis zal nemen.'

Vooral omdat ik wist dat ik daar toch niets mee zou opschieten.

Je staat er echt van te kijken wat je online allemaal kunt vinden. Een overdosis slaappillen: als je een onderzoek zou doen, zou je er waarschijnlijk achter komen dat die manier om een einde te maken aan je leven bij de meeste mensen de voorkeur heeft. Maar daar zouden ze zich wel eens ernstig in kunnen vergissen. Nou en of. Het was niet meer zoals in die goeie ouwe tijd toen je er donder op kon zeggen dat je na een handvol slaappillen voor eeuwig onder zeil zou gaan. Maar in deze tijden waar processen aan de orde van de dag zijn, waren farmaceutische bedrijven zo bang om voor de rechter gesleept te worden dat hun kalmerende middelen een ingebouwde schietstoel hadden. Als je er te veel van nam, was de kans groot dat je niet het hoekje omging. Het enige gevolg daarvan zou waarschijnlijk zijn dat je ging kotsen. Natuurlijk zou je dan in je eigen braaksel kunnen stikken om op die manier aan je eind te komen, maar daar kon je niet op rekenen. En misschien had je ook al de moeite genomen om een afscheidsbriefje te schrijven. En een paar van je bezittingen weggegeven, waardoor de vervelende situatie kon ontstaan dat je je zusje moest vragen om je Alexander McQueen-sjaal terug te geven.

Ik bedoel maar, je zou je toch doodschamen.

17

Ik ging rechtstreeks naar de apotheek om mijn antidepressiva op te halen en ik nam de eerste pil meteen in, zonder water, omdat ik niet kon wachten tot ik het spul binnen had. Zoals gewoonlijk had Waterbury me er nadrukkelijk op gewezen dat het zeker drie weken zou duren voordat de uitwerking voelbaar werd, maar ik beschouwde die medicijnen inmiddels als een soort verdedigingslinie die misschien kon voorkomen dat ik weer terugzakte in de... de ellende, de hel... hoe je het ook wilde noemen. Ik ontfermde me ook over twaalf slaappillen, twaalf kleine witte rondjes rust. Het liefst had ik er meteen drie of vier ingenomen om een paar dagen lang te gaan liggen pitten, maar daar waren ze te kostbaar voor, ik moest er zuinig op zijn.

Ik stapte in mijn auto en was al halverwege onderweg naar mijn appartement voordat het tot me doordrong waar ik mee bezig was en ineens was ik helemaal overstuur.

Mijn ex-flat was niet veel bijzonders. Het was gewoon een twee-kamerhokje op de vierde verdieping van een nieuw flatgebouw, maar voor mij had het veel betekend. Het was niet alleen het genoegen van alleen te mogen wonen, wat voor een lichtgeraakt iemand een onbetaalbaar genoegen is. Of de trots dat je in staat was om een hypotheek te kunnen betalen. (In ieder geval nadat er een eind was gekomen aan de nachtmerries en dat had wel een tijdje geduurd, want mijn overgang naar volwassenheid was niet zonder slag of stoot verlopen.)

Het was het feit dat ik iets had waarmee ik volkomen mijn eigen gang kon gaan. Ik was tijdens mijn leven al zo vaak in botsing gekomen met andere mensen dat het inrichten van die flat mijn eerste kans was om helemaal mezelf te zijn.

Al voordat ik erin trok, bombardeerde Claire me met tijdschriften over woninginrichting en iedereen had het over het 'openen' van de bescheiden vertrekken en ze 'luchtig en licht' te maken. Pa was zo blij dat ik eindelijk het huis uit ging dat hij aanbood om een busje te huren en met ons allen naar IKEA te gaan. 'Dan maken we er een gezellig dagje van,' zei hij. 'We kunnen daar ook lunchen en zo. Ik heb gehoord dat hun Zweedse gehaktballetjes erg lekker zijn. En we kunnen er alles kopen wat je nodig hebt, tot een ijsschep aan toe.'

Maar in plaats van mijn flat strak, licht en op de Scandinavische toer in te richten, deed ik precies het tegendeel.

Ik sloot het huis af. Ik maakte het intiem en interessant en ik zette het vol antiek. Als ik het over antiek heb, dan bedoel ik natuurlijk gewoon oude meuk, want nu ik een hypotheek moest betalen hield ik niet veel geld over. Ik liep allerlei veilingen af waar je een grote doos rotzooi voor een grijpstuiver kon kopen. Meestal zaten ze vol kapotte lampen of stomme olieverfschilderijen van paarden, maar zo af en toe zat er wel eens iets handigs of moois tussen. Op die manier tikte ik een manshoge spiegel op de kop, waar maar een heel klein beetje het weer in zat en een snoezige lampekan met bijbehorende schaal waarin nauwelijks barstjes zaten.

Mijn bed kwam uit een klooster dat dichtging: het was van

mahonie met een met zwarte lak ingelegd hoofd- en voeteneind. Eigenlijk wel erg luxueus als je nagaat dat nonnen worden geacht afstand te doen van hun aardse bezittingen. Misschien was het van de moeder-overste geweest. Ik vond het leuk om me voor te stellen hoe ze daar in dat rijkversierde bed had gelegen, met een schaaltje geconfijte vruchten en een glaasje madeira terwijl ze naar *America's Next Top Model* lag te kijken. En ondertussen knielden de novices in de koude kapel met bleke smoeltjes op diepvrieserwten en droomden van een kopje warmwatersoep.

In de paar maanden daarna kreeg ik steeds meer meubels. Ik zette een grote bos pauwenveren voor het raam in de woonkamer om het licht te filteren en het blauw te maken. Daarna liep ik tijdens een volgende veiling puur toevallig tegen een stel gordijnen met een pauwenmotief aan, die perfect bij de veren zouden passen. Helaas waren ze veel en veel te groot voor de kamer, de gordijnroe nam de hele muur in beslag en als ze dicht zaten, kreeg je het gevoel dat je in een grot zat, maar toch.

Ik koos de kleuren van de verf met de grootste zorg uit en dat was me zo goed gelukt dat Tim, de schilder, knallende hoofdpijn kreeg nadat hij een ochtend lang bezig was geweest om mijn slaapkamer donkerrood te schilderen. 'Ik vreet pijnstillers alsof het smarties zijn,' zei hij en hij moest twee dagen vrij nemen.

Daarna wilde ik met alle geweld een effen zwart dekbedovertrek hebben en ik zat urenlang op internet te schelden op The White Company.

Een tijdlang zat ik alleen maar aan de flat te knutselen om alles nog mooier te maken. Het leek wel alsof ik verliefd was, ik kon aan niets anders meer denken. In een aanval van inspiratie drapeerde ik een sluier over de spiegel waar het weer in zat, zodat mijn spiegelbeeld eruitzag als een geest. Maar die haalde ik ook weer weg, want nu begonnen de dingen toch een beetje uit de hand te lopen.

Vanaf dat moment maakte ik even pas op de plaats. Ik gooide de lampetkan en de wasbak met de barstjes weg, want het was per slot van rekening toch een lampetstel. En nog gebarsten op de koop toe. En eigenlijk foeilelijk. Daarna begon ik twijfels te krijgen met betrekking tot mijn badkamer, die in de grijze kleur van een slagschip was geschilderd.

Dus maakte ik die geel. Het zware teakhouten dressoir bleek vol houtworm te zitten. En in het moskleurige chenille tafelkleed zat schimmel.

Alles bij elkaar was mijn nieuwe woonruimte een soort werk-in-uitvoering en ik lette goed op welke mensen ik in huis haalde. Ik wilde dat ze er net zo verrukt van zouden zijn als ik en bij sommigen was dat wel het geval en bij anderen niet. Bronagh vond het natuurlijk fantastisch. Claire vond het fantastisch. Totaal onverwachts vond pa het ook fantastisch en Anna mompelde: 'Stemmen in de verte, nog steeds in leven,' en dat was volgens mij een compliment.

Daarentegen was Margaret er niet bepaald verrukt van. Tijdens haar eerste bezoek keek ze een beetje angstig naar de klimopgroene muren en zei: 'Ik word er gewoon bang van.' Een paar weken later vertelde ze me zonder omhaal: 'Ik wil niet meer met mijn kinderen naar jouw flat komen. Ze konden er bijna niet van slapen, de laatste keer.'

Rachel zei dat het een uiting was van een ziek brein. Zodra ze mijn donkerblauwe hal binnenstapte, begon ze spottend te lachen en zei toen grimmig: 'Nu heb ik alles gezien.'

En toen Jay Parker in mijn leven kwam, zei hij dat hij het gevoel kreeg dat hij levend begraven was als hij in mijn zitkamer een half-uurtje naar *Top Gear* zat te kijken.

18

Thuis bij mijn ouders zat mam op me te wachten met een muffin. 'Banaan met pecannootjes. Ik weet dat het de verkeerde kleur is, maar wil je niet een hapje proberen? Is alles goed met je?' vroeg ze. 'Je ziet er een beetje...'

'Alles is prima,' zei ik. 'Het komt gewoon door de wolken. Mijn hoofd kan er niet tegen als de lucht zo betrokken is.'

Er flitste een vreemde uitdrukking over haar gezicht. 'De lucht is blauw.'

Ik keek uit het raam. De lucht was inderdaad blauw. 'Wanneer is dat gebeurd?'

'Hij is de hele ochtend blauw geweest.'

Maar dat maakte het er niet beter op. Ik voelde me nog steeds niet op mijn gemak, alleen op een andere manier. De lege lucht leek hard, koud en meedogenloos. Hadden ze er niet een paar wolken in kunnen doen om het wat zachter te maken?

'Wat zei de dokter?' vroeg mam.

Hoeveel moest ik haar vertellen?

Niets, besloot ik. Kijk maar naar de manier waarop ze had gereageerd toen ik die gieren had gezien. Ze wilde er niets mee te maken hebben.

Tweeënhalf jaar geleden had ik geleerd om geen troost te verwachten van de mensen om me heen, omdat ze die niet konden geven. We waren allemaal te bang geweest. Ik stierf duizend doden en hetzelfde gold voor hen. Niemand begreep wat er met me aan de hand was en toen ze me niet beter konden maken, voelden ze zich hulpeloos en schuldig en op het laatst zelfs een beetje verontwaardigd. Ja, ze hielden van me, dat vertelde mijn verstand me hoewel mijn hart er niets van voelde, maar ergens waren ze toch ook een beetje boos. Alsof ik uit vrije wil een depressie had gekregen en opzettelijk niet reageerde op de medicijnen die me beter hadden moeten maken.

Het was duidelijk dat iedereen wilde dat ik beter zou worden. Maar zodra dat het geval was – wat godzijdank gebeurde na zes helse maanden – wilde niemand dat ik weer ziek zou worden.

'Hij heeft me weer op de zonnepillen gezet. Het komt allemaal best in orde. Luister eens, heeft Jay Parker hier een sleutel voor me achtergelaten?'

'Nee.'

Verdorie. Ik wilde in beweging blijven, mijn hersens op volle toeren laten draaien om te voorkomen dat ik ging nadenken.

Het was al tien uur geweest, wanneer zou hij me die sleutel dan willen geven? Ik stuurde hem een sms'je en kreeg er een terug met de mededeling dat hij onderweg was. Dat kon van alles betekenen, als je naging dat hij een onbetrouwbare leugenaar was.

'Ik vroeg me af...' zei mam.

Ik wist precies wat ze zich afvroeg.

'... wat er eigenlijk precies is misgegaan tussen jou en Jay Parker.'

'Ik zou het je niet kunnen zeggen.'

'Natuurlijk wel.'

'Nee. Ik ben het volkomen vergeten.' Ik zou nooit iemand vertellen wat er gebeurd was. Ik had het niemand verteld toen we het uitmaakten en ik zou het ze nu ook niet vertellen.

'Het is nog maar een jaar geleden,' protesteerde mam. 'Dat kun je niet vergeten zijn.'

'Ik heb het volledig uit mijn hoofd gezet,' zei ik opgewekt.

'Maar...'

'Ik heb mijn databases geherprogrammeerd...'

'Maar...'

'En mijn herinneringen aan mijn verleden overgeschreven.'

'Dat kan helemaal niet! Dat kan niemand.'

'Ik heb veel wilskracht,' zei ik met een lieve glimlach. 'Dat is maar goed ook. Kom op, nu ik toch moet wachten kun je me net zo goed onder de douche zetten en zorgen dat ik mijn haar was.'

Ze aarzelde even omdat ze eigenlijk op de kwestie Jay Parker door wilde gaan, maar zei toen: 'Prima, vooruit dan maar.' Grimmig dreef ze me voor zich uit naar de badkamer, alsof ze een bewaakster in een vrouwengevangenis was.

Toen ik uit de badkamer kwam, was Claire tot mijn verbazing (categorie: onverwacht) opgedoken. 'Kleren voor je.' Ze gooide me een tas toe. 'Ik heb mijn best gedaan.'

Het was alweer een tijdje geleden dat ik haar had gezien, een paar weken. Ze zag er geweldig uit. Haar haar was lang en glanzend schoon, ze was vaak genoeg onder de zonnebank geweest om haar bruine huid op peil te houden en ze droeg een slobberige capribroek, een kort T-shirtje met een Anime-afbeelding, een paar superhoge sleehakken en een armvol zilveren armbanden gegraveerd met Hindoestaanse gebeden. Zo gaat dat als je een tienerdochter hebt. Kate mocht dan een hormonale nachtmerrie zijn, maar daardoor was Claire wel in staat om er nog steeds hartstikke trendy uit te zien.

'Je bent echt heel dun,' zei ze, niet in staat om de jaloezie uit haar stem te weren.

Ja, ik was nu wel dun, maar dat zou niet zo blijven. Zodra de pillen weer gingen werken, zou ik overstelpt worden door een gillende, niet te onderdrukken honger naar koolhydraten. Mijn spijsvertering zou naar het nulpunt dalen, mijn gezicht zou opzwellen en van de ene op de andere dag zou ik met een zwembandje om mijn middel rondlopen. Ik zou echt een waggelgans worden. De hele toestand was verdomme afschuwelijk, niet alleen het ziek zijn maar ook het beter worden.

'Hoe komt het dat je bijna geen cellulitis op je armen hebt?' vroeg ik.

'Duizend armheffingen per dag. Nou ja, honderd. Af en toe. Jezelf ertegen verzetten. We mogen de strijd niet opgeven, nooit ofte nimmer.'

'Wat spook je momenteel uit?'

'Van alles en nog wat.' Ze pakte een nicotinetabletje en stopte het in haar mond. 'Ik probeer te stoppen met roken,' zei ze. 'Ik laat mijn pony groeien. Ik heb een bod gedaan op een lampenkap op eBay. Ik probeer een pedicure te vinden met van die piranha's die aan je tenen knabbelen. En ik ben op zoek naar een vegetarische lamsschotel. De ballen van de hond moeten eraf. Verder vraag ik me af of ik Kate niet naar zo'n heropvoedingstent voor lastige tieners kan sturen. Niets bijzonders dus.' Ze rommelde in haar tas en haalde er een boek uit dat ze aan mam gaf.

'Dank je wel, liever.'

'Nee, het is voor mijn boekenclub. Kun jij het vóór maandag uit hebben en me vertellen waar het over gaat?'

'Ik zal mijn best doen, maar nu Helen weer gieren ziet en niets wil eten en je vader zo doof wordt...'

'Ach, maakt niet uit. Ik weet niet waarom ik de moeite nog neem, terwijl we alleen maar wijn zitten te drinken en klagen over onze mannen. We hebben het nooit over die boeken. Dus we moeten Helens spullen uitpakken?'

Er gleed een schaduw over mijn ziel. Iets onbehaaglijks. Een ander soort onbehagen dan het gevoel dat me had bekropen nadat ik wakker werd. Ik pijnigde mijn gedachten en vond de reden: ergens in die kartonnen dozen zaten foto's. Compromitterende foto's. Van Artie. Naakt en niet bang. Als je begrijpt wat ik bedoel.

Die had ik nooit moeten printen, ik had ze gewoon op mijn telefoon moeten laten staan en daar tevreden mee moeten zijn. Maar ik had ze verstopt. In een T-shirt gewikkeld, in een doos, in een tas. Die zouden ze vast niet vinden.

'Ik moet alleen eerst even wat pastameel gaan kopen,' zei Claire. 'Ik krijg vanavond mensen te eten. Ik ga even naar dat Italiaanse winkeltje aan het eind van York Road. Ik ben over vijf minuutjes terug.'

Met een zwiep van haar haar was ze verdwenen.

'Denk je dat ze nog terugkomt?' vroeg mam een tikje klagend.

'Dat doet er niet toe. Margaret komt straks toch.'

'Ach, waar maak ik me druk over. Daar heb je Jay Parker!' riep mam uit.

Ik keek uit het raam.

Het was inderdaad Jay Parker, in zijn gebruikelijke uitdossing van strak pak, wit overhemd en smalle zwarte das, zo verwaand dat hij bijna liep te paraderen.

'Moet je hem zien!' Mam stak haar bewondering niet onder stoelen of banken. 'Hij bulkt echt van de... hoe noem je dat ook alweer? Bravoure?'

Ze denderde de trap af om hem binnen te laten en ik volgde een tikje langzamer. Tot mijn stomme verbazing dook pa in de hal op. Het was niets minder dan een wonder dat hij zichzelf om Jay te begroeten operatief had verwijderd uit zijn stoel waarin hij naar de sportzender had zitten kijken.

'We hebben je gemist.' Pa was dol geweest op Jay Parker.

'Ja, hoor, dat klopt,' beaamde mam, enthousiast als een kind. Mam was ook dol geweest op Jay Parker. Iedereen was dol geweest op Jay Parker – mijn zussen, Bronagh, Bronaghs man Blake, iedereen.

Nadat ze een paar minuten hadden staan kletsen, maakte pa zich weer uit de voeten. Hij kon niet te lang wegblijven bij de tv, anders zou er iets vreselijks gebeuren. Hij leek op een van die personen die in *Lost* op de knopjes moeten drukken.

Jay Parker richtte zijn aandacht op mij en overhandigde me plechtig een sleutel en een stukje papier. 'Sleutel en de alarmcode van Waynes huis.'

Ik keek naar de cijfers die Wayne had uitgekozen als zijn alarm-code – 0809 – en vroeg me af wat ze betekenden, want niemand kiest zomaar iets uit, ook al denken ze van wel.

'En mijn honorarium?' vroeg ik Parker.

'Daar wilde ik net over beginnen.' Hij had het gore lef om een beetje gekwetst te kijken, alsof ik deed voorkomen dat hij zo'n type was dat probeerde onder het betalen van zijn schulden uit te komen. Hij haalde een dun stapeltje biljetten van twintig euro tevoorschijn. 'Hier heb je tweehonderd ballen, meer kreeg ik niet uit de flappentapper.'

Ik wierp hem een boze blik toe. Hij had erin toegestemd om me een week vooruit te betalen.

'Ik kan morgen weer tweehonderd opnemen,' protesteerde hij. 'En de dag erna. En de dag daarna. Er is genoeg geld, alleen die verrekte apparaten werken niet mee.'

'En hoe zit het dan met het geld dat je gisteravond had?'

'Daarvan heb ik het meeste al aan jou gegeven. En ik heb nog meer uitgaven, veel meer.'

Hij kon toch naar de bank gaan om geld op te nemen? Maar wie gaat er tegenwoordig nog naar de bank? Is dat heden ten dage nog wel mogelijk? Alles wat met bankzaken te maken had, gebeurde momenteel immers via ondergrondse callcenters met de omvang van een voetbalstadion?

'Ik kan ook het hele bedrag ineens op je bankrekening laten zetten,' zei hij met een geniepige blik. 'Maar ik had het idee dat je er de voorkeur aan gaf om het geld contant te krijgen.'

Hij had me te pakken. Ik moest wel contant betaald worden. Ik stond zo rood dat het geld dat op mijn rekening gestort werd met-een in een groot zwart gat verdween.

'Wat is er precies aan de hand?' vroeg mam aan Jay. 'Wat voor werk doet Helen voor jou?'

'Dat is vertrouwelijk,' zei ik.

'Als ik het iemand kon vertellen, Mammy Walsh...' Hij schudde triest zijn hoofd. '... dan was jij het wel.'

Ze keek ons aan en vroeg zich kennelijk af of ze voet bij stuk zou houden, maar toen liet ze de zaak rusten. 'Ik verheug me echt op het concert van woensdag,' zei ze vrolijk.

'Het zal een avond worden die je je lang zult heugen, Mammy Walsh.'

'Vertel eens.' Mam ging iets dichter bij Jay staan. 'Is het waar dat Docker een gastoptreden doet?'

'... Docker?' vroeg ik. 'Waar heb je dat in vredesnaam gehoord?'

'Ze hebben het er op alle forums over. Dat hij bij een van de drie concerten zal opdagen. Is dat waar?'

Het was duidelijk dat Jay van niets wist. Maar hij paste zich zo snel aan dat je bijna de radertjes in zijn hoofd zag draaien.

Er was toch geen betere manier te bedenken om het hele land op de kop te zetten en ervoor te zorgen dat de kaartjes als warme broodjes over de toonbank gingen dan het gerucht de wereld in te sturen dat Docker, alias het getalenteerde joch, bij een van de concerten zou zijn?

'Alle vijf de Laddz weer samen,' zei mam.

'Ahahaha! Jaah! Misschien. Ik zeg niks. Maar,' Jay tikte tegen zijn neus, 'dat soort informatie is vertrouwelijk, dat weet je zelf ook wel.'

'Niet doen,' zei ik tegen hem. 'Dat is wreed.'

Dat Docker, oftewel Shane Dockery zoals hij ooit had geheten, bij een Laddz-reünie zou komen opdagen, was even onwaarschijnlijk als de kans dat Pasen en Pinksteren op één dag zouden vallen. Docker was inmiddels al jarenlang een echte wereldster. Hij was niet eens een zanger meer, hij was een Hollywoodacteur – en nog eentje die een Oscar had gewonnen ook, lieve hemel nog aan toe – en regisseur. Hij leefde in een andere wereld dan de Laddz. Hij vloog rond in privévliegtuigen, hij was de peetvader van een van de kinderen van Julia Roberts en hij was altijd in de weer voor liefdadigheid, of het nou om fair trade-boeren ging die sojabonen teelden of om politieke gevangenen en dat soort dingen. Zelfs John Joseph met zijn middeleeuwse hal en zijn carrière als producer was maar zielig vergeleken bij Docker.

'Ik moet even met je over een paar dingen praten.' Ik duwde Jay vanuit de hal naar de beslotenheid van de voorkamer. 'Ik kan misschien de hand leggen op Waynes telefoon- en bankgegevens. Maar dat zal behoorlijk duur worden, want je moet voor twee stel gegevens betalen: een openstaande rekening uit een van mijn oude gevallen en voor het nieuwe spul.'

'Waarom zou ik de rekening van iemand anders betalen?'

'Omdat die iemand anders weigert om over de brug te komen en de openstaande rekening moet worden betaald voordat ze bereid zijn om weer voor mij aan de slag te gaan.'

'Om hoeveel gaat het?'

Ik noemde het bedrag.

'Christus,' zei hij, duidelijk geschrokken. 'Ik heb geen eigen drukkerijtje.'

'Graag of niet.'

Hij moest er even goed over nadenken. 'Oké,' zei hij. 'Als ik dat geld bij elkaar krijg, en ik zeg niet dat het lukt, maar als ik het bij elkaar krijg, hoelang duurt het dan voordat je die informatie hebt?'

'Als ze het voor elkaar kunnen krijgen, en ik zeg niet dat het lukt, maar als ze het voor elkaar krijgen, drie of vier dagen.'

'Zo lang?' Hij telde de dagen af op zijn vingers. 'Vandaag is het vrijdag. Dus dat zou dan wel dinsdag kunnen worden.' Hij keek me geschrokken aan. 'Denk je echt dat Wayne dan nog niet terug is?'

'Ik heb geen flauw idee.'

Hij zuchtte. 'Kun je niet gewoon inbreken in zijn computer? Gewoon zonder dat wachtwoord te gebruiken? Ken je geen tamme hacker?'

Vroeger had ik er wel eentje – een informaticastudent die maar al te graag bereid was om me voor een zakcentje uit de brand te helpen. Maar ze was de afgelopen zomer afgestudeerd en had niet alleen een goede baan gekregen maar was ook bang om gearresteerd te worden en ik had nog geen geschikte plaatsvervanger gevonden. En de hemel weet dat ik mijn best had gedaan.

Geërgerd zei Jay: 'Ik kan nu in mijn auto stappen en naar het Technology College rijden. Dan heb ik binnen vijf minuten een student gevonden die Waynes wachtwoord wel kan breken.'

'Aangezien het semester twee weken geleden geëindigd is, waag ik dat te betwijfelen, maar ga je gang,' zei ik. 'Ik wens je veel succes.'

Duidelijk geïrriteerd bleef hij me zwijgend aankijken.

'Maar,' vervolgde ik. 'Je kunt natuurlijk ook een andere privé-detective in de arm nemen. Persoonlijk maakt het me geen barst uit. Eerlijk gezegd zou het me goed uitkomen als ik niets meer met je te maken heb.'

Na een lange stilte zei hij: 'Denk je dat dit altijd tussen ons blijft hangen? Zul je me het ooit kunnen vergeven?'

'Ik?' De kampioen mokker en de uitvinder van de Schoplijst? 'Nee.'

Hij deinsde achteruit alsof ik hem een klap in zijn gezicht had gegeven. Een zwakkere vrouw dan ik had misschien zelfs een beetje medelijden met hem gekregen. Maar ik uiteraard niet.

'Zeg maar wat je wilt, Jay Parker,' zei ik kortaf. 'Het is vrijdag, we moeten vandaag dat geld overmaken. Anders is het weekend en dan moeten we tot maandag wachten.'

'Oké,' zei hij rustig. 'Ik zal zorgen dat het geld binnen een uur wordt overgemaakt.'

Dat was nog steeds geen garantie dat Sharkey of de Telefoonman (de 'namen' waaronder mijn beide mysterieuze contacten bij mij bekend waren) nog voor me wilden werken, maar de kans was een stuk groter als ze hun geld hadden gekregen. En als dat niet het geval was? Nou, dan had Jay Parker zich uitgekleed zonder er iets voor terug te krijgen en dat kon alleen maar goed zijn.

'Goed,' zei ik. 'Dan ga ik ondertussen naar het huis van Wayne om te zien of ik iets kan ontdekken.'

19

Waynes auto stond nog steeds op dezelfde plek. Er was niet mee gereden, want ik had een stukje papier onder het linkerachterwiel gelegd, een variatie op de oude truc van 'een haar tussen de deur'. Wayne was waarschijnlijk niet thuisgekomen, maar voor alle zekerheid belde ik toch maar een keer of twaalf aan, voordat ik de sleutel gebruikte die ik van Jay had gekregen. Meteen begon het alarm te krijsen, zodat ik me rot schrok – ik had tegen Jay gezegd dat hij de installatie aan moest zetten toen we gisteravond weggingen –

en in lichte paniek keek ik op het papiertje met de code en tikte haastig de juiste cijfers in.

Het snerpende geluid hield op en ik genoot even van de plotselinge, heerlijke stilte. En natuurlijk ook van Waynes verrukkelijke kleurencombinaties, waarvan me opnieuw de gewaagde keuze opviel.

Ik begon voorzichtig rond te kijken. Er was niets belangrijks met de post gekomen en er waren geen boodschappen achtergelaten op het vaste nummer. Ik luisterde nog een keer de laatste boodschappen af en had met name veel belangstelling voor Gloria. Wie was ze? Wat was het goede nieuws? Ik moest Gloria vinden, want als ik Gloria vond, dan zou ik ook Wayne vinden. Dat wist ik zeker.

Gloria's bericht was het één na het laatste. Na haar had iemand opgehangen. Dat was een mobiel nummer en ik had zo'n idee dat het wel eens een taxichauffeur kon zijn geweest. Het was de laatste keer dat Wayne op zijn vaste nummer was gebeld en omdat hij zijn auto had laten staan was de kans groot dat hij een taxi had laten komen. Aangenomen natuurlijk dat hij uit vrije wil was vertrokken en ook niet was opgepikt door een vriend. Tegenwoordig bellen taxichauffeurs altijd dat ze voor de deur staan, omdat ze te lui zijn om uit de auto te stappen en de twee meter te lopen naar de bel om op die manier aan te kondigen dat ze er zijn. Geen wonder dat we een land vol dikzakken zijn.

Ik pakte mijn telefoon en belde het nummer. Na vijf keer overgaan schakelde het over op vocemail. Een oudere mannenstem, een tikje ruw, zei: 'Digby. Spreek maar een boodschap in.'

'Digby, met Helen.' Ik zorgde ervoor dat ik glimlachte onder het praten, wat door de bank genomen niet meevalt, maar het is de moeite waard. Als je uit het niets een vreemde belt dan moet je net doen alsof je hem of haar kent, want dan denken ze vaak automatisch dat je een vriend bent en dat ze je moeten helpen.

'Hoor eens, Digby, nadat je afgelopen donderdagochtend Wayne Diffney in Mercy Close hebt opgepikt, vlak bij de boulevard, is hij iets kwijtgeraakt en hij vroeg zich af of het misschien in jouw auto is blijven liggen. Maar goed, hij heeft er wel een beloning voor over, niet te veel, hoor, je zult er echt niet van aan de goudkust kunnen gaan wonen...'

Ik liet dat zeeleeuwengelach van me weer los en mijn ribben deden er pijn van. Ik moest toch echt eens leren om op de juiste manier te lachen, of gewoon ophouden met doen alsof, want hier ging ik aan kapot. 'Bel me dus maar als de wiedeweerga terug, Digby. Je hebt mijn nummer.' Dat was natuurlijk helemaal niet waar, maar als ik dat zei, zou hij automatisch denken dat we elkaar kenden en dat hij gewoon voortijdig aan alzheimer leed. 'Voor het geval je het niet bij de hand hebt, het is...' Ik noemde snel mijn mobiele nummer en daarna kon ik alleen nog maar wachten.

Misschien belde hij terug. De meeste mensen vinden het leuk om een beloning te krijgen. Tenzij hij zeker wist dat er niets in de auto was achtergebleven en bang was dat er gezegd zou worden dat hij iets had ingepikt. Of tenzij Wayne hem ruimschoots had betaald om zijn mond te houden over de plek waar hij hem afgezet had. Er waren talloze mogelijkheden en die waren allemaal gebaseerd op het vermoeden dat Wayne vrijwillig de benen had genomen en als dat niet zo was, dan kon ik er maar beter zo gauw mogelijk achter komen waar hij naartoe was gegaan.

Ik keek nog even bewonderend rond in Waynes zitkamer. Prachtig. Ik zou het niet omlaag willen halen door het 'gezellig' te noemen, maar het was in ieder geval niet zo'n overdreven mannelijk vertrek met harde, strakke lijnen en bruine leren Eames-stoelen. (Zo slaapverwekkend, Eames-stoelen, zo volslagen fantasieloos.) Nee, in deze volmaakt ingedeelde ruimte stonden een geweldige bank, niet echt mannelijk maar ook niet vrouwelijk, en twee fauteuils met een verschillende maar wel bij elkaar passende bekleding. Er was een open haard – dat zou de oorspronkelijke nog wel zijn – en een hoog raam met metalen sponningen – waarschijnlijk eveneens oorspronkelijk – bedekt met een jaloezie.

Rechts van de open haard was een vaste kast met planken en lades – heel mooi, prachtig vakmanschap.

Maar er was ook – zoals dat meestal bij mannen het geval is – een hele wand bedekt met cd's. Die had ik eigenlijk een voor een moeten bekijken om te zien of dat me iets duidelijk maakte omtrent Wayne, maar die moeite wenste ik mezelf te besparen. Ik heb geen belangstelling voor cd's, ik geef helemaal niets om muziek. Het verveelt me mateloos. En ik zal je nog eens iets vertellen: diep in mijn hart geloof ik niet dat er een vrouw bestaat die van muziek houdt. Vrouwelijke muziekliefhebbers maken me altijd argwanend. Eerlijk gezegd, vertrouw ik ze voor geen meter. Altijd maar naar concerten gaan en *The Word* lezen en lullen over 'jengelende gitaren' en 'vette baslijnen', volgens mij doen ze dat alleen maar om een vriendje te krijgen. Als ze die te pakken hebben, halen ze meteen hun Michael Bublé-poster weer onder het bed vandaan, blazen het stof eraf, hangen hem op en geven hem een dikke kus. (Hoor eens, ik schaam me echt diep, maar ik kan het net zo goed bekennen – ik vind Michael Bublé leuk. Een bijzonder aangenaam persoon. En hij heeft ook van die heerlijke stevige dijen. Bronagh en ik waren allebei gek op hem. We zijn zelfs geweest toen hij op Landsdown Road optrad en we hebben de hele avond als een gek zitten gillen.)

Ik liep de hal weer in – ik had haast, erg veel haast, maar ik probeerde een idee van Wayne te krijgen. Jezus, de keuken, wat mooi in die gedekte tinten. De man had een feilloze smaak. Feilloos.

De keukenstoelen waren van IKEA, maar Wayne had een goede keus gemaakt, ze zagen er echt uit alsof ze thuishoorden in dit kleurenwonderland. Ik sleepte een ervan mee naar de hal en klom erop.

Heel even werd ik bekropen door de intense wens dat ik eraf zou vallen en mijn hoofd dusdanig zou stoten dat ik een hersenbloeding kreeg en dood zou zijn voordat iemand me zou missen. Per slot van rekening gebeuren de meeste ongelukken thuis, daar is het ontzettend gevaarlijk, veel gevaarlijker dan in de buitenwereld, ook al doe je aan parachutespringen of scheur je graag in snelle auto's over bochtige wegen. Maar met mijn soort geluk zou ik vast alleen een pijnlijke enkelbreuk oplopen en vier dagen in het ziekenhuis moeten liggen, smekend om pijnstillers.

Ik was op de stoel geklommen om een minicameraatje op te hangen aan het plafond. Als ik 'mini' zeg, dan bedoel ik dat het niet groter is dan een speldenknop. Bijna onzichtbaar. En voorzien van een bewegingsmelder. Geweldig! Als Wayne thuiskwam om, bijvoorbeeld, een stel schone kleren te halen, zou ik een melding krijgen op mijn mobiele telefoon zodra hij naar binnen ging. Moet je nagaan!

Er is een tijd geweest – en nog niet eens zo gek lang geleden – dat je in het geval van iemand die vermist was gewoon dagenlang in je auto voor de deur van het slachtoffer moest blijven zitten in de hoop dat hij uiteindelijk zou komen opdagen. Tegenwoordig heb je deze kleine schatten.

Vervolgens wipte ik even naar buiten en plakte heel onopvallend – voor het geval iemand me in de gaten hield – een chip op de zijkant van Waynes auto, want het zou toch wel heel gênant zijn als Wayne terugkwam en ervandoor ging in zijn mooie zwarte Alfa terwijl ik een paar meter verderop zat.

De chip was net als de camera maar een piepklein dingetje dat vastgezet werd met behulp van een magneet, eenvoudiger kon het niet. En op het moment dat de auto in beweging kwam, zou er opnieuw een signaal worden gestuurd naar mijn mobiele telefoon en daarna kon ik op mijn schermpje precies zien waar Wayne naartoe ging.

Ik ging weer naar binnen en nog geen tien seconden later piepte mijn telefoon en er verscheen een mededeling dat iemand Waynes huis binnen was gegaan. Even bruiste de adrenaline door mijn lijf, maar toen besefte ik dat ik die persoon was en dat ik iedere keer dat berichtje zou krijgen als ik Waynes huis binnenging. Maar het was fijn om te weten dat het systeem werkte. Surveillancetechnologie... ik was er echt dol op, er waren continu nieuwe dingen te krijgen en als je privédetective bent, moet je wel up-to-date blijven. Maar een jaar of twee geleden, toen de recessie echt toesloeg, was ik daar niet meer toe in staat. Destijds moest ik het opnemen tegen een paar grote bedrijven met meer dan voldoende poen, dus een aantal zaken ging aan mijn neus voorbij. En minder inkomen betekent dat je minder kunt besteden aan technologie wat weer betekent dat je minder werk krijgt en daar ga je dan.

Enfin, de recessie had ons allemaal geen goed gedaan. Iedereen moest zijn tarieven verlagen, grote bedrijven, eenmanszaken, iedereen kreeg klappen. Maar het was net alsof ik van de ene op de andere dag helemaal geen inkomen meer had. Ik had toch al gesneden in mijn uitgaven: ik had mijn kantoor afgedankt en toen de jaarlijkse rekening kwam voor mijn onroerendgoedverzekering had ik die niet betaald. Maar de veranderingen waren wel erg drastisch: luxe dingen als een kappersbezoek, sjaals en dure make-up kon ik me niet meer veroorloven, mijn wasmachine ging kapot en kon niet gerepareerd worden, mijn elektrische tandenborstel gaf de geest en kon niet vervangen worden. Ik kreeg een ooginfectie, maar een bezoek aan Waterbury was onmogelijk. De voor de hand liggende oplossing was om mijn flat te verkopen, maar toen ik die had laten taxeren bleek dat ik voor de rest van mijn leven met een schuld opgezadeld zou zitten.

Zoals honderdduizend anderen ging ik naar de sociale dienst en vroeg me af welk excuus ze zouden gebruiken om me met een kluitje in het riet te sturen. Ze beten zich vast in het feit dat ik zelfstandig ondernemer was. Maar om eerlijk te zijn hadden ze ook wel een andere reden gevonden als dat niet het geval was geweest: dat ik lang haar had, dat ik op een dinsdag was geboren, dat ik toen ik nog klein was altijd dacht dat alle poezen meisjes en alle honden jongetjes waren en dat ze met elkaar getrouwd waren. De enige manier om een uitkering te krijgen, is door nooit een baan aan te nemen. Ik raad iedereen dan ook aan om meteen als je van school komt een uitkering aan te vragen en die nooit meer in te leveren.

Voor elk beetje geld dat ik verdiende, had ik wel een bestemming: ik moest inkomensbelasting betalen want anders draaide ik de bak in, ik moest mijn telefoon houden, daar hing alles van af, meer dan van eten of cola light, en als ik de kans kreeg, moest ik mijn auto zien te houden: zonder kon ik mijn werk niet doen en in het ergste geval kon ik er ook nog in wonen.

Ik deed precies wat iedereen wordt aangeraden niet te doen: ik gebruikte mijn creditcard om mijn hypotheek te betalen. Toen ik de limiet had bereikt, moest ik daarmee stoppen. Ik kreeg nog heel even uitstel, omdat ik niet meteen het gevaar liep op straat te worden gezet, want er waren zoveel mensen met achterstallige hypotheekbedragen dat de regering een tijdelijke amnestie had afgekondigd.

Desondanks was het slechts een kwestie van tijd tot ik dakloos zou worden en inmiddels had ik zo'n enorm bedrag openstaan op mijn creditcard dat ik niet eens de minimumaflossing kon betalen.

Dat was zo beangstigend dat ik gewoon de rekeningen niet meer openmaakte. Na een poosje kreeg ik die niet meer en begonnen er officiële bruine enveloppen te komen. Ik negeerde de eerste drie, maar in een opwelling van moed scheurde ik de volgende open en kwam tot de ontdekking dat er een rechtszaak tegen me was aangespannen wegens het in gebreke blijven van betaling.

In paniek overwoog ik om het geld van iemand te lenen. De enige mensen die volgens mij voldoende geld hadden, waren Margaret, mijn ouders, Claire of Artie. Maar Margarets man was net zijn baan kwijtgeraakt en het pensioen van mam en pa had ook een klap gekregen, ze zaten zeker niet ruim in hun slappe was. Claire slaagde erin om nog van diverse financiële walletjes te eten, maar als al haar schulden bij elkaar opgeteld werden, stond ze waarschijnlijk meer rood dan ik. Artie had vermoedelijk geen financiële problemen, maar dat maakte niet uit, want ik zou hem nooit om geld vragen.

Nee, ik moest dit echt in mijn eentje oplossen.

Ondanks mijn niet al te hooggespannen verwachtingen ging ik toch naar zo'n van regeringswege gesponsorde instelling die je helpt je schulden af te lossen. Een man met een bril zei – ik kreeg onwillekeurig het gevoel dat hij behoorlijk vooringenomen was – dat ik heel dom was geweest en dat ik in een niet te benijden positie verkeerde en vroeg vervolgens of ik geen 'bezittingen' had die ik te gelde kon maken.

'Bezittingen?' zei ik. 'Nou ja, mijn jacht. Het is maar een kleintje, maar toch wel een paar miljoen waard. En een huis aan het Comomeer. Zou dat helpen?'

Zijn gezicht klaarde op, maar betrok onmiddellijk weer. 'Haha,' zei hij somber.

'Inderdaad, haha,' zei ik. 'Dacht u niet dat ik, als ik een hoeveelheid bezittingen had, wel eens op het idee had kunnen komen om die te verkopen? Denkt u soms dat ik een regelrechte idioot ben?'

'Let alstublieft op uw taalgebruik,' zei hij stijf.

'Hoezo? Bedoelt u "idioot"? Dat is geen lelijk woord. Het is gewoon een medische term.' Ik kon nog net voorkomen dat ik er met een stem die droop van de minachting 'stomme idioot' aan toevoegde.

Toevallig had ik al geprobeerd om mijn surveillanceapparatuur op eBay aan de man te brengen, maar de bedragen die geboden werden, waren zo belachelijk laag dat ik besloot dat ik het spul beter kon houden.

'Ik raad u aan om een brief te schrijven aan uw schuldeiser en aan te bieden uw rekening met kleine bedragen af te betalen,' zei de stijve hark. 'Wilt u dan nu alsublieft vertrekken?'

Terwijl ik wegliep, bedacht ik hoe gemakkelijk ik erin slaagde om vijanden te maken. Ik had er niet eens mijn best voor gedaan, maar toch had deze man nu al de pest aan me. Desondanks volgde ik zijn raad op en de mensen van de creditcard antwoordden dat de kleine bedragen die ik kon missen niet groot genoeg waren en dat ze me nog steeds voor de rechter zouden slepen.

Ondertussen had ik de strijd nog niet opgegeven: ik bleef hardnekkig op zoek naar werk en ik slaagde er af en toe in om een klusje te krijgen, maar iedereen ging op de fles voordat ze mij konden betalen. De afgelopen maand was ik alleen maar op zoek geweest naar mensen die mij geld schuldig waren.

En het werd steeds erger. Mijn kabel werd afgesloten zodat ik alleen nog maar naar stomme gratis zenders kon kijken. En toen mijn zaak voorkwam, ben ik niet naar de zitting gegaan, want dat had volgens mij toch geen zin.

Tien dagen geleden kondigde de volgende ramp zich aan in de vorm van een ultimatum met betrekking tot mijn elektriciteitsrekening: als ik niet binnen een week betaalde, zou ik afgesloten worden. Uitdagend besloot ik dat ik best zonder kon: het was zomer, dus ik had geen verwarming of licht nodig en ik kookte toch nooit. Ik kon best koud douchen en zonder koelkast zou ik me ook wel redden.

Toegegeven, ik zou geen dvd's meer kunnen kijken en – veel belangrijker – ik zou mijn telefoon alleen bij andere mensen kunnen opladen. Maar ik bleef strijdbaar en maakte mezelf wijs dat ik me wel zou redden.

De mensen van de elektra hielden zich aan hun woord: zeven dagen later werd ik afgesloten. Ondanks alles was het toch een schok, want ik had eigenlijk verwacht dat ze wel de hand over het hart zouden strijken en me nog even de tijd zouden gunnen.

Maar nee. Dus geen licht, geen warm water, geen magisch sap uit de muur om mijn telefoon tot leven te brengen.

De volgende morgen werd ik wakker omdat er luid op de deur werd gebonsd. Er stonden drie uit de kluiten gewassen kerels voor de deur en een van hen gaf me een papiertje. Ik keek ernaar: bij mijn afwezigheid was vonnis gewezen en zij hadden het recht om alles mee te nemen tot het bedrag van mijn creditcardschuld was bereikt. Juridisch geen speld tussen te krijgen.

Het had geen zin om tegen te stribbelen, dus liet ik de jongens binnen en bood ze mijn kapotte wasmachine aan.

Die hoefden ze niet en ze hadden ook niet veel trek in mijn olieverfschilderijen van paarden. Om eerlijk te zijn leken ze een beetje overstuur te raken van mijn appartement.

Ik had kunnen doen wat veel mensen doen: ze aanvallen, ze bespugen en proberen ze tegen te houden. Maar worstelen en doelloze klappen uitdelen zouden geen enkel verschil maken. Mijn bank, mijn fauteuils en mijn tv hadden ze al zo snel weggesleept dat het me begon te duizelen. De mannen keken om zich heen en vroegen zich af wat ze verder nog mee konden nemen tot ze plotseling opkikkerden: ze hadden mijn bed gezien en dat beviel hun wel. Ja, dat zagen ze echt helemaal zitten. Ze kwamen tot de conclusie dat het vast wel iets waard was en ze haalden mijn moederoverstebed binnen de kortste keren uit elkaar.

Verstomd en vernederd keek ik toe hoe ze het wegbrachten. Ze namen alles mee, niet alleen het met lakwerk ingelegde hoofd- en voeteneind, maar ook het matras, het dekbed en de kussens. Zelfs het zwarte dekbedovertrek dat ik met zoveel moeite had gevonden.

Vechtend tegen mijn tranen zei ik tegen een van de mannen: 'Hoe kun jij 's nachts nog een oog dichtdoen?'

Hij keek me recht aan en zei: 'Dat kost me inderdaad vrij veel moeite.'

Daarna waren ze ook even plotseling weer verdwenen en in de stilte die ze achterlieten, zag ik in dat ik in een appartement zat zonder elektriciteit, zonder bank, zonder stoelen, zonder verzekering en zonder bed.

Dat was het moment dat de doorslag gaf. Ik gaf het op, ik legde het hoofd in de schoot, hoe je het ook wilt noemen. Ik had zoveel energie gestoken in het vechten tegen de bierkaai, in het zoeken naar nieuw werk, in de pogingen om optimistisch te blijven, en nu kon ik dat allemaal niet meer opbrengen.

Ik nam niet eens de moeite om mijn hypotheekverlener te bellen met de mededeling dat ik vertrok, daar zouden ze snel genoeg achter komen en ik regelde zonder veel ophef twee mannen en een busje om alles in te pakken wat van mijn leven was overgebleven en dat in de opslag te zetten.

Om al die nare gedachten te verdrijven ging ik op Waynes bank zitten en genoot intens van die ervaring. Daarna probeerde ik een van de fauteuils uit en die beviel me ook heel goed. Vervolgens bleek de andere stoel ook heel aangenaam. Ik besefte dat ik me echt aangetrokken voelde tot het huis en dat zou wel eens gevaarlijk kunnen zijn, omdat ik mijn eigen huis, waar ik zo dol op was geweest, nog maar een dag geleden kwijt was geraakt. Ik moest opletten dat ik er straks, bij wijze van reactie, niet gewoon introk nu ik toch Waynes sleutel en de code van zijn alarmsysteem had.

Enfin. Ik had een hele lijst van dingen die gedaan moesten worden.

1. Op zoek gaan naar Gloria.
2. De buren ondervragen.
3. Met Birdie praten.
4. Op zoek gaan naar Digby, waarschijnlijk de taxichauffeur.
5. Naar Clonakilty rijden om met Waynes familie te praten, maar dat kon wachten. Tot het niet meer zo voor de hand lag.

Maar in plaats van me fanatiek op mijn lijst met verplichtingen te storten, besloot ik om in de zitkamer op de grond te gaan liggen, op een bijzonder aantrekkelijk vloerkleedje, en naar het plafond te staren. Hardop vroeg ik: 'Waar ben je, Wayne?'

Waar zou hij zijn? Zou hij rondrijden in Connemara in een kampeerbusje om foto's van de brem te maken? Of zou hij gekidnapt zijn? Dat had ik nog niet serieus overwogen, omdat Jay en de andere Laddz er zo van overtuigd waren dat hij gewoon dwarslag, maar ineens zag ik in mijn verbeelding Wayne die ergens op een

donkere plek zat opgesloten met armen en benen die met elektra-
draad waren vastgebonden.

Maar wie zou hem willen ontvoeren? Waarom zou iemand hem
ontvoeren? Hij had immers geen geld. Maar was dat wel zo? Of
had ik iets gemist toen ik vluchtig zijn financiële gegevens controleerde? Ik moest maar weer naar boven gaan, naar zijn kantoor,
om nog eens goed te kijken, want er zijn meestal twee redenen
waarom mensen vermist raken: geld en genot.

En ik besefte dat als het niet om losgeld ging er nog andere
redenen konden zijn waarom hij ontvoerd was. Misschien had
iemand de comeback van Laddz willen saboteren. Iemand die
wraak wilde nemen op Jay – daar zouden toch wel honderden
kandidaten voor zijn? – of die het had voorzien op de promotors.
Maar het sloeg nergens op om Wayne al zo ver voor het eerste
concert te ontvoeren – hoe langer je iemand moet vasthouden, des
te groter de kans dat je gepakt wordt.

Als iemand het hele gebeuren echt had willen saboteren, dan
hadden ze Wayne op woensdag opgepakt, op de dag van het eerste
concert. Dan zou er geen tijd zijn geweest om naar hem op zoek
te gaan, om de pers onder de duim te houden, om het geld van de
kaartjes terug te geven... Het zou een totale chaos zijn.

Natuurlijk bleef de kans bestaan dat we te maken hadden met
een loslopende gek. Een fanatieke fan had zich misschien niet meer
kunnen inhouden en Wayne in de kraag gepakt. Op dit moment
werd Wayne misschien in een slecht zittend wit pak en vastgeketend
aan een roze-met-witte loveseat in een gecapitonneerde kerker gedwongen om keer op keer de grootste Laddz-hits te zingen, terwijl
zijn mysterieuze ontvoerder (een vrouw, vermoedde ik) 'meer meer
meer!' stond te schreeuwen.

Of zou alles in scène zijn gezet door Jay? Om de kaartverkoop
te bevorderen? (Hoe zou het eigenlijk met de kaartverkoop gaan?
Dat moest ik uitzoeken.)

Zou Jay me op twee manieren in de maling nemen? Had hij er
zelf voor gezorgd dat Wayne tijdelijk zou 'verdwijnen' en mij vervolgens ingehuurd om hem te 'vinden'? Had hij mijn hulp inge-
roepen omdat ik toch geen knip voor de neus waard was?

Zou al dat gezeur over de pers die erbuiten moest worden gehouden gewoon oplichterij zijn? Zouden de bijzonderheden over de 'vermiste Wayne' over een paar dagen gelekt worden aan een roddelblad? Gevolgd door een gigantische run op de kaartjes om te zien of Wayne die avond toch zou komen opdagen?

Ik bedoel, ga maar na hoe Jay had tegengestribbeld toen ik gister-avond die monitors in Waynes huis en op zijn auto wilde installe-ren. Goed, het was laat geweest en hij was bekaf, maar hadden die paar uurtjes zoveel uitgemaakt? Als hij echt zo bezorgd was, zou hij dan niet hebben gewild dat het zo snel mogelijk gebeurde?

Ik was voornamelijk zo argwanend omdat ik al eerder op die manier bij de neus was genomen en als die verrekte Jay Parker me op dezelfde manier een loer probeerde te draaien...

Dan... dan...

Woede veranderde in verdriet. Dan zou ik wel een manier vin-den om hem dat betaald te zetten, maar daar moest ik nu niet aan denken, ik moest aan Wayne denken.

Waarom wist ik niet, aangezien we elkaar nog nooit ontmoet hadden, maar ik wilde hem helpen. Ik denk dat ik gewoon vond dat hij er aardig uitzag, ook al zou ik me best in hem kunnen ver-gissen. En dus besloot ik dat het de moeite waard kon zijn om te onderzoeken of Wayne niet vrijwillig verdwenen was, maar tegen een paar foute types was aangelopen.

Ik had één contact in de criminele wereld, Harry Gilliam. We hadden elkaar een paar jaar geleden leren kennen toen zijn as-sistent me in de arm had genomen om aan een bepaalde zaak te werken. Zowel Harry als ik was niet ongeschonden uit de strijd gekomen en in mijn geval was dat zelfs letterlijk zo. Ik was in mijn kont gebeten door een hond, maar dat was niet de reden waarom ik zo'n hekel aan honden had. Ik heb ze nooit uit kunnen staan, dus ik heb er gelukkig geen trauma aan overgehouden.

Harry stond in zekere zin bij me in het krijt, maar toch vond ik het moeilijk om hem op mijn beurt om een gunst te vragen. Daar moet je voorzichtig mee zijn, je moet wel heel zeker weten dat je het gewenste resultaat krijgt. Uiteindelijk besloot ik dat Wayne het waard was.

Ik belde Harry's nummer en nadat de telefoon zes keer was overgegaan nam iemand op met 'ja?'

'Harry?' vroeg ik verrast. Vroeger nam hij nooit zelf de telefoon op.

Kortaf en een beetje bozig zei hij: 'Je weet best dat je mijn naam nooit via de telefoon mag noemen.'

'Dat was ik vergeten, het is al zo lang geleden.' Ik had ook best een beetje snibbig kunnen reageren, maar het was geen goed idee om hem tegen de haren in te strijken. Ik had hem altijd best aantrekkelijk gevonden, maar feit was dat hij echt nuttige contacten had. Hij beschikte over informatie die ik op geen enkele andere manier zou kunnen krijgen. 'Ik wil met je praten. Een paar vragen stellen.'

Hij deed nooit zaken via de telefoon. Dat had ik vroeger altijd onnodige fratsen gevonden, maar nu ik meer wist over het afluisteren van telefoons, wist ik ook dat hij gelijk had.

'Mag ik naar je toe komen?' vroeg ik.

Ik probeerde in gedachten na te gaan hoeveel tijd het me zou kosten om met Waynes buren te praten. Geen flauw idee.

Het vervelende was dat praten met de buren – wie dat ook waren – meestal geen enkele zin had. Of het waren automaten met nietszeggende smoelen die 'er niets mee te maken wilden hebben' en je voet klem zetten als ze de deur dichtsmeten of, en dat was nog veel erger, ze werden wild enthousiast bij het idee dat ze bij een zaak betrokken waren en hoewel ze je echt niets zinnigs te vertellen hadden, hielden ze je aan de praat en kwamen met de idiootste veronderstellingen. ('Zou hij geen lid kunnen zijn van Al Qaida? Ik bedoel maar, die mensen heb je toch.')

Ik kon beter naar Harry toe gaan. Beter een vogel in de hand dan... je weet wel.

'Mag ik nu komen?' vroeg ik.

'Nee. Ik laat het je wel weten. Iemand zal je bellen.'

Nadat hij de verbinding had verbroken, voelde ik me ineens ellendig. Ik moest ineens het feit onder ogen zien dat Wayne misschien nooit terug zou komen, dat hij best dood zou kunnen zijn. De meeste smerissen zullen je vertellen dat als je een vermiste persoon niet binnen achtenveertig uur vindt de kans groot is dat hij (of zij) er is geweest. Uiteraard hebben ze het dan over mensen die niet uit vrije wil zijn verdwenen en Wayne zou zich best ergens kunnen verstoppen, maar toch. Om die deprimerende gedachte uit mijn hoofd te bannen zette ik de tv aan, die op een van de prachtige, met de hand gevoegde planken van de kast naast de open haard stond.

Ik was zo overdonderd door het feit dat ik ineens Docker over het scherm zag lopen dat ik met een ruk rechtop ging zitten. Het was een bericht op SkyNews dat hij samen met Bono en nog een paar andere beroemde weldoeners naar Downing Street 10 was gegaan om een brief te overhandigen uit naam van een of ander onder de voet gelopen land. Ik bleef vol belangstelling naar Docker kijken. Wat zag hij er toch aantrekkelijk uit, glanzend en goed gebouwd. Bijna niet te geloven dat hij Iers was.

20

Zal ik je eens iets vertellen? Ik had nog steeds niets van John Joseph Hartley gehoord en het was al bijna middag. Wat stak daarachter? Wilde hij niet dat Wayne gevonden werd?

Ik zette het nieuws af – op de een of andere manier gaf het kijken naar Waynes televisie me het gevoel dat ik me op verboden terrein bevond – en John Joseph nam op toen de telefoon voor de derde keer overging. 'Hallo, Helen.'

'John Joseph? Hoe zit het met Birdie Salaman? Je had me beloofd dat ik haar nummer van je zou krijgen en zo.'

'Sorry, snoes, maar ik heb het niet. Dat komt omdat ik haar hooguit een paar keer heb ontmoet. Ik woonde in Caïro gedurende het grootste deel van de tijd dat Wayne verkering met haar had. We hebben elkaar nooit goed gekend.'

'Weet je waar ze woont?'

'In noord. Swords, Portmarnock, zo'n soort plaats.'

Ach, hou toch op. Ik had haar nog nooit ontmoet, maar ik was er wel in geslaagd om haar adres te vinden. 'Enig idee waar ze werkt?'

'Nee, sorry.'

'Wat doet ze voor de kost?'

'Geen idee, snoes. Het spijt me.'

'Da's wel jammer,' zei ik effen.

'Ja. Ik moet ervandoor. Het is lunchtijd en de kwark wordt net binnengebracht. Maar als ik je ergens mee kan helpen, ik sta dag en nacht voor je klaar...'

Ik verbrak de verbinding en dacht ten eerste: Hou op met dat 'snoes'. En ten tweede: Je moet niet denken dat ik gek ben. En ten derde: Hou op met dat 'snoes'. O ja, en hou op met dat snoes.

John Joseph Hartley wilde kennelijk niet dat ik met Birdie Salaman ging praten en dat was jammer, want ik had hem best aardig gevonden maar nu niet meer. Ik had het vermoeden dat hij... ja, wat eigenlijk? Ik wist het niet. De radertjes in mijn brein konden het allemaal niet zo snel verwerken. Het enige wat ik wist, was dat ik hem er niet op moest aanspreken, nu nog niet. Daar moest ik nog even mee wachten. Maar eerst kijken of Birdie contact met mij zou opnemen. En als ze dat niet deed? Nou, ik wist waar ze woonde. Ik kon ernaartoe rijden en haar in de veilige omgeving van haar eigen huis lastigvallen.

Terwijl ik dat volslagen nutteloze telefoontje met John Joseph afwerkte, had ik er een van Artie gemist, dus belde ik terug. 'Met mij,' zei ik.

'Hoor eens, is alles in orde met je, schattebout?'

'Wat bedoel je?' Had hij gemerkt dat ik vreemd begon te doen?

'Ik heb het over je flat. Je was dol op dat huis. Dat je eruit bent gezet... daar moeten we echt over praten.'

'Ja, hoor, binnenkort,' zei ik haastig. Ik wilde onder geen beding een gesprek waarin de mogelijkheid aan de orde kwam dat ik bij Artie in zou trekken. Ik wilde niet eens dat we daaraan zouden denken. Er veranderde al zoveel om me heen, zoveel was anders en raar, dat ik er de voorkeur aan gaf om me vast te klampen aan dingen die fijn waren in plaats van het risico te lopen dat die ook kapotgingen. 'Je zult het niet willen geloven, maar ik ben bezig met een klus,' zei ik opgewekt.

Ik wist dat het hem niet beviel dat ik over iets anders begon, maar hij zou het echt lomp van zichzelf vinden als hij me niet feliciteerde met mijn opdracht. Hij had zelf kunnen zien hoe slecht de zaken voor mij gingen. 'Ja, dat zei je al,' zei hij. 'Geweldig. Wat is er gebeurd?'

'Ik werd gisteravond gebeld. Nadat ik bij jou was weggegaan.' Nou ja, zo was het in zekere zin wel gegaan. 'Het gaat om iemand die vermist wordt. In feite heb ik het behoorlijk druk, ik kan maar beter ophangen. Ik spreek je later nog wel. Eh... met de vriende-lijke groeten.'

'De allerbeste groeten.' Hij grinnikte even en verbrak de ver-binding.

Ik bleef naar mijn telefoon staren en peinsde over de onvoor-spelbaarheid van het leven. Artie Devlin was mijn vriend. Dat was hij al – zoals Bella gisteravond had opgemerkt – bijna zes maanden.

Toch raar dat ik hem bij toeval weer tegen het lijf was gelopen. Nadat hij me dat scalpel had teruggestuurd en ik kort had over-wogen dat ik hem absoluut wilde hebben, was ik Jay Parker tegen-gekomen en daardoor was ik zo van mijn stuk geraakt dat ik Artie volledig was vergeten. Zelfs nadat het uit was geraakt met Jay, een jaar geleden, had ik niet meer aan hem gedacht.

Daarna werd er vlak voor Kerstmis door de kerk bij mij in de buurt een braderie georganiseerd. En ik ben dol op braderies, echt waar. De mensen keken er vaak van op dat zo'n zuurpruim als ik van zulk amateuristisch gedoe kon genieten – van de kleffe cakes en de zelfgebreide, kriebelende wanten waarvan bij nader inzien alleen de linker blijkt te passen – maar hoe stompzinniger ze zijn, des te leuker ik ze vond. Wat ze nog extra aantrekkelijk maakte, was dat alles zo goedkoop was dat ik de hele tent in mijn eentje kon opkopen, ook al was ik volkomen blut. Dat gaf me het gevoel dat ik rijk en poenerig was, een soort Russische oligarch.

Buiten, op de parkeerplaats van de kerk, gingen de kerstbomen als warme broodjes van de hand en werden door een paar uit de kluiten gewassen vrijwilligers van de parochie in kippengaas ge-wikkeld en achter in auto's gemikt.

Binnen heerste een vrij feestelijke sfeer. Er werd kerstmuziek ge-draaid en ik slenterde van het ene naar het andere stalletje. Ik kocht een kleine, zelfgebakken chocoladecake en bleef staan om de prijzen van de tombola te bekijken. Jezus, ze waren echt lachwekkend: een fles spuitwater, een rol sellotape, een pakje Marlboro lights. Maar – het was per slot van rekening voor het goede doel – ik kocht toch een paar lootjes.

Bij het jam-en-chutneystalletje wilde ik van de vrouw daar weten wat precies het verschil tussen jam en chutney was en toen ze me geen bevredigend antwoord op die vraag kon geven liep ik tot haar grote opluchting door zonder iets te kopen.

De vrouw die het bevel voerde over het stalletje met de breiwaren zat echt te breien. 'Een skimuts voor een van mijn achternichtjes,' zei ze terwijl ze verwaand en trots een eind weg zat te tikken. Ligt het aan mij of is het geluid van twee breinaalden die tegen elkaar aan tikken echt een van de meest enge geluiden die er bestaan? En de rare dingen die met die naalden geproduceerd worden, zou er echt iemand zijn die daarmee rond wilde lopen? Ik vond die mevrouw zo eng dat ik net deed alsof ik haar kriebelige koopwaar nauwkeurig bekeek, maar ik zweer dat er gewoon kippenvel van kreeg.

'Wat is dit?' vroeg ik, oprecht verbijsterd door iets wat eruitzag als een harig nekverband.

'Dat is een haarlint,' zei ze boos. 'Een prachtig, met de hand gebreid haarlint. Probeer het maar, dan zul je merken hoe lekker het in je nek voelt.'

Ik moest ervandoor en wel meteen. 'Volgens mij hebt u net een steek laten vallen bij de skimuts voor uw achternichtje,' zei ik en liep tijdens de paniek die daardoor uitbrak snel door naar mijn favoriete stalletje, dat ik expres tot het laatst had bewaard. De bric-à-brac. Hoewel je het beter gewoon de rommeltent kon noemen.

Traditioneel is het een stalletje vol pure rotzooi: kapotte oude beeldjes, gebarsten borden, een vijzel zonder stamper, een enkele rolschaats. De vrouw die van de parochie opdracht krijgt om de scepter over dit stalletje te zwaaien heeft duidelijk gedurende het afgelopen jaar een ernstige misstap begaan. Het is gewoon vernederend als je moet proberen deze ouwe zooi aan de man te brengen. Het is niet alleen onmogelijk om trots te zijn op je spullen, maar je staat ook op een afgezonderd plekje waar de meeste bezoekers met een grote boog omheen lopen. Vanwege de bacillen, snap je, de grote angst voor bacillen. Dat brengt me trouwens op iets anders dat ook op mijn Schoplijst staat: mensen die dramatisch beginnen te huiveren en 'huuuuuh' roepen bij de gedachte dat een ander menselijk wezen een bepaald voorwerp heeft aangeraakt. Het was pure aanstellerij die nog niet zo lang geleden uit de VS was overgewaaid – echt, ontzettend irritant – en ik wist ook niet zeker wat mensen daarmee wilden bewijzen. Dat ze hogere eisen stellen aan zindelijkheid dan jij? Dat jij viezer bent dan zij?

Toch heeft het menselijk ras al een hele tijd standgehouden (veel te lang als je het mij vraagt, wat mij betreft mogen ze de algehele hemelvaart vandaag nog afroepen) zonder dat de in holen levende jager-verzamelaars rondliepen met een tubetje naar granaatappels ruikende vloeibare zeep in hun lendendoek.

Ik rommelde tussen de snuisterijen en voelde even iets van opwinding toen ik een peper-en-zoutstelletje in de vorm van kamelen ontdekte dat misschien iets was. Tot ik ze oppakte en zag hoe afschuwelijk ze waren. Ik zette ze haastig weer terug.

De hoop laaide op in de ogen van de in een twinset gehulde dame achter de tafel, maar stierf meteen weer weg.

En toen zag ik in die zee van rotzooi ineens iets wat best leuk zou kunnen zijn. Het was een in zilver gevatte haarborstel met een bijpassende handspiegel die een beetje triest en spookachtig aandeden, alsof ze het eigendom waren geweest van een achttiende-eeuws kind dat aan de koude koorts was overleden (misschien dat een tubetje naar granaatappels ruikende vloeibare zeep het stakkerdje had kunnen redden) en ze zouden perfect passen in mijn enigszins trieste en spookachtige slaapkamer. Ik sprong eropaf – ze waren voorbestemd voor mij – maar tot mijn verbijstering was iemand me voor. Iemand met een kleine hand met kauwgumroze gelakte nagels.

Het was een klein meisje. Nou ja, niet echt klein, ze leek een jaar of negen. Ze pakte de borstel en de spiegel op en drukte ze tegen haar in het roze gehulde borst.

'Maar die wilde ik hebben,' zei ik, zo overdonderd dat ik mijn mond voorbijpraatte. Ik weet dat de vreemde moderne wereld waarin wij leven geregeerd wordt door kinderen. Aan al hun wensen moet worden voldaan. Wij worden niet geacht hun ook maar iets te ontzeggen. We mogen zelfs in hun bijzijn niet over onze eigen wensen en verlangens reppen. (Is dat inmiddels al wettelijk vastgelegd? Als dat niet zo is, dan zal het niet lang meer duren. Let op mijn woorden.)

'Zij had ze echt eerlijk als eerste te pakken,' deed de standhoudster een duit in het zakje. Waarschijnlijk was dit het meest opwindende wat ze de hele ochtend had meegemaakt.

'O.' Het kleine meisje keek me recht aan. Wat ze zag, scheen haar te bevallen. 'Alsjeblieft, neem jij ze maar.' Ze hield me de borstel en de spiegel voor en – ja! – ik pakte ze aan.

'Nee!' zei de mevrouw van het stalletje. Ze had kennelijk iets tegen me omdat ik haar eerst hoop had gegeven met dat kamelen-peper-en-zoutstel en die toen weer genadeloos de bodem had ingeslagen. 'Jij was de eerste, kleine meid. Dat heb ik zelf gezien. Jij!' Ze wees met een beschuldigende vinger naar mij. 'Geef dat kleine meisje haar spullen terug.'

'Maar het zijn mijn spullen niet,' zei het meisje. 'Ik weet niet of ik genoeg geld heb om ze te kopen.'

Jawel, hoor, liefje, dacht ik, je hebt wel degelijk genoeg geld. Dat twinsetje daarginds zal elke prijs accepteren die jij je kunt veroorloven, ook al is dat nog zo weinig, alleen maar om mij dwars te zitten.

Het meisje had een klein roze portemonneetje tevoorschijn gehaald. 'Ik moet kerstcadeautjes kopen voor mijn hele familie. Ik heb voor iedereen vijf euro te besteden.'

'Nou, dat komt dan mooi uit,' zei de twinsetmevrouw. 'Dat stel kost precies vijf euro!'

'En wat is hun herkomst?' wilde het meisje weten alsof we bij Sotheby's waren.

'Herkomst?' zei Twinset. 'Wat bedoel je precies?'

'Waar komen ze vandaan?'

'Uit een kartonnen doos. Samen met al die andere troep.' Twinset wees bitter naar haar treurige koopwaar. 'Hoe zou ik dat moeten weten? Ik had de breistal willen doen.'

Ik vroeg me af wat ze had misdaan om dit lot te verdienen. Was ze niet lovend genoeg geweest over de sandwich die de voorzitter van het feestcomité had gemaakt? Cake-oorlogje was een bijzonder heftige vorm van amusement. Het bekritiseren van de cake die iemand heeft gebakken is bijna even erg als zeggen dat hun baby op een seriemoordenaar lijkt. Je kunt je niet voorstellen welke duistere krachten je op die manier losmaakt.

Het meisje keek me met haar heldere ogen aan. 'Zul je lief zijn voor deze borstel en spiegel?'

'Ja.'

'Ik vertrouw je. Ik kan zien dat je een goed hart hebt.'

'Nou... hartelijk bedankt. Kennelijk geldt hetzelfde voor jou.'

'Bella Devlin.' Ze stak een beleefd handje uit en ik legde de spullen neer om het aan te pakken.

'Helen Walsh.'

Ik gaf de vrouw achter het stalletje haar vijf euro en ze beloonde me met een zuur gezicht.

'Het is goed dat ze nu naar jou gaan,' zei Bella. 'Ik was van plan om ze aan mijn broer te geven, maar ik zie nu in dat ik me vergist heb. O!' Ze zag achter me iemand aankomen en haar gezicht klaarde op. 'Daar is mijn vader. Hij heeft een kerstboom voor ons gekocht.'

Ik draaide me om en daar was hij. Artie Devlin, de sexy politieman. De scalpelman.

'Pap.' Bella kon niet wachten om hem haar goede nieuws te vertellen. 'Dit is mijn nieuwe vriendin, Helen Walsh.'

O god. Ik keek op naar Artie. Hij keek op me neer. 'We kennen elkaar al,' zeiden we tegelijkertijd.

'Echt waar? Waarvan?' vroeg Bella verbaasd.

'Van ons werk,' zei ik.

'Hoe oud ben jij dan?' Bella scheen te denken dat we ongeveer even oud waren.

'Drieëndertig.'

'Echt waar? Ik dacht dat je een jaar of veertien was. Of hooguit vijftien. Het was niet tot me doorgedrongen...'

Ze trok zich even in zichzelf terug en toen ze weer tevoorschijn kwam had ze zich aan de nieuwe toestand aangepast. 'Jij bent drieëndertig. En hij...' Ze knikte naar Artie. 'Hij is eenenveertig. Dus dat is mooi, jullie zitten in leeftijd dicht bij elkaar. Ben je getrouwd, Helen? Heb je een man en baby's en zo?'

'Nee.'

Bella leek in gedachten nog meer dingen tegen elkaar af te wegen, toen klaarde haar gezicht op en ze zei opgewekt: 'Zullen we dan maar naar jouw huis gaan om te kijken of je nieuwe borstel en spiegel daar goed passen?'

'Wacht even, Bella,' zei Artie haastig en hij probeerde haar mee te trekken. 'Laat Helen met rust...'

'Kom maar op,' zei ik. 'Dan gaan we naar mijn huis, al moet ik jullie wel van tevoren waarschuwen dat het alleen maar een flat is.'

'Wanneer?' reageerde Artie verbaasd. 'Hoezo? Nu?'

'Ja, kom maar gewoon mee om een feestelijk glaasje cola te drinken.' Ik liet nu gewoon alle voorzichtigheid varen. 'Ik kan jullie zelfs een plakje cake aanbieden.'

Bella stond erop om met mij mee te rijden. Ze zei dat er in de auto van Artie niet genoeg plaats meer was vanwege de kerstboom.

'Maar dat was een smoesje, hoor,' zei ze, zodra we onderweg waren. 'Ik wilde even met je over hem praten. Hij werkt veel te hard. En hij heeft geen vriendin, omdat hij zich zorgen over ons maakt, over de kinderen. Voor het geval we emotioneel gehecht raken aan een van zijn vriendinnen en ze dan weer uit elkaar gaan. Dus heeft hij helemaal geen vriendinnen. Maar hij is echt heel lief, hij zou een fijne vriend zijn, als je interesse hebt. En ik weet ook al dat jij en ik een boel gemeen zullen hebben.'

'Nou... eh...' Christus, wat moest ik zeggen? Ik was alleen maar even de deur uitgegaan om wat snuisterijen te kopen en nu scheen ik met een compleet nieuw gezin thuis te komen.

'Hij en mam zijn heel vriendschappelijk uit elkaar gegaan, voor het geval je daarover inzit,' ging Bella verder. 'Ze heeft een vriend en die is echt gaaf. We komen voortdurend bij elkaar over de vloer. Dat gaat prima.'

'O ja?'

'Nou ja.' Bella zuchtte en klonk ineens heel volwassen. 'Het is niet ideaal, maar we maken er het beste van.'

Bella was helemaal wild van mijn flat. Ze holde van kamer naar kamer – wat niet echt lang duurde – en verklaarde: 'Het is net alsof iemand hier is doodgegaan, maar dan wel op een fijne manier! Het is hier het hele jaar Halloween! Daarmee wil ik niet zeggen dat je een vleermuis bent, hoor. Dit is veel subtieler. Mam zou je inrichting vast heel interessant vinden, denk je ook niet, pap?' En tegen mij: 'Mam doet interieurs. Laat me nu je haar maar eens borstelen met je nieuwe borstel. Het is toch niet te geloven hoe goed die in deze flat past? Hij is ervoor bestemd.'

Ik moest aan mijn toilettafel gaan zitten, zodat zij mijn haar kon borstelen en het was allemaal heel vreemd als je erover nadacht, dus dat deed ik maar niet.

Artie leunde zonder iets te zeggen tegen de muur van mijn slaapkamer en keek met zijn intens blauwe ogen naar mijn spiegelbeeld. Ik had nog nooit, toen niet en nog steeds niet, zo naar een man verlangd.

Ik moest nog een hele tijd op mijn tanden bijten, terwijl Bella mijn haar borstelde en Artie en ik elkaar in de spiegel strak aankeken, in stilte barstend van verlangen.

Plotseling riep Bella: 'Hoe laat is het?' Ze haalde haar roze telefoontje uit haar roze tasje en zei: 'Pap, je moet me meteen naar mam brengen! Ze heeft een kerstcocktailparty en ik moet zelfgemaakte zoutjes opdienen! Laten we maar gauw telefoonnummers uitwisselen. Als je ons nou jouw nummer geeft, Helen, dan sturen wij je een sms'je met dat van ons.'

Terwijl Artie met zijn mobiel stond te hannesen pakte ze mijn arm en zei met een zachte stem: 'De kinderen zijn dit weekend allemaal bij mam. Hij is zo vrij als een vogeltje. Vrij. Als. Een. Vogeltje,' siste ze. En toen wat luider: 'Tot ziens, Helen, ik vond het leuk om je te leren kennen. We zullen elkaar vast wel vaker tegenkomen.'

Een beetje onhandig zei Artie tegen mij: 'Ik doe er ongeveer twintig minuten over om haar naar haar moeder te brengen.'

Wat betekende dat hij over ongeveer veertig minuten terug kon zijn.

Hij deed er eenendertig minuten over.

'Bella zei dat ik terug moest gaan,' zei hij toen ik de deur opendeed. Hij bracht de winterse kou mee naar binnen.

'Ik moet toegeven dat het een heel nieuwe gewaarwording is om door mijn negenjarige dochter te worden geprostitueerd.'

'Geef me je jas maar,' zei ik. 'Ik ben van plan om je een tijdje hier te houden.'

We schoten allebei een beetje paniekerig in de lach en ik besefte dat hij zenuwachtig was, even zenuwachtig als ik.

Hij trok zijn jas uit, een donker, zwaar geval, en ik hielp hem daarbij. Het was de eerste keer dat ik hem aanraakte.

'Ik heb een staande kapstok,' zei ik trots. 'Een ronde.' Ik had een staande kapstok een ontzettend beschaafd ding gevonden om in huis te hebben. Ik had hem gekocht van een dode man in Glasthule, nou ja, van zijn familie toen zijn nalatenschap werd geveild. Maar door het gewicht van Arties jas kukelde de kapstok om. We stonden erbij en keken ernaar. 'Wat zou je ervan zeggen,' zei Artie, 'als we dit nou gewoon niet als een slecht voorteken zien?'

'Oké.'

'Gooi die jas maar op die bank daar,' zei hij. 'Dat is prima.'

'Wat vind je van mijn flat?' vroeg ik. En vervolgde: 'Dat zeg ik niet zomaar, ook al is deze hele situatie behoorlijk gênant.'

Want als mijn huis hem niet beviel, dan zou het tussen ons nooit iets worden.

Artie liep van de zitkamer naar de keuken en vandaar naar de slaapkamer. Hij nam alle details zwijgend in zich op en zei ten slotte: 'Het is niet iets wat iedereen zou bevallen. Maar,' voegde hij eraan toe met een sprankeltje in zijn ogen dat me door merg en been ging, 'hetzelfde geldt voor jou.'

Het enig juiste antwoord.

Mooi, dat was genoeg geflirt, voorspel, of hoe je het ook wilt noemen. Ik hield het niet langer uit.

'Ik maak me zorgen over mijn bed,' zei ik.

'O?' Hij trok één wenkbrauw op. Het gebaar ging me opnieuw door merg en been.

'Het is nogal klein,' zei ik. 'Stel je voor dat je er niet in past?'

'O...'

'Nou ja,' zei ik. 'Er is maar één manier om daarachter te komen. Uit de kleren.'

Hij was al bezig met zijn overhemd.

Jezus, wat een zalige vent. Groot en fit en sexy. Ik legde hem languit op mijn bed en zakte vervolgens op hem neer, maar binnen een paar seconden lag hij al met een vertrokken gezicht met zijn heupen te schokken. Veel te snel.

'Het spijt me,' zei hij terwijl hij me omlaag trok en zijn gezicht tegen mijn hals duwde. 'Het is zo'n tijd geleden.'

'Geeft niet,' zei ik. 'Hetzelfde geldt voor mij.'

Na een poosje deden we het opnieuw en dit keer ging het goed. Na afloop lagen we doodmoe in stilte te hijgen, terwijl buiten de winterlucht, zwanger van ongevallen sneeuw, donker werd.

Uiteindelijk zei ik: 'Toe maar.'

'Hoezo?'

'Dit is het moment waarop je zegt: "En hoe gaat het nu verder?"'

'En hoe gaat het nu verder?'

'Nee,' zei ik. 'Daar wil ik het niet over hebben. Ik weet niet hoe het verder gaat. Ik ben geen waarzegster. Dat weet niemand. Ik weet dat jouw situatie niet ideaal is. Ik weet dat je aan je kinderen moet denken. Ik weet dat we ons niet tegen rampspoed kunnen verzekeren. Als we aan alle dingen denken die in ons leven mis kunnen gaan, zouden we geen voet buiten de deur zetten. Dan zouden we niet eens uit de baarmoeder willen komen.'

'Je bent erg wijs.' Hij zweeg even. 'Of zoiets.'

'Ik weet niet wat ik ben. Maar ik val op jou. En je dochter vindt me aardig. En we zullen gewoon verder moeten leven, ook al zijn daar nog zoveel risico's aan verbonden.'

'Het welzijn van mijn kinderen is voor mij heel belangrijk.'

'Dat weet ik.'

'En mijn ex-vrouw is een... formidabele tante.'

'Ik ben zelf ook verdomd formidabel als ik in de juiste stemming ben.'

'Ik wil je niet met... onplezierige toestanden confronteren.'

'Alsjeblieft!' zei ik verontwaardigd. 'Je onderschat me. Ernstig.'

Daarmee was het probleem van de vrouw opgelost en de negenjarige dochter was een ijzersterke bondgenooit. De dertienjarige zoon zou vast op me vallen, het enige probleem zou misschien de vijftienjarige dochter, Iona, worden. Mooi, het zou allemaal prima in orde komen.

21

Op de een of andere manier lag ik nog steeds languit op mijn rug op de vloer in Waynes zitkamer. Ik dwong mezelf om op te staan en liep naar Waynes kantoor boven. Ik wilde nog eens goed naar zijn bankafschriften kijken, of er iets vreemds was afgeschreven of, nog belangrijker, of er ongebruikelijke inkomsten waren. Ik geef toe dat ik de zaak niet bepaald systematisch aanpakte, maar ik volgde mijn instinct. Als ik daar belangstelling voor had, dan moest het wel belangrijk zijn, nietwaar?

Ik pakte een paar archiefmappen van de plank – bankafschriften, belastingaangiften en uitgaande facturen. Sommige dingen waren gemakkelijk te traceren. De royalty's van de Laddz-platen werden twee keer per jaar uitgekeerd, in september en maart. Nog steeds! Dat was toch niet te geloven? Het werd ieder jaar een beetje minder, maar toch.

Er kwamen ook royalty's van Waynes soloplaten binnen, veel minder dan het Laddz-geld, het was bijna een centenkwestie. Dan waren er nog betalingen van Hartley Inc., en je hoefde geen genie te zijn om te begrijpen dat het om het bedrijf van John Joseph ging. Ze kwamen sporadisch voor en konden vergeleken worden met facturen die Wayne had gestuurd.

Alles was duidelijk, keurig in orde en vrij bescheiden. Wayne verdiende niet echt veel geld. Alles bij elkaar ongeveer hetzelfde wat ik in een goed jaar had geïnd. Maar toen ik alle inkomsten van het afgelopen jaar snel bij elkaar optelde, zag ik dat het totaal verschilde van wat hij aan de belastingen had opgegeven. In eerste instantie dacht ik dat hij de belastingen had opgelicht, maar nee. Het inkomen dat hij had opgegeven was zelfs ongeveer vijfduizend euro hoger.

Vreemd. Ik liep zijn bankafschriften nog een keer na en daar was het, in mei van vorig jaar, een storting van vijfduizend dollar, iets minder in euro's.

Er was nergens uit op te maken waar dat geld vandaan kwam.

In tegenstelling tot de royalty-uitkeringen en de betalingen van Hartley Inc. stond er alleen een hele rij cijfertjes bij.

Hoezo zo'n rond bedrag? En waarom in dollars?

Toen ik opstond en andere archiefmappen pakte, bleek dat hij al tien jaar lang steeds in mei vijfduizend dollar had ontvangen. Misschien zelfs wel langer, maar Waynes bankafschriften gingen niet verder terug.

Van wie was dat geld afkomstig? Het enige wat op het afschrift stond, was het referentienummer maar iemand – een accountant? Iemand van de belastingdienst? – had er met de hand 'Lotus Flower' bij geschreven en toen ik dat googelde bleek het een platenlabel te zijn dat bij Sony was ondergebracht.

Dus belde ik Sony en deed net alsof ik een ambtenaar was van de belastingdienst, ene Agnes O'Brien, die een steekproef nam van Wayne Diffneys belastingaangifte. Als je zegt dat je van de belastingen bent, gaan de meeste mensen meteen opzitten en pootjes geven, maar ik werd van de ene afdeling doorgesluisd naar de andere en zelfs van Dublin naar Groot-Brittannië en weer terug. Het duurde even voor het tot me doordrong dat de mensen van Sony niet opzettelijk dwarslagen, maar dat ze er niets van snapten omdat het referentienummer niet terug te vinden was in de archieven van Lotus Flower.

Uiteindelijk gaf ik het op en ging perplex in Waynes kantoor op de grond zitten. Wat moest ik nu doen?

Ik zat nog een beetje doelloos te bladeren in de oudere bankafschriften en zag toen dat er opnieuw iets bij de vijfduizend ballen was geschreven, maar dit keer was dat niet 'Lotus Flower' maar 'Dutch Whirl'.

Met verse moed pakte ik de telefoon opnieuw op en belde Maybelle in Londen omdat zij de minst stompzinnige had geleken van alle mensen die ik aan de lijn had gehad. En ik vond haar naam ook gaaf.

'Maybelle,' zei ik, 'nog even met Agnes O'Brien van de Ierse belastingdienst. Zegt de naam Dutch Whirl je iets?'

'Ja. Dat was een label, maar het is al jaren geleden opgedoekt.'

'Kun jij rechtstreeks bij de gegevens van Dutch Whirl, jongedame?' vroeg ik met mijn monotone, bruuske Agnes O'Brien-stem.

'Eh... even kijken.' Ze zat te klikken en te neuriën en ik vond dat ze geweldig klonk, alsof ze een enorme afro had, aquablauwe ogenschaduw en indrukwekkende kunstnagels. Daarbij vergeleken droeg ik Ecco-schoenen en een lullig donkerblauw vestje. (In mijn rijke Agnes O'Brien-fantasie.)

'Oké, ik zit erin,' zei ze. 'Geef me dat referentienummer nog maar een keer.'

'Nul,' zei ik langzaam. 'Nulll, nulll, negennn...' Ik sprak elk cijfertje langzaam en zorgvuldig uit, want Agnes O'Brien was vast heel precies.

'Royalty-betaling,' zei Maybelle toen ik klaar was. 'Voor "Windmill Girl".'

'Windmill Girl!' Wat? 'Windmill Girl? Het liedje dat van Docker meteen een wereldster had gemaakt.

Windmill Girl, blow me away.

Ik was zo opgewonden dat ik bijna mijn vlakke Agnes O'Brienstem vergat.

'Dat kan niet,' zei ik. Want royalty's werden twee keer per jaar uitgekeerd, in maart en september. En trouwens, waarom zou Wayne Diffney royalty's krijgen voor een liedje van Docker?

'Er is iets vreemds mee aan de hand,' beaamde Maybelle, die nog steeds zat te klikken.

Terwijl zij in stoffige oude archieven dook, googelde ik 'Windmill Girl Wayne Diffney' en kreeg tot mijn verrassing (categorie: plezierig) duizenden krantenartikelen van tien jaar geleden voorgeschoteld.

Ik fietste er snel doorheen en daarbij viel me iets interessants op, dat bij alle opwinding over een Ier (Docker) die het zo goed deed in de Verenigde Staten en over de Laddz die niet lang daarna uit elkaar gingen, meestal over het hoofd werd gezien. Wayne Diffney had het refrein van 'Windmill Girl' geschreven. Dat wist ik niet, maar eigenlijk ook wel, als je snapt wat ik bedoel. Ik had het geweten, maar het had me nooit belangrijk geleken.

Het verhaal ging dat Wayne en Docker samen een beetje hadden zitten stoeien met hun gitaren en een liedje in elkaar hadden geflanst. Docker had het meeste bedacht, maar in een geniaal moment was Wayne met het refrein op de proppen gekomen. Onder normale omstandigheden zouden ze de rechten van het liedje hebben gedeeld, maar in plaats daarvan had Wayne zijn aandeel aan Docker geschonken bij wijze van verjaardagscadeautje.

En voordat je wist wat er gebeurde, had Docker 'Windmill Girl' als soloartiest opgenomen en werd het overal ter wereld een gigantische hit. Maar er was niets wat Wayne kon doen, hij had de rechten vrijwillig afgestaan. En het rare is dat Wayne Docker daar nooit op aanviel en ook geen financiële of artistieke erkenning eiste. En wat nog vreemder is, er was niemand die zei: God, die Wayne Diffney is toch wel een briljant songschrijver, hè?

Want dat was hij. Je kunt zeggen wat je wilt over 'Windmill Girl' – en dat hebben een heleboel mensen ook gedaan – maar het was een onweerstaanbaar aanstekelijk liedje.

De rest van het verhaal is bekend. 'Windmill Girl' was gewoon de eerste stap voor Docker op weg naar het bestaan van een wereldster.

Terwijl die arme Wayne nog talloze andere liedjes neerpende, maar nooit meer iets dat vergelijkbaar was.

Waar het allemaal uiteindelijk op neerkwam, was dat Docker bij Wayne in het krijt stond. En dat wist Docker, want waarom zou hij anders royalty's betalen voor een liedje waarvan hij de rechten bezat?

Mijn telefoon ging over en het was Maybelle die bevestigde wat ik zelf al had ontdekt – dat de jaarlijkse uitkering van vijfduizend dollar afkomstig was van Docker. Ze probeerde me uit te leggen waarom de betaling aan Wayne via de platenmaatschappij liep in plaats dat Docker het geld gewoon rechtstreeks aan Wayne overmaakte, maar al die juridische prietpraat interesseerde me niet. Ik wist dat ik een belangrijke ontdekking had gedaan.

'Dank je wel jongedame,' zei ik in mijn laatste imitatie van Agnes O'Brien. 'Ik zal je gedenken in mijn gebeden.'

Ik trilde van opwinding. De Docker-connectie opende een wereld van mogelijkheden. Docker had geld, contacten en de beschikking over privévliegtuigen. Hij had Wayne het land uit kunnen smokkelen zonder paspoort. Wayne kon op dit moment overal ter wereld zitten.

Vandaar dat ik dringend met Docker moest praten. Maar ik had net zoveel kans op een gezellig babbeltje met God.

Misschien had ik iets aan de telefoongegevens van Wayne. Ik sprong op, pakte de archiefmap van de plank en controleerde snel alle uitgaande gesprekken, waarbij ik met name op 310 lette, het kengetal voor Beverly Hills en Malibu. Niets.

Maar er was een paar keer gebeld met kengetal 212 – Manhattan. Prachtig. Wie had Wayne in Manhattan gebeld? Daar kon ik maar op één manier achter komen...

Het was twee uur 's middags in Dublin, wat betekende dat het negen uur 's ochtends in New York was. Ze zouden toch vast wel aan het werk zijn, daar in de stad die nooit slaapt?

De telefoon werd al opgepakt toen hij twee keer was overgegaan. Docker zelf? Dat waagde ik te betwijfelen en ik zette me schrap voor zo'n zonnige, zangerige receptioniste, je weet wel wat ik bedoel: hallo, ik ben dol op mijn baan, ik heb net de lekkerste mango-met-mint-ijsthee gehad, het weer hier in New York City is geweldig en ik kan niet wachten tot ik u door mag verbinden.'

In plaats daarvan kreeg ik een mannenstem, diep en gruizig, die – en daar stond ik helemaal van te kijken – een vreemde taal sprak.

Ik had duidelijk een verkeerd nummer ingetoetst. Opnieuw die brombeer. Hier klopte iets niet.

Ik koos een ander Manhattan-nummer van Waynes telefoonrekening en dit keer kreeg ik een meisje en zij klonk inderdaad vrolijk. Kennelijk krijgen overal ter wereld receptionistes met de paplepel ingegeven dat ze absoluut zo moeten klinken. Maar net als de man sprak ze een vreemde taal, net zoiets, met allemaal keelklanken en schurende geluidjes.

'Hallo,' zei ik aarzelend.

'Goedemiddag.' Ze schakelde in een mum over op Engels. 'Met de Funky Kismet Group. Mijn naam is Yasmin. Wie wilt u spreken?'

'Waar zit je?' vroeg ik.

'Achter mijn bureau.'

'In welke stad, bedoel ik.'

'Stamboul.'

'Is dat hetzelfde als Istanbul?'

'Ja.'

Istanbul! Natuurlijk. Dat had hetzelfde kengetal als Manhattan. Dat wist ik eigenlijk best en als ik mijn verstand gebruikt had, zou me dat opgevallen zijn, want het landennummer klopte natuurlijk niet. Maar ik was zo overdonderd door het idee dat ik met Docker zou kunnen praten, dat ik dat over het hoofd had gezien.

'Wie wilt u spreken?' vroeg Yasmin nog eens.

'Laat maar zitten,' zei ik. 'Maar ik wil één ding graag weten. Jullie heten toch Funky Kismet? Wat zijn jullie precies? Een platenmaatschappij?'

'Ja.'

'Bedankt. Eh... inshallah. Over en sluiten.'

Verdorie. Dus Wayne had helemaal niet met Docker gebeld. Hij had gewoon zakelijk contact gehad met Turkije. En toen ik de andere buitenlandse nummers snel controleerde, zag ik dat hij ook vaak met Cairo en Beirut had gesproken.

Het enige nummer in de States dat Wayne regelmatig had gebeld was in Upstate New York en ik durfde te wedden dat het om zijn broer Richard ging. Voor alle zekerheid belde ik het. Een mannenstem nam op en ik vroeg: 'Richard Diffney?'

'Ja.'

'Je spreekt met Helen Walsh. Ik bel over Wayne.'

'Is alles in orde met hem?' vroeg Richard dringend. 'Is hij al terecht?'

'... nee, nog niet. Ik neem aan dat jij ook niets gehoord hebt.'

'Nee.'

'En je hebt geen idee waar hij uithangt?'

'Nee, het spijt me.' Natuurlijk weet je dat aan de telefoon nooit zeker, maar eerlijk gezegd klonk hij alsof het hem echt speet.

'Moet je horen, ik moet dringend contact opnemen met zijn vriendin Gloria.'

'Gloria?' Hij klonk oprecht verbaasd. 'Die ken ik niet. Hij heeft het met mij nooit over een Gloria gehad.'

Ik onderdrukte een zucht. Het was het proberen waard geweest.

'Luister eens, als je iets van Wayne hoort, wil je me dan even bellen? Op het volgende nummer.' Ik ratelde het af en verbrak de verbinding.

Ik begon langzaam de archiefmappen weer op de plank te zetten, diep in gedachten verzonken. Ik kon het idee dat Docker hier iets mee te maken had niet van me afzetten. Misschien hadden hij en Wayne contact gehad per e-mail. Ik staarde naar Waynes levenloze computer. Die moest ik echt aan de praat krijgen. Wat zou zijn wachtwoord verdorie toch zijn? Docker misschien? Of zelfs Birdie? Dat waren allebei woorden van zes letters. Maar ik voelde me over beide niet zeker genoeg om er een van mijn kostbare drie pogingen aan te wagen. Ik zou moeten wachten en proberen of ik Waynes gedachtegang kon volgen. Misschien kreeg ik op een gegeven moment wel een helder idee.

Ik belde Jay Parker. 'Heb jij misschien het telefoonnummer van Docker?'

Ik wist best dat hij dat niet had, maar ik wilde hem voor schut zetten.

'Docker? Superster overal ter wereld? Die Docker?'

'Die bedoel ik, ja.'

'Ehhh... daar bel ik je over terug, goed?' Hij verbrak de verbinding.

Maar binnen een paar seconden, letterlijk, hing hij alweer aan de lijn.

'Dat is snel,' zei ik. 'Stuur me maar een sms'je.'

Ik wist best dat hij niets had en dat wilde ik hem onder de neus wrijven.

'Luister eens,' zei hij, 'denk erom dat je John Joseph niet om Dockers nummer vraagt.'

'Waarom niet?'

'Omdat hij het niet heeft. Dat zit hem... niet lekker en ik wil niet dat hij er de pee in krijgt, alles is al moeilijk genoeg.'

'Is het een kwestie van kwaad bloed?'

'Nee. Helemaal geen bloed. Ze hebben elkaar al jaren geleden uit het oog verloren, gewoon niks bijzonders, maar John Joseph heeft het gevoel...'

Ik snapte het al. John Joseph voelde zich de gelijke van Docker en vond dat ze allemaal vriendjes hoorden te zijn, met feestjes op dure jachten en bezoekjes aan verwarde keuterboertjes in Ghana. Maar ondanks de bescheiden succesjes van John Joseph was Docker zich niet van zijn bestaan bewust.

'Zou het zin hebben om het aan Frankie te vragen?' vroeg ik. Dat was een grapje. Frankie was in dit opzicht net zo nuttig als een theepot van chocola.

'Dat kun je proberen...'

'Roger?'

'Die moeite kun je je besparen. Waarom wil je dat trouwens weten?'

'Ik heb het idee dat Docker Wayne helpt.'

'Docker? Ben je wel goed snik? Die leeft in een heel andere wereld dan wij. Die herkent Wayne Diffney niet eens als hij over hem struikelt.'

'Daar vergis je je in, mijn vriend.' Geschrokken voegde ik eraan toe: 'Dat wilde ik helemaal niet zeggen. Je bent mijn vriend niet. Ik bedoelde iets heel anders.'

'Hoor eens, Helen, we hoeven toch niet zo...'

'We moeten een manier vinden om Docker te bereiken,' zei ik nog eens met nadruk. 'Vraag het iedereen die je kent maar en bel me pas als je iets weet.'

'Die betalingen zijn door,' zei hij. 'Naar die mensen van de telefoon- en van de bankgegevens.'

Hij verwachtte kennelijk dat ik hem zou bedanken omdat hij dat geregeld had. Ja, hoor eens, het was zijn zaak. Mij maakte het niets uit.

Maar voor alle zekerheid controleerde ik snel even mijn e-mails. Ja, bevestigingen van beide bronnen dat ze het geld hadden gekregen en dat ze voor me aan het werk waren. Eerlijk gezegd was het een hele opluchting dat ik niet meer op de zwarte lijst van zulke nuttige mensen stond. Ik voelde zelfs iets wat leek op vlindertjes in de buik... die lui waren meedogenloos in de zin dat ze alles in het werk stelden om hun gegevens boven water te krijgen. Wie wist wat ze allemaal zouden ontdekken? Het nummer van Docker zou misschien wel het minste zijn van de wonderen die zij voor elkaar wisten te krijgen.

22

En nu? Het was tien voor drie. Digby, de mogelijke taxichauffeur – de laatste persoon die Wayne op zijn vaste nummer had gebeld – had me niet teruggebeld ondanks het lokkertje van de 'beloning' en ik had sterk het gevoel dat hij dat ook niet zou doen. Dat kwam door zijn stem, hij had geklonken alsof hij alles al had gezien en een beetje levensmoe was.

Desondanks besloot ik toch om hem te bellen en dit keer had ik het heldere idee om hem vanaf Waynes vaste nummer te bellen. Misschien dacht hij wel dat het Wayne was en zou hij opnemen. Maar opnieuw schakelde zijn telefoon meteen door naar voicemail en haastig verzamelde ik alle energie die ik kon opbrengen om een luchtige vriendelijke boodschap in te spreken.

'Digby, hahahaha, met Helen, de vriendin van Wayne. Laat alsjeblieft even iets van je horen. Je hebt mijn nummer, maar voor het geval dat niet zo is, geef ik het nog maar even door.'

Ik produceerde nog een paar vermoeiende gemaakte lachjes voordat ik de verbinding verbrak en me op Birdie Salaman concentreerde: nog zo iemand die niets van zich had laten horen.

Bij dit werk moet je niet overgevoelig zijn, ik bedoel, je moet al die dingen niet persoonlijk nemen.

Birdie was misschien wel op vakantie, of ze was ziek, maar ik had het gevoel dat ze me meed. Ik kon haar maar beter gaan opzoeken. Ik had echter geen zin om helemaal naar Skerries te rijden om te zien of ze toevallig thuis was. Misschien was ze wel een van de weinige mensen in dit land die nog steeds een baan hadden.

Vandaar dat ik haar googelde. Haar naam produceerde de ene na de andere pagina vol onzin over beschermde vogelgebieden en salamanders, maar ik hield gewoon vol en klikte hardnekkig de volgende pagina aan tot we er ineens waren. Verstopt onder misschien wel honderd eerdere artikelen vond ik één regeltje over een zekere Birdie Salaman in een vrij onbekend blad dat *De Moderne Papieren Zak* heette.

Het moest dezelfde persoon zijn.

Volgens een artikel had ze gezegd: 'De belasting op plastic tassen heeft een heel positieve invloed gehad op onze bedrijfstak.' Ik las het stuk vol belangstelling en met een zeker genoegen door. Wie zou nou gedacht hebben dat papieren zakken een groei-industrie zijn? Echt een verhaal dat je een hart onder de riem steekt in deze tijden van recessie. Maar niet zo leuk voor de mensen die plastic tassen produceren.

In het artikel stond ook dat Birdie aan het hoofd stond van de verkoopafdeling van een bedrijf dat Brown Bags Please heette en dat – heel praktisch – een eindje verderop gevestigd was in Irishtown.

Voordat ik in mijn auto sprong om haar aan de tand te gaan voelen, belde ik op om te controleren of ze wel aanwezig was.

Een of andere vrouw nam op zonder die poespas van de doorsnee receptioniste, ze zei alleen maar 'Brown Bags Please' en dat laatste woord sprak ze nog niet eens fatsoenlijk uit, alsof ze het vervelend vond om te zeggen, waardoor ik het idee kreeg dat BBP een klein en niet erg belangrijk bedrijfje was. 'Mag ik Birdie even?'

'Waar gaat het over?'

'Papieren zakken.'

'Ik verbind je door.'

Na een beetje geklik en gesuis kwam de vrouw weer aan de lijn. 'Ik kan haar even niet vinden, maar ze is er wel. Misschien is ze naar buiten gegaan om een zak chips te kopen, daar had ze het net over. Wilt u een boodschap achterlaten? Dan moet ik even een pen pakken.'

'Nee, je hebt me al geweldig geholpen. Ik bel wel terug.'

Maar dat was helemaal niet waar. Ik zou in eigen persoon komen opdagen en ik was al onderweg.

Ik stapte net in mijn auto toen mijn telefoon overging. Harry, de crimineel. Of liever, een van zijn 'collega's'.

'Hij heeft over twintig minuten een gaatje.'

Twintig minuten! 'God, kun je daar alsjeblieft een halfuur van maken? Het is wel vrijdag en het verkeer...'

'Twintig minuten. Hij moet vanavond naar een hanengevecht voor het goede doel.'

'... en ja, ik weet het. Hij moet zijn mooie bruine kleurtje nog op laten spuiten.'

'Zeg, hoor eens...'

'Nog steeds in zijn gebruikelijke kantoor?'

'Yep.'

Harry deed zaken vanuit Corky's, een afschuwelijke poolhal in de buurt van Gardiner Street. Als je al geen zelfmoordneigingen had, dan waren vijf seconden onder die valse oranje neonlampen genoeg om je de lust tot leven te benemen. Zoals gewoonlijk zat Harry achterin met een chagrijnig gezicht, hangende schouders en de ellebogen op het formica tafeltje. Zo'n doodgewoon mannetje, klein en onopvallend, met een borstelig rossig snorretje... je zou nooit geloven dat hij zo'n gewiekste wetsovertreder was.

We knikten elkaar toe en ik gleed over de bank om een plekje te vinden waar nog schuim onder de bekleding zat. Zelfs nu nog, een paar jaar later, kan de wond op mijn kont opspelen als ik er verkeerd op ga zitten.

'Wil je iets drinken, Helen?'

Dat was geen uitnodiging om van uit je dak te gaan – Harry dronk altijd alleen melk. En omdat ik nu eenmaal zo'n tegendraadse tante ben, vroeg ik altijd om iets waarvan ik zeker wist dat de barkeepers van Corky's er nooit van gehoord hadden.

Grasshoppers, Flaming Zambuccas, B52's.

'Ja, graag. Doe mij maar een screwdriver, Harry. Dank je.'

Hij gaf in gebarentaal iets door aan de barkeeper en keek me vervolgens aan met die bedrieglijk vriendelijke ogen van hem. 'Goed, wat kan ik voor je doen?'

'Ik ben op zoek naar iemand. Wayne Diffney.'

Harry's gezicht bleef een onbewogen pokerface.

'Hij heeft in Laddz gezeten, je weet wel, dat jongensgroepje. Hij was degene met dat haar.'

Er kwam een sprankje leven in Harry's ogen. 'Dat haar. Nu weet ik het weer. Wie Wayne is. Arme stakker.'

Ik hoorde iets kletteren en toen legde iemand iets van metaal op de tafel voor me. Heel even durfde ik niet te kijken. Ik dacht dat het best een of ander martelwerktuig kon zijn, maar toen ik mijn blik erop richtte, zag ik dat het een echte schroevendraaier was in plaats van het drankje.

'Drink maar lekker op,' zei Harry met een valse schittering in zijn ogen.

'Geweldig, dank je wel hoor. Proost.' Ik had genoeg van dat spelletje. Als ik hier nog eens kwam, zou ik gewoon om een cola light vragen.

Er was iets veranderd aan Harry... Toen ik vroeger met hem had samengewerkt was ik nooit bang voor hem geweest. Voornamelijk omdat ik nooit ergens bang voor was. Ik geloofde niet in angst, ik was ervan overtuigd dat het gewoon iets was wat mannen hadden uitgevonden zodat zij al het geld en de leuke baantjes in konden pikken. Maar Harry leek op de een of andere manier anders. Harder... misschien omdat zijn vrouw bij hem weg was en met een jongere vent naar Marbella was gevlucht. Of misschien was het Harry niet die was veranderd. Misschien was ik het wel.

'En Wayne met dat haar...' drong Harry aan.

'Die is verdwenen, waarschijnlijk gistermorgen. Ik vroeg me gewoon af of jij of je... collega's daar iets van af weten. Zo ziet hij er momenteel ongeveer uit.' Ik duwde hem de gefotoshopte foto van de kale Wayne over de tafel toe.

Harry zat er een tijdje naar te kijken maar ik had geen flauw idee of hij Wayne onlangs had gezien.

'Was hij ergens bij betrokken?' vroeg Harry.

'Voor zover ik kan nagaan niet. Maar je weet nooit.'

'Ik zal hier en daar wel eens wat vragen stellen. Maar alles is anders geworden. Veel meer freelancers. Buitenlanders.'

Ik wist waar hij het over had. Ex-Sovjet, ex-militair. Een paar van die lui waren ook in de wereld van de privédetectives opgedoken en ze waren geen knip voor de neus waard, nog erger dan de ex-smerissen en dat wil wat zeggen.

'En ik ben geïnteresseerd in een vrouw die Gloria heet,' zei ik.

'Gloria wie?'

'Ik ken haar alleen als Gloria. Maar ik heb het gevoel dat als ik haar vind, ik ook Wayne zal vinden.'

'Wie heeft je ingeschakeld?' vroeg Harry.

'De manager van Laddz, Jay Parker.'

'Wie?'

'Jay Parker.'

Hij tikte met zijn nagel tegen zijn glas melk op zo'n manier dat ik uitriep: 'Wat weet jij van Jay Parker?'

'Ik, Helen? Wat zou ik moeten weten?' vroeg hij vriendelijk.

'Laat dit maar aan mij over. Ik heb je nummers.'

'Bedankt.'

'En zijn we dan quitte? Hoef ik je daarna niet meer te zien?'

'Ik zou het niet weten, Harry. Misschien heb je op een dag mijn hulp nog nodig.'

Hij bleef me aanstaren, strak en kil.

'Ach ja...' capituleerde ik. 'Maar misschien ook niet.'

23

'Ik kom voor Birdie Salaman.'

De vrouw achter de balie bij Brown Bags Please was precies zoals ik me haar had voorgesteld: een ontevreden moeke die kennelijk elke seconde haatte die ze hier moest zitten. Ik voelde met haar mee. Ik zou precies zo zijn.

'U bent...?'

'Helen Walsh.'

'Hebt u een afspraak?'

'Ja.'

'Loop maar door.' Ze wees naar een deur.

Ik was dolblij dat Birdie er nog steeds was. Ik had de stad snel en roekeloos doorkruist om zo snel mogelijk van Corky's naar Irishtown te komen. Het was namelijk wel vier uur vrijdagmiddag en ik was bang dat ze al voor het weekend was vertrokken.

Ik klopte en ging naar binnen. Birdie Salaman was heel aantrekkelijk en in het echt was ze zelfs nog mooier. Ze had haar haar opgestoken in een gladde wrong in haar nek en ze droeg een nauw zwart rokje en een snoezig citroenkleurig chiffon bloesje. Ik zag dat ze onder haar bureau haar schoenen had uitgeschopt – zwarte sandaaltjes met gele stippen.

'Mevrouw Salaman, ik ben Helen Walsh.' Ik gaf haar mijn kaartje. 'Ik ben privédetective. Mag ik even met u praten over Wayne Diffney?'

Haar gezicht verstrakte. 'Wie heeft u binnengelaten?'

'Die mevrouw aan de balie.'

'Ik wil niet met u over Wayne Diffney praten.'

'Waarom niet?'

'Omdat. Ik. Dat. Niet. Wil. Zou u nu alstublieft weg willen gaan?'

'Ik wil u alleen om hulp vragen.' Ik zweeg even. Ik mocht haar eigenlijk geen vertrouwelijke dingen vertellen, maar hoe kreeg ik haar anders aan de praat? 'Wayne wordt vermist.'

'Dat kan me niets schelen.'

'Waarom niet? Wayne is heel aardig.'

'Oké, als jij niet gaat dan ga ik wel.' Ze voelde met haar voeten onder het bureau, op zoek naar haar schoenen.

'Wilt u me niet vertellen wat er is gebeurd? U en Wayne leken zo'n gelukkig stel.'

'Hè? Hoe weet jij dat nou?'

'Ik heb een foto gezien waarop jullie echt heel goed bij elkaar leken te passen.'

'Heb je in privéfoto's zitten snuffelen?'

'Bij hem thuis,' zei ik snel. Ik was te ver gegaan. 'Ik bespioneer je echt niet!' Nou ja, dat deed ik wel, maar niet op een vervelende manier.

Ze was inmiddels bij de deur en had de klink al in haar hand.

'Je hebt mijn nummer,' zei ik. 'Bel me als je iets te binnen…'

Ze schoot het kleine kamertje door, scheurde mijn kaartje in vieren en gooide het in de prullenbak. Toen rende ze terug naar de deur.

Ik liet alle voorzichtigheid varen, met het risico dat ze me een linkse directe zou verkopen. 'Birdie, waar kan ik Gloria vinden? Waynes vriendin Gloria?'

Ze gaf niet eens antwoord. Ze beende langs de balie en trok de buitendeur bijna uit de sponningen. En ze was snel, zelfs op die hoge hakken.

'Waar ga je naartoe?' riep de ontevreden moeke haar na.

'Naar buiten.'

'Breng een cornetto voor me mee!'

24

Nou, dat was lekker gegaan.

Een tikje ontmoedigd liep ik naar buiten en leunde tegen mijn auto tot het gênante gevoel van mislukking was weggetrokken.

Een poosje later pakte ik mijn telefoon. Als er geen sms'je, e-mail of gemiste oproep op me wachtte, zou die vanzelf wel komen. Als ik maar lang genoeg wachtte, zou mijn telefoon vanzelf troost brengen. Zonder zou ik doodgaan.

Er wachtte niets op me, dus belde ik Artie, maar ik kreeg meteen zijn voicemail. Uit pure wanhoop, gewoon om even een bekende stem te horen, belde ik mam. Ze klonk hartelijk, wat inhield dat ze de naaktfoto's van Artie niet had gevonden. 'Claire is niet meer teruggekomen, maar Margaret en ik zijn als een gek aan het uitpakken,' zei ze. 'We maken alles in orde voor je. Hoe gaat het met die mysterieuze klus voor Jay Parker?'

'Ach, je weet wel... goed. Luister eens, kun jij me toevallig iets over Docker vertellen?'

'Docker?' zei ze verrukt. 'Ik weet een heleboel over hem. Wat wil je weten?'

'O, maakt niet uit. Waar woont hij?'

'Hij is echt een wereldburger,' zei ze nog enthousiaster. 'Hij heeft overal ter wereld huizen. Een appartement van 2400 vierkante meter in een oude knopenfabriek in Williamsburg. Ziet er verschrikkelijk uit. *People* heeft er een artikel aan gewijd, dus moesten ze wel doen alsof het geweldig was, maar moeder Maria nog aan toe, het was echt... hoe noem je dat ook al weer? Stuitend, dat is het woord. Al die kale stenen muren, het leek wel zo'n centrum voor asielzoekers, en kale houten vloeren en geen aparte kamers, als je snapt wat ik bedoel, alleen maar schermen die de verschillende "vertrekken" van elkaar scheiden en het is zo groot dat hij een skateboard nodig heeft om van de zogenaamde slaapkamer naar de zogenaamde badkamer te komen en de griebels lopen je over de rug als je die ziet. Gewoon zo'n pot die je moet doortrekken, ik krijg al de neiging om mijn handen te gaan wassen als ik er alleen maar aan denk. Je zou toch denken dat hij met al zijn geld...' Ze slaakte een diepe zucht. 'Daarnaast heeft hij in New York een vaste kamer in het Chelsea Hotel in Manhattan en als je daar foto's van ziet, krijg je al luis. Ik heb al jeuk als ik er alleen maar over praat! Dan is er ook nog iets wat hij zijn "boerenstulpje" noemt, ergens halverwege een berghelling in de Cairngorms. Één kamer, geen elektriciteit, geen stromend water. Hij zegt dat hij daar naartoe gaat om zijn hoofd "schoon te maken".'

'En al die kennis heb je opgedaan uit tijdschriften?'

'Ik hou ze scherp in de gaten en ik heb een fotografisch geheugen.'

'Dat heb je helemaal niet.'

Het bleef even stil, toen zei ze: 'Je hebt gelijk, dat heb ik niet. Ik snap niet waarom ik dat zei. Het gaf me gewoon een goed gevoel. Moet ik nog verdergaan? Hij heeft ook nog een tweekamerhutje van golfplaten in Soweto, wat hij zijn favoriete huis noemt. Ammehoela, zeg ik dan. En dan heeft hij nog een optrekje met negenenveertig kamers in L.A., compleet met een eigen groentezaak voor het geval hij ineens trek krijgt in een onbespoten appel...'

Jezus Christus, Wayne kon overal in een van die huizen verborgen zitten. Ik had geen schijn van kans om hem te vinden.

'... en nog een huis in County Leitrim.'

'Wacht even! Wat? Heeft hij een huis in County Leitrim?'

'Ja hoor.' Ze leek verrast dat ik dat niet eens wist. 'Naast Lough Conn. Hij heeft het een jaar of zes, zeven geleden gekocht. Maar hij is er nog nooit geweest, hoor. Kun je je dat voorstellen? Patser. Er zijn mensen, en dat weet jij maar al te goed, die niet eens een dak boven hun hoofd hebben. Nou ja, jij hebt natuurlijk wel een dak boven je hoofd, je hebt mijn dak boven je hoofd, maar het is niet je eigen dak en Docker heeft zoveel daken dat hij ze nog niet eens allemaal boven zijn hoofd heeft gehad.' Ze klonk een beetje bitter.

'Ik dacht dat je hem aardig vond,' zei ik snel. Ik wilde een eind maken aan het gesprek en meteen het kadaster oproepen.

'Dat dacht ik ook,' zei ze. 'Maar nu ben ik daar niet meer zo zeker van.'

'Hoor eens, mam, bedankt, maar ik moet er nu vandoor.'

Met trillende vingers klikte ik internet aan en ja hoor, zeven jaar geleden was een huis op een stuk grond van een halve hectare, gelegen aan een meer, gekocht door een bedrijf dat was gehuisvest in de staat Californië. Docker was de enige directeur.

Ik staarde naar het scherm en probeerde deze onverwachte informatie te verwerken.

County Leitrim was een rare plek voor een wereldster om een huis te bezitten. Maar was dat wel zo? Ik was er eigenlijk nooit geweest, hoewel het maar op een paar uur rijden van Dublin lag.

Ik had ook nooit iemand ontmoet die daarvandaan kwam. Misschien kwam er ook niemand vandaan en was het volslagen onbewoond. Net als Mars.

Meren. Dat was zo'n beetje alles wat ik van Leitrim wist. Dat ze daar massa's meren hadden. De provincie was ervan vergeven.

De volgende stap was om via Google Earth een kijkje te nemen bij het huis van Docker. Ik vond een foto waarop een rechthoekig stukje dak te zien was, omgeven door massa's groen, behalve aan één kant waar alles zwart was. Dat zou het meer wel zijn. Achter het hek was er nog veel meer groen. Een afgelegen huis in een afgelegen deel van een afgelegen land.

Daar zou Wayne zich toch vast verborgen houden? Wayne met Gloria? Het kon niet anders.

Nu begreep ik ineens alles. Wayne had het gebrek aan koolhydraten en de gêne omdat hij al die oude Laddz-liedjes weer moest zingen niet kunnen verwerken en hij moest er een paar dagen tussenuit. Dus stuurde hij een e-mail aan zijn oude vriend Docker die zei: ik sta voor eeuwig bij je in het krijt vanwege dat refrein van 'Windmill Girl', dus ga jij maar lekker in mijn huis in het afgelegen merengebied van Leitrim zitten en neem die leuke Gloria van je maar mee.

Ze besloten om met Gloria's auto te gaan, omdat... nou ja, dat deden ze gewoon. Misschien trilde Wayne zo van het gebrek aan suiker dat zijn handen niet vast genoeg waren om te rijden. Daarna was er iets gebeurd dat voor oponthoud zorgde... misschien had Gloria wel een lekke band gehad. Ja! Gloria had een lekke band. Toen dachten ze dat ze niet weg konden. Maar ze had het wiel kunnen verwisselen en Wayne gebeld met de mededeling: 'Goed nieuws!' En toen waren ze ervandoor gegaan.

Ze zaten er op dit moment. Ik hoefde alleen maar in de auto te stappen en ernaartoe te racen. Ik ging meteen!

Maar wacht even... Zouden ze daar wel zijn? Was het de moeite waard om puur op de gok helemaal naar Leitrim te rijden? Ja, vond ik. Mijn intuïtie zei dat Wayne in Dockers huis zat.

Er was echter wel een verschil tussen intuïtie en... en... hoe moest je dat noemen? Waanzin, vermoedde ik.

Je kon die twee niet verwarren.

Zou ik niet gewoon trappelen van verlangen om een van Dockers huizen vanbinnen te zien?

Ik stond op mijn hand te knabbelen terwijl ik het besluit nam dat me echt ontzettend zwaar viel: ik zou nog even wachten. Een paar uurtjes.

Dat was trouwens alleen maar verstandig. Het was laat op de vrijdagmiddag, alle verkeer vanuit Dublin zou in de file staan.

Ik zou eerst gaan doen wat ik al uren geleden had moeten doen – ik was trouwens al weer bijna in de buurt – ik zou met de buren van Wayne gaan praten.

Ik kon ze nu al niet uitstaan omdat ze toch niets te vertellen hadden.

25

Het verkeer viel wel mee voor een vrijdagavond. Onder het rijden belde Claire en ik zette haar op de speaker.

'Wat is er?' vroeg ik.

'Het is Kate,' zuchtte ze. 'Ze is echt een monster. Ik weet dat je dat niet van een van je eigen kinderen mag zeggen, maar ik haat haar.'

'Wat heeft ze nu weer gedaan?'

'Ze heeft me in mijn been gebeten.'

'Waarom?'

'Omdat ze daar zin in had. Wat is het verdomme toch een kreng. Ze is nog veel erger dan jij was.'

'Zo erg?' vroeg ik vol meegevoel.

'Even erg als Bronagh! Zo erg is ze. Geen wonder dat ze verdorie zo gek waren op elkaar. Ach, verdomme!' Op de achtergrond hoorde ik een jengelende sirene en een heleboel andere herrie.

'Wat is er aan de hand?'

'Ik ben door rood gereden, maar wat dachten ze dan? Ik heb haast verdomme! En nou zitten die verdomde smerissen achter me aan met hun sirene.'

'Dan kun je maar beter stoppen.'

'Ik stop verdomme helemaal niet. Ik heb verdomme háást. Ze kunnen de klere krijgen, ik laat me niet door hen op de kop zitten.'

'Stop nou maar, Claire.'

'O, verdomme, nou goed dan.' Ze verbrak abrupt de verbinding en ik bleef achter, denkend aan Bronagh.

Als mensen haar voor het eerst ontmoetten, kon je zien dat ze niet wisten wat ze van haar moesten denken, want ze deed geen enkele poging om zichzelf aantrekkelijk te maken. Ze had bijvoorbeeld vrij korte beentjes, maar in tegenstelling tot al die andere vrouwen met korte benen, die dat hun leven lang proberen te verbergen door rond te waggelen op tien centimeter hoge hakken, bleef Bronagh uitdagend platte schoenen dragen. Ze was uitdagend bij bijna alles wat ze deed.

En de meest onverwachte mensen waren dol op haar. Margaret bijvoorbeeld, werd helemaal giechelig en meisjesachtig als ze in de buurt was. 'Ze is zo grappig.'

Maar mam moest niets van haar hebben. 'Ik heb al een heel leven met jou achter de rug,' zei ze tegen me. 'En ik weet dat deze even erg is. Ze probeert alleen maar mensen tegen de haren in te strijken en te choqueren. En ze vindt het prachtig als iedereen opklaart en kijkt alsof het altijd zomer blijft alleen maar omdat zij "mevrouw" tegen de pastoor zegt. Maar het was wel mijn pastoor en hij was op bezoek in mijn huis. Als iemand hem belachelijk had mogen maken, dan was ik dat.'

Claire mocht haar ook niet, maar Kate vond haar helemaal te gek. 'Bronagh is nergens bang voor.'

'Ik ook niet,' zei ik.

Kate bestudeerde me aandachtig met haar zwart omlijnde ogen en door een wolk sigarettenrook (ze was toen dertien). '... ja, maar jij bent een beetje... jij hebt iets, nou ja, laten we het maar zwakheid noemen.'

'Zwakheid!'

'Iets zachts, dan. Maar Bronagh? Die is door en door keihard.'

Ik was echt beledigd en dat zei ik ook.

'Zie je nou wel?' zei Kate, zo gluiperig als een slang terwijl ze een stukje tabak van haar tong plukte en het even bekeek voordat ze het wegknipte. 'Jij vindt het belangrijk hoe ik over je denk. Bronagh zou daar geen moer om geven.'

Ze had me te pakken.

Ik deed er ongeveer twintig minuten over om weer terug te komen in Mercy Close en keek naar de twaalf huizen in het doodlopende straatje. Waar zou ik beginnen? De voor de hand liggende keus was bij een van de huizen vlak naast dat van Wayne – die zouden eerder iets gezien of gehoord kunnen hebben – maar dat klopte niet altijd. Wat ik nodig had, was iemand die de hele dag thuis was en zo nieuwsgierig was als een aap, een echte, ouderwetse opa of oma. Maar dat kon ik vergeten.

Al dat verrekte gedoe met die actieve bejaarden! Er was een gezegende tijd waarin iemand die zestig werd meteen thuis moest blijven omdat ze zware reumatiek hadden en aangezien de tv pas om zes uur 's avonds begon, bleef er niets anders over dan in een afschuwelijke bruine leunstoel bij het raam te gaan zitten. En daar zaten ze dan iedereen tussen de vitrages door te begluren met verrassend scherpe ogen en ze konden zich ook de meest idiote details herinneren ondanks het feit dat hun geheugen op die leeftijd even betrouwbaar had moeten zijn als een zeef. In de goeie ouwe tijd waren bejaarde mensen echt een zegen voor iemand die informatie nodig had. En ze waren altijd zo blij als ze met iemand – wie dan ook! – konden praten.

Ik was nu al zo gedemoraliseerd dat ik er de brui aan wilde geven. Maar denk eens aan Wayne, prentte ik mezelf in. Stel je voor dat hij is ontvoerd door een dikke homoseksuele man, een superfan, die twee van Waynes witte pakken op eBay had gekocht, een voor Wayne en een voor hemzelf, ook al was hij daar veel te vet voor. Denk aan Wayne en de superfan die samen met een karaoke-apparaat luidkeels 'Miles And Miles Away', de grootste hit van Laddz zitten te blèren, een ongelooflijk sentimentele tranentrekker, die je alleen maar met je ogen stijf dicht en je handen tot vuisten gebald kon zingen.

Arme Wayne. Niemand verdiende zo'n lot. Ik moest voor hem mijn best blijven doen.

Niemand deed open bij Waynes naaste buren op nummer 3. Wie het ook waren, ze konden best aan het werk zijn. Ik zou ze later nog wel eens proberen. In het huis daarnaast was ook niemand aanwezig. Maar bij de volgende deur waar ik aanbelde... aha!

De volgende werd opengedaan door een volmaakt voorbeeld van de actieve bejaarde. Een vrouw, lenig, slank en kwiek, met kortgeknipt glanzend zilvergrijs haar. Ze droeg een lichtgrijze, goed gesneden broek en iets blouseachtigs, met een zwierige wijde hals. Ze had rimpels om haar mond, maar haar ogen waren helder en blauw. Ze was misschien zestig, maar ze kon ook drieënnegentig zijn. Dat wist je tegenwoordig gewoon niet meer, door al die visolie die ze nemen.

Ik gaf haar mijn kaartje. 'Hebt u misschien even tijd om met me te praten?' Nu werd het echt lastig, want hoe kon ik vragen stellen over Wayne zonder te verraden dat hij verdwenen was?

'Ik was net van plan om weg te gaan,' zei ze.

'Naar bejaardenyoga?'

Ze bleef me even nadenkend aanstaren en zei toen: 'Om precies te zijn moet ik mijn kleindochter van de kleuterschool halen.'

O ja? Het zat er dik in dat ze een afspraakje had met haar tuin-

man. Glijmiddelen, ook weer zoiets dat ze bij hun pensioenge-
rechtigde braspartijen kunnen gebruiken.

'En,' voegde ze eraan toe, 'ik ben pas zesenzestig.'

Over haar schouder zag ik op de bank een opgevouwen krant
liggen. Ze had de sudoku afgemaakt. Kennelijk wilde ze haar oude
hersens soepel houden.

'U lijkt maar net over de vijftig.' Ik moest echt proberen om die
sikkeneurige antwoorden voor me te houden. Ik zou er niets mee
opschieten om potentiële getuigen tegen me in het harnas te jagen.
'Het spijt me van die opmerking over yoga. Dat meende ik niet.
Maar af en toe spoor ik niet helemaal.'

Ze gaf me een koninklijk knikje, vanuit de hoogte. 'Ik moet er
echt vandoor.' Ze had ergens een stel autosleutels vandaan gehaald
en stond ermee te rinkelen.

'Bent u misschien gisterochtend thuis geweest?' vroeg ik. 'Of
woensdagavond?' Hoewel ik er vrij zeker van was dat Wayne gisterochtend nog thuis was, kon het geen kwaad om te informeren
of er op woensdag misschien iets vreemds was gebeurd.

Inmiddels had ze een schoudertas omgehangen en zette de
alarminstallatie aan.

'Woensdagavond ga ik altijd naar mijn wijnclub en op donderdagochtend golf ik.'

Snappen jullie nu wat ik bedoel? Dat is toch om gek van te worden?

'Dus u hebt niet gezien of Wayne Diffney misschien door een
taxi is opgepikt?'

De voordeur werd achter haar dichtgetrokken en ze liep langs
me heen naar haar auto, uiteraard een Yaris. Daar rijden ze allemaal in. Volgens mij worden ze van regeringswege verstrekt. Ik bedoel maar, wie geeft er nou geld uit aan zoiets? 'Nee.'

'Hebt u misschien vreemde vrouwen gezien die bij Wayne Diffney op bezoek waren? Met name eentje die "Gloria" heet?'

'Geen vreemde vrouwen.' Ze keek nog even om. 'Afgezien van
jou dan, lieve kind.'

motieven helemaal in was en hun kamers waren gewoon te klein voor dat soort drukke patronen.

'We bieden je niets te drinken aan...'

'... omdat we helemaal niets in huis hebben!'

Daar moesten ze allebei ontzettend hard om lachen. Wat een vrolijkheid! Echt overdreven opgewekt. Misschien hadden ze vroeger een cursus Positief Denken gevolgd die ze nu in praktijk brachten.

Of misschien – mijn lip krulde minachtend – waren ze wel aanhangers van The Wonder of Now.

'We kunnen ons niet eens veroorloven om eten te kopen,' zei Daisy. 'We leven op tomatensoep. Ik ben nog nooit zo dun geweest.'

'Je mag ons van alles vragen, hoor,' zei Cain. 'We zitten continu naar onze buren te gluren.'

'We gaan nooit uit,' zei Daisy. 'We zijn echte thuisblijvertjes. Wat wilde je eigenlijk precies weten?'

'Heeft het iets met Wayne Diffney te maken?' deed Cain ook een duit in het zakje.

'Wat heeft hij uitgespookt?' vroeg Daisy gretig. 'Heeft hij de vrouw van iemand anders gepakt? Van een politicus, dachten wij. En nu zit de pers hem op de hielen en komt het allemaal met grote letters in de krant van zondag te staan, hè? Daarom is hij ondergedoken.'

'Is hij ondergedoken?'

'Ja.' Cain rolde met zijn ogen en keek me aan. 'Daarom is hij er gisterochtend in die grote zwarte auto vandoor gegaan.'

Ineens gierde er zoveel adrenaline door me heen dat ik op een krachtcentrale leek.

'Wacht even.' Ik had zo'n droge mond dat ik nauwelijks kon praten. 'Hebben jullie Wayne in een grote, zwarte auto zien stappen? Gisterochtend?'

'Ja. Hoe laat was dat ook alweer, Daze? Halftwaalf?'

'Een minuut voor twaalf.'

'Hoe weet je dat zo precies?' vroeg ik haar.

'De eerste Jeremy Kyle was net afgelopen. Er worden er drie achter elkaar uitgezonden. Om elf, twaalf en één uur.'

'Stapte Wayne dan in zijn eigen auto?' Ik probeerde alles op een rijtje te zetten. 'Jullie weten toch dat hij een zwarte Alfa heeft?' Cain schudde zijn hoofd. 'Niet in zijn auto. Die staat nog steeds hier, kijk maar. Het was een grote zwarte SUV.'

'En toen? Reed hij gewoon weg?'

'Nee, Wayne reed niet. Er waren andere mensen bij. Mannen. Een van hen reed.'

Mannen! Mijn hart begon zo luid te bonzen dat ik mijn eigen woorden nauwelijks kon verstaan. 'Hoeveel mannen?'

'Minstens één,' zei Cain, overtuigd van zijn gelijk.

'Twee,' zei Daisy.

Ik wist met moeite mijn tong los te weken van mijn verhemelte. 'Hoor eens, zouden jullie heel goed willen nadenken voordat je antwoord geeft op de volgende vraag? Wees gewoon eerlijk en probeer niet mij naar de mond te praten.'

'Oké.'

'Wat voor indruk maakte Wayne op jullie?'

Nadat hij even had nagedacht, zei Cain: 'Er was iets raars met zijn haar.'

'Ja, dat zag er een beetje... ongelijk uit.'

'Ik bedoel eigenlijk, hoe kwam hij over? Blij? Of niet blij?'

Ze keken elkaar aan. Ineens leken ze te beseffen dat de toestand echt serieus was. Cain slikte iets weg.

'... eerlijk gezegd,' zei Daisy aarzelend. 'Leek hij een beetje bang.'

Een paar seconden later knikte Cain en zei: 'Ja. Bang.'

'Echt waar? Leek het alsof hij werd gedwongen?'

Ze keken elkaar even aan. '... nu je het zegt...' Er verscheen een bezorgd trekje op Cains gezicht en hij keek hulpzoekend naar Daisy.

'Ja,' zei ze. 'Ja.'

O, mijn god!

'Maar waarom hebben jullie de politie dan niet gebeld?' Mijn stem klonk schril en geschrokken.

Het bleef even stil, toen zei Cain: 'Omdat wij in de tuin cannabis kweken.'

'En we dachten eigenlijk niet...' zei Daisy. 'Je denkt niet meteen aan allerlei akelige dingen als je ziet dat een man geholpen wordt bij het instappen van een auto.'

Verdorie. Een grote zwarte auto en een bange man die wordt gedwongen om in te stappen? Wat was er dan volgens hen aan de hand?

'Hebben jullie het kenteken opgeschreven? Of op z'n minst een deel ervan?'

'Ach, welnee...' Kennelijk was het niet eens bij hen opgekomen.

'Ik weet niet eens zeker of er wel een kenteken op zat,' zei Cain, een tikje uitdagend.

Dat was gelul.

Wat was dit voor stel? Een paar blowers die zagen hoe een man ontvoerd werd en vervolgens weer vrolijk naar Jeremy Kyle gingen zitten kijken?

Ik werd bekropen door een angstig gevoel. Wat mij betreft, was het tot hier en niet verder. Nu mochten de smerissen het van me overnemen, ik was geen partij voor enge mannen in grote, zwarte SUV's.

Jay Parker kon de boom in met zijn opdracht om alles geheim te houden. Dat was heel leuk en aardig zolang we nog dachten dat Wayne uit vrije wil was verdwenen. Maar dit was iets heel anders.

Ik stond op en hing mijn tas over mijn schouder.

'Wat ga je doen?' Daisy keek me verbaasd aan.

Ik reageerde al even verbaasd. 'Er is een man ontvoerd,' zei ik. Ik stond al bij de deur van de woonkamer.

'Je mag niet weggaan,' zei Cain.

Iets vertelde me dat ik sneller moest reageren, dus ik stapte haastig de gang in en merkte geschrokken dat Daisy me bij mijn mouw vasthield en probeerde me weer naar binnen te trekken. Ik schudde haar van me af en zag toen Cain tussen mij en de voordeur staan om te voorkomen dat ik naar buiten zou gaan.

Wat was er aan de hand? Wat wilden ze van me? Ik was verward en bang, echt bang.

'Dat kun je niet maken,' zei Cain.

'Moet jij eens opletten,' zei ik automatisch.

'Ik kan gewoon niet geloven dat je ons dit aandoet,' zei Daisy.

'Wat ben jij een kreng.' Tot mijn stomme verbazing barstte ze in snikken uit. 'Het is echt waar, jullie zijn allemaal krengen.'

Cain stond met zijn rug tegen de deur. Mijn gezicht was tien centimeter van het zijne verwijderd. We keken elkaar strak aan. Ik moest even op zoek naar het staal in mijn ruggengraat, maar toen ik het had gevonden, stopte ik het in mijn blik.

'Ga aan de kant,' zei ik.

'Ach, laat haar toch gaan,' zei Daisy. 'Ze kan de klere krijgen.' Ze stond te zwaaien met haar mobieltje. 'We bellen gewoon een ander. Kijk maar! Nu meteen! De ballen met jou!'

'Maar...'

'We hebben jou helemaal niet nodig! Keus genoeg!'

Daarna ging Cain aan de kant, mijn hand vond de deurkruk en de deur zwaaide open. Met het gevoel dat ik midden in een film zat, rende ik naar buiten en ademde de frisse lucht met diepe teugen naar binnen. Vrijheid.

Ik rende meteen door naar mijn auto. Mijn handen trilden, mijn hart bonsde en mijn gezicht prikte. Wat moest dat allemaal in vredesnaam voorstellen?

Had ik net een voorbeeld gezien van de kwalijke gevolgen van te veel wiet? Of waren ze gewoon knettergek geworden omdat hun langdurige werkloosheid alle hoop de bodem had ingeslagen?

Toen ik bij mijn auto kwam en erin sprong, gaf ik geen richting aan, ik keek niet om me heen, ik haalde hem niet eens van de handrem, ik reed gewoon weg.

27

Op de boulevard, op weg naar de stad, kwam ik weer bij mijn positieven. Er kwam een oorverdovend hoog gepiep uit het dashboard, dat me vertelde dat ik de auto van de handrem moest halen. Ik stak mijn hand uit, deed de handrem naar beneden en godzijdank hield het gepiep op.

Eerst het belangrijkste. Ik had geen gevaar meer te duchten van dat stel idioten, Cain en Daisy, wat ze ook van me gewild hadden. Ik zat veilig in mijn auto en ik reed en het gepiep was opgehouden. Allemaal fijn. Maar Wayne Diffney was ontvoerd en nu moest ik de politie waarschuwen en bij de gedachte dat ik hun alles zou moeten uitleggen liepen de rillingen van ellende me over de rug. Jullie hebben geen idee hoe die smerissen zijn. Alles wat ze doen, kost een eeuwigheid aan tijd. Honderden formuliertjes moeten worden ingevuld. Pennen zijn nergens te vinden. Als je halverwege een zin bent, is ineens een dienst afgelopen en moet je met iemand anders weer van voren af aan beginnen. Seizoenen wisselen en hele ijskappen smelten weg voordat je erin slaagt om een gestolen portefeuille aan te geven. Wayne kon al honderd keer dood zijn voordat de hele papierwinkel was afgehandeld.

Maar er was één manier om dat hele hemeltergend slome proces te ontlopen. Het was niet netjes, maar wat kon mij dat schelen? De snelste manier om ervoor te zorgen dat de smerissen in actie kwamen, was door Artie in te schakelen.

Hij zou het niet leuk vinden. Nou, jammer dan.

Ik stopte, belde zijn mobiel en dit keer nam hij wel op.

'Waar ben je?' vroeg ik.

'Aan het werk.'

'Op kantoor?'

'Ja.'

'Blijf zitten waar je zit. Ik kom eraan.'

Ik verbrak de verbinding voordat hij kon zeggen dat ik dat niet moest doen.

Ik trof hem aan in zijn glazen kantoortje. Zijn lichtblauwe overhemd zat vol kreukels en de mouwen waren opgerold. Zijn haar was eigenlijk te lang voor een smeris. Maar alles bij elkaar een lust voor het oog.

Ik deed de deur achter me dicht. Veel van zijn machocollega's liepen rond door de grote kantoortuin en ik wilde niet dat ze ons konden horen. Onwillekeurig viel me op dat zij ook allemaal gekreukte overhemden aanhadden, dus kennelijk hadden ze geen van allen een vrouw die bereid was om voor hen te strijken. Misschien was het een beroepsafwijking.

'Goed,' zei ik, terwijl ik een stoel bij trok, Artie over het bureau aankeek en hem het hele verhaal voor de voeten gooide: Wayne, Daisy en Cain en de mannen in de zwarte SUV...

Artie nam het allemaal kalm op. Veel te kalm.

'Kon je zien dat er gevochten was?' vroeg hij.

'Dat weet ik niet, ik weet niet hoe Waynes huis er normaal gesproken uitziet.'

'Gebroken glas? Omgegooid meubilair? Buren die geschreeuw hebben gehoord?'

'Luister nou eens naar wat ik je vertel, Artie. Er waren mannen – op zijn minst twee – die Wayne meegenomen hebben in een grote, zwarte auto.'

'Ga dan naar de politie.'

'Jij bent bij de politie.'

'Ik ben niet bij de politie.'

Nou ja, in zekere zin wel en in zekere zin niet.

'Niet het soort dat jij nodig hebt,' zei hij.

Ik keek hem strak aan, in de hoop dat hij zich zo zou gaan generen dat hij me zo helpen. Hij onderging die blik, maar bleef gewoon lekker ontspannen in zijn stoel zitten, met zijn armen achter zijn hoofd.

'Ik weet wel dat dit niet conform de regels is,' zei ik. 'Conform de regels', dat is ook zo'n uitdrukking waar ik de pest aan heb. Staat heel hoog op mijn Schoplijst, samen met 'verantwoord' en 'spiritueel'.

'Artie, als ik naar de gewone smerissen ga, word ik niet serieus genomen. Ze zijn op z'n minst te lui om iets te doen. En als ze erachter komen dat ik een privédetective ben, zullen ze me van alle kanten tegenwerken. En als ze horen dat het om Wayne gaat en zich herinneren hoe zijn haar vroeger zat, zullen ze alleen maar lachen. Je kent vast wel iemand die bij je in het krijt staat.'

'Helen, dit is niet eerlijk.'

'Je moet me helpen.'

'Ik hoef je helemaal niet te helpen.'

'Je bent mijn vriend.'

Hij zuchtte.

'Ik zal Vonnie vertellen dat je zo gemeen tegen me doet.'

184

Hij sloeg zijn ogen ten hemel.

'En ik vertel het ook aan Bella.'

Hij sloeg opnieuw zijn ogen ten hemel en ik bleef hem zwijgend en smekend aankijken.

'Nee, Helen.' Hij schudde zijn hoofd. 'Je hoeft me niet zo aan te kijken, daar schiet je niets mee op.'

Maar ik bleef hem aankijken. Ik wist dat ik dat eeuwen kon volhouden, dus ik bleef hem gewoon strak aanstaren, waarbij ik me afvroeg wat hij zou denken en hoelang het zou duren voordat hij toegaf. Eerlijk gezegd was ik behoorlijk onder de indruk dat hij het zo lang volhield, maar uiteindelijk, terwijl onze ogen nog steeds strak op elkaar gevestigd waren, pakte hij de telefoon op en zei: 'Met Artie Devlin. Zou je brigadier Coleman even voor me willen bellen?'

Een paar seconden later kreeg hij een belangrijk persoon aan de lijn – een of andere vent, natuurlijk – en Artie zat een tijdje op autoritaire toon tegen hem te praten en gaf allerlei informatie door: Waynes adres, het adres van Daisy en Cain en mijn adres. Mijn telefoonnummer, mijn geboortedatum, en ga zo maar door.

Hij sloot het gesprek af met de opmerking: 'Ik zou het op prijs stellen als je er snel werk van kunt maken.'

Daarna verbrak hij de verbinding.

'Oké,' zei hij. 'Twee agenten gaan nu naar Cain en Daisy toe om hen te ondervragen. Ik ga er zelf ook heen.'

'Ik sta bij je in het krijt,' zei ik.

Hij knikte. 'O ja, zeker weten.' Toen glimlachte hij. Echt ontzettend ondeugend en ik vond het weer heel jammer dat je dwars door de muren van zijn kantoor heen kon kijken.

28

Wat nu? Nou ja, ik kon maar beter Jay Parker op de hoogte brengen van de laatste ontwikkelingen. Maar eerlijk gezegd vond ik het geen leuk idee dat alles nu voorbij was. Afgezien van Cain en Daisy die me de stuipen op het lijf hadden gejaagd had ik ervan genoten om weer aan het werk te zijn, het was een heerlijke afleiding geweest. Nu kon ik gewoon voelen hoe die donkere wolken die boven mijn hoofd hingen en die even op afstand waren gehouden door de speurtocht naar Wayne zich weer op me stortten. Daaraan werkte ook mee dat ik me echt zorgen maakte om Wayne: Wie zou hem ontvoerd hebben? Waar zou hij zitten? In een poging de zaak nog een kwartiertje langer te laten duren, besloot ik om Jay het nieuws hoogstpersoonlijk te gaan vertellen.

De Laddz waren al een week lang aan het repeteren in het Europa MusicDrome, waar de concerten ook gehouden zouden worden, en het zat er dik in dat ik hem daar zou vinden.

Het MusicDrome was voor Ierse begrippen enorm, er konden 15.000 mensen in. Binnen was het grootste deel van het theater donker en deden al die rijen met lege stoelen een beetje eng aan, alsof ze ergens op zaten te wachten.

Maar rondom het podium was alles helder verlicht en er hingen massa's mensen rond: choreografen, mensen van het licht, kleedsters, technici en harige roadies die allemaal met bezorgde gezichten door elkaar liepen.

Op het enorme podium, midden in die mêlee van mensen, oefenden de Laddz een soort dansje dat me ondanks mijn sombere stemming in de lach deed schieten. Frankie sloofde zich ontzettend uit, met bolle ogen en timmerend op zijn borst. Naast hem nam Roger St Leger nauwelijks de moeite om een poot uit te steken en de minachting voor het hele gebeuren leek van hem af te spatten. John Joseph deed beter zijn best om de juiste passen te maken, voornamelijk omdat hij min of meer als solozanger fungeerde, denk ik, maar ik zag dat hij zich behoorlijk geneerde.

De vent aan het eind van de rij – een of andere techneut die kennelijk de opdracht had gekregen om de plaats van de vermiste Wayne in te nemen – was de enige die goed was. Hij was zelfs briljant, zo vloeiend en ritmisch dat de anderen naast hem gewoon zielig leken. Ik kon mijn ogen niet van hem afhouden.

En toen zag ik tot mijn verbazing (categorie: heel vervelend) dat het Jay Parker was. Hij had zijn colbert uit- en zijn das afgedaan, zijn hemdsmouwen opgerold en gaf hem van katoen met die slangenheupen van hem.

Het duurde even voordat ik de schok had verwerkt. Natuurlijk kon Jay Parker dansen als de beste, hij was altijd al glibberig geweest.

Hij zag me en hield onmiddellijk op met zijn gehops. Hij kwam naar me toe, trok me mee naar een rustig hoekje en vroeg zacht: 'Heb je hem gevonden?'

'Niet precies.'

'Waar is hij dan?'

Ineens dook het gezicht van John Joseph naast dat van Jay op. Toen was Zeezah er ook ineens bij. Waar kwam die vandaan?

Ik hield mijn mond. Een cliënt had recht op vertrouwelijkheid.

'Praat maar door,' zei Jay. 'We hebben geen geheimen voor elkaar.'

'Oké,' zei ik. 'Ik heb ooggetuigen die hebben gezien dat Wayne gisterochtend is ontvoerd.'

'Wat?' Zelfs Jay leek te schrikken.

'Hij is meegenomen door minstens twee mannen in een zwarte SUV.'

'Maar wie zou Wayne Diffney nou willen ontvoeren?' vroeg Jay. 'Waarom?'

'Ik weet het niet, maar de politie heeft de zaak nu in handen. Ik ben klaar.'

'Wat! Hé, wacht eens even! Je hebt het aan de politie verteld! En ik heb toch gezegd dat je dat niet moest doen!' Jays gezicht betrok.

'Er is iemand ontvoerd,' zei ik. 'Dat is belangrijker dan dat optreden met liedjes en dansjes dat jij hier probeert te organiseren.'

Jay keek me even boos aan, maar toen klaarde zijn gezicht op. Het drong ineens tot hem door dat als hij dit goed aanpakte, hij meer publiciteit en een grotere kaartverkoop voor de Laddzconcerten zou kunnen versieren dan hij in zijn wildste dromen had verwacht. Je kon de radertjes in zijn brein bijna zien draaien terwijl hij nadacht over hoe hij deze laatste ontwikkeling zou kunnen gebruiken voor iets wat uiteindelijk zijn geld wel zou opbrengen. Hartverscheurende beelden van Waynes ouders tijdens het nieuws van zes uur, waarin ze smeekten om hun lieve jongen alsjeblieft vrij te laten? Of gewoon met veel misbaar tijdens de ballades een lege witte kruk op het podium zetten die 'stond te wachten' op Waynes terugkeer?

Plotseling werd mijn aandacht getrokken door John Joseph en Zeezah. Ze stonden op een metertje afstand van Jay en mij druk met elkaar te overleggen, met zachte, gespannen stemmen. Ze zagen er bezorgd uit, heel bezorgd, en ineens begon mijn fantasie op volle toeren te draaien. Wat als John Joseph en Zeezah Wayne nu eens hadden laten 'verdwijnen'? En hem hadden vermoord? Stel je voor dat zijn lichaam in hun tuin in een ondiep graf lag en dat daar morgen een enorme betonnen fontein overheen gezet zou worden, waardoor hij voor eeuwig onvindbaar zou zijn? Of misschien lag Wayne op dit moment wel gestrekt op het aanrecht, waar de gehoorzame Alfonso en Infanta bezig waren hem met een kettingzaag in stukjes te hakken, om hem aan de honden te kunnen voeren?

'Wat is er aan de hand?' zei ik tegen hen.

'We maken ons echt zorgen om Wayne,' zei Zeezah.

'Echt waar?' Waarom wist ik niet, maar ik geloofde haar voor geen meter. En het was maar goed dat ik haar eens in het volle licht kon bekijken. Ze was nog steeds ontzettend mooi, maar wel heel harig. Ze had een stel bakkebaarden waar Elvis in zijn Vegasperiode een moord voor had gedaan. Waarom had ze zich niet laten laseren? Ik bedoel maar, ik heb mijn beide benen laten doen en ik moet toegeven dat het afschuwelijk veel pijn deed – tenminste voordat ik die verdovende crème illegaal op internet had aangeschaft – maar je gezicht zou hooguit een paar minuten in beslag nemen. Ik kon haar zelfs wel zo'n tube crème bezorgen, ik had er nog een paar van over. Dan moest ik wel een diplomatieke manier verzinnen om dat aan te bieden.

'Waarom zou iemand Wayne willen kidnappen?' vroeg Zeezah.

'Goeie genade!' Frankie Delapp had dat laatste opgevangen. 'Wayne is gekidnapt! Maar waarom? En als iemand nou mij ook wil ontvoeren? Ik ben veel belangrijker dan Wayne, ik ben dagelijks op de tv. Ik zou veel meer waard zijn voor een kidnapper. En ik ben huisvader, ik heb kinderen om voor te zorgen.'

Hij keek Jay Parker aan. 'Je zult bewaking voor ons moeten

regelen. Mensen die ons vierentwintig uur per etmaal in de gaten houden!'

'Doe nou verdomme eens rustig aan,' mopperde Jay. 'En beheers je. Ik ga wel met die smerissen praten, om erachter te komen wat er precies aan de hand is. Niemand zal jou ontvoeren.'

Roger St Leger kwam ook aanslenteren. 'Je weet dat ik altijd in ben voor iets nieuws. Ik wil alles wel een keertje proberen, of het nu om incest of om alcoholvrij bier gaat. Maar zelfs ik zou het vervelend vinden om ontvoerd te worden.'

'Ik zal ervoor zorgen.' Jay begon er een beetje paniekerig uit te zien. 'Niemand wordt ontvoerd. Blijven jullie maar dansen, dan ga ik wel met die smerissen praten. Het komt allemaal in orde.'

Mijn telefoon ging over. Het was Artie. 'Waar ben je?' vroeg hij. 'Hoe snel kun je in het huis van Cain en Daisy zijn?'

'Waarom? Wat is er aan de hand? Dat stel is gevaarlijk, ze hebben me de stuipen op het lijf gejaagd.'

'Nee, er is niks mis met ze. En ik ben hier ook. Net als agent Masterson en agent Quigg. En volgens mij kun jij ook maar beter zo snel mogelijk hierheen komen.'

'Echt waar?' Artie was geen aansteller. Hij zou zoiets nooit zeggen als hij het niet meende.

'Oké, ik kom eraan.'

Ik verbrak de verbinding en deinsde achteruit voor een zee van smekende gezichten: die van Jay, John Joseph, Zeezah, Roger en Frankie. Vooral Frankie zag eruit als Jezus in zijn laatste ogenblikken aan het kruis.

'Hou op!' zei ik.

'Wat is er aan de hand?' vroeg Jay.

'De mensen die zagen dat Wayne ontvoerd werd, praten op dit moment met de politie en ze willen ook met mij praten.'

'Ik ga met je mee,' zei Jay.

'We gaan allemaal mee,' zei Frankie.

'Dat gaat niet. Dat worden veel te veel mensen.'

'Misschien zijn wij ook wel in gevaar,' zei Frankie overstuur. 'Iemand die Wayne ontvoert, zal mij ook willen hebben. Ik bedoel maar, ik ben op tv, ik ben in het nieuws. Ik ben een beroemdheid.'

'Wayne is als een broer voor ons,' zei Roger St Leger. Hoe slaagde hij er toch in om alles zo spottend te laten klinken? Zelfs de meest lieve gevoelens? 'Je kunt het ons niet kwalijk nemen dat wij ons zorgen maken.'

'O, mij best!' zei ik. 'Maar dan gaan we wel met ons allen in míjn auto.' Ik moest de situatie enigszins in de hand kunnen houden en ervoor zorgen dat we niet allemaal achter elkaar aan zouden komen kakken. 'En als die smerissen jullie er niet bij willen hebben, dan kan ik daar niets aan doen.'

'Oké.'

'En als jullie er wel bij mogen zijn, dan laten jullie mij het woord doen. En niemand anders, begrepen?'

John Joseph, Zeezah, Frankie en Roger wurmden zich op de achterbank van mijn Fiat 500. Jay Parker pikte de beste plaats in, naast mij voorin, en we gingen op weg naar Sandymount. Achter me was er een heel gevecht gaande om een beetje ruimte.

Ik reed snel. Toen we op Waterloo Road bij een oranje stoplicht kwamen, zette ik mijn voet op het gaspedaal en we zeilden erdoor toen het licht net op rood sprong. Achter me schreeuwde Roger St Leger: 'Jihaa!'

'Jezus,' zei Jay Parker, 'het is weer net als vroeger.'

Dat schoot mij ook net door het hoofd: een hele film met als titel *Toen Jay Parker nog mijn vriendje was*. Ik zag mezelf weer samen met Jay in deze zelfde auto onderweg naar een afspraak waar Jay me niets van verteld had en waar ik nooit op tijd zou kunnen komen. 'Je moet eens ophouden met dat lastminutegedoe!' Voor zover ik me kon herinneren, had ik voortdurend lopen klagen, maar in de film maakte ik een uitbundige en uitgelaten indruk.

We waren avond aan avond van kroeg naar club naar houseparty gerend en hadden onderweg nieuwe vrienden gemaakt die we net zo snel weer kwijt waren. 'Ik ben zakenman,' was Jays excuus voor zijn onberekenbaarheid geweest, 'ik heb geen regelmatige werktijden.'

'Wat voor soort zakenman?' vroeg ik dan altijd en ik kreeg elke keer een ander antwoord.

Ik stond er ook altijd van te kijken dat hij zoveel verschillende mensen kende – boeren, schoonheidsspecialistes, bankiers, ambtenaren, kleine criminelen – en hij had altijd raadselachtige dingen te doen. Hij had overal een vinger in de pap, kwam altijd met nieuwe ideetjes en had een heel netwerk van contacten bij wie hij advies kon inwinnen. Ik wist nog niet de helft van wat er gaande was en ik vond het vreselijk om niet van alles op de hoogte te zijn. Ik ben in een relatie graag degene die er geheimpjes op na houdt, maar Jay Parker was daar veel en veel beter in dan ik.

Tja. Als film was *Toen Jay Parker nog mijn vriendje was* onverbiddelijk geflopt. De beginscènes waren veelbelovend en ik moest toegeven dat het middenstuk ook nog wel aardig was, maar het eind viel bitter tegen.

29

Ik belde bij Cain en Daisy aan en het was Artie die de deur opendeed. Hij keek even naar ons hele stel en zuchtte, maar hij zei niets. Ik besloot om hem niet voor te stellen als mijn vriend, voor het geval ik dan zijn professionele status op de een of andere manier zou beschadigen.

We liep achter hem aan door de korte gang naar de zitkamer en daar zaten agent Masterson en agent Quigg – een man en een vrouw – samen met Cain en Daisy die er verschrikkelijk beschaamd uitzagen.

Ze keken stomverbaasd op toen ik samen met de Laddz, Jay en Zeezah hun toch al overvolle zitkamer binnenkwam. Hun mond zakte letterlijk open toen ze naar de gezichten staarden die ze tot dan toe alleen maar op de pagina's van glossy bladen hadden gezien. En de beide agenten leken al net zo onder de indruk als Cain en Daisy.

'Ik kan iedereen wel gaan voorstellen,' zei ik, 'maar dan zitten we hier vanavond nog.'

'Ben jij... Zeezah?' Daisy was zo ondersteboven dat het leek alsof ze elk moment kon flauwvallen.

'Ja,' zei ik. 'Maar ze mag haar mond niet opendoen.'

'En ik ben Frankie Delapp,' zei Frankie. 'Jullie hebben me vast wel op tv gezien.'

'Sst,' zei ik, dreef mijn kudde op een hoopje achter me recht tegenover Cain en Daisy die op de bank zaten. Ik bleef staan om op die manier de leiding over het vraaggesprek te houden en omdat er geen plek meer was waar ik kon gaan zitten. Op dat moment bevonden zich elf personen in de zitkamer.

'Wat is er precies aan de hand?' Ik richtte me tot Artie, omdat ik het idee had dat ik bij hem de meeste kans had op een zinnig antwoord. 'Waar is Wayne? Hebben jullie hem al gevonden?'

'Je kunt het beter aan hen vragen,' zei hij, met een knikje naar Cain en Daisy. 'Oké, Daisy, wil jij dan maar beginnen?'

Daisy richtte zich tot haar voeten. 'We dachten dat je een journaliste was.'

'Ik?' zei ik. 'Hoezo?'

'We hadden je rond zien snuffelen en vragen zien stellen alsof je een journalist was en we hadden het idee dat het vast iets met Wayne te maken had, want Wayne is de enige persoon in de wijde omtrek die je met enige goede wil een beroemdheid kunt noemen.'

Vervolgens deed Cain een duit in het zakje. 'We hadden gezien dat Wayne – uit vrije wil – gisterochtend in een auto was gestapt. Met een volgepakte tas. Maar we dachten dat als we het... nou ja, je weet wel... een beetje oppepten en tegen jou zeiden dat hij gedwongen werd om in die auto te stappen en dat hij er bang uitzag, dat we dan meer van je zouden krijgen voor ons verhaal.'

'Ik snap er niets van,' zei ik.

'Wayne is gisterochtend inderdaad in een auto gestapt en vertrokken. Even voor twaalven. We hebben niet gejokt over het tijdstip. Maar niemand heeft hem gedwongen, hij ging vrijwillig mee.'

'Hoeveel andere mannen waren dan bij hem?' vroeg ik. 'Waren er wel anderen?'

'Ja, eentje. En hij leek... nou ja, je weet wel, hij ging heel vriendschappelijk met Wayne om. Het kan best een vriend van hem zijn geweest, hoewel ik hem niet herkende. Op het laatste moment leek het alsof Wayne nog iets vergeten was, want hij sprong uit de auto en de man probeerde hem niet tegen te houden. Hij wachtte gewoon tot Wayne weer naar buiten kwam. Daarna ging hij voorin naast hem zitten en reden ze weg.'

'Dus Wayne werd niet gedwongen om in de auto te stappen?' vroeg ik.

'Nee. Sorry,' fluisterde Daisy. 'Het kwam gewoon omdat we echt om geld zitten te springen. We dachten dat als we een beetje overdreven en jou vertelden wat je wilde horen, dat je ons dan zou betalen. We hadden geen idee dat de politie erbij gehaald zou worden.'

'Hebben jullie die andere man herkend?' vroeg ik.

Ze schudden hun hoofd.

'En het was ook geen grote, zwarte SUV,' zei Cain. 'Het was gewoon een blauwe Toyota van vijf jaar oud.'

'Een taxi?'

'Nee, geen taxi, een gewone auto.'

'Maar waarom wilden jullie me dan beletten om het huis uit te lopen?'

'We dachten dat je een journaliste was, dat je ons verhaal inpikte zonder ervoor te betalen. Het spijt me dat we je bang hebben gemaakt.'

'Ik was niet bang.' Nou ja, dat was ik wel, maar dat ging niemand iets aan.

'Er is meer voor nodig dan zo'n stel sukkels als jullie om Helen Walsh bang te maken,' zei Jay Parker driftig.

Artie kneep zijn ogen tot spleetjes en keek hem ineens vol interesse aan. 'Pardon,' zei hij, 'en wie ben jij dan wel?'

Jay wachtte heel even en bestudeerde Artie van top tot teen. Daarna zei hij koel: 'Ik ben Jay Parker, de manager van Laddz. En wie ben jij?'

'Hou je mond,' zei ik tegen Jay. Hij fungeerde als een stoorzender.

Oké. Wat nu? Feit bleef dat Wayne nog steeds vermist werd en dat hij verdwenen was in het gezelschap van een onbekende man. Ik had een troefkaart en die kon ik net zo goed meteen uitspelen.

'Cain en Daisy, ik wil jullie één vraag stellen en ik wil dat jullie heel goed nadenken voordat jullie antwoord geven.'

'Oké.' Ze knikten ernstig.

'Die andere man, die achter het stuur zat,' zei ik. 'Bestaat de kans dat dat misschien... Docker is geweest?'

'Docker!'

Door dat ene woordje leek de hele kamer ineens op te leven. Cain en Daisy schoten meteen overeind en staarden elkaar verbijsterd aan. Achter me kon ik de opwinding voelen die Jay, John Joseph, Zeezah, Frankie en Roger uitstraalden. Zelfs de uitgestreken smoelen van de agenten Masterson en Quigg kwamen tot leven.

Ik bleef Cain en Daisy strak aankijken. 'Vertel me niet wat ik volgens jullie graag wil horen, vertel me maar gewoon wat jullie zagen. Was het Docker?'

'Bedoel je Docker, de filmster?'

'Ja, de Docker uit Hollywood, de Docker die een Oscar heeft gewonnen, kan hij het zijn geweest? Misschien een beetje vermomd met behulp van een zonnebril en een honkbalpetje?'

Ze staarden me aan alsof ze zwaar gekweld werden. Ze wilden zo verschrikkelijk graag hun best doen. Ze wilden niets liever dan dat die man Docker was geweest.

'Maar hij had helemaal geen zonnebril op,' zei Daisy.

'En ook geen honkbalpetje. Hij zag eruit alsof hij een jaar of vijftig was...'

'... en kleiner dan Docker, echt veel kleiner.'

'... en zwaarder...'

'... en kalend. We hebben hem goed kunnen zien toen hij Waynes tas in de kofferbak zette.'

'En waarom zou Docker in een vijf jaar oude auto rijden?'

Oké, het was Docker dus niet. Docker was zevenendertig en hij zag er tien jaar jonger uit. Hij was één meter tachtig lang en zo slank als een windhond. Hij had een dikke bos haar en je kon al van kilometers afstand zien dat hij een echte ster was. De kans dat hij met een watervliegtuig in Mercy Close was geland was groter dan dat hij rond zou rijden in een vijf jaar oude Toyota. Maar het was de moeite waard geweest om het te vragen. Vragen was altijd de moeite waard.

Het bleef even stil.

'Dat is alles,' zei Artie. 'Meer weten ze niet.'

'Maar hoe zit dat dan met Wayne?' vroeg ik. 'Waar is hij gebleven?'

'Dat is Waynes zaak,' zei agent Masterson.

'Maar hij gedroeg zich anders dan anders. Alsof hij van streek was.'

'Hoe dan?'

'Hij had zijn hoofd kaalgeschoren.'

'Met zulk haar kun je hem dat toch niet kwalijk nemen?'

'Hij heeft cake gegeten.'

'Hij heeft zijn kop kaalgeschoren en cake gegeten? Ja, dan moet ik echt meteen de commissaris inschakelen zodat we een opsporingsbevel via de tv kunnen uitzenden.'

'Is dat sarcastisch bedoeld?'

'Heel goed opgemerkt.'

'Hij had gehuild.'

'Mannen huilen ook wel eens. Dat is niet verboden...'

'Heb je enig idee hoeveel mensen er op dit moment de benen hebben genomen?' vroeg Quigg, de vrouwelijke agent. 'Elk politiebureau in het hele land wordt overlopen door vriendinnen en echtgenotes die vertellen dat hun partner niet thuisgekomen is. Mannen verdwijnen omdat ze hun hypotheek niet meer kunnen betalen en hun personeel ook niet. Het is gewoon een epidemie.'

'Wayne had geen schulden. Zijn hypotheek was betaald en zijn creditcards waren afgelost.'

'We hebben geen reden om aan te nemen dat hij in gevaar verkeert.' Masterson en Quigg kwamen overeind op die logge manier die hun waarschijnlijk tijdens hun opleiding op de politieschool was bijgebracht. 'En jullie twee.' Ze richtten hun aandacht op Cain en Daisy. 'Jullie hebben geluk dat er tegen jullie geen aanklacht wordt ingediend wegens het onnodig inschakelen van de politie.'

Ze hadden ook mazzel dat ze geen bekeuring kregen omdat hun tuin vol cannabisplanten stond, maar kennelijk bleef hun ook dat bespaard.

We liepen met ons allen door de gang naar buiten. Masterson en Quigg stapten in hun patrouillewagen en reden weg. Ik hunkerde ernaar om Artie aan te raken, maar ik wilde de grenzen niet verder verleggen dan ik al had gedaan. 'Hartelijk bedankt voor je medewerking,' zei ik. 'Ik bel je zo gauw mogelijk.'

Hij schudde zijn hoofd, lachte een beetje geërgerd voordat hij ook in zijn auto stapte en wegreed.

Echt een man van weinig woorden, die Artie.

Jay Parker, John Joseph, Zeezah, Frankie, Roger en ik belegden een spontane vergadering op de stoep voor het huis van Cain en Daisy.

'Wat was al dat gedoe over Docker?' Roger wierp me een geslepen blik toe.

'Niets. Vergeet dat maar. Ik was gewoon aan het vissen. Maar waar het dus op neerkomt – zijn we het daar trouwens over eens? – is dat Wayne gisterochtend de benen heeft genomen met een man. Een onbekende man.'

'Is hij nou ineens homo?' krijste Frankie. 'Hij probeert mij na te apen.'

'Jij bent geen homo meer,' merkte Jay op.

'Alleen maar op het moment niet. Maar ik kan het zo weer worden als ik dat wil.'

'Wayne is geen homo,' zei Zeezah. 'Beledig hem alsjeblieft niet op die manier.'

'Er is niets mis met homo zijn,' zei Roger. 'Ik ben het zelf ook af en toe, als ik voor het blok word gezet.'

'Laten we alsjeblieft bij de les blijven,' zei ik. 'Een man van een jaar of vijftig, zeiden ze.'

'Een suikeroom,' zei Frankie klagend. 'Een lieve, dikke suikeroom.'

'Kent een van jullie die man?' vroeg ik. 'Slaat die beschrijving op iemand die jullie kennen?'

'Hoe moeten wij nu iemand van rond de vijftig kennen?' Frankie klonk verontwaardigd.

'Prima,' zei ik. 'Aan jullie heb ik echt iets. Aan dit hele stel. Goed, ik zal jullie vertellen hoe de zaak er voor staat.' Ik keek van Frankie naar John Joseph en daarna van Zeezah naar Roger, om ten slotte bij Jay uit te komen. 'Die knappe kerel die ook bij die ondervraging zat, is die jullie misschien opgevallen? Nou, dat is toevallig mijn vriend.' Het duurde even voordat ik zag dat de opmerking tot Jay was doorgedrongen. Ik was er niet zeker van, maar het leek toch dat hij een beetje bleek werd. 'Hij heet Artie Devlin. Het is nu vrijdagavond,' zei ik. 'En ik kan dus best naar Arties huis gaan om gezellig een paar uurtjes te gaan neuken.'

Dat was niet helemaal waar, want zijn kinderen zouden ook thuis zijn, maar daar hoefde ik nu niet op in te gaan. 'Of hebben jullie liever dat ik naar Wayne blijf zoeken?'

John Joseph zag eruit alsof hij de gedachte dat ik me door Artie zou laten pakken stuitend vond, maar hij leek bereid om het door de vingers te zien. 'Het is voor ons absoluut nodig dat Wayne gevonden wordt,' zei hij. 'Natuurlijk willen we dat je naar hem blijft zoeken. Maar heb je aanknopingspunten?'

Had ik die? Ik had de Docker-connectie. Ik had het huis in Leitrim.

Heel even was er een soort kort oogcontact tussen mij en Jay Parker, een zwijgende medeplichtigheid. Vertel hem niets, zei zijn blik. Wat het ook is, hou je mond.

Maar ik had al besloten dat ik John Joseph niets zou vertellen. Ik vertrouwde hem niet. En ik mocht hem ook niet. 'Daar ga ik voorlopig liever niet op in. Ik zou me kunnen vergissen.'

'Ik ga met je mee,' zei Parker.

'Nee,' zei ik.

'Ja.'

'Het is hij of ik,' zei John Joseph.

'Of ik,' zei Roger.

'Jij bent het verdomme zeker niet,' viel John Joseph onverwacht fel tegen hem uit. Hij richtte zijn aandacht weer op mij. 'Goed, wij betalen je, dus wij zeggen wat er gebeurt. Je gaat niet op je eigen houtje verder. Welke weg je ook inslaat, een van ons gaat met je mee.'

Ik bleef hem strak aankijken. Ik had geen zin om een paar uur lang samen met hem in een auto te zitten.

'En hoe zit het dan met Frankie?' vroeg ik.

'Ik!' schreeuwde Frankie. 'Doe me een lol! Ik wil helemaal niet op zoek naar Wayne. Ik wil je niet beledigen, Helen, je bent echt een snoesje, hoor, maar ik wil geen gevaar lopen!'

'Ik zou er ook de voorkeur aan geven om elke vorm van gevaar te vermijden,' zei Zeezah beleefd.

'Oké,' zei ik, terwijl ik John Joseph koel bleef opnemen. 'Stap maar in, Parker.'

Parker sprong in de auto als een jong hondje dat weet dat hij uitgelaten zal worden en toen ik het sleuteltje omdraaide en de straat uit reed, had ik heel even het gevoel alsof we samen ergens naartoe gingen. Ik werd er bijna duizelig van.

30

'Ik wil je één ding duidelijk maken,' zei ik tegen Artie. 'Ik ga nooit naar bed met iemand tijdens het tweede afspraakje.'

Hij schonk me een flauw glimlachje en trok de deur open, zodat ik voor hem uit het restaurant binnen kon lopen. Het was onze eerste afspraak in de buitenwereld, de eerste keer dat we elkaar ontmoetten na de dag waarop ik Bella op de rommelmarkt tegen het lijf was gelopen en uiteindelijk met haar vader in bed belandde.

Nadat Artie die dag uit mijn appartement wegging, had hij gezegd dat hij me wel weer zou bellen en ik had betwijfeld of hij dat ook inderdaad zou doen. Ik had het vermoeden dat hij misschien zou denken dat ik een te grote lastpak was, maar ik vergiste me: hij belde de volgende dag en vroeg of ik met hem uit eten wilde.

'Misschien om elkaar een beetje beter te leren kennen?' stelde hij voor.

'God, ik zou toch denken dat we elkaar al heel goed kennen,' zei ik.

'Volgens mij hebben we een paar kleinigheden overgeslagen. Maar dat kan nog met terugwerkende kracht. Komt woensdagavond uit?'

Toevallig was dat niet zo, want dan moest ik op Margarets kinderen passen. 'Donderdag dan?' vroeg ik. 'Of vrijdag?'

'Dat gaat niet,' zei hij. 'Dan heb ik de kinderen.'

Op die manier wisten we meteen waar we aan toe waren.

We spraken af voor dinsdag in de week daarna. Hij boekte het restaurant, haalde me thuis op en leek een beetje overdonderd bij de aanblik van mijn strakke zwarte jurkje, mijn hoge naaldhakken en mijn uitbundig geföhnde haar.

'Tjongejonge,' zei hij.

'Wat is er? Had je dan verwacht dat ik in een spijkerbroek en op sportschoenen zou opdagen? Ik hoop dat je niet van plan was om een pizza te gaan eten.'

Hij zag er zelf ook uit om in te bijten. Een donkerblauw, nauwsluitend overhemd met opgerolde mouwen, waardoor zijn zalige onderarmen zichtbaar waren, een nauwsluitende zwarte broek en het meest sexy onderdeel van het geheel: een riem met een platte zilveren gesp. Het was een simpel ontwerp, maar trok op de een of andere manier toch veel aandacht, waardoor ik meteen zin kreeg om hem open te maken. Maar dat kon ook komen doordat ik al wist wat voor heerlijks erachter schuilging.

In zijn auto (een zwarte SUV, voor het geval jullie dat willen weten) vertelde hij me waar we naartoe gingen. Het was een vrij chique tent – niet echt in de categorie Michelin-sterren, maar toch vrij bekend vanwege de mate van intimiteit en de hoge prijzen. Ik vroeg me af hoe hij erin geslaagd was om tien dagen voor Kerstmis daar nog een tafel te krijgen.

Vlak voordat we naar binnen gingen, vroeg ik bezorgd: 'Jij betaalt dit toch, hè?'

'Ja,' zei hij glimlachend. 'Dat klopt.'

'Dus ik neem aan dat je verwacht dat ik daarna met je naar bed ga?'

'Ja.' Hij glimlachte opnieuw. 'Dat klopt.'

'Dan wil ik je toch één ding duidelijk maken,' zei ik. 'Ik ga nooit met iemand naar bed tijdens een tweede afspraakje.'

'Da's dan pech hebben.' Hij duwde de deur open. 'In dat geval kun je maar beter geen kaviaar bestellen.'

'Heb jij even mazzel,' zei ik. 'Ik steek mezelf nog liever in de fik dan dat ik kaviaar eet.'

We gingen naar binnen waar we binnen de kortste keren naar een tafeltje werden gebracht, menu's kregen uitgereikt, een drankje kregen voorgezet en konden bestellen. Toen richtte ik mijn aandacht weer op Artie. 'Nou, steek maar van wal,' zei ik. 'Vertel op.

Of zoals ontzettend vervelende mensen altijd zeggen: "Vertel me eens alles over jezelf."'

'Wat wil je weten?'

'Hè, toe nou.' Ik was een beetje ongeduldig. 'Het was jouw idee dat we elkaar beter moesten leren kennen. Met seks alleen was ik best tevreden geweest.'

'Oké, nou goed. Ik werk. Nogal veel, denk ik.'

Stukje bij beetje wist ik zijn leven uit hem los te peuteren. Hij ging een paar ochtenden per week tien kilometer hardlopen, soms samen met een andere vent die Ismael heette. En hij ging één keer per maand pokeren met een paar bevriende collega's.

Maar zijn tijd met de kinderen was heilig en daar was hij heel duidelijk over. En eerlijk gezegd leken de dingen die ze samen deden heel erg op de Waltons in dat verdomde huis op de prairie. Ik vroeg hem het hemd van het lijf om een beeld te krijgen van zijn leven met hen. Ze gingen vaak naar de bioscoop. 'Zelfs Iona?' vroeg ik verrast. In mijn verbeelding waren Iona en Claires dochter Kate min of meer samengesmolten en de enige reden die ik kon bedenken waarom Kate naar een bioscoop zou gaan, was als ze de hele tent tot de grond toe zou kunnen afbranden. 'Ja natuurlijk, ook Iona,' antwoordde hij.

Een paar weken geleden hadden ze met hun allen een cursus broodbakken gevolgd en begin januari stond een dagcursus Vietnamees koken op het programma. Voor hun alle vier. 'Zelfs Iona?' vroeg ik opnieuw.

'Ja, ook Iona,' zei hij. 'Waarom niet?'

Ze gingen vaak wandelen in Wicklow.

'Je bedoelt... als trekkers?' Ik stond op het punt mijn glinsterende avondtasje op te pakken en te vertrekken. Ik wilde niets, echt niets te maken hebben met trekkers.

'Nee, niet als trekkers,' lachte hij. 'Gewoon als mensen die een wandelingetje maken.'

Op een gegeven moment kwam ons voorgerecht en ik at het op zonder het echt te proeven. Toen het hoofdgerecht op tafel kwam, was het hetzelfde liedje.

'Goed, Helen,' zei Artie. 'Zoals ontzettend vervelende mensen altijd zeggen: "Vertel me eens alles over jezelf." Wat doe je allemaal?'

Daar moest ik over nadenken. 'Niets. Afgezien van werken en dat gebeurt tegenwoordig ook maar heel sporadisch, dus eigenlijk doe ik helemaal niets.'

'Nee?'

'Nee. Ik sport niet, ik lees niet, ik speel geen spelletjes, ik geef niets om eten, ik leef op boterhammen met kaas en koolsla.' En met een spoor van angst zei ik: 'Jezus, ik had geen idee dat ik zo'n saai mens was.'

'Maar je bent juist allesbehalve saai.'

Daar kikkerde ik van op. 'Ik kijk heel veel dvd-series. Ik hou van Scandinavische misdaadprogramma's. En soms ga ik naar de bioscoop, als er een Scandinavische misdaadfilm draait. En ik vind het leuk om naar dingen op YouTube te kijken, zoals dansende hangbuikzwijntjes en zo. En ik koop graag dingen, vooral sjaals. Dat is het wel zo'n beetje, Artie, zo ben ik.'

'Hou je van dieren?'

'In het echt? Niet op YouTube, bedoel je? Nee, die haat ik. Vooral honden.'

'Kunst? Theater? Muziek?'

'Nee. Nee. Nee. Daar heb ik allemaal de pest aan. Vooral aan muziek.'

'Ben je gehecht aan je familie?'

Daar moest ik even over nadenken. 'Gehecht' was een beladen woord. 'We zijn wel aan elkaar gehecht,' zei ik voorzichtig, 'maar we doen altijd heel gemeen tegen elkaar. Vanmorgen heb ik nog tegen mijn moeder gezegd dat als ze niet ophield zo oud te doen ik zou gaan lobbyen voor een euthanasiewet, waarbij geregeld werd dat er iedere maandagochtend een bus komt om de oude mensen op te halen die hebben geklaagd dat ze de tv niet meer konden horen of de knopjes op hun mobiele telefoon niet meer konden zien of dat ze pijn in hun heup hadden. Die zouden dan een kogel in de kop krijgen. Maar we zijn wel aan elkaar gehecht.'

'En je zussen?'

'Ja, eerlijk gezegd zijn we heel erg aan elkaar gehecht. Ook al wonen er twee in New York.'

'En vrienden?'

Dat was een heikel onderwerp. 'Geen vrienden op dit moment. Maar dat is niet mijn schuld. Daar hebben we het later nog wel eens over. Maar hoe zit dat dan met die kinderen van jou? Moet ik die ook leren kennen en mee naar al die broodbakcursussen en zo?'

'Nee.' Hij werd ineens ernstig. 'Ik weet dat Bella je heeft ontmoet en dat zou wel eens lastig kunnen worden, vooral omdat ze steeds weer naar je vraagt, maar het lijkt me het best als jij hen niet leert kennen.'

'Hmmm. Ik begrijp het.'

'In ieder geval nu nog niet,' voegde hij eraan toe.

'Wacht even, heb ik nou goed begrepen dat ik je seksvriendinnetje moet worden en dat je kinderen ondertussen je liefde, je genegenheid en het merendeel van je tijd krijgen?'

'Ik zou het niet zo cru willen zeggen,' zei hij.

'Nee, je snapt het niet,' zei ik. 'Dat is allemaal prima. Ik wil zelf geen kinderen – ik bedoel, misschien over een jaar of zeventig als ik een beetje volwassener ben geworden, maar in ieder geval niet nu en ik wil absoluut niet de verantwoordelijkheid hebben voor andermans kinderen.'

'Juist.'

'Artie, laten we een paar dingen vooropstellen. Je bent niet mijn type.'

Een uitdrukking van beleefde interesse verscheen als een soort masker op zijn gezicht. 'Wat is jouw type dan wel?'

Ik moest meteen aan Jay Parker denken, aan zijn energie, zijn bruisende persoonlijkheid en zijn fundamentele onbetrouwbaarheid.

'Dat doet er niet toe,' zei ik. 'Het enige wat telt, is dat jij het niet bent. En al die bagage die je meesleept, bevalt me ook niet. Maar er zijn ook pluspunten.' Ik telde de verschillende aspecten op mijn vingers af. 'A. Ik val echt op je. B. Ik val echt op je.'

Hij keek me een tijdje nadenkend aan. 'Je vergeet C.'

'En dat is?'

'Dat is: ik val echt op je.' We keken elkaar strak aan. 'Ik val echt op je,' herhaalde hij. En toen met een zachtere stem: 'Sinds ik jou heb ontmoet kan ik nergens anders meer aan denken. Het enige wat ik wil, is bij jou zijn, je uitkleden, je huid proeven, je haar aanraken en je prachtige mond kussen.'

Ineens kostte het me moeite om adem te halen.

Ik moest iets wegslikken. 'Ik herroep mijn vaste regel,' zei ik, 'dat ik tijdens het tweede afspraakje nooit met iemand naar bed ga.'

Artie strekte zijn arm uit in de ruimte tussen de tafeltjes en meteen dook er een kelner achter hem op die de creditcard aanpakte die als bij toverslag in Arties hand was verschenen.

Binnen een paar seconden was de kelner alweer terug met het pinapparaat en nadat Artie een paar nummers had ingetoetst en me in mijn jas had geholpen gingen we op weg naar de auto, bijna op een holletje.

Voordat we er waren, pakte hij me vast, trok me een portiek in en begon me te kussen. Ik kuste hem terug, maar daarna moest ik hem gewoon wegduwen. 'Nee.'

We konden niet hier midden op straat een nummertje met elkaar gaan maken en dat zou gebeurd zijn als we hier niet mee ophielden. 'Nog even volhouden,' zei ik. 'Hou je haaks en versier een of ander bed voor me.'

Hij reed en we hielden allebei onze mond. Er viel niets te zeggen. Het was gewoon verschrikkelijk, even intens als een autorit naar een ziekenhuis met iemand die ieder moment het hoekje om kan gaan. Ieder rood licht was een kwelling, net als iedere aarzelende chauffeur voor ons.

Hij nam me mee naar zijn huis. En dat was bijna even mooi als hij zelf was, waardoor ik in een soort roes belandde, waarvan ik me vrijwel niets kon herinneren, behalve dan dat het een van de fijnste nachten van mijn hele leven was.

Toen hij me de volgende ochtend wakker maakte, was het nog donker buiten. Hij was al aangekleed. Dromerig vroeg ik: 'Moet ik er meteen vandoor? Voordat je kinderen thuiskomen?'

'Nee. Ik moet aan het werk. Het spijt me, ik heb geprobeerd een paar vergaderingen te verzetten om vanmorgen nog een tijdje samen te zijn, maar dat was niet mogelijk. Maar je mag net zo lang blijven als je wilt, trek de voordeur maar gewoon achter je dicht als je weggaat. Ik heb pannenkoeken voor je gemaakt.'

'Pannenkoeken?' zei ik zwak. Wat vreemd.

'En ik heb iets voor je.'

'Oooo, zalig.' Natuurlijk verwachtte ik een stijve penis, maar het was in feite een kamerplant. Een donkergroene aspidistra, bijna zwart. Op het randje van griezelig.

Ik ging rechtop in bed zitten en staarde ernaar. Niet te geloven.

'Vind je 't leuk?' vroeg hij gretig.

'Ik... jezus, ik weet niet wat ik moet zeggen. Ik vind het geweldig.'

'Ik heb 'm zelf uitgezocht,' zei hij enthousiast. 'Bella heeft me niet geholpen. Ik had het idee dat hij prima in je appartement zou passen.'

'Je hebt gelijk, dat is ook zo. Hij is gewoon helemaal volmaakt.'

Daardoor wist ik ineens dat hij me ondanks alle hindernissen toch 'te pakken' had, dat het tussen hem en mij misschien zelfs wel menens zou kunnen worden.

Dus viel ik weer in slaap en toen ik wakker werd, was het licht geworden en ik dwaalde door dat glazen wonderland van een huis en snuffelde rond.

Zoals te verwachten was ik heel nieuwsgierig naar Vonnie die in feite verantwoordelijk was voor dit fantastische huis. Hier en daar stonden een paar foto's van haar en ze was echt een stuk. Je hoefde alleen maar naar haar te kijken om te beseffen dat ze een van die vrouwen was die altijd mager zullen zijn, nog magerder dan haar vijftienjarige dochter, zonder dat ze er enige moeite voor hoefde te doen. Ze hield kennelijk van een beetje bohemien-chic en kleedde zich in te korte, katoenen topjes zonder beha, verschoten spijkerbroeken en teenslippers. Maar toen zag ik een foto van haar in een pakje van Vivienne Westwood met rode Paloma Picasso-lipstick en daarop zag ze er zo fantastisch uit dat ik gewoon moest slikken om mijn angst terug te dringen.

Maar eigenlijk was ik voornamelijk geïnteresseerd in de foto's van Iona. Ik pakte ze op en staarde naar haar lange, gladde haar en haar prachtige, vage ogen en probeerde haar te doorgronden. Ik ben sterker dan jij, dacht ik met een gezicht dat rimpelde van inspanning. Je maakt mij niet bang. Je zult me nooit bang maken.

31

Mam blijft navigatie hardnekkig 'de pratende kaart' noemen, alsof ze een middeleeuwse boerentut is die in hekserij gelooft. En het was maar goed dat ik er een had, want op de ouderwetse, niet pratende papieren kaart stond geen weg aangegeven op de plek waar Dockers huis zou moeten staan. Het meer was er wel, dat kon je zien, maar geen weg. Ik had het vermoeden dat Dockers huis in Leitrim zelfs met behulp van die duivelse pratende kaart moeilijk te vinden was. Een ideale plek om onder te duiken.

We waren al zeker een halfuur onderweg voordat ik Jay Parker vertelde waar we naartoe gingen. Er was geen reden voor dat uitstel, ik denk dat ik hem gewoon wilde pesten en ere wie ere toekomt, hij bedolf me niet onder de vragen maar zat gewoon naast me Angry Birds te spelen op zijn telefoon.

Uiteindelijk zei ik: 'We gaan naar Leitrim.'

'Waarom?'

'Omdat Docker daar een huis heeft.'

Hij ging ineens rechtop zitten. 'Wat is al dat gedoe met Docker?'

'Ik heb wat papieren gevonden. Er is een verband tussen Docker en Wayne. Al vanaf "Windmill Girl".' Ik werd heen en weer geslingerd tussen de noodzaak om geheimzinnig te doen en het verlangen om mezelf op de borst te slaan.

Jay probeerde zijn opwinding te onderdrukken, maar die was voelbaar in de auto. 'Hoe ben je erachter gekomen dat Docker daar een huis heeft?'

'Dat gaat je niets aan.' Ik zou niet echt een superdetective lijken als ik hem vertelde dat mijn eigen moeder dat in *Hello!* had gelezen.

'Waar ligt het precies?'

'Kijk maar op de kaart die daar ligt.'

Jay bestudeerde de kaart en toen hij zag hoe afgelegen het huis van Docker was, zei hij: 'Daar zit Wayne. Het spelletje is uit. We hebben hem te pakken. Ik wist dat je iets belangrijks had ontdekt... Verdorie, je bent echt goed.'

'Waarom mocht ik niets aan John Joseph vertellen?'

'Je mocht het van mij best vertellen...'

'Vuile leugenaar...'

'... alleen nu nog niet.'

'Maar jullie staan toch aan dezelfde kant?'

'O ja, zeker weten.'

Zijn stem klonk een beetje vreemd, alsof hij ernstig zijn best moest doen, en ineens drong er iets tot me door. 'Lieve hemel, je mag hem niet!'

'Ach, hou toch op, Helen. Hoe kom je op dat idee? Er is juist heel veel dat ik in hem bewonder. Hij werkt hard, hij is een geweldig zakenman... en hij weet precies wat hij wil.'

'Ja, dat klopt.' Ik wendde mijn blik heel even af van de weg om Parker boos aan te kijken. 'Hij weet inderdaad wat hij wil.' Ik deed het voorkomen alsof dat iets schandaligs was. 'Oké, hou nu je mond maar weer, want ik zet de radio aan.'

Rond tien uur waren we Carrick-on-Shannon gepasseerd en het landschap werd steeds fantasmagorischer. Meren met de kleur van tin doken ineens op uit het niets. Plassen vol glasachtig water, omringd door spits riet, kwamen uit de grond naar boven. Verzopen akkers, trillend van stilte, volgden de weg in het geniep en de zon die maar niet onder wilde gaan overgoot de hele provincie met een akelig lavendelkleurig licht.

Ik heb mensen wel eens horen zeggen dat een depressie je het gevoel geeft dat je achternagezeten wordt door een grote zwarte hond. Of dat je in een glazen vitrine zit. Bij mij was het anders – ik had eerder het gevoel dat ik vergiftigd was. Alsof mijn hersenen vieze bruine gifstoffen afscheidden die alles vervuilden: mijn gezichtsvermogen, mijn smaakpapillen en vooral mijn gedachten.

Tweeënhalf jaar geleden, bij die eerste afschuwelijke aanval, was ik constant bang. Het was voornamelijk een redeloze angst, gewoon het gevoel dat er elk moment iets vreselijks kon gebeuren. Het leek net op de ergste kater die je ooit hebt gehad. Zoiets als de dag na een zware avond, wanneer de angst de pan uit rijst. Maar bij een kater kun je gewoon besluiten om de wodka-martini's af te zweren, of nog beter alle alcohol, en je weet dat het weer voorbijgaat als je maar lang genoeg wacht. Bovendien kun je alles afschuiven op chemicaliën. Je weet dat het niet jouw schuld is.

De laatste keer had ik op een avond geprobeerd de verschrikkingen van me af te zetten door echt ontzéttend dronken te worden, maar dat had niet geholpen. Ik kon niet ontsnappen aan die doffe ellende en de ochtend daarna was de meest afschuwelijke die ik ooit heb meegemaakt. Ik had het gevoel dat ik van de ene op de andere dag ongeveer duizend verdiepingen onder de oppervlakte was gezakt. Ik had me daarvoor ook al ellendig gevoeld, maar dat het zo erg kon worden had ik me nooit kunnen voorstellen. Het is maar een kater, prentte ik mezelf in. Probeer het één dagje uit te houden dan is het weer voorbij, net als andere katers en dan word je weer gewoon bang en voel je je niet meer zo rampzalig als nu.

Maar het ging niet voorbij, ik bleef die duizend verdiepingen lager zitten en daarna durfde ik niet meer dronken te worden.

Ik klemde mijn vingers om het stuur en bad dat ik niet opnieuw die hel zou hoeven doormaken. Ik was doodsbang voor alles wat daarmee samenhing: de medicijnen die niet werkten, de gewichtstoename, de voortdurende gedachte aan zelfmoord, de yogalessen. En nog erger dan de yogalessen waren die idioten met wie je samen les kreeg, die kerels in hun linnen ophijsbroeken en dat geleuter over 'de kern van hun hart'...

Ongeveer op dat punt viel de radio uit. We reden in stilte verder, tot praten met Parker minder onaangenaam leek dan verdiept te blijven in mijn eigen gedachten.

'Wat heb je het laatste jaar gedaan?' vroeg ik.

'Niets.'

Ik snoof honend. Het was onmogelijk voor Jay Parker om niets te doen, het was altijd vooruit, vooruit, vooruit. Als je bij hem in de buurt was, kreeg je het gevoel dat je in een achtbaan zat – wel opwindend, maar na een poosje werd je er misselijk van.

'Echt waar,' zei hij. 'Ik heb helemaal niets gedaan. Ik ben een maand in bed blijven liggen.' Hij staarde naar het lege landschap. 'Ik was kapot. Ik kreeg niets meer voor elkaar. Ik heb negen maanden lang niet gewerkt. Dit werk voor Laddz is het eerste wat ik weer doe.'

Nou ja, hij hoefde bij mij niet om medelijden aan te komen.

Ik keerde terug naar het onderwerp dat me nog steeds dwarszat. 'Waarom wilde je niet dat ik tegen John Joseph over Docker begon? Wat ben je van plan?'

'Niets. Ik was gewoon... nou ja, je weet wel, een beetje kinderachtig. Ik wilde iets weten wat de anderen niet wisten. Al was het maar voor even.'

'Je hebt iets in de zin,' zei ik. 'Een of andere nevenactiviteit. Je vergeet dat ik je ken. Je bent altijd aan het ritselen en op zoek naar andere invalshoeken.'

'Nu niet. Ik ben echt veranderd.' Hij pakte mijn hand en dwong me hem aan te kijken. Zijn ogen waren donker en oprecht. 'Echt waar, Helen. Ik ben veranderd.'

Ik schudde hem boos van me af. 'Wil je verdomme dat ik ergens tegenop rij?'

Voor ons verrees een gebouw uit het sombere landschap. 'Is dat een benzinestation?' vroeg ik. 'Ik moet wat cola light hebben.'

Maar het station was gesloten. En het zag eruit alsof het al jaren dicht was. Een jaartje of zestig. Bladderende verf, verschoten rood en een afschuwelijke sfeer van verlatenheid.

Maar ik stapte toch uit omdat ik iemand wilde bellen zonder dat Jay Parker me in mijn nek stond te hijgen. Ik had Harry Gilliam bij de zaak betrokken en nu ik bijna zeker wist dat Wayne uit vrije wil was ondergedoken, kon ik hem maar beter terugfluiten.

Harry nam op toen de telefoon voor de derde keer overging. Er werd op de achtergrond zo fanatiek gekakeld en gekraaid dat ik zijn 'hallo?' bijna niet kon horen.

'Neem me niet kwalijk dat ik je stoor bij je benefiet hanengevecht,' zei ik.

'Wat wil je, Helen?'

'De zaak die ik met je besproken heb. Die mag je wat mij betreft verder links laten liggen.'

Er volgde een lange, met gekakel gevulde stilte.

Uiteindelijk zei hij: 'Heb je je vriend gevonden?'

'Niet precies, nee. Maar ik ben er niet langer van overtuigd dat zijn afwezigheid... reden tot bezorgdheid is.'

Opnieuw die stilte. Met gekakel. Ik snap niet hoe hij het voor elkaar kreeg om zo dreigend over te komen.

'Ik heb al een bepaald bedrag besteed aan dat onderzoek,' zei hij.

'Het spijt me,' zei ik. 'Heel erg.'

'Ik zou maar uitkijken als ik jou was, Helen.'

'Is dat een dreigement? Of juist een waarschuwing? Op dit moment kan ik niet zo goed tussen de regels door lezen.'

'Ik moet ervandoor,' zei hij. 'Mijn beest is aan de beurt.'

Het gekakel bereikte een hoogtepunt, toen werd de verbinding abrupt verbroken.

Ik bleef een hele tijd naar de telefoon staren voordat ik in beweging kwam. Er was een voicemail binnengekomen. Van mam en ze klonk een beetje raar. 'Ik heb samen met Margaret alles voor je uitgepakt.' Ineens werd het zo klaar als een klontje waarom ze zo raar klonk. Ze had de foto's gevonden. 'We hebben een stel naaktfoto's van Artie gevonden.' Ze klonk een beetje gesmoord. 'Ik begrijp ineens...' Ze moest zichzelf dwingen om haar zin af te maken. 'Ik begrijp ineens wat je in hem ziet.'

Jezus christus. Jezus jezus christus. Jezus jezus jezus christus. Wat had ze ermee gedaan? Ze kapot gescheurd? Ze stiekem weer tussen mijn ondergoed verstopt? Of ze zorgvuldig in zo'n Aynsleybloemenlijstje gedaan en ze op het gepolitoerde tafeltje bij de foto's van haar kleinkinderen gezet?

Met die vrouw wist je nooit waar je aan toe was. Af en toe liet ze geen spaan heel en bereid vuurspuwend allerlei morele stokpaardjes, maar ze kon net zo goed de indruk wekken dat ze zichzelf geen haar beter voelde dan haar kinderen.

Hoe dan ook, ik kon nooit meer terug naar dat huis. Nooit meer.

'Schiet op,' zei ik tegen Jay Parker. 'Stap maar weer in.'

We reden door en uiteindelijk werd het donker, terwijl de pratende kaart ons steeds verder voerde door een vreemd en verwilderd landschap. Dit nam echt veel tijd in beslag, veel meer dan de paar uur waarop ik had gerekend.

We reden over smalle kronkelweggetjes met scherpe, onverwachte bochten en door met gras begroeide laantjes die uitkwamen op zanderige meeroevers.

Ik moest twee keer omdraaien en terugrijden en ik had de hoop eigenlijk al opgegeven, toen de pratende kaart ineens zei: 'Bestemming bereikt.'

'O ja?' zei ik verbaasd.

Ik trapte op de rem, reed haastig en piepend een paar meter terug en remde opnieuw. De koplampen van de auto vielen op een stel minstens drie meter hoge hekken die er angstaanjagend stevig uitzagen. Ze waren in een hoge, onvriendelijke muur gezet en hoewel ik in het donker niet veel kon onderscheiden zag alles wat ik wel kon zien er heel professioneel en heel privé uit.

Ik sprong uit de auto met Jay op mijn hielen en probeerde de hekken open te duwen, maar tot mijn grote ergernis zaten ze stevig dicht. Duidelijk een elektronisch slot.

Maar ik moest gewoon naar binnen.

O ja. Er was een intercom aangebracht in de muur naast het hek. Ik stak mijn hand ernaar uit, maar trok die meteen weer terug. Ik was zo opgewonden en tegelijk ook zo nerveus, ik wilde niet alles verpesten. Ik keek Jay aan. In het oranjeachtige licht van de koplampen vertoonde zijn gezicht dezelfde mengeling van triomf en bezorgdheid die ik voelde.

Hij knikte naar de intercom. 'Wat denk je... moeten we daarop drukken?'

'Druk maar,' zei ik. 'Dan zien we wel wat er gebeurt.'

'Doe jij het maar,' zei Jay. 'Ik wil niet.'

Gek genoeg wilde ik het ook niet. Ik was tegelijkertijd opgefokt en bezorgd en dat maakte me heel onzeker. Maar het was niet verboden om ergens aan te bellen, dus drukte ik op de knop en hield mijn adem in. Terwijl ik stond te luisteren vroeg ik me af welke stem we zouden horen, die van Wayne of die van Gloria?

Boven mijn hoofd klonk een zoemend geluid en ik keek haastig omhoog. Een camera bewoog en stelde zich dusdanig op dat het toestel me goed in beeld kreeg. 'Christus!' Dit was echt eng.

'Zou er iemand binnen zijn?' Jay klonk alsof hij in paniek was. Of opgewonden. 'En naar ons kijken?'

'Dat weet ik niet. Het zou kunnen. Of het is een automatisch apparaat, dat in werking wordt gesteld als je op de knop drukt.'

Ik stapte buiten bereik van de camera en Jay en ik wachtten

zwijgend maar vol verwachting af of de intercom tot leven zou komen.

Er gebeurde niets. Nog niet.

'Probeer het nog eens,' zei Jay.

Ik stapte weer naar voren, drukte nog eens op de bel en opnieuw kwam de camera zoemend tot leven om boven mijn hoofd rond te zwenken. Dat maakte de kans groter dat het apparaat op een sensor reageerde en niet door een mens bediend werd. Ik wist niet of dat een voor- of een nadeel was.

Maar de hekken gingen nog steeds niet open en niemand zei iets tegen ons, dus na een poosje belde ik opnieuw aan. Ik drukte een keer of vijf lang en nadrukkelijk op de bel, zonder gevolg.

'Als er iemand is,' zei ik, 'willen ze ons niet binnen laten.'

'Wat doen we dan nu?' vroeg Jay.

Tja. Ik had een leuk elektronisch apparaatje. Daarmee kon ik de hekken misschien openmaken. Of niet. Ik snapte niets van elektronica. Het enige wat ik wist, was dat mijn apparaatje soms elektronische hekken open kon maken en soms niet. Soms legde het de hekken volkomen plat, waardoor ze op geen enkele manier, niet met codes, niet met knoppen in het huis, opengemaakt konden worden, zodat het hele systeem opnieuw geprogrammeerd moest worden.

Als dat hier ook gebeurde, moesten we over de muur klimmen.

Ik pakte mijn apparaatje uit mijn tas, hield het op de plek waar volgens mij het slot moest zitten, drukte op de knop en tot mijn grote opluchting begonnen de hekken geruisloos en langzaam open te gaan.

We stapten weer in de auto en reden haastig naar binnen. Een lamp die aan een concentratiekamp deed denken floepte aan toen we daar in de buurt kwamen en verblindde ons bijna. En toen zagen we het huis voor ons.

Niet echt groot. Middelmatig. Maar wel heel indrukwekkend. Een met hout betimmerd pand dat herinneringen opriep aan Frank Lloyd Wright, met zeker drie meter hoge ramen en een houten terras op palen met uitzicht op het meer.

We stopten vlak bij de hoofdingang en ik stapte uit om snel de omgeving in me op te nemen. Geen spoor van een auto. Er was eigenlijk geen spoor van leven. Het huis was donker, maar dat was geen reden om de moed op te geven. Wayne en Gloria hadden misschien het licht uitgedaan en waren achter de bank gaan zitten toen ze ons bij het hek hoorden.

Meer op bewegingsmelders aangesloten lampen floepten automatisch aan en overgoten ons met wit licht terwijl ik mijn neus tegen een raam drukte en probeerde naar binnen te kijken. Ik zag een woonkamer met bruine, rode en oranje accenten. De verantwoordelijke binnenhuisarchitect had kennelijk voor een wildwestthema gekozen. Op een uit brede planken bestaande vloer waren hier en daar dierenhuiden gelegd en een manshoge open haard was van ruwe brokken steen gemaakt. Koeienhoorns staken uit de muur en er was veel dat met paarden van doen had. Ruw geweven paardendekens lagen achteloos over de leren banken en er was zelfs iets wat aan een decoratieve halster deed denken. Bewerkte metalen dingen die ook iets met paarden te maken hadden – zouden het teugels zijn? – bungelden aan het plafond. Het walgelijkst was een zadel op drie poten dat een kruk moest voorstellen.

Maar Wayne was in geen velden of wegen te zien. En ook niemand anders. Misschien ging het ook te ver om te verwachten dat iemand in zo'n afschuwelijke kamer zou willen zitten.

Ik wist niet zeker wat we verder moesten doen. We hadden geen plan. We hadden zo lang door dat lege landschap rondgereden, dat ik ervan overtuigd was geraakt dat we het huis nooit zouden vinden en dus ook nooit voor dit dilemma kwamen te staan.

Ineens kwam de oplossing bij me op. 'Bel hem maar,' zei ik. 'Dan kunnen we proberen hem naar buiten te praten.'

'Oké.' Maar toen Jay zijn telefoon tevoorschijn had gehaald, zei hij: 'Geen signaal.'

Ik greep haastig mijn eigen telefoon, maar ik had ook geen signaal. Wat een afschuwelijk gevoel.

'We moeten naar binnen om met hem te praten,' zei Jay. 'Hij zal wel boven zitten, in een van de slaapkamers. Zal ik hem roepen?'

'Daar moet ik even over nadenken. Oké, doe dat maar.'

'Wayne!' riep Jay. 'WAYNE! Ik ben het, Jay.' Zijn stem klonk verrassend luid in de stille, schone lucht.

'Hoor eens, Wayne, alles is in orde, je hebt niks misDAAN. We vinden er VAST wel een oplossing voor. Ga maar gewoon met ons mee naar huis.'

De stilte – of liever, het gebrek aan antwoord – weergalmde door de lucht naast het meer.

'We moeten naar binnen zien te komen,' zei Jay.

Daar was ik ineens niet meer zo zeker van. Als Wayne echt niet gevonden wilde worden, moest ik dat misschien wel respecteren. Maar toen kreeg de adrenaline me te pakken, de roes dat ik zo dicht bij mijn doel was en meteen daarna maalde ik nergens meer om en wilde alleen nog maar zo gauw mogelijk naar binnen.

'Hoe spelen we dat klaar?' vroeg Jay.

'We doen de deur open,' zei ik met een breed gebaar.

Ik liep naar de voordeur en probeerde de klink, want je weet maar nooit. Maar de deur zat op slot.

Tja. Tijd voor een tikje bescheidenheid.

'En nu?' vroeg Jay.

'We bellen aan.'

Maar er was geen deurbel.

'Dan kloppen we beleefd,' zei ik en ik tikte met mijn knokkels tegen de glazen voordeur tot ze zeer begonnen te doen.

'En nu?' vroeg Jay.

'Nu breken we in. Dat lijkt me duidelijk. Oen.'

Het lijkt misschien leuk, maar het is helemaal niet prettig om in een huis in te breken. Hoe je dat klaar moet spelen, kan soms problemen geven. Gelukkig was in dit geval de voordeur van glas dus hoefde ik niet op zoek te gaan naar een raam. En ik had een blik aardbeien in mijn kofferbak.

'Waarom rij je daarmee rond?' wilde Jay weten.

'Hou je mond.'

Ik was een beetje misselijk. Het was vreselijk om zo dicht bij Wayne te zijn en al die obstakels tussen ons in te hebben. Of lag het aan het vermoeden dat hij hier helemaal niet was...?

Ik gaf een flinke mep met het blik tegen het glas, maar het kaatste er gewoon van terug. Ik sloeg opnieuw, dit keer wat harder en wat meer geconcentreerd en werd beloond met het geluid van brekend glas: er was een kleine gat ontstaan met rondom breuklijnen. Ik gaf nog een klap en het grootste deel van de deur viel gewoon uit de sponningen en kwam op de vloer van de hal terecht, waardoor dodelijke kleine scherfjes alle kanten op vlogen.

Ik gebruikte het blik aardbeien om de scherpe punten die nog steeds rond het slot zaten weg te slaan, daarna stak ik mijn hand naar binnen en draaide het slot aan de binnenkant open.

'Zodra ik de deur openduw,' zei ik tegen Jay, 'zal het alarm afgaan en zullen we zeker een week lang last hebben van suizende oren. Let niet op de herrie en doe alles zo snel mogelijk. Jij denkt dat hij boven zit, dus dan beginnen we daar. Ben je er klaar voor?'

Ik duwde de deur open en we holden naar binnen, waarbij de glasscherven onder onze voeten kraakten, maar het gekrijs van een alarm ontbrak. Het bleef gewoon stil. Onverwacht, onrustbarend stil. En dat kon twee dingen betekenen.

Er was iemand in het huis en dat was mooi (maar ook niet, want ze wilden kennelijk niets met mij of Jay te maken hebben). Of het alarm werkte op afstand en maakte op dit moment een herrie vanjewelste bij de plaatselijke koddebeiers. En dat betekende dat er binnen de kortste keren een patrouillewagen met volgevreten agenten met een noodgang de weg op zou komen rijden, om ons krijsend en zwaaiend met gummiknuppels in de kraag te pakken.

En misschien was er nog wel een derde mogelijkheid. Misschien betekende het dat Docker nooit de moeite had genomen om een alarminstallatie aan te laten leggen omdat hij hier nooit was geweest. Misschien dacht hij wel dat het hek voldoende was als afschrikmiddel en had hij het daarbij gelaten.

'Schiet op,' zei ik tegen Jay.

We vlogen allebei de trap op, waarbij we elke keer als onze voeten een tree raakten iets raars voelden.

We bereikten de overloop en liepen zo snel van de ene naar de andere kamer – er waren drie slaapkamers, allemaal helemaal in ranchstijl – dat het even duurde voordat ik besefte wat dat rare gevoel veroorzaakte. Het was stof, een centimeters dikke laag stof die daar tijden ongestoord had gelegen en opwaaide als onze voeten de grond raakten.

Er was niemand in de slaapkamers, niemand onder de bedden, niets anders dan stof.

Terwijl mijn hoop langzaam wegebde, holde ik weer naar beneden, met mijn laatste restje optimisme gevestigd op de keuken. Ik spiegelde mezelf voor dat ik daar wel tekens van leven zou vinden, allerlei verse etenswaren zoals melk, eieren, kaas en chocoladecake. Maar er was niets. En toen ik zag dat de koelkast niet eens aangesloten was, had ik het gevoel dat ik tegen een muur opliep.

Er was niemand hier. Het was heel lang geleden dat iemand hier was geweest.

Geen Wayne. Geen Gloria. Helemaal niemand.

32

De anticlimax was zo groot, dat ik even met stomheid geslagen was en hetzelfde gold voor Jay.

Alle haast gleed uit ons weg en we liepen als mensen die net een shock hadden gehad naar het houten terras, waar we omlaag keken naar het roerloze, donkere water van het meer.

Heel lang bleven we zwijgend naar die inktzwarte diepten kijken.

'Raar, hè,' zei ik. 'Het lijkt echt op inkt. Het heeft dezelfde structuur, het is haast stroperig.'

'Daar zou je in kunnen verdrinken,' zei Jay. 'Op de tv zijn altijd van die spotjes waarin wordt gezegd dat het zo gemakkelijk is om te verdrinken.'

'Daar klopt niks van,' zei ik. 'Het is heel moeilijk om te verdrinken.'

En ik kon het weten.

Toen ik het zelf een keer probeerde, had ik overal aan gedacht en toch was het me niet gelukt. Ik had er zelfs een tas voor ingepakt. Ik had een rugzak volgepropt met van die kleine haltertjes die ik in een ander leven had aangeschaft, toen ik me nog druk maakte over strakke armen. Ik had mijn zakken gevuld met aardbeien in blik en mijn zwaarste laarzen aangetrokken. Ik had gewacht tot het laat op de avond en donker was en toen was ik helemaal naar het eind van de Dun Laoghaire-pier gelopen, op de kop af drie kilometer en zo ver mogelijk verwijderd van land en mensen, en daar was ik de slijmerige, met zeewier bedekte stenen trap naar het zwarte water afgelopen.

Het water was koud genoeg om bedenkingen op te roepen – heel even – maar de grootste schok was dat het maar tot mijn middel kwam. Ik had verwacht dat ik meteen kopje onder zou gaan en meegevoerd zou worden naar het land zonder pijn.

Lieve god nog aan toe! Zou het leven dan tot het allerlaatst alleen maar vernederingen voor me in petto hebben?

Opstandig zette ik koers naar de ingang van de baai waar het water vast dieper was – dat moest wel, want hoe konden anders die enorme veerboten hier naar binnen varen? – maar het gewicht dat ik meesleepte, zorgde ervoor dat ik nauwelijks vooruitkwam.

'Hé!' riep een vrouwenstem vanaf de pier. 'Jij daar in het water, wat doe je daar? Is alles in orde?'

'Prima,' zei ik. 'Ik ga zwemmen.'

Ze was vast de hond aan het uitlaten. Wat zou ze hier anders doen, midden in de nacht?

Ik bleef doorlopen, onhandig en langzaam, in de hoop dat ik van een of andere onderzeese richel af zou vallen en meegesleurd werd naar de diepte. Maar het water werd niet dieper. Het enige wat er gebeurde, was dat ik steeds kouder werd. Mijn tanden klapperden zonder dat er iets tegen kon doen en mijn voeten en benen leken dik en gevoelloos. Misschien was dit dan de manier waarop het zou gebeuren. In plaats van te verdrinken zou ik steeds kouder worden en uiteindelijk volledig onderkoeld raken. Het kon me niet schelen hoe het gebeurde, als er maar een eind aan kwam.

Door de koude, stille nacht kwamen woorden naar me toe drijven. Onzichtbare mensen stonden over me te praten.

'... daarginds in het water. Kijk maar!'

Een mannenstem. 'Ik heb een zaklantaarn.'

Een hond blafte en een lichtstraal gleed over het water en belandde op mijn hoofd. Lieve hemel!

216

Konden ze iemand die probeerde zelfmoord te plegen niet gewoon met rust laten?

'Is alles in orde met je?' De man met de zaklantaarn klonk geschrokken.

'Ik ben gewoon aan het zwemmen,' riep ik zo autoritair mogelijk terug. 'Laat me alleen. Ga je hond maar uitlaten.'

Een tweede man deed zijn mond open. 'Ze is niet aan het zwemmen. Ze probeert zelfmoord te plegen.'

'Echt waar?'

'Het is donker, het is stervenskoud en ze heeft al haar kleren aan. Ze probeert zelfmoord te plegen.'

'Dan kunnen we haar maar beter ophalen.'

Meteen daarna stormden de beide mannen en – de ultieme vernedering – hun verdraaide honden de trap af en zwommen naar me toe. Toen ze bij me waren, trok een van de mannen de rugzak van mijn rug en liet die op de bodem vallen. 'Laat me alleen,' zei ik, bijna in tranen. 'Bemoei je met je eigen zaken.'

Maar samen duwden ze me half drijvend terug naar de trap terwijl de honden hijgend en vrolijk om ons heen spartelden.

De vrouw die me het eerst had gezien en die deze hele reddingsactie op touw had gezet, hielp me de laatste treden op. 'Wat kan er nou zo erg zijn?' vroeg ze, met een gezicht waar de bezorgdheid op te lezen stond. 'Dat je zoiets wilt doen?'

Ik weet uit ervaring dat hondenliefhebbers een schrijnend gebrek aan fantasie hebben.

'We moeten eigenlijk de politie bellen,' zei een van de mannen.

'Waarom?' vroeg ik. Ik stond inmiddels tranen met tuiten te huilen. Ik was niet dood. Ik leefde nog steeds en ik had me er zo op verheugd om dood te zijn. 'Het is geen misdaad om zelfmoord te plegen.'

'Dus je probeerde inderdaad zelfmoord te plegen!'

'We moeten eigenlijk een ambulance bellen,' zei de vrouw.

'Ik mankeer niks,' zei ik. 'Ik ben alleen koud en nat.'

'Ik bedoelde een ander soort ambulance.'

'Met van die mannen in witte pakken?'

'Ja, eigenlijk wel...'

'Ze is ijskoud,' zei een van de mannen. 'Doorweekt en ijskoud. En nu ik het daar toch over heb, dat geldt ook voor mij.'

Arme mensen... ze hadden mijn leven gered en nu wisten ze niet wat ze met me moesten beginnen.

'Ik heb een deken in de auto,' zei de vrouw.

'We kunnen net zo goed teruglopen,' zei de ene man. 'We schieten er niets mee op als we hier blijven staan.'

En daar gingen we, drie van de vier drijfnat, voor een wandeling van zo'n twintig minuten over de drie kilometer lange pier. We waren een vreemd gezelschap, want uit de gesprekken kon ik opmaken dat de anderen elkaar ook niet kenden. Ze waren gewoon op hun gemak hun hond aan het uitlaten toen ze zagen dat ik mezelf om zeep probeerde te brengen en nu moesten ze ineens met wildvreemde mensen praten. De honden vonden het echter te gek, ze hadden nieuwe vriendjes ontmoet en totaal onverwacht lekker mogen zwemmen, dus het leven kon eigenlijk niet mooier zijn.

'Heb je een huis?' vroeg de vrouw. 'Kan ik iemand voor je bellen?'

'Nee, nee, ik voel me best.' De tranen stroomden nog steeds over mijn wangen.

'Ben je je baan kwijtgeraakt of zo?' vroeg de ene man.

'Nee.'

'Is je vriend ervandoor gegaan met een ander meisje?' vroeg de ander.

'Nee.'

'Heb je ook maar een moment gedacht aan de mensen die je achter had gelaten?' vroeg de vrouw die ineens boos klonk. 'Je ouders? Je vrienden? Zou je niet eens aan hun gevoelens denken? Hoe zij zich zouden hebben gevoeld als het geen laag tij was geweest en wij hier niet hadden gelopen?'

Ik keek haar met betraande ogen aan. 'Ik lijd aan een depressie,' zei ik. 'Ik ben ziek. Ik doe dit echt niet voor de lol.'

Welja, iemand nog beledigen op de koop toe! Mensen die kanker of een andere enge ziekte hebben, krijgen nooit te horen dat ze egoïstisch zijn.

'Nou,' zei de ene man, 'ik heb het idee dat je toch maar ergens naartoe moet om eens goed uit te rusten.'

33

Er waren drie maanden verlopen, ongeveer drie maanden, tussen mijn eerste bezoek aan dokter Waterbury toen ik spottend zijn recept voor antidepressiva had geweigerd en mijn poging om mezelf te verdrinken.

Binnen een week na die eerste afspraak had ik niet alleen de medicijnen opgehaald maar was ik ook weer naar hem teruggegaan omdat ik wanhopig graag wilde weten wanneer ze eindelijk zouden gaan werken. Ongeveer drie of vier dagen na zijn diagnose was ik de weg naar de hel ingeslagen. Ik was toch al niet het zonnetje in huis geweest, maar ineens leek ik steeds sneller weg te zakken. Misschien omdat hij het verloop voorspeld had.

Ik begon het gevoel te krijgen dat ik uit elkaar viel.

Enorme brokken angst kwamen ergens vanbinnen los en rezen naar de oppervlakte alsof ik een afkalvende ijsberg was. Alles zag er lelijk en puntig en raar uit en ik had het gevoel dat ik midden in een sciencefictionfilm zat. Alsof ik een noodlanding had gemaakt in een lichaam dat op het mijne leek en beland was op een planeet die wel iets van de aarde weg had, maar waar alles kwaadaardig en eng was. Ik had het gevoel dat alle mensen om me heen waren vervangen door dubbelgangers. Ik voelde me ontzettend onveilig. Onbehaaglijk was eigenlijk de juiste beschrijving van hoe ik me voelde, maar dan wel onbehaaglijk tot de miljoenste macht.

Mijn maag bleef de hele dag ronken alsof ik vol zat met bijen en gebroken glas en ik kon geen hap naar binnen krijgen. Maar 's avonds laat stierf ik ineens van de honger en dan propte ik mezelf vol met koekjes, chips en de ene na de andere kom cornflakes.

Ik begon de pillen te slikken, maar binnen een paar dagen was ik alweer bij dokter Waterbury met het verzoek om iets sterkers en hij vertelde me – vriendelijk maar onvermurwbaar – dat het drie weken zou duren voordat ze gingen werken, dus dat ik geen wonderen moest verwachten.

'O god, zeg dat alsjeblieft niet.' Ik barstte in tranen uit en bleef handenwringend voor hem zitten. 'Ik moet iets hebben wat meteen helpt en ik heb slaap nodig. Geef me alsjeblieft slaappillen.'

Hij schreef me met tegenzin tien tabletten Stilnoct voor en waarschuwde me tot hij een ons woog dat ze ontzettend verslavend waren en dat als ik er te verknocht aan raakte ik niet meer zou kunnen slapen.

'Maar ik kan toch al niet slapen!' zei ik.

'Is er iets met je gebeurd?' vroeg hij. 'Iets waardoor je in deze... geestesgesteldheid bent gekomen?'

'Nee.' Er was echt niets geweest, geen traumatische gebeurtenis, recent of in het verleden. Geen relatie die stuk was gelopen. Geen van mijn naasten was overleden. Ik was niet overvallen, er was niet bij me ingebroken, helemaal niets. Het hele gedoe was zomaar uit het niets begonnen.

'Heb je dit gevoel al eerder gehad?' vroeg hij.

'Nee.' Ik liet mijn leven even snel de revue passeren. 'Nou ja, eigenlijk misschien... een paar keer. Maar niet zo erg. Lang niet zo erg. En die aanvallen duurden nooit lang, dus ze vielen ook niet echt op, als u begrijpt wat ik bedoel.'

Hij knikte. 'Depressie is occasioneel.'

'Wat betekent dat?'

'Dat als het één keer gebeurt, het vaak weer terugkomt.'

Ik keek hem met grote ogen aan. 'Moet ik me nou beter of slechter voelen?'

'Geen van beide. Het was gewoon een stukje informatie.'

Ik ging naar huis om te wachten tot de drie weken voorbij waren en ondertussen surfde ik urenlang over het internet om alles over depressies te googelen. Tot mijn grote schrik kwam ik tot de ontdekking dat mijn symptomen niet helemaal klopten. Bij een klassieke depressie was je kennelijk niet meer vooruit te branden. Het neemt je zo in beslag dat je niets meer kunt doen. Ik las een blog van een arme vrouw die in bed had gelegen toen ze nodig moest plassen en het had zevenenzestig uur geduurd voordat ze de moed kon opbrengen om op te staan en naar het toilet te gaan.

Bij mij was het heel anders. Ik was heel geagiteerd, ik moest iets doen, ik moest in beweging blijven. Maar ik kreeg geen bal voor elkaar, omdat mijn concentratie volkomen naar de knoppen was.

Ik kon niet lezen, zelfs geen tijdschriften. Ik weet niet wat ik had moeten beginnen als er geen dvd-boxen hadden bestaan.

Ik hield niet opzettelijk op met het beantwoorden van e-mails, maar het zou gewoon gemakkelijker zijn geweest om de Mount Everest te beklimmen dan een fatsoenlijke zin te bedenken. En ik besloot ook niet van het ene op het andere moment om mijn telefoon niet meer op te nemen, ik was absoluut van plan om dat later wel te doen, of morgen of zo. Zodra ik weer in staat was om als een normaal mens te praten. Het was ook niet zo dat ik ziekteverlof nam, zo dramatisch was het niet. Maar ziekteverlof kreeg mij te pakken. Op de een of andere manier was ik erin geslaagd om de paar gevallen waaraan ik werkte aan iemand anders over te doen en ik kwam terecht in een situatie waarin ik even niets omhanden had. Ik was vast van plan om dat niet lang te laten duren, het was iets tijdelijks, maar er kwam geen eind aan. Ik werd gebeld met aanbiedingen voor nieuwe zaken, maar ik kon met niemand praten en ik kon ook niemand terugbellen en na een paar dagen was het te laat en wist ik dat ze bij iemand anders hadden aangeklopt.

Ik keek ontzettend veel tv, vooral het nieuws, wat me daarvoor eigenlijk nauwelijks geïnteresseerd had. Ik voelde me vooral aangesproken door akelige dingen – natuurrampen, terroristische aanslagen – maar niet op de juiste manier. Ze gaven me hoop.

Bij de internetforums kon ik wel zien dat alle anderen helemaal in de stress schoten van rampzalige toestanden, maar ik kikkerde er juist van op. Ik redeneerde dat als er ergens ter wereld een aardbeving was, er ook best een aardbeving in Ierland zou kunnen komen, bij voorkeur recht onder mijn voeten. Ik wenste niemand iets toe, ik wilde graag dat alle andere mensen gewoon gelukkig door bleven leven, maar ik wilde dood.

Ik wist dat mijn geestestoestand niet goed was, dat ik alles verwrongen en fout zag, tegen alle normale instincten in. Het is voor een mens iets heel normaals om jezelf te behoeden voor gevaar, maar ik hunkerde er juist naar. De enige reden dat ik mijn flat uit kwam, was dan ook omdat ik hoopte dat me iets verschrikkelijks zou overkomen. Want ondanks al die statistieken die beweren dat de meeste ongelukken thuis gebeuren, dacht ik nog steeds dat ik buitenshuis meer kans had om gedood te worden.

Mijn pillen waren mijn kostbaarste bezit. Ik had ze in de zak van mijn spijkerbroek en af en toe haalde ik ze tevoorschijn om er vol vertrouwen naar te kijken. En ik wachtte geduldig tot het weer elf uur 's avonds zou worden, zodat ik mijn volgende antidepressivum kon nemen en weer een dagje dichter bij genezing zou zijn. Maar mijn allerdierbaarste bezit waren mijn slaappillen. De dag dat dokter Waterbury toegaf en me het recept gaf, huilde ik gewoon van opluchting. Nou ja, ik geloof dat het opluchting was, maar inmiddels liep ik de godganse dag te janken dus zeker weet ik dat niet. In ieder geval kon ik die avond zonder de gebruikelijke angstige voorgevoelens en vier afleveringen van *Curb Your Enthusiasm* naar bed.

In zekere zin werkte de pil prima – ik was zeven uur onder zeil – maar toen ik wakker werd, had ik het gevoel dat ik tijdens mijn slaap ontvoerd was door buitenaardse wezens. Ik voelde voorzichtig aan mijn kont. Was er met me geëxperimenteerd? Was ik onderworpen aan het beruchte anale onderzoek?

Chemisch opgeroepen slaap was beter dan eindeloos wakker liggen terwijl de vreselijkste dingen door je hoofd rondspoken, maar de pillen bezorgden me akelige, levensechte en gedetailleerde dromen. Zelfs als ik buiten westen was, voelde ik me nog niet veilig. Ik had het idee dat ik elke nacht rondtolde in achtbanen, terwijl lelijke mensen me uitscholden. En elke ochtend belandde ik met een bons weer in de wereld van alledag, met het gevoel dat ik een lange, uitputtende reis had gemaakt terwijl ik uitgeteld was.

Maar goed, die eerste tijd mocht dan afschuwelijk zijn, het had allemaal toch iets onschuldigs, omdat ik er in dat stadium nog echt op rekende dat medicijnen me konden helpen. Als ik het nou maar gewoon die drie verplichte weken volhield, prentte ik mezelf in, dan zouden de pillen vanzelf gaan werken en kwam alles in orde. Toen die drie weken voorbij waren, voelde ik me echter alleen maar nog afschuwelijker.

Nog banger en nog minder in staat om te functioneren. Af en toe stapte ik laat op de avond in mijn auto en reed urenlang rond, maar ik kreeg twee keer een lekke band omdat ik per ongeluk de rand van het trottoir raakte. Ik was altijd zo trots op mijn rijkunst geweest, maar nu was ik officieel een gevaar op de weg.

Ik ging terug naar dokter Waterbury en omdat ik zoveel online had gezeten wist ik meer van antidepressiva dan hij. Ik had je tot in de finesses op de hoogte kunnen brengen van de eigenschappen en bijverschijnselen van elke pil die op de markt was, alle verschillende klassen, de tricycliden of TCA's, de SNRI's, de SSRI's en de MAO-remmers.

Ik stelde voor dat hij me een wat minder bekende TCA zou voorschrijven, eentje die volgens mijn internetresearch misschien zou helpen tegen mijn specifieke symptomen. Hij moest het opzoeken in een boek en keek me geschrokken aan.

'Dit middel heeft behoorlijk heftige bijwerkingen,' zei hij. 'Uitslag, delirium, mogelijk hepatitis...'

'Ja, ja,' beaamde ik. 'Plus tinnitus en stuiptrekkingen en het kan schizofrenie in de hand werken. Allemaal echt geweldig, maar dat kan me geen bal schelen als het maar werkt en ik me niet langer hoef te voelen alsof ik midden in een sciencefictionfilm zit.'

'Het wordt eigenlijk nauwelijks voorgeschreven,' zei hij. 'Ik heb het zelf zeker nooit voorgeschreven. Waarom proberen we het niet met Cymbalta? Veel van mijn patiënten hebben daar veel baat bij gehad.'

'Ik heb over dat andere middel op internet gelezen...'

Hij mompelde iets wat verdacht veel leek op 'dat verrekte internet'.

'... en een vrouw die een blog bijhoudt, had precies hetzelfde gevoel als ik, het gevoel dat ze midden in een nachtmerrie zat terwijl ze wakker was en die pillen hielpen.'

Hij schudde zijn hoofd. 'Laten we het maar op Cymbalta houden, dat is veiliger.'

'Als ik ja zeg, krijg ik dan weer een recept voor slaappillen?'

Het bleef een hele tijd stil, toen zei hij: 'Als je bereid bent om naar een therapeut te gaan.'

'Afgesproken.'

'Oké.'

'Duurt het ook weer drie weken voordat die Cymbalta gaat werken?'

'Ik ben bang van wel.' Hij schreef een paar namen op een velletje papier. 'Een paar therapeuten die ik kan aanbevelen.'

Ik keek er nauwelijks naar. Ik was alleen geïnteresseerd in de pillen. Ik pakte het recept aan. 'Dus volgens u moet ik nu ik over drie weken weer in orde zijn.'

'Nou ja...'

Maar toen de drie weken voorbij waren, moest ik opnieuw naar hem toe.

'Het gaat alleen maar slechter,' zei ik.

'Heb je nog een van die therapeuten gebeld?'

'Ja! Ja, natuurlijk.' Ik was tot alles bereid, zolang ik maar dacht dat het zou helpen. 'Ik ben bij een van hen geweest. Antonia Kelly. Ze is echt aardig, hoor, vol begrip.' En ze had een beeldige auto, een Audi TT. Een zwarte, natuurlijk. Ik was bereid om vertrouwen te schenken aan een vrouw die zo'n goede smaak op het gebied van auto's had. 'We hebben afgesproken dat ik iedere dinsdag naar haar toe ga. Maar dat gaat een eeuwigheid duren, therapie heeft tijd nodig. Dat heeft ze me zelf verteld. Maanden. Vooral omdat ik een gelukkige jeugd heb gehad.' Ik keek hem verwilderd aan. 'We weten nauwelijks waar we moeten beginnen!'

'Maar je hebt toch wel een traumatische ervaring gehad?'

'Nee! Ik wou verdomme dat het wel zo was!' Ik moest mezelf tot kalmte manen. 'Ik beloof u echt, dokter Waterbury, dat ik aan al mijn problemen zal werken, ook al heb ik die helemaal niet. En ook al heb ik nog zo de pest aan dat woord. Maar ik moet iets hebben wat op korte termijn hulp biedt. Mag ik andere pillen? En dan alsjeblieft die waar ik het eerder over heb gehad?'

'Oké. Maar net als bij die andere pillen zal het drie weken duren voordat ze werken.'

'O, god,' zei ik. Kreunend. 'Ik weet niet of ik het nog drie weken uithoud.'

'Wat bedoel je daar precies mee?'

'Ik bedoel,' zei ik, 'dat als je de doffe ellende in mijn hoofd zou kunnen vergelijken met lichamelijke pijn u uit puur mededogen een kussen in mijn gezicht zou duwen. Ik bedoel dat als ik een hond was u me neer zou schieten.'

Na een lange stilte zei hij: 'Ik denk dat je eens moet overwegen om ergens naartoe te gaan om uit te rusten.'

'Ergens naartoe? Wat bedoelt u?'

'Een ziekenhuis.'

'Waarvoor?' Ik snapte hem niet. Ik dacht aan die keer dat ik aan mijn blindedarm was geopereerd. 'Bedoelt u soms een psychiatrische kliniek?'

'Ja.'

'Maar zo erg is het niet! We moeten alleen de goeie pillen zien te vinden. Geef me nou die slechte maar, waarvan ik toevallen en schizofrenie krijg, dan zal ik me vast weer puik voelen.'

Met tegenzin schreef hij een recept uit voor de TCA's met al die bijwerkingen en hoewel ik er inderdaad uitslag van kreeg en een kortstondige (mogelijk ingebeelde) aanval van tinnitus hielpen ze voor geen meter.

Op dat moment besefte ik dat ik het niet meer kon opbrengen om nog verder te gaan.

34

Op de terugweg uit Leitrim zeiden Jay Parker en ik geen woord. Om te zeggen dat we terneergeslagen waren, is nog maar zwak uitgedrukt.

Ik was er zo zeker van geweest, zo absoluut overtuigd dat we Wayne bijna gevonden hadden. Om eerlijk te zijn moet ik wel bekennen dat ik nogal monomaniakaal kan reageren: als ik een bepaald idee heb, ben ik net een hond met een bot, ik kan het niet loslaten. En het viel niet mee om te verwerken dat ik er zo faliekant naast had gezeten.

Niet alleen had ik Wayne niet gevonden, maar ik had ook nog eens ingebroken in het huis van een wereldster. Ook al woonde Docker daar helemaal niet, ook al was hij er zelfs nog nooit geweest, de zaak kon behoorlijk uit de klauwen lopen als hij besloot een aanklacht in te dienen. Ik kon huisarrest krijgen, publiekelijk te schande worden gemaakt en bedolven worden onder de woede van zijn vele trouwe fans.

Ik probeerde mezelf ervan te overtuigen dat hij nooit te weten zou komen dat ik het had gedaan. Maar mensen zoals hij, machtige mensen, kunnen overal achter komen. En dan was er nog de camera boven het hek, waar waarschijnlijk een enig filmpje van mij in zat.

O, jezus, dat hek. Jay en ik hadden het open moeten laten staan toen we weggingen, omdat mijn kleine toverapparaatje dat zo vriendelijk was geweest om het open te maken hardnekkig had geweigerd het ook weer dicht te doen. En wat nog veel erger was: we hadden Dockers voordeur in diggelen achtergelaten. Misschien hadden we moeten proberen om dat enorme gat te repareren met behulp van karton en zwart plakband – als we de mazzel hadden gehad om ergens een stuk karton en zwart plakband te vinden – maar we waren zo teleurgesteld dat het idee niet eens bij ons was opgekomen. Nu, halverwege Dublin, drong het ineens tot me door dat als het glas niet vervangen zou worden, de plaatselijke wilde dieren naar binnen zouden kunnen. De deur moest gemaakt worden, maar dat kon ik niet eigenhandig doen. Zelfs als ik een glazenmaker was geweest, dan kon ik toch niet terug naar Leitrim, het was daar veel te spookachtig.

Ik moest iemand vertellen dat die deur kapot was. Maar wie? Ik had geen nummer van Docker en geen flauw idee hoe ik met hem in contact kon komen. Misschien kon ik maar beter een glazenmaker uit Leitrim regelen voor die reparatie en proberen zelf anoniem te blijven.

Toen we bij de buitenwijken van Dublin aankwamen, ging de zon alweer op. Dockers huis had zo diep verborgen gelegen in al die kleine laantjes in Leitrim, dat het inmiddels al na drieën in de ochtend was.

Ik deed voor het eerst in een paar uur mijn mond open. 'Jay, waar moet ik je afzetten?'

Hij leunde met zijn hoofd tegen het zijraampje en hoorde me kennelijk niet.

'Jay?'

Hij draaide zich om. Hij zag er net zo terneergeslagen uit als ik me voelde. En hij was altijd zo vrolijk en positief dat ik heel even medelijden met hem kreeg.

'Zat je te slapen?' vroeg ik.

'Nee. Ik vroeg me gewoon af waar hij verdomme uithangt... ik dacht echt dat we hem daar zouden vinden.'

'Ik ook.' Ik werd ineens ontzettend moe toen ik me realiseerde dat ik weer terug was bij af. Ik moest met de buren gaan praten met wie ik nog niet gesproken had. Ik zou naar Clonakilty moeten rijden om met Waynes familie te praten.

Maar ik zou volhouden. Ik zou net zo lang blijven peuteren tot er iets aan het licht kwam. En we moesten ook nog de uitslag krijgen van de bevindingen van de mensen die zijn telefoon- en bankgegevens natrokken, dus zo erg was het allemaal niet.

'We vinden hem heus wel,' zei ik.

'Denk je?'

'Tuurlijk.' Nou ja, misschien.

Tegen de tijd dat we bij zijn flat aankwamen, was het vier uur in de ochtend en de zon was op. Verrekte aandachttrekker. Net een kind dat graag mee zou willen doen in *Glee* en maar blijft zingen en dansen: 'Kijk mij nou! Kijk mij nou!'

Jay stapte uit en grijnsde een beetje gedwongen. 'Doe de groeten aan Mammy Walsh als je thuiskomt.'

'Mammy Walsh? Ik ga naar mijn vriend. Weet je nog? Eén meter vijfentachtig? Adembenemend knap? Een goedbetaalde baan? Een door en door fatsoenlijk mens?'

'Fijn, laat je maar lekker pakken. Maar vergeet niet dat je nog steeds op zoek bent naar Wayne.'

'Daar hebben we het morgen wel over.'

'Het is al morgen.'

'Mij best.' Ik trapte op het gaspedaal en mijn auto schoot weg met een plezierig, spottend klinkend piepje.

Het was zo licht dat het midden op de dag leek. De zon was een meedogenloze witte bal in een witte lucht, maar de straten waren leeg. Het leek alsof er een bom was afgegaan, eentje die alle mensen had gedood maar de gebouwen had laten staan. Ik had het gevoel dat iedereen dood was en dat ik de enige overlevende was.

Het geluk was aan mijn kant want bizar genoeg vond ik een parkeerplaatsje op maar twee straten van Arties huis.

Ik liet mezelf binnen en ging mijn tanden poetsen. Ik had altijd mijn tandenborstel bij me, zelfs voordat ik ineens dakloos werd. Omdat mijn baan vaak zo onvoorspelbaar is, had ik trouwens altijd vrijwel alles bij me: mijn make-up, mijn telefoonoplader en zelfs mijn paspoort. Ik was net een slak, ik droeg mijn hele hebben en houden op mijn rug.

Op mijn tenen sloop ik Arties donkere slaapkamer in – o, het verrukkelijke wonder van verduisteringsgordijnen – en kleedde me in stilte uit. In het donker kon ik de warmte van zijn slapende lijf voelen en de geur van zijn huid ruiken. Daarna glipte ik rustig in bed, tussen zijn heerlijke lakens en stond mezelf toe om te ontspannen.

Plotseling schoot zijn arm uit en hij trok me over het bed naar zich toe.

'Ik dacht dat je sliep,' fluisterde ik.

'Dat is ook zo.'

Maar dat was niet waar.

Artie hield wel van een vluggertje in de ochtend.

Hij begon in mijn schouder te bijten, kleine hapjes, bijna hard genoeg om zeer te doen op een manier die me koude rillingen bezorgde. Daarna zakte hij langs mijn sleutelbeen naar beneden en liet zijn mond om een tepel glijden, eerst de ene, daarna de andere. Het was volslagen donker om ons heen terwijl hij bijtend en kussend de volle lengte van mijn lichaam afwerkte tot hij bij mijn tenen was. Vervolgens kwam hij weer omhoog. Er kwam geen woord aan te pas, het was alleen maar gevoel tot ik dacht dat ik zou ontploffen, toen drong hij snel en heftig bij me binnen. Hij wachtte tot ik twee keer klaar was gekomen – het was een hele opluchting dat ik in dat opzicht nog normaal functioneerde – toen voelde ik dat hij huiverend zijn rug kromde en zijn best deed om zijn ingehouden kreet van verrukking in te slikken voor het geval de kinderen hem zouden horen. Binnen de kortste keren lag hij weer rustig en regelmatig te ademen. Hij was opnieuw in slaap gevallen.

Mazzelkont. Ik kon niet slapen. Ik was bekaf, maar mijn hoofd kwam niet tot rust. Ik dwong mezelf om langzaam en diep te ademen en zei streng tegen mezelf: Het is nu tijd om te gaan slapen. Ik lig bij Artie in bed en alles is in orde.

Maar dat hielp niet. Ik was verschrikkelijk onrustig. Mijn slaappillen waren vlakbij, in mijn tas en ik wilde er het liefst eentje nemen om een tijdje van de wereld te zijn.

Alleen niet hier. Een slaaptablet was te kostbaar om dat zomaar te verspillen. Ik wilde op een plek zijn waar ik een paar uur achter elkaar door kon slapen en Artie werd meestal om zes uur wakker. Ik besefte dat ik naar huis wilde en zodra die gedachte in me opkwam, ontplofte ik vanbinnen van opluchting... en toen herinnerde ik me, in een nieuwe opwelling van verdriet, dat thuis niet langer thuis was. Het idee dat ik naar de logeerkamer bij mijn ouders moest, was lang niet zo aantrekkelijk.

Maar de paniek sloeg toe. Ik kon daar niet blijven liggen met Arties arm om me heen. Ik glipte uit bed en kleedde me in het donker aan met een bewonderenswaardig minimum aan geritsel – zelfs in mijn toestand kon ik nog trots zijn op dingen die ik klaar kon spelen – voordat ik de slaapkamer uit liep en de deur zacht achter me dichttrok.

Geluidloos zweefde ik door het glazen trappenhuis naar beneden. Ik ben een geest, dacht ik. Ik ben een spook, ik ben een van de levende doden...

'Helen! Je bent hier!'

'Jezus christus!' Ik was even bang dat mijn hart uit mijn borst zou barsten van schrik. Het was Bella die in de gang stond, in een roze pyjama met een glas met een of ander roze drankje in haar hand.

'Ben je voor de barbecue gekomen?' vroeg ze.

'Welke barbecue? Het is vijf uur in de ochtend.'

'We hebben een barbecue. Later. Vanavond om zeven uur. En we gaan zelf gemberbier maken.'

'Enig, maar...'

'Wil je misschien een glaasje wijn?'

'Ik moet ervandoor, Bella.'

'Echt waar? Wat ontzettend jammer.' Ze keek heel teleurgesteld. 'Ik heb een quiz die ik met je wil doen. Die heb ik zelf gemaakt, speciaal voor jou, het gaat vooral over je favoriete kleuren en je favoriete dingen. Maar ik zie je straks wel weer, hè? Eigengemaakt gemberbier!'

35

Hè ja, eigengemaakt gemberbier. Wie had er ooit verwacht dat ik verkering zou krijgen met een vent die zich met dat soort dingen bezighield? Of die in ieder geval kinderen had die dat deden? Wat was romantiek toch iets raars, de meest onwaarschijnlijke mensen kregen iets met elkaar.

Neem nou Bronagh en Blake – van hen had je ook nooit verwacht dat ze een stel zouden worden. Toen ze een jaar of vier geleden verkering kregen, schrok ik daar gewoon van en niet alleen omdat ik eigenlijk altijd min of meer had gedacht dat wij gewoon met ons tweetjes zouden blijven. Het was omdat Blake zo'n typisch alfamannetje was, gek op rugby, met een stem als een misthoorn en verslingerd aan geld, zo'n vent die automatisch met een naalddun, langbenig blondje trouwde, ook al was ze medisch hersendood verklaard. Je had in geen duizend jaar verwacht dat hij op Bronagh zou vallen.

En ik had er heel wat onder durven te verwedden dat Bronagh ook niet op hem zou vallen, maar het gebeurde toch en ze waren ineens helemaal gek op elkaar.

Destijds was Blake nog makelaar, maar dat was maar tijdelijk verzekerde hij iedereen altijd meteen. Blake was een man met een doel: hij zou projectontwikkelaar worden, een waanzinnig succesvolle projectontwikkelaar, zodat hij auto's kon kopen met van die brullende motoren en een landhuis in Kildare en nog een ander landhuis in Holland Park en een deelgenootschap in een privévliegtuig.

Toen ik de draak met hem stak door te zeggen: 'Alleen maar een deelgenootschap, Blake? Waarom niet het hele vliegtuig?' zette hij me snel op mijn nummer: 'En dan geld neertellen voor het onderhoud, luchthavenbelasting en de huur van een hangar? Hou je me voor de mal, Helen? Een verstandige man kiest voor een deelgenootschap, alle gemakken en geen vaste kosten.'

Dus je begrijpt dat ik niet bepaald weg van hem was, maar ik moest toegeven dat hij een puike smaak had: hij had Bronagh helemaal te pakken. En hij stond haar toe om even gek te blijven als ze was. Bronagh zou nooit een ideale echtgenote worden, om het maar eens zwak uit te drukken. Al werd ze duizend, Bronagh zou nooit volmaakte etentjes geven. Maar toch was ze voor Blake het punt waar alles om draaide als hij weer eens een cliënt in de watten wilde leggen.

Er was één avond waarop Blake kaartjes had geregeld voor een toneelstuk in de Abbey voor een paar van zijn chique potentiële cliënten en waarom weet ik niet meer maar ik werd ook uitgenodigd. Het begon allemaal heel leuk en beschaafd met roze champagne in de bar, maar zodra we op onze plaatsen zaten en het licht uitging, werd het één grote puinhoop. Binnen de kortste keren begon Bronagh haar ongenoegen te uiten over de stomme teksten. Ik verwachtte eigenlijk dat Blake haar aan zou stoten en 'sst, niet waar de chique potentiële cliënten bij zijn' zou sissen. Maar hij hield zijn mond.

Bij één stuitend stompzinnig zinnetje zei Bronagh echt héél hard: 'O, LIEVE GOD NOG AAN TOE!' En toen ik naar Blake keek, zat hij te schudden van het lachen.

Toen eindelijk de pauze aanbrak – en ik weet zeker dat die voor die arme toneelspelers niet snel genoeg kon komen – liep Bronagh voor ons uit naar de bar waar ze ons allemaal op een hoop dreef en zei: 'Ik stel voor dat we de benen nemen. Laten we deze kolder maar vergeten en een borrel gaan pakken in elke kroeg tussen hier en Rathmines. Wie doet mee?' En in plaats dat de chique potentiële cliënten vol ontzetting terugdeinsden, begonnen ze te joelen en te juichen en als een horde wolven bij volle maan te huilen. Meteen daarna vertrokken we voor de wildste kroegentocht die ooit gehouden is: schoenen verdwenen in het niets, een donorkaart werd verloren en dook later op de Philippijnen weer op, drie leden van het gezelschap werden de volgende ochtend wakker in Tullamore zonder ook maar het flauwste idee hoe ze daar beland waren, een man die Louis heette gaf zijn auto (een BMW) cadeau aan een dakloze en moest de volgende dag de hele stad doorsjouwen om het kreng weer terug te vinden en een meisje dat Lorraine heette, kwam bij toen ze languit op de vloer in haar eigen woonkamer lag, gehuld in een gloednieuwe Prada-jas nog steeds voorzien van het prijskaartje (€1750) van Brown Thomas en de enige verklaring daarvoor was dat ze midden in de nacht bij Brown Thomas had ingebroken en de jas had gestolen.

Desondanks verklaarden alle chique potentiële cliënten, zonder uitzondering, dat ze de meest geweldige avond van hun leven hadden gehad. Zelfs die arme Louis, die zijn auto nooit meer terugzag. (En natuurlijk had Lorraine ook meer dan genoeg om dankbaar voor te zijn – een gloednieuwe Prada-jas – ook al bleef ze nog een halfjaar lang doodsbang dat de smerissen ieder moment voor de deur konden staan.)

Zaterdag

36

Ik besloot niet op de bank te gaan liggen. En al helemaal niet op een bed. Dan zou ik me op verboden terrein begeven. Zolang ik maar gewoon op Waynes vloer lag, was ik nog steeds aan het werk.

Nadat ik bij Artie wegging, was ik van plan om naar Clonakilty te rijden om met Waynes ouders en zus te praten. Dat leek een zinnige tijdsbesteding: ik kon niet slapen en ik zou er op een gegeven moment toch heen moeten, dus waarom dan nu niet?

Maar na ongeveer veertig minuten op de lege snelweg begon ik het gevoel te krijgen dat ik hallucineerde. Ik had sinds acht uur gisteravond achter het stuur gezeten en ik was zo moe dat ik een gevaar op de weg vormde. Ik vond het geen punt om mijn eigen leven in de waagschaal te stellen – het was me zelfs een onverdeeld genoegen – maar de gedachte dat ik iemand anders iets aan zou kunnen doen stuitte me tegen de borst.

Dus nam ik de volgende afslag en ging terug naar Dublin. Maar hoe dichter ik bij de stad kwam, des te sterker ik besefte dat ik mijn flat kwijt was. Ik had geen huis meer. God, wat raar. Ik had geen huis. Waar moest ik naartoe?

Ik besloot om maar weer naar Waynes huis te gaan, want dat was per slot van rekening werk.

Mercy Close was stil en leeg om halfzeven op een zaterdagochtend. Ik deed de deur van nummer 4 open, schakelde het alarm uit en voelde iets van rust opwellen, alsof ik hier thuishoorde. Dat was niet zo mooi.

Dit was mijn huis niet. Ik woonde hier niet, ik zou hier ook nooit wonen. Dat moest ik mezelf goed in mijn hoofd prenten.

Tien seconden later kreeg ik een sms'je waarin mijn komst werd gemeld. Mooi zo, alles werkte nog steeds.

Ik bleef een tijdje in Waynes huis ronddwalen en zag dingen die me daarvoor niet waren opgevallen. Er zat een tekening op de deur van de ijskast, een potloodtekening van een man in een auto. In wiebelige potloodletters stond erbij 'ik hou van oom Wayne', gevolgd door een lange rij potloodkusjes.

Daarna bleef ik ongeveer zeven minuten bewonderend naar de open haard in de zitkamer kijken. Prachtig. Die moest gewoon origineel zijn. Typische jarendertigvormen en schitterende zwarte keramiektegels met een paars met groen distelmotief.

Hij leek toch wel een ontzettend aardige vent, dacht ik. Hij had ook zulke mooie dingen. Daarna moest ik zo ontzettend gapen, dat mijn kaak bijna uit de kom raakte.

Ineens was ik doodmoe en moest echt even gaan liggen. Wat een mooi kleed, dacht ik terwijl ik erop neerzonk. En zo'n mooie houten vloer. Ik ging plat op mijn rug liggen, want zolang ik op mijn rug lag, was ik nog aan het werk. Als ik op mijn zij zou gaan liggen en mijn benen optrok, zou dat inhouden dat ik op verboden terrein uitrustte en dat zou fout zijn, dus bleef ik plat op mijn rug liggen staren naar Waynes prachtige plafond. Ik zou mijn telefoon een paar minuutjes uit zetten...

Een tijdje later werd ik met een schok wakker. Mijn hart bonsde en mijn mond was uitgedroogd, maar in zeker opzicht was ik toch trots op mezelf omdat ik nog steeds plat op mijn rug lag. Dat was nog eens vakwerk. Ik pakte mijn telefoon en zette die weer aan. Het was kwart over een, dus ik was erin geslaagd om vijf uurtjes slaap te pakken. Schitterend, want zo bleef er minder van de dag over. Het was tijd om mijn pil te nemen, mijn overheerlijke pil. Ik strompelde naar de keuken en pakte een glaasje water uit de kraan, biddend dat er een of andere verschrikkelijke bacterie in zou zitten. Voordat ik het antidepressivum innam, praatte ik er even tegen. Je moet echt aan het werk, zei ik dringend. Haal dat afschuwelijke gevoel weg.

In gedachten zag ik het door mijn lichaam razen en onderweg het serotonineniveau verhogen. Maar o, wat zou ik graag een longembolie willen hebben! Ik probeerde me voor te stellen hoe dat in zijn werk ging, precies zoals ze kankerpatiënten aanraden om in gedachten hun kankercellen kapot te schieten. In mijn gedachten zag ik het steeds groter worden om vervolgens de bloedtoevoer naar mijn hart helemaal te blokkeren, waardoor ik vanzelf het bewustzijn zou verliezen...

Zou het verkeerd zijn om wat van Waynes cola light te drinken? Ik had dorst en ik had iets nodig waarvan ik zou opkikkeren. En er stond een hele fles in zijn koelkast. Technisch gesproken zou het verkeerd zijn om ervan te drinken. Technisch was dat diefstal. Maar ik kon er een nieuwe fles voor in de plaats zetten. Ik kon die fles gewoon leegdrinken en een nieuwe kopen en als Wayne terugkwam, zou hij het verschil nooit merken.

Aangenomen dat Wayne ooit terug zou komen. Ik staarde door het keukenraam naar de kleine achtertuin en liet de gedachte op fluwelen voetjes mijn hoofd binnensluipen: misschien kwam Wayne wel nooit terug en kon ik gewoon hier gaan wonen. Misschien stond mijn leven op het punt om in een rare film te veranderen waarin ik in Waynes auto ging rijden en zijn kleren zou dragen. Misschien zou ik ook zijn pasta gaan eten en zijn Cymbalta gaan slikken. Misschien was ik het wel, Helen Walsh, die dat witte pak aan zou trekken en op woensdag-, donderdag- en vrijdagavond voor duizenden schreeuwende fans zou gaan zingen, waarbij niemand het verschil zou opmerken. Misschien veranderde ik langzaam maar zeker in Wayne. Misschien was dat al begonnen.

Op die manier joeg ik mezelf de stuipen op het lijf.

Terwijl ik bezwoer dat ik zometeen naar de winkel zou gaan, schonk ik een glas cola light in en pakte mijn geliefde telefoon op. Er was een heel stel sms'jes binnengekomen terwijl ik in dromenland was.

Een van mijn zusje Claire die me uitnodigde voor een barbecue die later op de dag bij haar thuis werd gehouden. Twaalf – letterlijk twaalf – sms'jes van Jay Parker die me op twaalf verschillende manieren vroeg of ik Wayne al had gevonden en daarna zei dat John Joseph straks een barbecue zou houden en dat ik geacht werd daarbij aanwezig te zijn. En een van Artie. 'Heb ik je gedroomd?' stond erin. 'Hou vanavond bbq. Kom je?'

'Wat krijgen we nou weer,' zei ik hardop. 'Is het nationale barbecuedag?'

Het is behoorlijk jammer als zo'n mooie sarcastische opmerking door niemand gehoord wordt.

Ik belde Waynes mobiel, maar die stond nog steeds uit. Toch

bleef ik hopen dat als ik op goed geluk bleef bellen, hij op een gegeven moment zou opnemen.

Boven in de badkamer poetste ik mijn tanden en wierp toen een onbehaaglijke blik op de douche, voordat ik tot mijn grote opluchting besefte dat ik dat echt niet kon maken. Waynes warme water gebruiken? Dat zou pas echt diefstal zijn.

En trouwens, ik was niet naar bed geweest, dus was ik ook niet opgestaan, dus hoefde ik me eigenlijk ook niet te wassen en natuurlijk telde dat vijf uren durende dutje op Waynes vloer niet mee. Het was voldoende als ik mijn gezicht en handen even flink poedelde.

Weer beneden dwong ik mezelf om iets te doen wat niet alleen vervelend maar ook angstaanjagend was: ik schreef een lange e-mail aan Docker. Terwijl ik zo onverwacht in slaap was gesukkeld, was ik tot de conclusie gekomen dat het beter was om zonder omhaal te bekennen dat ik in zijn huis had ingebroken dan om voortdurend in angst te leven en over mijn schouder te kijken of de waarheid me al ingehaald had.

Als onderwerp vulde ik in 'Bezorgd om Wayne' en ik schotelde Docker het hele verhaal voor – alles over Wayne die vermist werd en mijn vermoeden dat Docker hem in bescherming had genomen en dat ik achter het bestaan was gekomen van het huis in Leitrim en ervan overtuigd raakte dat Wayne daar zat en dat ik toen de glazen voordeur had gebroken en weer terug was gegaan naar Dublin, waardoor het huis blootgesteld was aan de elementen en dat ik me ook zorgen maakte dat een roofzuchtige troep eekhoorns de zitkamer in beslag zou nemen om daar de hele dag naar *Meerkat Manor* te kijken en weigerden om weer weg te gaan. Ik zette er niet bij dat elke eekhoorn die ook maar een knip voor de neus waard was gegronde bezwaren zou hebben tegen die afschuwelijke wildwestinrichting, want dat zou de zaak alleen maar ingewikkelder maken, dacht ik. De e-mail eindigde met een stortvloed van excuses en de belofte dat ik de deur zou laten maken.

Omdat ik niet wist hoe ik rechtstreeks contact zou kunnen opnemen met Docker stuurde ik de e-mail via zijn agent: iemand bij William Morris die (althans volgens het internet) Currant Blazer heette en die waarschijnlijk per dag ontelbare mailtjes kreeg en die van mij waarschijnlijk nooit zou openen, maar ik had in elk geval correct gehandeld.

Ik was ervan overtuigd dat er geen glazenmakers zouden zijn in Leitrim, want ik was er vrij zeker van dat daar helemaal geen mensen woonden, maar een snelle speurtocht via Google leverde me een schat aan middenstanders op. Niet alleen glazenmakers, maar ook slotenmakers, reikitherapeuten en zelfs nagelspecialistes, allemaal in de regio Leitrim! Wie had dat gedacht!

Ik pikte er op goed geluk een glazenmaker uit, een zekere Terry O'Dowd en belde hem. Ik vertelde hem het verhaal, van het geopende hek tot de kapotte deur, de hele mikmak.

'Juist...' Hij ademde zwaar in de telefoon. 'Ik schrijf het allemaal even op.' Hij klonk alsof hij begin zestig was, langzaam en met een buikje, maar eerder een lieve opa dan belachelijk dik.

'Eekhoorns, zei u?'

'Of misschien wel dassen.'

'Das...sen,' zei hij, terwijl hij alles netjes noteerde. 'Dat zijn trouwens ontzettend leuke beesten. Wat was het adres ook alweer?'

Ik lepelde het op.

Ineens leek hij op te veren. 'Dat is het huis van Docker! Komt hij?'

'Nee.'

'We zitten al zeven jaar te wachten!'

'Hij komt niet.'

'Hij is in Londen momenteel, dus hij hoeft alleen maar over te steken. Samen met Bono. Ze bieden op Downing Street 10 een petitie aan uit naam van iemand. Darfur, denk ik.'

'Nee, Tibet.'

'Volgens mij was het niet Tibet. Tibet is een beetje 1998. We hebben het wel een beetje gehad met Tibet, hè?'

Hij zou best gelijk kunnen hebben. Tibet was een beetje passé.

'Maar het is toch niet Darfur. Het is...'

'Syrië!' zeiden we tegelijkertijd.

'Goddank dat we erop zijn gekomen,' zei hij. 'Ik zou stapelgek zijn geworden als dat niet zo was.'

'Dan hadden we het toch kunnen googelen?'

'Je hebt gelijk. Wat zouden we zonder Google moeten beginnen? Waarschijnlijk gewoon van alles uit het hoofd leren.'

'Dat klopt, meneer O'Dowd, dat klopt als een bus.'

'Zeg maar Terry, Helen.'

'Goed, Terry.' Ik slikte even. We waren inmiddels de beste maatjes geworden, Terry en ik, maar nu kwam het vervelende gedeelte. 'Terry, even over de betaling. Helaas is mijn creditcard... nou ja, een beetje door de bank geblokkeerd. Maar ik kan het geld wel rechtstreeks naar je overmaken.' Dankzij de poen die ik van Jay Parker had gekregen.

Dat betekende overigens wel dat ik in eigen persoon naar een bank zou moeten en ik had eigenlijk het vermoeden dat dit niet langer mogelijk was in die rare moderne wereld waarin we leven. En wat moest ik dan doen? Misschien raakte ik wel zo gefrustreerd dat ik in zou breken in een betonnen callcenter, negenenveertig verdiepingen onder de begane grond.

Jezus, wat een idee. Misschien moest ik gewoon aan mam vragen om een cheque uit te schrijven, dan kon ik haar dat geld contant teruggeven. Nee, ik kon mam niets vragen, niet na dat gedoe met die foto's van Artie. Misschien kon Margaret me uit de brand helpen.

'Goed, Terry, hoeveel ben ik je schuldig?'

'Aangezien het om de voordeur van Docker gaat en aangezien ik jou op het gehoor erg aardig vind, hoef je alleen maar voor de materiaalkosten op te draaien. Ik stuur je wel een sms'je met het bedrag. Ik wil je alleen vragen om me één plezier te doen. Als je weer eens met Docker praat, zeg dan tegen hem dat hij eens hiernaartoe moet komen. Hij zou een boel voor Leitrim kunnen doen, hij zou ons echt op de kaart kunnen zetten.'

'Terry, ik vind jou ook ontzettend aardig, maar ik ken Docker niet. Ik zal hem waarschijnlijk nooit spreken.'

'Beloof het nou maar gewoon,' zei hij. 'Dat als je hem ooit ontmoet, je hem alles over ons zult vertellen.'

'Oké, dat doe ik. En ik maak het geld maandag over, dan heb je dat hopelijk dinsdag al.'

'Maak je maar geen zorgen,' zei hij. 'Ik ga die deur vandaag repareren. En ik heb een vriend die wel raad zal weten met dat hek. Dus daar hoef je ook niet meer over in te zitten.'

Hij verbrak de verbinding en ik bleef naar de telefoon staren. Af en toe waren mensen zo aardig dat ik er bijna in bleef.

37

Ik belde Artie. 'Heb ik je gedroomd?' vroeg hij.

Ik lachte. 'Ik ben er wel even geweest, maar ik kon niet slapen... Ik blijf maar piekeren over Wayne, je weet hoe dat gaat.'

Dat wist hij inderdaad. Hij was precies zo. Hij praatte niet met mij over zijn werk, want dat was allemaal heel precair en vertrouwelijk, maar ik wist dat hij er net zo door in beslag genomen werd als ik.

'Dus hij is nog niet gevonden?'

'Nee.' Ik vertelde hem over het Leitrim-fiasco. 'Artie,' vroeg ik ineens. 'Waar zit Wayne volgens jou?'

Hij zweeg even. Hij zat na te denken. Bij zijn werk was hij de raarste dingen tegengekomen. Mensen die deden voorkomen dat ze zelfmoord gepleegd hadden en er vervolgens vandoor gingen met koffers vol contanten. Mensen die prostituees regelden voor hun zakenpartners en hen vervolgens chanteerden met het op videoband gezette resultaat.

'Ik weet het niet, schattebout. Alles is mogelijk. Alles. Het menselijke gedrag hangt van uitersten aan elkaar, er zijn geen grenzen aan wat mensen doen en met wie ze het doen... Maar ik zal erover blijven nadenken. Hoe voel je je nu, trouwens, met dat gedoe over je flat en zo?'

'Prima.' Ik klonk uitdagend en zelfs een beetje opstandig, omdat ik daar geen zin in had.

Na een korte stilte, zei hij: 'Dit soort gesprekken moeten we niet via de telefoon voeren.' Hij klonk triest. 'Maar ik heb vaak het gevoel dat dit de enige manier is waarop wij een beetje privacy hebben... We hebben een soort half leven samen, waarin we elkaar wel zien, maar ook weer niet, omdat de kinderen er altijd bij zijn.'

'Artie, dit begint op een van die angstaanjagende gesprekken te lijken over "hoe we alles moeten aanpakken" en je weet hoe ik daarover denk.'

'Soms zijn dat soort gesprekken niet te vermijden.'

'Laten we het voorlopig maar bij het oude houden.'

'... oké. Voorlopig dan. Wat ga je verder doen? De kinderen zijn bij mij, maar wil je niet toch naar ons toe komen? We hebben een barbecue.'

'Dat heb ik gehoord. Ik liep Bella om vijf uur tegen het lijf. Met zelfgemaakt gemberbier, geloof ik.'

'Dat klopt. Er staan grootse dingen te gebeuren.'

'Ik kom wel langs.'

Ik verbrak de verbinding.

Daarna moest ik eigenlijk Jay Parker bellen, maar in plaats daarvan liep ik de trap op naar Waynes kantoor, zette zijn computer aan en staarde er een hele tijd naar, in de hoop dat ik instinctief op het wachtwoord zou komen.

Daarna ging me ineens een licht op en ik wist wat het was: 'Gloria'. Dat kon niet anders. Het was zes letters, ze was kennelijk belangrijk voor Wayne... waarom was ik daar niet eerder op gekomen?

Maar als ik het nu mis had?

Nee, ik had het niet mis. Gloria was de sleutel tot alles wat er was gebeurd, dat voelde ik diep in mijn binnenste. Met trillende vingers tikte ik de 'G' in. Daarna de 'L'. Vervolgens de 'O'. Toen hield ik op. Ik was bang om door te gaan, voor het geval het toch niet 'Gloria' zou zijn en ik een van mijn drie kostbare pogingen verspilde. Maar ik was aan het eind van mijn Latijn. Ik moest het proberen. Snel tikte ik de resterende letters in en drukte op 'Enter'. Na twee folterend lange seconden verscheen de boodschap op het scherm: Wachtwoord Onjuist.

Ik bleef er een hele tijd naar kijken en wenste wanhopig dat ik het niet had geprobeerd. Toen ik nog geen poging had gewaagd had ik nog steeds hoop gekoesterd.

De wanhoop welde als een zwarte golf in me op en ik wachtte tot het ergste voorbij was.

Gloria was nog steeds van het grootste belang, prentte ik mezelf in. Ik wist alleen nog niet op welke manier. Maar uiteindelijk zou ik daar wel achter komen. En als ik Gloria vond, zou ik ook Wayne vinden.

En ach, ik had nog steeds twee kansen over met dat wachtwoord, alles was nog niet verloren.

Ik kwam langzaam overeind, liep naar Waynes beeldschone badkamer, maakte het kastje open, pakte zijn fles met slaappillen en vroeg me af of ik die zou kunnen inpikken. Hoe belangrijk waren ze voor hem?

Ikzelf, bijvoorbeeld, wist tot de op de milligram nauwkeurig hoeveel ik er nog had, maar misschien maakte hem dat niets uit, misschien zou hij niet eens in de gaten hebben dat ze verdwenen waren. Ik dwong mezelf om het flesje weer terug te zetten voordat ik het kastje dichtdeed en terugging naar de woonkamer.

Daar nam ik mijn, inmiddels vertrouwde, positie op de grond weer in en probeerde plat op mijn rug alles over Wayne op een rijtje te zetten. Wat had ik precies? Als het aankwam op, zeg maar, de feiten?

In het geval van Gloria was ik met mijn neus tegen een muur gelopen en hetzelfde gold voor Docker, dus qua feitenmateriaal had ik niet veel over. Het enige wat ik had, was dat Wayne op donderdagochtend, vlak voor twaalf uur, op zijn vaste nummer was gebeld door iemand die Digby heette. Dat was een feit. In gedachten zag ik een rubber stempel voor me dat met grote letters 'FEIT' zette op een geheim document. Dat beviel me wel, het gaf een bevredigend gevoel. Waar ik evenmin omheen kon, was dat Wayne een paar minuten later was weggegaan in een auto, samen met een zwaargebouwde, kalende vent van rond de vijftig. FEIT! Opnieuw met dat denkbeeldige rubber stempel.

Ik kon waarschijnlijk veilig aannemen dat de zwaargebouwde, kalende vent van rond de vijftig en Digby een en dezelfde persoon waren. Daarom was Digby de laatste persoon van wie ik wist dat hij Wayne in levenden lijve had gezien. En daarom was het van elementair belang om met hem te gaan praten. Maar ik had hem al twee keer gebeld... wanneer was dat ook alweer? Was dat echt pas gisteren geweest? Er was sindsdien zoveel gebeurd. En hij had me niet teruggebeld, dus dat zou hij vast en zeker ook niet doen. Ik moest meer over hem te weten komen. Wat betekende hij voor Wayne? Was hij gewoon een ingehuurde chauffeur of was hij een vriend?

Maar aan wie moest ik dat vragen? De meest voor de hand liggende personen waren de Laddz. Ze hadden allemaal heftig ontkend dat ze een zwaargebouwde, kalende vent van rond de vijftig kenden, maar ik had ze niet gevraagd of ze iemand kenden die Digby heette. En of ze Wayne wel eens over zo iemand hadden horen praten.

Eerlijk gezegd was dat allemaal een beetje zinloos, want zodra ik de verslagen kreeg van de mensen die zijn telefoon- en bankgegevens hadden nagetrokken, zou ik precies weten waar Wayne uithing. Maar die informatie zou ik vast niet eerder dan maandag krijgen – pas over zesendertig uur – en in de tussentijd moest ik toch bezig blijven.

Ik pakte mijn telefoon – om Parker te bellen en hem te vragen mij de resterende Laddz een voor een te geven – maar toen aarzelde ik. Misschien moest ik dit soort vraaggesprekjes niet via de telefoon doen. Er waren allerlei soorten visuele 'aanwijzingen' die je ontgingen als je de persoon in kwestie niet kon zien. Ik moest die vraag over Digby eigenlijk onder vier ogen stellen.

Maar, lieve hemel. Dat betekende dat ik op moest staan. En weg moest gaan uit Waynes geweldige huis. Ach, misschien was dat maar goed ook, misschien begon ik me veel te veel aan dit huis te hechten. Hoe dan ook, ik kon hier niet op de vloer blijven liggen. Als ik niet naar de Laddz ging, zou ik verder moeten gaan met mijn buurtonderzoek in Mercy Close en eerlijk gezegd kon ik dat niet opbrengen.

En toen schoot me ineens een andere, wat dringender gedachte door het hoofd, die me al eerder had geplaagd sinds onze zinloze tocht naar Leitrim: misschien moest ik Wayne met rust laten. Hij wilde kennelijk niet gevonden worden. En er was duidelijk niets aan de hand als hij met een tas vol bagage in een auto was vertrokken. Het zou alleen maar fatsoenlijk zijn om hem niet lastig te vallen en hem terug te laten komen wanneer hij daar klaar voor was.

Maar ik werd betaald om hem te vinden. Een klus was een klus. En ik zat echt te springen om iets omhanden te hebben. Bovendien was ik nieuwsgierig. Ik wilde echt weten waar Wayne uithing. En ondanks mijn minachting voor Jay Parker, ondanks het feit dat ik een hekel had aan John Joseph en gewoon ronduit bang was voor Roger St Leger, moest ik toegeven dat ik toch wel een beetje meegesleept werd door het hele drama van de Laddz-comeback: de klok die de minuten wegtikte naar woensdagavond, de repetities, de duizenden fans die kaartjes hadden gekocht in de hoop dat ze het Sydney Opera House op Waynes hoofd te zien zouden krijgen...

Oké, laten we ons aan de feiten houden. Digby. Ik moest met de Laddz over hem praten.

Ze waren waarschijnlijk aan het repeteren in het MusicDrome, maar ik belde Parker toch maar om dat even te controleren.

'Goedemorgen,' zei ik.

'Goedemorgen? Het is tien voor drie.'

O ja? Prima.

'Zijn de Laddz bij je?' vroeg ik.

'Zijn de Laddz bij me?' vroeg hij op een toon die me waarschuwde dat ik een sarcastische opmerking kon verwachten. 'Was het maar waar, Helen. Ik heb slechts driekwart van de Laddz bij me, want ondanks het fikse bedrag dat jij betaald krijgt, ben je nog steeds niet met nummer vier op de proppen gekomen.'

'Ik heb geen tijd om spelletjes te spelen, Parker. Waar ben je? In het theater?'

'We repeteren het openingsnummer. De zwanenkostuums voor het openingsnummer zijn net aangekomen. De jongens komen als zwanen binnenvliegen. Zie je nu waarom we Wayne nodig hebben? Dit soort dingen moet gerepeteerd worden.'

'Ik kom er meteen aan.'

In de buitenwereld bleek het een warme dag te zijn, vol kookluchtjes. Hamburgers, worstjes, dat soort dingen. Iemand in de buurt hield een barbecue. Eén verrukkelijk moment stond ik mezelf toe om te geloven dat de Ierse regering een wet had aangenomen waarbij iedereen in het hele land verplicht werd om vandaag naar een barbecue te gaan en zich te amuseren. Misschien zouden ze wel inspecteurs rondsturen, die moesten controleren of de mensen wel een voldoende mate van jovialiteit vertoonden en als dat niet zo was, zouden ze opgepakt en naar een heropvoedingskamp gestuurd worden. Dat was ingericht als een Ierse kroeg en ze zouden er zes maanden moeten blijven om het dagelijkse Ierse ontbijt te eten en te leren hoe ze op de juiste manier 'de bloemetjes buiten' moesten zetten. Dat was op zich al een hele uitdaging, maar ze moesten ook leren om helemaal 'uit de bol' te gaan en dat was een stuk moeilijker. Een weekend waarin je aan één stuk door uit je bol ging, was een riskante onderneming die niet raadzaam was voor moeders die borstvoeding gaven en mensen die last hadden van psychotische aanvallen.

Goeie genade, wat ik me toch allemaal in mijn hoofd kon halen!

Ik controleerde of Waynes Alfa niet verplaatst was. Ik bedoel maar, als hij stiekem teruggekomen was en erin was weggereden, had ik een sms'je moeten krijgen, maar soms is het prettig om iets gewoon met je eigen ogen te controleren. De auto stond er nog steeds, er was niets veranderd.

Toen ik naar mijn eigen auto liep, hoorde ik iemand zeggen: 'Hé Helen!'

Ik keek om. Het waren Cain en Daisy. Ze kwamen naar me toe lopen alsof ze een stel zombies waren. Ze zagen eruit alsof ze al een jaar lang hun haar niet hadden geborsteld. En misschien was dat ook zo. Wat gisteren nog een superchic modern surfkapsel had geleken, zag er vandaag uit als pure waanzin.

'Het spijt ons dat we je gisteren zo hebben laten schrikken,' riep Daisy.

'Kunnen we even met je praten?' vroeg Cain.

'Rot op!' zei ik. 'Laat me met rust!'

Mijn handen trilden toen ik het portier van mijn auto openmaakte en ik reed haastig weg, terwijl zij me als een stel complete mafketels nastaarden.

38

De wegen waren bijna leeg, wat me alleen maar sterkte in mijn vermoeden dat iedereen op een verplichte barbecue was, en ik was binnen een kwartier bij het MusicDrome.

Net als de vorige keer was vrijwel het hele gebouw in het duister gehuld, maar het enorme podium baadde in het licht. Mensen renden heen en weer, ijverig maar ook een beetje bezorgd. De hoeveelheid klemborden steeg de pan uit.

Ik zag de jongens niet, maar ik voelde dat er iets op het punt stond te gebeuren. Via een trap belandde ik op het podium en baande me door de te hoop gelopen choreografen, kleedsters en roadies met paardenstaarten een weg naar het epicentrum van het gebeuren. Daar stonden John Joseph, Roger en Frankie omringd door mensen. Ze hadden blote, witte benen (met uitzondering van Frankie natuurlijk, die van hem waren oranje) maar hun torso was gehuld in een hansopje van sneeuwwitte veren. Ze zagen er zielig en bespottelijk uit, als veel te snel gegroeide kleuters. De vernederende omstandigheden gingen zelfs de lenige, louche Roger niet in de koude kleren zitten.

Toen ik iets beter keek, zag ik dat onder al die veren kennelijk een stalen harnas schuilging. Uit de rug van elk kostuum staken twee staaldraden die kilometers boven mijn hoofd in de oneindige duisternis van het plafond verdwenen. Ik volgde de draden met mijn ogen en boog zo ver achterover dat ik bijna omver kukelde.

Terwijl ik me weer oprichtte, riep iemand: 'Daar komt het onderstel!'

Drie uit veren gemaakte broeken werden door een legertje mensen naar binnen geloodst en de jongens werden erin gehesen.

'Ik heb iets tegen veren,' zei Frankie tegen de mevrouw die over de kostuums ging. 'Ik heb er een onberedeneerde angst voor.'

'Maar wat voor kwaad kunnen veren je nou doen?' vroeg de vrouw vriendelijk en geruststellend.

'Het is een onberedeneerbare angst.' Zijn stem klonk hoog en schril. 'Daar gaat het juist om bij een onberedeneerbare angst! Die is onberedeneerbaar!'

Naast me dook ineens Jay Parker op. Ik kon voelen hoe gespannen hij was. 'Waar is Wayne?' vroeg hij.

'Daar wordt aan gewerkt,' zei ik. 'Ik moet de jongens allemaal even snel een vraag stellen.'

'Geef ze een paar minuten,' zei hij. 'Dit is de eerste keer dat ze die zwanenkostuums uitproberen. Laten we maar...'

Zeezah dook ineens uit het niets op, in een bijzonder strakke gele spijkerbroek – wie draagt er nu een gele spijkerbroek? – en dwarrelde van de een naar de ander. Ze zwierde met haar zwierige haar en tuitte haar opgepompte lippen terwijl ze de zwanenbroek van de jongens rechttrok en gladstreek. Ze liet haar handen op een haast moederlijke manier over John Josephs benen glijden en liep toen door naar Roger St Leger. Tot mijn stomme verbazing zag ik dat ze haar hand op zijn kruis legde en er heel even een kneepje in gaf, zo vlug en brutaal en zo snel dat ik me afvroeg of ik dat wel goed had gezien. Ik keek verbijsterd naar Jays gezicht en naar de gezichten van de andere mensen om me heen, maar niemand scheen even verbaasd – en zelfs gechoqueerd – te zijn als ik. Niemand had iets gezien.

Had ik me dat verbeeld? Begon ik nu ook al dingen te zien die er niet waren?

Zeezah was doorgelopen naar Frankie die haar een beetje bezorgd vertelde dat hij bang was voor veren.

'Je moet sterk zijn,' zei ze, terwijl ze zijn tailleband een paar millimeter verschoof. 'Je moet je als een held gedragen.'

Eindelijk was Zeezah klaar met haar gefrunnik en toen ze opzij stapte, werden wij met de waarheid geconfronteerd: de Laddz leken meer op sneeuwpoppen dan op zwanen. Ze hadden er naakt en zielig uitgezien met hun blote benen en dat was alleen nog maar erger geworden.

'Jezus christus.' Jay moest iets wegslikken. 'Je hebt geen idee hoe duur die verdomde kostuums waren.' Hij rechtte zijn schouders en riep naar de kleedster: 'Doe ze die vleugels maar aan, Lottie.' En iets zachter tegen mij: 'Ze zullen er beter uitzien met de vleugels.'

De enorme witte vleugels werden het podium opgebracht en Lottie en haar volgelingen begonnen ze vast te zetten op de rug van John Joseph, Roger en Frankie. Een vierde stel vleugels lag ergens aan de kant. Wachtend op Wayne, besefte ik. Ik kon hem maar beter zo snel mogelijk vinden. Of niet.

Zou het niet beter zijn om hem dit te besparen?

Opnieuw drong dat hardnekkige ideetje zich aan me op: dat ik Wayne met rust moest laten. Er was niets griezeligs aan zijn verdwijning, hij wilde alleen geen deel meer uitmaken van Laddz en wie zou hem dat eigenlijk kwalijk kunnen nemen? Maar ik zette die gedachte opnieuw uit mijn hoofd, daar wilde ik niet aan denken. Want als ik niet meer op zoek zou zijn naar Wayne werd ik misschien wel gek.

'We zijn hier om een uur of vijf klaar,' zei Jay tegen me. 'John Joseph geeft een barbecue. Hij zegt dat iedereen recht heeft op wat vrije tijd en een biertje, om even het verbod op koolhydraten te doorbreken. Hij wil dat jij ook komt. Hij zegt dat je dan een goede kans hebt om met Roger en Frankie over Wayne te praten.'

'Hoe weet hij dan dat ze daar ook zullen zijn?' Roger St Leger leek me typisch zo'n vent die zijn spaarzame vrije tijd liever zou spenderen aan licht erotisch amusement zoals bijvoorbeeld zelfverwurging in een duistere kerker vol handboeien dan aan het verorberen van halfgare kippenvleugeltjes en geleuter over grasmaaiers.

'John Joseph heeft gezegd dat ze moeten komen,' zei Jay. 'Hij zegt dat we met de concerten voor de deur onze energie "in banen moeten leiden".'

'Dus John Joseph geeft iedereen een paar uur vrij, maar ze moeten wel allemaal naar zijn barbecue komen? Nogal een heerszuchtig typetje, hè?'

'Hij probeert de zaak onder controle te houden,' zei Jay strak. 'We zijn al één man kwijt.'

'Mmm,' zei ik. Ik wist niet zeker of John Joseph alleen maar een machtswellusteling was of dat hij echt tot aan zijn nek in kwalijke zaken zat. Hij was zo passief-agressief geweest over het verstrekken – of liever het niet verstrekken – van Birdie Salamans telefoonnummer. En hij had zo raar gereageerd op mijn vraag over Gloria. Hetzelfde gold voor Zeezah. Wat stak daarachter?

'Ze zijn vanavond op de tv,' zei Jay.

'Wie? De Laddz?'

'In *Saturday Night In.*'

Saturday Night In was een bijzonder populair Iers praatprogramma. Ik zeg 'populair' hoewel ik mezelf liever zou opknopen dan ernaar te moeten kijken, maar een groot deel van het Ierse volk scheen het erg leuk te vinden. Het werd gepresenteerd door Maurice McNice (die in werkelijkheid Maurice McNiece heette).

Dat was een stomme ouwe zak die *Saturday Night In* al zo lang presenteerde dat je bij bookmakers heel aardige weddenschappen kon afsluiten op de kans dat hij tijdens de liveuitzending door zijn hoeven zou zakken en het hoekje om zou gaan. Volgens mij was dat ook de enige reden waarom er nog steeds zoveel mensen naar keken. (En interessant genoeg was de meest logische kandidaat om hem op te volgen momenteel Frankie Delapp.)

'Dus als jij Wayne nog voor negen uur vanavond zou kunnen vinden, zou ik dat bijzonder op prijs stellen,' zei Jay.

'Ik zou er maar niet op rekenen,' zei ik. 'Maar mag ik je iets vragen? Is het bij de wet voorgeschreven dat iedereen in Ierland vandaag een barbecue geeft?'

'Haha,' zei hij vlak.

Maar wat betekende dat? Was dat haha-ja of haha-nee?

Een man met een overdaad aan walkietalkies en een autoritaire uitstraling kwam naar ons toe benen. Jay stelde hem voor als Harvey, de toneelmeester.

'De harnassen zijn vastgemaakt aan het hijssysteem,' zei Harvey tegen Jay. 'Gaan we er voor?'

'Waarom niet?' antwoordde Jay.

Harvey knikte naar een andere man die de scepter zwaaide over een lange tafel vol computerschermen en toetsenborden. 'We gaan er voor, Clive.' Daarna riep hij naar de drie Laddz: 'Oké, jongens, zijn jullie zover?'

'We zijn zover,' zei John Joseph. Roger en Frankie zeiden niets.

'Iedereen weg van het podium!' riep Harvey en de meute op het toneel verdween als sneeuw voor de zon, zodat John Joseph, Roger en Frankie alleen achterbleven en er klein en kwetsbaar uitzagen.

'Zet je schrap,' zei Harvey. 'En jawel! Ze zijn gelanceerd!'

Plotseling begonnen de drie jongens met rukjes op te stijgen. Een meter, twee meter, drie, vier. Ze gingen steeds hoger en iedereen in het theater begon spontaan te klappen en te juichen.

'Fladderen!' riep Jay. 'Fladderen!'

'Ik vind dit helemaal niks.' Frankies gezicht was rood en bezorgd.

'Je doet het geweldig,' zei Jay.

'Helemaal niet!'

En ze bleven maar verder omhooggaan. John Joseph strekte zijn armen uit en hield zijn tenen elegant recht, die begon er echt plezier in te krijgen. Maar Frankie leek doodsbang en Roger kletste met iemand via zijn mobiel.

'Oké, zo is het genoeg,' zei Jay toen de jongens zo'n zes of zeven meter boven de grond hingen en er met hun dikke veren benen en hun enorme vleugels een beetje eng en belachelijk uitzagen. Ze leken sprekend op zo'n modernekunstinstallatie, waarvoor iedereen stil blijft staan en dan zegt: 'Ik weet niks van kunst, maar dit is gewoon pure lulkoek.'

'Ik heb hoogtevrees,' schreeuwde Frankie.

'Je doet het geweldig,' riep Jay. 'Je moet er gewoon aan wennen. Ga maar iets zingen, dat leidt je misschien af.'

'Ik heb hoogtevrees! En ik ben bang voor veren! Laat me naar beneden! Haal me hier uit!'

'Je doet het geweldig,' riepen verschillende mensen hem toe. 'Je doet het echt geweldig, Frankie, hou vol.'

'Haal me naar beneden.'

'Haal hem naar beneden,' zei Zeezah.

Zodra zij haar mond had opengedaan sloeg de stemming in het theater helemaal om. Iedereen kwam meteen in actie om gehoor te geven aan het bevel. Het was echt ongelooflijk om te zien hoeveel macht ze had en ik probeerde te ontdekken waarom dat zo was. Het moest haar kont zijn, besloot ik. Die was adembenemend. Zo rond en zo volmaakt dat het net leek alsof de mensen erdoor betoverd werden. Met zo'n kont zou ze de hele wereld kunnen regeren.

'Haal hem naar beneden,' zei Jay tegen Harvey.

'Haal hem naar beneden,' zei Harvey tegen Clive, de computervent.

'Ik ben al bezig.' Clive begon te klikken en op knopjes te drukken, maar er gebeurde niets, de drie jongens bleven gewoon in de lucht hangen.

'Haal Frankie naar beneden,' zei Harvey dringend.

'Dat gaat niet. Er is iets mis met zijn katrol. Het programma reageert niet. Hij zit daarboven vast.'

'Jezus christus!' zei Jay. 'En die twee anderen dan?'

'Even kijken.' Clive klikte met zijn muis en John Joseph en Roger begonnen rustig naar beneden te glijden.

'Wat gebeurt er nou?' gilde Frankie. 'Jullie kunnen me hier niet laten hangen! Ik heb verlatingsangst!'

'Doe nou eens rustig,' riep Jay. 'We zijn bezig.'

'Ik kan niet rustig blijven. Ik ben niet rustig. Ik heb een Xanax nodig. Heeft iemand een Xanax voor me?'

'Ik zal Frankies programma opnieuw moeten laden,' zei Clive die fanatiek zat te tikken en te klikken. 'Dat zal wel even duren.'

'Ik moet een Xanax hebben!'

John Joseph had weer vaste grond onder de voeten. 'Haal me uit dat verrekte harnas!' beval hij en een zwerm doodsbange harige roadies snelde naar hem toe om hem te gehoorzamen.

'Dit is verdomme belachelijk!' zei John Joseph met nauwelijks beheerste woede. 'Dit hele gedoe is verdomme een farce.' Hij hield zijn kaken op elkaar geklemd, maar hij kwam toch ontzettend kwaad over en dat is anatomisch een hele klus. Het was uitzonderlijk effectief, veel angstaanjagender dan een woede-uitbarsting met veel voetgestamp.

John Joseph richtte zijn woede eerst op Jay, vervolgens op Harvey en daarna op Computer Clive. Ze waren knullige, luie, stompzinnige amateurs en stelden levens in de waagschaal. Hij slingerde zijn vlijmscherpe beschuldigingen in het rond, terwijl Frankie nog steeds in de lucht hing en klaaglijk riep: 'Help me, om godswil, help me toch. Ik heb een Xanax nodig!'

Maar John Josephs woede was zo groot, dat iedereen hem dreigde te vergeten.

'Roger.' Mevrouw de Bazige Bij Zeezah marcheerde naar Roger toe, die inmiddels ook weer op aarde was beland en door een stel roadies uit zijn harnas werd geholpen. 'Geef me een Xanax voor Frankie.'

'Waar moet ik een Xanax vandaan halen?' De brutaliteit van die man!

Zeezah knipte met haar vingers – echt waar! Dat had ik volgens mij nog nooit iemand in het echt zien doen – en Roger draafde gedwee naar een colbertje dat in de coulissen lag. Hij pakte een portefeuille uit een van de zakken, stond er even mee te stoeien en legde toen een wit pilletje in Zeezahs hand.

'Dank je wel,' zei ze beleefd en ze kneep haar hand dicht. Daarna riep ze naar Frankie: 'Ik heb een Xanax voor je.'

'Maar hoe krijgen we die bij hem?' vroeg iemand.

'We zullen iemand moeten ophijsen,' antwoordde Harvey.

'Dat doe ik wel,' zei Zeezah, die al bezig was een harnas om te klikken. Ze was bewonderenswaardig rustig en bekwaam. Om niet te zeggen moedig. John Joseph mocht van geluk spreken dat hij haar had, ondanks die gele spijkerbroek.

Ik keek toe hoe ze soepel omhoogvloog tot ze bij Frankie was en hem het pilletje gaf. Maar in plaats van weer naar beneden te komen, bleef ze boven en praatte rustig met hem. Ze probeerde hem duidelijk te kalmeren. Eerlijk is eerlijk... wat een formidabele dame!

John Joseph stopte abrupt met zijn geschreeuw en beende weg om op de eerste rij in de zaal te gaan zitten. Hij was alleen, maar hij slorpte alle energie op. Je kon zien dat alle medewerkers doodsbang waren. Er werden een heleboel bezorgde zijdelingse blikken op hem geworpen terwijl ze wachtten tot zijn boosheid voorbij zou zijn en alles weer normaal zou worden.

Boven ons hoofd begon de Xanax ook te werken, want Frankies gejammer stierf langzaam maar zeker weg en zijn hoofd begon een beetje opzij te zakken. Nog een moderne kunstinstallatie. Deze zou zomaar 'De Lynchpartij' kunnen heten. Ik huiverde.

Jay Parker stond nog steeds naast me. Ik voelde instinctief dat zijn levenslust iets af was genomen. Om het anders uit te drukken: hij maakte de indruk dat hij diep in de put zat.

'Mag ik nu mijn vraag aan John Joseph en Roger gaan stellen?' vroeg ik.

Hij keek omlaag naar de duisternis in de zaal. Je kon John Joseph niet echt zien, maar je kon hem wel voelen. 'Veel geluk daarmee,' zei Jay. 'Tussen twee haakjes, hier heb je nog wat geld. Weer tweehonderd euro.' Hij gaf me een paar bankbiljetten.

Meteen daarna liep ik de podiumtrap af en stapte het ontzagwekkende krachtveld van John Joseph binnen. Ik was niet bang voor John Joseph Hartley.

Hij zat verwoed op zijn laptop te tikken. Toen ik naar hem toe kwam, zei hij beleefd: 'Helen, snoes.'

Ik wachtte tot ik vlak naast hem stond en smeet hem toen mijn vraag voor de voeten. 'Heeft Wayne een vriend die Digby heet?' Ik hield hem nauwkeurig in de gaten en lette op de geringste reactie – een beweging van zijn ooglid, een samentrekken van zijn pupillen, het deed er niet toe wat. Ik keek of hij op dezelfde manier reageerde als toen ik mijn vraag over Gloria stelde.

Hij schudde zijn hoofd. Niets. Geen stiekeme schichtige blikken. Geen onwillekeurige zenuwtrekjes. Hij voelde zich volkomen op zijn gemak.

'Je hebt hem nooit over een zekere Digby horen praten? Weet je dat zeker?'

'Honderd procent.'

'Oké.'

Ik geloofde hem.

Ik liep naar Roger wiens zwanenkostuum werd aangepast door Lottie, de kleedster. Ze lag op haar knieën met een mond vol spelden en hij gebruikte een losse veer om licht over haar linkerborst te aaien. 'Hou daarmee op!' De spelden vielen uit haar mond. 'En geef die veer maar aan mij. Die moet ik weer vastplakken.'

'Roger,' zei ik. 'Kan ik je even spreken?'

'Maar natuurlijk!' Hij wees naar de coulissen. 'Laten we maar even in de schaduw gaan staan.' Met een weids gebaar van de veer in mijn richting.

Geen schaduwen. Ik moest zijn gezicht kunnen zien. 'Nee, hier,' zei ik en ik nam hem mee naar een plek onder een schijnwerper.

'Roger, heb jij Wayne wel eens horen praten over iemand die Digby heet?'

'Nee.' Hij kietelde me in mijn gezicht met de veer.

'Wil je daarmee ophouden?'

'Nee,' zei hij. 'Ik ben seksueel doorgedraaid. Maar dat heb je vast al gehoord.'

'Digby?' zei ik nog een keer.

'Nooit van gehoord. Ik zou het je vast vertellen als het wel zo was. Dus... nog steeds taal noch teken van Wayne?'

'Nee.'

Plotseling verloor Roger al zijn branie en er verschenen zweetdruppeltjes op zijn voorhoofd. 'We moeten hem echt zien te vinden, hoor. Je hebt zelf gezien dat dit hele gedoe een farce begint te worden. Zonder Wayne zijn we de pineut.'

Ik zuchtte. 'Oké, bel me maar als je iets te binnen schiet.'

'Misschien bel ik je toch wel,' zei hij met een zachte, suggestieve stem.

'Ach, hou toch op.'

'Kan ik niet,' zei hij. Hij klonk bijna trots. 'Seksueel doorgedraaid.'

Ik draaide hem de rug toe en liep Jay tegen het lijf. 'Nu ik hier toch ben, kan ik het jou ook net zo goed vragen. Weet jij of Wayne een vriend heeft die Digby heet?'

'Nee. Maar zoals ik al vaker heb gezegd, ik ken Wayne niet zo goed. Wat had Roger te vertellen?'

'Ik zeg niet dat Roger St Leger een seriemoordenaar is,' zei ik nadenkend. 'Echt niet. Maar hij past wel in hetzelfde straatje.'

Jays ogen lichtten op. 'Ik weet wat je bedoelt. Hij is zo'n figuur die in de dodencel kan zitten en dan nog zouden er massa's vrouwen verliefd op hem zijn...'

'Precies! En hem ondeugende foto's van zichzelf sturen...'

'En brieven sturen naar de gouverneur dat zijn straf moet worden omgezet. Hé, daar hebben we Frankie.'

De arme Frankie kwam eindelijk omlaag zakken, terwijl Zeezah soepel naast hem neerdaalde. Mensen snelden toe om hem van zijn harnas te verlossen, maar hij was zo ongelooflijk ontspannen dat hij niet eens meer op zijn benen kon staan. Roger had hem kennelijk een bijzonder sterke dosis Xanax gegeven.

'Ik dacht dat ik er geweest was,' fluisterde Frankie terwijl hij op de grond lag. 'Elke spray-tan die ik ooit heb gehad flitste aan me voorbij.'

'Frankie.' Ik knielde naast hem neer. 'Doe je ogen eens open. Heeft Wayne een vriend die Digby heet? Heb je hem ooit over een zeker Digby horen praten?'

'Nee,' zei hij zwak.

'En jij dan, Zeezah,' vroeg ik. 'Heb jij Wayne wel eens over iemand die Digby heet horen praten?'

'Nee,' zei ze vastberaden, terwijl ze me strak aankeek. Ze zag er eerlijk, puur en fatsoenlijk uit. Heel anders dan die keer dat ik haar vroeg of ze Gloria kende, toen was ze niet op haar gemak geweest. Nu geloofde ik haar.

Ik geloofde het hele stel. Wayne had geen vriend die Digby heette. Digby was pas in Waynes leven opgedoken toen hij hem donderdagochtend om twee minuten voor twaalf belde. Dus Digby was ongetwijfeld de zwaargebouwde, kalende man van rond de vijftig met wie Wayne was weggereden.

Dat stond inmiddels vast.

Wat moest ik dan nu doen?

39

Ik overwoog even om naar Clonakilty te rijden, maar dat had niet veel zin als ik al over een uur of twee terug moest zijn voor de barbecue bij John Joseph, dus ging ik maar terug naar Mercy Close. Ik scheen gewoon niet weg te kunnen blijven uit dat huis. Onderweg stopte ik bij een benzinestation om cola light te kopen, genoeg om het spul dat ik van Wayne had gestolen – ja, gestolen, ik hoefde er niet omheen te draaien – aan te vullen en nog vier liter voor mezelf. Ik hield van cola light.

Bij het benzinestation dwong ik mezelf om naar voedsel te kijken. Er lagen nog een paar zielig uitziende sandwiches in een koelvitrine, met grauw vlees dat ham moest voorstellen. Ik wist dat mijn maag dat niet zou kunnen verdragen. Een pak Cheerios, dat was wel genoeg, en misschien nog wat bananen als ze die hadden, maar dat was niet zo, dus het bleef bij een pak Cheerios. Ik vond een parkeerplaats bijna recht voor Waynes huis, ging naar binnen, schakelde het alarm uit en voelde dat ik een diepe zucht slaakte. Wat was het hier toch fijn.

Tien seconden later kreeg ik een sms'je dat ik gearriveerd was. 'Ja, dat weet ik, hoor. Bedankt.' Wat fijn toch allemaal.

In de keuken zette ik de nieuwe fles cola light in zijn koelkast en zette mijn eigen flessen ernaast. Meteen daarna vroeg ik mezelf af of dat niet erg brutaal was. Ik gebruikte Waynes koeling, de koeling waarvoor hij via zijn elektriciteitsrekening betaalde en ik wist dat hij die helemaal en op tijd voldaan had. Het voelde een beetje onfatsoenlijk aan, dus haalde ik de flessen er weer uit.

Ik ging naar de woonkamer waar ik op de vloer ging zitten en zeven handjes Cheerios naar binnen werkte. De suiker gaf me voldoende energie om op te staan en het huis nog een keer te doorzoeken. Ik wist niet wat ik zocht, ik wist alleen dat ik gewoon moest doorzetten. Ik besloot dat ik waarschijnlijk in de zitkamer de meeste kans had om iets nieuws te ontdekken, want tot nu toe had ik daar weinig anders gedaan dan op mijn rug naar het plafond liggen staren.

De meest logische plek om te gaan zoeken was de ingebouwde kast. Die was in tweeën verdeeld en het bovenste gedeelte bevatte planken waar onder andere de televisie op stond. Het onderste gedeelte bestond uit vijf lades. Ik had de bovenste daarvan zeker doorzocht, daarin had ik Waynes paspoort gevonden, maar misschien was ik vergeten verder te kijken. Dat was heel ongebruikelijk voor mij, maar misschien was ik wel zo zelfvoldaan geweest door het vinden van dat paspoort dat ik Jay Parker meteen onder de neus had geduwd, dat ik een miskleun had begaan.

Ik begon de lades snel te openen en weer te sluiten, waarbij ik allerlei kabels vond, batterijopladers en meer van die stomme dingen. Maar in de onderste la lag een camcorder. Het apparaat slaagde erin om er tegelijkertijd heel onschuldig en bijzonder schuldig uit te zien.

Het was zo'n onverwachte vondst dat ik even terugdeinsde voordat ik het nauwkeuriger bekeek. Het was maar een klein, onopvallend dingetje, maar toch had ik het gevoel dat mijn maag zich omdraaide. Camcorders kunnen een soort heilige graal zijn, je weet nooit wat je erop aantreft. Allerlei idiote blote dingen, als je die rommel die zogenaamd op internet wordt 'gelekt' mag geloven.

Ik vond Wayne aardig, ik wilde niet ontdekken dat hij zich te buiten was gegaan aan rare blote opnamen, maar ik moest mijn werk doen.

Ik pakte het toestelletje uit de la, klapte het schermpje open en drukte op 'Play'. Er kwam een hele lijst met files tevoorschijn, gerangschikt op datum. Ik koos de meest recente uit, die tien dagen geleden was gefilmd en kneep mijn ogen stijf dicht. Alsjeblieft geen blote piemel, bad ik tot het universum. Spaar me voor een home-movie van Waynes blote piemel.

Of van zijn schaamhaar. Ik voelde me gewoon te kwetsbaar om naar het schaamhaar van een vreemde te kijken. Daarna vroeg ik me af hoe Waynes schaamdelen eruitzagen en ineens ging mijn verbeelding met me op de loop. Stel je voor dat hij zijn 'edele delen' dusdanig had bewerkt dat ze op het Sydney Opera House leken? Gewoon, om bij zijn hoofdhaar te passen? Weliswaar zag dat er tegenwoordig heel anders uit, maar misschien liet hij al zijn haar af en toe in model brengen, als verrassing voor Gloria bijvoorbeeld...

Maar aan het geluid dat de camcorder produceerde te oordelen, bevonden we ons niet op het terrein van de blote piemels. Het klonk meer als een of ander gezellig familiefeestje. Er werd gelachen, door elkaar gebabbeld en toen ik voorzichtig één oog opendeed, zag ik dat de lens werd gericht op Waynes moeder. Ik herkende haar van de foto's die op de plank stonden. Waynes stem zei: 'En dan hebben we hier Carol, het feestvarken. Wil je misschien bij deze historische gebeurtenis een paar woorden tot ons richten?'

Carol lachte, zwaaide met haar hand naar de camera en zei: 'Hè, hou op, ga weg met dat ding.'

'Oké,' zei Wayne. 'Rowan, wil jij misschien verder filmen?'

Na een vlugge, vage opname van de vloer verscheen Wayne op het scherm met een knulletje van een jaar of tien.

'We filmen onszelf,' zei het joch – Rowan? 'Ik ben Rowan. En dit is mijn oom Wayne. Hij is mijn lievelingsoom, maar dat mogen jullie niet tegen oom Richard zeggen.'

Richard was Waynes broer, dus Rowan moest de zoon zijn van Waynes zus.

'Vandaag is oma Carol jarig,' zei Rowan. 'Ze is vijfennegentig geworden.'

Echt waar? dacht ik verbaasd. Ze zag er tientallen jaren jonger uit. Dat zou dan vast wel weer aan die visolie hebben gelegen.

'Helemaal niet!' zei een onzichtbare persoon. 'Ik ben vijfenzestig.'

'Ik ben dyslectisch,' zei Rowan.

'Je bent brutaal.'

'Ga jij maar verder met filmen,' zei Wayne tegen Rowan. Ik kreeg opnieuw een stukje vloer voorgeschoteld toen de camcorder aan Rowan werd overhandigd. Daarna werd het beeld een stuk onvaster.

Aan de hand van Rowan liepen we het hele huis door – ik nam aan dat van Waynes ouders – en belandden in een keuken. 'Dit is mijn moeder,' zei Rowans stem. 'En mijn tante Vicky.'

Twee vrouwen – Waynes zusje Connie en Waynes schoonzusje Vicky – zaten aan de keukentafel. Ze dronken rode wijn, leunden voorover en we waren zo dichtbij dat we een van hen hoorden zeggen: '... ze kan maar niet beslissen wie van de twee het moet worden.' Plotseling ging Connie rechtop zitten en keek recht in de camera. 'Christus, staat dat ding aan?'

'Zet uit!' zei Vicky. 'Straks hebben we nog een proces aan de broek!'

Maar het klonk allemaal bijzonder ontspannen.

En we gingen gewoon verder. We maakten kennis met 'opa Alan' (Waynes vader) die met een schort voor en ovenhandschoenen aan sauzijzenbroodjes uit de oven pakte en even zijn werkzaamheden staakte om spontaan uit te barsten in 'When I'm Sixty-Five' op de melodie van 'When I'm Sixty-Four'.

We maakten kennis met 'baby Florence' die eigenlijk geen baby meer was maar een kleuter die ons bekogelde met een plastic boot-je. We maakten kennis met Suzie en Joely, twee kleine meisjes die ongeveer even oud en even roze waren als Bella. Nou ja, dat kon je eigenlijk geen kennismaking noemen, want zodra ze Wayne en Rowan zagen, riepen ze: 'Géén jongens!' En de camera deinsde haastig achteruit.

We maakten kennis met Ben, de broer van Rowan die net iets ouder was en kennelijk stevig aan het puberen, want hij deed min-achtend alsof hij niet aanwezig was door een boek te zitten lezen. Wayne liet Rowan zien hoe hij moest inzoomen – we kregen hem niet te zien, maar we hoorden zijn stem – om de titel van het boek in beeld te brengen.

'*De Vreemdeling* van Albert Camus,' zei Rowans stem. 'Dat is vast heel stom. Tegenwoordig doet Ben niks anders meer dan boeken lezen.' De verachting die in zijn stem doorklonk, kon niet verhullen dat hij niet alleen verbaasd maar ook een beetje gekwetst was omdat zijn broer zo veranderd was.

'Daar groeit hij wel overheen,' zei Wayne troostend.

'Dat is bij jou ook niet gebeurd,' zei Rowan.

'Ach, jawel hoor, dat is allemaal maar voor de show.'

Daarna kregen we een taart compleet met kaarsjes voorgeschoteld en iedereen kwam naar de keuken toe om 'Happy Birthday' te zingen. Er werd geklapt en gejuicht en 'speech' geroepen. Toen het filmpje afgelopen was, kon ik mijn tranen nauwelijks bedwingen. En er was me iets heel belangrijks duidelijk geworden. Ik begreep dat Wayne Diffney een fatsoenlijke vent was. Hij was lief voor kinderen, hij liet ze gewoon vrij rondlopen met een dure camcorder en hij probeerde hen niet voortdurend bij te sturen. Hij hield van zijn familie en het was duidelijk dat zij op hun beurt ook van hem hielden.

Wayne had zijn eigen redenen om niet langer deel uit te maken van Laddz en dat was zijn goed recht.

Wat mij betrof, zat de zoektocht erop.

40

Ik moest het Jay Parker in eigen persoon vertellen. Als ik het telefonisch afdeed, zou hij me blijven lastigvallen, maar als hij de vastberaden blik in mijn ogen zag, zou hij weten dat ik het meende.

Ik pakte mijn spullen bij elkaar, met inbegrip van mijn doos Cheerios en vlak voordat ik het alarm voor het laatst inschakelde, nam ik afscheid van Waynes prachtige huis. Ik miste het nu al zo, dat het gewoon pijn deed.

Ik reed naar de woonenclave van John Joseph en moest allerlei brutale vragen van Alfonso beantwoorden voordat hij me binnenliet. Een dienstmeisje in uniform – niet Infanta – bracht me door het huis en via een paar van de grootste openslaande glazen deuren naar een uiterst verzorgde tuin met verschillende niveaus.

Ik bleef op het terras staan kijken naar de mensen beneden, een stuk of dertig, en dacht aan wat Artie had gezegd. 'Alles is mogelijk. Alles. Het menselijke gedrag hangt van uitersten aan elkaar, er zijn geen grenzen aan wat mensen doen en met wie ze het doen.'

Maar hier zag alles er behoorlijk gezapig uit. Als ik al een duistere onderstroom voelde, dan zat die in mijn eigen hoofd en had niets met Wayne van doen. Met Wayne – waar hij ook zat, ik wenste hem het beste toe – was niets aan de hand. Het was verstandig om de zoektocht naar hem te stoppen. Ik leverde hem niet over aan een of ander verschrikkelijk lot.

Onwillekeurig viel me op dat er nog niemand iets te eten had. De barbecue stond op het terras en Computer Clive en Infanta probeerden wanhopig het apparaat aan de praat te krijgen.

Ik liep door, want de laffe angst die ze uitstraalden, was gewoon afschuwelijk. Als John Joseph iets zou merken zou hij naar boven komen om tegen hen tekeer te gaan.

Maar op dit moment stond hij nog te zwaaien met een bierflesje en net te doen alsof hij geen despoot was. Maar hij stond wel te kletsen tegen de ongelukkige Harvey en ik had het idee dat het niet over voetbal ging. De fouten en miskleunen van Harvey leken eerder onderwerp van gesprek.

Ik bleef de mensen in de tuin bestuderen. Als ik de barbecue-inspecteur van de Ierse overheid was, zou ik moeten doorgeven dat het gezelligheidsniveau nauwelijks 'aanvaardbaar' was. We waren ver verwijderd van 'een gevaarlijk zootje'. Dit stel, hier in de tuin van John Joseph, moest toch echt iets aan hun beleving doen als ze niet door het groene busje van het heropvoedingskamp in Temple Bar opgepikt wilden worden om te leren hoe je 'uit de bol' moest gaan. Ze deden ook niet echt hun best. Ik zag zelfs iemand die water dronk. Water! Niet eens alcohol! O, dat zag er helemaal niet goed uit voor mijn verslag. De waterdrinker was Zeezah en misschien had ze haar eigen redenen om van het bier af te blijven, vanwege haar godsdienst of zo. Wij Ieren zijn echter ook ontzettend godsdienstig, maar dat weerhoudt ons er niet van ons lam te zuipen.

Zeezah stond charmant te babbelen met met een paar van de behaarde roadies. (En, ere wie ere toekomt, zij deden hun best. Een biertje in beide handen en een van hen had zelfs een fles opgeslagen in zijn paardenstaart. Ik moest achter hun namen zien te komen en ze opgeven voor een 'Zeer Aanbevolen'.) Zeezah keek op, zag mij en ik dacht dat ik even een schaduw over haar gezicht zag trekken, maar toen wuifde ze vrolijk en met een lieve glimlach en onwillekeurig lachte ik terug.

Daar was Frankie, die nog steeds een beetje glazig uit zijn ogen keek. De nawerking van de Xanax. En daar had je ook Roger St Leger, die charmant stond te doen tegen een of andere ongelukkige vrouw in een heel klein afgeknipt denim shortje en met blote benen in cowboylaarzen. Ze gooide haar door de zon gebleekte hoofd achterover, waardoor haar gebruinde keel zichtbaar werd, en brulde van het lachen. Ik was het liefst naar haar toe gerend om te zeggen: ja ja, nu lach je nog, o ja, je bent echt verrukt. Maar ik spreek je over zes weken nog wel, hooguit zes weken, dan ben je al knettergek van hem geworden.

Maar ja, wat kun je doen? Je moet mensen de kans geven om fouten te maken.

Over fouten gesproken, daar had je Jay Parker. Hij stond in zijn hemdsmouwen mooi weer te spelen tegen Lottie en een van haar assistentes, zwaaiend met een bierflesje en heftig gesticulerend.

Ik rechtte mijn schouders, ging op zoek naar mijn stalen ruggengraat en liep naar hem toe. Kennelijk konden ze mijn vastberadenheid voelen, want de mensen weken voor me opzij als de Rode Zee.

Vlak voordat ik bij hem was, draaide hij zich naar me om, zwierig en op één voet alsof hij een van de Jackson Five was. 'Helen!' Hij zette zijn andere voet op de grond om niet verder door te draaien. Leuke timing. Hij leek verrukt om mij te zien.

'Hoor eens, Parker, ik kap ermee.'

'Wat bedoel je?' Dat wist hij best, dat zag ik aan hem. De glimlach lag nog steeds om zijn lippen, maar zijn ogen waren gejaagd en onrustig geworden, meteen op zoek naar een oplossing.

'Ik wil niet verder naar Wayne zoeken.'

'Waarom niet? Je krijgt je geld heus wel.'

'Het gaat niet om het geld.' Ik had nooit verwacht dat ik die woorden over mijn lippen zou kunnen krijgen. 'Hier heb je de sleutels van Wayne.' Ik gaf ze hem en zorgde ervoor dat ik Parker niet hoefde aan te raken. Met tegenzin pakte hij ze aan.

'Maar het is toch best mogelijk dat Wayne in moeilijkheden zit,' zei hij.

'Nee, dat is niet zo en nee, dat is niet waar. Hij wil gewoon niet aan die concerten meewerken. Laat hem met rust.'

'Zo eenvoudig ligt dat niet.' Parker knikte in de richting van Frankie en Roger die me allebei strak stonden aan te kijken. 'Zij hebben het geld nodig.' Zijn ogen gleden naar John Joseph en Zeezah die me ook aanstaarden. 'Dat geldt voor allemaal. Er zijn veel mensen van wie het bestaan afhangt van Waynes terugkeer.'

'Zoek dan maar iemand anders.'

'Ik wil niemand anders. Ik wil jou.'

'Vergeet het maar.'

Hij stak zijn arm uit en ik staarde naar zijn hand terwijl ik me afvroeg of hij echt het lef zou hebben om me aan te raken.

'Helen...' Hij zag er zo wanhopig uit dat ik even overwoog om toe te geven. Heel even maar.

'Ik hoop dat jullie een oplossing vinden,' zei ik en draaide me om.

'Wacht!'

Ik keek om.

Hij slikte en veegde de lok haar opzij die over zijn voorhoofd was gevallen. 'Hoor eens, vergeet Wayne nou maar even. Kunnen wij niet gewoon contact blijven houden? Jij en ik?'

Ik bleef hem een hele tijd aankijken.

'Ik mis je,' zei hij, bijna fluisterend.

'O ja?' Ineens voelde ik me ontzettend triest. 'Nou, ik mis Bronagh.'

Terwijl ik me omdraaide en wegliep, had ik heel even het verlammende gevoel dat Wayne door mijn toedoen was overgeleverd aan een vreselijk lot, maar ik wist dat het niet waar was. Ik deed wat ik moest doen.

Waarom voelde ik me dan zo ellendig?

Gewoon omdat ik nu niets meer had om aan te denken.

En omdat ik nu alleen nog maar naar het huis van mijn ouders kon en moest accepteren dat ik niet langer een eigen huis had.

Er bleef niets anders over dan onder ogen te zien dat ik al meer dan vierentwintig uur lang niet onder de douche was geweest en dat er geen excuses meer waren om dat nog langer uit te stellen.

De golf van somberheid die uit mijn buik omhoog welde, sloeg me bijna met blindheid. Het leek op een complete zonsverduistering.

Maar ik had dit al eerder meegemaakt. Ik wist wat me te doen stond. Gewoon doorgaan, desnoods voetje voor voetje. Tot ik zelfs dat niet meer kon opbrengen.

41

Terwijl ik naar het huis van mam en pa reed, werd ik overspoeld door herinneringen aan Bronagh.

Ze had nooit sieraden gedragen, geen oorbellen, geen armbandjes, niets. Dus toen ze die dag in mijn gloednieuwe flat kwam opdagen, dacht ik even dat ik droomde.

'Bronagh,' zei ik, 'waarom heb je die ring om?'

Ze keek naar haar linkerhand met de grote vierkante diamant alsof die aan iemand anders toebehoorde. 'O ja. Blake heeft me ten huwelijk gevraagd.'

'... en ga je nu ook met hem trouwen?'

'Ik denk het wel.'

'O. Tja... moeten we het dan nu niet uitjubelen van blijdschap en een rondedansje maken?'

'Ja. En jij hoort me dan te knuffelen en te zeggen dat je zo blij voor me bent.'

'Nou, dan doen we dat toch?'

We hielden elkaars hand vast, maakten een paar sprongetjes en ik probeerde het ook uit te jubelen, maar dat viel niet mee, het is net als met lachen op commando, dat klinkt ook nooit natuurlijk.

'En nou die knuffel,' zei ze.

Ik sloeg braaf mijn armen om haar heen en zei: 'Ik ben zo blij voor je.'

'Waar blijven de tranen?' vroeg ze.

'Geen idee,' zei ik. 'Ik denk dat ik een schok heb gehad.'

'Een schok?'

'Kom op,' zei ik, 'laten we maar op bed gaan liggen om over van alles en nog wat te klagen, misschien komen we dan weer in ons gewone doen.'

We gingen naast elkaar op mijn moeder-overstebed liggen en om op gang te komen begon ik aan een klaagzang over mensen die dienblaadjes gebruiken. 'Ik weet best dat het een efficiënte manier is om de theekopjes en al die andere rotzooi naar de keuken te brengen, maar het is zo nuffig!'

'Helemaal jaren vijftig!'

'Ik breng nog liever alle lepeltjes een voor een weg dan een dienblaadje te gebruiken.'

'Zou ik een jurk aan moeten hebben?' vroeg ze.

'Om een lepeltje naar de keuken te brengen?' Heel even wist ik niet waar ze het over had. 'O, als je gaat trouwen. Je hoeft helemaal niets te doen wat je niet wilt. Je bent Bronagh Keegan.'

'Nu nog wel.'

'Wat bedoel je? Ben je van plan Blakes naam aan te nemen?'

'... ik denk het wel.'

'Jemig. Dat hoeft niet, hoor.'

'Maar volgens mij wil ik dat wel. Dus denk je dat ik een jurk aan moet?'

'Doen jullie ook dat hele gedoe met de kerk erbij?'

'Ja. Ik denk dat ik me ontzettend oenig voel in een jurk. Heel stom.'

Ik geloof niet dat ik haar ooit in een jurk had gezien, maar ik ging ervan uit dat die haar heel raar zou staan.

'Waarom ga je niet gewoon in een spijkerbroek en een shirtje met capuchon?' stelde ik voor.

'Zou dat kunnen als ze wit waren?'

'... ik denk het wel.'

'Wil jij mijn bruidsmeisje zijn?'

'Uiteraard! Tuurlijk! Bedankt. Ik bedoel, ik voel me echt vereerd. Neem je er nog meer?' Hoewel ik me niet kon voorstellen wie daarvoor in aanmerking kwamen.

'Nee, alleen jij.'

Ze zeggen dat bruidjes er altijd mooi uitzien.

Maar dat kon je van Bronagh niet echt zeggen. Ze droeg de simpelste trouwjurk die je je maar kunt voorstellen. Ze had tegen haar naaister gezegd dat ze gewoon een wit beddenlaken over haar hoofd moest gooien om er vervolgens bij wijze van halsopening een gat in te knippen en hoewel die arme naaister bijna een toeval kreeg, deed ze toch haar best om aan de opdracht te voldoen.

Bronagh liep naar het altaar met een woeste blik in haar ogen, alsof ze van plan was een of andere idiote stunt uit te halen. (Toen ik het terugzag op dvd, leek het sprekend op het begin van een horrorfilm, waarbij je je nagels in je handen boort omdat je verwacht dat er elk moment iets vreselijks kan gebeuren. Vooral omdat Blakes gezicht een sentimenteel mengelmoesje van liefde en dankbaarheid was.) Tot op het laatste moment verwachtte ik dat Bronagh zich abrupt om zou draaien om weer de kerk uit te lopen, of zich op andere wijze te misdragen, bijvoorbeeld door een woeste vrijpartij met Blakes vader, maar alles ging van een leien dakje.

42

Thuis bij mam en pa waren al mijn spullen uitgepakt en netjes opgeborgen. Kleren hingen keurig in de kast, het ondergoed was netjes opgevouwen en in de ladekast gelegd en de naaktfoto's van Artie waren zorgvuldig onder een stapeltje opgerolde sokken gestopt.

Op de vloer van de kast stonden vierentwintig paar van mijn beeldschone schoenen met naaldhakken opgesteld – schoenen met glitters, van slangenhuid, met open tenen of hielen of met enkelbandjes, een enorme variëteit. Ik keek ernaar alsof ik ze nog nooit van mijn leven had gezien. Ze waren allemaal echt beeldschoon, maar ze leken ook heel vermoeiend. Hoe zou ik daar ooit een stap op kunnen verzetten? Het was nauwelijks te geloven dat er een tijd was geweest – en nog niet eens zo gek lang geleden – dat ik er zelfs op had kunnen hardlopen.

Toen ik nog verkering met Jay Parker had, droeg ik vrijwel constant naaldhakken. Destijds was ik heel chic geweest. Maar nu met Artie was alles heel anders, veel minder opgefokt. Ja, we gingen af en toe wel eens een 'avondje uit' (hoewel niet alleen de uitdrukking maar ook het gebeuren heel hoog op de Schoplijst stonden). Maar onze tijd samen en de manier waarop we die doorbrachten werd nog steeds vrijwel uitsluitend afgestemd op zijn kinderen.

Maar nu ze me ontmoet hadden, wisten ze in elk geval van mijn bestaan af. Artie en ik hadden grote problemen gehad in het begin van dit jaar, toen hij probeerde om te voorkomen dat er raakvlakken ontstonden tussen zijn beide werelden.

In het begin was er niets aan de hand. We hadden regelmatig afspraakjes gehad in januari en februari – soms kwam hij naar mijn flat en soms ging ik naar hem toe – maar we konden niet zomaar naar elkaar toe als we daar toevallig zin in hadden. Als de kinderen bij Vonnie waren, was dat geen probleem, maar als ze bij hem waren, dan was zijn huis verboden terrein. Dat beviel me helemaal niet, maar hijzelf beviel me uitstekend en de hele toestand was nog veel te fragiel om grondig onder de loep genomen te worden, dus liet ik het er voorlopig maar bij.

In maart begon mijn onzichtbaarheid me de keel uit te hangen en op een ochtend liep het uit de klauwen. Ik had de nacht met Artie doorgebracht, me aangekleed en stond op het punt om te vertrekken. 'Oké,' zei ik. 'Ik ga ervandoor.'

Hij gaf me de beha die ik de dag ervoor had aangehad. 'Vergeet die niet.'

'Bedankt,' zei ik sarcastisch.

'Is er iets?' Er ontging hem niets, onze Artie.

'Ja, ik kan maar beter geen sporen nalaten.'

Hij keek me aan, met een strak gezicht. 'Je weet best hoe ingewikkeld het is.'

'Dat zeg je elke keer en daar begin ik genoeg van te krijgen.'

Ik pakte mijn beha, stopte die in mijn tas en vertrok zonder er verder nog een woord aan vuil te maken. Hij kon de ballen krijgen. Ik had er genoeg van.

Ik besloot om zijn telefoontjes niet aan te nemen. Maar hij belde niet eens. Ik belde hem ook niet en dat viel niet mee, het was veel moeilijker dan ik had verwacht. Terwijl de dagen voorbijgingen zonder dat ik iets van hem hoorde, begon het tot me door te dringen dat het voorbij was. Nou ja, ik had toch nooit verwacht dat we het lang zouden volhouden, we pasten totaal niet bij elkaar. Maar toen ik erover nadacht, was het toch wel raar dat geen van mijn relaties langer had geduurd dan drie maanden. De dag waarop Artie en ik ruzie kregen over mijn beha was precies drie maanden nadat we elkaar bij de braderie hadden ontmoet.

Wat zei dat over mij? Had ik opzettelijk dat tijdstip van drie maanden uitgekozen om te besluiten dat ik niet langer het onzichtbare vriendinnetje wenste te zijn? Volgens mam was ik als klein meisje pas tevreden als ik het nieuwe speelgoed dat ik had gekregen kapot had gemaakt. Kennelijk was er weinig veranderd nadat ik volwassen was geworden.

Als ik in die houding volhardde, zou ik altijd alleen blijven. Tja, en wat kon ik daaraan doen? Zo was ik nu eenmaal. Vandaar dat ik korte metten maakte met mijn gevoelens voor Artie, mijn verdriet en het feit dat ik hem zo miste. Ik duwde en propte alles net zo lang in elkaar tot ik nog maar een klein vierkant blokje overhad, precies zoals ze dat met sloopauto's doen, en dat stopte ik weg in een stoffig hoekje van mijn hoofd waar ik zelden naartoe ging. Dat deed ik altijd met gevoelens waarmee ik niets kon, maar nu ging het veel moeilijker dan ik had verwacht.

Na acht afschuwelijke dagen belde hij. 'Kunnen we een afspraak maken?' vroeg hij.

'Waarom? Wil je me mijn spullen teruggeven? O, dat vergat ik. Er is helemaal niets wat je me terug moet geven.'

'Kunnen we even met elkaar praten? Onder vier ogen?'

'Hebben we dan iets om over te praten?'

'Laten we dat nou maar gewoon proberen, dan komen we daar vanzelf achter. Zullen we samen een eind gaan wandelen?'

'Hoe bedoel je, wandelen? Op het platteland?' Ik vond het een raar voorstel, maar misschien was het toch beter dan tegenover elkaar te gaan zitten. 'Oké,' zei ik. 'Dat zal wel gaan, denk ik. Wat moet ik daarvoor doen?'

'Sportschoenen aantrekken. Heb je een waterdicht jack?'

'Nee.'

'Laat me eens raden… je gelooft niet waterdichte jacks.'

'Dat klopt.'

'Ik regel wel iets voor je en dan breng ik een picknick mee.'

'… eh… hoor eens, Artie, het woordje "picknick" staat heel hoog op mijn Schoplijst. Zou je het heel erg vinden om dat niet te gebruiken?'

'Oké. Zullen we het er dan maar op houden dat ik iets te eten meebreng? Een draagbare maaltijd?'

Het was een prachtige dag ergens midden in maart, zo'n dag waarop je haast tot je schrik ontdekt dat de winter niet eeuwig zal duren en je lichaam ineens weer weet dat er óok nog zoiets als zomer bestaat.

Artie kwam me ophalen en nadat ik was ingestapt zeiden we een beetje argwanend hallo, maar we kusten elkaar niet, we raakten elkaar niet eens aan. Hij reed naar een of ander uitgestorven deel van Wicklow vol idiote bossen dat de Devil's Glen heette en toen hij uit de auto stapte, bekeek ik hem nadenkend. Hij droeg echte wandelschoenen, een spijkerbroek, een blauw jack van een of ander modern spul en een rugzak.

'De Schoplijst?' vroeg hij. 'Gaat het om de rugzak?'

We deden ons best om een toon aan te slaan vol olijftakken en jovialiteit, dus zei ik: 'Ik ben er niet bepaald gek op. Maar jij hebt de mazzel dat je er zo goed uitziet dat je niet meteen een sukkel lijkt. Trouwens,' ging ik verder, 'wat doen we als het gaat regenen?' De zon stond hoog aan de hemel, maar we waren nog steeds in Ierland.

'Dan kun je dit misschien aantrekken.' Artie haalde iets uit de kofferbak van zijn auto.

'Wat is dat?' vroeg ik argwanend.

'Een jack.'

Ik pakte het met tegenzin aan. Het was zwart en het woog minder dan zo'n pakje pepermuntjes dat je gratis in een vliegtuig krijgt.

'Is het zo'n echte? Die je in die speciaalzaken kunt kopen?' Ineens schoot er een griezelige gedachte door mijn hoofd. 'Het is toch niet van… Vonnie, hè?'

'Nee.'

'Of van Iona?'

'Nee.' Hij lachte.

'Hoe kom je er dan aan?'

'Ik heb het gekocht.'

'Voor mij?'

'Voor jou.'

'Dus het is een soort cadeautje?'

'Ja,' zei hij nadenkend. 'Een soort cadeautje. Wil je niet even proberen of het past?'

'Ik weet het niet. Nou ja, vooruit.' Ik stak mijn armen erin en hij ritste het dicht. Het was getailleerd en het sloot perfect om mijn heupen, niet te strak en niet te los. Het had klittenband aan de polsen, een snoezig capuchonnetje en tot mijn verrassing (categorie: verrassend) beviel het me uitstekend.

'Het past me,' zei ik. 'Perfect zelfs. Hoe heb je dat voor elkaar gekregen?'

'Ze kwamen in drie maten, small, medium en large. Jij bent klein, dus heb ik de small genomen.'

'Bedankt dat je niet zei: "Daar hoef je niet voor gestudeerd te hebben."'

'Graag gedaan.'

'En bedankt voor het jack.'

'Graag gedaan.'

Hij nam me mee naar een pad dat door een dicht bos liep via een kleine smalle vallei langs een wild beekje. Het licht was vreemd en groen, met zonlicht dat af en toe tussen de bomen door viel. Het enige wat je hoorde, was de wind door de takken van de bomen en het kolkende water over de rotsen. Ik kreeg het gevoel dat we de enige mensen op aarde waren.

Nadat we ongeveer een uur hadden gelopen, kwamen we bij een waterval en daar eindigde het pad. Hij haalde een soort waterdichte deken tevoorschijn, boterhammen met kaas en koolsla, marsrepen en een fles prosecco, maar hoewel hij kennelijk de moeite had genomen om mijn lievelingssandwiches te maken, kon ik geen hap door mijn keel krijgen. Ik dronk prosecco uit een wit plastic bekertje en wachtte. Ik wist niet wat Artie zou gaan zeggen, ik wist niet wat we verder konden doen, maar ik begreep instinctief dat hij iets op zijn lever had. Het was erop of eronder.

Zonder me aan te kijken zei hij: 'Ik heb je gemist.'

Ik zei niets. Ik was niet van plan om het hem gemakkelijk te maken en als hij zou vragen of ik hem meer tijd wilde geven, dan kon hij daarnaar fluiten.

'Bella vraagt nog steeds naar je,' zei hij.

Ik haalde mijn schouders op.

'Ze heeft de anderen over je verteld.'

'Nou en?'

'Ze willen je ontmoeten.'

'En?'

'Zou je dat willen?'

Ik bleef een hele tijd stil. Uiteindelijk vroeg ik: 'Zou je dat prettig vinden?'

'Ja.'

'Juist.' Ik stond op, pakte mijn plastic drinkbekertje, liep een paar meter verder en zette het daar in het gras. Toen liep ik terug naar Artie en gaf hem de kurk van de proseccofles.

'Wat wil je nou?' vroeg hij.

'Dit is een test. Gooi die kurk in het plastic bekertje, dan kom ik kennis met ze maken.'

Hij keek me aan om te zien of ik het meende. 'Nee.' Hij klonk bijna minachtend.

'Nee?'

'Er worden geen kurken in bekertjes gegooid. Maak kennis met mijn kinderen of laat het, maar hou op met dit soort spelletjes.'

Ik barstte in lachen uit. 'Dat was de test. Je bent met vlag en wimpel geslaagd.'

'Waar heb je het over?'

'Je hebt het voor elkaar.'

'O ja?' Hij liet de kurk ronddraaien tussen de duim en de vingers van zijn rechterhand.

'Ik kom kennis met ze maken,' zei ik. 'Regel maar iets.'

'Oké.'

'Maak het de eerste keer niet te lang. Geen diner met acht gangen. Ik wil niet voor het blok worden gezet. Gewoon iets... snels.'

'Afgesproken.' Achteloos en bijna zonder te kijken schoot hij de kurk weg en die vloog met een sierlijke boog door de lucht en landde rammelend precies midden in het bekertje dat prompt omviel.

De officiële kennismaking met Arties gezin vond plaats op een zaterdagmiddag in hun woonkamer. Ik kwam gewoon 'even binnenvallen' (Schoplijst) voor een kopje thee, hoewel ik nog liever op mijn Louboutins naar Santiago de Compostela loop dan dat ik 'bij iemand binnenval voor een kopje thee' en ze zaten allemaal op me te wachten, zelfs Vonnie.

Bella legde haar hand op haar hart en zei met een trillende stem: 'Helen, wat is dat een tijd geleden.'

Vonnie was zelfs nog aardiger voor me dan Bella. Ze zaten samen te jubelen dat ik zo schattig was. Alsof ik een pop was. 'Zie je nou, mam?' riep Bella. 'Ik heb je toch verteld dat ze zo snoezig is?'

'Ab. So. Luut,' beaamde Vonnie.

Dat klonk een tikje uit de hoogte, een heel klein beetje, maar je kon haar niet verwijten dat ze niet hartelijk en vriendelijk was.

Tot mijn stomme verbazing was Iona ook erg lief, maar eigenlijk nauwelijks geïnteresseerd. De grootste schok was Bruno.

Hij leek totaal niet op de foto's die overal in het huis stonden. Daarop was hij een slungelige, puber met een brede grijns. Maar hij was duidelijk wat ouder geworden, want hij was nu van top tot teen in strakke zwarte kleren gehuld, zijn haar was bijna dood gebleekt, hij had mascara op en hij was openlijk vijandig.

'Dus jij bent paps vriendin?' vroeg hij uit de hoogte.

'Ja.'

'Ben je hier al eerder geweest? In dit huis?'

'Eh... ja.'

Hij haalde een snoezige, roze string tevoorschijn en gaf me die. 'Volgens mij ben je die vergeten.'

Ik keek er met grote ogen naar en schudde mijn hoofd. 'Die is niet van mij.'

'Tja, hij is ook niet van mam en niet van Iona en niet van Bella. Van wie dan wel? Dan heeft pap kennelijk nog een... vriendin.'

Misschien had Artie inderdaad nog een vriendin. Misschien neukte hij ook met iemand anders. Het was zo'n afschuwelijk idee dat ik bijna moest overgeven.

'Misschien,' zei ik terwijl ik de string teruggooide naar Bruno, 'is het de jouwe.'

Bella snakte theatraal naar adem en Vonnie en Iona struikelden bijna over hun woorden, zoveel haast hadden ze om stellig te beweren dat het ding van hen was.

Bruno en ik luisterden niet eens naar ze, we bleven elkaar strak aankijken. De oorlog was verklaard.

In het belang van harmonie op de lange duur had ik eigenlijk bakzeil moeten halen en Bruno moeten laten winnen. In plaats daarvan misdroeg ik me even erg als hij. Ik moet toegeven dat zelfs ik – met al mijn ervaring met Claires ongelooflijk valse dochter Kate – schrok van zijn boosaardigheid.

'Wat heeft dit verdomme te betekenen?' vroeg Artie aan Bruno. 'Waar heb je dat vandaan?'

'Ach, val toch dood,' zei Bruno tegen Artie en hij stormde de kamer uit. 'En,' hij bleef nog even bij de deur staan om mij een venijnige blik toe te werpen. 'Jij kunt ook doodvallen.'

Toen hij later door Artie en Vonnie aan de tand werd gevoeld, gaf Bruno toe dat hij de string zelf had gekocht om de boel op stelten te zetten.

Maar daarmee was wel meteen de toon gezet voor alle toekomstige ontmoetingen tussen mij en Bruno.

43

Ik zette mijn telefoon in de lader en dwong mezelf te beseffen dat ik maar mooi mazzel had dat ik niet alleen elektriciteit had om mijn telefoon op te laden, maar ook een dak boven mijn hoofd en een bed om in te slapen. Maar ik was bijna vierendertig en nadat ik het idee had gehad dat ik eindelijk volwassen was geworden, woonde ik nu toch weer bij mijn ouders. Dat deed ontzettend veel pijn.

Ik had zin om in bed te kruipen, al mijn slaappillen te slikken en weg te zinken in vergetelheid, maar toen kwam mam ineens opdagen. Ze wierp één blik op me en ik zag dat ze haar tanden op elkaar zette: ze was niet van plan om dit schip te laten zinken. 'Vooruit!' zei ze. 'Op naar de badkamer. We moeten naar een barbecue.'

'Nee, mam, ik kan niet...'

'Kanniet ligt op het kerkhof en Wilniet ligt ernaast. Kom op, laten we eens gek doen en ook je haar wassen.'

'Nee, mam...'

'Ja, mam...'

Vriendelijk maar vastberaden dwong ze me om mijn kleren uit te trekken en in bad te stappen. Het was net alsof ik weer een klein meisje was. Tot en met de shampoo die ik in mijn ogen kreeg, waardoor ik in tranen uitbarstte.

'Hou op met dat gejengel,' zei ze, terwijl ze een paar handdoeken om me heen sloeg. 'Je bent in ieder geval schoon. Nu moeten we je alleen nog aankleden. Vooruit, schiet op, hier zijn lekkere, schone kleren, trek ze maar gauw aan.'

Ze hielp me in een T-shirtje en een dunne spijkerbroek die Claire had gebracht. Eerlijk is eerlijk, Claire mocht dan nog zo onbetrouwbaar zijn, af en toe kon ze je echt verrassen want deze dingen – die ze kennelijk van Kate had gejat – waren heerlijk voor de milde (dat wil zeggen ellendige) Ierse zomer.

Mam stond er ook op dat ik wat gekleurde zonnebrandcrème opdeed, plus mascara, blusher en lipgloss en zei daarna dat ik mijn Alexander McQueen-sjaal moest pakken, dezelfde die ik voor mijn eerste zelfmoordpoging aan Claire had gegeven.

'Hang die maar voor het raam, waar ik 'm kan zien,' zei ze. 'Op die manier weet ik zeker dat je in orde bent.'

Vermoeid deed ik wat me was opgedragen. Het had geen zin om tegen haar te zeggen dat de Alexander McQueen-sjaal geen modieuze waarde meer voor me had. Bij nader inzien had ik eerlijk gezegd maar verdomd weinig waardevolle dingen over die ik dit keer weg kon geven. Daar schrok ik een beetje van. Was ik al zover? Dat ik over 'dit keer' liep te denken?

'Laten we een afspraak maken,' zei ze.

'Op de Schoplijst,' zei ik automatisch. 'Je mag niet "laten we een afspraak maken" tegen me zeggen.'

'Neem me niet kwalijk.' Ze week geen duimbreed. 'Tien minuten lang laat je je gezicht op die barbecue zien. Daarna ga je maar weer aan het werk.'

'Ik heb geen werk meer. Het is klaar.'

'Grote meid, dus je hebt de zaak opgelost!'

'... eh...' Wat moest ik daar nu weer op zeggen?

'Vertel eens wat er nu precies aan de hand was.'

'Kan ik niet.'

'Kanniet ligt op het kerkhof,' zei ze.

'Nee, dat gaat echt niet, mam.'

'Maar we hebben toch nog wel steeds kaartjes voor Laddz, hè?'

'Ja, hoor.' Als er niets anders op zat, kocht ik ze wel.

'Dus Jay Parker komt niet meer langs?'

'Zeker weten van niet.'

'Ooooo,' zei ze.

'Wat ooooo?'

'Ik voel aan mijn water dat... hoe zal ik het zeggen? Dat er nog iets speelt tussen jou en Jay Parker.'

'Er speelt helemaal niets tussen mij en Jay Parker. Ik heb een...' De kwestie van de naaktfoto's van Artie moest nog uitgesproken worden. Dat kon net zo goed meteen. 'Ik heb een vriendje.'

'Dat is geen vriendje, vriendinnetje. Dat is absoluut een man!'

'Waar heb je het over? Welke programma's heb je nu weer zitten kijken?'

'O, alleen maar de gewone dingen. *America's Next Top Model.* Alles wat voorbijkomt.'

'Nou ja, ik wil gewoon één ding duidelijk maken. Artie. Ik...' Ik aarzelde. 'Ik heb bijzonder veel respect voor hem.'

'Bijzonder veel respect? Wie heeft er nu weer met haar neus in Jane Austen gezeten? Maar goed, als je niet hoeft te werken, dan kun je zeker mee naar Claires barbecue.'

'Tien minuten,' zei ik. 'En alleen in mijn eigen auto.' Dan kon ik tenminste weg wanneer ik wilde.

In de achtertuin bij Claire was het gezelligheidsniveau al rijp voor een ereprijs. We hoefden niet te vrezen dat hier iemand opgehaald zou worden door het groene heropvoedingsbusje. Het wemelde van Claires vriendinnen, die allemaal hun kinderen links lieten liggen, hun highlights schudden en sublieme zonnebrillen van Versace droegen (Versace, nota bene!). Ze zopen zich vrolijk vol met wijn, die ze hardnekkig *vino* bleven noemen, een woord dat meteen naar de eerste plaats op mijn Schoplijst schoot.

Claire liet flessen van de betreffende vino rondgaan en schonk glazen tot aan de rand toe vol, zodat de wijn op net gemanicuurde, knalrood gelakte teennagels spetterde. Ze nam haar plicht als gastvrouw heel serieus. Als er na een feestje dat zij had gegeven niet drie mensen met een alcoholvergiftiging in het ziekenhuis belandden, had ze het gevoel dat ze had gefaald.

'Aha, je bent er ook,' zei ze tegen mij. 'Mooi zo. We waren een beetje... bezorgd... over je.'

'Met mij gaat alles prima, hoor,' zei ik.

Vier of vijf kwebbelende kinderen die met een noodgang over het gras holden, schoten tussen Claire en mij door. Zodra ze voorbij waren, vroeg ik: 'Hoe is dat gisteren afgelopen met de politie?'

'Ik krijg drie minpunten op mijn rijbewijs en een bekeuring. Tweehonderd euro, zeiden ze, geloof ik. Klootzakken.'

'Ja, echte klootzakken. Hoor eens, nog bedankt voor het uitpakken.'

'Graag gedaan. Alleen heb ik geen hand uitgestoken, dat waren mam en Margaret. Eerlijk gezegd ben ik alleen teruggegaan naar het huis toen ze me over die foto's van Artie vertelden. Christus. Die mag er zijn.' Ze hield even op met haar loftuitingen over Arties klokkenspel om tegen de kinderen te schreeuwen: 'Kijk nou uit, stelletje snotapen, jullie stoten mensen de glazen uit de hand!'

Daarna richtte ze haar aandacht weer op mij. 'Ik meen het, Helen, echt eersteklas.'

'Ja, dank je. Vertel eens, Claire, waarom geef je eigenlijk vandaag een barbecue?'

'Geen idee. Het is zaterdag, het is mooi weer en het is zomer. Meer dan voldoende excuus om een stuk of wat glazen vino achterover te slaan.'

'Heeft niemand je ertoe gedwongen?'

'Nee.'

'Het is niet wettelijk verplicht, of zo?'

Ze haalde even diep adem, omdat ze niet wist wat ze daarop moest zeggen. 'Voel je je... wel goed?'

'Ja, prima, hoor.'

'Neem maar iets te drinken,' zei ze haastig.

De gedachte om mezelf een stuk in de kraag te drinken was heel verleidelijk, maar ik durfde het niet. Als je naging hoe ik mezelf vandaag voelde, dan zou ik, als ik één glaasje wijn nam, er wel honderd op kunnen en de ellende van een kater kon ik mezelf niet veroorloven. Het was veiliger om niet te drinken.

'Heb je ook cola light?'

'Voor wie? Voor jou?' Claire keek verbaasd op van het idee dat een volwassene een non-alcoholisch drankje zou willen. 'Nou ja, als je het echt zeker weet... Er staan wel een paar flessen daarginds, op die tafel naast de barbecue. We moesten die wel kopen omdat er vandaag ook kinderen bij zijn, maar als het aan mij lag, kregen ze alleen maar water uit de kraan. Kleine rotzakken.'

Ik liep met gebogen hoofd naar de tafel met de cola light toe en slaagde erin om alle gesprekken te ontlopen.

Zoals dat hoort bij een barbecue was het een man die de scepter zwaaide over het apparaat zelf, in dit geval Claires echtgenoot, Adam. Hij had, zoals eveneens te doen gebruikelijk, een of ander plastic schortje voor met een slogan die zo flauw was dat ik me niet eens meer kan herinneren waar het over ging en hij werd bij zijn werkzaamheden gesteund door de echtgenoten van Claires vriendinnen, die bier hijsend om hem heen hingen en er een stuk ouder uitzagen dan hun vinodrinkende vrouwen. Het grappige is dat ze helemaal niet ouder waren, ze waren ongeveer van dezelfde leeftijd, maar ze hadden zich gewoon helemaal laten gaan, zoals dat meestal het geval is bij Ierse mannen. (Met uitzondering van Adam. Hij leek ongeveer even oud als Claire, maar dat kwam omdat hij een stuk jonger was dan zij.)

Iemand gaf me een papieren bordje met een hamburger en ik deinsde achteruit. Het zag er afschuwelijk uit, een soort aangebrand kringetje des doods dat op een dikke witte kadet lag. Ik deed mijn best om me zo normaal mogelijk te gedragen en nam er voorzichtig een hapje van. Het brood smaakte naar watten en de hap die ik had genomen rolde door mijn mond als iets buitenaards en weigerde om in voedsel te veranderen. Kon ik geen speeksel meer produceren? Of zou het brood echt van watten zijn gemaakt? Bij wijze van grap? Bij mijn familie weet je het maar nooit.

Ik keek even schichtig om me heen, maar er was nergens een groep lachende gezichten te zien, die 'geintje!' riepen.

Er stonden alleen een hele hoop mensen hamburgers naar binnen te proppen, terwijl de ketchup, de mosterd en het kwijl over hun kin liepen. Ineens leek de hele tuin vol te staan met mensen die eigenlijk niets menselijks meer hadden, maar eruitzagen alsof ze gekruist waren met varkens.

Ik kneep mijn ogen dicht om niet langer naar die afschuwelijke zwijnenkoppen te kijken, maar toen ik ze weer opendeed, staarde ik naar de barbecue waarop de worstjes eruitzagen als dikke, walgelijke, vette en dooie bundeltjes en de kippen me deden denken aan dode, onthoofde baby's. De ketchup was veel te rood en de mosterd had een idiote, angstaanjagende gele kleur.

Ik draaide me om, maar daardoor viel mijn blik op een van de slaapkamerramen. Daar stond Kate op ons neer te kijken, met zo'n kwaadaardige blik in haar ogen dat ik ervan schrok. Het leek wel een horrorfilm.

Ik moest hier weg.

Het was niet nodig om afscheid te nemen. Het is een groot voordeel om tot een onbeschofte familie te horen. Ik kon gewoon vertrekken. De vrijheid lonkte.

44

Ze zeggen dat je van overleven sterker wordt, maar dat is niet waar. Je wordt er zwakker van. Je wordt banger.

Dat zie je ook wel eens bij profvoetballers. Ze breken een enkel die weer gezet wordt, ze moeten met die enkel regelmatig een zuurstoftent in om sneller te herstellen, ze krijgen de beste fysiotherapie die er bestaat en vervolgens worden ze volledig genezen verklaard. Maar ze worden nooit meer zo goed als ze daarvoor waren. Ze kunnen zich gewoon niet meer met dezelfde agressie aan het spel overgeven.

Niet omdat hun enkel zwakker is dan daarvoor, maar omdat ze hebben ontdekt wat pijn is. Ze zijn zich ineens bewust van hun eigen kwetsbaarheid en instinctief proberen ze zichzelf in bescherming te nemen. Ze zijn hun onschuld kwijt.

Ik had een 'depressie' overleefd, maar ik was doodsbang dat het me opnieuw zou overkomen. En nu was het inderdaad zover.

Het ging snel bergafwaarts met me. De speurtocht naar Wayne had ervoor gezorgd dat ik mijn hoofd boven water kon houden. Maar nu had ik niets meer.

Misschien zou ik wat rustiger worden als ik naar Artie toe ging. En misschien ook niet. Artie hield van sterke vrouwen. En ik was niet sterk, nu eventjes niet.

Het leed geen twijfel dat de Devlin-barbecue in aanmerking kwam voor een mogelijke Gouden Ster. Ik zou er niet van opkijken als de inspecteurs er een brochure van zouden willen maken, om anderen te laten zien hoe het hoorde.

Hoewel het een aflopende zaak was – het was inmiddels al acht uur geweest – was alles nog steeds piekfijn in orde. De stemming was vrolijk maar niet opgefokt. De gasten schenen een verzameling te zijn van buren, collega's en vrienden van de kinderen. De cynici onder ons zouden zich misschien afvragen of ze alleen op basis van hun knappe uiterlijk uitgenodigd waren, maar dat was niet het geval, dat wist ik zeker. In het onwaarschijnlijke geval dat er ooit lelijke mensen verzeild raakten in de wereld van de Devlins, dan zouden ze kunnen rekenen op evenveel hartelijkheid en warmte als heel aantrekkelijke mensen, maar op de een of andere manier gebeurde dat nooit.

De tuin zelf, met dat houten terras en dat volmaakte grasveld, leek zoals altijd rechtstreeks afkomstig uit een tijdschrift. Maar er was extra aandacht besteed aan de lucht. De achtergrond was intens blauw, maar ze waren erin geslaagd om wat zeldzame, luchtige wolkjes te vinden – heel wit, maar met een vaag roze randje – en er een adembenemend geheel van te maken. Het leek erop alsof iemand – waarschijnlijk Vonnie – er gewoon een handvol had gepakt en die had uitgestrooid over de lucht, om ze vervolgens gewoon te laten liggen waar ze terechtkwamen, maar je kon er zeker van zijn dat het veel kunstzinniger was dan dat. Vonnie zou zoiets nooit aan het toeval overgelaten hebben.

En nu ik het toch over haar heb, daar was ze. Ze zette alle specerijen een fractie van een centimeter naar rechts, zodat ze allemaal keurig op een rij stonden.

'Ben je alweer hier?' zei ik. 'Ben je er ook wel eens niet?'

Ze lachte en sloeg haar armen om me heen om me een stevige knuffel te geven. 'Loop eens even mee naar Artie,' zei ze.

Achter in de tuin, bij de cipressen, zwaaide Artie de scepter over de barbecue. Hij droeg geen schort met het opschrift NATURAL BORN GRILLER. Wat een klasbak.

'Moet je hem zien,' zei Vonnie.

'Ik zie hem.'

'Hij moet naar de kapper.'

'Nee.' Ik draaide me om zodat ik haar recht in de ogen keek. 'Nee,' zei ik nog een keer.

'Au.' Ze wierp me een sprankelende blik toe. 'Jij bent geen katje om zonder handschoenen aan te pakken.' Meteen daarna ging ze ervandoor, waardoor ik alleen achterbleef met Artie.

'Waar ging dat over?' vroeg ik.

'Ze wil dat ik mijn haar laat knippen.'

'Maar...' De lengte van Arties haar ging Vonnie niets aan. Ze waren gescheiden en zelfs al liet hij zijn haar tot op zijn knieën groeien, dan had ze daar nog niets mee te maken. Desondanks kon ik beter mijn mond houden.

'Goed,' zei Artie met een gebaar naar de barbecue. 'Kan ik je ergens mee verleiden?'

'Altijd,' zei ik. 'Maar niet met een hamburger. Ik ben vandaag al naar zeventien barbecues geweest.' Het had geen zin om te vertellen dat ik nog geen hap door mijn keel had kunnen krijgen.

'Ik moet je wel waarschuwen dat Bella op je zit te wachten,' zei hij. 'Ze heeft een persoonlijkheidsquiz gemaakt die speciaal op jou slaat.'

'Oké.' Ik werd afgeleid door de koolsla. Die zag er verrassend mooi uit. Ik keek in de schaal. Het was gewoon kool, waar ik normaal gesproken een hekel aan heb, maar nu zag het er prachtig uit. Wat hadden ze ermee gedaan?

Iona kwam naar me toe zweven met een glas witte wijn en een limonadeglas vol van het veelbesproken eigengemaakte gemberbier. Ik dronk het gemberbier op, maar weigerde de wijn. 'Liever cola light?' vroeg ze.

Ik knikte dankbaar.

'Komt eraan,' zei ze.

Bruno banjerde rond in zijn zwarte kleren en met zijn knalrode konen en overdreven kuif. Toen hij langs me heen liep, siste hij binnensmonds: 'Wat doet zij hier?'

'Je vader pijpen,' siste ik terug.

En daar kwam Bella aan, heel gewichtig en gewapend met een Hello Kitty-klembord. 'Helen, wat leuk om je te zien. Heb je het gemberbier al geprobeerd? Dat hebben we zelf gemaakt, hoor.'

'En het was heerlijk. Nu haalt Iona een cola light voor me.'

Bella wierp een scherpe blik in de richting van de keuken. Iona kwam met een glas in de hand naar ons toe zweven.

'Iona,' zei Bella, 'schiet eens op met dat drankje voor Helen.'

Iona gaf me het glas.

'Dank je, Iona,' zei Bella kortaf. Daarna richtte ze haar aandacht op mij. 'We moeten ons hiervoor wel even afzonderen, Helen.'

Ze sleepte me mee naar het kantoor aan huis, het hoogste punt van het huis, een glazen cabine die aan een stalen balk naast het huis bungelde. Alle wanden, met inbegrip van de vloer, waren van glas.

Het was zo'n ingewikkeld stukje bouwkunst, dat ik al hoofdpijn kreeg als ik erover nadacht.

Bella nodigde me uit om plaats te nemen op een zitzak van zilverlamé en ging zelf in een stoel boven me zitten.

Onder mijn voeten zag ik de tuin, de gasten en zelfs de volmaakte koolsla. Er begonnen al mensen te vertrekken. Mooi zo.

Misschien zou ik Artie al heel gauw voor mezelf hebben.

'Ben je zenuwachtig?' vroeg Bella. 'Om wat de quiz over je karakter zal onthullen?'

'Wel een beetje.'

'Dat is heel normaal, hoor,' zei ze vriendelijk. 'Ik zal het even uit-

leggen. Ik stel je een vraag en daarop zijn vier antwoorden mogelijk: A, B, C of D. Geef me gewoon het antwoord dat volgens jou
het juiste is. Ik wil wel even benadrukken dat een fout antwoord
niet mogelijk is, Helen. Denk er niet te lang over na, geef gewoon
antwoord. Ben ik duidelijk genoeg geweest?'

Ik knikte. Ik was toch al bekaf.

'Laten we dan maar beginnen. Wat is je lievelingskleur?' Haar
pen (uiteraard roze) hing boven het klembord, waarvan de inhoud
angstvallig verborgen bleef achter haar hand.

'Is dat roze, gespikkeld, gestreept, of blanco?'

'Blanco.'

'Blan-co,' mompelde ze en ze vinkte netjes iets af op het vel. 'Dat
dacht ik wel. Ben je klaar voor de volgende vraag? Als je een
groente was, zou je dan Gekookt, Gebakken, Gestoomd of In
Reepjes willen zijn?'

'In reepjes. Zeker weten.'

'Dat vermoedde ik al,' zei ze. 'De meest elegante keuze. De volgende vraag heeft ook iets met groente te maken. Als je een kool
was, zou je dan savooie, rode, witte of boerenkool willen zijn?'

'Geen van alle, want...'

'Want je hebt een hekel aan kool. Heel goed! Dat was een strik-
vraag. Ik ken je echt heel goed! Wat weegt meer? Een kilo veren,
een kilo mascara, een kilo sterren of een kilo kilo's?'

'Een kilo sterren.'

'Sterren? Af en toe kun je me nog steeds verbazen, Helen. Wat
zou je leuker vinden, zwemmen met dolfijnen in het Caribische
gebied, bungeejumpen vanaf de Golden Gate Bridge, aan een lijn
over de Grand Canyon geschoten worden, of tien marsrepen eten
in een tent in Carlow?'

'De marsrepen.'

'Ik ook. Hoe zou je het liefst dood willen gaan? In je slaap, in
een luxe kuuroord, doodgedrukt worden tijdens de opening van
een nieuwe Topshop of bij een vliegtuigongeluk?'

'Ik vind alles best.'

'Je moet een keuze maken.'

'Oké. Dan het vliegtuigongeluk.'

'Dat was het einde van de quiz.'

Godzijdank, dat ging heerlijk snel.

'Ontspan je maar,' zei ze. 'Dan zal ik nu je score tellen.'

Er kwam een boel gemompel aan te pas terwijl ze haar informatie onder elkaar zette. Uiteindelijk zei ze: 'Voornamelijk D's. Je kunt dansen, maar dat doe je zelden. Een van je ambities is om te gaan boemelen, hoewel je niet zeker weet wat dat inhoudt. Je bent geneigd een tikje kortaf te zijn, maar je hebt een vriendelijke inborst. Je bent niet bang om confectie met designerkleren te mengen. Af en toe word je verkeerd begrepen. De kans bestaat dat je op latere leeftijd jicht zult krijgen.'

Dat klopte verrassend goed en dat zei ik ook.

'Ik ken je op mijn duimpje, ik heb je echt grondig bestudeerd. Mag ik je nu om een gunst vragen, Helen?' Haar gezicht stond ineens ernstig. 'Vind je het heel erg als ik nu naar beneden ga om even bij mam te gaan zitten? Volgens mij voelt ze zich een beetje eenzaam.'

'Eh... helemaal niet.'

Ik mocht dan nog zo dol op Bella zijn, af en toe vrat ze echt aan je energie. Maar zodra ik alleen achterbleef, werd ik overspoeld door duisternis. Ik schrok er gewoon van hoeveel erger het de afgelopen twintig minuten was geworden. Het bleef groeien, alsof het een of ander eng beest was. Ik moest in beweging blijven. Misschien kon ik het op afstand houden als ik alleen kon zijn met Artie. Of misschien moest ik maar een lange rit gaan maken.

Ik lag nog steeds languit op de zitzak toen Artie opdook. 'Ik hoor dat je geneigd bent een tikje kortaf te zijn, maar dat je een vriendelijke inborst hebt.'

Ik ging gretig rechtop zitten, opgelucht dat hij bij me was en ik niet langer was overgeleverd aan mijn eigen gedachten. 'Hoe komt ze aan dat soort taalgebruik? Wat zijn jullie Devlins voor een rare wezens?'

'Ik neem aan dat Wayne is komen opdagen? Anders zou je hier vast niet zijn.'

Ik schudde mijn hoofd. 'Nee. Maar ik heb er de brui aan gegeven.'

'Waarom? Nee, wacht even, vertel me dat zometeen maar.' Hij ging op zijn hurken naast me zitten. 'Houdt dat in dat je morgenmiddag vrij bent? Volgens mij ben ik er namelijk in geslaagd om alle drie de kinderen tegelijk te lozen. Bella gaat bij een vriendinnetje spelen, Iona neemt deel aan een protestmars en Bruno gaat naar een of andere make-upparty. Kun je naar me toe komen?'

'Reken maar.'

Zacht, zo zacht dat ik hem nauwelijks verstond, zei hij: 'Mooi.' Hij liet zijn vinger over mijn gezicht glijden en keek me zo intens aan dat ik – bijna gekweld – zei: 'O, Artie, kijk me niet zo sexy aan, daar kan ik echt niet tegen.'

Hij stond op. 'Je hebt gelijk. Op dit moment kunnen we toch niets beginnen.'

'Wat zou je ervan zeggen,' zei ik, 'als ik je bij wijze van afleiding eens precies vertelde wat er allemaal met betrekking tot Wayne is gebeurd?'

Artie pakte de stoel waar Bella in had gezeten en ik bleef op de zitzak. 'O god, Artie, die repetitie in het MusicDrome was één grote puinhoop.' Ik vertelde het hele trieste verhaal, over de zwanenkostuums, de computerfouten, de woedeaanval van John Joseph, de paniek van Frankie... 'Zelfs als Wayne terugkomt, is er geen schijn van kans dat ze voor woensdag klaar zullen zijn. Ik zie niet hoe ze ermee door kunnen gaan. Echt, ik zou er niet van opkijken als ze alle drie de optredens moesten afgelasten.'

Er flitste een vreemde uitdrukking over Arties gezicht.

'Wat is er?' vroeg ik.

'Niets. Alleen... het lijkt op een verzekeringsfraude.'

'Hoe bedoel je?'

'Wie financiert die optredens?'

'De promotor is One World Music.' Dat had ik Jay Parker horen zeggen.

'O, die zullen wel een flinke vinger in de pap hebben,' zei Artie. 'Maar het zijn vast niet de enige geldschieters. Weet je wie de anderen zijn?'

Ik schudde mijn hoofd.

'Meestal wordt van de band verwacht dat ze ook een flinke duit in het zakje doen,' zei Artie.

Daar zat ik even over na te denken. Ik was er vast van overtuigd dat Roger St Leger geen cent te makken had en hetzelfde gold voor

Frankie. Maar John Joseph had misschien een gebrek aan contanten, maar hij had meer dan genoeg bezittingen. En wat Jay Parker betrof, die was zeker in staat om een of andere arme sukkel een flink bedrag af te troggelen. 'Tja,' zei Artie. 'Wie de geldschieters ook mogen zijn, ze zullen zeker een waarborg hebben voor hun aandeel. Dat wil zeggen dat ze een verzekering hebben afgesloten. Dus als de concerten niet doorgaan, krijgen zij hun geld terug en afhankelijk van de polis vangen ze misschien zelfs een bepaald percentage winst.'

'Dus als de concerten moeten worden afgelast, dan betaalt de verzekering? En misschien meer dan het oorspronkelijk geïnvesteerde bedrag? Dus de geldschieters hebben er misschien meer baat bij als de concerten niet doorgaan?'

'Dat zou kunnen. Het zijn maar veronderstellingen.' Artie keek me argwanend aan. 'Ik dacht dat je de brui had gegeven aan die zaak.'

'Hoe kan ik achter de bijzonderheden komen van die verzekeringspolis?'

'Dat zal niet gaan. Het is een privécontract.'

Er bleven allerlei dingen onuitgesproken. Artie zou er waarschijnlijk wel achter kunnen komen. Op een legale manier. Als hij kon aantonen dat een onderzoek terecht was. Maar dat wilde ik hem niet vragen.

Ik hees mezelf overeind en liep naar Arties computer.

'Er is iets wat ik al een hele tijd had willen controleren,' zei ik. 'Laten we eens kijken hoe het met de kaartverkoop staat.'

We gingen naar de site van het MusicDrome. Woensdag en donderdag waren ongeveer voor de helft uitverkocht, vrijdag voor minder dan een derde. Niet bepaald geweldig.

'Dus als ik een van die mensen was die geld had gestoken in deze concerten,' zei ik. 'Dan zou ik nu hopen dat ze geannuleerd werden, hè?'

Artie schudde zijn hoofd. 'Nog niet. Het is nog te vroeg. Er zal nog genoeg publiciteit komen die de kaartverkoop een flinke duw in de rug kan geven. Vanavond zijn ze op tv bij Maurice McNice.'

'Hoe zullen ze de afwezigheid van Wayne dan verklaren?' vroeg ik.

'Ze bedenken vast wel iets,' zei Artie. 'Die Jay Parker lijkt me zo'n vent die overal wel een draai aan kan geven.'

Wat klonk dat minachtend! Helemaal niets voor Artie. 'En er zal morgen zeker iets in de kranten staan, let maar op.'

'Wat dan?'

'O, dat maakt niets uit. Een of ander slijmverhaal over die nieuwe baby's van Frankie. Zeezah die bikini's showt. Wat dan ook.'

Op dat moment ging mijn telefoon. Ik keek verrast naar het schermpje. Harry Gilliam. Wat wilde die nou van me? Behalve me de stuipen op het lijf jagen?

Ik nam op omdat hij anders toch gewoon zou blijven bellen.

'Harry,' zei ik met gemaakte vrolijkheid. 'Hoe gaat het ermee?'

'Ik heb horen zeggen,' zei Harry, 'dat jij de zoektocht naar je vriend hebt opgegeven.'

'Dat klopt.'

'Blijf naar hem zoeken, Helen.'

Rillingen van angst, opwinding en nieuwsgierigheid liepen me over de rug. Voornamelijk van angst. 'Wat bedoel je?'

'Precies wat ik zei, Helen. Simpeler kan het niet. Blijf naar hem zoeken.'

'Waarom? Zit hij in moeilijkheden? Wat is er aan de hand?'

'Ik begin kramp in mijn tong te krijgen, Helen. Ik zeg het nog één keer. Blijf naar hem zoeken.'

'Maar als je iets weet wat me op weg helpt, kun je me dat net zo goed vertellen!'

'Ik? Hoe zou ik iets kunnen weten?'

Meteen daarop was hij weg.

Ik staarde naar de telefoon. Ik was bang voor Harry Gilliam. Echt bang en waarom wist ik niet. Vroeger was ik nooit bang voor hem geweest, maar nu wel. Op de een of andere manier had hij geleerd om ontzettend dreigend over te komen. Misschien had hij een cursus gevolgd.

'Wat is er aan de hand?' vroeg Artie.

Hoeveel kon ik hem vertellen? Grenzen, beroepsmatig en persoonlijk, de hele wereld was ervan vergeven.

'Harry Gilliam?' zei ik.

Artie werd meteen op en top de politieman, heel erg discreet.

'Ik... heb van hem gehoord. Heeft een flinke klap gehad van de recessie. De mensen kopen niet meer zoveel drugs als vroeger.'

'Nou, hem had ik net aan de telefoon. Hij gaf me te kennen dat ik naar Wayne moest blijven zoeken.'

'Waarom?'

'Dat zei hij niet. En hoe hij het voor elkaar heeft gekregen, weet ik niet maar hij heeft me zover gekregen dat ik van gedachten ben veranderd.'

Na een lange stilte zei Artie: 'Ik veronderstel dat het weinig zin heeft om je te vragen dat niet te doen.'

Ik keek hem aan. Ik hoefde niet eens nee te schudden. 'Ik kan best voor mezelf zorgen,' zei ik. 'Dat is een van de redenen waarom je van me houdt.'

Verbijsterd keken we elkaar aan. Ik had me hopeloos versproken!

'Dat was een vergissing,' zei ik haastig. 'Laten we het met goed fatsoen maar gauw vergeten en de draad weer oppakken.'

Hij bleef me aankijken. We wisten geen van tweeën wat we moesten doen. Uiteindelijk zei hij: 'Wees voorzichtig, Helen.'

Grappig. Dat was precies hetzelfde wat Harry Gilliam de avond tevoren tegen me had gezegd.

'Komt in orde,' zei ik. 'Maar nu moet ik ervandoor.'

45

Buiten op straat belde ik Parker. Hij nam meteen op. 'Helen?'

'Waar zit je, verdomme?'

'Television Centre, bij RTE.'

'Ik kom eraan om Waynes sleutels op te halen. Zorg dat er een pasje voor me klaarligt bij de receptie.'

'Wat is er voor de...'

Ik verbrak de verbinding. Ik wist niet wat er tussen Harry Gilliam en Jay speelde. Ik was bang en ik was boos. Dat was niet plezierig, maar gek genoeg een stuk beter dan het gevoel dat ik had toen ik niet meer aan de zaak werkte.

Verrassend genoeg werd ik bij de receptie van Television Centre verwacht. Ik had eigenlijk gedacht dat ik een vermoeiend welles-nietesgesprek zou moeten voeren met een of andere ondergeschikte machtswellusteling, maar er lag een gelamineerd pasje te wachten met mijn naam erop – verkeerd gespeld natuurlijk, ik was 'Helene Walshe', iemand zat kennelijk dik in de e's – en na een haastig telefoontje kwam een in het zwart geklede loopjongen me halen om me naar de wachtkamer te brengen.

Bij de televisie heet zoiets een 'green room' en daar was ik nog nooit geweest, maar tot mijn teleurstelling leek het gewoon op een grote zitkamer. Er stonden een heleboel banken, in de hoek was een bar en er zaten zo'n twintig mensen, allemaal in aparte groepjes. Afgezien van de Laddz-afvaardiging had ik geen flauw idee wie de andere gasten waren. Maar ik kon wel een gokje wagen. Een kok die net een nieuw kookboek had geschreven? En de vrouw met die kunsttieten en kunstnagels was misschien wel met een bekende Ier naar bed geweest. Dan hadden we wellicht ook nog de aanvoerder van het hurlingteam dat kampioen was geworden. En ten slotte een of andere stomme band die een single of een concert kwam promoten. O ja, maar dat waren de Laddz natuurlijk.

De Laddz-afvaardiging zat op een kluitje. Jay was erbij, uiteraard, net als John Joseph en Zeezah, die op onderdrukte toon met elkaar zaten te praten. Roger St Leger had het langbenige blondje meegebracht dat hij op de barbecue had ontmoet. Ze waren allebei bezopen en lagen languit op een bank te schateren om gore grapjes en wodka te hijsen. Het was net alsof ze elkaar ieder moment konden bespringen.

Frankie zat stijf rechtop en was onnatuurlijk stil. Aanvankelijk dacht ik dat het kwam omdat hij zich ergerde aan het gedrag van Roger – daar zou 'Hij daarboven' het vast niet mee eens zijn. Maar toen besefte ik dat Frankie zich in een precaire situatie bevond. Op dit moment liep zijn tv-carrière als een trein en zoals de zaken er nu voor stonden, zou Frankie de baan van Maurice McNice overnemen als die het hoekje omging. En omdat Frankie min of meer zat te wachten tot Maurice de pijp uitging, was het wel een beetje gênant om in zijn programma een liedje te gaan zingen.

Jay was in een heftige discussie verwikkeld met een man die er-uitzag alsof hij een van de producers was. 'Maar Wayne is ziek,' zei Jay. 'Hij heeft ontzettend veel last van zijn keel. Hij kan echt niet zingen.'

'Maar dat vraagt ook niemand van hem!' zei de producer. 'Bij *Saturday Night In* wordt nooit gezongen. Ze playbacken altijd.'

'Wayne ligt in bed met veertig graden koorts,' zei Jay. 'Hij kan niet eens op zijn benen staan. Een interview met John Joseph en zijn beeldschone nieuwe bruid zou veel beter zijn.'

Ik begreep meteen wat er aan de hand was. Voordat Wayne de benen had genomen was Laddz uitgenodigd om in het programma een liedje te 'zingen' en nu probeerde Parker er toch nog zoveel mogelijk publiciteit uit te slepen door een interview met John Joseph en Zeezah aan te bieden. Maar daar voelde de producer helemaal niets voor, want er zat ook al een interview in het programma met een bekende hurlingspeler die net getrouwd was.

'We hebben al een "mooi, nieuw bruidje"-interview,' zei de producer. 'En geen muzikaal intermezzo. Amusementsprogramma's zijn aan regels gebonden! Nu is het evenwicht zoek.'

'Die vrouw,' zei Jay, wijzend op Zeezah, 'is een wereldster. Je zult echt aan de weg timmeren door haar te interviewen.'

De ogen van de producer begonnen te glimmen. 'Misschien kan zij iets zingen.'

'Nee!' Jay zag de kans op wat publiciteit voor de Laddz weg-glippen. 'Ze heeft haar kostuums niet bij zich. Zeezah kan niet maar zo op een kruk gaan zitten zingen. Ze is Christy Moore niet.'

De producer kreeg een krakende maar urgente oproep via zijn walkietalkie en sprong gehaast op.

'Ik moet even iets uitzoeken,' zei hij tegen Jay. 'Maar hier is het laatste woord nog niet over gezegd.'

Zodra de vent weggerend was, tikte ik Jay op zijn schouder. Hij keek naar me op.

'Dus je bent weer terug?' zei hij. 'Wat is er precies aan de hand?'

'Geef me alleen die sleutels van Wayne maar.'

'Vertel op. Wat is er aan de hand?'

'Je vriend Harry heeft me overgehaald om naar Wayne te blij-ven zoeken.'

'Harry?' Jay zag er oprecht verward uit. Maar met hem wist je het nooit. 'Wie is Harry?'

'Ja, laat maar zitten. Ik heb geen zin in die lulkoek van je. Als je maar weet dat je me nog steeds moet betalen, wat je ook met Harry hebt uitgevogeld.'

'Ik heb geen flauw idee waar je het over hebt,' zei Jay. 'En ik ben blij dat je weer terug bent. Maar er is iets wat je wel moet weten. Toen jij vanmiddag zei dat je ermee kapte, heeft John Joseph een andere privédetective in de arm genomen...'

'Wie?'

'Walter Wolcott.'

Die kende ik wel. Een oudere vent. Hij werkte heel anders dan ik. Methodisch. Weinig verbeeldingskracht. Was bereid af en toe een klap uit te delen. Een ex-smeris uiteraard.

'Hij heeft de gegevens van alle luchthavens al gecontroleerd, zelfs die van privévliegvelden. Het staat vast dat Wayne nog in het land is.'

'Maar dat wisten we al. Ik heb zijn paspoort gevonden, weet je nog?'

'Hij heeft ook alle veerboten gecontroleerd, net als de kleinere havens en de plaatsen waar je een boot kunt huren. Ook daar heeft Wayne geen gebruik van gemaakt.'

Wolcott had al die informatie bij zijn oude maatjes van de politie op kunnen vragen zonder dat het hem een cent gekost had. Dat ouwe-jongens-krentenbroodgevoel is heel sterk.

'Wolcott heeft ook alle grote hotels nagetrokken,' zei Jay.

Ook dat had een van zijn oude collega's wel voor hem kunnen regelen.

'Maar Wayne is nergens te vinden,' zei Jay. 'Momenteel werkt Wolcott aan de kleinere plekken, pensions en zo, maar dat zal wel even tijd kosten.' Vooral omdat die niet in een database waren ondergebracht.

'Misschien moeten jullie maar gaan samenwerken,' zei Jay.

Ik piekerde er niet over om met zo'n ouwe klabak als Wolcott samen te gaan werken. Ik wilde niet eens dat hij zich met de zaak bemoeide. De kans dat we dezelfde weg in zouden slaan was klein, maar het kon toch lastig worden als we ergens tegelijk kwamen opdagen om dezelfde persoon te ondervragen. Zeker als hij daar het eerst was.

'Heeft hij al zicht op de telefoon- en bankgegevens?' vroeg ik. Die waren echt belangrijk en het zat er echt niet in dat Wolcotts maatjes bij de politie die voor hem konden ophoesten. Het vrijgeven van luchthavengegevens is maar een kleine overtreding, maar met telefoon- en bankgegevens moet je uitkijken, want dan ben je echt illegaal bezig.

Jay schudde zijn hoofd. 'Wolcott slaagde er niet in om die gegevens via zijn normale kanalen los te krijgen. Daarvoor had hij geld nodig en daar wilde John Joseph geen toestemming voor geven. Hij werd ook woest toen hij hoorde hoeveel ik jou betaald had.'

'O ja?' Hoe gewiekst was John Joseph eigenlijk? 'Heeft hij Wolcott soms nog niets gegeven? Heeft hij hem de zaak aangeboden op basis van no cure, no pay?'

'Ja.'

Heel even voelde ik iets van medeleven voor Walter Wolcott. Het waren schrale tijden voor privédetectives, dat wist ik maar al te goed. Onze onderhandelingspositie was zwaar aangetast. Maar het betekende ook dat ik nog steeds een voorsprong had op Wolcott. Ik kon de telefoon- en de bankgegevens binnenkort tegemoetzien. En ik kreeg tweehonderd euro per dag, ook al was dat karig betaald.

De producer kwam weer opdagen. 'Oké,' zei hij tegen Jay. 'Je laat me geen keus. We gaan wel op de "mooi, nieuw bruidje"-toer.'

'Bedankt, man...'

'Maar je hoeft me nooit meer te bellen. Van z'n lang zal ze leven niet. Wie je ook vertegenwoordigt en wat je ook aan de man probeert te brengen.'

'Hé, het kan ook wel wat minder,' zei Jay.

De producer negeerde hem. 'Jullie daar,' zei hij tegen John Joseph en Zeezah. 'Jullie moeten naar de make-up.'

Jay gaf me Waynes huissleutels, maar ik besloot nog even in de green room te blijven hangen. Ik maakte mezelf wijs dat het research was, maar ik vond het eigenlijk allemaal mateloos boeiend.

'Parker,' zei ik. 'Wat gebeurt er als we Wayne niet vinden en de concerten afgelast worden?'

'De concerten gaan gewoon door. Ook al moet ik zelf op het podium gaan staan zingen, ze gaan gewoon door.'

'Nee, serieus. Wie zijn de andere geldschieters, behalve One-World Music? Als alles op zijn bek valt, wie krijgt dan het geld van de verzekering?'

Het duurde even voordat hij antwoord gaf. 'Daar heb jij niets mee te maken.'

'Zeg nou maar gewoon wie dat geld krijgt.'

'Ik zei toch al dat je daar niets mee te maken hebt.'

Ik keek hem strak aan. 'Jij zit er ook in, hè?'

Hij keek me niet aan, maar wendde zich af. 'Ga jij nou maar weer gewoon op zoek naar Wayne. Dat is het enige waarvoor je betaald wordt.'

Een kwartier later kwamen John Joseph en Zeezah terug van make-up. Het lag er letterlijk duimendik op.

Duimendik.

'Wat is er nou precies aan de hand?' vroeg John Joseph mij. 'Ik hoor dat je je ontslag hebt ingetrokken?'

'Dat klopt, dus je kunt Walter Wolcott wel weer de laan uit sturen.'

John Joseph slaagde er niet echt in om angstaanjagend over te komen, aangezien hij glanzende roze lipgloss droeg. Maar hij deed zijn best. 'Ik stuur hem de laan niet uit,' zei hij. 'Ik heb van Wolcott binnen drie uur meer resultaten gezien dan van jou in twee dagen en hij heeft me geen cent gekost. Volgens mij kunnen we beter jou de laan uit sturen.'

'Je vriend Harry Gilliam wil anders graag dat ik de zaak blijf behandelen.'

Was dat een zenuwtrekje? 'Wie?'

'Harry Gilliam.'

'Nooit van gehoord.'

'Nee, natuurlijk niet.'

'Hoor eens,' zei Jay die haastig olie op de golven probeerde te gooien, 'het is binnen de kortste keren woensdag. Hoe meer mensen eraan werken, des te beter.'

John Joseph bleef me een tijd aankijken. 'Je zegt het maar,' zei hij uiteindelijk. Daarna draaide hij mij de rug toe, richtte zijn blik op Roger en zei: 'Hou op met drinken, je zet ons voor schut.'

We bleven in een onbehaaglijke stilte wachten tot een stel loopjongens John Joseph en Zeezah kwam ophalen.

Ze waren het eerste onderwerp, een slecht teken, want die plek is gereserveerd voor de minst belangrijke mensen van het programma. In de green room volgden we alles via een monitor. Vlak voordat het interview begon, sloeg John Joseph een kruisje, wat Roger St Leger een schamper gelach ontlokte. Ik was het roerend met hem eens.

Maurice McNice beschreef John Joseph als 'een man die geen introductie nodig heeft' en begon daar vervolgens toch maar aan, voor het geval dat.

'Vertel maar eens hoe jullie elkaar hebben leren kennen,' zei Maurice met een glimlach. Hij was nog een presentator van de oude stempel die alleen maar simpele vragen stelde. Als je iets controversieels verwachtte, was je hier aan het verkeerde adres.

'In Istanbul,' zei John Joseph. 'Zeezah zong op het verjaardagsfeestje van haar vriendin. Ik had geen idee wie ze was.'

Naast me brulde Roger St Leger weer van het lachen. 'O nee, je had geen idee wie ze was, hè?'

Op het scherm zei Maurice McNice: 'Dus je wist niet dat ze een superster was?'

'Helemaal niet,' zei John Joseph en dat ontlokte een nieuwe spottende dronkemansuitval van Roger St Leger. 'Het leven volgens John Joseph Hartley,' zei hij. 'Wat een wonderbaarlijke wereld.' Daarna begon hij 'What A Wonderful World' te zingen.

'Hou je mond,' zei de hurlingster. 'Ik probeer te luisteren. En mijn vrouw ook.'

'Sorry, man, neem me niet kwalijk. Sorry, mevrouw Hurling.'

Rogers berouw duurde ongeveer een halve seconde. Zodra John Joseph weer iets zei, lag hij dubbel van het lachen.

'Nee, ik wist niet dat ze een superster was,' zei John Joseph.

'En ik wist ook niet dat hij een superster was,' deed Zeezah een duit in het zakje.

'Dat komt omdat hij dat ook niet is!' zei Roger.

Maurice McNice negeerde Zeezah. Ik zei al: van de oude stempel. Eigenlijk vond hij dat vrouwen niet op tv hoorden.

'Ik geloof dat jij een groot liefhebber bent van klassieke auto's,' zei Maurice tegen John Joseph. 'Daar hou ik zelf ook nogal van. Vertel ons eens iets over je Aston.'

'O, dat is een regelrechte schoonheid,' zei John Joseph prompt.

'"Maar niet zo mooi als mijn vrouw",' souffleerde Roger.

'Maar niet zo mooi als mijn vrouw,' zei John Joseph en Roger moest zo hard lachen dat hij bijna van de bank viel.

'Ga je meneer McNice ook vertellen dat je die Aston hebt moeten verkopen? Om de carrière van je "mooie, nieuwe bruidje" te financieren?' vroeg Roger aan het scherm. 'Nee, dat vermoedde ik al.'

Het interview was bijna voorbij. 'Zeg eens iets over de concerten, stomme ouwe zak,' mompelde Jay, die naar Maurice McNice zat te staren alsof hij zijn gedachten kon sturen.

Eerlijk is eerlijk, Maurice praatte uitgebreid over de reünieconcerten. De dagen, de data en het theater werden allemaal vermeld. En correct, wat heel ongebruikelijk was.

'Maar er zijn nog wel wat kaartjes te krijgen,' zei Maurice McNice met een onverwacht vals lachje, waaruit op te maken viel dat er nog niet één kaartje verkocht was.

En dat was dat. Het interview was voorbij, het programma werd onderbroken voor een commerciële mededeling en een paar minuten later waren John Joseph en Zeezah weer terug in de green room, nog steeds vol adrenaline, en iedereen knuffelde hen en zei: 'Jullie waren geweldig. Fantastisch gewoon.'

Zelfs ik deed mee.

Zeezah sloeg haar armen om me heen. 'Ik ben zo blij dat je weer bereid bent om op zoek te gaan naar Wayne,' zei ze. 'Ga maar gauw.'

Waar moest ik heen? Het was halfelf 's avonds, een beetje laat om nog ergens aan te beginnen. Dus besloot ik maar om weer naar het huis van Wayne te gaan, dat ik zo langzamerhand in gedachten de Bron begon te noemen. Daar kon ik even rustig gaan zitten om alles op een rijtje te zetten en te kijken of me iets te binnen zou schieten.

Ik reed de korte afstand naar Waynes huis en parkeerde mijn auto ongeveer drie huizen verderop. Ik stapte uit, sloeg het portier achter me dicht en ik realiseerde me net dat er iemand hard naar me toe kwam hollen, toen de eerste klap viel. Iets kwam met een dreun op mijn achterhoofd terecht, waardoor mijn hersenen hardhandig in aanraking kwamen met de voorkant van mijn schedel. Ik viel voorover en de weg kwam met een noodgang omhoog en smakte tegen mijn voorhoofd. Ik zag meteen sterretjes, ik begon te kokhalzen en een stem zei zacht in mijn oor: 'Blijf bij Wayne uit de buurt.'

Het gebeurde allemaal heel snel. Ik wist dat het heel belangrijk was – noodzakelijk zelfs – om me om te draaien en naar hem te kijken, maar ik was te verdoofd om me te bewegen. De voetstappen renden weg, veranderden in getrippel en verdwenen ten slotte.

Ik wilde opstaan en achter hem aan rennen – en probeerde dat ook – maar mijn lichaam kon het niet opbrengen. Ik bleef op handen en voeten op straat zitten en kokhalsde opnieuw, zonder over te geven.

Omdat het zo'n dramatische gebeurtenis was, verwachtte ik dat een van Waynes buren wel naar buiten zou komen om te vragen of alles in orde was, maar niemand kwam opdagen. Uiteindelijk begon het me een beetje de keel uit te hangen om te wachten op een 'bezorgde omstander' en ik stond een beetje trillerig op en probeerde de schade op te nemen. Hoeveel vingers stak ik op? Drie. Maar dat wist ik al, omdat ik degene was die ze opstak.

Ik had een bult op mijn voorhoofd, een bult op mijn achterhoofd en mijn voorhoofd bloedde.

Iemand had me een klap gegeven. Het lef. Het verdómde lef!

Niet zo hard dat ik er iets aan zou overhouden, maar hard genoeg om me bang te maken.

Maar ze hadden me helemaal niet bang gemaakt.

Omdat ik altijd tegen de draad in ben, had het precies het tegenovergestelde resultaat. Als Waynes verdwijning belangrijk genoeg was voor iemand om te proberen te voorkomen dat ik naar hem op zoek zou gaan – door me een kláp te verkopen, verdorie nog aan toe! – dan was ik nu helemaal vastbesloten om hem te vinden.

46

St.-Teresa was het psychiatrische ziekenhuis waar iedereen in Dublin – of in ieder geval iedereen in Dublin die een ziektekostenverzekering had – naartoe ging als ze 'ergens naartoe moesten om uit te rusten'. Het was dat volledig witte, van Xanax vergeven toevluchtsoord waarover Claire en haar vriendinnen zo graag fantaseerden. Zonder dat ze er ooit waren geweest, natuurlijk.

Iedereen zei dat het net een hotel was, maar dat was niet waar. Het was een ziekenhuis. Een prettig ziekenhuis, dat wil ik best toegeven, maar zonder enige twijfel een ziekenhuis. Er waren wel echte ramen waardoor daglicht naar binnen viel, maar de bedden waren ook echte ziekenhuisbedden, smal en in hoogte verstelbaar, met een uit metalen staven bestaand hoofd- en voeteneinde. En de reden voor die afschuwelijke, ruisende gordijnen die om elk bed hingen, was ook duidelijk: ze konden gesloten worden als de dokter langskwam en je kont moest bekijken. (Hoewel ik me afvroeg waarom een dokter in een psychiatrisch ziekenhuis eigenlijk naar je kont zou moeten kijken.)

Ik wist dat er in St.-Teresa ook een paar afdelingen waren waar de deuren op slot zaten en waar je alleen naar binnen of naar buiten kon met veel veiligheidsmaatregelen en rinkelende sleutels, maar om bij de Bloesemafdeling te komen, waar ik zou verblijven, nam je gewoon de lift naar de derde etage en liep je naar binnen.

Toen de liftdeuren opengingen, kwamen we in een lange, met mooi hout – waarschijnlijk noten – beklede gang die naar de verpleegsterspost leidde. Links en rechts waren slaapkamers, allemaal met twee bedden. Bekropen door een afschuwelijk soort nieuwsgierigheid keek ik in iedere kamer waar we langskwamen. Sommige waren leeg en licht, met keurig opgemaakte bedden. In andere zaten de gordijnen dicht en daar lagen in elkaar gekropen doodse gestalten onder blauwe ziekenhuisdekens, met hun rug naar de deur.

Het was een vreemde en angstaanjagende gewaarwording om ineens in een psychiatrisch ziekenhuis te zitten, maar nadat mijn zorgvuldige plan om mezelf te verdrinken zo hopeloos vernederend was mislukt, was ik ten einde raad en bereid om alles te proberen. Toen de hondenliefhebber die me had gered zei dat ik 'toch maar ergens naartoe moest om eens goed uit te rusten', had ik een sprankje hoop gevoeld.

De volgende ochtend belde ik dokter Waterbury, die op zijn beurt weer contact opnam met het St.-Teresa, waar ze een bed beschikbaar hadden op de fijnste afdeling, de afdeling die zoveel op een hotel leek. Dus nog geen zesendertig uur na mijn nachtelijke zwempartij moest ik mam vragen of ze me naar het gekkengesticht wilde rijden. (Haar woorden, niet de mijne.)

Toen alle administratieve beslommeringen achter de rug waren, liep een lief meisje samen met mam en mij naar de Bloesemafdeling, waar een zuster die Mary heette me vriendelijk verwelkomde en tegen mam zei dat ze moest ophoepelen. Ze mocht later, tijdens het bezoekuur, wel weer terugkomen.

Terwijl mam zich opgelucht door de gang uit de voeten maakte, zei Mary: 'Ik zal je even naar de kamer brengen die je samen deelt met Camilla. Haar zul je straks wel zien. Jij hebt het bed bij de deur.'

Mary doorzocht mijn bagage en pikte mijn föhn, mijn telefoonoplader en de ceintuur van mijn badjas in – in feite alles waarmee ik me zou kunnen ophangen – net als het scheermesje waarmee ik mijn oksels onthaarde en al mijn pillen. Niet alleen mijn vitamine C-tabletten, maar ook – en dat was veel verontrustender – mijn antidepressiva. Ook al hadden ze niet geholpen, toch vond ik het angstaanjagend dat ik ze niet kon innemen.

'Geeft niet, hoor,' zei Mary. 'De dokter kijkt gewoon welke medicijnen je gebruikt en maakt vervolgens een planning voor je.' O, dat klonk geweldig. Een planning. 'Je staat onder behandeling bij dokter David Kilty,' zei ze. 'Hij komt straks even langs om je te onderzoeken.'

'En wat moet ik tot die tijd doen?'

Ze keek op haar horloge. 'Het is een beetje te laat voor bezig-

297

heidstherapie. Je kunt tv gaan kijken, het dagverblijf is een eindje verderop. Of je kunt op je bed gaan liggen.'

Dus ging ik op mijn hoge smalle bed liggen en vroeg me af waar de wonderkuur uit zou bestaan. Ik wist niet precies wat ik van het hele gebeuren verwachtte – het was me een raadsel wat zich in psychiatrische ziekenhuizen afspeelde. Natuurlijk was ik ervan overtuigd dat ze me beter zouden maken, want het was zo'n grote stap geweest om mezelf op te laten nemen in een gesticht, dat ik zeker wist dat ze dat gebaar zouden respecteren en daar bijzondere en effectieve maatregelen tegenover zouden stellen. Maar zodra ik me begon af te vragen wat die precies zouden inhouden, had ik eigenlijk geen flauw idee.

Het was hier wel heel erg rustig. Op de gang was geen geluid te horen en uit de andere kamers ook niet.

Hoelang had ik hier gelegen? Ik keek op mijn horloge en het was bijna een uur geleden dat Mary weg was gegaan... waar bleef die dokter? De bekende paniekgevoelens begonnen weer op te komen, maar ik prentte mezelf in dat allerlei medische deskundigen bezig waren een wonderplanning voor me in elkaar te sleutelen en dat ik kalm moest blijven. Alles was in orde, er kon niets gebeuren.

Bij wijze van afleiding besloot ik om inbreuk te maken op Camilla's privacy. Ze had een teddybeer die op haar keurig opgemaakte bed zat en een hele serie kaarten op haar plank waarin haar beterschap werd gewenst. Ik maakte haar kast open en zag dat er vier handgewichten in lagen, een opvouwbare yogamat en twee paar sportschoenen. Onze gezamenlijke badkamer stond vol met haar spullen – waarbij mijn scherpe detectiveoog meteen concludeerde dat ze last had van 'fijn, lichtgewicht haar' – en inspectie van haar garderobe vertelde me dat ze maatje 34 had.

Een klop op de deur onderbrak mijn nieuwsgierige gesnuffel en meteen daarop kwam een twaalfjarig jongetje binnen. Tot mijn stomme verbazing stelde hij zich voor als dokter David Kilty. Eerlijk gezegd vroeg ik me af of hij soms een van de andere patiënten was die last had van waanideeën, maar toen ik hem streng ondervroeg, beweerde hij eenendertig te zijn, al zijn examens te hebben afgelegd en al drie jaar lang als ziekenhuispsychiater werkzaam te zijn.

'Ik weet het niet, Dave... Vind je het goed als ik je Dave noem?'
'Als je dat prettig vindt. Maar ik ben heus arts.'

Hij las de gegevens door die dokter Waterbury had opgestuurd en vroeg me het hemd van het lijf over mijn poging om mezelf te verdrinken.

'Heb je nog steeds zelfmoordneigingen?'

'Nee...'

'Waarom niet?'

'Omdat...' Omdat ik het had geprobeerd en had gefaald. Twee keer.

Mijn nachtelijke zwempartij was in feite mijn tweede zelf-moordpoging geweest. Tien dagen eerder had ik mijn Alexander McQueen-sjaal aan Claire gegeven, een kort briefje met veront-schuldigingen geschreven aan de mensen van wie ik hield en mijn slaaptabletten ingenomen, alle tien. Tot mijn grote afschuw was ik negenentwintig uur later weer wakker geworden, zonder na-delige gevolgen.

Afgezien van het feit dat ik nog steeds leefde natuurlijk. Nie-mand had me zelfs maar gemist en hoe ik Claire duidelijk moest maken dat ze mijn sjaal terug moest geven was eigenlijk wel de minste van mijn problemen. ('Ik heb je die alleen maar gegeven omdat ik dacht dat ik toch dood zou gaan en dat zou zonde zijn van zo'n mooie sjaal, maar ik leef nog steeds, dus geef 'm toch maar terug.') Ik had echt verwacht dat ik erop kon vertrouwen dat die goeie ouwe pillen het wel voor elkaar zouden krijgen en het was een enorme schok toen ik ontdekte dat zelfmoord plegen lang niet zo eenvoudig was als ik had aangenomen. Ik was zo gedemo-raliseerd dat ik het gevoel had dat het geen zin had om het nog eens te proberen.

Maar een paar dagen later was mijn oude ondernemingsgeest weer terug en ik besloot dat ik nog een poging zou doen en dit-maal met succes. Ik heb letterlijk dagenlang op internet onderzoek gedaan. Mezelf van een hoog gebouw of een hoge rots gooien was een methode die populair was in de mythologie, maar ik ontdekte al snel dat het in de praktijk verdomd moeilijk was. Plaatselijke overheden en zelfmoordpreventie hadden allerlei maatregelen be-dacht om te voorkomen dat mensen hun dood tegemoet sprongen.

Waar het in feite op neerkwam, was dat alles waar geen hek ter bescherming omheen stond niet hoog genoeg was. Ik kon het risico nemen en met een beetje mazzel het hoekje omgaan, maar de kans was groter dat ik alle belangrijke botten in mijn lijf zou breken, waardoor ik de rest van mijn leven in een rolstoel zou zitten en met een rietje gevoed moest worden. Dat risico was me te groot.

Een overdosis paracetamol was ook al een miskleun: je stierf er lang niet altijd aan, maar je lever werd er wel door aangetast, waardoor de rest van je leven getekend zou zijn door pijn, ongemak en ellende.

Dus eigenlijk bleven er maar twee manieren over: ik kon mijn polsen doorsnijden of mezelf verzuipen. Ik koos voor het laatste en plande alles zorgvuldig. Ik had speciaal daarvoor al die blikken aardbeien gekocht, en ga zo maar door, en toch was het me niet gelukt.

Op dat moment, terwijl Dave me met zijn kleine, prepuberale smoeltje aan stond te kijken, voelde ik me ellendiger dan ik me ooit had kunnen voorstellen. Het was veel erger dan zelfmoordneigingen. Ik werd gedwongen om verder te leven en ik had het gevoel dat mijn hoofd uit elkaar zou spatten, zo afschuwelijk vond ik dat.

Maar nu was ik in het ziekenhuis en hier zouden ze me als bij toverslag weer beter maken, dus zei ik alleen maar: 'Ik denk dat ik nog allerlei dingen van me af moet zetten. Ik voel me nog steeds... stapelgek, maar... nu ben ik hier en jullie gaan me weer beter maken, hè?'

Dave concludeerde dat ik last had van angstaanvallen en depressies – daar keek ik echt van op – verdubbelde mijn hoeveelheid antidepressiva en schreef me, godzijdank, slaappillen voor.

'Ik kom over een paar dagen wel weer bij je kijken,' zei hij en hij stond op.

'Wat?' In paniek sprong ik van het bed en probeerde hem tegen te houden voordat hij de kamer uit liep. 'Is dat alles? Dat kan toch niet? Wat gaan jullie verder voor me doen? Hoe gaan jullie me als bij toverslag genezen?'

'Je kunt in de tuin gaan wandelen,' zei hij. 'De natuur is erg geneeskrachtig. Je kunt je ook inschrijven voor een cursus ontspanning of yoga, of je opgeven voor bezigheidstherapie.'

'Je houdt me voor de gek,' zei ik. 'Bezigheidstherapie? Bedoel je dat ik moet leren timmeren? Of gaan breien?'

'Of mozaïeken maken. Of schilderen. Ze hebben van alles te doen. Veel mensen hebben daar baat bij.'

'En dat is alles?' Ik werd gek van ontzetting.

'Er is ook nog The Wonder of Now, daar behalen we goede resultaten mee.'

'Wat is dat?'

Dave probeerde me het uit te leggen, iets over leven in het heden, maar ik was veel te overstuur om dat te begrijpen of er zelfs maar naar te luisteren. 'Ik heb geneesmiddelen nodig,' zei ik smekend. 'Bijzondere, heel sterke tabletten of kalmeringsmiddelen. Xanax, geef me alsjeblieft Xanax.'

Maar dat wilde hij niet. Kennelijk werd Xanax alleen voorgeschreven in noodgevallen als er snel een oplossing moest worden gevonden.

'Ik heb geprobeerd zelfmoord te plegen!' zei ik. 'Wat kan er nog erger zijn?'

'Je was verstandig genoeg om bereid te zijn opgenomen te worden.'

'Ik was bereid om opgenomen te worden in een psychiatrische inrichting,' zei ik. 'Dus ben ik per definitie niet goed snik. Dus heb ik Xanax nodig.'

Hij lachte alleen maar, zei dat ik goed van de tongriem was gesneden en dat ik eigenlijk advocaat zou moeten worden. Een verblijf in het ziekenhuis was een mooie gelegenheid om erachter te komen hoe je jezelf tot rust kon brengen, zei hij en hij begon opnieuw over die bezigheidstherapie. Ineens begreep ik waarom geesteszieke mensen in Ierland mandenvlechters worden genoemd: dat was gewoon een van de dingen die je bij bezigheidstherapie kon doen. Ik ben een mandenvlechter, dacht ik. Ik ben een mandenvlechter geworden.

Camilla was een anorexiapatiënt en vormde geen probleem. Ik denk dat ze daarvoor gewoon niet genoeg energie kon opbrengen. Overdag at ze helemaal niets, maar 's avonds werkte ze wel een stevige salade naar binnen. Ze had iets met koolsla. Ze moest het gewoon hebben. Raar, hoor, want ik dacht altijd dat mensen met anorexia helemaal niets aten. Deze at weliswaar heel weinig, maar ze at wel en ze was ook ontzettend kieskeurig.

Meteen de eerste avond vroeg ze: 'Waarom zit jij hier?'

'Depressie.'

'Wat voor soort?' vroeg ze gretig. 'Bipolair? Postnataal?' Met name die postnatale was interessant, want destijds was er vrij veel opwinding over een bepaalde vorm met vrij extreme psychotische symptomen.

'O, een vrij gewone vorm van depressie,' zei ik bijna beschaamd. 'Waardoor ik eigenlijk voortdurend dood wil.'

'O dat...'

Van dat soort depressies gingen er dertien in een dozijn.

Tot mijn verbazing (categorie: bijzonder onwelkom) was er geen kameraadschap of steun van de andere patiënten. Toen mijn zus Rachel in een afkickcentrum had gezeten, was dat heel anders. Voor zover ik wist, had iedereen daar elkaar geholpen.

Maar hier zat iedereen opgesloten in zijn of haar eigen hel. We waren allemaal opgenomen voor verschillende dingen: anorexia, OCS, bipolaire stoornis, postnatale depressie en de gewone, ouderwetse zenuwinzinkingen.

Hoewel zenuwinzinkingen medisch gezien niet bestaan (ze zijn omgedoopt tot 'stemmingsstoornissen') zat St.-Teresa tjokvol met mensen die daaraan leden. Er waren mannen en vrouwen die tot over hun oren in de verplichtingen zaten: vanwege hun kinderen, hun ouders, hun bank en hun baan – voornamelijk hun baan. Mensen die steeds meer en meer verantwoordelijkheid hadden gekregen tot ze het punt bereikten waar hun stoppen gewoon doorsloegen en ze niet meer in staat waren om normaal te functioneren.

Het ziekenhuis was hun toevluchtsoord. Velen van hen waren al een paar weken opgenomen, sommigen zelfs maanden, en ze wilden nooit meer weg, want zolang ze hier waren, kon niemand hen bellen, niemand kon ze e-mailen en niemand kon ze akelige brieven sturen waarin stond hoeveel geld ze nog schuldig waren. Zolang ze in het ziekenhuis zaten, hoefden ze hun aan alzheimer lijdende moeder niet van het politiebureau te halen, ze kregen niet te maken met deurwaarders en ze hoefden geen huishouden en een fulltimebaan bij te houden op hooguit vier uur slaap per nacht. Veel van die mensen die een zenuwinzinking hadden gehad waren mensen met een eigen zaak die failliet was gegaan, mensen die honderdduizenden euro's en misschien zelfs wel miljoenen schuld hadden, geld dat ze nooit terug zouden kunnen betalen. Ze waren doodsbang om teruggestuurd te worden naar de buitenwereld waar om hun bloed werd gehuild. In St.-Teresa konden ze slapen, uit het raam staren, tv-kijken en hun hoofden leegmaken. Ze hadden rust en vrede, ze kregen medicijnen en drie maaltijden per dag (walgelijk, maar zo is het wel). Het enige wat ze vrees aanjoeg, was hun wekelijkse onderhoud met hun psychiater, voor het geval ze genezen werden verklaard en naar huis moesten.

Maar ik was een heel ander geval. Mijn druk, de reden van mijn angst – wat het ook mocht wezen – zat vanbinnen.

Waar ik ook naartoe ging, het ging met me mee.

En er was nog iets waar de mensen die een zenuwinzinking hadden gehad doodsbang voor waren: het risico dat hun ziektekostenverzekering niet langer wenste op te draaien voor hun verblijf en dat ze de deur uitgezet zouden worden om hun helse bestaan weer op te pakken.

Maar die vrees bestond voor mij helemaal niet, want een paar maanden eerder had ik een polis aangeschaft waarbij een lang ziekenhuisverblijf geen enkel probleem zou vormen. Ik wist niet zeker waarom ik ineens zoveel geld had besteed aan zoiets verstandigs, want dat was absoluut mijn gewoonte niet, maar het was wel gebeurd.

Vóór mijn wanordelijke poging om mezelf te verzuipen had ik het leven bijna ondraaglijk gevonden, maar ik kwam er al snel achter dat het in St.-Teresa nog veel erger was. In de buitenwereld had ik tenminste nog de vrijheid om in de auto te stappen en een eind te gaan rijden. Voordat ik in het ziekenhuis kwam, was de tijd voorbij gekropen, maar toen ik eenmaal was opgenomen stond de tijd gewoon stil.

Ik had helemaal niets te doen. Elke ochtend en middag verdwenen de wat levendiger patiënten om te gaan bakken of mozaïeken of aan een van die andere vormen van bezigheidstherapie te gaan doen. De anorexiapatiënten bonden gewichten aan hun polsen en enkels en sjouwden keer op keer de tuin rond tot ze er vijf, zevenenhalf, of tien kilometer op hadden zitten, of welk ander idioot doel ze ook voor ogen hadden. Soms moest er een verpleegster aan te pas komen om ze tegenstribbelend weer naar binnen te slepen.

De minder actieve figuren ploften neer in de televisiekamer en lieten vierentwintig uur lang onafgebroken rotzooi over hun gebogen hoofd uitstorten en de werkelijk gestoorde mensen bleven de hele dag in bed liggen en kregen daar hun maaltijden en medicijnen toegediend.

Maar ik paste in geen van die categorieën. Ik was nerveus, onrustig en ontzettend eenzaam.

Het enige wat ik echt fijn vond in het ziekenhuis waren mijn slaappillen. Die werden 's avonds om tien uur uitgereikt en vanaf dertien minuten over acht begonnen er al mensen rond te hangen bij de verpleegsterspost. Ik vond het vernederend om op zo'n aan *One Flew Over The Cuckoo's Nest* herinnerende manier in de rij te gaan staan en dwong mezelf steeds om me als een van de laatsten te melden, maar god, wat was ik er blij mee.

Mam, pa, Bronagh en al mijn zussen kwamen me opzoeken en ze waren afwisselend verbijsterd, ontzet, volkomen overstuur en totaal niet in staat om me van advies te dienen. Het was ons allemaal boven het hoofd gegroeid.

Iedereen was het erover eens dat het behoorlijk heftig was dat ik had geprobeerd mezelf te verzuipen. 'Maar je probeerde het niet echt, hè?' hield Claire vol. 'Het was meer een soort schreeuw om hulp, toch?'

Was dat zo? '... eh, ja, dat zal wel.'

'Net als die toestand met die slaappillen?'

'... eh, nou ja, oké.'

Mam en pa wilden per se met de jonge Dave praten, maar na die ontmoeting waren ze nog meer in de war dan toen ze binnenkwamen. 'Je moet het rustiger aan doen,' zei mam weifelend. 'Meer tijd nemen voor de mooie dingen van het leven en je best doen om stress te vermijden.'

Bronagh kwam me maar één keer opzoeken. 'Je hoort hier helemaal niet te zitten,' zei ze. 'Dit is niet de Helen Walsh die ik ken. Je bent toch niet verplicht om te blijven? Nou, waarom ga je dan niet naar huis?' Meteen daarna maakte ze zich uit de voeten.

Ze had gelijk, ik hoefde niet te blijven en ik mocht vertrekken wanneer ik wilde. God wist hoe graag ik weg wilde, ik vond het daar verschrikkelijk – op een dag zat ik met een heel stel drie keer achter elkaar naar dezelfde aflevering van *Eastenders* te kijken en niemand anders scheen dat in de gaten te hebben – maar ik dacht dat er toch iets moest zijn wat niet helemaal tot me doordrong. Ik bleef maar proberen om erachter te komen wat deze tent te bieden had. Mensen kwamen hier volkomen kapot binnen en gingen weer opgeknapt weg – hoe kregen ze dat voor elkaar?

Dus probeerde ik van alles. Ik probeerde de hele dag in bed te blijven liggen, ik probeerde uren achter elkaar tv te kijken en ik leende de polsgewichten van Camille – ze stond ze met tegenzin af – en sjokte zwaaiend met mijn armen door de tuin. Uiteindelijk probeerde ik het zelfs met handenarbeid en maakte een vogelhuisje. Iedereen maakte vogelhuisjes.

Ik bleef maar aan Dave vragen: 'Wanneer word ik nou beter?' En hij bleef me maar met een kluitje in het riet sturen: 'Zolang je hier zit, ben je veilig.'

'Maar ik voel me niet veilig. Ik ben ontzettend bang, heel angstig.'

'Heb je yoga geprobeerd? Ben je naar een van die lessen in ontspanning geweest?'

'Ach, Dave...'

Na twee weken zei ik: 'Het spijt me ontzettend, Dave, maar ik wil met een echte dokter praten. Iemand die wat ouder is en meer ervaring heeft.'

'Ik ben echt ook arts,' zei hij. 'Maar ik zal het met mijn collega's overleggen.'

Een paar uur later werd mijn slaapkamerdeur opengeduwd door een vrouw die mijn patiëntenfolder in de hand had. 'Ik ben dokter Drusilla Carr.' Ze leek geïrriteerd en afwezig. 'Dokter Kilty zei dat je op zoek was naar een wat oudere arts, met meer ervaring. Dat geldt zeker voor mij, ik ben al tweeëntwintig jaar praktiserend psychiater.' Ze dreunde het op zonder me aan te kijken en bladerde nog steeds door mijn gegevens. 'Maar dokter Kilty is een uitstekende arts. De behandeling die hij je heeft voorgeschreven is precies dezelfde die ik zou hebben gekozen. Ik zou niet weten wat er anders moest.'

'Zou u me geen elektroshocktherapie voorschrijven?'

Ze keek me eindelijk aan en leek een beetje geschrokken. 'Elektroconvulsietherapie is een laatste hulpmiddel. Het wordt soms – let wel, soms – gebruikt als er sprake is van schizofrenie, psychose, overdreven waanideeën en chronische, medicijnresistente catatonische depressie.'

'Mijn depressie is medicijnresistent!' zei ik. 'De pillen konden niet voorkomen dat ik geprobeerd heb zelfmoord te plegen.'

'Je gebruikt die medicijnen pas vier maanden,' zei ze, bijna spottend. 'Ik heb het over mensen die al jaren gedeprimeerd zijn.'

Jaren! Onze-Lieve-Heer op een bromfiets! Ik kon dit geen jaren uithouden. Dat hield toch niemand uit?

'En ECT heeft veel bijwerkingen, met name geheugenverlies.' Met onopzettelijke ironie zei ze: 'Vergeet het maar.'

'Vergeet het maar?'

'We blijven gewoon doorgaan met die medicijnen. We zijn nog maar in het begin.'

Uiteindelijk legde ik me erbij neer dat het ziekenhuis niet de heilige graal was, dat ze daar niet over een wonderkuur beschikten. Dat viel niemand kwalijk te nemen. Het lag aan mijn eigen onwetendheid, aan mijn veel te hoge verwachtingen: 'wonderbaarlijke genezingen' komen gewoon niet voor.

Het duurde even, maar ten slotte begreep ik wat het ziekenhuis werkelijk was: een tijdelijk verblijf voor kwetsbare mensen en – wat mij betreft – alleen geschikt om ervoor te zorgen dat me niets kon overkomen als ik weer zelfmoordneigingen kreeg.

Ik bleef er drie weken en vier dagen – tot mijn vogelhuisje klaar was – toen vertrok ik weer, even dom en geen haar beter dan op de dag dat ik was gekomen.

Ik voelde me niet beter, of genezen, of veilig, maar ik kon in ieder geval weer zelf bepalen wat ik op tv wilde zien. Ik vermoedde dat ik waarschijnlijk niet nog eens zou proberen om mezelf om zeep te brengen. Ik had het gevoel dat ik door het universum op mijn vingers was getikt, ook al geloof ik helemaal niet in dat soort dingen. Dave scheen het jammer te vinden dat ik vertrok. 'Vergeet niet dat je terug kunt komen wanneer je wilt,' zei hij. 'We zullen hier altijd voor je klaarstaan.'

'Dank je wel,' zei ik en ik dacht ondertussen dat ik er wel heel erg aan toe zou moeten zijn voordat ik dat als een redelijk alternatief zou beschouwen.

Maar ik moet mezelf alle lof toezwaaien, want zodra ik weer terug was in de buitenwereld deed ik zo'n beetje alles wat iedereen me had aangeraden om beter te worden. Ik slikte mijn antidepressiva, ik ging elke week naar Antonia Kelly, ik deed woensdags en vrijdags aan zumba, ik ging naar yogaworkshops – afschuwelijke figuren, die yogamensen, volledig op zichzelf geconcentreerd en ontzettend 'spiritueel' – ik probeerde het met homeopathie en ik kocht zo'n cd die bij Dave hoog aangeschreven stond: van The Wonder Of Now. En daar snapte ik helemaal niets van. De elementaire boodschap was dat het niet geeft of je ondraaglijke pijn lijdt, want het enige wat echt is, is het heden. Maar ik begreep niet hoe ondraaglijke pijn daardoor draaglijk kon worden. Ondraaglijke pijn – de naam zegt het al – is ondrááglijk. Was het dus eigenlijk niet veel erger als dat in het heden gebeurde? Een tijdlang was ik zo woedend dat ik overwoog om mijn eigen cd te maken: *14 Uitstekende Manieren Om Het Heden te Mijden*, maar ik kon slechts twee manieren bedenken:

Ga jezelf bezatten

Slik sterke kalmeringsmiddelen

Met spijt in mijn hart gaf ik mijn project op, maar kikkerde weer op toen ik de cd van The Wonder Of Now met zoveel kracht in de vuilnisbak flikkerde dat het plastic doosje brak.

Ik ging weer aan het werk, waarbij ik mijn best deed om stress zoveel mogelijk te vermijden, en ik bleef op zoek naar een manier om beter te worden. Ik deed aan reiki, ik probeerde *Emotional Freedom Therapy* en ik volgde zes lessen cognitieve gedragstherapie (volslagen lulkoek). Ik holde de ene na de andere doodlopende weg af op zoek naar een oplossing en ik werd keer op keer teleurgesteld. Maar de tijd ging voorbij en na een poosje begon ik me weer wat normaler te voelen. Ik wist dat ik niet meer zo was als vroeger, ik was niet meer zo veerkrachtig en optimistisch, en misschien zou ik dat ook nooit meer worden, misschien was de persoon die ik was geweest voorgoed verdwenen. Maar ongeveer een jaar nadat ik had geprobeerd mezelf te verzuipen zei dokter Waterbury dat ik wat hem betrof wel kon stoppen met de antidepressiva. En ongeveer een maand later zette Antonia Kelly het sein op groen.

Zondag

47

Ik werd wakker van het geluid van een binnenkomend sms'je. Waar was ik? Ik lag op mijn zij op de vloer in Waynes zitkamer. Ik pakte mijn telefoon. Het was zeven minuten over halftien. Waarom lag ik op mijn zij? Waarom gedroeg ik me zo onprofessioneel? Omdat – ik controleerde het voor alle zekerheid nog even – ik een enorme bult op mijn achterhoofd had. Au. En ook een op mijn voorhoofd. En nog een op mijn knie.

Gisteravond was ik, nadat ik was opgekrabbeld, naar Waynes huis gehinkt – mijn linkerknie had een opdoffer gekregen bij de val – had de deur opengemaakt en was naar zijn badkamer gelopen om mijn wonden te verzorgen. In het medicijnkastje vond ik pleisters en een ontsmettingsmiddel.

'Het spijt me, Wayne,' zei ik verontschuldigend tegen de lege muren. 'Ik bevind me op verboden terrein en nu jat ik ook nog je EHBO-spulletjes, maar allemaal om jou te kunnen vinden.'

Ik streek voorzichtig met mijn vingertoppen door het haar op mijn achterhoofd om na te gaan hoe erg mijn verwonding was. Er begon al een buil te ontstaan, maar het voelde niet aan alsof de huid openlag en er zat geen bloed op mijn vingers.

Mijn gezicht zag er minder fraai uit. Midden op mijn voorhoofd zat een rode bult en daar lag de huid ook open. De wond bloedde, maar toen ik het bloed weg had gewassen kwam ik tot de conclusie dat ik niet gehecht hoefde te worden.

Ik deed er wat van het desinfecterende middel op en wenste toen dat ik dat niet had gedaan, want op die manier werd de kans kleiner dat ik koudvuur zou krijgen en dat mijn hoofd geamputeerd zou moeten worden. Maar ja, eigenlijk hoor je zelden dat iemand koudvuur aan het hoofd krijgt. Ik deed er verder niets op, want Wayne had alleen een doosje pleisters met Ben10-figuurtjes – daar zou zijn neefje wel iets mee te maken hebben – en dat ging me te ver. Maar ik nam wel vier van zijn pijnstillers. En één van zijn slaappillen.

Dat had ik niet mogen doen. Dat was echt diefstal. Ik moest me schamen.

Aan slaappillen was moeilijk te komen en ik had er zelf nog twaalf in mijn tas zitten, maar ja, ik wist niet meer wat ik deed. Daarna – waarom weet ik eigenlijk niet, misschien wel om de schaamte weg te poetsen, of misschien omdat ik toch in de badkamer stond – poetste ik mijn tanden. Dat kan ik net zo goed nu doen, dacht ik. Carpe diem en zo.

Toen liep ik duizelig weer naar beneden.

Artie had een sms'je gestuurd met de vraag of alles in orde was en ik stuurde er een terug waarin ik zei dat ik me prima voelde, ook al was het tegendeel waar. Daarna liet ik mezelf voorzichtig op de grond zakken in de hoop dat ik een hersenschudding had en dood zou gaan.

Terwijl ik wachtte tot het bloed zich door mijn hersenen verspreidde, vroeg ik me af wie me geslagen had.

Zou het Walter Wolcott zijn geweest? Ik wist dat hij ertoe in staat was, maar ik ging ervan uit dat hij te oud en te zwaar was om snel genoeg te kunnen rennen.

Of was het misschien John Joseph? Maar waarom zou hij me een knal verkopen? Alleen maar omdat hij me niet mocht? Ook daar zou ik niet echt van opkijken, maar had hij tijd genoeg gehad om vanaf RTE al vóór mij hier te zijn?

En nu we het daar toch over hadden, waarom mocht John Joseph me niet? Er waren massa's mensen die me helemaal niet zagen zitten, maar John Joseph en ik hadden aanvankelijk toch op goede voet met elkaar gestaan? Wat had ik gedaan waardoor hij van gedachten was veranderd? Was het belangrijk? Voor mij uiteraard niet, het kon mij geen bal schelen of hij me wel of niet aardig vond, maar had het iets met Wayne te maken?

En over Wayne gesproken, er bestond altijd een kans dat de persoon die me geslagen had Wayne zelf was geweest. Maar ik vond Wayne aardig. Ik wilde niet geloven dat hij zo'n type was dat mensen die het goed met hem voorhadden de hersens in sloeg.

Zou het Gloria zijn geweest?

Digby?

... Birdie Salaman?

... duistere machten die iets te maken hadden met Harry Gilliam?
... *een mysterieuze mepper die Dublin onveilig maakte?*
De slaappil begon zijn kwalijke toverkunsten te vertonen en ik werd ondergedompeld in een akelige, onrustige slaap.

En nu was ik weer wakker en ik was niet aan een hersenschudding overleden. Dat was een bittere teleurstelling. En iemand had me net een sms'je gestuurd. Ik keek er wazig naar. Het was van Terry O'Dowd. Van wie? O ja, die aardige man in Leitrim die had beloofd dat hij Dockers voordeur zou repareren. Hij zei dat de deur en het hek allebei weer in orde waren en hij rekende er een belachelijk laag bedrag voor. Ik prentte mezelf in dat ik vandaag op zijn minst voor elkaar moest zien te krijgen dat mam het geld naar hem overmaakte.

Het was tijd voor mijn antidepressivum. Ik nam de pil in zonder water. Ga werken, smeekte ik. Doe iets.

Daarna besefte ik dat ik iets moest eten. Ik had niets meer gehad sinds... sinds wanneer? Sinds dat pak Cheerios van gisteren. Ik besloot naar het dichtstbijzijnde benzinestation te lopen. De frisse lucht zou er misschien voor zorgen dat ik me minder raar ging voelen en dan kon ik weer een pak Cheerios kopen.

Voordat ik naar buiten ging, controleerde ik even in Waynes badkamerspiegel hoe ik eruitzag en ik schrok me een ongeluk. Mijn voorhoofd was blauw en zat vol geronnen bloed en mijn linkeroog was een beetje bloeddoorlopen. Ik krabde met mijn nagels zoveel mogelijk geronnen bloed weg zonder dat de wond opnieuw ging bloeden. Ik had wel een concealer bij me – ik had mijn make-up altijd bij me – maar ik moest er een dikke laag op smeren om het een beetje weg te werken en toen zag het er nog vreemder uit dan toen de wond nog zichtbaar was.

Daarna kamde ik mijn haar en dat scheelde gelukkig een stuk. Omdat ik een pony had, werd mijn voorhoofd keurig bedekt en zolang dat haar maar netjes bleef hangen zou niemand zien dat ik een klap op mijn kop had gehad. Wat ik nodig had, was haarspray. Maar tussen alle douchegels en aanverwante artikelen van Wayne was niets te vinden. Lastig voor mij, maar ik kon er wel respect voor opbrengen. Haargel, met name dat spul dat keihard wordt, kun je als man nog wel gebruiken, maar haarspray is echt iets voor kneuterige ouwe wijven.

Ineens drong tot me door dat ik verging van de pijn. Mijn hele hoofd – voorkant, achterkant, oogkassen, tanden – bonsde van de pijn, zo erg dat ik bijna moest overgeven. Dat was al zo vanaf het moment dat ik wakker werd, maar het duurde even voordat het me echt opviel. Omdat ik toch voor Waynes medicijnkastje stond, leek het voor de hand te liggen om nog eens vier van zijn pijnstillers in te nemen. Maar zodra ik ze had doorgeslikt, begon ik me al te schamen. Hier klopte niets van. Ik was echt te ver gegaan. Dat was ook al gebeurd toen ik de avond ervoor een van zijn slaappillen had genomen en dat was heel kwalijk.

Mijn telefoon gaf het signaal dat er een sms'je was binnengekomen. Van Artie, die me eraan herinnerde dat hij die middag helemaal alleen thuis zou zijn. Ik stuurde een sms'je terug met de mededeling dat ik inmiddels weer aan de zaak werkte en dus niet zeker wist of ik kon komen, maar dat hij me een seintje moest geven zodra alle drie de kinderen weg waren.

In de buitenwereld bleek het een afschuwelijk zonnige ochtend te zijn en ik voelde me vreemd. Ik rommelde in mijn tas tot ik een zonnebril had opgediept en een honkbalpetje omdat alles om me heen afschuwelijk leek te glinsteren. Ik voelde niet eens of mijn voeten de grond wel raakten. Misschien lag het aan de klap op mijn kop of aan het feit dat ik zo hard op mijn knie was gevallen. Of misschien lag het gewoon aan mij.

Ik liep verder op mijn gevoelloze voeten en op het moment dat ik bij het benzinestation aankwam, zag ik de grote krantenkop al. Vanaf een paar meter werd ik bijna besprongen door de grote zwarte letters: IS ZEEZAH IN VERWACHTING?

Ik barstte bijna hardop in lachen uit. Artie had gelijk gehad.

Ik liep haastig verder naar de kranten die naast de deur van de winkel hingen. Een tweede boulevardblad had als kop: ZORGT ZEEZAH VOOR BESCHUIT MET MUISJES? Er stond een wazige foto van haar bij. Ze had duidelijk iets kleins en ronds gegeten – een zuurbal of zoiets – want er was een piepklein rond bultje op haar maag te zien en dat moest als bewijs dienen dat ze zwanger was. Kennelijk stond het hele verhaal te lezen op pagina's vier, vijf, zes en zeven.

Toen ik even snel de andere kranten doorkeek, bleken ze allemaal – zelfs de 'gewone' dagbladen – verhalen over Laddz te hebben. Het was een echt mediacircus. Jay Parker had zijn werk goed gedaan. Ik verzamelde een armvol kranten en liep naar binnen. Ze hadden wel haarspray en pijnstillers, maar niets eetbaars, alleen dozen Cheerios. Waar moest het met de wereld naartoe?

48

Weer terug in Waynes huis spreidde ik de kranten op de grond uit en verdiepte me gretig in alle informatie over Laddz. Zeezahs zwangerschap werd ontkend door een 'woordvoerder' van Laddz (Jay Parker, vermoedde ik), maar dat voorkwam niet dat er werd gespeculeerd dat ze een week of tien ver was. Bijna een halve pagina was gewijd aan een column van een of andere zwangerschapsexpert die ons vertelde hoe Zeezah zich momenteel waarschijnlijk voelde – ze zou 's morgens wel misselijk zijn. Nee, toch! En misschien wat vermoeider dan anders. Er stonden ook dieettips in – veel vers fruit en groente, minstens twee keer per week rood vlees en de raad om extra calcium te slikken. Lichte lichaamsbeweging was ook een aanrader: yoga bijvoorbeeld, of stevige wandelingen. Er was ook een stortvloed van informatie over de recente bruiloft van Zeezah en John Joseph en massa's over de komende concerten.

Precies zoals Artie had voorspeld waren er ook verhalen over de andere Laddz. Er was een artikel over 'thuis' bij Frankie, Myrna en de tweeling, maar dat was duidelijk in een hotel gemaakt, want het was een groot, licht, schoon en opgeruimd vertrek, dat totaal niet leek op de helse van luiers vergeven spelonk waar ik was geweest.

Er was een interview over het 'gezinsleven' met Roger St Leger en zijn oudste dochter, een meisje van achttien dat actrice wilde worden. 'Ik kan ontzettend goed opschieten met de vriendinnen van papa,' had ze kennelijk gezegd. 'Vooral omdat het meestal eerst mijn vriendinnen zijn!'

Er was zelfs een glossy fotospread van Wayne, die gemaakt was voordat hij de benen had genomen. Daarop zat hij in dezelfde mooie zitkamer waarin ik me momenteel bevond. Hij zag er een beetje verdrietig uit, maar misschien was ik wel de enige die dat zag.

Ik belde Artie en we zaten allebei te gniffelen over het uitgebreide Laddz-aanbod.

Maar ik besloot niets te zeggen over de aanval van de mysterieuze mepper van Dublin. Ik wist zelf niet eens wat ik ervan moest denken en ik wilde er ook niet te veel aan denken, want dan zou ik misschien bang worden terwijl het juist nodig was om door te gaan.

Gisteren, toen ik besloten had om de zoektocht naar Wayne te staken, was ik ervan overtuigd geweest dat hij veilig was en dat ik hem met rust moest laten. Nu tastte ik weer in het duister. Ik had geen flauw idee of ik misschien op de een of andere manier gedwongen werd om op zoek te gaan naar een ongelukkige man die niet gevonden wilde worden. Of dat ik een lieve man uit een vervelende situatie moest redden. Hoe dan ook, ik stond aan Waynes kant.

'Is alles... goed met je?' vroeg Artie.

Ik aarzelde. Wat bedoelde hij? Gedroeg ik me vreemd? Artie was op de hoogte van mijn eerste aanval van depressie en wist ook dat ik opgenomen was geweest, want dat had ik hem al vrij snel verteld nadat we verkering kregen. Maar ik had het verteld op een manier alsof ik een keer van de trap was gevallen en mijn knie had ontwricht, alsof het een incidenteel ongelukje uit een ver verleden was, een ongelukkig toeval dat vast geen tweede keer zou gebeuren.

Op dit moment had ik geen zin om te vertellen dat ik me zo vreemd voelde. Waarom wist ik niet, maar het was wel zo, dus zei ik: 'Ik voel me prima.'

'Heb je het erg druk?' wilde Artie weten.

'Ja, ik veronderstel van wel. Stuur maar een sms'je als alle kinderen vertrokken zijn, dan zien we wel wat ik voor elkaar kan krijgen.'

Ik verbrak de verbinding. Ik wilde echt aan de slag. De tijd vloog voorbij en niet alleen op weg naar woensdagavond, maar ik had ook geen zin om geklopt te worden door zo'n lummel als Walter Wolcott. Daar was ik te trots voor. Desondanks zou het best kunnen gebeuren, want hij was hardnekkig en geduldig. Hij zou in zijn onflatteuze beige regenjas bij elk pension in heel Ierland langsgaan als dat nodig was. En het was best mogelijk dat hij op die manier Wayne zou vinden.

En ik? Ik moest op een briljante ingeving wachten en dat waren verdomd onbetrouwbare jongens.

Ik belde mam en vertelde haar dat ik een cheque voor een man in Leitrim moest hebben.

'Waarom in Leitrim?' vroeg ze.

'Dat doet er niet toe. Ik kom naar je toe om het geld te brengen, geef me dan maar gewoon een cheque.'

'Tuurlijk. Hoor eens,' ze liet haar stem zakken tot ze geheimzinnig en opgewonden klonk, 'heb je ze gisteravond gezien?'

Ik hoefde niet te vragen wat ze bedoelde. Het was toch wel grappig hoeveel mensen er naar *Saturday Night In* keken. Iedereen begon altijd met te zeggen dat ze eigenlijk nooit keken, dat ze de kriebels kregen van Maurice McNice, maar op de een of andere manier was de tv toevallig zelf overgeschakeld naar RTE en...

'En nu staat vandaag in de krant dat ze zwanger is.' Mams stem droop van spot.

'Geloof je dat niet?'

'Natuurlijk geloof ik dat niet! Ik zou er niet van opkijken als ze een man bleek te zijn. Net als Lady Gaga. Ze houdt ons allemaal voor de gek. Arme John Joseph.' Mam zuchtte. 'Hij had een snoezig Iers meisje kunnen krijgen en in plaats daarvan zit hij nu opgescheept met die Arabische... kerel. Hoor eens, we zitten toch wel snor voor dat concert op woensdagavond, hè? Zorg dat je minstens zes kaartjes hebt, want Claire en alle anderen willen ook mee, nu ze *Saturday Night In* hebben gezien. Ik weet dat je geen contact meer hebt met Jay Parker, maar probeer het toch maar voor elkaar te krijgen.'

'Inmiddels heb ik wel weer contact met Jay Parker.'

'Ik wist het!'

'Niet op die manier. Doe me een lol en hou daarover op. Ik bedoel gewoon dat ik nog steeds voor hem werk. Dus ik heb het druk. Maar ik zal die verrekte kaartjes wel regelen en ik kom straks naar je toe voor die cheque.'

Ik verbrak de verbinding. Ik wilde Jay Parker niet om kaartjes voor Laddz vragen, ik wilde mezelf gewoon niet vernederen, maar ik wist niet hoe ik ze moest kopen, nu ik geen creditcard meer had. Waarschijnlijk kon ik wel gewoon naar de kassa gaan en er contant voor betalen, maar die kaartjes waren hartstikke duur en ik zat echt ontzettend krap.

Mijn trots worstelde met mijn lege portemonnee tot ik besefte dat ik het wel aan Jay moest vragen. Om dat vernederende gesprek nog even uit te stellen ging ik naar de site van het MusicDrome en zag tot mijn grote verbazing (categorie: stuipen op het lijf) dat alle kaartjes voor woensdag uitverkocht waren. Ik probeerde donderdagavond en dat was hetzelfde verhaal. En vrijdagavond idem dito. Alle drie de Laddz-concerten waren volledig uitverkocht! Vijftienduizend plaatsen per avond betekende dat er vijfenveertigduizend kaarten waren verkocht.

Hoe? Wat was er gebeurd? En dan zo snel? Gisteravond had ik nog samen met Artie gekeken hoe het met de verkoop stond en dat was niet best geweest.

Ik belde meteen Parker op.

Hij klonk verrukt, bijna door het dolle. 'Het komt door al die publiciteit. Het begint nu echt te lopen. Het wordt een fantastisch evenement. We hebben al een vierde optreden in Dublin geboekt. En een kerstalbum. En er is ook interesse vanuit Groot-Brittannië.' Meteen daarna vroeg hij, bijna hysterisch: 'Maar waar is Wayne? We kunnen niet zonder Wayne.'

'Ik doe mijn best.' Ik begon zelf ook een beetje hysterisch te worden bij het idee dat er komende woensdag, donderdag en vrijdag vijfenveertigduizend mensen waren die verwachtten dat Wayne Diffney voor hen zou zingen en dansen. 'Hoor eens, ik heb kaartjes nodig,' zei ik. 'Niet voor mezelf,' voegde ik er haastig aan toe, 'mij maakt het geen reet uit. Maar voor je lieve vriendin Mammy Walsh. En voor een paar van haar vriendinnen. Zeker een stuk of zes. Bij voorkeur voor woensdagavond. Je hebt

er vast nog wel een paar achtergehouden voor vrienden en be-
kenden.'

'Als je Wayne vindt, kun je een hele loge krijgen.'

Ik wilde hem al bedanken, maar vroeg toch eerst: 'Hoeveel mensen gaan daarin?'

'Twaalf. Er gaan twaalf personen in. En je krijgt gratis zoute
pinda's.'

Er zou vast een addertje onder het gras zitten. Als je met Jay
Parker te maken had, moest je kunnen schaken. Je moest minstens
een paar geniepige zetten vooruit kunnen denken.

'Hé, Parker, vertel eens, wie heeft me gisteren die klap verkocht?'

'Hè?'

'Doe me een lol, zeg.'

'Helen, waar heb je het over?'

'Gisteravond, toen ik weer terug was in Mercy Close, heeft iemand me een klap op mijn kop gegeven.'

'Waarmee?'

'Misschien wel met een deegroller. Zo'n moderne witte, die een
beetje op gummiknuppels lijken.'

'Ben je gewond?'

'Wat dacht jij dan?' vroeg ik verontwaardigd.

'Ik kom eraan.' Hij verbrak abrupt de verbinding.

Ik bleef naar mijn telefoon staren. Toen ik dacht aan al die mensen die per persoon honderd euro hadden gedokt om Laddz te
zien, werd ik duizelig van angst. Mijn verantwoordelijkheidsge-
voel en de druk van wat die mensen verwachtten, maakten dat ik
even bang was dat ik gek zou worden.

Met trillende vingers tikte ik haastig een stel e-mailtjes aan
Sharkey en de Telefoonman, waarin ik ze smeekte om me onmiddellijk de bank- en telefoongegevens van Wayne toe te sturen... of
me in ieder geval een idee te geven wanneer ik die kon verwachten. Niet dat ik dacht dat het veel zou helpen, maar het kon geen
kwaad om ze even te porren.

Daarna liep ik naar boven, naar Waynes kantoortje en staarde
naar zijn computer. Vervolgens besloot ik om Birdie als wachtwoord te proberen. Ik maakte mezelf wijs dat de kans groot was –

het waren zes letters en ze betekende kennelijk veel voor Wayne, als je naging dat hij nog steeds een foto van haar had in zijn logeerkamer. Ik typte de letters in en na twee zenuwslopende seconden flitste WACHTWOORD ONJUIST over het scherm. Omdat ik inmiddels behoorlijk over mijn toeren was, wachtte ik niet tot ik van die klap bekomen was, maar vulde meteen daarna Docker in. Tot mijn grote afschuw flitste opnieuw WACHTWOORD ONJUIST op. Verdomme. Verdomme, verdomme, verdomme.

Daarmee waren mijn drie kansen om toegang te krijgen tot zijn computer verkeken. Ik had Gloria, Birdie en Docker geprobeerd en geen van de drie had gewerkt. Nu kon ik het verder vergeten.

Goed. Dan stapte ik nu onmiddellijk in mijn auto en ging rondrijden tot ik een jongen vond die eruitzag alsof hij wel met computers uit de voeten kon en die sleepte ik dan aan zijn haren mee om hem aan Waynes computer te ketenen tot hij zich naar binnen gehackt had. De adrenaline bruiste door mijn aderen, dus ik moest gewoon iets doen.

Rustig nou maar, vermaande ik mezelf, het is maar een klus. Een gewone klus. Geen zaak op leven of dood – hopelijk – maar gewoon een klus. Ik hield mezelf voor dat er al een stel meedogenloze profs op zoek waren naar Waynes gegevens en dat die informatie me vandaag of morgen zou bereiken, dus het was helemaal niet nodig om tieners te gaan ontvoeren.

Langzaam maar zeker begon ik weer normaal te ademen en de paniekaanvallen ebden weg.

Ik belde het nummer van Waynes mobiel. Dat had ik regelmatig gedaan en hij had steeds uit gestaan. Waar hij ook uithing, als hij uit vrije wil ondergedoken was – en daar was ik nog lang niet zeker van – dan zou hij in staat zijn het toestel af en toe aan te zetten om zijn boodschappen op te halen. Maar mijn telefoontjes waren nooit met dat soort momenten samengevallen. Ik liet nooit een bericht achter, maar dit keer deed ik dat wel. 'Wayne, ik heet Helen. Ik sta aan jouw kant, geloof me. Je kunt me vertrouwen. Bel me alsjeblieft.'

Hij zou het kunnen doen. Dat was best mogelijk. Er waren wel vreemdere dingen gebeurd.

Ik liep weer terug naar beneden en toen ik bij de voordeur was, doemde ineens tot mijn grote verrassing Jay Parker op. Hij was met een sleutel binnengekomen en ik wilde net al mijn stekels opzetten tot ik me ineens herinnerde dat dit niet mijn eigen huis was.

Zijn gezicht was wit weggetrokken.

'Laat zien,' zei hij.

'Wat? O, die wonden.' Bij alle paniek was ik die helemaal vergeten.

Ik liep van de hal naar de keuken waar het licht beter was, schoof mijn pony opzij en liet mijn gezwollen en openliggende voorhoofd zien.

'Jezus christus.' Hij keek verbijsterd. 'Hoe komt het dat je gezicht kapot is, als je een klap op je hoofd hebt gehad?'

'Omdat ik daardoor voorover kukelde en met mijn voorhoofd tegen de grond klapte.'

'Was het echt zo erg?' reageerde hij ontzet.

Ik keek hem nadenkend aan. 'Hoezo? Had je nog zo gezegd dat ze me niet al te hard mochten raken?'

'Ik heb geen idee wie je geslagen heeft. Ik heb geen idee wat er allemaal aan de hand is!' Heel even dacht ik dat hij in tranen zou uitbarsten. Hij kwam iets dichter bij me staan en boog voorover.

'Wat doe je?' vroeg ik.

'Ik kus het beter.'

Gedurende een onderdeel van een seconde rustten zijn lippen licht op de rauwe huid op mijn voorhoofd en dat voelde heerlijk verzachtend aan.

Ik genoot even van het gevoel van opluchting dat in me opwelde, maar toen kwam ik weer bij mijn volle verstand en duwde hem weg.

'Sorry,' zei hij.

Ik keek hem met grote ogen aan. Zijn gezicht was nog steeds veel te dicht bij het mijne, zijn ogen waren donker en treurig en ineens snakte ik naar adem.

Ik voelde weer die oude aantrekkingskracht en herinnerde me hoeveel lol we samen hadden gehad en hoe ongecompliceerd alles toen was.

Hij kwam dichter naar me toe en strekte zijn armen uit om me te omhelzen.

'Laat dat!'

Hij verstarde en ik week achteruit tot de afstand tussen ons veilig leek.

Daarna stonden we elkaar argwanend aan te kijken.

'Sorry,' zei hij opnieuw. 'Het komt gewoon door...' Hij maakte een hulpeloos gebaar. 'Hier klopt helemaal niets van. Wat is er aan de hand? Wayne is verdwenen. Iemand heeft jou aangevallen...'

'En daar weet jij echt niets van?'

'Hoe kun je dat nou vragen!' zei hij fel. En heel oprecht: 'Ik zou je nooit van mijn leven pijn willen doen.'

Ja, maar dat had hij wel gedaan, hè?

'Waarom heb je verkering met die ouwe vent?' riep hij uit. 'Iemand zei dat hij zelfs kinderen heeft! Dat is niets voor jou, helemaal niets.'

'Hé! Je kent hem niet eens.'

'Maar ik ken jou, Helen,' zei Jay. 'We zijn precies hetzelfde, jij en ik. Ik zal nooit meer iemand ontmoeten die bij jou in de schaduw kan staan en jij zult nooit meer zo iemand als ik ontmoeten. We passen perfect bij elkaar.'

'O ja?'

'Kijk maar hoe we ineens weer met elkaar in contact zijn gekomen.'

'Omdat jij me ingehuurd hebt...'

'En toen nam jij ontslag, maar je kwam toch weer terug! Het heeft geen zin om ons ertegen te verzetten, we horen gewoon bij elkaar.'

'... o ja?'

Ik bedoel maar... was dat echt zo?

Het oogcontact werd te intens, dus sloot ik mijn ogen om de band tussen ons te verbreken. Ik dook diep in mijn binnenste op zoek naar mijn stalen ruggengraat en maakte daar gebruik van om mijn aandacht weer te richten op wat echt belangrijk was: de klus.

Ik deed mijn ogen weer open. 'Is Zeezah echt zwanger?' vroeg ik.

'Nee. Maar daarmee hebben we wel twee voorpagina's gehaald.'

'Wat fijn. Je moeder zal wel echt trots op je zijn. Heb je mijn geld?'

Hij haalde een paar bankbiljetten tevoorschijn en gaf me die behoedzaam. 'Tweehonderd euro. Het spijt me, maar meer...'

Ik deed een stapje naar voren, pakte het geld aan en week toen snel weer achteruit. '... ja, ik weet het, meer mocht je van de bank niet opnemen. Vertel eens,' zei ik, 'waar ken je Harry Gilliam van?'

Ik bleef hem oplettend in de gaten houden. Als er ooit een moment was waarop hij eerlijk zou zijn, dan was dat nu.

Hij schudde zijn hoofd. 'Ik zweer je dat ik niemand ken die Harry Gilliam heet.'

Ik voelde de teleurstelling opwellen. Misschien sprak hij wel de waarheid. Maar misschien ook niet. Dat viel niet na te gaan.

'Ik wil dit aan je geven.' Jay haalde een stuk papier uit zijn zak. 'Het is een contract. Ik geef je een aandeel in de kaartverkoop.'

'Waar heb je het over?'

'Precies zoals ik zeg. Je krijgt een deel van de opbrengst van de kaartverkoop op woensdag, donderdag en vrijdag en alle eventuele concerten die daarna nog volgen.'

'Is dit een of andere schlemielige poging om onder mijn honorarium uit te komen? Want dan kun je dat mooi vergeten.'

'Je luistert niet naar me. Dit komt boven op je honorarium.'

'Jij bent niet degene die dit soort beslissingen kunt nemen,' zei ik minachtend. 'Dat moet in overleg met de promotors, John Joseph en god mag weten wie nog meer.'

'Nee, want ik geef je dit gewoon uit mijn eigen aandeel. Dit is alleen tussen jou en mij. Als jij Wayne vindt, geef ik je twintig procent van mijn aandeel.'

'Dus jij hebt er ook geld in gestoken?'

Hij zuchtte. 'Ja.'

'En wie nog meer?'

Hij schudde zijn hoofd. 'Dat heeft hier niets mee te maken.'

'Hoe groot is jouw aandeel?'

'Drie procent.'

Ik snoof spottend toen ik dat hoorde. 'Maar dan hebben we het wel over netto, neem ik aan. Dus jij biedt me twintig procent aan van netto drie procent? Dan wil ik zeker vijftig procent.'

'Hè, Helen,' zei hij. 'Ik zal je dertig procent geven, maar hoger kan ik niet gaan.'

'Vijftig procent,' herhaalde ik. Deze onderhandelingen sloegen nergens op, omdat het contract geen cent waard was. Niets waar Jay Parker zijn handtekening onder had gezet was ook maar iets waard. Hij zou altijd een manier vinden om eronderuit te komen en niet aan zijn verplichtingen te voldoen. Er zou vast wel een of andere verborgen clausule zijn, een addertje onder het gras.

'Vijfendertig,' zei hij.

'Maak er veertig van en dan zijn we het eens.' Het spelletje begon me de keel uit te hangen.

'Oké.' Jay krabbelde nog een paar dingen op het 'contract'. 'Veertig procent.' Hij overhandigde me het verkreukelde papiertje dat ik achteloos in mijn handtas propte en meteen vergat.

Hij schrok ervan. 'Snap je het dan niet?' vroeg hij. 'Als jij Wayne vindt en die optredens gaan door, kun je een leuk sommetje tegemoetzien.'

'Een leuk sommetje?' zei ik. 'Op de Schoplijst ermee. Dat wil ik nooit meer horen.'

49

Nadat hij weg was, at ik twaalf handjesvol Cheerios en ineens was ik in staat om dat meest ondankbare te doen van wat me nog te doen stond, het ondervragen van de stomme, nutteloze buren. Het voordeel was dat dit daar een goed moment voor was, want mensen hangen op zondagmiddag vaak een beetje doelloos thuis rond. Als je tenminste de mazzel had dat je nog een huis had.

Opgekikkerd door de glucose begon ik bij nummer 3, het huis links van dat van Wayne. Op vrijdag was daar niemand thuis geweest, maar vandaag deed een jongeman in een roodgeblokt overhemd open. Hij was jonger dan ik, een jaar of vijfentwintig, en ik vroeg me af hoe hij zich dit zalige huis in Mercy Close kon veroorloven. Het is net zoiets als het uitmaken met een fantastische vent: daarna zie je een tijdlang alleen maar gelukkige stelletjes. Ik was zo kapot van het verlies van mijn flat dat het net leek alsof de hele wereld vol was met mensen die in prachtige huizen woonden en gewoon rondliepen in roodgeblokte overhemden zonder te beseffen dat ze enorme geluksvogels waren.

Ik stelde mezelf voor maar ging niet al te diep in op de zaak. Ik zei alleen maar dat ik voor Wayne een aantal dingen moest natrekken en hoewel de jongen een beetje argwanend naar mijn bloeddoorlopen oog keek en me niet vroeg om binnen te komen, leek hij vriendelijk en best bereid te helpen. Hij leunde tegen de deurpost, altijd een teken dat iemand bereid is een babbeltje te maken. Het is me opgevallen dat ik veel meer moeite heb met mensen die stijf rechtop blijven staan.

Misschien deelde het Geblokte Overhemd dit huis wel met acht andere jongemannen, dacht ik. Misschien kon hij zich daardoor veroorloven om hier te wonen. Maar toen ik het vroeg, zei hij dat hij alleen woonde. Hoe speelde hij dat klaar?

Ik dwong mezelf om me bij de zaak te houden. Maar jezus, dat kostte wel moeite.

'Is je de laatste tijd nog iets bijzonders opgevallen?'

'Zoals?'

'Eh...' Misschien moest ik me maar op Gloria concentreren. 'Zijn er vrouwen bij Wayne op bezoek geweest?'

'Ja,' zei hij. 'Er is er wel een geweest.'

'Echt waar?'

'Ja, een klein opdondertje met lang donker haar. In een spijkerbroek en op oranje sportschoenen...' Zijn blik viel op mijn oranje sportschoenen en hij hield even zijn mond. 'Maar dat kun jij ook best zijn geweest.'

Ik slikte een zucht in. 'Wanneer heb je die bepaalde vrouw gezien? Afgelopen maand? Vorige week?'

'Vanmorgen. Een paar uur geleden. Ze kwam uit Waynes huis.'

'Dat was ik inderdaad. Zijn er de afgelopen tijd nog andere vreemde vrouwen langs geweest?'

'Ja.'

'Echt waar?'

Toen ik hem opgewonden aankeek, leek hij in elkaar te schrompelen. 'Nee. Ik weet niet waarom ik dat zei. Ik wilde je gewoon niet teleurstellen. Het spijt me.'

'Geeft niet, dat komt heel vaak voor, maar in ieder geval bedankt. Dus helemaal niets ongewoons?'

'Nee.'

'Vertel eens, is dit huis van jou of huur je het?'

'... wat heeft dat met Wayne te maken?'

'Helemaal niets,' verzekerde ik hem haastig. 'Ik was gewoon nieuwsgierig.'

'Ik huur het,' zei hij.

Daardoor voelde ik me weer iets beter, want hij had geen hypotheek. Ik was niet echt een volslagen mislukkeling.

Ik zette mijn zoektocht voort. Op nummer 2 dook weer zo'n Actieve Bejaarde op. Een vrouw die grote gelijkenis vertoonde met de vrouw die ik op vrijdag had gesproken. Net als dat exemplaar beweerde deze dat ze het veel te druk had om op haar omgeving te letten en stuurde me efficiënt met een kluitje in het riet.

Op nummer 1 kreeg ik te maken met een tiener, een meisje dat aan het UDC studeerde. Ze probeerde niet opzettelijk lastig te doen, maar ze was gewoon jong en ik begreep dat ze een neurologisch probleem had: zodra haar blik op iemand boven de twintig viel, werd ze letterlijk blind. Dat overkwam alle tieners.

Ik stak de straat over om verder te gaan. Op nummer 12 woonde de aan waanideeën lijdende man met haar in zijn oren die beweerde dat hij een vriendin had, dus daar liep ik met een grote boog omheen. Hetzelfde gold voor nummer 11 – het gezin dat net van vakantie terug was – en nummer 10, de oorspronkelijke Actieve Bejaarde.

En op nummer 9 woonde nog een Actieve Bejaarde dame! Wat was er met de wereld aan de hand? Geen wonder dat de economie op z'n smoel lag als we aan al die troelen pensioen moesten betalen. En met al die beweging die ze namen en hun gezonde manier van eten zouden ze wel honderddertig kunnen worden.

Deze vrouw was misschien niet zo kortaf als haar beide soortgenoten hier in de straat, ze was vriendelijker en sympathieker, maar ook met haar schoot ik niets op. Ze zei dat ze Wayne vrijwel nooit zag. Kennelijk besteedde ze haar tijd grotendeels aan bridge.

'En trouwens,' zei ze, 'ik ben de halve week in Waterford geweest, met mijn vriend.' In ieder geval had ik van het onderhoud dat ik vrijdag had gehad met de man met haar in zijn oren geleerd dat ik niet spontaan moest uitroepen: 'Hebt u een vriend? Maar u bent zevenentachtig!'

Bij nummer 8 werd de deur al opengerukt toen mijn vinger nog op de bel lag. Het was een man. Of zo. Op de een of andere manier deed hij gecastreerd aan, alsof zijn schaamstreek was gemaakt van glad, penisvrij plastic. Hij droeg vrijetijdskleren, maar ze zagen er stijf en nieuw uit.

'Ja?' blafte hij. Hier was geen sprake van deurpostleunen. Nee, hoor. Deze vent had het rechtopstaan uitgevonden.

Ik begon mijn verhaaltje af te draaien. 'Ik heet Helen Walsh. Ik ben een vriendin van Wayne Diffney en...'

'Ik wil er niets mee te maken hebben,' zei hij.

'Waarom niet?'

'Ik wil er gewoon niets mee te maken hebben. En ik wens niet geciteerd te worden.'

'Nou geweldig,' zei ik terwijl ik zijn stramme houding beantwoordde door me juist, om hem te ergeren, superontspannen te gedragen. 'Woont er nog iemand anders in dit huis met wie ik kan praten?'

'Nee,' snauwde hij. 'En hij wil er ook niets mee te maken hebben.'

Fascinerend. Ik had zo'n vermoeden dat het om een seksloze homoverhouding ging en ik durfde te wedden dat ze er bijna hetzelfde uitzagen en ook bijna dezelfde kleren droegen. Maar natuurlijk zouden ze ontzet zijn bij het idee dat ze hun kleding moesten delen. Bovendien vermoedde ik dat deze kerel een juridisch beroep had en besloot om de proef op de som te nemen.

'Wat voor kleur heeft de lucht?' vroeg ik.

Hij stak zijn hoofd naar buiten om goed te kunnen kijken. 'Onder alle voorbehoud,' zei hij, 'staat dat ter discussie.'

Eerlijk gezegd had hij gewoon gelijk. De lucht was momenteel blauw, maar over vijf seconden zou alles grijs kunnen zijn. Dit was per slot van rekening Ierland.

'Bedankt voor uw hulp,' zei ik.

'Ik heb je niet geholpen,' zei hij haastig. Ik kon de woorden zien die door zijn hoofd speelden: elk advies dat u hebt gekregen en waarop vervolgens door u actie is ondernomen stelt u bloot aan het risico dat u in rechte wordt aangesproken voor alles blablabla...

'Ach, doe toch gewoon,' zei ik terwijl ik wegliep. Ik wist dat hij niets over Wayne achterhield. Dat soort dingen voel je op den duur instinctief aan. Hij wilde alleen geen moeilijkheden.

Terwijl ik doorliep naar nummer 7 voelde ik ineens dat het haar in mijn nek rechtop ging staan. Ik draaide me haastig om en zag Cain en Daisy die in hun voortuin, aan de overkant, zwijgend naar me stonden te kijken.

'Wegwezen!' riep ik met een armzwaai. 'Hou op met me te begluren.'

'Het spijt ons dat we je vrijdag bang hebben gemaakt,' riep Daisy.

'Kunnen we even met je praten?' vroeg Cain.

'Nee! Maak dat je wegkomt! Vooruit! Wegwezen!'

Ik draaide me vastberaden om en belde aan bij nummer 7. Niemand deed open.

'Dat huis staat leeg,' riep Cains stem vanaf de overkant.

Ik negeerde hem en belde opnieuw aan.

'Ze zijn al maanden geleden vertrokken,' zei de stem van Daisy.

Ik belde opnieuw aan. Ik wenste geen aandacht te schenken aan dat stel mafkezen. Desondanks viel me wel op dat het voortuintje van nummer 7 vol stond met paardenbloemen en dat het huis een trieste en verlaten sfeer ademde. Ik durfde te wedden dat de mensen die hier woonden hun hypotheek niet meer konden betalen.

Net als ik. Wie zou er in mijn flat zijn getrokken, nu die eigendom van de bank was? Zou er wel iemand wonen? Op de een of andere manier leek het idee dat de flat leegstond nog erger dan de gedachte dat er iemand anders woonde die er blij mee was.

Ik belde opnieuw aan, ook al was ik er inmiddels van overtuigd dat het huis leegstond.

'Het heeft echt geen zin,' riep Cain. 'Daar woont niemand.'

Ik draaide me om. 'Hou je mond,' zei ik. 'Ik wil niet dat je me helpt.'

Er was nog maar één huis over in Mercy Close waar ik niet geweest was, nummer 5 dat tussen het huis van Wayne en dat van Cain en Daisy ingeklemd lag. Hooghartig en me bewust van het feit dat al mijn bewegingen door Cain en Daisy gretig gevolgd werden, liep ik ernaartoe.

'Daar woont Nicholas,' riep Daisy. 'Maar hij is dit weekend niet thuis. Hij is surfen in Sligo.'

Ik drukte op de bel en negeerde hen.

'Hij komt vanavond terug,' zei Cain. 'Of misschien morgen. Hij is een vriend van ons, een goeie vent.' Vrij vertaald: hij koopt wiet van ons.

Niemand deed open. Ik belde opnieuw.

'We kunnen hem wel vragen of hij je belt zodra hij terug is. Sterker nog, we kunnen vragen of hij je nu belt.'

De deur bleef gesloten. Ik had geen vertrouwen in dat stel fantasten, maar het was duidelijk dat er momenteel niemand thuis was op nummer 5. Ik moest het later nog maar eens proberen.

'Laat ons nou helpen,' smeekte Cain.

Diep in gedachten verzonken ging ik Waynes huis weer binnen. Tussen vrijdag en vandaag had ik met negen van zijn tien buren gesproken. Ik liep in gedachten snel al die gesprekken nog eens door. Had ik iets gemist? Was er iets raars geweest? Iets verdachts?

Maar ik kon niet anders dan toegeven dat er helemaal niets was.

50

Mijn telefoon maakte ineens een klagend piepgeluidje, als een jong vogeltje dat om voedsel bedelt. Hij was bijna leeg! Hoe had ik dat nu kunnen laten gebeuren! Nadat ik paniekerig door mijn overvolle handtas had gerommeld bleek dat ik mijn oplader niet bij me had. Die had ik kennelijk bij mam en pa laten liggen. Wat een schoolmeisjesfout! Ik pakte snel mijn spullen bij elkaar, liep Waynes huis uit en stapte in mijn auto. Ik kon niet zonder telefoon.

En wie kwam daar aanrijden op het moment dat ik Mercy Close uit reed? Niemand anders dan Walter Wolcott! Hij zat als een stier in een beige regenjas vastbesloten gebogen over het stuur en vulde zo'n beetje de hele voorkant van de nietszeggende auto waarin hij reed. Hij was duidelijk gekomen om met de buren te praten en zo gefocust op de taak die voor hem lag, dat hij me helemaal niet zag. Lekkere privédetective.

Ik vroeg me opnieuw af of hij degene was die me geslagen had. Was hij daartoe in staat?

Een paar minuten later gaf mijn telefoon het seintje dat ik een sms'je had gekregen. Onder het rijden keek ik ernaar en de bewegingsmelder in Waynes huis was geactiveerd. Wayne was weer thuis! De adrenaline die ineens door mijn aderen bruiste, gaf me het gevoel dat mijn hoofd ieder moment kon opstijgen, maar toen realiseerde ik me dat het waarschijnlijk Walter Wolcott was en de moed zonk me in de schoenen. Ik voelde me... bezoedeld. Alsof het om mijn eigen huis ging.

Met mijn op sterven na dode telefoon belde ik Jay Parker. 'Heeft Walter Wolcott een huissleutel van Wayne?'

'Die heeft hij van John Joseph gekregen.'

Alsof het toestel misselijk werd van het idee alleen gaf mijn telefoon op dat moment de geest.

Bij mijn ouders thuis had mam Margaret en Claire opgetrommeld. Nadat ik mijn oplader had gevonden en mijn telefoon had aangesloten, liet ik hun geschrokken opmerkingen over mijn bont en blauw geslagen hoofd over me heen komen. Ik liet me gewillig naar de douche slepen waar mijn haar werd gewassen en daarna vroeg ik mam om een cheque uit te schrijven voor Terry O'Dowd, die ik meteen in een envelop deed en er een postzegel op plakte. 'Leitrim,' zei ze peinzend. 'Ik geloof niet dat ik ooit iemand uit Leitrim heb ontmoet. Jij wel, Claire?'

'Nee.'

'En jij, Margaret?'

'Nee.'

'En jij, Hel...'

'Nee!'

'Ik vind dat je naar de spoedeisende hulp moet om naar je hoofd te laten kijken,' zei Margaret.

'Ze moet haar hoofd laten nakijken!' zei Claire. Ze schoot meteen in de lach. 'Alsof we daar iets mee opschoten! Hoe gaat het vandaag met je, Helen? Heb je nog wilde neigingen gehad om in zee te springen?'

Hè ja.

De laatste keer dat ik niet goed was geweest, zelfmoordneigingen had gehad, of hoe je het ook wilt noemen, konden de reacties van mijn vrienden en familie in verschillende groepen onderverdeeld worden.

A. De 'Laten We Er Maar Om Lachen'-kliek, met Claire als voorganger. Ze hoopten dat de situatie door grapjes over mijn geestestoestand wat beter te verwerken zou zijn. Van hen kon je opmerkingen verwachten als: 'Heb je nog wilde neigingen gehad om in zee te springen?'

B. De 'Depressie-Ontkenners'. Dat waren de mensen die van mening waren dat aangezien er niet zoiets bestond als een depressie er ook niets mis kon zijn met mij. Ooit zou ik zelf deel hebben uitgemaakt van die groep. Een subcategorie van de Depressie-Ontkenners waren de mensen die predikten dat je hard moest zijn. Van hen kon je opmerkingen verwachten als: 'Waarover zou jij zo gedeprimeerd moeten zijn?'

C. De 'Alles Draait Om Mij'-kongsi. Dat waren de mensen die jammerden dat ik geen zelfmoord kon plegen omdat ze me zo zouden missen. Meestal draaide het erop uit dat ik hen moest troosten. Mijn zus Anna en haar vriend Angelo kwamen vanuit New York overvliegen zodat ik hun tranen zou kunnen drogen. Van hen kon je opmerkingen verwachten als: 'Weet je wel hoeveel mensen van je houden?'

D. De 'Weglopers'. Massa's mensen belden me niet meer. Van de meesten trok ik me niets aan, maar er waren ook een paar die belangrijk voor me waren. Het was een kwestie van angst, ze waren doodsbang dat wat ik had besmettelijk zou zijn. Van hen kon je opmerkingen verwachten als: 'Ik voel me zo hulpeloos... God, is het echt al zo laat?' Bronagh – hoewel het destijds te pijnlijk was om dat ook te erkennen – was de aanvoerder van dat stel.

E. De 'Ach-en-Wee Bende', dat wil zeggen iedereen die een alternatieve geneeswijze aandroeg. En dat waren meer dan honderd man, die er stuk voor stuk op aandrongen dat ik aan reiki zou gaan doen, aan yoga, aan homeopathie, Bijbelstudie, soefidansen, koude douches, meditatie, EFT, hypnotherapie, hydrotherapie, stiltecentra, saunakuren, handwerken, vasten, engelen aanroepen of alleen maar blauw voedsel eten. Iedereen had wel een verhaal over iets waar hun tante/baas/vriendje/buurman/buurvrouw baat bij had gehad. En mijn zus Rachel was echt de ergste, ze was een regelrechte kwelling. Er ging geen dag voorbij dat ze me niet een link doorstuurde van een of andere zwendelaar. Tien minuten later gevolgd door een telefoontje om zich ervan te verzekeren dat ik wel een afspraak had gemaakt. (En ik was zo wanhopig dat ik een hele hoop van die dingen probeerde.) Van hen kon je opmerkingen verwachten als: 'Die man is echt wonderbaarlijk.' Gevolgd door: 'Daarom is hij ook zo duur. Wonderen zijn niet goedkoop.'

Er vond veel kruisbestuiving plaats tussen de diverse groeperingen. Af en toe sloot de 'Laten We Er Maar Om Lachen'-kliek zich aan bij de mensen die vonden dat ik hard moest zijn en vertelde me dan dat het genezen van een depressie 'gewoon een kwestie is van willen'. Je moet dus gewoon beslissen dat je weer beter bent. (Precies zoals je zou doen als je aan emfyseem leed.)

Of een van de 'Alles Draait Om Mij'-leden belde iemand van de 'Ach-en-Wee Bende' op en jammerde dan dat ik zo ontzettend zelfzuchtig was en dat bendelid was het daar vervolgens roerend mee eens, omdat ik geweigerd had tweeduizend ballen te dokken voor een saunakuur in Wicklow.

Of een van de Weglopers kwam op zijn of haar tenen terug om nog stiekem even naar me te kijken en haalde er dan een Ontkenner bij, waarna ze me samen kwamen vertellen hoe goed ik er toch wel uitzag. En dat was eigenlijk het ergste wat iemand me aan kon doen, want je klinkt meteen als een hypochonder vol zelfmedelijden als je protesteert dat je je helemaal niet goed voelt, dat je je juist onbeschrijflijk ellendig voelt.

Bij de mensen die van me hielden, was er niet één die begreep hoe ik me voelde. Ze hadden geen flauw idee en dat kon ik ze niet kwalijk nemen, want tot het mij was overkomen, had ik zelf ook geen flauw idee gehad.

'Nee, Claire, ik voel me best,' zei ik. 'Geen wilde neigingen om in zee te springen.'

Terwijl ik wachtte tot mijn telefoon was opgeladen, voelde ik me ineens doodmoe. Ik kon niets productiefs bedenken om Wayne te vinden en ik besloot om het een paar uur lang maar gewoon te vergeten. Ik sms'te naar Artie: 'Kids al weg?' en hij sms'te terug: 'Bella nog hier. Laat meteen weten als ze weg is.'

Ondertussen lag mijn ouderlijk huis vol kranten en snoepgoed.

'Zullen we wat biscuitjes nemen?' stelde ik voor.

'Pak eens wat biscuitjes voor haar,' zei mam tegen Margaret.

'Die met chocola,' riep ik haar na.

Dus we zaten gezamenlijk chocoladebiscuitjes te eten en door stapels kranten te bladeren en de spottende opmerkingen over Zeezahs 'zwangerschap' waren niet van de lucht. Niemand geloofde het, zelfs Margaret niet en zij is een van de meest goedgelovige mensen die ik ooit heb ontmoet.

'Hoe kan ze nou zwanger zijn?' zei mam. 'Ze is toch een man? Die hebben niet eens een baarmoeder.'

'Precies,' zei ik, hoewel ik er vrij zeker van was dat Zeezah een vrouw was.

'En dan dit pak leugens!' Mam hield het tijdschrift omhoog met het artikel over Frankie Delapps 'thuis'. 'Dat is zijn huis helemaal niet, dat is een suite in het Merrion die iedereen voor dit soort fotoreportages gebruikt. Ik kan je niet vertellen hoe vaak ik die al voorbij heb zien komen. Billy Ormond deed net alsof het zijn huis was. En Amanda Taylor ook. Ik heb die eettafel "waaraan plaats is voor twintig personen" al ik weet niet hoe vaak gezien.'

'Hoe zit het met Wayne Diffneys huis?' vroeg Margaret. 'Is dat ook een hotel?'

Mam wierp er een blik op. 'Dat is echt,' besloot ze. 'Er is geen hotel dat zulke rare kleuren goed zou keuren.'

God, het was echt moeilijk, grenzend aan het onmogelijke, om niet te vertellen hoe goed ik Waynes huis kende.

'Het ziet er allemaal maar raar uit,' zei mam, terwijl ze de foto's van Waynes schitterende huis bekeek. 'Eerlijk gezegd,' ze keek haast argwanend naar me op, 'lijkt het op iets wat jij wel leuk zou vinden, Helen.'

'... eh... o, ja?'

'En Wayne Diffney lijkt echt...' zei mam terwijl ze naar de foto's staarde, '... een vriendelijk type.'

'Nou, dat valt wel mee,' zei Claire van achter een tijdschrift. 'Denk maar eens aan die keer dat hij Bono met die hurlingstick bewerkte.'

Dat was waar ook. Dat was ik helemaal vergeten. Het was al jaren geleden, maar gedurende een tijdje was Wayne Diffney een echte held geweest. Een paar weken lang hadden de mensen hem op handen gedragen. Bono was in Ierland zo'n ongelooflijk boegbeeld dat het allerlei taboes doorbrak toen hij die klap op zijn knie had gekregen. Met een hurlingstick. Het was net alsof je de paus met een rode teenslipper bekogelde.

Ik moest toegeven dat Wayne Diffney me intrigeerde. Zijn huis was geschilderd in individualistische, bijna uitdagende kleuren. Hij kocht geen melk. En daar kwam die aanval op Bono nog bovenop. Nadat zijn vrouw, Hailey, ervandoor was gegaan, was hij achter haar aan gegaan en had het als een soort kleine David opgenomen tegen de tweekoppige Goliath Bono en Shocko O'Shaughnessy in een poging haar terug te krijgen. (Het was niet gelukt, maar een tien voor de poging.) Hij was hartstochtelijk, impulsief en romantisch. Dat was hij tenminste ooit geweest en ik was ervan overtuigd dat het nog lang niet allemaal verdwenen was.

Mijn telefoon piepte om aan te geven dat hij weer helemaal geladen was. Ik pakte het toestel op en hield het tegen me aan. Misschien was ik er wel een beetje te sterk aan gehecht. Seconden later kwam er een sms'je van Artie binnen. 'Ze zijn weg, ALLEMAAL. Kom meteen!'

Ik weifelde heel even. Er was toch vast wel iets wat ik kon doen om Wayne te vinden? Maar deze gelegenheid met Artie was te zeldzaam en te kostbaar om te verspillen.

'Goed!' Ik pakte haastig mijn spullen bij elkaar. 'Ik ga ervandoor. Bedankt voor de biscuitjes.'

'En zorg ervoor dat je niet in zee springt,' plaagde Claire vrolijk.

'Hahaha,' antwoordde ik.

334

51

Hij zat op me te wachten. Op de onderste tree van de trap en zodra ik door de voordeur naar binnen vloog, stond hij op, nam me in zijn armen en kuste me. Ik vlocht mijn vingers door het haar in zijn nek. Ik was dol op dat plekje. Daarna liet ik mijn andere hand over de voorkant van zijn lichaam glijden tot in zijn kruis. Hij was al keihard.

'Waar zijn ze?' vroeg ik.

'Weg.' Hij ritste mijn spijkerbroek open. 'Allemaal weg. Laten we het niet over hen hebben. Ik wil vergeten dat ze bestaan.'

'Wanneer komen ze terug?'

'O, pas over uren.'

'Ik ben in de auto al begonnen mezelf uit te kleden. Toen ik voor een rood licht moest stoppen, heb ik mijn schoenen en sokken uitgedaan, omdat we dan sneller mijn spijkerbroek uit kunnen krijgen.'

'Wat ben je toch een geweldige vrouw.'

Ik maakte de knoop en de rits van zijn spijkerbroek open, liet mijn vingers onder de tailleband van zijn Calvins glijden en legde mijn hand om de babyzachte huid van zijn erectie. 'God,' kreunde hij. 'Doe dat nog eens.'

'Nee. Je moet wachten.'

'O, wat gemeen van je.' Hij legde zijn handen om mijn gezicht en veegde het haar van mijn voorhoofd om me opnieuw te kussen, maar verstarde. 'Jezus christus, wat is er met je gebeurd?'

'Niets. Ik bedoel, iemand heeft me een klap op m'n kop gegeven, maar ik voel me prima, niet ophouden.'

'Je ziet er anders helemaal niet prima uit.' Zijn erectie begon al af te zwakken.

'Alles is in orde, Artie, ik mankeer echt niets,' bezwoer ik hem terwijl ik hem meetrok naar boven, naar zijn slaapkamer. 'Ik zweer je dat het er veel erger uitziet dan het is en we kunnen er straks wel verder over praten, maar hou nu niet op. Ik trek alvast mijn

kleren uit.' Boven aan de trap wriegelde ik uit mijn spijkerbroek.
'Kijk maar, Artie, ik ga nu mijn slipje uitdoen.'

Hij had iets met mijn kont, ondanks dat litteken van die oude hondenbeet. 'Het is zo'n lekker rond kontje,' zei hij vaak.

'Maar je bent gewond,' zei hij. 'Dit kunnen we niet maken.'

Ik draaide me om, pakte zijn gezicht in mijn handen en zei fel: 'Geloof me nou maar, Artie, als we nu ophouden, blijf ik erin. Dan vermoord ik je.'

'Oké.'

We waren in zijn slaapkamer, met het grote witte bed, en we vielen er languit op neer en genoten van de vrijheid om net zo luidruchtig te zijn als we wilden. Ik schopte eindelijk mijn slipje uit dat de halve kamer doorvloog en rukte daarna mijn T-shirt en mijn beha uit. Seconden later was hij ook naakt en ik trok hem naar me toe om het onbeschrijflijke genoegen te ondergaan van zijn huid die tegen de mijne drukte.

Stilliggen was er niet bij, ik wilde hem overal voelen. Dus ging ik languit op hem liggen, met mijn maag en borst tegen de zijne gedrukt. Als ik onder zijn huid had kunnen kruipen had ik dat ook gedaan. 'Wat ruik je toch heerlijk,' zei ik. 'Zalig gewoon.' Ik drukte mijn gezicht in zijn schaamhaar, waar zijn Artie-geur het sterkst was en haalde diep adem. Als je dat toch eens in een flesje kon doen...

Ik nam hem in mijn mond, liet een van mijn handen onder zijn ballen glijden en hield met de andere zijn pik vast. Daarna begon ik langzaam een ritme op te bouwen, met een speelse tong en een hand die hem omhoogduwde naar mijn mond, en ik hoorde dat zijn ademhaling steeds zwaarder werd.

Ik keek heel even naar hem op. Hij had zijn kaken op elkaar geklemd en lag me zo strak aan te kijken dat hij bijna bang leek.

'Nee,' zei hij, terwijl hij voorzichtig mijn hoofd optilde.

'Nee?'

'Dan is het veel te vlug voorbij. En ik,' zei hij met een ondeugende blik, 'wil juist dat we er heel lang over doen.'

Onverwachts rolde hij me op mijn buik en drukte me tegen het bed met zijn onderarm. 'Krijg je nog lucht?' vroeg hij.

'Ja.'

'Daar zullen we dan eens gauw verandering in brengen.'

Tartend langzaam begon hij me te kussen, in mijn knieholtes, de binnenkant van mijn dijen, mijn achterste. Het was zo heerlijk dat ik uiteindelijk bijna smeekte: 'Alsjeblieft Artie...'

'Wat zei je?' fluisterde hij terwijl zijn hete adem over mijn oor gleed en zijn volle gewicht me in het bed drukte.

'Alsjeblieft, Artie,' zei ik.

'Alsjeblieft Artie wat?'

'Alsjeblieft Artie, ga me nou neuken.'

'Wil je dat ik je neuk?'

'Ja, dat wil ik.'

Van achteren duwde hij zijn top tegen mijn holletje. 'Zo ver?' vroeg hij.

'Verder,' drong ik aan.

Hij schoof iets verder. 'Zo ver?'

'Nog verder.' Ik huilde bijna van frustratie.

'Zo ver?' Meteen schoof hij bij me naar binnen, helemaal, zo ver als maar kon, zodat hij me helemaal vulde.

'God, ja, zalig.' Maar de opluchting ebde snel weg. Ik wilde dat hij doorging.

'Nog een keer,' zei ik. 'Snel.'

Hij steunde op zijn ellebogen alsof hij aan het opdrukken was en begon op en neer te pompen, heen en weer, een tikje ruw en hardhandig, precies zoals ik het fijn vond, steeds sneller en sneller tot ik vanbinnen uit elkaar spatte van genot en mijn gezicht kreunend in het kussen drukte.

Hij gunde me een paar minuten tijd om op verhaal te komen. 'En nu,' zei hij met ondeugend glinsterende ogen, 'ben ik aan de beurt.'

Hij ging op zijn rug liggen en ik ging boven op hem zitten, legde mijn handen plat op zijn buik tot mijn handpalmen begonnen te tintelen. 'Ik kan je buikspieren voelen,' zei ik. 'Dat zal wel komen van al dat hardlopen en die sit-ups van je. Het voelt... zo echt.' Een streepje haar, donkerder dan de rest van zijn haar, liep van zijn navel naar zijn kruis en bijna met ontzag liet ik mijn vinger erover glijden.

Daarna zakte ik over hem heen en hij hield mijn billen in zijn handen terwijl ik op hem ronddraaide. We keken elkaar diep in de ogen en dat kon ik aan, ik was niet bang voor die intimiteit, in elk geval niet als de hartstocht me zo in de greep had. Daardoor kreeg ik weer een beetje vertrouwen in mezelf, omdat ik toch niet helemaal doorgedraaid was.

Hij wachtte tot ik voor de tweede keer was klaargekomen en toen liet hij zich helemaal gaan, huiverend, hijgend, snakkend naar adem en bijna schreeuwend. Omdat hij meestal zo'n beheerste vent was, zo discreet in zijn werk, zo beschermend ten opzichte van zijn kinderen, was het gewoon opwindend om die wilde reactie te zien.

Hij trok me tegen zich aan en viel binnen de kortste keren in slaap. Toen hij weer wakker werd, een minuut of tien later, was hij een beetje versuft en in de war.

'Koffie?' vroeg ik. 'Ik ben zelfs bereid om naar beneden te gaan en het voor je te zetten, zo lief vind ik je.'

'Nee, ik haal straks zelf wel, maar ik wil je nog niet loslaten.'

'Kun je bij je laptop? Die ligt daar op de grond.'

Hij viel bijna van het bed terwijl hij de computer pakte, maar ik hoefde hem niet te vertellen wat hij moest doen.

Ik wilde naar een paar YouTube-filmpjes kijken.

Slaperig en ontspannen keken we naar de interviews met de winnaar van de Booker-prijs en schaterden om zijn haar. Daarna keken we naar een stel honden die op 'Thriller' dansten, naar een paar katten die 'Stille Nacht' zongen, naar paarden die de 'Do I amuse you'-scène uit *Goodfellas* naspeelden en vervolgens keken we weer naar het dameskapsel van de schrijver.

We waren een hele tijd niet op deze manier bij elkaar geweest. Vanwege zijn kinderen en zijn werk was het zeker een paar weken geleden en een tikje wrevelig zei ik: 'Ik wou dat we dit konden doen wanneer we er zin in hebben.'

Het duurde een hele tijd tot Artie zei: '... ja...'

Ik wachtte tot hij verderging, maar toen dat niet gebeurde, zei ik: 'Is dat alles wat je hebt te zeggen?'

'Ja. Ik zei "ja" omdat ik bedoelde "Ja, ik wou ook dat we dit konden doen wanneer we willen".'

Op de een of andere manier vond ik dat een onbevredigend antwoord.

We bleven zwijgend naast elkaar liggen, maar de kameraadschap was ineens zoek.

Uiteindelijk deed hij zijn mond open. 'Vertel eens,' zei hij op een heel andere toon. Hij klonk plotseling zakelijk. 'Wie is Jay Parker?'

'De manager van Laddz.'

'Wie is hij?'

Ik voelde een flits van schuld – of misschien wel angst – oplaaien. Het was net alsof Artie in mijn ziel kon kijken, alsof hij wist dat Jay Parker me eerder die dag had gekust en dat ik dat een moment ook echt had gewild. Ik rolde om en keek Artie recht in zijn gezicht. 'Hij heeft niets te betekenen.'

'Hij heeft wel iets te betekenen.' Arties stem werd steeds killer en ik schaamde me niet alleen maar voelde me ook stom omdat ik probeerde hem voor de gek te houden.

Ik wachtte heel even voordat ik mijn mond opendeed. 'Ik heb iets met hem gehad. Niet lang. Drie maanden. Meer dan een jaar geleden kwam er een eind aan en niet op een leuke manier. Dat vertel ik je nog wel eens, alleen niet nu.'

'Wanneer dan?'

'Dat weet ik niet.'

'Juist.'

'Hoezo juist?'

'Betekent dat ook dat je niet wilt vertellen waarom je je flat kwijt bent?'

Ik wilde absolúút niet over mijn flat praten.

'Luister eens, Helen, misschien moeten we...' begon Artie.

Op hetzelfde moment werd er aangebeld. Artie verstarde. 'Doe maar net of je niets hoort,' zei hij. 'Het zal wel zo'n arme sloeber zijn die probeert ons een ander kabelabonnement aan te smeren.'

'Misschien moeten we wat?' vroeg ik.

Toen hoorden we de voordeur opengaan en iemand – waarschijnlijk Bella – huilen.

'Shit,' siste ik, terwijl ik uit bed sprong en mijn kleren bij elkaar graaide. 'Bella is weer thuis.'

Bella mocht dan vermoeden dat Artie en ik soms bij elkaar sliepen, maar het was iets heel anders als ze ons betrapte terwijl we midden op de dag samen in bed lagen.

'Pappie!' jammerde Bella.

'Meneer Devlin,' riep een mannenstem. 'Bent u thuis?' Artie schoot zijn kleren aan en zijn gezicht stond hard. En een beetje vermoeid. Alsof hij zich afvroeg of het allemaal wel de moeite waard was.

Bella was uit een boom gevallen. De vader van haar speelkameraadje had haar thuisgebracht. 'Er is niets met haar aan de hand,' zei hij. 'Ze heeft niets gebroken en misschien heeft ze morgen een paar blauwe plekken, maar ze is ontzettend geschrokken.' Ik bleef boven rondhangen en hoorde alles. Maar ik ging niet naar beneden om voorgesteld te worden. Met mijn gewonde gezicht zou dat een vreemde indruk hebben gemaakt. En op de een of andere manier leek het me ook niet juist: ik was Bella's moeder niet en ik was Arties vrouw niet. Hoe zou Artie mij en mijn slonzige uiterlijk moeten verklaren tegenover een wildvreemde? Wat we uitgespookt hadden, zou er duimendik op liggen. Als we samen op het terras hadden gezeten toen ze binnenkwamen, verdiept in de zondagskranten, was er niets aan de hand geweest. Maar we waren allebei net uit bed gerold en je kon de seks nog ruiken.

Ik besloot om er meteen vandoor te gaan. Ik moest eigenlijk toch aan het werk. Ik wist niet precies wat ik zou gaan doen, maar het leek niet juist om hier te blijven. Ik groette Bella haastig en nam snel afscheid van Artie. Daarna stapte ik in mijn auto en reed weg.

52

Ik wilde niet terug naar Mercy Close zolang de kans bestond dat Walter Wolcott daar nog was, dus reed ik een tijdje doelloos rond. Maar ineens merkte ik dat ik wel degelijk een doel had: ik was onderweg naar het noorden, richting Skerries en Birdie Salaman.

Ik had een sms'je van Zeezah gekregen, omdat ze van Jay had gehoord dat ik een klap op mijn hoofd had gehad. Ze was heel sympathiek en bezorgd en suggereerde dat het misschien beter was om mijn zoektocht naar Wayne te staken als ik daarbij dat soort risico's liep.

Dat maakte me meteen heel erg argwanend.

Dankzij de pratende kaart had ik Birdies huis zo gevonden. Het was een soort vierkant doosje in een wijk met allemaal soortgelijke nieuwe doosjes, maar op de een of andere manier zag dat van Birdie er snoezig en leuk uit.

Haar voordeur was geel en leek pas geschilderd. Aan weerskanten hingen twee hangmandjes, boordevol met felgekleurde bloemen. Al voordat ik de auto had geparkeerd bekroop me instinctief het gevoel dat ze niet thuis was. Haar auto was nergens te zien. (Ik had via een licht onwettige controle van het kentekenregister ontdekt dat ze in een gele mini reed. Een auto waaraan ik mijn goedkeuring wel kon hechten, ook al was die niet echt zwart.)

Desondanks stapte ik uit en belde aan. Zoals ik al had verwacht werd er niet opengedaan, alles in en om het huis bleef stil. Ik gluurde even door het raam naar haar zitkamer aan de voorkant. Een prachtige houten vloer, echt prachtig. Een driedelige zithoek, niet van dezelfde klasse als de vloer. Niet walgelijk, maar gewoon *mwah*. Ze had kennelijk al haar geld besteed aan de vloer. Desondanks was de algemene indruk aantrekkelijk. Er hing een snoer kerstlampjes om een spiegel en overal in de kamer stonden gezonde, groene kamerplanten in vrolijke gestippelde potjes.

Nonchalant, in de hoop dat ik niet de aandacht van Birdies buren zou trekken, glipte ik langs haar huis naar de achterkant. De keukenramen waren zo hoog van de grond dat ik moest springen om naar binnen te kijken. Een IKEA-keuken. Witte kastjes. Niet echt geweldig, maar het kon ermee door.

Ik sprong nog een keer omhoog en zag een ovale tafel van gelamineerd hout en vier gele stoelen – Birdie hield kennelijk van de kleur geel en er waren vervelender kleuren – en een gestippeld schortje hing achteloos over een van de rugleuningen.

Bij mijn derde poging zag ik een stenen koekjespot op een plank staan en aan een van de muren een olieverfschilderij van een cupcake. Allemaal een beetje te zoet naar mijn smaak, maar het kon erger. Veel erger.

Ik vroeg me af hoe de bovenverdieping eruit zou zien. Zou het daar helemaal meisjesachtig zijn? Zou ze een bed hebben met een dunne roze prinsessenhemel? Of vergiste ik me in haar en zou haar slaapkamer chic, elegant en echt volwassen zijn?

Ik zou het graag willen weten, maar om daarachter te komen moest ik inbreken en dan zou ik betrapt worden, want het was een zondagmiddag in een van de voorsteden en ik was duidelijk zichtbaar voor een stel jochies dat op het grasveld met lucifers stond te spelen (hoe komt het toch dat elfjarige jongetjes zo graag vuurtje stoken?). Ik was nieuwsgierig naar de rest van Birdies huis, maar niet nieuwsgierig genoeg om te riskeren dat ik gearresteerd werd.

Voordat ik vertrok, schreef ik een briefje aan Birdie waarin ik vertelde dat ik 'even langs' was geweest en dat het me speet dat ze niet thuis was en dat als ze zin had om met me te praten ik haar graag te woord zou staan. En misschien strooide ik nu zout in verse wonden, maar ik zou het ook heel fijn vinden als ze me vertelde waar ik Gloria zou kunnen vinden en dit was het nummer waarop ze me kon bereiken.

Ik had weinig hoop dat ik er iets mee op zou schieten, maar je moet af en toe een gokje wagen, hè?

Ik ging terug naar mijn auto en liet mijn hoofd tegen de hoofdsteun zakken. Ik was ineens doodmoe. Het kostte ontzettend veel energie om een depressieaanval te doorstaan. Ik wist dat het net leek alsof ik maar een beetje doelloos rondhing, maar al die inwendige kwellingen slopen je gewoon.

Mensen worden ziek en soms worden ze beter en soms niet. En het maakt niets uit of die ziekte nu kanker is of depressie. Af en toe werken medicijnen en af en toe werken ze niet. Af en toe werken ze een tijdje en dan niet meer. Soms helpt zo'n alternatieve aanpak en soms niet. En soms vraag je je af of ingrepen van buitenaf ook maar enig verschil maken, of een ziekte niet gewoon net een storm is die uit moet razen. En als alles voorbij is, leef je nog steeds, als je tenminste sterk genoeg bent. Anders ben je dood.

Jezus christus, daar had je Walter Wolcott weer!

Hij sprong uit zijn auto, bonsde op Birdies voordeur en keek door de ramen aan de voorkant naar binnen. Met de subtiliteit van een moker.

Ik zag hem naar een regenpijp kijken alsof hij zich afvroeg of hij op die manier naar boven kon klimmen om door de slaapkamerramen te gluren.

'Die houdt jouw gewicht nooit,' riep ik. 'Op die manier valt het hele huis om!'

Hij wierp me een boze blik toe en ik wuifde hem even vrolijk toe, voordat ik wegreed.

Ik bleef in noordelijk richting rijden. Om de een of andere reden moest ik aan Antonia Kelly denken, de vrouw die mijn psychiater was geweest.

Ze was heel anders dan ik had verwacht. Ik hoefde bij haar niet op een bank te liggen en vragen te beantwoorden over mijn jeugd of mijn dromen. Ze kaatste de vragen die ik haar stelde niet terug door te vragen hoe ik er zelf over dacht.

Ze was het enige wat ze moest zijn: een vriendin voor me. En toevallig ook mijn enige vriendin. Ze was de enige persoon bij wie ik ronduit voor mijn mening kon uitkomen en ze veroordeelde me nooit.

Ze zei bijvoorbeeld: 'Hoe gaat het met je, Helen?' En dan kon ik antwoorden met: 'Ik heb erover lopen denken om een broodmes te pakken en mijn maag eruit te snijden. Als ik daar maar van af ben, dan gaan die gevoelens misschien ook weg.'

Dan barstte ze echt niet in tranen uit. En ze zei ook niet dat ik sterk moest zijn. Of dat ze het vreselijk zou vinden als ik doodging. En ze belde ook niet met een van mijn zusjes om te zeggen dat ik een egoïstische, genotzuchtige zeurpiet was.

Ik hoefde voor haar niet te verbergen hoe afschuwelijk ik me voelde. Ze had alles al eerder meegemaakt en ze keek nergens van op.

Al vrij vroeg in onze 'relatie' zat ik een keer in haar wachtkamer en pakte op goed geluk een van haar boeken van de plank. Het viel open op een bepaalde bladzijde en mijn oog viel op één zinnetje: 'Op een bepaald moment in hun carrière zullen veel psychiaters een cliënt verliezen door zelfmoord.'

343

En dat gold ook voor Antonia Kelly, dat wist ik zeker. Ze had een cliënt verloren door zelfmoord. En ik dacht: Prima, zij weet tenminste waarmee ze te maken heeft.

Ze maakte me niet beter. Ze droeg geen redenen aan waarom ik dood wilde. Maar ze speelde wel iets klaar wat bijna onmogelijk had geleken: ze was tegelijkertijd afstandelijk en vol mededogen. Dat afstandelijke... nou ja, ik betekende niets voor haar. Twee keer per week kreeg ik een uur waarin ik de walgelijke gedachten die door mijn hoofd spoelden een beetje kon afremmen door ze hardop uit te spreken en zelf te horen hoe ze klonken, zonder dat ik me zorgen hoefde te maken over het effect dat ze op haar hadden.

Tegelijkertijd wist ik best dat ze om me gaf. Ik wist niet precies welke nare dingen ze zelf allemaal had meegemaakt, ook al had ik dat wel gevraagd. Maar natuurlijk wilde ze daar niets over kwijt en ze wou zelfs niet met me praten over haar beeldige zwarte Audi TT, waarin ik haar op een dag toevallig had zien rijden, maar ik wist dat ze andere mensen tegenover zich had gehad die dezelfde kwellingen doormaakten. Ik was niet alleen. Ik was niet de enige.

Hoewel ik haar moest betalen en nooit die kleine dingen over haar te weten kwam die je normaal ontdekt over mensen met wie je een band hebt – bijvoorbeeld of ze een vriend hebben en of ze ook last krijgen van hun tanden als ze een ijsje eten en of ze misschien vallen op rode setters was ze toch een echte vriendin voor me. Ze liep vastberaden samen met mij door de met stenen bezaaide, inktzwarte nachtmerrie. Ze kon niet voorkomen dat ik om de haverklap struikelde en ze kon me niets geven tegen de pijn, maar ze moedigde me wel aan om door te gaan.

Om het maar eens grof te zeggen, ze zorgde dat ik in leven bleef.

Ik vroeg me af of ik haar moest bellen om te vragen of ik een afspraak kon maken. Maar iets hield me tegen en uiteindelijk kwam ik tot de conclusie dat het mijn eergevoel was. Ik was zo trots geweest toen ik na meer dan een jaar therapie ten slotte goed genoeg was om ermee te stoppen. Toen we afscheid namen, had ze gezegd dat haar deur altijd openstond en ik had vrolijk geantwoord dat het fijn was om dat te weten. Maar dat had ik helemaal niet gemeend, ik was er vast van overtuigd dat ik voorgoed genezen was. Dus alleen al bij de gedachte dat ik met hangende pootjes naar haar terug moest, gaf me het gevoel dat ik enorm in gebreke was gebleven. Zo mocht ik er niet tegenaan kijken, ik wist zeker dat ze me dat zou vertellen, want therapie is een 'samenwerkingsverband' dat de meeste mensen een aantal keren in hun leven aangaan.

Terwijl ik daarover zat na te denken, reed ik bijna helemaal door tot aan Belfast, maakte rechtsomkeert op de ringweg rond Belfast en reed terug naar het zuiden. Tegen de tijd dat ik de noordelijke buitenwijken van Dublin aan de kust bereikte, was het bijna middernacht.

Ik reed nog even langs Birdie Salaman, maar ze was nog steeds in geen velden of wegen te zien en haar auto evenmin. De gordijnen waren niet dichtgetrokken, er was helemaal niets veranderd. Waar zou ze dan uithangen? Had haar afwezigheid iets te betekenen? Hield het verband met de verdwijning van Wayne? Of was ze gewoon een weekendje weg, op bezoek bij een vriendin – of misschien wel samen met een nieuw vriendje? Ik bedoel maar, waarom niet? Waarom zou ik niet gewoon voor de minst macabere oplossing kiezen?

Ik wist niet wat ik ervan moest denken toen ik terugreed naar het huis van Wayne en naar binnen ging. Ik deed de deur op het nachtslot en deed er zelfs de ketting op, want ik wilde niet dat Walter Wolcott onverwachts binnen zou komen. Ik had het volste recht om daar te zijn. Ik was... ja, echt, ik was aan het werk.

En trouwens, het zat er dik in dat hij ergens in North Antrim zat, zo'n tweehonderdvijftig kilometer hiervandaan, waar hij de eigenaresse van Hyacinth B&B uit haar bed trommelde om te horen of Wayne misschien onder een van haar perzikkleurige dekbedden lag te pitten. Hij ging grondig te werk, onze Walter Wolcott. Dat viel niet te ontkennen.

Ik had een telefoontje van Artie gemist, maar geen sms'je. Ik belde hem terug, maar ik kreeg meteen zijn voicemail. Ik had kennelijk te lang gewacht, hij lag waarschijnlijk al in bed. Maar vanmiddag waren we op een haastige, bijna vijandige manier uit elkaar gegaan en ik had graag een kans willen hebben om alles weer glad te strijken. Ik liet een vriendelijk berichtje achter met de opmerking dat ik hoopte dat alles in orde was met Bella en verbrak toen, met een onbehaaglijk gevoel, de verbinding en nam een slaappil. Dit keer een van mezelf.

Wayne zou er niets mee opschieten als ik te weinig slaap kreeg. Ik moest bij mijn volle verstand blijven, want morgenochtend zou er iets gebeuren, dat voelde ik gewoon. Ik voelde dat er iets aankwam.

En dat was ook zo. Al heel vroeg in de morgen kreeg ik een e-mail.

Maandag

53

Héél vroeg – om precies te zijn om dertien minuten voor zeven – werd ik wakker op de vloer van Waynes zitkamer. Ik had mezelf de luxe gegund van een kussen onder mijn zere hoofd, maar dat was de enige vrijheid die ik me veroorloofd had. Ondanks de slaappil was ik intuïtief wakker geworden. Ik pakte mijn telefoon en toen ik zag dat de e-mail binnen was, waarin Sharkey – de financiële hacker – verslag deed van alle bijzonderheden met betrekking tot Waynes bankrekening en creditcards, was ik meteen klaarwakker en trilde van verwachting. Nu zou ik precies kunnen zien waar Wayne de afgelopen vier dagen was geweest, waar hij had gelogeerd, wat hij had gekocht en hoeveel geld hij had opgenomen. Om van te watertanden.

Sharkey zei dat rekening was gehouden met alle details tot aan middernacht van de afgelopen dag, dus als er iets in de afgelopen zeven uur was gebeurd stond dat niet in het rapport, maar dat vond ik prima. Het enige wat ik nodig had was de informatie van de afgelopen vier dagen. Maar tot mijn grote schrik was er totaal niets gebeurd met Waynes kaarten. Helemaal niets. Sharkey had alle transacties van de afgelopen twee maanden bijgeleverd, maar afgelopen woensdagavond was alles met een ruk tot stilstand gekomen.

Ik staarde met grote ogen naar mijn telefoon en bleef maar heen en weer scrollen, in de hoop dat ik iets gemist had. Maar nee, er was echt niets gebeurd.

Oké, twee van Waynes creditcards zaten aan hun limiet, dus die had hij toch niet kunnen gebruiken, maar hij had nog een derde kaart waar nog meer dan genoeg op stond en hij had een pinpas.

Zijn laatste aankoop was een pizza geweest, om zes minuten over halftien op woensdagavond en vanaf dat moment waren er geen transacties meer geweest op zijn drie creditcards, hij had geen enkele aankoop met zijn pinpas gemaakt en ook geen geld opgenomen bij een betaalautomaat.

Het leek alsof hij in rook was opgegaan.

Van verbijstering bleef ik stokstijf zitten. Mijn hersenen weigerden dienst.

De volgende voor de hand liggende vraag was of er dan misschien een groot bedrag in contanten was opgenomen in de dagen voor Waynes verdwijning? En het antwoord was nee. Hij had afgelopen zondag honderd euro opgenomen, maar dat was normaal, hij had de gewoonte om elke paar dagen honderd euro contant geld op te nemen, kennelijk om wat geld op zak te hebben.

Maar waar kon hij dan uithangen als hij geen geld nodig had? Hoe was hij erin geslaagd om daar te komen? Je kunt geen auto huren, geen hotel boeken, geen maaltijd gebruiken, je kunt helemaal níéts doen zonder dat het op een kaart te zien is.

Heel even kreeg ik, net als bij het begin van deze opdracht, het gevoel dat Wayne dood was. Destijds dacht ik dat ik gewoon de toestand in mijn eigen hoofd verwarde met Waynes geestestoestand, maar nu we nul op het rekest hadden gekregen op al zijn kaarten, leek hij echt dood.

Maar nee, ik moest iets over het hoofd hebben gezien. Was het mogelijk dat Wayne nog een geheime creditcard had? Dat zou dan meteen inhouden dat hij alle administratieve gegevens daarvan vernietigd had en dat ging wel heel ver.

En hoe zat het dan met de informatie van Sharkey? Was die wel betrouwbaar? Absoluut. Hij (of misschien was het wel een 'zij') had niet alleen een smetteloze reputatie, maar hij had er ook massa's informatie bij gedaan die ik gemakkelijk kon controleren aan de hand van de gegevens in Waynes kantoor. Sharkey vermeldde alle hypotheekbedragen, de energierekeningen en de vaste lasten die Wayne de afgelopen twee maanden had betaald, allemaal voor het juiste bedrag en op de correcte data. Hij had er zelfs de recente betaling aan Waynes ziektekostenverzekering bij gedaan en ik wist dat die echt had plaatsgevonden, omdat Jay Parker de bevestiging open had gemaakt die per post was gekomen.

Wat was er dan aan de hand? Was Wayne echt betrokken bij iets wat het daglicht niet kon velen? Het angstaanjagende telefoontje van Harry Gilliam scheen daar wel op te wijzen. Maar Wayne leek daar helemaal geen type voor.

Zou hij dan uit vrije wil verdwenen zijn? Het punt is dat niemand ooit 'verdwijnt', niet echt tenminste. Iemand weet altijd waar hij of zij is. Ergens was iemand – misschien wel de ongrijpbare Gloria – die Wayne hielp.

Ik probeerde me te herinneren wat iedereen had gezegd toen ik hun had gevraagd om een slag in de lucht te doen. Er schuilt altijd een greintje waarheid in wat mensen zeggen, ook al hebben ze dat zelf niet door. In feite hoorde ik al te weten waar Wayne was. Ik beschikte over alle informatie. Ik wist alleen niet wat relevant was en wat niet.

Maar een gevoel van paniek welde in me op toen ik besefte dat ik langzaam maar zeker het hoofd in de schoot legde en dat mijn geestestoestand steeds slechter werd. Mijn batterijen begonnen leeg te raken en ik moest Wayne vinden voordat ik totaal kopje-onder ging.

Zou hij dan, zoals Frankie had vermoed, in een kampeerwagen rondrijden door Connemara om de brem te bewonderen? Nou, als dat waar was, wenste ik hem veel plezier, want Connemara was heel groot en vol met brem en in dat geval zou ik hem nooit kunnen vinden. Jay Parker had gezegd dat Wayne meedeed aan een taarteetwedstrijd in North Tipperary, maar een snelle zoektocht met behulp van Google had me al verteld dat een dergelijk evenement niet plaatsvond.

Roger St Leger had, zodra hij besloot niet meer lollig te doen, gezegd: 'Wayne is gewoon thuis en verstopt zich onder het bed.'

En wat was Zeezahs bijdrage ook alweer geweest? Een losse opmerking dat Wayne behoefte had gehad aan wat warmte en liefde van zijn ouders.

Ineens viel het kwartje: het maakte niet uit dat iedereen volhield dat Wayne zich niet op een voor de hand liggende plek verstopt had. Ik had zelf gezien hoe lief zijn familieleden waren. Als hij op de een of andere manier in moeilijkheden zat, dan was de kans groot dat hij zich tot een van hen zou wenden.

En er was nog iets wat plotseling tot me doordrong: luister nou maar naar Zeezah.

Daarna vroeg ik me ineens af of ze Roger St Leger echt in het kruis had gegrepen. Had ze dat werkelijk gedaan?

Clonakilty lag op honderdvijftig kilometer afstand, en dat betekende dat ik een lange rit voor de boeg had, terwijl ik luisterde naar Tom Dunne op de radio. Heel even had ik het gevoel dat er echt een god vol mededogen bestond. Ik was dol op Tom Dunne, echt dol. Het gevaar bestond dat ik op weg was om een fanatieke fan van Tom Dunne te worden.

Voordat ik aan mijn odyssee begon, controleerde ik nog even snel in Waynes badkamerspiegel hoe het met mijn verwondingen stond. Mijn linkeroog was niet meer zo bloeddoorlopen en hoewel mijn voorhoofd er niet bepaald op was vooruitgegaan – de kneuzing begon al donkerpaars te worden – kon ik dat gemakkelijk onder make-up en mijn pony verstoppen. Als je naar me keek, zag je echt niet meteen dat ik een levensgrote jaap in mijn gezicht had. Dat was mooi. Ik stond op het punt om een stel normale doorsneeburgers te ontmoeten en die zijn meestal nogal argwanend als ze te maken krijgen met mensen die eruitzien alsof ze regelmatig op de vuist gaan.

Ik wilde Artie bellen, maar daarvoor was het nog te vroeg. Hij zou me waarschijnlijk gauw genoeg zelf bellen, maar ik kon ook elk moment een telefoontje van Jay Parker verwachten om te horen hoe de zaak er voor stond en ik had geen zin om hem het nieuws te vertellen dat Waynes creditcards op non-actief stonden, dus zette ik het geluid van mijn telefoon uit.

Ik at een paar handjes Cheerios op, nam mijn geliefde pil in met een fikse teug uit een grote fles cola light en stapte in mijn auto. Ik reed weg in de wetenschap dat Tom Dunne over een tijdje te horen zou zijn en ik dacht dat ik het vandaag waarschijnlijk wel zou redden.

54

Dank je, pratende kaart. Ik vond het ouderpaar Diffney zonder enige moeite. Een vrijstaande bungalow. Een volgroeide tuin. Enorme rozen. Carol in de voortuin in een gebloemde rok en op klompen. Tuinhandschoenen. Snoeischaar. Zo'n speciaal ding om op te knielen als je moet wieden. Die worden altijd in catalogi aangeboden. Meer hoef ik niet te zeggen, jullie begrijpen het wel. Toen ik aan kwam lopen stond ze op. Verbeeldde ik me het of keek ze een beetje argwanend? Een vrouw die iets te verbergen had: zou dat misschien een volwassen man onder het bed in haar logeerkamer kunnen zijn?

Ik stelde mezelf voor. 'Volgens mij heeft John Joseph Hartley u een paar dagen geleden gebeld over Wayne.' Ineens vroeg ik me af of John Joseph haar echt had gebeld.

Ze knikte.

'Kunnen we binnen even verder praten?' vroeg ik.

'Oké.' Ze liep met me naar de keuken. Leuk, licht, vrolijk, precies zoals ik had verwacht. Een rekje met mokken, een kruidenrek, foto's van de kleinkinderen, een memobordje van kurk met een oproep voor een borstonderzoek. Niets wat ook maar in de verte naar Wayne verwees.

'Is meneer Diffney ook thuis?' vroeg ik.

'Hij is op zijn werk.'

Dat overviel me, een ouder iemand met een echte baan.

'Wil je een kopje thee?' vroeg Carol.

Ik had nog liever mijn oogballen in brand gestoken, maar ik wist hoe het hoorde. 'Heel graag. Lekker sterk.'

Ik liet haar aanrommelen met haar ketels en de rest, maar ik bleef haar in de gaten houden. Ze leek niet blij met mijn aanwezigheid.

'Zoals John Joseph u heeft verteld,' zei ik, 'wordt Wayne vermist. Is hij hier?'

Verrast keek ze me aan. 'Nee.'

'Waar is hij dan?'

'Dat weet ik niet.'

Loog ze? Door dat losse permanentje en haar nette manieren ging ik er automatisch van uit dat ze eerlijk was. Een belachelijk vooroordeel van mijn kant, natuurlijk. Als ze aan het bier had gezeten en uitgedost was in een met as besmeurd joggingpak zou mijn opinie vast heel anders zijn geweest.

'Wanneer hebt u hem het laatst gesproken?'

'Woensdag, vroeg in de middag, geloof ik.'

'Hoe klonk hij volgens u?'

'Nou ja, hij had het druk, denk ik, met al die repetities. Maar verder goed.'

'Heeft hij dit al eerder gedaan? Onderduiken?'

'Nee, nooit.'

'Maakt u zich geen zorgen?' vroeg ik. 'Moet u de politie niet waarschuwen?'

'... maar John Joseph heeft tegen me gezegd dat de politie niet geïnteresseerd is.'

Juist. Dus John Joseph stond echt in nauw contact met de Diffneys.

'Zou u het toch niet nog een keer proberen? Om de politie te bellen?'

Ze keek strak naar haar geel met wit geblokte tafelkleed. 'Dat weet ik niet.' Ze klonk alsof ze ieder moment in tranen kon uitbarsten. 'Dat moet ik eerst met Waynes vader bespreken.'

Carol Diffney, met haar discrete gouden oorbelletjes en haar Liefste Oma Ter Wereld-mokken, leek zo onschuldig als een lam. Maar je kon niet weten. Al die moederliefde en wat daarbij komt kijken maken dat ze bereid zijn om alles voor hun kinderen te doen. Denk maar aan Dot Cotton en wat die allemaal voor die ondankbare zoon van haar overhad.

'Bent u niet bang dat Wayne bij iets misdadigs is betrokken?' vroeg ik.

'Geen denken aan!' Een korte opleving van burgerlijke 'zoiets-doet-mijn-zoon-niet'-verontwaardiging.

'Oké. Maar maakt u zich dan geen zorgen? Hij wordt al vier dagen vermist.'

Ze bleef een hele tijd stil en keek me toen aan. 'Wayne is een lieve jongen, een fijne vent. Wij, als familie, weten zeker dat hij woensdagavond op dat podium zal staan. We weten gewoon dat hij zijn vrienden niet in de steek zal laten.'

Ik nam haar letterlijk. 'Hoe weet u dat? Heeft hij u dat verteld?'

'Nee. Dat weten we gewoon omdat we weten hoe hij is. Hij zal zijn vrienden niet in de steek laten.'

'Juist...'

'Ondertussen vraag ik je als zijn moeder,' zei ze, 'blijf bij Wayne uit de buurt.'

Blijf bij Wayne uit de buurt. Dat waren precies dezelfde woorden die de Mysterieuze Mepper van Dublin had gebruikt. En deze vrouw, deze brave huismoeder, zou vast wel een deegroller hebben, zo'n moderne witte die een beetje op een politieknuppel leek.

'U!' Ik wees beschuldigend naar haar. 'U hebt me die klap verkocht!' Ik veegde het haar van mijn voorhoofd en liet haar mijn gekneusde voorhoofd in al zijn donkerpaarse glorie zien. 'Kijk eens wat u me hebt aangedaan!'

'Neem me... niet kwalijk!' Ze zag er zo ontzet uit dat ik even bang werd dat ze flauw zou vallen. 'Ik heb nog nooit iemand geslagen! Alleen mijn kinderen, toen ze nog klein waren en dat was alleen maar omdat dat toen heel gebruikelijk was. Nu zou je meteen beschuldigd worden van mishandeling, maar destijds was het heel normaal om ze af en toe een pak op de broek te geven.'

'Maar dat was precies hetzelfde wat die persoon zei toen ik werd neergeknuppeld: *Blijf bij Wayne uit de buurt.*'

Haar stem trilde toen ze zei: 'Ik kan je verzekeren dat ik dat niet ben geweest.'

Maar ik was niet helemaal overtuigd... ik bleef Carol een tijdje strak aankijken en daardoor kromp ze wel in elkaar, maar ze zei niets. Dus veranderde ik van tactiek: 'Wie is Gloria?'

'Gloria?' Carols stem haperde. 'Ik heb hem nooit over een Gloria horen praten.'

'U klinkt alsof dat wel zo is.'

'Nee, dat is niet waar.'

'Vertel me alsjeblieft waar Wayne is.'

'Ik weet niet waar hij is. Dat zweer ik. Hou nu alsjeblieft op met al die vragen,' zei ze rustig en waardig. 'Ik zou het op prijs stellen als je nu vertrok.'

'Mevrouw Diffney?' Ik wist niet zeker of ik haar het best met respect kon behandelen of een wat intiemere benadering moest kiezen door haar voornaam te gebruiken, dus koos ik maar voor een dubbele aanpak. 'Mevrouw Diffney, Carol... mag ik je Carol noemen? Er is nog iemand op zoek naar Wayne, een andere privédetective. Een man en lang niet zo aardig als ik. Als hij Wayne vindt dan zal hij hem aan de kaak stellen, wat er ook aan de hand is. Als ik hem het eerst vind, kan ik hem misschien helpen.'

Maar Carol week geen duimbreed. Ik had geen flauw idee of ze echt iets wist. Ze vroeg opnieuw of ik weg wilde gaan.

Onze impasse werd doorbroken toen de voordeur openging en een vrouwenstem zei: 'Ik ben het, mam. Ik kwam toevallig voorbij. Van wie is die zwarte auto die voor de deur staat?'

Ik herkende de vrouw die de keuken binnen kwam waaien van de video van het feestje ter gelegenheid van Carols vijfenzestigste verjaardag. Het was Waynes zus Connie. Zij had gezellig samen met een glaasje rode wijn zitten kletsen met Vicky, Waynes schoonzusje, toen Rowan ineens binnen kwam vallen met zijn camera en een vertrouwelijke opmerking over een van hun vriendinnen opving. Iets in de trant van 'ze kan niet tussen die twee kiezen'.

'Hallo, lieverd.' Carol gaf Connie een knuffel en draaide zich toen om naar mij. 'Dit meisje... Helen, heette je toch? Ze is op zoek naar Wayne.'

En tegen mij: 'Dit is Connie, Waynes zus. Ze woont hier vlakbij.'

Connie wierp een zenuwachtige blik op mijn voorhoofd en ik veegde haastig mijn pony terug om de schade te verbergen. 'Aangenaam kennis te maken, Connie,' zei ik. 'Weet jij toevallig waar Wayne uithangt?'

Ze schudde haar hoofd.

'Ik zei net al tegen je moeder dat er nog iemand op zoek is naar Wayne, een man, een voormalige politieman, en hij is niet zo aardig als ik ben. Het zou voor Wayne een stuk beter zijn als ik hem vind in plaats van die ander. Dus als jullie toch nog iets te binnen schiet, moeten jullie me maar bellen.'

Ik gaf haar mijn kaartje en ze keek naar al die weggekraste nummers. 'Oké, Helen Walsh, voor wie werk jij eigenlijk? Wie betaalt je?' Deze Connie was een veel fellere tante dan haar moeder.

'Jay Parker, de manager van Laddz. En eigenlijk ook voor John Joseph.'

'Voor John Joseph?'

'Ja.'

'Heb je gezien wat er gisteren allemaal in de kranten stond over hem en Zeezah? Ze zijn ontzettend verliefd. En nu er een kleintje komt... Ze zullen wel volmaakt gelukkig zijn.'

Connie klonk heel beleefd en helemaal niet zo spottend als bijvoorbeeld Roger St Leger was geweest, maar toch was er iets vreemds aan de hand. Het was net alsof ze me een seintje wilde geven.

'Wou je zeggen dat Zeezah niet zwanger is?' vroeg ik voorzichtig.

'Nou ja, dat idee hadden we allemaal al.' Ik probeerde met behulp van humor een band met haar te krijgen. 'Volgens mijn moeder is ze een man. Net als Lady Gaga.'

'O, maar dat zeg ik helemaal niet,' zei ze en ik keek haar aan. Ze probeerde me een hint te geven, maar mijn hersenen werkten niet snel genoeg om op te pikken wat ze bedoelde.

'Wat bedoel je dan precies?'

'Helemaal niets. Gewoon dat ze vast volmaakt gelukkig zijn, nu er een kindje op komst is.'

Ik gaf het op. Mijn arme doorsneebrein was niet gemaakt voor al die subtiele onderhuidse mededelingen.

'Ik loop wel even met je mee naar de voordeur,' zei Connie.

O, nee, hoor! Na die lange rit kwamen ze niet zo gemakkelijk van me af.

'Ik moet een heel eind terugrijden naar Dublin. Mag ik even gebruikmaken van het toilet?'

Carol en Connie keken elkaar aan. Ze vonden het niet leuk, maar ze waren te beleefd om nee te zeggen. Het toilet was achter in de bungalow en Connie liep met me mee door de gang. Onderweg bestudeerde ik elk vertrek waar we langskwamen grondig – de zitkamer, de eetkamer, een studeerkamer, een tweepersoons-slaapkamer en een eenpersoonsslaapkamer. Maar er was helemaal niets, geen schoen en geen tube haargel, waaruit ik kon opmaken dat Wayne zich hier bevond.

Vlak voordat we bij het toilet waren, was er nog een slaapkamer. De deur stond halfopen en voor zover ik kon zien, zag het eruit als een jongenskamer: twee eenpersoons bedden en posters met iets roods aan de muur (die zouden wel iets met voetbal te maken hebben). Voordat Connie wist wat er aan de hand was, schoot ik al naar binnen, liet mezelf languit op de vloer vallen en keek onder de bedden.

357

Niets. Niet eens stofnesten.

Connie hees me met een ruk overeind en zei boos: 'Ik heb toch gezegd dat hij niet hier is.' Ze herhaalde het nog een keer. 'Dat zei ik toch.'

Maar wat had ze gezegd? Wat was me ontgaan?

'Mijn moeder heeft het al moeilijk genoeg zonder dat ze wordt lastiggevallen door mensen zoals jij,' siste ze.

'Zeg nou alleen maar wat je me wilde vertellen,' smeekte ik. 'Het spijt me dat ik zo traag ben, daar kan ik ook niets aan doen, normaal gesproken ben ik niet zo dom...'

Ze duwde me in de richting van het toilet. 'Ga nou maar gauw een plasje doen,' zei ze. 'En laat onze familie met rust.'

Nadat ik weg was gereden gaf ik de pratende kaart meteen opdracht om Connies huis te zoeken. Dat was vlakbij, in een vrij grote wijk met solide ogende twee-onder-een-kapwoningen.

Ik stopte voor de deur en keek naar het huis. Het zag er bijzonder stil uit, alsof er geen ademende mensen binnen waren. Maar toch zou ik even goed rondneuzen en kijken of ik op de een of andere manier binnen kon komen.

Toen zag ik dat er een auto achter me stopte.

Jezus nog aan toe, dat was Connie en ze zag er echt woedend uit!

'Kom maar op,' schreeuwde ze tegen me terwijl ze uit haar auto sprong en haar sleutels uit haar handtas viste. 'Kom maar mee naar binnen. Dan kun je mijn huis en alle troep erin bewonderen.'

Dat aanbod kon ik niet afslaan, hoewel, als Connie zo hartelijk was – nou nee, dat was niet echt het goeie woord – was de kans waarschijnlijk miniem dat Wayne daar zou zijn.

Ze duwde de voordeur open, schakelde het alarm uit en zei: 'De hal, zoals je ziet.' Die lag vol met sportschoenen, T-shirts met capuchons en speelgoed en het rook er naar tienerjochies.

'Hier is de zitkamer,' zei ze. 'Hop, naar binnen. Zie je hem al? Ik zou maar op de grond gaan liggen om onder de bank te kijken.'

'Nee, dat hoeft n...'

'Vooruit,' beval ze, nog steeds ziedend. 'Liggen.'

Dus ging ik maar op de grond liggen. Dat leek me het veiligst. Ze nam me mee naar een slonzige keuken, een nog slonziger hobbykamertje en het toilet op de begane grond. Onderweg trok ze overal kasten en lades open. Ze nam me zelfs mee naar de achtertuin en stond erop dat ik in het schuurtje keek. Ik heb een hekel aan schuren. Ze staan niet op mijn Schoplijst, maar ik vind ze gewoon doodeng, met al die vreemde schimmelluchtjes, rare fietsen en oude blikken verf.

'Terug naar binnen. Dan kunnen we meteen door naar boven,' zei ze. Ze liep voor me uit naar vier rommelige slaapkamers en dwong me om in kasten te stappen en onder elk bed te kijken. Ze nam me mee naar de badkamer en rukte het douchegordijn zo boos opzij dat ik bang was dat ze de stang uit de muur zou rukken.

'Bedankt,' zei ik terwijl ik achteruitweek naar de overloop. 'Hij is niet hier. Neem me niet kwalijk dat ik je lastig heb gevallen.'

'O, we zijn nog niet klaar,' zei ze. 'Vergeet de vliering niet.' Voordat ik wist wat er gebeurde, had ze al een lange stok met een haak in de hand die ze gebruikte om een luik open te duwen en een wiebelige trap naar beneden te trekken.

'Hier heb je een zaklantaarn,' zei ze. 'Ga maar naar boven en kijk maar goed rond.'

Ik gehoorzaamde met tegenzin.

'Zie je al iets?' riep Connie terwijl ik in de schemering rond stommelde. 'Een matras bijvoorbeeld? Of een kaars, een doosje lucifers en een beduimeld exemplaar van *De Gebroeders Karamazov?*'

God, wat was ze sarcastisch.

Ik liep de trap weer af en ik stond nog maar nauwelijks op de grond toen Connie de trap met een boze schop weer op de plaats duwde.

'Moet je nog een plasje doen?' vroeg ze. 'Per slot van rekening is het een heel eind naar Dublin.'

Er was niets op de radio toen ik aan de naargeestige tocht terug naar huis begon, dus ik moest wel naar een van die lunchprogramma's luisteren waar ik zo'n hekel aan heb. Alleen maar zakennieuws en doem en ellende. 'Blablabla banken blablabla schuldenlast bla-blabla moeilijke tijden...' Ik zat in de put. Diep in de put.

55

Toen ik ongeveer twintig minuten onderweg was, werd ik bekropen door een gevoel van paniek dat me duizelig maakte. Het was maandagmiddag – hoe kon het nu ineens al maandagmiddag zijn? – het eerste optreden van Laddz was over ongeveer achtenveertig uur en Wayne was nog steeds onvindbaar. Iedere weg die ik insloeg, liep dood en het enige wat overbleef, waren de telefoongegevens van Wayne die tot op heden schitterden door afwezigheid.

Ik ging even langs de kant van de weg staan om nog een smekend e-mailtje naar de Telefoonman te sturen met de vraag wanneer ik die tegemoet kon zien.

Ik durfde niet eens naar mijn gemiste oproepen te kijken – vierentwintig stuks – omdat ik wist dat Jay Parker me de hele ochtend had gebeld. Ik zou alles met het grootste genoegen gewist hebben zonder ernaar te kijken, maar ik moest de lijst wel afwerken omdat ik me afvroeg of Artie gebeld had. Dat was inderdaad het geval, één keer rond een uur of elf 's ochtends en hij had geen boodschap achtergelaten. Ik belde hem terug en werd meteen doorgeschakeld naar voicemail.

Ik verbrak de verbinding en ging weer op weg naar Dublin.

Onder het rijden besloot ik dat ik beter even kon checken hoe het met Birdie Salaman was. Alleen maar voor het geval zij ook was ondergedoken, net als Wayne. Christus, daar zat ik net op te wachten.

Ik zette mijn telefoon op handsfree – veiligheid voor alles – en belde Brown Bags Please.

De ontevreden moeke die zo dol was op cornetto's nam op.

'Brown Bags Please.'

'Mag ik Birdie Salaman?'

'Momentje.'

Na een klikje hoorde ik een vriendelijke meisjesstem zeggen: 'Met Birdie Salaman. Waarmee kan ik u van dienst zijn?'

Goed, als ze op haar werk zat, was er niets aan de hand. Ik had haar het liefst willen vragen waar ze gisteren de hele dag was geweest, maar ik verbrak de verbinding zonder iets te zeggen.

Meteen daarna begon mijn telefoon te rinkelen. Het was Bella.

'Helen? Met Bella Devlin.'

'Hoe is het met je, lieverd? Ben je al een beetje bekomen van gisteren? Zit je vol blauwe plekken?'

'Alles is in orde, hoor. Ik ben alleen vreselijk geschrokken. Ik bel je omdat ik je iets moet vertellen. Gisteravond, toen mam hier was...'

'Was Vonnie er alweer?' Het ontglipte me voordat ik me kon inhouden. Zoiets moest ik eigenlijk niet tegen Bella zeggen, dat was niet netjes. Maar Vonnie was zo'n beetje elke avond bij Artie geweest sinds... ja, sinds wanneer ook alweer? Sinds donderdagavond. En werd het niet hoog tijd dat zij de kinderen weer een tijdje nam?

'Ja,' zei Bella nadenkend. 'Ik denk dat ze zich een beetje eenzaam voelt, nu het uit is met Steffan.'

'Is het uit tussen haar en Steffan? Sinds wanneer?' En waarom heeft niemand me dat verteld?

'Dat weet ik niet precies, maar niet erg lang geleden, volgens mij. Mam vertelde het pas gisteravond. Maar ik voelde al een tijdje dat er iets mis was met haar. Mag ik je nu mijn leuke verhaal vertellen?'

'Sorry, Bella, ga maar door.'

'Mam en ik vonden in een van de kasten een prachtige roze pyjama. Die was niet eens uit de verpakking gehaald. We dachten dat iemand die een keer aan Iona had gegeven, maar jij weet net zo goed als ik dat Iona nooit iets met roze heeft gehad.' Dat klonk een beetje smalend.

Ik wist niet hoe Bella op het idee was gekomen dat ik wel iets met roze had. Ik denk dat ze het gewoon geloofde omdat ze wilde dat het zo was.

'En weet je wat nou het mooiste is, Helen? Die is voor een leeftijd van vijftien of zestien, dus hij past jou vast! Dan kun je die aan als je een nachtje bij me blijft slapen!'

'Fantastisch!' zei ik. Het kostte me zoveel moeite om enthousiast te klinken dat ik er bijna in bleef. 'Ik zit op dit moment in de auto, lieverd, dus ik kan beter ophangen. Maar bedankt, hoor! En we zien elkaar gauw!'

Ik reed veel te hard terug, maar ik was om halfvier weer terug in Dublin, waar ik heel even overwoog om een afspraak te maken met dokter Waterbury, maar dat had toch geen zin. Hij had me antidepressiva voorgeschreven en een hoge dosis op de koop toe, verder kon hij niets voor me doen. Ik mocht dokter Waterbury graag. Hij kon er ook niets aan doen dat hij zo verdomd nutteloos was. Dat gold voor alle dokters. Geen mens scheen zich dat te realiseren, maar het was wel zo. Ik kon precies hetzelfde doen als zij. Het was puur gissen – laten we dit tabletje maar eens proberen en kijken of dat werkt en als dat niet zo is, proberen we gewoon een ander tabletje en als dat ook niet werkt, proberen we weer een ander en als we geen tabletjes meer hebben zeggen we gewoon dat het je eigen schuld is.

Nee, ik zou er geen moer mee opschieten als ik naar de dokter ging.

In plaats daarvan reed ik naar Mercy Close, om te zien of Nicholas, de laatste buurman die ik nog niet had gesproken, inmiddels thuis was gekomen. En dat was inderdaad het geval. Hij stond voor het huis spullen uit zijn auto, een soort jeep, te halen. Op het dak lag een surfplank.

Ik stelde me voor, zei zo vaag mogelijk dat ik iets voor Wayne aan het uitzoeken was en vroeg of ik hem even kon spreken.

'Je hebt geluk,' zei hij. 'Tien minuten eerder en ik was nog niet thuis geweest. Ik heb een paar dagen in Sligo gezeten.'

Hij was niet de jonge surfgek die ik me voor de geest had gehaald toen Cain en Daisy het over hem hadden. Hij was misschien al wel achter in de veertig, met een verweerde huid vol gesprongen adertjes en springerig haar dat al een beetje grijs werd.

'Een momentje,' zei hij. 'Ik moet even deze spullen naar binnen brengen.'

Zodra dat was gebeurd schoot hij een paar Birkenstocks aan (op de Schoplijst... en hoog!) en nam me mee naar de achtertuin om even te praten. Hij was kennelijk een echt buitenmens en die vind ik niet vervelend genoeg om ze op de Schoplijst te zetten, maar ik kon er geen enkel begrip voor opbrengen.

Nicholas had speciale houten tuinstoelen met een voetsteun, dus hij bracht kennelijk veel tijd door in zijn tuin.

Hij leunde achterover en sloot zijn ogen. 'Ooo, moet je die zon op je gezicht voelen.'

Uit beleefdheid probeerde ik het vijf seconden. Daarna deed ik mijn ogen weer open, ging rechtop zitten en vroeg: 'Hoe goed ken jij Wayne?'

'Niet echt goed. We groeten elkaar en maken wel eens een babbeltje.'

'Is dat alles? Maar jullie wonen vlak naast elkaar.'

'Ja, maar ik ben vaak weg, naar de westkust. Ik surf, ik maak trektochten, ik doe aan rotsklimmen. En Wayne is ook vaak weg voor zijn werk. Maar weet je wat nou zo grappig is?' Hij grinnikte even. 'Het was nooit tot me doorgedrongen dat ik naast een superster woonde. Natuurlijk wist ik wel dat Wayne ooit in Laddz had gezeten, maar sinds zaterdagavond en al dat gedoe over die reünie staat het hele land op z'n kop! Iedereen is diep onder de indruk omdat ik naast hem woon. Zelfs mensen van wie je zou denken dat ze niets van jongensgroepen moeten hebben. Had jij verwacht dat ze zo geliefd waren?'

'Ik weet wat je bedoelt. Zelfs mijn zus Claire wil naar een van die concerten en dat is helemaal niets voor haar.'

'Ik heb gehoord dat er nog een paar extra concerten zijn toegevoegd...'

'Extra concerten?' Ik voelde een vage paniek opwellen. 'Meer dan één? Ik dacht dat ze het bij één extra optreden zouden houden.'

'O nee,' zei hij. 'Ik heb het net op de radio gehoord. In de auto. Ze doen alleen al in Ierland acht extra concerten. En nog een paar in Groot-Brittannië. En er komt ook een kerst-dvd. Zo krijgen ze echt een nieuwe kans. Jezus,' zei hij nadenkend, 'misschien ga ik zelf ook wel een keer. Misschien kan ik een paar vrijkaartjes van Wayne krijgen. Dat zal vast wel. Hij is een aardige vent.'

Toen ik eraan dacht hoeveel ervan afhing dat Wayne weer kwam opdagen raakte ik helemaal overstuur, dus besloot ik om maar verder te gaan over Gloria.

'Ik weet wel dat het een netelige vraag lijkt, maar heeft Wayne de laatste tijd nog damesbezoek gehad?'

'Ja. De laatste… precies hoelang weet ik niet, maar toch zeker de laatste paar maanden kwam er regelmatig een meisje op bezoek.'

'Kun je haar beschrijven?' Ik durfde nauwelijks adem te halen.

Hij dacht even na. 'Nee, eigenlijk niet,' zei hij. 'Nu ik erover nadenk, leek ze altijd een zonnebril op te hebben. En een honkbalpetje. Maar we hebben tot dusver een heerlijke lente en zomer gehad, dus waarom niet?'

'Was ze klein?' vroeg ik. 'Of lang? Dik of dun?'

'Ik weet het niet. Gemiddeld.'

Gemiddeld. Daar schoot ik een eind mee op. Maar ik had in dat opzicht ook geen hulp mogen verwachten, want Nicholas was gewoon niet iemand die op uiterlijkheden lette.

Ik liet hem de foto van Birdie zien. "Was ze dit?'

'Nee, dat is zijn ex-vriendin. Ik weet verder geen bijzonderheden, maar met haar was het al tijden uit.'

'Goed, in wat voor soort auto reed die vrouw?'

Hij schudde zijn hoofd. 'Geen auto. Als ze reed, dan zette ze de auto niet in Mercy Close. Maar ze kan natuurlijk ook met het openbaar vervoer zijn gekomen.'

'Je bent toch niet toevallig afgelopen woensdagavond of donderdagochtend thuis geweest, hè?' vroeg ik.

Daar moest hij even over nadenken. 'Ik was hier woensdagavond, donderdagochtend vroeg ben ik naar de westkust vertrokken.'

'Is je woensdagavond iets bijzonders opgevallen?'

Ik verwachtte het gebruikelijke 'Wat voor bijzonders?', maar tot mijn verbazing (categorie: verbijsterend) zei hij: 'Ja. Ik hoorde harde stemmen uit het huis van Wayne komen. Hij en nog iemand, waarschijnlijk een vrouw, hadden het behoorlijk aan de stok.'

'Echt waar?'

'Ja.'

O, mijn god! 'Heb je er iets van verstaan?'

Hij schudde spijtig zijn hoofd. 'Ik vroeg me wel af of ik ernaartoe moest gaan, maar na een poosje hielden ze op. Tot mijn grote opluchting, eerlijk gezegd. Het is niet bepaald leuk om inbreuk te maken op iemands privacy. Als mensen even lekker tegen elkaar willen schreeuwen, moet je ze maar gewoon hun gang laten gaan, hè?'

'Ja, natuurlijk. Zeker. Maar volgens jou waren het wel Wayne en die mysterieuze vrouw?'

'Dat durf ik niet te zeggen. Het zou kunnen.'

'Oké, maar je weet wel zeker dat het Wayne was?'

Nicholas dacht weer even na. 'Ja. Ik ken zijn stem goed.'

'En het was absoluut een vrouw?'

Weer dat gepieker. Hij kneep zijn verweerde ogen half dicht. 'Ja.'

'En je hebt helemaal niets verstaan?' smeekte ik bijna. 'Eén woordje zou me al kunnen helpen.'

Hij schudde opnieuw zijn hoofd. 'Niets. Het spijt me. Meer kan ik niet voor je doen. Wil je een kopje brandnetelthee?'

'Nee.'

Een seconde te laat voegde ik eraan toe: 'Bedankt. Nee, bedankt.'

Toen ik het huis van Nicholas uit kwam, verschenen Cain en Daisy ineens op straat alsof ze net uit hun graf waren opgestaan en ze deden weer zo'n zombieachtige uitval naar me. 'Helen,' riepen ze. 'Helen.' Maar ik sprong in mijn auto en schoot met piepende banden weg. Goeie genade nog aan toe!

56

Ik moest nu toch echt naar het MusicDrome en ineens raakte ik weer in paniek. Als Wayne er een paar daagjes tussenuit wilde, had hij genoeg tijd gehad. Hij moest nu toch echt terugkomen. En als ík al een gevoel van paniek kreeg, hoe moest het dan zijn voor Jay, John Joseph en de anderen?

Ik zette het geluid van mijn telefoon aan en twee minuten later ging het toestel over. Anonieme oproep, maar ik nam toch maar aan. Ik kon me in dit stadium niet meer veroorloven iets te missen.

'Spreek ik met Helen Walsh?' vroeg een vrouwenstem.

'Met wie spreek ik?' vroeg ik argwanend.

'Met Birdie Salaman!'

Jezus christus!!

'Je spreekt met Helen,' zei ik, zo haastig dat ik me bijna verslikte.

'Ik wil met je praten over Gloria.' Ze klonk schel en bijna agressief.

'Wacht even, ik moet eerst...' Ik keek wanhopig om me heen, op zoek naar een parkeerplaats. Ik durfde bijna niet te geloven dat ze eindelijk bereid was om het achterste van haar tong te laten zien. Daaruit blijkt maar weer eens dat het af en toe wel degelijk zin heeft om mensen lastig te vallen.

Ik stopte bij een bushalte. Als er een bus kwam, moest die maar ergens anders gaan staan.

'Steek maar van wal, Birdie, ik ben een en al oor.' Ik snakte bijna naar adem van opwinding.

'Nee, niet via de telefoon. Kom maar naar mijn kantoor.'

Ik voegde weer in tussen het verkeer en reed rechtstreeks naar Birdie Salamans kantoor waar ik snel langs de receptie liep en naar de ontevreden moeke zwaaide. 'Ik heb een afspraak met Birdie,' zei ik luchtig en ik liep langs haar heen Birdies kantoor binnen.

Vandaag droeg Birdie een originele ouderwetse middagjapon met een motief van zwarte kersen. Haar lange haar hing los, met zo'n jaren veertig *victory roll* boven op haar hoofd en haar mond was volmaakt gestift in een knalrode tint. Ze was echt bijzonder stijlvol.

Ze keek op en leek niet echt over te lopen van vriendelijkheid.

'Ga zitten.' Ze wees met haar pen naar de stoel tegenover haar bureau en ik liet me er voorzichtig in zakken.

'Wat is er met je voorhoofd gebeurd?' vroeg ze.

'O.' Ik raakte het even met mijn hand aan. 'Iemand heeft me een klap op mijn hoofd gegeven.'

'Wie? Die stomme Walter Wolcott?'

'... zou kunnen. Heb je hem ontmoet?'

'Hij stond vanmorgen om halfacht bij me op de stoep en wilde een babbeltje maken. Zo opdringerig als de pest.' Ze wuifde even met haar hand. 'Maar ik wil niet over hem praten. Ik wil het over Gloria hebben. Wie is dat nou precies?'

'Waarom vraag je dat aan mij?' vroeg ik stomverbaasd.

'Eigenlijk zou het me niets mogen schelen,' zei ze, 'maar ik word er knettergek van. Ik wil weten wie ze is.'

'Ik heb geen flauw idee... jij zei dat je haar kende. Jij hebt mij gebeld.'

Ze keek me boos aan. 'Ik heb helemaal niet gezegd dat ik haar kende. Tot afgelopen vrijdag had ik nog nooit van haar gehoord, maar toen kwam jij hier en vroeg waar je haar kon vinden. Ik dacht dat ze misschien Waynes nieuwe vriendin was.'

'Is zij dan niet de vrouw voor wie Wayne het met jou uitgemaakt heeft?' vroeg ik timide.

'Nee.' Ze klonk geërgerd en toen verward. 'Wayne heeft het met mij uitgemaakt vanwege Zeezah.'

'Wat? Wayne en Zeezah?'

'Ik dacht dat je dat wel wist.'

'Hoe had ik dat moeten weten? Ik had geen flauw idee,' zei ik zwak. 'Wanneer? Wat is er gebeurd? Is het al lang geleden?'

'Ik weet niet precies wanneer hij voor het eerst is vreemdgegaan.' Ze klonk een beetje bitter. 'Maar ik heb het idee dat ze er afgelopen oktober of november mee begonnen.'

'Wat is er gebeurd?' Ik was verbijsterd. Gretig. Ik wilde het naadje van de kous weten. 'Wil je me dat vertellen?'

Ineens stonden de tranen in haar ogen. 'Wayne en ik waren echt gelukkig met elkaar, snap je?'

'Ja. Dat zag ik aan de foto.'

'Je had van die foto af moeten blijven. Dat is privébezit.'

'Ik weet het en het spijt me echt ontzettend.' Ik kon me niet veroorloven haar nog meer tegen me in het harnas te jagen. 'Maar hij wordt vermist, al sinds donderdag, en ik doe mijn uiterste best om hem te vinden. Het spijt me als ik me opdringerig heb gedragen, maar goed, je vertelde me net hoeveel Wayne en jij van elkaar hielden...'

Ze poetste ongeduldig haar tranen weg. 'We hebben ongeveer anderhalf jaar verkering gehad. Hij moest voortdurend voor zijn werk het land uit – naar Turkije, Egypte en Libanon – maar we hadden het goed samen. Toen leerde hij Zeezah kennen. En tegen die kont van haar kon ik niet op.'

'Die van jou ziet er anders ook heel lekker uit,' zei ik.

'Nee.' Ze schudde somber haar hoofd. 'Die kont van Zeezah is van wereldklasse. Daar kon ik echt niet tegenop. En tegen de rest ook niet,' vervolgde ze. 'Wayne zag meteen hoe talentvol ze was, hoeveel mogelijkheden ze had en ga zo maar door. Hij viel als een blok voor haar en kwam vervolgens op de proppen met een plan om haar ook buiten het Midden-Oosten populair te maken.'

'Dat was John Josephs idee.'

'Wayne kwam er eerder mee.'

'Wat? Meen je dat nou? Wanneer speelde zich dat allemaal af?'

'Eh, volgens mij is het afgelopen oktober allemaal begonnen. Elke keer als hij me belde, begon hij er weer over, hij was zo opgewonden. In november ging ik naar Istanbul om hem op te zoeken en toen ontmoette ik haar ook. En hoewel ze zogenaamd alleen maar collega's waren, kon Wayne het niet verbergen. Het was duidelijk dat hij stapelgek op haar was.'

'En dat was afgelopen oktober of november? Maar hoe kan het dan dat…' Ik telde het af op mijn vingers, '… vier maanden later, in maart, John Joseph Hartley haar naar Ierland heeft gehaald en met haar is getrouwd?'

'Toen Wayne John Joseph vertelde wat hij van plan was met Zeezah heeft John Joseph het allemaal van hem ingepikt: het idee, de beschermeling, als je dat tenminste zo wilt noemen, en zijn meisje.'

'Jemig,' zei ik. Ik moest het nieuws even laten bezinken. 'Jemig,' zei ik nog een keer. 'Dus al die praatjes over John Joseph die geen idee had dat Zeezah zo'n grote ster was en dat hij haar voor het eerst had horen zingen op de verjaardag van een vriendin… dat was gewoon gelul?' Geen wonder dat Roger St Leger zo smalend had gedaan.

'Ja. Heb je ze zaterdagavond bij Maurice McNice gezien? Ik weet niet hoe het kwam dat ik keek, normaal gesproken kijk in niet naar dat soort rotzooi, maar ik zat te zappen en toen zag ik ze ineens. Ik kon wel kotsen. Al die leugens.'

Ik moest ineens denken aan de schertsvertoning van John Joseph, toen ik hem om Birdies telefoonnummer had gevraagd en hij net had gedaan alsof hij niet wist waar Birdie woonde of werkte. 'Geen wonder dat John Joseph niet wilde dat ik met jou ging praten,' zei ik.

'Nee, geen wonder. Snoes.'

'Snoes?' zei ik. Toen drong het tot me door. 'O ja, snoes. Zei hij ook "snoes" tegen jou?'

'Nou en of, snoes. Wat is John Joseph Hartley toch een paternalistische klootzak, hè snoes?'

'Zeker weten, snoes. Hij zei tegen mij dat hij niet wist waar je woonde, snoes.'

'O, snoes, wat een leugenaar! Hij is zo vaak bij me thuis geweest.'

'Hij vertelde me ook dat hij niet wist waar je werkte, snoes.'

'Natuurlijk weet hij waar ik werk!'

'Snoes. Je vergat snoes te zeggen.'

'Natuurlijk weet hij waar ik werk, snoes.'

'Snoes.'

'Snoes!'

We zeiden nog een keer of twintig 'snoes' tegen elkaar en zaten ineens onverwachts naar elkaar te grijnzen.

Nu het wel goed zat met de vriendschappelijke relatie zei ik: 'Ik begrijp best dat ze niet wilden dat het bekend zou worden dat Zeezah eerst met Wayne was voordat ze voor John Joseph koos.'

'Nee, ze is toch al moeilijk te verhapstukken voor het Ierse publiek, omdat John Joseph het lievelingetje is van alle mammies en zij op de koop toe ook nog eens een moslim is. Hoewel ik heb gehoord dat ze bekeerd is.'

'Maar waarom stapte Zeezah over van Wayne op John Joseph? Uit wat ik heb gehoord is Wayne veel liever. Was het omdat John Joseph meer geld had en een stel Aston Martins?'

'Dat denk ik wel. Ik weet niet of ze Wayne iets op de mouw speldde, maar ze zei wel dat ze verscheurd werd. Ze zei dat ze maar niet kon besluiten voor wie ze zou kiezen.'

Ze kon niet besluiten wie ze zou kiezen.

Waar had ik dat niet zo lang geleden ook al gehoord?

Misschien kwam ik daar later wel weer op.

'Maar ik neem aan dat ze uiteindelijk toch een beslissing heeft genomen, want ze is met John Joseph getrouwd,' zei ik. 'En ze hebben er geen gras over laten groeien.'

'Zeezah moest een inwoner van Ierland zijn om hier te kunnen werken, dus daarom zijn zij en John Joseph getrouwd. Maar misschien houden ze wel van elkaar.'

'Eerlijk gezegd,' zei ik, 'gedragen ze zich wel zo. Ze klitten echt aan elkaar. Zal ik je eens vertellen wat ik denk? Wayne gaf echt om jou. Dat kon ik gewoon voelen. Mensen zeggen wel eens dat ik voor niemand sympathie kan opbrengen, maar dat is niet waar. Waar het om gaat, is dat Wayne nog steeds jouw foto in zijn logeerkamer had. En die kamer is zo intens triest, Birdie, echt waar. Hij vond het niet leuk om vreemd te gaan, hè?'

'Waarom praat je over hem in de verleden tijd?'

Ik zweeg even. 'Weet ik niet. Hoor eens, zou je me willen vertellen wanneer je Wayne het laatst gesproken hebt? Als dat gedurende de laatste paar dagen was, vertel me dat dan alsjeblieft.'

Ze schudde haar hoofd. 'Ik heb hem al sinds maart niet meer gesproken. Niet meer nadat bekend werd dat Zeezah en John Joseph halsoverkop waren getrouwd.'

Ik bleef haar aankijken, met zo'n blik van wij-vrouwen-onder-elkaar.

'Hou daarmee op,' zei ze. 'Het is echt waar. Ik belde hem op en hij was er echt helemaal kapot van, dus ik dacht dat als ik hem wat tijd gunde... Ik weet best dat het zielig klinkt, maar Wayne en ik hielden echt van elkaar. Ik dacht dat Zeezah gewoon zo'n maffe bevlieging was en dat wat er tussen ons was geweest echt was, dus dat hij er wel overheen zou komen. Maar toen kwam jij ineens opdagen met dat verhaal over iemand die Gloria heet en ik kan er niks aan doen, maar ik wil weten wie dat was.'

'Het probleem is,' zei ik, 'dat ik geen flauw idee heb. Het enige wat ik weet, is dat zij de laatste persoon was die een boodschap achterliet op zijn vaste telefoon voordat hij donderdag verdween. Maar misschien heeft ze niets te betekenen.'

'Dat kan niet.'

Dat kon echter best. Misschien was ze gewoon iemand van een

callcenter die probeerde Wayne zover te krijgen dat hij overstapte op UPC.

Dat stomme opgewekte toontje: 'Ik heb goed nieuws voor je!' Zo praatten al die mensen. Maar daarna had ze gezegd dat ze Wayne op zijn mobiel zou bellen en zo'n telefonische verkoper zou dat nummer niet hebben.

Ik snapte er geen bal van, ik wist echt niet wat ik ervan moest denken.

'Vertel eens,' zei ik. 'Waar zat je gisteren? Ik ben bij je langs geweest, maar je was in geen velden of wegen te zien.'

'God, je bent echt een nieuwsgierig aagje.' Maar ze klonk niet boos. 'Ik was op bezoek bij een vriendin in Wexford. Hoewel je dat geen...'

'... geen moer aangaat. Ik weet het. Sorry.'

57

Ik kon er niet meer onderuit, ik moest echt naar het MusicDrome. Ik had verder niets meer te doen en Jay Parker had me al ongeveer negenendertig sms'jes gestuurd.

Terwijl ik het theater binnenkwam, stak ik een schietgebedje af dat Wayne compleet met zijn kale kop en zijn bolle buikje op het podium zou staan en een Laddz-dansje zou doen. Dat hij gewoon teruggekomen was en nog wel een beetje bijgeschaafd zou moeten worden, maar dat alles min of meer in orde was.

Maar hij was nergens te zien. Onder de verblindend felle lichten kon ik Frankie en Roger en Zeezah zien en... ineens werd ik uit het niets besprongen, het leek wel alsof ik vanuit een boom door een luipaard werd overvallen! 'Waar is hij?' snauwde een stem me toe. 'Waar zit hij, verdomme?'

Het was John Joseph.

Jay kwam tussenbeide en slaagde erin om me na een korte worsteling uit de klauwen van John Joseph te bevrijden. 'Jezus, kan het een beetje minder!' zei hij, kennelijk geschrokken.

John Joseph was hysterisch. Het zweet stroomde van hem af en zijn haar zat in de war. 'Heb je hem gevonden? Heb je hem te pakken?'

'Nog niet,' zei ik zwak.

'Je moet hem vinden. Je móét hem gewoon vinden.' Ik had nog nooit iemand gehoord die zo wanhopig klonk.

'Ga eens een beetje achteruit,' zei ik. Ik moest hem ook nog het slechte nieuws van het financiële verslag vertellen en ik had geen zin om opnieuw besprongen te worden.

Ik gaf de informatie zo beknopt mogelijk door en zag hoe John Joseph zich langzaam realiseerde wat dat inhield.

'Dat kan niet kloppen,' zei hij. En hij schreeuwde het ineens uit. 'Dat kan niet klóppen!'

'In godsnaam, doe eens een beetje rustig aan,' zei ik. 'Het klopt wel. Maar we moeten de telefoongegevens nog krijgen. En je hebt ook nog die Walter Wolcott van je aan het werk.'

'Wanneer krijgen we die telefoongegevens?'

'Waarschijnlijk morgen.'

'Maar we moeten ze vandaag hebben. We hebben ze nu nodig.'

Zo werkte dat niet, maar ik had het idee dat John Joseph niet op uitleg zat te wachten, dus zei ik: 'Ik heb mijn contact al een e-mail gestuurd, maar ik stuur er nog wel een. Ik zal ze uitleggen hoe belangrijk het is.'

'We willen wel betalen als het extra snel kan!'

'Oké, geweldig, dat geef ik ook door.'

Ik moest hier weg. Ik wist niet waar naartoe of wat ik zou gaan doen, maar ik bleef hier niet plakken.

Ik wierp een snelle blik op Zeezah. Ze beet op haar volle onderlip en zag er ellendig uit – maar ja, dat kon je haar niet kwalijk nemen, hè? Stel je eens voor dat jij met zo'n razende roeland als John Joseph Hartley getrouwd was! Ze had bij Wayne moeten blijven. Terwijl ik naar haar stond te kijken, glipte ze stiekem weg om achter het podium te verdwijnen en ik besloot om achter haar aan te gaan.

Waar ze ook naartoe ging, het zou daar een stuk beter zijn dan hier.

Ik volgde haar. Ze liep snel en vastberaden door een kale gang die uitkwam in een kleine kantoorruimte met een paar bureaus en stoelen. Plotseling greep ze een prullenmand, hield die onder haar kin en gaf erin over. Ze was kennelijk op weg geweest naar het damestoilet en had het niet gehaald. En ze dacht natuurlijk dat niemand haar in de gaten had.

Ze kokhalsde een keer of drie, vier en spuugde toen zwak. Ik gaf haar de kans om een papieren zakdoekje uit haar tas te vissen en haar mond af te vegen voordat ik haar aansprak.

'Zeezah?'

'H-Helen!'

'Dus je bent echt zwanger!'

'Ja.' Ze richtte zich op en keek me recht aan.

'Waarom werd dat dan ontkend door een woordvoerder van Laddz?'

'Omdat je zo met de media moet omgaan. Je moet ze in dubio laten.'

'Ik ken niemand die denkt dat je echt zwanger bent. We dachten gewoon dat het een publiciteitsstunt was. Volgens mijn moeder ben je in werkelijkheid een man.'

'Tja,' zei ze met een flets glimlachje. 'Je hebt met je eigen ogen kunnen zien dat dat niet zo is. Heb je misschien een pepermuntje?'

'Ik heb iets veel beters. Ik kan je een gloednieuwe tandenborstel geven, plus wat tandpasta.' Ik rommelde in mijn tas.

'Dank je wel.' Ze pakte mijn spontane cadeautje aan. 'Hoewel ik eigenlijk al moet kotsen als ik alleen maar mijn tanden heb gepoetst.'

'Ik lijd met je mee. Het zal knap vervelend zijn om je zo misselijk te voelen met al dat gedoe hier om je heen. Hoe ver ben je heen?'

'Twaalf weken.'

'Nou eh… gefeliciteerd.' Dat zei je toch als iemand zwanger was?

'Dank je. Maar nu moet ik al m'n moed weer bijeenrapen. Ook al weten we niet zeker of de concerten wel door kunnen gaan, Jay Parker wil toch dat ik een radio-interview doe met een man die Sean Montcrieff heet. Ken je die?'

'Ja. Eerlijk gezegd ben ik nogal dol op Sean Montcrieff.'

'Maar als ik nu onderweg in de taxi over moet geven?'

'Geef me even de tijd om tweehonderd euro van Jay Parker los te kloppen, dan rijd ik je er wel naartoe.'
Dat was niet alleen om aardig te zijn. Ik wilde haar iets vragen.

Ik wachtte tot we onderweg waren. Ze zeggen altijd dat je vervelende gesprekken in een auto moet voeren, omdat je dan het gevaar van oogcontact kunt vermijden en alle ongemakkelijke stiltes gevuld kunnen worden met verkeersgeluiden.
'Zeezah... weet je nog laatst... op de dag dat die zwanenkostuums arriveerden? Ik had kunnen zweren dat ik zag dat je Roger... in zijn kruis pakte. Ik heb de laatste tijd een beetje last gehad van mijn hoofd, dus ik zou het heel erg op prijs stellen als je me vertelde dat ik me dat niet verbeeld heb.'
'In zijn kruis?'
'Ja.'
'Waarom wil je dat weten?' Zeezah grinnikte me een beetje scheef toe. 'Maar goed, een beetje flirten geeft iedereen een goed gevoel... Zoals jullie hier in Ierland zeggen, dat kan toch geen kwaad?'

58

Ik zette Zeezah af bij het radiostation.
'Ga je niet mee?' vroeg ze.
'Nee, ik moet nog van alles doen.'
'Oké.'
Maar zodra ze was verdwenen, had ik daar alweer spijt van. Elke keer als ik de tijd had om na te denken, gingen mijn gedachten richting de dood. En dit keer was dat nog erger dan anders. Ik zat met gesloten ogen in mijn auto en vroeg me af of ik Antonia Kelly zou bellen. Woensdag kwam met een noodgang op me af en wat er ook gebeurde, of Wayne nu wel of niet zou komen opdagen, de realiteit was dat me na woensdag een grote leemte wachtte.

374

Ik deed mijn ogen weer open, keek naar de tere huid aan de binnenkant van mijn polsen en volgde de lijnen van de blauwe aders. Ik wist dat het pijn zou doen en ik was bang dat de pijn een struikelblok zou zijn.

Maar ergens in mijn achterhoofd dacht ik tegelijkertijd aan de verzachtende crème die ik had gebruikt nadat ik mijn benen had laten laseren. Daar had ik nog een tube van over en als ik er nou een dikke laag van dat spul op smeerde, zou het vast niet zo'n pijn doen. Misschien voelde ik er wel niets van.

Ik floot mezelf terug. Zo mocht ik niet denken.

Wat me zo bang maakte, was dat ik nooit echt had voldaan aan de juiste diagnose van 'depressie', dus niemand wist waar dit uiteindelijk op zou uitdraaien. Andere mensen, die wel alle normale symptomen hadden, werden steeds slomer en slomer, tot ze uiteindelijk helemaal niets meer deden. Ze raakten verdoofd of catatonisch. Of het ging juist de andere kant op en dan werden ze gek van angst en bezorgdheid, ze snakten naar adem waardoor ze geen hap naar binnen konden krijgen en ze deden geen oog dicht en konden geen moment stilzitten. Dat gold eveneens voor mij en niet zo'n klein beetje ook. Maar ik had allerlei extra verschijnselen, zoals het vermoeden dat ik per ongeluk op een andere planeet terecht was gekomen. En de troost die ik putte uit natuurrampen. En het feit dat ik zo'n hekel had aan licht. En het gevoel dat mijn ziel boven een brandende kaars werd gehouden.

Ik had het gevoel dat ik het niet meer zou kunnen verdragen. Dit keer was het veel erger, omdat ik dacht dat ik genezen was. En omdat ik nu wist hoe afschuwelijk het nog zou kunnen worden. En dit keer was het ook erger omdat het gewoon erger was.

Ik wilde mijn telefoon pakken om een beter gevoel te krijgen en kwam tot de ontdekking dat ik het toestel al in mijn hand had. Misschien moest ik er nog eentje bij nemen. Meteen daarna werd er gebeld – het was Harry Gilliam.

Ik werd bekropen door een gevoel van angst. Eigenlijk raar, want ik dacht voortdurend aan doodgaan, ik begon al afscheid te nemen van het leven, van de wereld om me heen en er waren dingen die volledig zinloos en krachteloos leken. Maar aan de andere kant werden gevoelens en omstandigheden alleen maar intenser. Zoals mijn angst voor Harry Gilliam.

Ik piekerde er niet over om het gesprek aan te nemen. Want dan zou ik hem moeten vertellen dat ik nog niets over Wayne wist en dat vond ik veel te eng.

Maar terwijl ik dat besluit nam, wist ik al dat ik eigenlijk geen keus had: als Harry Gilliam met me wilde praten, had ik maar te gehoorzamen.

Ik liet de telefoon net zo lang overgaan tot hij vanzelf stopte en ja hoor, twee seconden later begon het toestel weer over te gaan. Verdrietig nam ik op. 'Hallo.'

'Dat flik je me niet weer, Helen,' zei hij.

'Wat?'

'Als ik bel, neem je gewoon op.'

'Goed, hoor.' Ik zuchtte. Ontkennen had geen zin. Hij had me door.

'Ik ben een drukbezet man. Ik heb geen tijd voor dat soort blufpoker.'

'Sorry.'

'Wat heb je voor nieuws te melden?'

'Ik heb een aantal aanwijzingen waar ik nu ijverig mee bezig ben.'

'Dus hij staat woensdagavond op dat podium?'

'Ja.'

Het bleef even stil. Toen zei hij kil en dreigend: 'Zit je me nou te besodemieteren?'

'Nee.'

'Nee?'

'Ja. Jawel. Ik zeg gewoon wat je wilt horen omdat ik bang voor je ben. Maar je zou ons allebei kunnen helpen.'

'Hoe dan?'

'Jij weet dingen die je mij niet vertelt.'

'Ik? Hoe zou ik nou iets moeten weten?'

Meteen daarna hing hij op.

Het duurde even voordat ik dat gesprek met hem verwerkt had. Ik zat in mijn auto en klemde mijn telefoon vast alsof ik aan mijn vingertoppen boven een ravijn hing en wachtte tot dat afschuwelijke gevoel voorbij was. Toen het eindelijk een beetje draaglijk was geworden, wierp ik een hoopvolle blik op mijn telefoon en zag tot mijn grote blijdschap dat ik een nieuw e-mailbericht had. En mijn dankbaarheid werd nog groter toen ik zag dat het afkomstig was van de Telefoonman – Waynes telefoongegevens waren gearriveerd! Daarmee zou alles opgelost zijn. Wayne was zo goed als gevonden.

Daarna las ik de e-mail door en kon nog maar net een kreet van wanhoop inhouden. Dit was alleen nog maar een voorlopig rapport, in antwoord op het paniekerige verzoek dat ik eerder had gestuurd. Gedetailleerde gegevens zouden morgen volgen, maar ondertussen kon de Telefoonman me al wel vertellen dat Waynes mobiel al sinds woensdag drie minuten over twaalf in de middag uit stond en sindsdien niet meer was aangezet.

Vol afschuw staarde ik naar het schermpje. Dit was vreselijk, afschuwelijk gewoon.

Ik maakte een rekensommetje. Drie, hooguit vier minuten nadat Digby met hem was weggereden had Wayne zijn telefoon uitgezet. Of had iemand dat voor hem gedaan?

Dat was nog veel griezeliger dan het feit dat Wayne geen gebruik had gemaakt van zijn creditcards. Niemand kan toch zonder telefoon? Ik zeker niet, dat stond vast.

Of zou Wayne niet meer in leven zijn?

Ik werd afgeleid van die afschuwelijke gedachte doordat ik Zeezahs stem op de radio hoorde. Ik draaide het volume open. Ik kon net zo goed even luisteren.

Sean Montcrieff informeerde naar haar zwangerschap en ze gaf quasiverlegen toe dat ze inderdaad een kind verwachtte.

'Weet je al of het een jongen of een meisje wordt?'

Dit soort domme interviews was niets voor Sean, eerlijk gezegd. Normaal gesproken kruiste hij de degens met de knapste koppen in het land en maakte allerlei geheimzinnige onderwerpen toegankelijk en interessant.

'Nee, we hebben besloten dat we niet willen weten wat het zal worden.'

'Zolang het maar een gezond kindje wordt?' Ik had durven zweren dat Sean haar een beetje in de maling nam.

'Precies.'

'Dus jullie hebben ook nog niet besloten hoe het zal gaan heten?'

'O jawel, hoor.' Zeezah giechelde charmant. 'Als het een jongen wordt, heet hij Romeo en als het een meisje wordt, noemen we haar Roma.'

'Misschien omdat de baby in Rome is verwekt?' Er ontging Sean niet veel.

'Ja.' Weer zo'n schattig giecheltje. 'Tijdens onze huwelijksreis.'

Hee... wacht eens even. In Rome? Ik zat even na te denken. Ach natuurlijk, in Rome.

59

Heel even overwoog ik om het niet telefonisch af te doen, maar voor de tweede keer op één dag naar County Cork te rijden en het haar in eigen persoon te vragen, maar de tijd werkte niet in mijn voordeel, dus – en achteraf bekeken was dat misschien een vergissing – koos ik voor de snelste manier.

Ze nam meteen op. 'Hallo.' Ze klonk ongeduldig. Eerlijk gezegd was ze wel een kruidje-roer-me-niet.

'Ze kan maar niet beslissen wie van de twee het zal worden?' was mijn openingszet.

'Pardon?'

'Neem me niet kwalijk, Connie. Je spreekt met Helen Walsh. Je was eerder vandaag zo vriendelijk om me je huis te laten zien, weet je nog? Ik zal die vraag iets anders formuleren. Ik heb het over Zeezah, die maar niet kon beslissen of het jouw broer Wayne zou worden of John Joseph Hartley. Hield ze ze allebei aan het lijntje? Ook nog nadat ze getrouwd was? Alleen maar ja of nee is al voldoende.'

Na een korte stilte zei ze veel deemoediger dan ik van haar verwacht had: 'Ik had m'n mond moeten houden. Maar ik kan niet uitstaan wat dat stiekeme kleine... kreng Wayne heeft aangedaan.

Ik werd zo misselijk van die vertoning bij Maurice McNice. Ik weet niet eens waarom ik dat heb gezien. Ik kijk nooit naar dat programma.'

'Ben je erg verknocht aan Wayne?'

'Hij is mijn broer. We houden allemaal van hem. Hij vertrouwt ons, niet alleen mij maar ook zijn broer. Wat weet je precies? Wat heb je ontdekt?'

'Ik hoorde je praten op een video van de vijfenzestigste verjaardag van jullie moeder. Je zat met je schoonzusje te praten over een vrouw die, en nu citeer ik: "maar niet kon beslissen wie van de twee het zou worden". Het drong net pas tot me door dat je het over Zeezah had en dat de twee tussen wie ze niet kon kiezen Wayne en John Joseph waren.'

'Oké...'

'En nu is Zeezah zwanger en ze heeft net op de radio gezegd dat de baby in Rome verwekt was...'

'... hoe kan ze daar zo zeker van zijn?'

'Dat weet ik niet. Maar wat ik wel weet is dat ik, toen ik afgelopen donderdag Waynes huis doorzocht, in de la van zijn nachtkastje een aansteker van het Colosseum in Rome heb gevonden. Natuurlijk kan het best zijn dat Zeezah die heeft meegebracht als souvenir voor Wayne... nee, rustig maar, dat was een grapje. Of misschien is Wayne zomaar komen opdagen tijdens de huwelijksreis...'

'Hij kwam niet "zomaar opdagen",' zei Connie boos. 'Ze kwelde hem gewoon. Ze belde hem dag en nacht op en zei dan dat ze nooit met John Joseph had moeten trouwen, dat ze een vreselijke vergissing had begaan en dat ze hem absoluut wilde zien. Dus vloog hij daar naartoe. Maar ze kon nog steeds niet besluiten. En dat bleef zo. Voor zover ik weet, is ze er nog steeds niet uit.'

'Dus Wayne zou ook best de vader van Zeezahs baby kunnen zijn?'

'Die kans bestaat.'

'En weet Wayne dat?'

'Ja, natuurlijk weet Wayne dat. Hoe zou ik dat anders moeten weten? Maar het zou ook van John Joseph kunnen zijn. In elk geval heeft Zeezah Wayne nooit proberen wijs te maken dat er niets tussen haar en John Joseph is gebeurd.'

'Weet John Joseph het ook?'

Diepe zucht. 'Ik geloof het wel.'

Christus. Wat hield dat allemaal in? John Joseph leek me niet het type die het leuk zou vinden als zijn vrouw in verwachting raakte van een van zijn ondergeschikten. Maar dacht ik dan ook werkelijk dat John Joseph misschien... Wayne had vermoord?

Iemand had mij echter wel een klap op mijn kop verkocht. Er was dus iemand die niet bang was om geweld te gebruiken.

Daarna moest ik ineens weer aan die onbeheerste angst denken die John Joseph eerder die middag had vertoond. Dat sloeg toch nergens op als hij Wayne iets had aangedaan? Of zou John Joseph iedereen voor het lapje houden? Dat zou best kunnen, vooral omdat hij zichzelf doorgaans zo goed in de hand had.

'Het spijt me dat ik je hints heb gemist toen je vanmorgen praatte over alles wat er gisteren in de krant had gestaan. Over die zwangerschap en dat Zeezah en John Joseph daar zo blij om waren,' zei ik. 'Normaal gesproken ben ik niet zo traag van begrip. Ik wou alleen dat je dat gewoon tegen me gezegd had, dat had ons allemaal veel tijd bespaard.'

Het duurde even voordat Connie antwoord gaf. 'Ik weet eigenlijk niet of ik mijn mond wel open had moeten doen. Ik was alleen zo ontzettend boos.' En na een korte stilte zei ze: 'En uiteraard weet ik niet wie de vader is. Maar omdat jij privédetective bent, hoopte ik gewoon dat jij dingen zou ontdekken waar niemand anders achter kon komen. Dat je bijvoorbeeld aan gegevens van Zeezahs dokter zou kunnen komen, de uitslag van een DNA-test en zo.'

'Je kunt pas een DNA-test laten doen als het kind geboren is.'

'O.' Ze klonk ontmoedigd.

Ik wenste echt dat ik teruggereden was naar Clonakilty om onder vier ogen met Connie te praten. Ze was zo verknocht aan Wayne dat de juiste vraag de hele zaak op zou kunnen lossen.

Ik koos mijn woorden zorgvuldig. 'Connie, ik maak me zorgen over Wayne. Ik ben echt waanzinnig bezorgd. Zijn telefoon staat al sinds donderdag uit en hij heeft geen van zijn bankpassen gebruikt.'

'Shit.' Haar stem trilde. 'Wij maken ons ook zorgen om hem. We zijn er gewoon ziek van. En die man is ook op komen dagen, die man voor wie je ons hebt gewaarschuwd.'

'Walter Wolcott?! Wat hebben jullie tegen hem gezegd?'

'Niets. Hij gedroeg zich afschuwelijk. Hij schreeuwde tegen mam.'

'Hoor eens, moeten we de politie niet inschakelen om op zoek te gaan naar Wayne?'

'Ik weet het niet. Als dat hele gedoe met Zeezah bekend wordt, zal hij een modderfiguur slaan...'

'Maar als hij nu echt in moeilijkheden zit?'

'Ik weet het niet.' Ze klonk echt intens verdrietig. 'Ik moet er met mam en pa over praten. Wil je het tot morgen aan mij overlaten?'

'Connie, het is echt heel belangrijk dat je me alles vertelt wat je weet.'

'Dat heb ik gedaan.'

'Heb je Wayne wel eens horen praten over een meisje dat Gloria heet?'

'Nee, nooit.'

Ik kon nog net een zucht onderdrukken en zette haar vervolgens onder druk. 'Connie, weet je waar Wayne op dit moment zit?'

'Eerlijk gezegd, nee.'

Het vervelende was dat ik haar geloofde.

60

Ik kon het niet opbrengen om Jay en John Joseph in eigen persoon het slechte nieuws over Waynes telefoon door te geven, dus stuurde ik laf een sms'je naar Jay en ging terug naar Mercy Close.

Toen ik mijn auto parkeerde, doken de hoofden van Cain en Daisy meteen op achter het raam van hun zitkamer en twee seconden later stonden ze al buiten en kwamen naar me toe. Maar ik was niet langer bang voor hen. Ik had me ineens gerealiseerd wat ze me wilden vertellen, wat ze al dagenlang aan me kwijt wilden.

'Kunnen we nu even met je praten?' vroeg Cain. 'We moeten je wat vertellen.'

'En het gaat ons echt niet om geld of zo,' zei Daisy.

'Vooruit dan maar,' zei ik.

'Kunnen we niet beter naar binnen gaan?' vroeg Cain terwijl hij argwanend links en rechts over zijn schouder keek. 'Er loopt hier een of andere dikke vent in een regenjas rond die ook van alles over Wayne wil weten.'

Maar ik had geen zin om terug te gaan naar dat sombere huis van Cain en Daisy en ik nam ze ook niet mee naar Waynes beeldige huis. Dat was van mij.

'Nee, hoor, hier is prima.' Ik leunde tegen mijn auto en gebaarde dat ze zich ook moesten ontspannen.

'We hebben niets tegen die regenjas gezegd,' zei Cain. 'We bewaarden het voor jou.'

'Dat is aardig van jullie,' zei ik. 'Vertel maar op.'

'Oké.' Hij zette zich schrap alsof hij aan de start van de honderd meter stond. 'Of wil jij het vertellen, Daisy?'

'Nee, doe jij het maar, Cain.'

'Oké. Er is een vrouw die, zeg maar, de laatste paar maanden bij Wayne langskomt. En dat is Zeezah!'

'Wat? Ga door!'

'Ja! We herkenden haar toen jullie met z'n allen naar ons toe kwamen. Ik bedoel, we wisten natuurlijk wel hoe ze eruitzag, we hebben haar op tv gezien en zo, maar toen we haar in het echt zagen, beseften we ineens dat zij hetzelfde meisje was dat steeds bij Wayne op bezoek kwam.'

'Ze had altijd een zonnebril en een honkbalpetje op als ze hier kwam,' zei Daisy. 'En wijde kleren. Grote T-shirts, wijde broeken...'

'Ze probeerde haar achterste te verbergen,' zei Cain.

'Ja, dat kontje,' zei Daisy. Ze klonk een tikje jaloers. 'Daar kun je niet omheen. Dat moest ze wel verbergen.'

'Dat is wel heel groot nieuws,' zei ik. 'Dat zal ik even moeten verwerken.'

'Je hoeft niet bang te zijn dat we het verder vertellen,' zei Cain.

'We schamen ons zo omdat we je die dag zo bang hebben gemaakt.'

'We wilden onze excuses aanbieden,' zei Daisy. 'We wilden helpen.'

'Ik ben jullie echt dank verschuldigd,' zei ik ernstig. 'Jullie hebben me een eind op weg geholpen.'

Dat was eigenlijk helemaal niet waar, maar een leugentje om bestwil deed toch niemand kwaad?

Terug in Waynes mooie huis liep ik rechtstreeks naar boven. Ik wilde nog één keer in het laatje van zijn nachtkastje kijken. Hoewel Connie had bevestigd dat Wayne ongevraagd was opgedoken tijdens de huwelijksreis van Zeezah en John Joseph, vond ik toch dat ik nog maar eens met eigen ogen moest kijken naar de aansteker die mijn – eerlijk gezegd vrij geniale – gedachtegang in beweging had gezet. En hij lag er nog steeds, tussen alle rotzooi die je normaal in de la van een nachtkastje aantreft: een witte aansteker met een foto van het Colosseum in Rome. Ik pakte hem op en probeerde hem zelfs even uit. Ja, hij was echt en ik was geweldig en lag hier verder nog iets waar ik iets aan had?

Muntjes, betaalbewijzen, lekkende pennen, elastiekjes, oude batterijen en diverse soorten pilletjes, tegen aften, tegen indigestie, tegen hooikoorts en Cymbalta. Dat was een antidepressivum. Die had ik zelf ook een tijd geslikt, zonder dat het ook maar iets had geholpen.

Ik had de eerste keer dat ik in dit laatje keek, wat meer aandacht moeten besteden aan de medicijnen.

Arme Wayne.

Nu begreep ik ook die koran op het nachtkastje. En zelfs de cd van *The Wonder Of Now*. Het moest hem ontzettend veel moeite hebben gekost om geestelijke rust te vinden in zijn omstandigheden.

In feite begreep ik nu ineens een heleboel. Ik wist al dat John Joseph tegen me had gelogen toen hij zei dat Wayne geen vriendin had. Destijds ging ik ervan uit dat Waynes vriendin de mysterieuze Gloria was. Ik had toch nooit kunnen raden dat het om John Josephs eigen vrouw ging?

En met Zeezah was het van hetzelfde laken een pak. Ze had vreemd gereageerd toen ik over Gloria begon. Ze was gewoon... jaloers geweest! Of iets van gelijke strekking. Argwanend misschien. Ze wist dat Wayne stapelgek op haar was, dus had ze zich afgevraagd wat hij in hemelsnaam uitspookte met die Gloria. En dat was inderdaad een prima vraag: wat spookte Wayne in vredesnaam uit met die Gloria? Dat zou ik dolgraag willen weten.

Ik liep naar Waynes werkkamer en vroeg me af of ik nog eens al zijn financiële gegevens door zou moeten ploegen om te zien of ik niets over het hoofd had gezien. Maar ik liet mezelf op de grond zakken, leunde met mijn rug tegen de deur en stond toe dat mijn gedachten een heel andere kant op dwaalden.

Er waren zoveel details waar je op moest letten. Omdat ik rechts was, zou ik met mijn linkerpols moeten beginnen. En – dat had ik ergens op internet gelezen – het was heel belangrijk dat het badwater heet genoeg zou zijn, want dat had iets te maken met de temperatuur waarop bloed normaal gesproken stolt.

Het was echt vermoeiend om over al dat gedoe na te denken, maar dat moest gewoon. Het was een ingewikkeld werkje, met diverse aspecten – net zoiets als een overval. Elk stadium moest zorgvuldig behandeld worden.

Mijn telefoon ging een paar keer over, maar ik keek er niet eens naar. Ik was zo diep in gedachten verzonken dat ik aanvankelijk het flauwe, krassende geluid niet eens opmerkte. Pas toen ik weer iets hoorde, besefte ik dat het eerste geluid een sleutel was geweest die in het slot van Waynes voordeur werd gestoken.

Begon ik nou te malen of was er werkelijk net iemand binnengekomen? Ik wist bijna zeker dat ik voetstappen in de gang had gehoord. Daarna begon mijn telefoon te piepen, waardoor mijn hart bijna uit mijn borstkas sprong. Het was een sms'je van de bewegingsmelder in Waynes hal.

De adrenaline gierde door mijn aderen. Ik had het me niet verbeeld. Er was echt iemand binnen. Ik hurkte op de vloer en probeerde na te gaan wat zich beneden precies afspeelde.

Was het die onbenul, Walter Wolcott?

Was het de Mysterieuze Mepper van Dublin? Was het… Wayne? Zou hij eindelijk terug zijn? Ik werd bekropen door een verlammende mengeling van angst en verwachting. Iemand had me afgelopen zaterdagavond aangevallen. Ze hadden gezegd dat ik bij Wayne uit de buurt moest blijven en dat had ik niet gedaan. Zou ik nu binnen de kortste keren een paar gebroken botten oplopen? En hoe nam ik dat op? Rustig. Hopelijk zouden ze me vermoorden. En als dat niet zo was, dan zou ik misschien wel een hele tijd in het ziekenhuis moeten blijven, versuft van de morfine. Het idee dat mijn emotionele pijn plaats zou maken voor lichamelijke pijn was op de een of andere manier erg aantrekkelijk.

De voetstappen kwamen nu de trap op. En gingen Waynes slaapkamer in. Weer naar buiten en naar de logeerkamer. Daarna was de badkamer aan de beurt en ik stond op zodat ze hier naar binnen konden.

De deur werd met een klap opengegooid en Zeezah kwam naar binnen stuiven.

Ze gilde toen ze me zag en trakteerde me op een stortvloed van nerveuze woorden in een vreemde taal. Ik ving een paar keer het woordje 'Allah' op en ondanks alle drama genoot ik onwillekeurig even van het feit dat ik kennelijk een talenknobbel had.

Uiteindelijk schakelde Zeezah over op Engels. 'Helen! Helen Walsh!' zei ze snakkend naar adem terwijl ze haar hand tegen haar hart drukte. 'Wat laat jij me schrikken! Wat doe je hier?'

'Mijn werk. Wat doe jij hier?'

'Ik zoek Wayne.'

'… en dacht je nu echt dat hij gewoon thuis zou zitten, terwijl het halve land naar hem op zoek is?'

'Ik ben wanhopig. We zijn allemaal wanhopig. En wanhopige mensen doen domme, zinloze dingen omdat ze het niet langer uithouden om niets te doen.' De tranen liepen over haar wangen.

'Wat zou je zeggen als ik suggereerde dat John Joseph Wayne… eh… je weet wel… uit de weg heeft laten ruimen?'

'John Joseph heeft Wayne helemaal niets aangedaan. Dat kan ik je verzekeren. Hij wil niets liever dan dat Wayne terugkomt, dat weet je nog niet half. We hebben geen geld, Helen Walsh, we hebben helemaal niks. John Joseph... hoe zeg je dat ook alweer? John Joseph schijt bagger.'

'Je hebt me nooit verteld dat je iets met Wayne hebt,' zei ik.

'Dat heb je me nooit gevraagd.' Brutale meid. Die krabbelde meteen weer overeind.

'Wanneer heb jij Wayne voor het laatst gezien?' vroeg ik.

'Woensdagavond. Toen ben ik hier geweest.'

'Hebben jullie ruziegemaakt?'

Ze knikte.

Dat was dus het geharrewar dat Nicholas, de surfende buurman, had gehoord.

'Hij zei dat ik moest kiezen tussen hem en John Joseph. Hij zei dat hij me nog steeds wil, ook als de baby van John Joseph is, maar dat ik dat besluit zelf moest nemen. Ik zei dat ik dat niet kon. Ik hou van Wayne, maar ik heb geen platencontract meer. Ik heb bij John Joseph getekend. Maar hij heeft geen geld. En dat komt er ook niet, tenzij die...'

Ze zweeg even, kennelijk zoekend naar een bepaald woord. '... die verrekte reünieconcerten doorgaan. Maar dat kan niet zonder Wayne. Dus ik ben... uitgekakt. Dat geldt voor ons allemaal. We zijn allemaal uitgekakt.' Ze dacht even na en zei toen: 'Maar we hebben in elk geval een mooi woord om onze toestand te beschrijven.'

Ik werd zelf misselijk van die vraag, maar ik stelde hem toch. 'Zeezah, waar zit Wayne volgens jou?'

'Volgens mij is hij naar zijn familie gegaan. Hij mag die bazige zus van hem graag. Connie.'

De liefde was kennelijk wederzijds.

'Hij is niet bij zijn familie,' zei ik.

'Het spijt me, maar dan weet ik het ook niet, Helen Walsh. Dan ga ik nu maar terug naar het huis waarin ik waarschijnlijk niet veel langer meer zal wonen om te proberen mijn man te kalmeren. Maar dan moet ik wel eerst een Xanax bij Roger St Leger loskloppen.'

61

Ik had zo'n lange, drukke dag achter de rug dat ik er nog steeds niet in was geslaagd om met Artie te praten. Ik had wel een gemiste oproep van hem, maar geen berichtje. Ik belde hem terug, maar ik werd rechtstreeks doorverbonden met zijn voicemail, dus tikte ik snel een sms'je waarin ik hem vertelde dat alles goed met me was en dat hij me maar moest bellen als hij tijd had.

Daarna zocht ik het nummer van Antonia Kelly op en keek er lang naar, terwijl ik me afvroeg of ik haar moest bellen. Maar stel je voor dat ze opnam? Wat moest ik dan zeggen? Ze zou meteen begrijpen dat ik niet belde om even gezellig te babbelen.

Mijn vinger bleef een hele tijd boven het nummer hangen, maar ineens deed ik het toch.

'Met Antonia Kelly.' Heel even dacht ik dat ze het echt was, toen besefte ik dat het haar voicemail was. Ze had een prachtige stem, de stem van een vrouw met een zwarte auto en een uitstekende smaak in sjaals. 'Laat alstublieft een boodschap met alle bijzonderheden achter, dan zal ik u zo spoedig mogelijk terugbellen.'

Hang op, hang op, hang op...

'Antonia, je spreekt met Helen, Helen Walsh. Zou je me een keertje terug kunnen bellen?'

Ik verbrak de verbinding. Het nummer dat ik van haar had, was van een mobiele telefoon, maar ik had het vermoeden dat het niet haar eigen telefoon was en dat ze die na werktijd uit zette. Waarschijnlijk zou ze mijn boodschap pas morgenochtend krijgen.

Ik ging naar beneden en nadat ik even had gecontroleerd aan welke programma's Wayne de voorkeur gaf en naar één aflevering van een serie die ik al eerder had gezien bleef kijken, controleerde ik of Artie nog teruggebeld had. Maar dat was niet het geval en inmiddels was het al bijna middernacht. Dat was een beetje raar, want normaal gesproken praatten we een paar keer per dag met elkaar en vandaag hadden we elkaar niet één keer gesproken. Ik had nog steeds het vervelende gevoel dat er nog iets uitgesproken moest worden, maar daar kon ik nu niets aan doen, het was te laat. Dus nam ik een slaappil en ging met een kussen op de vloer in Waynes zitkamer liggen. Ik viel in een onrustige slaap en mijn laatste gedachte was: morgen kom je gewoon thuis, Wayne.

Op een gegeven moment schrok ik wakker. Het begon al licht te worden, maar toen ik op mijn telefoon keek, was het pas zes minuten voor halfvier. O god, dat was weer de gebruikelijke gang van zaken: de slaappillen zorgden ervoor dat ik de eerste paar dagen kon slapen, maar daarna gingen ze steeds minder goed werken. Het was veel te vroeg om al aan de dinsdag te beginnen. Maar ik hield het niet uit, ik moest iets doen. Ik kon nog een pil nemen – alleen was dat niet verstandig – en ik kon proberen om nog een aflevering te zien van de serie, of ik kon naar Artie gaan. Dan kon ik genieten van zijn lichaam en zijn heerlijke mannengeur.

Mijn besluit was genomen en ik reed door de lege straten – op dit uur van de ochtend was ik er zo – en vond een parkeerplaatsje, een paar huizen van Artie vandaan.

Ik maakte stil de voordeur open en liep op mijn tenen de trap op. En op de overloop liep ik in de paarlemoeren gloed van het ochtendlicht iemand anders tegen het lijf. Vonnie!

Ik staarde haar met open mond aan. Heel even kon ik het niet opbrengen om ons gewone zorgeloze toontje aan te slaan. In het schemerige licht leek ze net zo geschrokken als ik. Ze was gekleed in een hemdje en een yogabroek en dat konden net zo goed gewone kleren zijn als de kleren waarin ze sliep.

'Bij wie slaap jij?' vroeg ik.

'Bij niemand,' zei ze.

'Houen zo,' zei ik luchtig, hoewel ik me allesbehalve zo voelde.

Ze kroop de trap af en ik liep verder over de overloop, maar bleef staan voor de deur van Arties slaapkamer. Ik stond als aan de grond genageld, bang om naar binnen te gaan en iets te vinden waaruit zou blijken dat Vonnie bij hem was geweest. Misschien was dat helemaal niet zo. Maar als het nu wel zo was geweest?

Ik kon maar beter weg gaan, dus ging ik terug naar het huis van Wayne en nam nog een slaappil omdat ik gewoon niet anders kon.

Dinsdag

62

Om zeven minuten over halfelf werd ik wakker op Waynes vloer. Ik had twee berichtjes van Artie om hem te bellen, maar dat deed ik niet. Ik had ook een stuk of tachtig boodschappen van Jay Parker, maar hem belde ik evenmin. Ik nam een slok cola light, slikte mijn pil zonder de moeite te nemen om wat Cheerios te eten en stapte vervolgens in mijn auto om naar een ijzerwinkel in een Booterstown te rijden.

'Ik zoek een stanleymes.'

'Een stanleymes. Juist,' zei de man achter de toonbank. 'Nou, we hebben een paar modelletjes in de aanbieding.'

Ik zou er de voorkeur aan hebben gegeven om mijn aankoop discreet en anoniem te houden, maar ik had de stanleymessen niet kunnen vinden en terwijl ik door de winkel liep, bleven allerlei akelige dingen me strak aankijken, zoals kettingzagen en elektrische boren. Uiteindelijk gaf ik de moed op en de man achter de toonbank reageerde enthousiast op mijn verzoek. Het was kennelijk iemand die van zijn werk hield.

'Kijk dit is het eenvoudigste model.' Hij liet me zien hoe het kleine, dikke mes met een schuin lemmet werkte. 'Dit is het enige mesje, maar je kunt er extra bij kopen.'

'Oké.'

'Dit is een wat luxer model. Die kun je op drie lengtes instellen. Zie je dit knopje?' Ik boog me voorover. 'Als je daarop drukt, wordt het mes langer. Zie je wel? En als je nog een keer drukt, wordt het nog langer.'

'Oké.'

'En deze...' Daar was hij duidelijk trots op. 'Deze komt in een speciaal doosje. Duurder, natuurlijk, maar dan heb je ook wat.'

Ineens viel een andere vent, een klant, hem in de rede. 'Laat je niet door hem in de maling nemen,' zei hij op een quasijolig toontje. 'Ik ben een ervaren doe-het-zelver en neem maar van mij aan dat je genoeg hebt aan het simpele model.'

'O ja?'

'Waar heb je dat mes eigenlijk voor nodig?'

'Eh... om iets door te snijden.'

'Juist.' Een beetje ontmoedigd wees hij naar het simpelste model. 'Daarmee kun je echt van alles doorsnijden.'

'Dan neem ik die.'

'Wil je er ook extra mesjes bij?'

'Ja.' Hopelijk zou eentje wel genoeg zijn om de klus te klaren, maar het had geen zin om het hele plan in de soep te laten draaien alleen maar door een slordige planning.

'Dat is dan vijf euro,' zei hij.

Ik schrok ervan dat het zo goedkoop was.

De man wikkelde het mes zorgvuldig in bubbeltjesplastic. 'We willen niet dat je per ongeluk je hand afhakt!'

'Nee, natuurlijk niet!' Ik gaf hem het geld en liep terug naar mijn auto.

Daar zat ik een hele tijd na te denken. Eén ding wist ik zeker: ik kon het niet bij mam en pap thuis doen. Dan zouden ze daar de vreselijkste associaties aan overhouden en nooit meer hun badkamer in kunnen.

Ik moest het in een hotel doen en ik wist eigenlijk zelfs al in welk hotel. Het was een grijs en grof vierkant blok steen in Ballsbridge, de meest ongastvrije plek die je je kon voorstellen. Het zag er zo naargeestig uit dat je nauwelijks kon geloven dat het een hotel was, het leek eerder een gevangenis. Bronagh en ik hadden het altijd omschreven als: 'Het soort tent waar je naartoe gaat om zelfmoord te plegen.'

Maar hoe zat het dan met de persoon die de hotelkamers schoon moest maken? Dat zou wel een meisje zijn, dat was het bijna altijd. En ongetwijfeld zou ze hooguit het minimumloon krijgen. Bovendien kwam ze natuurlijk uit een vreemd land en was ver weg van haar familie en vrienden. Polen, dacht ik. Misschien heette ze Magda.

Een kamermeisje had toch al zo'n belazerde baan – ze werden gewoon behandeld alsof ze bij de inboedel hoorden door al die zakenlieden die 'per ongeluk' hun handdoek lieten vallen waardoor hun hele knollentuin zichtbaar werd – en ik wilde voorkomen dat Magda haar leven lang met een trauma opgescheept zou zitten door de aanblik van mijn lijk in het bad. Het paste gewoon niet dat ik mijn ellende van me afzette door die simpel door te geven aan iemand anders, alsof we deelnemers waren aan een of andere afschuwelijke estafette.

Ik probeerde manieren te verzinnen om dat te voorkomen. Natuurlijk zou ik de badkamerdeur aan de binnenkant op slot doen, maar misschien slaagde ze er toch in om binnen te komen. Het beste zou zijn om een briefje te schrijven en dat met plakband op de buitenkant van de badkamerdeur te plakken. Daar zou dan op moeten staan dat ze niet door moest lopen. STOP zou ik er met grote zwarte letters op zetten. Daarna vroeg ik me af wat het Poolse woord voor 'stop' was. Misschien moest ik dat maar even googelen. GA ALSJEBLIEFT NIET NAAR BINNEN, zou ik erop zetten. IK HEB ZELFMOORD GEPLEEGD. STRAKS RAAK JE NOG GETRAUMATISEERD.

Misschien moest ik die briefjes zowel in het Engels als in het Pools maken. En ik moest ook geld achterlaten voor de kosten van het extra schoonmaken van de badkamer.

Ik keek door de autoruit naar buiten en, bijna als een teken van boven, zag ik dat er iets verderop ook een kantoorboekhandel was.

Daar ging ik meteen naartoe en kocht plakband, een dikke zwarte marker en een pakje A4-papier. Helaas had de winkel geen kleinere verpakking dan duizend vel. Terug in de auto deed ik het mes in de plastic tas bij de andere spullen en zette die op mijn schoot. Het had een prettig gewicht dat me deed denken aan de tas die een aanstaande moeder heeft klaarstaan voor als ze naar het ziekenhuis moet om haar baby te krijgen.

Nu hoefde ik alleen nog maar de verdovende crème bij mijn ouders op te halen, dan had ik alles compleet.

63

In een eigenaardige aanval van zelfkastijding ging ik naar het MusicDrome, waar de gebruikelijke wanorde heerste. Tientallen mensen liepen ijverig heen en weer en op het podium werden John

Joseph, Roger, Frankie en Jay gedrild door een choreograaf. Het zag er behoorlijk goed uit. Het ging gelijk en licht, snel en vrolijk en er werd echt gebuffeld. Vioolspelen terwijl Rome in brand stond. Toen ze mij zagen, hielden ze alle vier op met dansen en keken me aan als een kudde verraste herten, meelijwekkend en zielig hoopvol. Ik schudde mijn hoofd. 'Geen nieuws.' Ik had min of meer verwacht dat John Joseph weer zou uitvallen, maar hij knikte alleen maar. Hij had zich er kennelijk bij neergelegd, zoals dat vaak gebeurt met mensen die een ramp zien aankomen. Misschien vond hij troost in zijn katholieke geloof. Maar toen schoot ik bijna in de lach om mijn eigen naïveteit. Het waren duidelijk de bijzonder sterke Xanax-pillen van Roger St Leger die voorkwamen dat hij met het schuim op de lippen probeerde het vel van mijn gezicht af te krabben.

Jay liep weg bij de anderen. Iemand gooide hem een handdoek toe en hij veegde het zweet van zijn gezicht. Daarna kwam hij naar mij toe. Zijn witte overhemd plakte aan zijn smalle lijf. 'Helen, ik wil graag weten wat jij ervan vindt. Je hebt hen zaterdag in die zwanenkostuums gezien. Moeten we daarmee doorgaan of moeten we dat vergeten?'

'Vergeet die maar,' zei ik. 'Hou het simpel.'

'Helen zegt dat we die zwanenkostuums moeten vergeten,' riep hij naar de jongens.

'Dan houden we die zwanenkostuums er dus in,' zei John Joseph met een triomfantelijke grijns in mijn richting. De Xanax had kennelijk niets gedaan voor zijn humeur, de vervelende klier.

'We vergeten die dingen gewoon,' zei Jay zacht tegen me. 'Ze zijn een regelrechte ramp.' Hij stak zijn hand in zijn broekzak en haalde er een stapeltje bankbiljetten uit die hij aan mij gaf. Een lok zwart haar viel glimmend van het zweet over zijn voorhoofd. 'En,' vroeg hij. 'Nog niets van die telefoonmensen?'

'Nog niet. Dat zal later vandaag wel komen. Heeft Wolcott nog iets gevonden?'

Jay schudde zijn hoofd en zag er een beetje misselijk uit.

'Wat gebeurt er als we ook niets opschieten met die telefoongegevens?' vroeg ik. 'Tot wanneer wil je hiermee doorgaan? Wanneer kap je met de repetities?'

'Dus je denkt echt dat je hem niet zult vinden?'

Ik kon het niet langer binnenhouden. 'Ik denk echt dat ik hem niet zal vinden. Ik blijf gewoon door zoeken, maar...'

'En denk je dan werkelijk dat hij niet komt opdagen? Dat hij ons laat stikken?'

'Misschien heeft hij geen keus.'

'Wat bedoel je daarmee?'

'Dat weet ik eigenlijk niet.' En ik wilde er ook niet over nadenken. 'Wat doe je dan?'

Het bleef even stil. Na een poosje zei hij: 'We wachten tot tien uur morgenochtend. Als hij er dan nog niet is, laat ik een persbericht uitgaan waarin het optreden geannuleerd wordt. Iedereen krijgt zijn geld terug. De promotors zullen verrekt kwaad zijn. Er zullen processen aanhangig worden gemaakt. Juridisch wordt het één grote puinhoop. En financieel.'

'Voor wie?'

Hij knikte met zijn hoofd naar het podium. 'Voor hen drieën. En ironisch genoeg, voor Wayne. En voor mij.'

'Kunnen ze dat concert niet gewoon met z'n drieën doen?'

'Nee. Daar hebben we het uiteraard wel over gehad, maar...'

'De fans zullen in opstand komen.'

'Niet alleen dat, maar alle vier de Laddz hebben het contract getekend. Ze zijn wettelijk verplicht om het concert als kwartet af te werken. Het is alles of niets.'

'Jammer,' zei ik. 'Want anders had jij kunnen invallen. Je kunt echt goed dansen.'

'... o ja?'

'Dat weet je best. Ik heb altijd gezegd dat je fantastisch kon dansen. Ondanks al die andere dingen die je doet.'

Heel even verscheen er een angstaanjagende blik op zijn gezicht. 'Helen? Kunnen we even onder vier ogen praten?'

Nee, dacht ik. 'Oké,' zei ik.

Hij liep om het podium heen en ik volgde hem door de lange, kale gang. Daar trok hij een deur open en ik stapte achter hem aan een klein kleedkamertje binnen. Hij trok de deur vastberaden achter ons dicht.

'We moeten praten,' zei hij.

'... oké.'

'Ik weet wel dat ik dit al eerder tegen je heb gezegd, al wel duizend keer, maar ik wil je toch vertellen hoe het me spijt,' zei hij. 'Het spijt me dat ik je al die moeilijkheden heb bezorgd. En het spijt me van Bronagh.'

Ik moest iets wegslikken. 'Bronagh was mijn beste vriendin,' zei ik. 'Dat had je nooit mogen doen.'

'Dat is iets wat ik tot mijn laatste snik zal betreuren,' zei hij. 'Maar ik zou toch heel graag willen dat je begrijpt dat zij zelf met het idee kwamen, dat zij naar mij toe zijn gekomen en erop aandrongen.'

'Je hebt ze bedrogen...'

'Ik heb ze niet bedrogen.'

Oké, hij had ze niet bedrogen. Maar hij had ze wel geruïneerd. En hij had onze relatie met de grond gelijkgemaakt.

'Ik heb nee gezegd,' zei hij. 'Maar ze stonden erop. Vooral Blake.'

Dat zou best waar kunnen zijn, dat kon ik niet ontkennen. Blake was gek op geld, bij het minste of geringste kreeg hij al eurotekentjes in zijn ogen. Hij beschouwde zichzelf als een soort ondernemer, dat was zelfs een van de redenen geweest waarom hij zo goed met Jay kon opschieten. Het was ook een van de vele redenen waarom we zo'n hecht kwartet hadden gevormd.

'We hebben zoveel plezier gehad,' zei ik. 'Met ons vieren.'

En dat was ook zo. We waren altijd bij elkaar en zetten de stad op stelten, tot Bronagh en Blake – zonder dat iemand mij iets vertelde – geld staken in een van de zakelijke projecten van Jay. Het was iets wat niet te lijden had onder de recessie, maar wat er juist door werd aangewakkerd – ze noemden het 'debt bundling' – hoewel ik nooit precies heb begrepen hoe het in zijn werk ging.

Het werd gesteund door een bank in een tijd dat banken nergens wensten in te stappen. Maar het onmogelijke gebeurde: de muurvaste Deense moederbank legde het loodje en toen het hele kaartenhuis in elkaar stortte, ging ook de beginnende onderneming van Jay onderuit en raakten Bronagh en Blake al hun geld kwijt. Ze hadden geld geleend om te investeren – dat heet kredietspeculatie – dus behalve dat ze al hun spaargeld kwijtraakten, bleven ze ook nog eens met een schuld van vele duizenden zitten. Het was zoveel dat ik niet eens wilde weten om hoeveel het precies ging. Het was een nachtmerrie voor hen en dat namen ze mij kwalijk, omdat ik hen aan Jay had voorgesteld.

Ze vergaven het me nooit. En ik vond het zo vernederend dat Jay mijn vrienden financieel had geruïneerd, dat ik hem dat nooit vergaf.

Ons kwartet viel uit elkaar. Bronagh en Blake wilden niet meer met mij praten en ik wilde niet meer met Jay praten. Dat was een jaar geleden gebeurd.

'Maar ik heb niets oneerlijks gedaan, zoals jij maar blijft beweren,' zei Jay. 'Ik ben geen oplichter. Het was zakelijk gezien een prima idee en het werd ook nog eens gesteund door een bank met een goede naam waarvan niemand verwachtte dat ze eronderdoor zouden gaan.'

Ik sloot mijn ogen. Daarna zuchtte ik en nam eindelijk afscheid van dat bittere gevoel, de overtuiging dat Jay Parker een boef was. Hij had gewoon pech gehad.

En Bronagh en Blake waren ook niet op hun achterhoofd gevallen: ze waren met open ogen in de overeenkomst met Jay gestapt.

Trouwens, nu ik toch bezig was, kon ik net zo goed toegeven dat de vriendschap tussen mij en Bronagh misschien niet zo hecht was geweest als ik had gedacht. In het begin wel, voordat ze trouwde. Maar toen ik zes maanden later mijn eerste aanval van depressie kreeg, had ze me niet echt een schouder geboden om op uit te huilen, ze was in het ziekenhuis maar één keer bij me op bezoek geweest. Ik had dat vergoelijkt door mezelf in te prenten dat ze nog niet zo lang getrouwd was, dat ze nog steeds in haar wittebroodsweken zat.

Maar misschien had onze vriendschap juist daardoor schade opgelopen – ik had haar tijdens mijn ziekte de stuipen op het lijf gejaagd en ik was nooit meer helemaal de oude geworden.

'Vergeef me alsjeblieft,' zei Jay.

Ik werd ineens bekropen door een gevoel van rust, het was een opluchting om alles van me af te zetten. 'Ik vergeef je,' zei ik. 'Echt waar.'

Er verscheen een hoopvolle blik in zijn ogen. 'Misschien zouden we...'

'Nee,' zei ik vriendelijk. 'Zet dat maar uit je hoofd. Daar beginnen we niet meer aan.'

'Vanwege je nieuwe vriend? Is het serieus?'

'Mmm,' zei ik. Het had geen zin om in details te treden. Het vredige gevoel verdween abrupt, maar binnenkort maakte dat allemaal toch niets meer uit.

64

Ik had een sms'je van Artie met het verzoek hem te bellen, maar dat deed ik niet. Als ik met hem zou gaan praten, hield dat in dat we het ook moesten hebben over het feit dat tijdens de nachten die ik op de vloer in Wayne Diffneys zitkamer had doorgebracht Arties ex-vrouw in zijn huis had geslapen. Misschien wel in zijn bed. Die kans leek groot, want ze was zich een ongeluk geschrokken toen ze mij ineens tegen het lijf liep.

Ik nam een besluit. Ik zou doorgaan met het zoeken naar Wayne. Ik had bij wijze van troost mijn spulletjes bij de hand. Maar tot Jay Parker morgenochtend het persbericht uitvaardigde waarin de optredens afgezegd werden, zou ik naar Wayne blijven zoeken. En daarna hield ik het voor gezien.

Ik pakte vlijtig mijn zoektocht weer op en volgde de paar losse aanwijzingen die ik nog had. Ik belde Connie, Waynes zus, maar ik werd rechtstreeks doorverbonden met haar voicemail. Het was misschien een beetje paranoïde van me, maar ik had het gevoel dat ze me meed. Daarna belde ik Digby, de vermoedelijke taxichauffeur, en kreeg ook bij hem de voicemail.

Wilde dan niemand met me praten?

Ik besloot om Harry Gilliam te proberen en mezelf aan zijn genade over te leveren. Tot mijn verbazing nam hij op. 'Wat is er?' Ongeduldig als altijd.

'Ik moet met je praten,' zei ik.

'Ik heb het druk.' En inderdaad werd er om hem heen gekakeld dat het een lieve lust was. 'Ik ben bezig mijn nieuwe kip af te richten voor een wedstrijd.'

'Kunnen we het dan even telefonisch afdoen?' Ik wist dat hij daar niet in zou trappen. 'Anders kan ik wel naar je trainingsveld komen.' Het bleef even stil. 'Ik wil niet dat jij naar mijn kippen loopt te gluren. Ik zie je over een halfuur wel in mijn kantoor.'

Hij verbrak de verbinding voordat ik de kans kreeg om tegen hem te zeggen dat ik zijn kippen helemaal niet wilde zien. Ik hield niet van kippen.

Ze hadden van die rare ogen. Net kraaltjes.

Zoals gewoonlijk zat Harry achter in Corky's, met een glas melk voor zich op tafel.

Ik schoof aan.

'Wil je iets drinken, Helen?' vroeg hij.

'Ja,' zei ik en ik verbaasde mezelf door zo uitdagend te reageren. 'Geef me maar een Orgasme Op Een Fiets.' Alsof zoiets bestaat.

Hij gebaarde even naar de barkeeper en keek me toen eens goed aan. 'Wat is er met je voorhoofd gebeurd?'

'Iets te enthousiast gevrijd,' zei ik.

Er verscheen een vreemde uitdrukking op zijn gezicht. Zat hij nou te meesmuilen?

Ik hield mijn hoofd vragend opzij. 'Wat is er?'

'Och...' Ja, hij zat te meesmuilen! Ik vergiste me echt niet!

'... dus jij was het!'

'Niet... in eigen persoon,' zei hij, terwijl er nu een brede zelfgenoegzame grijns op zijn gezicht verscheen. Het was de eerste keer dat ik hem ooit had zien lachen.

'Niet in eigen persoon,' drong ik aan, 'maar...?'

'... een van mijn medewerkers.'

'Op jouw verzoek?'

'In opdracht van mij,' verbeterde hij, een tikje kortaf. Harry Gilliam verzocht niet, hij beval.

'... maar waarom?'

'Je had er kennelijk geen zin meer in en ik wilde dat je naar Wayne bleef zoeken. Ik wist ook dat de beste manier om Helen

Walsh voor je karretje te spannen is door haar te vertellen dat ze iets niet moet doen.'

'Je had me ernstig kunnen verwonden!'

'Welnee!' Dat wuifde hij achteloos weg. 'Mijn medewerker is een kunstenaar. Uitmuntend in staat om de toestand juist in te schatten. En,' hij stopte even voor een kil lachje, 'aangezien hij je een klap heeft verkocht met de loop van een pistool had je er heel wat slechter af kunnen komen.'

Ik staarde hem zwijgend en met open mond aan. Mijn hoofd was een warboel van emoties – verontwaardiging, schrik, ongeloof, honger naar wraak – en toen ineens voelde ik niets meer. Wat maakte het uit? Gedane zaken nemen geen keer.

'Maar waar zit Wayne dan? Jij weet kennelijk iets en dat kun je me beter vertellen. Als je me een klap op mijn kop verkocht hebt, sta je bij me in het krijt.'

Zijn zelfvertrouwen verdween als sneeuw voor de zon en hij nam treurig een slokje melk. 'Ik heb geen flauw benul waar Wayne uithangt.'

'Maar...' Ik snapte er niets van. 'Wat is er aan de hand? Wat heb jij dan voor belang bij dit gedoe?'

'Ik heb er... geld in zitten,' bekende hij bijna verlegen.

'Jij? Heb jij geld gestoken in die Laddz-concerten? Een boef als jij?'

'De tijden veranderen, Helen. Het is allemaal niet zo gemakkelijk meer voor een eenvoudige fatsoenlijke zakenman als ik. Ik moet mijn belangen spreiden.'

'Dus je weet helemaal niets waar ik iets aan heb?' Ik keek hem met grote ogen aan. Ineens drong tot me door dat Harry Gilliam net zo wanhopig was als de rest en ook geen idee had wat er aan de hand was. Hij was alleen een beetje enger.

'Kop op, Helen,' zei hij. 'Ga nou maar gewoon terug en zorg dat je hem vindt. Wayne Diffney kan morgenavond maar beter op dat podium staan.'

'Want anders?'

'Anders word ik behoorlijk pissig.'

Ik schonk hem een geniepig lachje. Morgenavond zou ik er niet meer zijn en dan kon hij net zo pissig doen als hij wou.

Zichtbaar uit zijn evenwicht vroeg hij: 'Waar lach je om?'

'Vaarwel, Harry.'

Toen ik terug was in mijn auto en mijn telefoon overging, zag ik dat het Antonia Kelly was. Ik was nog zo geconcentreerd op Wayne dat ik heel even moest nadenken wie dat ook alweer was. Maar dat duurde niet lang.

'Helen? Je zei dat je met me wilde praten?'

'Hallo, Antonia. Ja, ik weet dat je het erg druk hebt, maar...'

'Is het dringend, Helen?'

Ik dacht aan mijn bezoek aan de ijzerwinkel. 'Nee.' Mijn plan stond vast en daar week ik niet meer van af. Antonia had me gisteren misschien nog kunnen redden, maar inmiddels had ik een andere weg ingeslagen en die beviel me prima.

'Ik had je niet lastig moeten vallen. Ik had het gewoon even moeilijk.'

'Hoe erg is het, Helen?'

'Helemaal niet. Het spijt me dat ik je heb lastiggevallen.'

'Helen,' zei ze vriendelijk. 'Je vergeet dat ik je ken. Je bent de meest zelfstandige persoon die ik ooit heb ontmoet. Je had me nooit gebeld als je niet wanhopig was geweest.'

En dat raakte me op de een of andere manier. Ze kende me. Iemand kende me. Ik was niet volslagen alleen.

'Heb je zelfmoordneigingen?' vroeg ze.

'Ja.'

'Heb je daar al in een bepaald opzicht aan toegegeven?'

'Ik heb een stanleymes gekocht. En nog wat dingen. Ik ga het morgen doen.'

'Waar ben je nu?'

'In mijn auto. Ik sta geparkeerd in Gardiner Street.'

'Heb je dat mes bij je?'

'Ja.'

'Zie je ergens een vuilcontainer? Blijf tegen me praten, Helen. Zie je een container? Kijk eens uit het raam.'

'Ja, ik zie er een.'

'Oké. Blijf praten. Stap uit je auto en gooi dat mes in de container.'

Gehoorzaam pakte ik de tas van de vloer en stapte uit mijn auto.

Het was zo fijn dat er voor de verandering eens iemand anders bepaalde wat er ging gebeuren.

'Er staat op "uitsluitend plastic". Op de container,' zei ik.

'Ik denk dat ze in dit geval wel bereid zijn een uitzondering te maken.'

Ik gooide de tas met het mes, het plakband, het papier en de markers, de hele santekraam, in de container. 'Oké. Dat is gebeurd.'

'Goed, stap dan nu maar weer in je auto.'

Ik stapte weer in en sloeg het portier dicht.

'Daarmee is het eerste probleem opgelost,' zei ze. 'Maar uiteraard zal niets je ervan weerhouden om nog zo'n mes te kopen. Denk je dat je de rest van de dag doorkomt zonder dat te doen?'

'Nou ja, aangezien ik van plan was om het pas morgen te doen, denk ik van wel.'

'Is er iemand naar wie je vanavond toe kunt? Iemand bij wie je je veilig voelt?'

Daar moest ik even over nadenken. Ik kon naar Waynes huis toe gaan. Daar voelde ik me veilig. Het was waarschijnlijk niet precies wat Antonia bedoelde, maar ik zei: 'Ja.'

'Dan hebben we de keus. Helaas ben ik op dit moment in het buitenland, maar morgenmiddag ben ik terug en dan kun je naar me toe komen. Of zou je willen overwegen – ik weet hoe vreselijk je het daar vond – om terug te gaan naar het ziekenh...'

Ik wilde het woord niet eens horen. Ik viel haar in de rede voordat ze uitgesproken was. 'Ik zal erover nadenken.'

'Je bent heel sterk,' zei ze. 'Veel sterker en veel moediger dan je zelf denkt.'

'... is dat zo?'

'O ja.'

Ik vond het bijna irritant dat ze dat zei, want nu had ik het gevoel dat ik haar vertrouwen in mij niet mocht beschamen. Ik mocht haar niet teleurstellen.

Nadat ze de verbinding had verbroken, bleef ik nog een hele tijd in mijn auto zitten. Ik voelde me niet rustig – het was lang niet zo prettig als rustig – maar berustend. De behoefte om mezelf van het leven te beroven was verdwenen, althans voorlopig. Het zou zomaar terug kunnen komen, dat was de vorige keer ook gebeurd, maar voorlopig stond ik voor de zwaardere keus: ik moest dit doorstaan.

Op dezelfde manier als ik de vorige keer had gedaan: door stapels pillen te slikken, twee keer per week naar Antonia te gaan, naar yoga te gaan, proberen te gaan hardlopen, alleen blauw voedsel te eten en me misschien een tijdje te laten opnemen om ervoor te zorgen dat ik niet aan mijn zelfmoordneigingen toegaf. Ik kon opnieuw een vogelhuisje gaan maken. Je kunt nooit genoeg vogelhuisjes hebben. Ik zou best een T-shirt willen hebben met dat opschrift.

Mijn telefoon ging over. Het was Artie. Alweer.

Ik kon het gesprek met hem ontlopen. Waarom zou ik mezelf zoiets pijnlijks aandoen? Maar – zou het komen omdat ik graag de puntjes op de i zet? – ik nam toch op.

'Ik moet je spreken,' zei hij.

'Ja, dat idee had ik al.'

'We kunnen dit niet telefonisch afdoen.' Hij klonk alsof hij zich helemaal niet op zijn gemak voelde. 'Ik moet je onder vier ogen spreken.'

Ik legde me erbij neer. Het kon maar beter snel voorbij zijn.

'Wanneer? Nu?'

'Dat lijkt me een goed idee. Ik ben op m'n werk.'

'Oké, dan zie ik je over twintig minuten.'

65

Onder het rijden begon ik te huilen. Eerst stilletjes, met tranen die over mijn wangen biggelden zonder dat ik er iets aan hoefde te doen.

Maar toen het verdriet in mijn binnenste begon af te brokkelen en hele stukken trillend omhoogschoten naar mijn keel begon ik langzaam maar zeker zo heftig te snikken dat ik bijna stikte. Voor een stel stoplichten hoefde ik niet meer rechtop te blijven zitten en kon ik eindelijk mijn hoofd op het stuur laten zakken om me volledig over te geven aan de stuiptrekkingen. Ineens merkte ik dat er iemand naar me keek – een jongeman in de auto naast de mijne. Hij liet zijn rechtervoorraampje zakken en vroeg geluidloos en met een oprecht bezorgd gezicht: 'Is alles in orde?'

Ik veegde mijn gezicht af met mijn arm en knikte. Ja, prima, dank je wel, heel fijn.

Artie stond me op te wachten bij de dubbele deuren die toegang gaven tot de etage met zijn kantoor. Hij zag eruit als een gekweld man. Zijn ogen gleden even over mijn betraande gezicht, maar hij zei niets.

Ik wilde naar zijn glazen kantoortje lopen, maar hij hield me tegen. 'Nee, niet daar. Dat is veel te onbeschut.'

'Waar dan?'

Hij nam me mee naar een speciaal kantoor, eentje zonder ramen.

'Zullen we gaan zitten?' vroeg hij.

Ik knikte, verstomd van verdriet, en viel neer op een ongemakkelijke bureaustoel. Artie pakte een andere en daar zaten we dan, tegenover elkaar.

'Ik heb hier heel lang over nagedacht,' zei hij.

Ja, dat zou vast wel.

'Ik wil dit eigenlijk helemaal niet doen,' zei hij.

'Doe het dan niet,' zei ik.

'Daarvoor is het nu te laat,' zei hij. 'Ik kan niet meer terug. Het kwaad is geschied. Het is een ontzettend moeilijke beslissing geweest, die me echt heeft verscheurd. Maar...' Hij bleef even ellendig zwijgen, met zijn ellebogen op zijn knieën en zijn hand voor zijn mond.

Het wachten werd me te veel. 'Vooruit, zeg het nu maar.'

'Oké.' Hij keek me eindelijk recht in de ogen. 'Ik heb dat contract bekeken. Uiteraard kon ik er geen kopie van maken. Als ze er ooit achter komen dat ik het zelfs maar onder ogen heb gehad... Maar goed, waar het op neerkomt, is dat John Joseph Hartley er tot aan zijn nek in zit.'

'In wat?'

Artie keek verbaasd. 'Met geld in de Laddz-concerten. En hij is niet verzekerd, hij kon zich de premie niet veroorloven. Als de concerten niet doorgaan, is hij gezien. Hij zit letterlijk om Wayne Diffney te springen.'

Het duurde even voordat ik iets kon zeggen. Niet omdat ik al die dingen al wist, maar omdat Artie zo'n risico voor mij had genomen. 'Heb je me daarom meegenomen naar dit enge kamertje? Om me te vertellen dat je je carrière op het spel hebt gezet om voor mij inzicht te krijgen in een privécontract?'

'Er is meer,' zei hij.

Ja, dat dacht ik al.

'Je vriendje Jay Parker is er ook bij betrokken.'

'Mijn vriendje?'

'Ja, je vriendje.'

'Hij is mijn vriendje niet.'

Artie bleef me zwijgend aankijken. 'O nee?' Artie was niet op zijn achterhoofd gevallen. 'Ik was... bang dat hij dat wel was. Dat jullie nog niet klaar waren met elkaar.'

Ik schudde mijn hoofd. 'Er is niets meer. Tussen mij en Jay Parker is alles... helemaal...' Wat was het beste woord? '... voorbij.'

'Dat is... een hele opluchting.' Wat zeiden we toch veel tussen de regels door, Artie en ik. We waren echt net een boek van Jane Austen, zoals mijn moeder altijd zei.

'Nog één ding,' zei hij.

'Ga verder...'

'Harry Gilliam heeft er ook geld in gestoken. Uiteraard heeft hij zich verscholen achter een holding company, allemaal heel slim en klef, maar de details doen er niet toe. Wat wel telt, is dat hij een gevaarlijk individu is, Helen. Het is niet aan mij om je te vertellen wat je moet doen, maar je kunt echt beter bij hem uit de buurt blijven.'

'Oké. Dat zal ik doen. En verder?'

'Verder?'

'Is dat alles wat je me te vertellen hebt?'

Hij leek een tikje verrast. '... eh... ja. Zou er nog iets anders moeten zijn?'

'Ik dacht dat je me hier had laten komen om het uit te maken.'

Hij bleef me een hele tijd aankijken. 'Waarom zou ik dat doen?' vroeg hij zacht. 'Ik hou toch van je?'

405

66

'Echt waar?' Christus. Dat had ik niet verwacht. Hij bleef me een beetje behoedzaam aankijken, want nu was het mijn beurt. En uiteindelijk kostte het niet de minste moeite. 'Ik hou ook van jou.'

'Echt waar?'

'Ja.'

'Jezus christus.' Hij leek in elkaar te zakken van opluchting. Daarna verscheen er langzaam maar zeker een glimlach op zijn gezicht.

God, wat was hij toch mooi.

'Er is alleen één ding...' zei ik.

'Vonnie. Ik weet het,' zei hij ernstig. 'Ik heb het met haar besproken. Het moet een keer ophouden dat ze maar komt en gaat alsof ze nog steeds in mijn huis woont. En ik heb ook met de kinderen gepraat, ik heb ze verteld dat ik van jou hou, dus we hoeven niet langer te doen alsof we niet met elkaar naar bed gaan. We kunnen elkaar veel vaker zien.'

'Daar gaat het niet om. Hoewel – en je weet best dat ik het hele stel graag mag – jij en ik best iets meer tijd voor onszelf kunnen gebruiken. Maar wat ik je probeer te vertellen, is dat ik me niet zo best voel. Geestelijk, bedoel ik.'

'Dat was me al opgevallen.'

'O ja?' reageerde ik verbaasd.

'Ik hou van je. Natuurlijk is me dat opgevallen. Je eet niet meer. Je slaapt niet meer. Ik heb geprobeerd om er met je over te praten, maar je bent zo eenzelvig...'

'Komt het door de geur?' flapte ik eruit. 'Stink ik? Ik heb geprobeerd om onder de douche te gaan, maar ik heb gewoon een beetje hulp nodig om zover te komen...'

'Je ruikt heerlijk. Wat ik eigenlijk bedoel is, hoe kan ik je helpen?'

'Dat weet ik niet,' bekende ik. 'Ik weet niet of je dat kunt. Het is net alsof ik in een afschuwelijke achtbaan zit. Ik weet niet waar

die me mee naartoe sleept, ik weet niet hoe erg het zal worden. Ik heb net met de vrouw gesproken die me de vorige keer heeft geholpen. Ik denk dat je gewoon geduld met me zult moeten hebben.'
'Ik zal geduld met je hebben.'
'Zelfs als ik opgenomen moet worden? Ik bedoel: in een psychiatrisch ziekenhuis.'
'Zelfs dan. Wat voor soort ziekenhuis maakt niet uit.'
'Waarom ben je zo lief voor me?'
'Dat heb ik je al verteld. Ik... heb de grootste achting voor je.'
Dat maakte me aan het lachen. 'Hoor eens, ik moet ervandoor.'
Hij stond haastig op. 'O ja?' Hij klonk een beetje geschrokken.
'Ik ben nog steeds bezig met dat gedoe rond Wayne. Ik ga ermee door tot morgenochtend tien uur, op dat moment komen ze met een persbericht waarin de optredens geannuleerd worden. Daarna ga ik me op al die andere dingen concentreren... op het ziekenhuis en zo.'
'Ik weet niet of...'
'Nee echt, Artie, alles is in orde. Ik zal heus geen... rare dingen doen. Ik was het eigenlijk wel van plan, maar de aandrang is weg.'
'Waar ga je nu heen?'
'Weer naar het huis van Wayne, denk ik. Ik weet niet wat ik anders moet doen. Het lijkt allemaal een beetje... alsof er niets te gebeuren staat. Maar ik ga er toch maar naartoe.'

Ik was nog geen tien minuten in Waynes huis toen de telefoongegevens binnenkwamen.

En het was een enorme hoeveelheid. Jezus christus, om gek van te worden. Terwijl de gegevens over het schermpje van mijn telefoon rolden, overwoog ik even om naar mam te rijden en alles op een normale computer te downloaden, zodat ik het beter kon lezen, maar daar was ik te opgewonden voor. Ik kon niet langer wachten en ik durfde er niet op te vertrouwen dat ik mijn aandacht voldoende bij het stuur zou kunnen houden.

Telefoonman had de volledige tekst geleverd van alle sms'jes die Wayne in de maand voordat hij verdween had ontvangen en verstuurd. Dat waren er letterlijk duizenden en de sms'jes die hij met Zeezah had uitgewisseld waren even boeiend als een soap. En er waren ook nog honderden andere sms'jes, afspraken die gemaakt werden, groetjes die werden verstuurd en een heleboel losse troep, die nergens op sloeg.

Uiteindelijk moest ik mezelf dwingen ermee op te houden, want het enige wat echt telde, was het nummer waarvandaan Gloria had gebeld. Het was een nummer uit Dublin en aan de eerste drie cijfers was te zien dat het uit de buurt van Clonskeagh of Dundrum kwam.

Ik belde het en een computerstem zei: 'Toestel Zes. Vier. Zeven. Een. wordt niet opgenomen.' Meteen gevolgd door een andere computerstem die zei: 'Het kantoor is momenteel gesloten. Morgenochtend om tien uur kunt u weer terecht.'

Wat? Hoe laat was het dan? Toen ik op mijn telefoon keek, bleek het kwart over zes te zijn. Waar was de dag gebleven?

Oké. In principe was er niets aan de hand. Ik moest gewoon het nummer opvoeren bij een van mijn omgekeerde telefoonsites, dan zouden meteen Gloria's volledige naam en adres op mijn scherm verschijnen. Dat deed ik... maar er gebeurde niets.

Nu begon ik me echt zorgen te maken, want ik wist wat er aan de hand was. Telefoonproviders verkochten regelmatig een heel stel nummers die allemaal onder één hoofdnummer vielen aan bedrijven. Die konden daardoor hun eigen telefoonsysteem inrichten en van bepaalde nummers interne lijnen maken en andere als privénummer aan werknemers geven. Uiteraard kon zo'n bedrijf die nummers wel vrijgeven, maar alleen als ze dat wilden. Deden ze dat niet, dan had zo'n geniepige omkeertruc als ik net had geprobeerd geen enkele zin. Het enige nummer dat aan de naam van het bedrijf was gekoppeld, was het oorspronkelijke hoofdnummer. Als ik dat kon achterhalen, dan zou ik in elk geval weten vanuit welk bedrijf Gloria had gebeld. Ik nam instinctief aan dat het om een taxibedrijf of een telefoonwinkel ging. Zou Wayne misschien een nieuwe telefoon hebben aangeschaft op de ochtend van zijn verdwijning? En wat zou dat dan precies inhouden? Dat wist ik niet, nog niet.

Maar de kans was groot dat Wayne naar Gloria had gebeld en dat ze hem daarop teruggebeld had. En inderdaad bleek dat Wayne woensdagochtend om zeventien minuten over negen via zijn mobiel een nummer gebeld had dat met dezelfde drie cijfers begon als het nummer van Gloria. De laatste vier cijfers waren anders, maar ik ging ervan uit dat het wel degelijk om hetzelfde bedrijf ging. Toen ik het belde, kreeg ik opnieuw een bandje met de mededeling dat het kantoor gesloten was en dat ik de volgende ochtend om tien uur weer terechtkon. De omgekeerde zoektocht leverde niets op, zoals ik al had verwacht.

Ik bleef urenlang rommelen en haalde de omkeertruc met verschillende cijfercombinaties uit, op zoek naar het hoofdnummer dat me zou vertellen waar ik Gloria kon vinden, maar ik had geen succes.

Op een gegeven moment belde John Joseph om te horen of ik de telefoongegevens al had.

'Ja, maar ze leveren niets op. Nou ja, ik heb massa's gegevens, maar niets wat ons verder helpt.'

'Ik geloof je niet.'

'Dan niet.'

'Stuur alles maar naar Walter Wolcott.'

'Mij best.'

Morgen kon hij ze krijgen.

Woensdag

67

Ik werd om een minuut over zeven wakker gebeld door mam. Die belde me bijna nooit, dus er was vast iemand dood.

'Mam?'

'Helen. Waar ben je?' Haar stem klonk zo gespannen dat het leek alsof ze uit elkaar zou spatten.

'Vlakbij.'

'Je moet meteen hiernaartoe komen.'

'Waarom? Is er iemand dood?'

'Nee.' Ze klonk verrast, maar toch vaag. Echt raar. 'Zoiets is het niet. Maar je moet nu meteen hierheen komen.'

'Zijn er moeilijkheden?' Ik zag ineens in mijn verbeelding hoe een van Harry Gilliams 'medewerkers' een mes tegen haar keel hield.

'Wil je nu eindelijk voor de verandering eens doen wat je moeder zegt en meteen in je auto stappen?'

'Moet ik me aan de maximumsnelheid houden?'

'Nee, absoluut niet.' Maar ze voegde er meteen aan toe: 'Zorg dat je niet aangehouden wordt. En als dat wel zo is, zeg je maar dat het om een spoedgeval gaat.'

Een spoedgeval. Dat was heel geruststellend. 'Mam! Zeg het nou!'

'Er is hier iemand voor je.'

Wayne. O goddank. Hij was eindelijk boven water gekomen en nog net op tijd.

'Is het een man?' vroeg ik voor alle zekerheid.

'Ja.'

'In de dertig?'

'Ja.'

'Werkt hij in de amusementsindustrie?'

'Helen, hier hebben we geen tijd voor!'

'Oké, ik kom eraan.'

Ik reed alsof de duivel me op de hielen zat, maar dat doe ik altijd. Ik geloof niet in voorgeschreven snelheden. In elk geval niet op fatsoenlijke wegen. In woonwijken, nou vooruit. Als ik op een plek ben waar kinderen wonen, ben ik meteen bereid om tien kilometer per uur te rijden. Wil ik me naast alles wat mijn geest al zo bezwaart ook nog eens schuldig gaan voelen omdat ik een kind heb doodgereden? Nee, helemaal niet. Maar op echte wegen, op die zeldzame dagen dat Dublin niet en masse in de file staat, moet ik gewoon met een fatsoenlijke snelheid kunnen rijden.

Snelheidsbeperkingen zijn toch alleen maar uitgevonden om de politie de kans te geven zoveel mogelijk bonnen te schrijven. En dan gaan ze een keer per maand met z'n allen de kroeg in om dat geld op te zuipen. Ze stoppen alles in een grote envelop die ze afgeven aan de bar en ze zeggen tegen de barkeeper: 'Blijf maar schenken tot alles op is.' Dat kan ik bewijzen.

Nou ja, niet echt bewijzen, maar ik weet het wel zeker. Net als iedereen.

Er stond een onbekende auto bij mijn ouders voor de deur. Zo'n geval dat nauwelijks schadelijke stoffen uitstoot. Dat had op zichzelf al een hint moeten zijn met betrekking tot de identiteit van de bezoeker.

Mam deed de voordeur al open voordat ik mijn sleutel kon pakken. Ze had een rare uitdrukking op haar gezicht. Alsof ze een visioen had gehad en niet wist wat ze daarmee aan moest. Alsof de Heilige Maagd haar de blote kont had toegedraaid.

Ze pakte me bij mijn arm en nam me mee naar binnen.

'Wat is er aan de hand?' vroeg ik.

'Hij zit daar.' Ze duwde me in de richting van de zitkamer, de 'mooie' kamer, maar bleef zelf staan. 'Schiet op.'

'Ga je niet mee naar binnen?' Het was niets voor haar om zo'n dramatisch moment te laten lopen.

'Dat kan ik niet,' zei ze. 'Dat kan mijn lichaam niet meer aan. Ik ben bang dat ik een beroerte krijg. Je vader moest weer terug naar bed. Zijn bloeddruk is de pan uitgerezen. We hebben allebei een bètablokker genomen.'

'Nou... vooruit dan maar.'

Ik duwde de deur open en liep naar binnen. In een van de gebloemde fauteuils zat een man met een kopje thee in een van mams dure kopjes. Maar het was niet Wayne.

Het was Docker.

Een van de beroemdste, aantrekkelijkste en meest charismatische kerels ter wereld. Het was zo ongerijmd, zo onverwacht en zo onwerkelijk dat mijn lichaam even overwoog om flauw te vallen, maar ook meteen wist dat dat niet dramatisch genoeg was. Ik was me ineens bewust van elke cel in mijn lijf, van elk spoortje energie dat ineens halsoverkop door me heen raasde. Heel even was ik bang dat ik mijn normaal gesproken zo betrouwbare darmen niet meer in bedwang had.

'Helen? Helen Walsh?' Hij stond op en zijn persoonlijkheid omhulde hem als een stralenkrans die de hele kamer in vuur en vlam zette. Hij stak zijn hand uit. 'Ik ben Docker.'

'Dat weet ik,' zei ik vaag en ik keek op in zijn gebruinde, bijzonder beroemde gezicht.

'Het spijt me dat ik je zo overval, maar ze hebben je e-mail aan me doorgestuurd en ik was toch in de buurt. Ik zat in Groot-Brittannië...'

'Weet ik. Ik zag het in het nieuws.'

'En een maatje van me vloog terug naar Dublin, dus ben ik met hem meegelift.'

Dat was het meest beladen zinnetje dat ik ooit had gehoord. Dockers 'maatje' was ongetwijfeld Bono en er was kennelijk sprake van privévliegtuigen.

'Ik voel me een beetje...'

'Ja, ga maar even zitten.' Hij bracht me naar de bank.

'Kom je naast me zitten?' vroeg ik. 'Zodat ik straks kan zeggen dat ik samen met Docker op één bank heb gezeten?'

'Ja, hoor.'

'Het spijt me ontzettend,' zei ik ineens uit de grond van mijn hart. 'Het moet echt afschuwelijk voor je zijn dat iedereen die je ontmoet meteen een halve beroerte krijgt.'

'O, dat geeft niks,' zei hij. 'Dat is zo weer over. Mensen raken gewend aan me.'

'Hoe wist je waar ik woonde?'

'Ik heb links en recht geïnformeerd.'
'O ja?' Zo eenvoudig was dat. God, hoe zou het zijn om zulke contacten te hebben?
'Maar waar zit hij nu?' vroeg ik.
'Wayne? Dat weet ik niet. Ik heb geen flauw idee.'
'Wat bedoel je?'
'Ik heb Wayne in geen tijden gezien. In geen jaren. Ik heb hem niet eens gesproken.'
'Maar je maakt nog steeds elk jaar in mei vijfduizend dollar naar hem over.'
'Is dat zo?'
'Ja. Via je bedrijf. Een vast bedrag. Voor het refrein van "Windmill Girl".'
Hij keek me met grote ogen aan. 'Dat was ik helemaal vergeten. Maar je hebt gelijk.'
Ik staarde hem aan. Hoe zou het zijn om zo rijk te zijn dat je niet eens merkt dat er vijfduizend dollar van je bankrekening wordt afgeschreven?
'Maar... als je niet weet waar Wayne is, waarom ben je dan hier? En waarom zo vroeg in de ochtend?'
'Is het vroeg?'
'Eh... ja. Het is halfacht.'
'Sorry. Nu snap ik je. Maar ik ben de hele nacht op geweest en ik denk dat ik nog steeds in een andere tijdzone zit... Je weet hoe dat gaat.'
'Eigenlijk niet.' Ik keek hem vol bewondering aan. Goh, die internationale figuren... 'Maar als je niet weet waar Wayne is, waarom ben je dan hier?'
'Ik wil helpen. Wayne heeft me een enorme dienst bewezen. Ik sta bij hem in het krijt. Ik voelde me altijd al een beetje... nou ja je weet wel... Alles liep voor mij echt van een leien dakje.'
Dat was waar. 'Maar die witte pakken en de danspasjes liggen nu wel heel ver achter je.'
'Toch zullen ze altijd een deel van me blijven.'
'Ik weet wel dat je dat hoort te zeggen,' zei ik. 'Maar meen je dat ook echt?'
Hij reageerde een beetje onthutst. '... nou ja, het is allemaal al-

weer zo lang geleden. Maar het was echt hartstikke leuk. Heel af en toe, ongeveer één keer per jaar, droom ik daar nog wel eens van: van het zingen, het dansen en al die vaste patroontjes. Het leven was toen een stuk simpeler.'

Ik glimlachte euforisch. Ik voelde me vreemd en blij. Kennelijk de shock.

'Het eerste concert is vanavond,' zei ik. 'De andere drie jongens hebben het geld hard nodig. Als Wayne niet komt opdagen, gaat die hele reünie niet door. Dus als je iets weet, als je Wayne op de een of andere manier in bescherming neemt, is nu het juiste moment om dat op te geven.'

'Ik heb eerlijk geen flauw idee waar hij is,' zei hij. 'Ik heb echt in geen tien jaar met hem of met een van de andere Laddz gesproken. Maar ik zal je mijn privénummer geven, Helen.'

'Bedankt.' Ik was een beetje teleurgesteld. Ik was niet stom, ik wist best dat het nummer dat hij me gaf niet zijn echte privénummer was, maar gewoon een nepnummer dat Docker zelf nooit zou opnemen.

'Nee, echt waar,' zei hij toen hij zag hoe ik reageerde. 'Dit is echt mijn privénummer, niet het nummer dat ik de meeste mensen geef.'

Hij liet het me invoeren in mijn telefoon en vroeg me te bellen. En ja hoor, de borstzak van zijn T-shirt begon meteen te rinkelen. Hij viste de telefoon eruit en nam op. 'Hallo, Helen,' zei hij met een van die stralende lachjes waar hij beroemd om was en het zweet brak me uit. Dit was allemaal echt niet te geloven.

'O, mijn god,' fluisterde ik. 'Ik heb Dockers privénummer.'

'En ik heb dat van jou ook,' zei hij opgewekt. 'We hebben elkaars nummer.'

Alsof we op gelijke voet stonden.

'Wat ga je nu doen?' vroeg ik. 'Terug naar LA?'

'Morgen. Vanmiddag heb ik in Dublin een afspraak met een paar vrienden en dan vlieg ik morgenochtend terug naar LA. Als ik ondertussen iets van Wayne hoor, neem ik meteen contact met je op.'

'Docker,' zei ik. 'Ben je een fatsoenlijke vent?'

'Hè?' reageerde hij verrast.

'Ben je een fatsoenlijke vent, Docker? Ik weet dat je een heleboel goed doet. Maar is dat alleen omdat jij en je beroemde maatjes dan de hele wereld kunnen rondvliegen, naar exotische plekjes kunnen gaan en je laten fêteren door de dankbare mensen daar? Of ben je ook bereid om wat moeite voor iemand te doen?'

'Ik ben een fatsoenlijke vent. Ik ben best bereid om wat moeite voor iemand te doen.' Daarna schoot hij in de lach. 'Wat zou ik anders moeten zeggen?'

'Het is een voorrecht om in staat te zijn iemand te helpen, hè Docker?'

Hij werd plotseling een tikje argwanend en vroeg zich kennelijk af of ik probeerde hem ergens in te luizen. Hij had gelijk.

'Het is wel een voorrecht,' zei hij, een tikje gereserveerd.

'Maar je krijgt meer dan je geeft, hè?'

'Dat klopt.' Een tikje wrang.

'Goed. Nu we dat allebei goed begrijpen, dan heb ik iets wat je kunt doen. Daarvoor moet je naar Leitrim.'

'... oké.'

'Laat die afspraak met je vrienden in Dublin schieten en bel dit nummer. Dat is van een man die Terry O'Dowd heet. Hij heeft jouw voordeur voor een habbekrats gerepareerd en ik heb hem beloofd dat als ik je ooit te spreken kreeg, ik je zou vragen om een bezoek te brengen aan hem en aan al die andere mensen in Leitrim.'

'... oké.'

'Niets bijzonders, gewoon een kopje thee en een hapje in jouw huis en iedereen mag komen. Je hoeft niet naar het einde van de wereld te gaan om mensen te helpen, Docker. Het moreel in dit arme land is momenteel op het nulpunt, de mensen hebben het niet gemakkelijk en als jij nu naar Leitrim zou gaan, zou je hun hele jaar goedmaken. Dan zou je echt...' Het was niet mijn bedoeling om sarcastisch te doen, echt niet. 'Dan zou je écht een verschil maken.'

68

Mam kwam op haar tenen de trap af. 'Is hij weg?'

'Ja.'

'Was het echt? Is het echt gebeurd?'

'Ja.'

'Dat was een van de meest afschuwelijke dingen die me ooit is overkomen. Ik zal nooit meer de oude worden.'

'Ik ook niet. Ik denk dat ik nog even ga liggen.'

Met een raar gevoel liep ik langzaam de trap op en kroop in bed, zonder me uit te kleden. Op de een of andere manier moest ik de tijd doden tot tien uur, wanneer het 'kantoor' dat Wayne de ochtend dat hij was verdwenen had gebeld weer open zou gaan. En als dat, zoals ik vermoedde, een telefoonmaatschappij zou zijn, zou ik Jay Parker bellen en hem vragen een persbericht uit te geven waarin alle concerten geannuleerd werden.

Ik sloot mijn ogen en raakte een paar uur lang in een vreemde toestand waarin alles stil leek te staan en om ongeveer vijf voor tien ging ik weer rechtop zitten.

Ik zette mijn voeten op de vloer en besloot dat ik voordat ik iets anders deed een pil moest nemen. Ik pakte de pillenstrip uit het ritsvakje in mijn tas, waar ik ze bewaarde zodat ik ze altijd bij de hand zou hebben en daar was ik nu zo dankbaar voor dat ik ze bijna kuste. Ik dacht aan de antidepressiva in het laatje van Waynes nachtkastje, aan de slaappillen in het medicijnkastje en aan het feit dat hij zomaar, zonder ze mee te nemen, was weggegaan.

Op dat moment zou ik zelf nergens naartoe kunnen zonder mijn medicijnen – het idee alleen al was angstaanjagend.

En ineens kreeg ik een van mijn zeldzame, briljante ingevingen: ik wist waar Wayne Diffney was.

Ik belde Artie. 'Ik moet je om een gunst vragen,' zei ik.

Daarna belde ik een ander nummer en Docker antwoordde nadat de telefoon vier keer was overgegaan: 'Helen?'

De herrie was echt oorverdovend. Ik kon hem nauwelijks verstaan. 'Docker? Jezus, waar komt al dat lawaai vandaan? Waar ben je?'

'Op dit moment ben ik boven Roscommon. Ik zit in een helikopter. Over een kwartiertje ben ik in het huis in Leitrim.'

Een helikopter? Mooier kon het niet.

'Ik heb met je vriend Terry O'Dowd gesproken,' schreeuwde hij boven het mechanische gekletter uit. 'Geweldige vent. Alles is al geregeld. Het plaatselijke hotel leent me driehonderd kopjes en schoteltjes en een paar theepotten. Terry zorgt voor de sandwiches en de cake, hij kende wel iemand. Zijn vrouw en al haar vriendinnen zijn al in het huis om alles af te stoffen en te stofzuigen. De uitnodiging is uitgezonden via het plaatselijke radiostation.'

Dat was allemaal mooi om te horen. Maar de zaken zouden nog beter worden voor de aan altruïsme verslaafde Docker.

'Hoor eens, Docker, ik moet je iets fantastisch vertellen.'

'Wat dan?' Zelfs bij al die herrie kon ik horen dat hij een tikje angstig klonk.

'Vandaag krijg je nog een kans om een verschil te maken.'

'... hoe dan?'

Ik moest schreeuwen om hem alles duidelijk te maken, maar Docker verstond en begreep precies wat ik zei.

Daarna stuurde ik Waynes telefoongegevens naar Walter Wolcott, omdat die er nu toch niet meer toe deden.

69

Iedereen zei dat het net een hotel was, maar dat was niet waar. Het was een ziekenhuis. Een prettig ziekenhuis, dat wil ik best toegeven, maar zonder enige twijfel een ziekenhuis. Er waren wel echte ramen waardoor daglicht naar binnen viel, maar de bedden waren ook echte ziekenhuisbedden, smal en in hoogte verstelbaar, met een uit metalen staven bestaand hoofd- en voeteneinde. En de reden voor die afschuwelijke, ruisende gordijnen die om elk bed hingen, was ook duidelijk: ze konden gesloten worden als de dokter langskwam en je kont moest bekijken.

In St.-Teresa waren ook een paar afdelingen waarvan de deuren op slot zaten en waar je alleen naar binnen of naar buiten kon met veel veiligheidsmaatregelen en rinkelende sleutels, maar om bij de Bloesemafdeling te komen waar ik naartoe ging, nam je gewoon de lift naar de derde etage en liep naar binnen.

Toen de liftdeuren opengingen, kwam ik in een lange, met mooi hout – waarschijnlijk noten – beklede gang die naar de verpleegsterspost leidde. Links en rechts waren slaapkamers, allemaal met twee bedden. Bekropen door een afschuwelijk soort nieuwsgierigheid keek ik in elke kamer waar we langskwamen. Sommige waren leeg en licht, met bedden die keurig waren opgemaakt. In andere zaten de gordijnen dicht en daar lagen in elkaar gekropen doodse gestalten onder blauwe ziekenhuisdekens, met hun rug naar de deur.

Ik liep verder en zwaaide met mijn tas om er nonchalant uit te zien. Ik keek iedereen die ik tegenkwam aan, maar niemand schonk enige aandacht aan me. Ik kon een doodgewone bezoeker zijn.

Toen kwam ik bij de verpleegsterspost. Die was echt mooi, met een gebogen houten balie, alsof het de receptie was van een klein hotelletje. Ik bleef doorlopen, langs de open ontvangstruimte, langs de keuken, langs de rookkamer en stapte de televisiekamer in.

Daar zat een man, in zijn eentje, bewegingloos achter een schaakbord. Ik bleef op de drempel staan en hij keek op, ineens argwanend.

'Hallo, Wayne,' zei ik.

70

Hij sprong op. 'Wat is er?' vroeg hij. Hij klonk geschrokken.

'Alles is in orde,' zei ik haastig. 'Niets aan de hand. Rustig blijven, je hoeft geen verpleegster te bellen, luister alleen even naar me.'

'Wie ben jij?'

'Ik ben Helen. Ik ben niemand, ik ben niet belangrijk.'

'John Joseph? Jay?'

'Luister nou...'

'Ik ga niet terug. Ik doe die optredens niet, ik wil niet...'

'Je hoeft helemaal niets te doen. Ik ben hier nooit geweest, ik heb je nooit gesproken.'

'Maar wat...'

'Je moet één telefoontje plegen. Ik bel het nummer wel voor je.'

'Ik wil met niemand praten.' Hij zwaaide wild met zijn armen, naar het vertrek om hem heen, naar zijn slonzige kleding, naar zijn kaalgeschoren hoofd. 'Ik zit in een inrichting. Ik heb zelfmoordneigingen! Dat zie je toch!'

'Wayne, je moet het doen. Er is nog iemand anders naar je op zoek. Hij heeft je telefoongegevens en het zal niet lang meer duren of hij is erachter dat je hier zit. Dat jij je niet goed voelt, maakt hem niets uit. Hij zal aan John Joseph doorgeven waar je bent en John Joseph is wanhopig. Op dit moment is hij tot alles bereid, al moet hij je in een wasmand het gebouw uit smokkelen. En hoe je het wendt of keert, dan sta jij vanavond op dat podium in je witte pak om al die oude dansjes uit te voeren en dat zul je met volle overgave doen, omdat John Joseph iemand in de coulissen heeft staan die je onder schot houdt met een pistool.'

Misschien maakte ik alles wel wat dramatischer dan het was. Maar misschien ook niet.

Wayne staarde me zwijgend aan. Hij zag eruit alsof hij elk moment in tranen kon uitbarsten.

'Het spijt me echt,' zei ik. Ik kon zelf ook wel huilen.

'Oké. Wat moet ik doen?'

Ik pakte mijn telefoon en belde een nummer. Ik wachtte tot er werd opgenomen en zei: 'Hier is Wayne voor je.'

Ik gaf mijn telefoon aan Wayne en na een kort gesprek gaf hij het toestel terug.

'Geregeld?' vroeg ik.

'Geregeld.'

'Je moet alleen nog iets voor me ondertekenen, als je het niet erg vindt.'

Hij las even snel het korte contract door dat Artie voor me had opgesteld en tekende het.

'Zou je,' zei ik toen, 'voordat ik wegga nog een paar details willen bevestigen? Niemand zal er ooit iets van horen. Zelfs mijn eigen moeder niet. Het is gewoon een kwestie van persoonlijke trots.'

'Misschien,' zei hij voorzichtig.

'Je hebt Zeezah in Istanbul leren kennen, hè? Jullie werden verliefd op elkaar en daar kwam Birdie achter...' Hij kreunde. 'Ik heb haar echt verdriet gedaan. Dat verdiende ze helemaal niet...'

'Maakt niet uit,' zei ik haastig. Ik wilde niet dat hij kopje-onder zou gaan in een poel van schuldgevoelens. 'We gaan gewoon verder. John Joseph leert Zeezah kennen en pikt haar in. Hij besloot dat hij degene was die haar zou produceren en met haar zou trouwen. En ze is zo jong en eh...' Hoe moest ik dat stuitende gebrek aan diepgang omschrijven? '... zo jong dat ze besloot dat ze beter op John Joseph kon gokken dan op jou. Dus trouwden ze en hij nam haar mee naar Ierland. Maar ze liet je niet met rust, hè? Nog tijdens haar huwelijksreis kreeg je van haar te horen dat ze een verschrikkelijke vergissing had gemaakt. Waarop jij prompt naar Rome vloog. Maar zij bleef toch bij John Joseph. Weer terug in Ierland bleven jullie elkaar zien. Voor zover ik kan nagaan, ben jij een fatsoenlijke vent. Dat bedrog beviel je helemaal niet. En je moest elke dag repeteren met John Joseph, waardoor alles je te veel werd... de schuldgevoelens, de boosheid, terwijl je toch al snel last hebt van depressies, hè? Klopt dat een beetje?'

'Perfect.'

'Daarna kom je erachter dat Zeezah zwanger is en dat de kans groot is dat jij de vader bent. Daardoor moet je terugdenken aan die afschuwelijke tijd toen je vrouw zwanger was geworden en bleek dat Shocko O'Shaughnessy de vader was, hè? Je raakt helemaal... over je toeren. Om je eigen woorden te gebruiken: je krijgt zelfmoordneigingen. Dus donderdagochtend bel je je dokter, je...' Ik kuchte discreet omdat ik niet wilde doen voorkomen dat hij niet goed wijs was. Per slot van rekening had ik ze zelf ook niet allemaal op een rijtje. '... je... eh... psychiater en die zegt dat je maar beter hiernaartoe kunt gaan. Hoewel bedden hier schaarser zijn dan parkeerplaatsen op kerstavond zegt hij toch dat ze alles in het werk zullen stellen om je meteen op te nemen, dat iemand je terug zal bellen als ze goed nieuws hebben. Je wordt gebeld, ze sturen een chauffeur om je op te halen... Digby, was dat Digby?' Hij knikte.

'Je gooit een paar dingen in een koffer, zonder je medicijnen mee te nemen, want die hebben ze hier genoeg. Digby arriveert, je gaat naar buiten, smijt je tas in de kofferbak en op het laatste moment hol je nog gauw naar binnen om iets op te halen. Wat weet ik niet precies...' Maar ineens ging me een lichtje op. 'Het was je gitaar, hè?'

'Ja.' Hij was duidelijk onder de indruk. Eerlijk gezegd, was ik dat zelf ook.

'Digby rijdt je hiernaartoe en je wordt opgenomen.'

'Zo is het precies gegaan.'

'Wat is eigenlijk het wachtwoord van je computer?'

'Raad eens.' Hij moest bijna glimlachen.

Ineens voelde ik me ontzettend dom. Ik wist het best. Ze had het me zelf verteld. 'Het is toch niet... Zeezah?'

'Natuurlijk wel.'

De eerste avond dat ik haar had ontmoet had ze al gesuggereerd dat Waynes wachtwoord Zeezah was, en ik had gewoon gedacht dat ze een egomaniak was. Ze had het niet echt geweten, want dan zou ze me dat wel verteld hebben, omdat zij net als de anderen wilde dat ik Wayne zou vinden, ze had gewoon een grapje gemaakt. Maar zoals ik altijd zeg, er zit altijd een greintje waarheid in wat mensen je vertellen, ook al hebben ze dat zelf niet door.

'En je alarmcode? 0809?'

'Mijn verjaardag,' zei hij. 'De achtste september.'

Ik fronste. 'Ze zeggen altijd dat je dat niet moet doen omdat het zo voor de hand ligt.' Ik zweeg. Misschien was het niet verstandig om hem nerveus te maken. Daarom zei ik haastig: 'Ik ben helemaal weg van je huis.'

'Dan ben je de enige. Iedereen zegt altijd dat het zo deprimerend is. Ze vinden de kleuren van de verf niet mooi.'

'Meen je dat? En ze zijn juist fantastisch!'

Maar ik begon het allemaal toch een stuk beter te begrijpen. Welke indruk krijg je van een man die zijn slaapkamer in zulke sombere kleuren schildert? Dat hij een tikje melancholiek is, niet-waar? Geen wonder dat ik me zo op mijn gemak voelde in dat huis. Op mijn vraag of zijn familie op de hoogte was, vertelde hij dat ze alles wisten, zelfs dat hij hier zat. Tot zijn broer in Amerika aan toe.

Jezus. Ik moest toegeven dat ze me behoorlijk te pakken hadden genomen.

'Wayne,' zei ik. 'Ik hoop echt dat je beter wordt. Slik je pillen, doe wat je verteld wordt, ook al zit er een boel onzin bij. Zoals de cognitieve gedragstherapie. En de yoga. En...'

Ik snoerde mezelf de mond. Misschien zou hij wel baat hebben bij yoga. 'Neem de tijd en kom pas weer tevoorschijn als je echt genezen bent.'

'Ga je weer weg?' Nu ik op het punt stond te vertrekken, wilde hij kennelijk dat ik bleef.

'Ja, ik ga weg. Ik moet alleen nog even iemand gedag zeggen.'

De afdeling Opname was op de begane grond. Ik was hier al eerder geweest, in een ander leven. Maar eigenlijk kon ik me daar niks van herinneren, ik was toen volkomen overstuur.

Ik klopte zacht op de deur en ging naar binnen. Er waren drie mensen op de afdeling, een man en twee vrouwen. De beide meisjes zaten achter een pc, de man stond bij een archiefkast.

'Ik ben op zoek naar Gloria,' zei ik.

'Dat ben ik.'

Ze was heel anders dan ik me had voorgesteld. Ik dacht dat ze een blondje zou zijn, met blauwe ogen en een hoofd vol krullen. In plaats daarvan was ze klein en donker.

'Ik ben Helen Walsh,' zei ik. 'Ik ben een vriendin van Wayne Diffney. Hij zit op de Bloesemafdeling.'

Ze knikte. Ze wist wie Wayne was.

'Ik wilde je alleen maar even bedanken,' zei ik.

'Waarvoor?'

'Omdat je zo snel een plaatsje voor hem hebt gevonden. Ik weet hoe wanhopig hij was en ik weet ook hoe moeilijk het is om hier op korte termijn een bed te regelen. Dat jij hem belde, heeft zijn leven gered.'

Ze bloosde van genoegen. 'Ach,' zei ze verlegen. 'We doen altijd ons best om iemand te helpen die in moeilijkheden zit. Maar,' voegde ze er haastig aan toe, 'we mogen niet over individuele gevallen praten.'

71

'Jezus christus, duw toch niet zo!'

'Ik duw verdomme helemaal niet, ik probeer alleen iets te zien!'

'Jongens, een beetje rustig aan, hè?' zei Artie.

'Ja, jij hoeft je nergens druk om te maken!' snauwde mam bijna.

'Jij bent één meter vijfentachtig!'

Mam, Claire, Kate, Margaret, Bella, Iona, Bruno, Vonnie en zelfs pa verdrongen zich bij de rand van onze loge in het MusicDrome en probeerden stuk voor stuk een plekje te veroveren dat hun uitzicht bood op het hele podium.

Jay Parker had niet gelogen – hij had er echt voor gezorgd dat ik een loge kreeg met plaats voor twaalf personen en er waren ook echt gratis pinda's.

Maar we waren zo langzamerhand ziek van opwinding. De atmosfeer in het theater – dat bijna helemaal gevuld was met vrouwen en homo's – was zinderend. Alle vijftienduizend mensen waren aanvankelijk vriendjes van elkaar geweest, samen onder de paraplu van liefde voor Laddz, maar de overdreven blijdschap begon een gemelijk tintje te krijgen.

'Het is al kwart over negen,' zei Bruno tegen me. Hij was ineens mijn nieuwe hartsvriend geworden, een vriendschap die was ontloken zodra hij hoorde dat ik vrijkaartjes had voor het concert. 'Ze hadden al een kwartier geleden moeten beginnen!'

'Een kwartier geleden!' Kates onderlip begon te trillen. De metamorfose was ongelooflijk – in de laatste paar uur was Kate van een moederbijtend monster veranderd in een huilerig tienermeisje.

'Ze komen zo op,' zei ik.

'Maar als ze nu niet komen?' Bella barstte in tranen uit. 'Als ze nou niet komen?'

'Ze komen heus wel!' Vonnie en Iona draaiden zich om en begonnen haar te troosten en mam maakte van de gelegenheid gebruik om Vonnies plekje in te pikken. Daarna keek ze om en grinnikte me toe op die 'dat zal haar leren!'-manier.

Ik besefte dat de mensen bijna op instorten stonden. Veel meer spanning konden ze niet aan.

Zonder waarschuwing ging ineens het licht uit, de zaal werd in duisternis gehuld en het gekrijs, dat toch al zenuwslopend was geweest, klonk ineens alsof vijftienduizend wolven met hun poot in een klem terecht waren gekomen.

'Ze komen eraan.' Claire wreef met haar knokkels over haar gezicht. 'Jezus christus, jezus christus.'

Kate stond te trappelen van opwinding, de adrenalinestoot werd haar bijna te veel.

'Zo meteen ga ik kotsen,' zei mam. 'Ik weet het zeker. Echt zeker.'

Een laag en droevig cello-akkoord klonk door de luidsprekers, zo hard dat de vloeren, de wanden en het plafond ervan leken te trillen. Daarna nam het geschreeuw nog meer toe, een eenzame schijnwerper floepte aan en in de lichtkring verscheen... John Joseph.

'JOHN JOSEPH, JOHN JOSEPH, JOHN JOSEPH!!!!!' Mam stond te gillen en te krijsen en met haar armen in de lucht te zwaaien. 'HIER KIJKEN, HIER KIJKEN, HIER.'

John Joseph, in een simpel donker pak, bleef met gebogen hoofd staan wachten.

De langzame, sombere cellotonen bleven klinken en na een paar seconden, waarin de mensen zonder het te beseffen hun adem inhielden, floepte opnieuw een schijnwerper aan en in de lichtkring verscheen... Frankie.

'Frankie, Frankie, Frankie!'

In de rijen onder ons zaten mensen onbeheerst te huilen.

Frankie nam dezelfde houding aan als John Joseph en bleef als een standbeeld staan, met gebogen hoofd.

'Wie komt er nu? Wie komt er nu? Wie komt er nu?'

Het publiek werd stil, het enige geluid was dat van de cello en

427

het werd zo stil in het theater dat ik zelfs kon horen hoe de volgende schijnwerper aanfloepte. En in de lichtkring verscheen... Roger.

'Het is ROGER!' Mensen draaiden zich om naar hun metgezellen en schreeuwden dat in hun gezicht. 'Het is RODZJEEEER. Het is RODZJEEEER.'

Roger bleef als een standbeeld en met gebogen hoofd staan tot het gekrijs wegstierf en terwijl de onheilspellende cellotonen aanhielden, liep de spanning bijna ondraaglijk op.

Toen de schijnwerper eindelijk aanfloepte, slaakte het theater massaal één diepe zucht. 'HETISWAYNE, HETISWAYNE, HETISWAYNE!!!'

En in de lichtkring verscheen... Docker.

Het schreeuwen hield abrupt op. 'Dat is Wayne niet. Het is Wayne niet. Het is Wayne niet.'

Daarna begon het gekrijs opnieuw, steeds luider en steeds schriller toen de waarheid tot de mensen doordrong.

Mam draaide haar hoofd om en schreeuwde me toe: 'Het is Docker, het is Docker, het is DIE VERREKTE DOCKER!' Haar mond stond zo ver open dat ik haar amandelen kon zien.

Heel even dacht iedereen: Ze zijn weer bij elkaar, ze zijn weer met hun VIJVEN.

Toen sprongen de neonlampen aan in een stortvloed van verblindende kleuren, de muziek begon in een oorverdovend volume en de vier jongens begonnen aan 'Indian Summer', een bijzonder vrolijk, snel nummer dat een van Laddz' grootste hits was geweest.

Ineens was iedereen aan het dansen. Blauwe en roze laserstralen speelden over het publiek en de sfeer werd bovenaards alsof het om een religieuze gebeurtenis ging. Alles was zo overdonderend en paste zo naadloos in elkaar dat niemand de tijd had om stil te staan bij het feit dat Wayne er niet bij was en Docker wel.

Na 'Indian Summer' gingen ze meteen door met 'Throb', ook een dansnummer, gevolgd door 'Heaven's Door'. Ik was waarschijnlijk de enige van alle aanwezigen die zag dat Dockers danspasjes niet zo gelikt waren als zou moeten, dat hij steeds net een seconde later was dan de anderen en dat hij af en toe vergat te draaien. Maar eerlijk is eerlijk, hij vergat geen moment te glimlachen.

Na het vierde dansnummer op rij moesten ze even op adem komen. 'Hallo Dublin!'

'Zoals jullie zien, kon Wayne er vanavond niet bij zijn,' zei John Joseph.

'Hij laat zich verontschuldigen,' zei Roger.

'Maar ik hoop dat jullie ook tevreden zijn met mij,' zei Docker.

'Dit nummer is speciaal voor Wayne.'

Zes maanden later

Buiten, op de parkeerplaats van de kerk, gingen de kerstbomen als warme broodjes over de toonbank, binnen heerste een vrij feestelijke sfeer. Er werden kerstliedjes gedraaid, maar gelukkig waren de luidsprekers zo oud en krakkemikkig dat je ze bijna niet kon horen. Alle gebruikelijke stalletjes waren weer aanwezig, vol verlokkende koopwaar. Ik bleef bij de tombola staan, verbaasde me over de zielige prijsjes die je kon winnen – een flesje fris, een doosje paracetamol, een blikje bruine bonen – en kocht een hele sliert kaartjes. Ach, waarom niet?

De vrouw die de scepter zwaaide over het breistalletje zat op een hoge kruk, zodat ze haar hele koninkrijk kon overzien. Ze zat te breien met een nauwelijks onderdrukte woede en bij elke klik leken de vonken van haar naalden te spatten. Voor haar lag een fiks aantal donkerrode skimutsen die eruitzagen alsof ze zouden kriebelen. Misschien plande ze een revolutie.

'Ja?' snauwde ze me toe.

'Hebt u iets voor een baby?'

'Een meisje of een jongetje?'

'Een meisje.'

'Wat zou je zeggen van een skimuts?'

Ik liep door. Nieuw dit jaar – en kennelijk bijzonder populair – was een stalletje met spulletjes van vilt.

Zou mevrouw Breiwerk daarom zo boos zijn? Ik wurmde me naar de rand van het stalletje en vond een paar kleine roze laarsjes. Perfect. Alleen was de ene veel groter dan de andere.

'Vijf euro,' zei de standhoudster tegen me.

'Maar het zijn twee verschillende maten.'

'Je gaat ze toch cadeau geven?'

'Ja.'

'Dan is het alleen het idee dat telt. Vijf euro.'

Het gebaksstalletje stond ernaast. Ik bleef even staan om alles te bewonderen en richtte me vervolgens tot de standhoudster, een klein, rond vrouwtje.

'Wat is dat?' Ik wees ergens naar.

'Marmeladetaart.'

'Echt waar?' Wat een walgelijk idee. 'Hebt u ook... gewone cake?'

'Wat zou je zeggen van deze heerlijke koffie-met-walnoten-sponscake?'

'Koffie?' zei ik. 'Met walnoten? Ik krijg mensen op bezoek. Gasten.' Ik zweeg even om het woord te proeven. 'Ik wil ze welkom heten, niet beledigen. Wat is dat?' Ik wees naar een scheef bruin vierkantje.

'Chocolabiscuitcake.'

'Mooi, dan neem ik die.'

'Wil je misschien ook een paar cupcakes?'

'Ik?' vroeg ik hooghartig. 'Zie ik eruit alsof ik van cupcakes hou?'

'Moet je dat smoeltje zien,' zei ze. 'En zo mooi uitgedost in je chique jas, op die hoge hakken en met zo'n beeldige handtas. Pas nieuw, zeker?'

'Ja...' zei ik vaag, hoewel de tas helemaal niet van mij was, maar van Claire. Ik had hem alleen maar 'geleend'.

'Om eerlijk te zijn,' zei ze. 'Ben je een cupcakecliché. Helemaal het juiste type.'

'Echt niet,' zei ik ernstig. 'Maar geef me er toch maar tien.'

En toen moest ik, uit de macht der gewoonte, natuurlijk ook even langs het rommelstalletje, waar ik vol genegenheid de koopwaar bekeek: drie kraskaarten (al open gekrast), een enkele zilveren gymschoen (maat 39), een brochure van een traplift, een gebarsten bloemvaas, en een half flesje Chanel No. 5 dat me onwillekeurig de indruk gaf dat de andere helft niet was opgespoten, maar opgedronken.

De vrouw achter het stalletje – een andere dan vorig jaar, dat wist ik bijna zeker – was zo ontmoedigd dat ze me niet eens aankeek.

'Wat hebt u misdaan?' vroeg ik vol medeleven. 'Dat u tot deze rotzooi bent veroordeeld?'

Ze keek verrast op en het duurde even voordat ze haar stem terug had. Kennelijk had die ochtend nog geen mens iets tegen haar gezegd. 'Ik... eh... nou ja, de voorzitster van het comité, zij die het voor het zeggen heeft...' Ze liet een bitter lachje horen. 'Mijn hyacinten stonden eerder in bloei dan de hare, zeker veertien dagen eerder.'

'En dat was alles?'

Ze knikte. 'Mijn leven is vanaf dat moment gewoon een hel geweest. Eerlijk gezegd zit ik erover te denken om het katholieke geloof af te zweren. Ik heb me verdiept in andere religies. Misschien ga ik wel bij de zoroastriërs, die lijken me best aardig. Of ik sluit me aan bij de scientologybeweging, ik ben sinds *Risky Business* een grote fan van Tom Cruise.'

Ik reed naar huis, maakte de deur naar mijn donkerblauwe hal open en voelde de dankbaarheid in me opwellen. Mijn verloren appartement. Is het niet belachelijk dat je iets eerst moet kwijtraken voordat je het werkelijk gaat appreciëren? Wat is dat voor mafkees die de regels voor dat rare universum van ons heeft bedacht?

Uiteindelijk waren er in totaal vier reünieconcerten van Laddz geweest, de oorspronkelijke drie plus een extra optreden vanwege de grote belangstelling. Daarna had Docker zijn deel gedaan, hij had zijn schuld aan Wayne ingelost en moest weg om wat keuterboertjes in Ecuador lastig te vallen. En Wayne was absoluut niet in staat om op te treden.

Maar het had niemand windeieren gelegd, iedereen had eraan verdiend, Harry Gilliam, Jay Parker en de Laddz. (Ik keek er niet van op dat Docker geen cent had willen hebben, hij had zijn hele aandeel overgedragen aan Wayne.) Daarna begon het oude repertoire van Laddz weer te verkopen en daar kwam geen eind aan. De cd's bleven als warme broodjes over de toonbank gaan en toen de dvd die van het eerste optreden was gemaakt in de kerstperiode werd uitgebracht waren de eerste verkoopcijfers – overal ter wereld! – echt gigantisch.

Maar goed, op een dinsdagochtend in juli had ik in het kantoortje van mam en pa gezeten en was echt aan het werk geweest. Ik was ongeveer een week daarvoor weer uit St.-Teresa ontslagen en ik had een e-mail gekregen van een Amerikaan van Ierse afkomst die wilde dat ik zijn stamboom zou natrekken. Dat soort werk had ik al eerder gedaan en mijn nieuwe cliënt had mijn adres zelfs gekregen van een van mijn oude klanten. Het was een saaie klus, die inhield dat ik diverse bezoekjes zou moeten brengen aan de stoffige archieven van de burgerlijke stand. Maar saai was precies wat ik nodig had.

Ineens kwam mam de kamer binnenstuiven. Ze keek bezorgd. 'Jay Parker is hier.'

'Wat!'

Ik had niets meer van hem gehoord sinds ik Docker had overgehaald om de plaats van Wayne in te nemen bij de concerten. 'Wat wil hij?' Ik kon geen opschudding gebruiken. Ik begon net weer een beetje normaal te worden.

'Zal ik zeggen dat hij weg moet gaan?' vroeg mam.

'Ja.'

'Ik heb maar één minuutje nodig,' riep hij van onder aan de trap.

'O, lieve hemel!' zei ik. 'Vooruit, kom dan maar naar boven, maar maak het niet te lang.'

'Zal ik erbij blijven?' vroeg mam.

'Nee, nee, het is wel goed.'

Jay kwam behoedzaam binnen. 'Ik kom je alleen dit geven.' Hij gooide me een zwarte vuilniszak toe. 'Kijk er maar in.'

Ik wierp een blik in de zak. Er zaten allemaal bundeltjes papier in, samengebonden met elastiekjes. Het leek verdacht veel op geld.

'Wat is dit?' vroeg ik.

'Ongeveer dertig mille.'

'Dertig mille wat?'

'Dertig mille aan euro's.'

Het bleef een hele tijd stil. Toen zei ik: 'Wat is er nu verdomme weer aan de hand, Parker?'

'Dat is jouw aandeel van de opkomst.'

Waar had hij het over?

'Ik bedoel dat het jouw aandeel is van de opbrengst van de toegangskaarten voor de Laddz-concerten. Weet je nog wel? Ik heb je toch een contract gegeven?'

Ik kon me vaag herinneren dat hij me, ergens halverwege de zoektocht naar Wayne, een of ander verkreukeld papiertje had gegeven waarop stond dat hij me een bepaald percentage van de opbrengst zou geven als de concerten doorgingen.

Ik had het meteen uit mijn hoofd gezet, omdat ik niet alleen dacht dat ik Wayne nooit zou vinden, maar ook dat Parker volslagen onbetrouwbaar was.

Ik stak mijn hand in de vuilniszak en pakte er een bundeltje biljetten van vijftig euro uit dat ik op mijn hand woog. 'Is het echt?'

Jay lachte. 'Natuurlijk is het echt.'

'Geen namaak?'

'Nee.'

'En ook niet gestolen?'

'Nee.'

'Wat is dan het addertje onder het gras?'

'Dat is er niet.'

'Dus je komt hier zomaar binnenwandelen, geeft me een vuilniszak met dertigduizend euro waarvan je zweert dat het volkomen legaal verdiend is, zonder daarvoor iets terug te vragen en dan loop je gewoon de deur uit.'

'Precies.'

En dat was ook precies wat hij deed.

Ik wist niet wat ik ermee moest, dus propte ik het maar onder het bed. Af en toe haalde ik de vuilniszak tevoorschijn, pakte er een paar bundeltjes uit en stopte ze vervolgens haastig terug. Het duurde een dag of vier voordat ik besefte – echt besefte – dat het geld was. En dat ik het mocht uitgeven.

Het eerste waaraan ik dacht, waren sjaals. Een mens kon een gigantische hoeveelheid sjaals kopen voor dertig mille.

Maar toen realiseerde ik me ineens dat ik nog steeds de sleutels van mijn flat had.

Het leek me heel onwaarschijnlijk dat ik naar binnen zou kunnen. Ik was er vrij zeker van dat er al iemand anders zou wonen.

En ik verwachtte op zijn minst dat de hypotheekverlener het slot had vervangen.

Maar toen ik terugging, ontdekte ik dat er niets was aangeraakt, alles was nog precies zoals ik het een kleine maand eerder had achtergelaten. De reden? Overal in het land hadden mensen een achterstand op hun hypotheek en het bedrag waarvoor ik in het krijt stond, was naar verhouding zo laag dat niemand de moeite had genomen er iets aan te doen.

Dus belde ik de mensen van de hypotheek en vroeg of ik er, als ik een deel afbetaalde, weer in mocht trekken. Ik was ervan overtuigd dat ik te horen zou krijgen dat ik dat wel kon vergeten – je weet hoe die bureaucraten zijn – maar ze wisten niet eens dat ik vertrokken was.

Vandaar dat ik aarzelend, met een gevoel alsof ik me op verboden terrein bevond, weer wat kleren in de kast hing. Daarna betaalde ik het elektriciteitsbedrijf en liet de kabel weer aansluiten. Toen begon er schot in te komen. Ik belde de mensen van mijn creditcard en regelde alles wat daarmee mis was. Ik slaagde er zelfs in om mijn moeder-overstebed terug te krijgen. Ik kocht een nieuwe bank en stoelen en haalde mijn overgebleven meubeltjes uit de opslag.

Ondertussen bleef ik maar wachten op iemand die me tegen zou houden, iemand die me een of ander juridisch bezwaar onder de neus zou duwen, maar er gebeurde niets. Het duurde echter wel een hele tijd voordat ik weer het gevoel had dat de flat echt van mij was, dat ik daar echt thuishoorde.

Ik legde de cupcakes netjes op een bord, sneed de cake in plakjes en trok het cellofaan van een doosje theezakjes. Christus, ik had echt nooit verwacht dat er nog eens een dag zou komen dat ik mensen op de thee kreeg!

Er werd aangebeld. Ze waren er!

Ik deed de voordeur open.

'Hallo, Helen.'

'Wayne.' We voelden ons nog steeds niet helemaal op ons gemak bij elkaar. 'Kom binnen.'

Wayne gaf me een beleefd kusje op mijn wang.

Ik keek naar de vrouw die naast hem stond. 'Nee maar, mevrouwtje! Kun je nu alweer in je maatje 36?'

'Maat 40,' zei Zeezah. 'Maar maak je geen zorgen, er wordt aan gewerkt.' Ze hield me het ingekapselde bundeltje voor dat ze in haar armen had.

'Dit is Aaminah. Is ze niet mooi?'

Ik bekeek de baby aandachtig en deed net alsof ik diep onder de indruk was van haar schoonheid, hoewel ik eigenlijk probeerde te ontdekken of ze nu op Wayne of John Joseph leek. Het was niet te zien, ze zag er gewoon uit als een pasgeboren baby, raar en vol rimpels.

'Ze is prachtig. Gefeliciteerd!' Want dat zei je toch tegen mensen die net een baby hadden gekregen?

God, al die heisa die zich in het afgelopen halfjaar had afgespeeld! Zodra de vier Laddz-concerten erop zaten, had Zeezah John Joseph laten zitten voor Wayne. Kort daarna werd Wayne uit St.-Teresa ontslagen. (We zaten er nog een paar dagen samen. Hij legde net de laatste hand aan zijn vogelhuisje, toen ik aan het mijne begon.)

Natuurlijk waren de media helemaal hoteldebotel geworden van de driehoeksverhouding, dus 'ontvluchtten' Wayne en Zeezah het land. (Althans volgens de boulevardpers.) Het kwam erop neer dat ze naar het vliegveld in Dublin gingen, op een Aer Lingus-vlucht naar Heathrow stapten en daar een paar uur rondhingen voordat ze op een vlucht van Turkish Airlines naar Istanbul stapten, waar ze in een huurflatje trokken. Terwijl ze daar zaten, nam Zeezah contact op met haar oude platenmaatschappij die het op een akkoordje gooide met John Joseph, zodat ze voor hen aan een nieuw album kon beginnen. Voor volgend jaar stond een grote tournee gepland.

Vijf dagen geleden was Zeezah in een of andere chique kliniek in Istanbul bevallen – een natuurlijke bevalling, waar ze drie uur over had gedaan, zonder ruggenprik of pijnstillers. Ik nam mijn petje voor haar af. Waarschijnlijk zou er over een tijdje wel een DNA-test worden gedaan om na te gaan wie de biologische vader was, maar dat was hun zaak, daar kwamen ze ook wel weer uit.

Twee dagen geleden waren ze naar Cork gevlogen om Aaminah aan de familie Diffney te laten zien en Wayne had gebeld om te vragen of ze, als ze in Ierland waren, ook bij mij langs mochten komen. Hij scheen te denken dat ik op de een of andere manier verantwoordelijk was voor hun geluk.

Ik was verrast en een beetje ontroerd, ook al betekende het wel dat ik een theepot moest kopen.

'Kom binnen,' zei ik. 'Ik moet alleen nog...' Ik hield even mijn mond, omdat ik nauwelijks kon geloven dat die woorden over mijn lippen zouden komen: 'Alleen nog even de ketel aanzetten.'

In mijn zitkamer keek Wayne om zich heen en schoot in de lach. 'Ik begrijp nu waarom je mijn huis zo mooi vond,' zei hij.

'Wat is ermee gebeurd?' vroeg ik een beetje weemoedig.

'Verkocht. Maar ik moest het eerst opnieuw laten schilderen. De makelaar zei dat het anders nooit verkocht zou worden.'

Dus Mercy Close nummer 4 zoals ik het had gekend, bestond niet meer. Ach ja, alles veranderde.

Ik schonk thee en we zaten een uurtje gezellig te kletsen. Zeezah was zoals gewoonlijk uitbundig, Wayne was rustiger. Jay Parker had gelijk gehad toen hij zei dat Wayne een beetje zwaar op de hand was. Maar ik mocht hem graag. Er was echt een band tussen ons, alsof onze wegen elkaar gekruist hadden om ons de kans te geven elkaar te redden.

'En hoe voel jij je momenteel?' vroeg ik. 'Qua gekte in de kop?'

'Goed,' zei hij. 'En jij?'

'Ja ook. Wat voor pillen gebruik jij?'

Hij haalde diep adem en we begonnen enthousiast allerlei antidepressiva te vergelijken en te praten over het weldadige effect van bepaalde combinaties en de vervelende bijverschijnselen die je op de koop toe moest nemen. Het was heerlijk om zo'n gelijkgestemde ziel te ontmoeten.

Het was echt gezellig tot Aaminah begon te huilen en Zeezah zei dat ze ervandoor moesten.

'Gaan jullie nu terug naar Istanbul?' vroeg ik.

'Ja,' zei Wayne. 'Maar we houden contact.'

Ik wist dat hij het meende.

Hoewel het feit dat Zeezah John Joseph had ingeruild voor Wayne het meest dramatische voorval was in het afgelopen halfjaar, was het niet de enige verandering.

Frankie Delapp en Myrna kochten een huis met vijf slaapkamers in de keurige buitenwijk Stillorgan. Frankie is nog steeds presentator van *A Cup Of Tea And A Chat* en is een stuk kalmer geworden sinds de tweeling 's nachts doorslaapt.

Roger St Leger heeft sinds de concerten ongeveer twaalf verschillende vriendinnetjes gehad. Twaalf verschillende levens die verwoest zijn, maar wie ben ik om hem te veroordelen? Hij is zoals hij is. Dat geldt voor ons allemaal.

John Joseph nam zodra de concerten voorbij waren de benen naar Caïro en sindsdien hebben we nauwelijks iets van hem vernomen. Ik neem aan dat hij zijn oude vak weer heeft opgepakt, het produceren van artiesten uit het Midden-Oosten.

Cain en Daisy hebben hun huis verkocht en zijn naar Australië vertrokken. Volgens mij zullen ze daar heel gelukkig zijn. Ze hebben al het juiste kapsel.

Birdie Salaman heeft een nieuwe liefde, een zekere Dennis. Volgens haar is het nog vroeg dag, maar het ziet er goed uit.

Jay Parker heeft een fortuin verdiend met die optredens van Laddz – niet alleen aan zijn deel van de opbrengst, maar vooral aan merchandising. Hij was de enige die het aandurfde om daarin te investeren dus hij kon ook alle winst opstrijken en op die manier een ongelooflijk bedrag binnenslepen, alsof hij de lotto had gewonnen.

Ik heb hem niet meer gezien sinds de dag dat hij me die vuilniszak vol poen kwam brengen, maar we hebben elkaar nog wel een keer gesproken. Hij belde me op om te vertellen dat hij bij Bronagh en Blake was geweest en dat hij hun genoeg geld had gegeven om van hun schuld af te komen.

Bronagh en ik hebben geen contact meer gehad. Ik denk dat we allebei begrijpen dat we toch geen vriendinnen meer kunnen zijn na alles wat er gebeurd is, maar het is toch wel een fijn idee dat alles oké is met haar en Blake.

Docker haalt nog regelmatig het nieuws omdat hij zich inzet voor alles en iedereen die hem nodig hebben. De laatste tijd maakt hij zich vooral druk om het verdwijnende regenwoud rond de Amazone, wat op mij nogal oudbakken overkomt. Hij zal wel geen goede doelen meer overhebben en is nu weer van voren af aan begonnen.

Ik heb niets meer gehoord van Harry Gilliam en dat mag wat mij betreft zo blijven.

Maurice McNice weet van geen ophouden.

Er werd opnieuw aangebeld. Nog meer bezoek.

Toen ik de deur opendeed, stond Bruno Devlin voor de deur, in het gezelschap van twee jonge mannen.

In de afgelopen zes maanden is Bruno's uiterlijk totaal veranderd. Inmiddels is hij overgeschakeld op een soort *Brideshead meets James Joyce:* middenscheiding, tweed broek, overhemd met das en V-hals trui, een lange donkere jas van het type dat mijn moeder 'overjas' zou noemen en een oud bruin boekje met een harde kaft in een van de zakken. (Dat had hij voor tien cent in een of andere tweedehandswinkel gekocht en af en toe ging hij languit op de bank liggen en deed net alsof hij erin las.)

Maar hij was nog steeds een fan van mascara.

Hij stelde zijn vriendjes voor. 'De heer Robin Peabody en de heer Zak Pollock.'

De beide jongens die net zo gekleed waren als Bruno schudden me plechtig de hand.

'Kan ik jullie een kopje thee aanbieden?' vroeg ik.

'Nee, dank u wel,' zei de heer Zak Pollock. 'We willen niet te veel van uw tijd in beslag nemen, maar we stellen het bijzonder op prijs dat we een bezoek mogen brengen aan uw huis. Bruno heeft ons verteld dat het echt schitterend is.'

'Kijk gerust rond, heren,' zei ik.

Ze waren aanvankelijk een beetje verrast dat de flat zo klein was, maar ze hadden bijzonder veel waardering voor mijn bed, mijn gordijnen van pauwenveren en het kleurenschema dat ik had gekozen.

'U hebt echt bijzonder veel smaak, mevrouw Walsh,' zei een van de klonen.

'Dat heb ik toch gezegd?' zei Bruno vrolijk. Ineens klonk hij echt als een veertienjarig joch. 'Ik zei toch hoe gaaf... hoe *exquise* het was?'

'Geweldig!' zei ik en klapte in mijn handen, het internationale teken voor Opgesodemieterd. Ik had genoeg van dit stel mafkezen. 'Bedankt voor jullie bezoek. Ik verheug me nu al op de volgende keer.' Ik loodste ze naar de deur en vlak voordat ik ze naar buiten duwde, fluisterde Bruno tegen me: 'Als jij en pap ooit samen gaan wonen, mag ik dan hier intrekken?'

'Dat zien we dan wel,' zei ik. Bella had ook al een verzoek ingediend en ik vond haar leuker.

Meteen daarna kwamen mijn volgende bezoekers opdraven: Bella, Iona en Vonnie. Ze gingen mijn kerstboom optuigen en toen ze klaar waren, was mijn boom mooier dan ik ooit voor elkaar zou hebben gekregen. Ik probeerde wat cupcakes aan ze kwijt te raken, maar ze bleven niet lang. We waren allemaal druk bezig om te verkennen hoe ver we konden gaan.

Vervolgens dook mijn laatste bezoeker op, met twee pizza's en een beker ijs. Artie zette ze in de keuken en zei: 'Ik heb een verrassing voor je.' Hij overhandigde me een usb-stick.

'Wat is dit?'

'*Politi Tromso.*'

Een Noorse politieserie waaraan ik in de herfst helemaal verslaafd was geweest. 'Maar die heb ik allemaal al gezien, dat weet je toch.' Ik had nauwelijks over iets anders kunnen praten.

'Niet het tweede seizoen.'

'Maar dat komt pas in april uit.'

'Ik heb al een kopie.'

'Hoe kom je daaraan?' Ik keek hem met grote ogen aan.

'Eh... illegaal. Uit China.'

'O mijn god, ik durf het bijna niet te geloven. Je bent geweldig! Kunnen we er meteen naar gaan kijken? Ik bedoel, nu meteen? Kunnen we met pizza en ijs op schoot naar *Politi Tromso 2* gaan kijken?'

Hij lachte. 'Natuurlijk.'

'Doe jij de technische kant dan maar, dan maak ik het eten klaar.' Ik holde naar de keuken en begon de pizza te snijden en op borden te leggen. In de zitkamer ging mijn telefoon over.

'Zal ik opnemen?' riep Artie. 'Het is een anonieme oproep.'
'Ach, welja,' zei ik roekeloos.

Nadat hij even met iemand had gepraat, kwam Artie de keuken binnen. 'Heb je vandaag kaartjes voor een tombola gekocht?'

'Ja.'

'Nou, je hebt iets gewonnen.'

'O god! Wat dan?'

'Een blikje bruine bonen.'

'Echt waar?' Ineens had ik tranen van blijdschap in mijn ogen. Mooier kon deze dag niet meer worden.

Dankwoord

Ben je gek zou nooit geschreven zijn als Annemarie Scanlon er niet was geweest, want zij was een grote fan van Wayne Diffney en bleef maar tegen me zeggen dat hij zijn eigen boek verdiende. Bedankt, AM!

Ik wil ook benadrukken dat ik bijzonder veel dank verschuldigd ben aan Louise Moore, de beste uitgever ter wereld, vanwege haar inzicht, haar energie, haar loyaliteit en haar geduld. Celine Kelly wordt bedankt omdat ze als mijn eindredacteur zo smaakvol, intuïtief en intelligent te werk is gegaan en Clare Parkinson omdat ze de tekst zo zorgvuldig gecontroleerd en gecorrigeerd heeft. Duizendmaal dank voor Liz Smith, een regelrecht wonder dat je zoveel toewijding, hard werk en steun overhad voor *Ben je gek*. Dankzij jullie inbreng is het uiteindelijk een veel beter boek geworden. Ik bedank ook het hele team van Michael Joseph dat mijn boek met zoveel ijver en liefde heeft gepubliceerd en verkocht. Dat stel ik bijzonder op prijs.

Ik zou ook graag mijn agent willen bedanken, de briljante Jonathan Lloyd, omdat hij zo standvastig is en me met zoveel geestdrift vertegenwoordigt. Bovendien bedank ik iedereen bij Curtis Brown, voor het niet-aflatende enthousiasme waarmee ze mijn werk promoten. Ik ben een geluksvogel dat ik jullie allemaal heb.

En dan de mensen die *Ben je gek* hebben gelezen terwijl het geschreven werd en me met hun enthousiasme, aanmoedigingen, suggesties en vragen een hart onder de riem hebben gestoken: Jenny Boland, Suzie Dillon, Caron Freeborn, Gwen Hollingsworth, Ella Griffin, Cathy Kelly, Caitriona Keyes, Ljiljana Keyes, Mammy Keyes, Rita-Anne Keyes, Shirley Baines en Kate Thompson. Ik kan jullie niet vaak genoeg verzekeren hoe dankbaar ik ben en als ik per ongeluk iemand vergeten ben, dan spijt me dat ontzettend! Een aantal privédetectives hebben me geholpen bij de research naar Helens werk. Ze hebben me alle tijd en informatie gegeven die ik nodig had en me kennis laten maken met een wereld vol beroepsgeheimen. Vanwege het soort werk dat ze doen, hebben ze allemaal verzocht om anoniem te mogen blijven. Dus laat ik alleen maar zeggen dat ik hen bijzonder dankbaar ben en dat alle fouten volledig voor mijn rekening zijn.

AK wordt ook bedankt. Zij weet wel waarom.

Dit boek werd met horten en stoten geschreven, onder vrij ongebruikelijke omstandigheden. Omdat hij er voortdurend was, voor me zorgde met moed, geduld en enthousiasme, research pleegde, lachte om de grappige stukjes, fungeerde als klankbord en vooral omdat hij vertrouwen in me had toen dat bij mij ver te zoeken was, zou ik ten slotte ook Tony willen bedanken. Dit boek was zonder hem nooit geschreven, dat staat vast.

Voor Tony.

Fantastisch nieuws voor
alle fans van Marian Keyes!

Mammy Walsh komt zélf aan het woord
over alle vijf haar dochters!

MAMMY WALSH van A tot Z

'*Er is een vrouw die ik ken van het bridgen, Mona Hopkins, een reuze aardig mens, hoewel ik moet toegeven dat ik haar zelf eigenlijk niet zo zie zitten. Maar een tijdje geleden had ze echt een geweldige uitspraak. Ik verwachtte dat ze zou gaan bieden, maar in plaats daarvan kwam ze met een opmerking over haar kinderen. Ze zei: "Jongens maken een puinhoop van je huis en meisjes doen hetzelfde met je hoofd." Over wijsheid gesproken! "Jongens maken een puinhoop van je huis en meisjes doen hetzelfde met je hoofd." Dat is echt het waarste wat ik in lange tijd heb gehoord. En ik kan het weten. Ik heb vijf meiden. Vijf dochters. En geloof me maar, ze hebben een puinhoop in mijn hoofd veroorzaakt. Trouwens, nu ik erover nadenk, geldt hetzelfde voor mijn huis...*'

Kijk voor het laatste nieuws in januari 2013 op onze website
www.thehouseofbooks.com

De vier andere zussen hebben een hippe make-over gekregen

WATERMELOEN met Claire als oudste zus
ZOALS ZE IS met Maggie als tweede zus
DE VAKANTIE VAN RACHEL met Rachel als middelste zus
KOM TERUG BIJ MIJ met Anna als vierde zus

Ook als e-book verkrijgbaar